魅丽文化 花火工作室

绣衣直指

①上

贴木儿
苏和

著

本故事纯属虚构

江苏凤凰文艺出版社
JIANGSU PHOENIX LITERATURE AND ART PUBLISHING, LTD

图书在版编目（CIP）数据

绣衣直指 ： 全2册 / 贴木儿苏和著. -- 南京 ： 江苏凤凰文艺出版社, 2018.12

ISBN 978-7-5594-2896-7

Ⅰ. ①绣… Ⅱ. ①贴… Ⅲ. ①长篇小说－中国－当代 Ⅳ. ①I247.5

中国版本图书馆CIP数据核字(2018)第215732号

书　　名	绣衣直指 ： 全2册
作　　者	贴木儿苏和
出版统筹	张在健　邹立勋
选题策划	吴小波
责任编辑	蔡晓妮
文字编辑	唐慧
设计总监	周　辉
封面设计	ABOOK-阿茜
责任监制	刘　巍　江伟明
出版发行	江苏凤凰文艺出版社
出版社地址	南京市中央路165号，邮编：210009
出版社网址	http://www.jswenyi.com
印　　刷	湖南凌宇纸品有限公司
开　　本	710mm×1000mm　1/16
字　　数	413千字
印　　张	32
版　　次	2018年12月第1版，2018年12月第1次印刷
标准书号	ISBN 978-7-5594-2896-7
定　　价	68.00元

（江苏凤凰文艺版图书凡印刷、装订错误可随时向承印厂调换）

目录

CONTENTS

目录

CONTENTS

目录

CONTENTS

目录 CONTENTS

万谍之王

一 羊儿等不及要吃草了

金碧辉煌的宫殿雕梁画栋，云雾里浮现着数不清的亭台楼阁，绿瓦红墙，气势磅礴……

霎时间，喊杀声四起，四下兵器相撞和惨叫之声不绝于耳……

一个小男孩绝望无助、毫无目的地拼命奔跑在空无一人的巍峨殿宇之间，身形幼小的他睁着一双惊恐的大眼睛，嘴里不住地哭喊着："母妃，母妃……"

突然，脚下的地面瞬间变成了一道深不见底的悬崖，小男孩一脚踩空，失足掉下了万丈深渊之中……

"你……你又做噩梦了？"一个真实的声音将刘不周从噩梦中唤醒，他"啊"的一声惊叫猛然坐起，通身是汗，努力让自己的心神安稳下来，抬头看去，一个年约二十出头、生得面容清秀的年轻人站在他的眼前。

"百里卿啊，百里卿，跟你说过多少次，不要打扰我休息，你又忘了？"刘不周缓缓起身，走到百里卿的身旁，左手搭在他的肩膀上，目光深邃道。

说着刘不周将手掌展平，在百里卿的嘴边上做了一个划过的虚动作，戏谑地道："你小子是不是想跟阿玉奇一样终生不发一言呢？！"

百里卿有些不好意思地挠了挠头，颔首回道："嘿嘿……我又忘了，刚才看你满头大汗、面容纠结，有些情不自禁就……我、我错了。"

"别动不动就这个错那个错的，你我是兄弟，说吧，什么事？"刘不周问道。

百里卿满是神秘地回道："羊儿等不及要吃草了。"

"是时候了。"刘不周忽然眼前一亮，他顿了一下，看向百里卿，语气坚毅，"传我命令，出发！"

深夜，汉帝国都城长安城内。

被一片苍松翠柏环绕着的赵王府恢宏中透着一股肃杀之气，王府大门紧闭，四下里只能听到夜风吹动树木发出的“唰唰”之声。

几个身背兜囊的黑衣人悄无声息地靠近赵王府的外墙下。

他们从背上取下兜囊，在里面取出一个形状宛如坛子的东西，这东西体大口小，坛口处蒙着薄薄的兽皮。几个黑衣人动作娴熟地将这东西贴近赵王府的高墙，稳稳地嵌入地里面，其中一人一动不动地趴在地上，侧过头将耳朵贴在坛口的兽皮上全神贯注地听着。

这种嵌入地下的坛子状的东西叫作“听瓮”，是中国古代间谍情报人员特有的一种窃听设备，窃听者将耳朵贴在坛口处，可清晰监听到周边一里内的声音。

此时的赵王府里并非像外面看起来的那样平静，银水河两边密密匝匝地站了起码一千多名王府的亲兵，都眼巴巴地盯着银安殿里的动静。

银安殿里。

赵王刘彭祖端坐在正中王座上，他的身边站着两个人，其中一个是文弱的年轻后生，另一个则是年约四十、面目粗犷的将军。

此时银安殿内赵王的一众属下正你一句、我一句地吵个不停。

只见那位将军向刘彭祖叩首道：“千岁不要再犹豫了，属下计划已定，今夜举事正是千载难逢的好时机呀！”

“哦？俞楼将军说说你的计划。”刘彭祖不动声色地问道。

俞楼点了点头，面向众人从袖口里拿出一卷绢布展开，众人都凑过来仔细观看。这是一张绘制得很精确的都城长安地图，上面明确标记了此次计划的目的、路线、区域和步骤。

他先面向站在刘彭祖身边的那个文弱后生道：“几日前，淮南王千岁和江傲齐先生已将数万匈奴骑兵突然出现在都城北部的消息散布了出去，公孙贺和卫青已奉旨率都城全部精锐离京剿灭匈奴骑兵去了。”

那个叫江傲齐的年轻后生点头应和道："不错，在下亲眼见到他二人带着南北两军出城阻击匈奴兵去了。"

俞楼随即面向地图上的一块区域继续道："现在都城只有为数甚少的京师巡防营镇守，兵力空虚，本将已在东门里的几条街上预先放置了硫黄等易燃之物，起兵前可在这一带放火，吸引巡防营前去救火，而我等就趁着守卫最薄弱之时挥军攻入建章宫，杀了那无能皇帝小儿刘彻，拥立赵王千岁登基！"

"江先生一向足智多谋，敢问先生有何高见？"刘彭祖听俞楼说完，转头向身边的江傲齐问道。

江傲齐对刘彭祖回道："俞将军的计划天衣无缝，依在下看，此事成败的关键不在建章宫，而是在东门纵火，此为声东击西之计，我等正可乘虚攻打建章宫，属下建议由俞将军亲自带兵前往东门，待火起，速派人来告知。"

"准！"刘彭祖听完精神为之一振，他马上同意，然后对江傲齐道，"那么攻城之事就要劳烦先生了！"

"千岁，这正是在下要说的第二件事。"江傲齐走到地图前，对刘彭祖说道，"此等大事必须众志成城，稍有心存二心者，就会功亏一篑，请千岁带头，大家均签字于这张地图上，以示忠诚和决心，千岁可将此图当作号令全军的将令授予在下，此事必成！"

刘彭祖霍地从王座上站了起来，大踏步地来到地图前，毫不犹豫地拿过毛笔在地图上签下了自己的名字，然后抬头对众人朗声道："此事成功，诸位都是本王的开国元勋，封侯拜相指日可待！"

众人见刘彭祖率先签了字，都争先恐后地纷纷签字，等都签完了，刘彭祖卷起地图郑重地交给江傲齐，然后一挥手让众人出去准备。

江傲齐带着一个高鼻深目、面相酷似西域人的年轻人走到俞楼的身边道："俞将军，我将哑巴调给你使用，他轻功了得，你那边事成就让他回来报信，我等马上起兵。”

“好。”俞楼点头应允，然后一只手臂搭在江傲齐肩上小声笑着道，“这次多谢兄弟了，你把这么好的计划让给了为兄，让哥哥在千岁面前挣足了光。”

“自家兄弟，客气什么？”江傲齐回道，然后转头对哑巴说道，“随俞将军去吧！”

随后俞楼带着哑巴等人备好引火之物急速离开，直奔东门而去。

江傲齐这边马上安排给王府亲兵下发刀枪弓箭等兵器，只等东门的消息。

约莫过了不到一顿饭的工夫，哑巴身形矫健地飘然越过王府的大墙，轻轻落在王府的院内，他快速走进银安殿，跪在刘彭祖的面前，江傲齐急切地问道：“那边事成了？”

哑巴肯定地点了点头，江傲齐转头看向刘彭祖，刘彭祖平复了下激动得突突直跳的心，深吸一口气，仿佛是在下定最后的决心，忽然说道：“起兵！”

刘彭祖这话也就刚说完，突然在王府外的夜空中就同时升起了六盏孔明灯，红彤彤耀眼的孔明灯在漆黑的夜色中显得异常的刺眼。

伴随着孔明灯的升空，一个英气逼人、俊朗帅气的年轻人犹如鬼魅一般突然出现在银安殿外，他好似闲庭信步地走了进来，语气冰冷地问道：“这么晚了，赵王千岁您这是要去哪呀？”

二 钦命直指绣衣使

“叶……叶良禽？”刘彭祖一眼认出进来的正是刘不周，他没好气地怒道，“你个小小的羽林监，竟敢私闯王府，好大的胆！”

“好大胆的是你吧！”刘不周极为淡定，没有丝毫畏惧地道，“聚众策划、手持军械、图谋造反，千岁可真是胆大包天啊！”

“叶良禽，你说本王谋反的证据呢？在自己的家里操练亲兵这可说明不了什么。”刘彭祖被刘不周这番话说得心里发虚，但见到他不过是只身一人，又两手空空，所以胆子又壮了起来，他怒道，“倒是你，私闯王府，以下犯上，证据确凿。”刘彭祖朝着殿外大喊一声，“来呀，将叶良禽给本王拿下！”

殿外的王府亲兵刚要动手，突然大批身着黑缎绣衣的神秘人不约而同地从树上、墙外和银水河里毫无征兆地冲了出来，将殿外的众亲兵团团包围，他们一个个都手持着一种小型的弩机，明晃晃的箭头全部对准了包围圈里的一众王府亲兵。

这突如其来的变动吓得那些亲兵们虽然手里拿着兵器，却都没敢动。

赵王刘彭祖大吃一惊，那原本嚣张的气焰明显弱了半截，但仍硬着头皮说道：“叶、叶良禽……你居然敢带兵攻击王府，你可知这是死罪吗？”

刘不周轻描淡写地回道：“别那么早下定论，赵王千岁，到时候谁是死罪还不一定呢。”

刘彭祖见刘不周毫不退让，不得已换上一副受委屈的样子道：“叶大人，想必你是误会了吧，本王是当今陛下的亲哥哥，皇族血脉，怎会谋反篡位呢？！”

“哈，可是据我所知，你们皇族之间杀起自家人来，可是一向毫不手软的。”刘不周蔑笑了一声回道。

刘彭祖被刘不周的这句话噎得顿时哑口无言。

“好了，别演戏了。”刘不周有些不耐烦，冷冷地问道，“千岁的亲卫将军俞楼去哪了？”

“俞楼？”刘彭祖心中一颤，眼珠转了转，随口道，“本王不知呀！”

“千岁记性好差呀，刚下的命令就忘了？”刘不周淡然一笑，转头喝了一声，“带上来！”

只见殿外，百里卿揪着丢盔卸甲的俞楼走进银安殿，一把将他扔在地上，那俞楼惊慌失措地看着王座上的刘彭祖。

“俞将军奉千岁之命前往东门放火吸引兵力，配合你攻击建章宫的计划，可他正要动手时被我的羽林骑抓了个正着。”刘不周指着跪在地上的俞楼，对刘彭祖说道，“是不是这样啊，千岁？”

“俞楼擅自放火与本王无关。”刘彭祖看了一眼俞楼，撇着嘴回道。

俞楼赶紧随声附和道：“对、对，是我自己擅自而为的，千岁并未给我下过命令，更谈不上蓄意谋反了。”

刘不周面色冷峻地站在原地没有说话，更没有再次逼问俞楼。

事态发展对刘不周越发的不利了，虽然抓住了俞楼，但是没有任何证据能够证明赵王谋反，刘彭祖傲慢地将身体靠在王座的椅背上，眯着双眼盯着刘不周，嘴角泛起了一丝冷笑。

“千岁的人当真是忠心耿耿啊。”停了半晌，刘不周不由得叹了口气，悠悠地说道。

刘彭祖志得意满，冷笑道：“叶良禽，你也够蠢的，再没证据可休怪本王无情了！”

“谁说没有证据？证据在此！”突然，一声霹雳般的厉喝在银安殿内响起，众人看去，说话的正是江傲齐，只见他来到刘不周面前，从袖筒里抽出那卷地图，双手奉到刘不周的手上说道，“赵王刘彭祖图谋造反，并绘制逼宫刺皇地图，这地图上还有他的亲笔签名！”

刘彭祖做梦也想不到，那个被他视为忠心不二、为他精心谋划大事的大智囊江傲齐今天怎么突然反水了？

忽然，刘彭祖似乎明白了什么，他愤怒地指着江傲齐质问道:“你……你是卧底？”

刘不周根本无暇理会刘彭祖，他将地图展开看了看，满意地笑了，然后对已经瘫软在王座上的刘彭祖道：“千岁，如今你还有何话说？”

就在刘不周和江傲齐成功揭穿赵王刘彭祖图谋造反的阴谋时，一直跪在地上的俞楼此时突然猛地站起，随手抢过一把佩刀，怒喊道："叶良禽，我杀了你。"然后就挺刀直奔刘不周扑了上去。

刘不周一眼就看明白了俞楼的企图，他砍自己是虚的，抢地图才是真正目的。

刘不周左手从容地将地图背在身后，右手突然在腰间那么一捋，霎时间一道耀眼寒光闪过，还没等俞楼看清楚，寒光包裹着刘不周瞬间就围绕着俞楼来了几个漂亮的旋转。

旋转过后，刘不周稳稳地停在当场，众人这才看清楚他手里握着的是一把如同鞭子般剑身弯曲的软剑，剑长不过二尺五，又窄又薄的剑体泛着冷蓝色的寒光，他反手把软剑插回到腰带上，那剑柄正好是腰带正中心的扣儿，要不是亲眼所见，谁也想不到刘不周的腰带竟是一把隐蔽性很强、锋利无比的兵器。

而那个俞楼，就呆立在那一动不动，不一会儿就见到他的手腕、脚腕等处开始渗出鲜血，原来他的手筋和脚筋全被刘不周给割断了，手里的佩刀"当啷"一声落了地，整个人仰面朝天栽倒在地上。

刘彭祖见大势已去，就起了逃跑的心。他趁着俞楼攻击刘不周的当口，用手狠命地一按王座扶手上的突起，就见王座的底座忽然露出一个大大的黑洞，连同王座和上面的刘彭祖全部一下子没入了地面，消失了。

这是刘彭祖特意为自己暗中修建的一个秘密的逃生通道。

刘不周冷冷地看着刘彭祖凭空消失，却一点也不着急，平静得好像根本没有要去追赶的意思。

倒是江傲齐焦急得不成，他朝着大洞的方向喊了一嗓子："阿玉奇，你在干什么？还不快快动手？"

话音还没落，只见那个大洞里"呼"地蹿上来两个人，其中一个正是哑巴阿玉奇。他手里擒着如丧家之犬般颓丧的刘彭祖，笑嘻嘻地落到了平地上……

巍峨的建章宫前。

一个宦官展开圣旨朗声念道："叶良禽，兵不血刃剿平诸侯王叛乱，功在社稷，特晋封叶良禽为钦命直指绣衣使，统领天下三万绣衣直指，特授其代天行事、先斩后奏之权……阿玉奇、江傲齐、百里卿皆平叛有功，特晋封为绣衣左使、绣衣右使和天下十三路绣衣监察使……"

万众簇拥之下，刘不周一身黑缎绣衣锦袍，肩披猩红烈焰斗篷，面容冷峻地傲然站在高高的封台之上，阿玉奇、百里卿和江傲齐等都威风凛凛地拱卫在刘不周的身后。

刘不周就像一个王者接受天下朝贺一般俯视着封台之下如蝼蚁般黑压压一片、谦恭跪伏于地的绣衣直指们，听着他们口中有节奏地不断喊着："拜见钦命直指绣衣使！拜见钦命直指绣衣使！"

面对山呼海啸般的俯首臣服，眼前的一切却让刘不周有种恍如隔世的疏离感，如今的权倾朝野让他一瞬间感到很不真实，时光仿佛回到了十八年前，他隐约看到帝国北境的荒野上步履艰难地走来了一个衣衫褴褛的小男孩……

夜屠

三 塞北囚徒

公元前一百五十年，西汉汉景帝前元七年的深秋。

大汉帝国北部边境，靠近北地郡山林中的一条土路上。

此时天色渐晚，十几个军士押解着一队囚犯从远处蹒跚而来，这队囚犯有几十人，男女老少都有，一个个衣衫褴褛、灰头土脸，他们的双手全都被锁链前后拴着。

队伍中间有一个满脸泥土的年轻女人，漫漫的征程和一路上的艰辛已将她摧残得像个女乞丐一样污秽不堪，但是即便如此，如果你仔细观看，在她满脸泥土与汗水的遮盖之下仍能看出曾经的美貌和华贵之气。

她右手领着一个虎头虎脑的年幼小男孩，这小男孩也是一身的污泥，衣服破烂不堪。

此时，年轻女人的身边一个年约二十多岁的精壮汉子拿出一个水囊递给女人道："主妃，走了这么远，您和世子喝点水吧！"

女人停了下来，接过水囊弯下腰正要给身边的小男孩喝水，旁边押解他们的一个军士见她停了下来，马上很不耐烦地喊了一声："磨蹭什么，还不快走！"说着就不由分说上去用刀鞘打在女人的背上，那女人被这一下打了个趔趄，向前扑倒栽到在地上，水囊里的水也洒了一地。

"你大胆，不许打我母妃！"那个小男孩怒视着这个军士喊道。

说着小男孩就猛地扑上去，狠命地一口咬在了军士的手臂上，把那军士疼得气急败坏地喊着："特么小兔崽子，滚一边去！"说着就一脚将小男孩踹出去一溜滚儿。

那个精壮汉子赶紧跑过去护在女人和小男孩身前，对那个军士怒目道："住手，休要对主妃和世子无礼！"

“呦嗬，还摆你们那太子府的威风哪？”那军士一听，放肆地哈哈大笑着，随即又一脚将精壮汉子踹倒。

然后他抽出佩刀用刀尖指着精壮汉子喝道：“搞清楚你们的身份，你们现在可不是那高高在上的金枝玉叶啦！你们的主子，那个废太子刘荣谋反篡位，畏罪自杀，你们全家就是一帮乱臣贼子、该死的囚犯，什么主妃、世子的，狗屁！呸！”说着一口痰啐到精壮汉子的身上。

“你一派胡言，我父王他是好人！”倒在地上的小男孩听到他们这样说，不顾身上的伤痛，站起来朝着那军士怒喊道。

另一个军士见状挺着长矛顶在小男孩胸口，抱怨道：“有冤找你那皇爷爷说去呀，跟我等说不着，赶快动身，爷爷们还想着早点完事回京呢！特么倒了八辈子的霉运，怎么接了你们这个苦差事！”

精壮汉子赶忙起身，过去搀起年轻女人，又把小男孩护在身后，然后对着那十几个官军点头哈腰一个劲应诺道：“军爷息怒，军爷息怒，我等走就是了！”

就这样，他们几十人又上了路，在路上精壮汉子悄悄对女人道：“主妃，下臣这几日总是感觉不对头，好像有什么人一直在后面跟踪着我等，依下臣看，咱们还是快快赶路，早一天到达服役之地就早一天安全。”

女人疲惫地点了点头，领着小男孩带着一众囚犯继续赶路。

精壮汉子的直觉没有错，就在距离他们不远的山林深处，十几个蒙面的黑衣人在暗处一直注目看着他们，一会儿一个黑衣人跑回来对为首的一人说道：“看清楚了，那个年轻女人就是废太子妃，那个小男孩是废太子世子刘不周，那个精壮汉子是废太子府的家臣胜之。”

旁边一个黑衣人啧啧地说道：“咱们自长安出来跟踪他们已经向北走十余天了，这帮军士也是够狠的，每天对这家人不是鞭挞就是羞辱，而且每日投宿的时候，这帮军士就自行住进店里，无论刮风下雨都把这一家扔在客栈之外露宿，还一顿饱饭也不给。”

“是啊，为了防止他们逃走，这帮军士还把他们全家像拴牲口一般用铁链拴成了一串。”另一个黑衣人指着囚犯队伍的方向道，“看见没，这冷风刺骨的，他们身上还穿着单衣呢。”

那个首领听不下去了，他冷眼看着这几个说话的手下斥道：“怎么，你们心疼了？”

那几个黑衣人赶紧解释道：“不、不，我等的意思是，估计那废太子妃他们到不了服苦役之地就得被这帮军士折腾死一多半，还用得着咱们动手吗？”

“废太子全家一个活口都不能留，如果他们活着到了服苦役的地方，那里戍边的官军众多，我们要想再下手可就难了！”首领冷冷地回道。

废太子一家和那十几个押解军士一行人走到天色已晚也没走出这道山梁，估摸着一时半会儿到不了下一个镇店，为首的那名军官和其他几人一商量，干脆今晚就在这土路山林边上宿营，吃饱了，睡好了，等明天一早再动身。

军士们就将一众囚犯绑在道边的树底下，他们自己在林中支起营帐，点上篝火，十几个人围坐在篝火四周取暖，并取出干粮和烧酒，连吃带喝起来。

废太子妃和胜之他们就这么被捆在树下，不给吃，也不给喝，根本不闻不问。

夜风骤起，虽然还尚未达到刺骨的寒冷，却足以把这些饥寒交迫的囚犯们冻得瑟瑟发抖。

押解军士中一个年纪最轻的小兵看他们实在可怜，就起身往废太子妃和胜之的身上扔了两块干饼，废太子妃满脸感恩地对这个小兵千恩万谢道：“谢谢军爷，谢谢军爷。”

她将干饼一分为二，其中一半放在小刘不周的手里道：“世子，快吃吧。”然后将另一半又一分为二，把其中一半递给胜之。胜之没有接，拿着另外一块干饼谦恭地对废太子妃道：“主妃留着吃吧，臣下等人把这一块干饼分吃了就行。”

那小兵看着，感叹了一声自语道：“这世子也着实可怜啊。”

旁边一个年纪稍长的军士一边烤着篝火，一副无所不知的样子说道：“小子，你看他现在可怜，可当年这世子的出生可是引来过天生异象，震动过朝野的。”

“哦？”小兵的兴趣一下子被勾了起来，他好奇地凑近那个军士问道，“这么说来，那他岂不是有帝王之相？”

“何止帝王之相，这刘不周当年一出世，就被当今陛下盛赞为我大汉未来的旷世之君呢。”那军士神神秘秘地回道。

小兵的兴趣更高了，他殷勤地给上年纪的军士倒了一碗烧酒，然后关切地问道：“老哥，快说来听听！”

四 天生异象

年长的军士见长夜漫漫、无所事事，干脆就清了清嗓子给小兵讲起了关于世子刘不周出生时的故事，他讲的这件事发生在六年前……

公元前一百五十六年的七月七日，西汉汉景帝前元元年六月丁未日，这一年正是汉帝国第六位皇帝汉景帝刘启登基称帝的第一年。

这一天，景帝刘启正在若樱殿陪着爱妃栗姬聊天：“爱妃啊，你如此的温婉贤淑，在这后宫之中最懂得朕的心思，又从不争宠骄纵，深得朕心，朕要重重赏赐于你！”

栗姬殷勤地给景帝满上一杯茶后，柔情地道：“臣妾年近三十还能得到陛下如此的恩宠，并且立了咱们的儿子刘荣为太子，已是尊崇有加了，臣妾感念隆恩不尽，还要什么赏赐啊，臣妾只希望陛下龙体康健。”

景帝动情地一把握住栗姬的手，眼睛里满是怜爱，搞得栗姬两颊绯红，害羞地含额低首。

二人正聊着，贴身服侍景帝的宦官黄门令波才急火火地跑进来奏报道："给陛下道喜，王夫人刚刚为陛下诞下一位皇子。"

汉景帝闻言稍一迟疑，栗姬却非常识趣地赶忙对景帝一个万福说道："臣妾恭喜陛下，陛下又得一位皇子。"说着取过景帝的团龙锦袍来给他披上道，"陛下快去王夫人那里看望吧！"

王夫人的漪澜殿里。

汉景帝安慰了因为刚刚生产还仍有些疲惫的王夫人，然后抱起孩子看了看，心里想着，虽然这王夫人性格有些刁蛮，不似栗姬那般温婉，不过怀中抱的也是自己的龙种，心中自然也是喜悦。

这王夫人本名王娡，是景帝众多嫔妃中的一个，她虽入宫时日不短，却并不太受景帝的宠爱。

此时王夫人躺在暖榻上，虚弱地对景帝道："请陛下为此子赐名。"

汉景帝沉思了下脱口而出道："就叫刘彻吧。"

王夫人生下的这个男婴就是后来大汉帝国雄才大略的汉武帝刘彻，只不过当时刘彻的出生并没产生多大轰动，因为他仅仅是汉景帝众多皇子中的一个，排行老十，此时的他既不是嫡子，也不是长子。

如果不出意外，这个孩子的命运大概就是倘若能好好地长到成年，那就会按照汉帝国的宗室制度被封为诸侯王，成为皇帝的臣子，然后必须到自己那一小块封地去住，没有皇帝的圣旨不能擅离封地。

一直以来，皇帝防着诸侯王要比提防刺客还严重，毕竟同为皇家宗室，难免谁有个觊觎皇位的企图，所以别看都是同袍血脉，可历代皇帝整肃起诸侯王来都是不遗余力的，弄不好哪天皇帝看他不顺眼了，随便找个碴儿就废为庶人，最后可能就落得个不是被杀就是郁郁而死的悲惨结局。

正在此时，漪澜殿外突然传来轰隆隆的异响，甚为骇人，景帝不知发生了什么，忙叫波才出去查看，不一会儿波才慌里慌张地跑回来禀奏道：“陛下、陛下……天生异象，天生异象啦！”

“哦？”景帝大惊，忙出宫门观看，王夫人也在莫黎等宫女的搀扶下跟出来观看。

众人站于漪澜殿门口，只见湛蓝的天空中出现了万道五彩霞光，光芒万丈耀人的眼睛，霞光相互纠缠，形状极为壮阔，好似一条巨龙盘于天空，天空中隐隐传来阵阵轰鸣。众人见此都是大惊，不知此为何寓意。

这时，一个人在小宦官的引领下急匆匆由远处跑来，近前跪地禀报道：“儿臣刘荣叩见父皇，儿臣前来给父皇报喜。”

这个来的人正是当朝的太子刘荣。

“太子免礼，起来说话。”景帝让太子起身后问道，“不知何喜之有？”

“启禀父皇，刚才，太子妃为我大汉诞下一位世子。”太子刘荣禀报道。

王夫人在身后听见，脸色明显一怔。

景帝听后大喜道：“哦？这可是个大喜事呀！”

刘荣继续道：“但有件事儿臣不敢隐瞒，须向父皇奏明。”

“何事？”景帝问道。

太子刘荣道：“小儿刚一出生，儿臣便发现他左脚脚心上长了三颗金色的痣，不知有何说法？”

“三颗金痣？”景帝闻听也觉得蹊跷，疑惑地自语道。

“陛下，太史令求见。”正在景帝疑惑思忖之时，波才向景帝禀报道。

景帝马上传其觐见问道：“太史令，你来得正好，朕见这天生异象，不知何故？卿家快为朕占卜天象。”

太史令跪地奏报道：“陛下，微臣正是为此而来。臣方才观此天象，但见万道五彩霞光，似有龙形隐现，而那一阵阵的轰鸣分明就是龙吟之声，是吉象啊！”

“是何吉象？”景帝面有喜色问道。

太史令解释道：“这等吉象千年不遇，臣查遍史籍，断定我大汉江山必有旷世之君出世。方才听闻，太子妃诞下世子，更听说其脚生三颗金痣，臣为之推演，这天生吉象正是因世子出生而显，主吉星高照，可佑我大汉天下福运绵长、万年长青啊！”

众人听完都大喜，一个个喜笑颜开。

景帝喜出望外哈哈大笑道：“好啊！好啊！这是上天赐给我大汉天下一份最为珍贵的宝物，太子喜得贵子，为我大汉江山万年不息立下大功啊！”

“请父皇为世子赐名！”刘荣见父皇大喜，心中也是喜悦，赶忙叩首道。

景帝略一沉思，昂首道：“相传上古时期，诸神争霸，共工大神为天下苍生计，怒撞不周山而再造了天地，才有了如今天地玄黄的面貌，可谓开天辟地的始祖……嗯，朕就给世子赐名为刘不周，期望他将来能为我大汉江山开疆拓土，创出一番万世不朽的丰功伟业！”

刘荣赶紧叩首道：“谢父皇为我儿赐名！”

“既然是上天赐给我大汉江山的珍宝，朕不可违背天意，现在就封太子世子刘不周为临江王！”景帝难掩心中的喜悦立刻就给刘不周封了王爵，小刘不周刚出生就被封为亲王可以说是一时风光无两。

众人齐齐地为太子刘荣之子刘不周的诞生好一番议论，气氛极为热闹，却把王夫人和刚刚降生的小刘彻冷落在了一边，就像根本没有发生过此事一样，那轰动朝野的天生异象更与刘彻的出生毫无关系。

王夫人在一旁甚为尴尬，她低垂着双目，用眼角阴狠地盯着太子刘荣。

景帝今天兴致颇高，他大踏步地走下台阶，边走边道：“太子，快，将朕那小孙孙刘不周抱到你母妃栗姬的若樱殿去，让她也高兴高兴，也让朕好好瞧瞧！”太子刘荣跟在旁边，连连称是。

刚走了没几步，景帝似乎想起了什么，觉得有些冷落了王夫人和新出生的小刘彻，他停下脚步，转过身对仍跪在漪澜殿门口的王夫人道：“哦……夫人，你先安心静养，改日朕再来看望你和彻儿！”说完转身离去了。

“臣妾恭送陛下！”王夫人跪地谢恩。

太子生子，还脚生三颗金痣，引发天生异象，出生当日就受封临江王，此事震动朝野，刘不周就在这样万众期待之下出生了。

如果不出意外，他必是大汉帝国未来的一国之君，按照太史令的推演所说，这将是一位旷世君主，他必将受到天下人的拥戴，接受天下人的顶礼膜拜，手握生杀之权，后宫佳丽无数，过着穷奢极欲的帝王生活。

然而，未来从来都是无法预测的，充满了无数的机遇和巧合，刘彻和刘不周这两个同年同月同日出生在同一个帝王家的男婴的未来命运也蕴藏着未知的变数……

五 巫蛊与谋反

“这么说，当年那个太史令的推演是不准确的了？”小兵听到这里，回头看看树下那躲在废太子妃怀里被刺骨的寒风冻得瑟瑟发抖的小刘不周，疑惑地问那年长军士。

年长军士摇了摇头回道：“唉，天意难料啊，岂是我等这种凡夫小民能懂的。”

小兵看了看四周，又向年长军士这边凑近了一些低声问：“那废太子谋反一事……”

年长军士没等小兵把话说完，立刻打断了他，他警觉地对小兵低声斥道：“你不要命了，此事是禁忌，任何人不得谈论此事，违者以废太子同谋论处，是要杀头的，你知不知道？”

“就说说嘛，出你的嘴，入我的耳，没人知道的。”小兵又殷勤地给年长军士倒满了酒，说道，“小弟这不是才刚入伍，在家乡时只是有些耳闻，不像您这么见多识广嘛！”

小兵这一番恭维果然起了效果，那军士也是借着酒劲，看了看四下没人注意他们，就道：“说到太子谋反，还要从栗夫人巫蛊案说起。据说那栗夫人为人温婉贤淑，深得当今陛下的宠爱，不过好景不长，有一年，栗夫人再次怀有龙种，所以不能侍寝，陛下转而开始宠幸起王夫人来，那栗夫人觉得就是因为王夫人才导致自己失了宠，故而怀恨在心，就有意加害王夫人。”

小兵目不转睛地问道：“那栗夫人是如何加害的王夫人的？”

年长军士喝了口烧酒继续道：“听说她故意将自己肚子里的龙种打了下来，还骗取了王夫人的生辰八字，利用银针将死胎和王夫人的生辰八字合制成了一种极为阴毒的巫蛊，叫什么‘厌胜之术’。”

“厌胜之术我听说过，在我们家乡传得可邪乎了。”小兵啧啧道。

年长军士继续道：“后来王夫人很快就中了蛊，昏迷不醒，马上就要死在当下了，陛下大发雷霆，全皇城搜查，最后就在栗夫人的寝宫里发现了这个巫蛊局，据说还是她的一个贴身宫女最终揭发了她，此事才真相大白，陛下震怒，将栗夫人废为庶人，圈禁永巷别院，终身不得赦免。”

小兵听得汗毛倒竖，心悸得直打哆嗦，他也赶紧灌了一口酒，定了定神道：“怪不得此事被禁说呢，听着都觉得可怕，难道这后宫的嫔妃之间为了争宠真能做出这样不择手段的下作事来？！”

年长军士回道："唉，自古皇家多薄情啊，不过当时最不信此事的就是太子殿下刘荣，他就在栗夫人被废的当夜跑到皇城执意要求见陛下，为他的母妃栗夫人鸣冤。"

小兵问道："那太子有没有说动陛下原谅栗夫人？"

"原谅？大汉律法中明确规定了，下巫蛊害人是死罪，更何况是在后宫之中呢。栗夫人只是被废为庶人已是陛下格外开恩了，你说太子这个时候去找陛下为他的母妃鸣冤，不是自找苦吃吗？"军士回道，说完这话他又警觉地四下看了看后继续道，"后来听说太子言语间触怒了陛下，陛下命他不许再提此事，并将他赶回了太子府。"

小兵不由得叹了口气道："这太子也是挺可怜的，陛下恐怕也是不想让他牵扯此事太深吧！"

"但是太子并不是这么想的，他被送回太子府后，就动起了谋反的念头。"年长军士回道。

小兵赶紧问道："哦，那后来如何？"

年长军士道："太子派遣太子舍人晏辰拿着他的亲笔手书去见当时负责皇城护卫的卫尉将军郅都，和他密谋一起举事谋反，让郅都打开皇城城门，太子率领亲兵进宫与郅都会合，再一同攻进未央宫，逼着陛下退位。可是谁承想，那晏辰在给郅都送信的途中正好被当今的卫将军公孙贺和他的手下甘吉抓了个正着，太子谋反一事才最终败露。陛下大怒，下令将太子下了狱。"

小兵急着问道："那后来太子招认了吗？"

年长军士用一只手在自己的脖颈处做了个横切的动作道："太子刘荣在狱中竟然自杀了！"

小兵听军士说太子在狱中自杀了，也是一惊，赶忙问道："莫非太子是被冤枉的，他含冤自杀？"

"不是，太子在自杀之前写了悔过书，承认了自己意图谋反的全部事实，陛下震怒，颁下圣旨，所有涉及此事的相关人等全部被处死，虽然太子刘荣畏罪自杀，但太子谋反之事已坐实，所以被废去太子之位，全家被削去皇室宗籍。他的家人本该连坐处死，但念其家人无知就免了死罪，发配北部边境苦寒之地服苦役，永不赦免。”年长军士说完，将最后一口烧酒喝干。

小兵听完后若有所思地问道：“那既然是证据确凿，为何还要全国禁止谈论此事呢？”

年长军士回道：“这栗夫人巫蛊案和废太子谋反案影响实在太大，牵涉面太广，所以当时轰动了全国，民间众说纷纭，说什么的都有，也有说栗夫人和废太子是被陷害的，后来朝廷不得已就禁止提念此事了。”说完，年长军士掰了块干饼放进嘴里道，“好了，不说了，再说多了恐怕你我都会引火上身的。”

小兵意犹未尽地点了点头，回味着刚才年长军士所讲的，叹了口气，就自顾自地喝起烧酒来。

这时候，那棵树下，小刘不周将单薄的小身子蜷缩在母亲的怀里，他喃喃地道：“母妃，孩儿好冷！”

废太子妃半坐在树下，看着不停哆嗦的小刘不周，她心里说不出的心疼，自己倒也罢了，她怎么也看不下去自己的儿子遭受这样的罪，她回过头看了看林中正在吃喝的军士，暗自咬了咬牙，鼓足了勇气提着一口气冲着军士那边说道：“各位军爷，各位军爷行行好，能否给小儿一件厚衣服御御寒？”

篝火旁，这帮军士中为首的是个军官，他刚刚灌下一酒囊的烧酒，有些微醉，脸色通红，他听到废太子妃的话，醉眼惺忪地站了起来，后面几个军士也跟着，脚步踉跄地向着废太子妃他们这边走了过来。

军官来到废太子妃近前，废太子妃这一路上没少遭罪，腿上还受了伤，因为军士不给医治，伤口都化了脓，她走起路来已是一瘸一拐的，即便如此，她仍努力地站直了身子，一脸祈求地对那军官道：“军爷，求求军爷了！”

那军官瞅了瞅小刘不周，又看了看废太子妃，突然笑了起来，他说话略有含混地道：“厚衣服，我这有的是，可那是给我们穿的，我凭什么给你们呀？”

废太子妃再次央求道：“军爷，我等身上已身无分文，没有什么能报答军爷的，您就行行好，给小儿一件，本宫，哦不，奴……奴婢到了苦役之地还不知能活到几时，奴婢来世当牛做马一定报答军爷的恩情！”

“来世？啊哈？”那军官转头看着身边那几个兄弟怪笑道，“那我们兄弟可等不起！”

军官说到这里，弯下腰用刀鞘托起废太子妃的下颌端详了半天，一脸淫邪地道：“嗯，果然天上尤物，不愧是金枝玉叶，你呀，今天就陪我们兄弟几个快活快活，爷就赏你等所有人每人一件厚衣服，好不好！”说着，就上前去扯废太子妃。

六 困兽的洪荒之力

废太子妃为了小刘不周央求押送的军官给一些衣物御寒，谁知那军官色心暴起，欲借此对废太子妃行不轨之事，废太子妃恼羞成怒，她使劲挣脱着军官的纠缠斥道：“你给本宫放手！”

军官刚才灌了一肚子烧酒，现在被酒劲拿的已是兽性难忍，怎可轻易放手？他一把抱住了废太子妃就要强行去亲，嘴里还一个劲儿地嘟囔着：“咱今天也尝一尝这皇家女人的滋味，啊，哈哈！”

废太子妃被他死命地纠缠不放，情急之下抬手就“啪”的一记响亮的耳光打在了军官的脸上，她愤怒地吼道：“你无耻！”

另外几个军士一看竟然都嘲笑般地哈哈大笑起来，七嘴八舌地起哄道："天鹅肉吃不到，反而被天鹅啄瞎了眼睛，哈哈！"

这军官着实有些下不来台，被这一记耳光打急眼了，他气急败坏的"噌"地抽出佩刀，擎着刀冲着废太子妃怒吼道："你个贱女人，还敢打军爷？我杀了你！"说着，举起佩刀就要往废太子妃的头上砍！

就在这时，不知从什么地方突然一支箭"嗖"地飞来，不偏不倚正好钉在军官的脖颈之上，这家伙只"哦"了一声就仰面倒地死了。

与此同时，不等其他那些军士反应过来，十几个蒙面黑衣人纷纷从树上落下，手里都拿着明晃晃的长剑，一言不发，朝着那些军士和废太子一家就杀了上去。

事发得突然，军士们还没反应过味儿来，这些黑衣人就已经到了近前。为首的那人手起剑落砍翻了站在最前面的一个军士，这时候众军士才醒悟过来，赶忙抽刀上前抵抗。

胜之见状，趁乱抄起被射死军士扔下的佩刀，抡圆了朝着锁他们的锁链上就砍，几下就把自己和废太子妃等几人的锁链砍断。

就在他砍断锁链之时，那几个军士就已经被报销了，这些黑衣人仍不肯罢休，提着刀奔废太子一家而来。

其他囚犯这下也明白了这些人的意图了，他们的真正目的是奔着废太子一家来的，几十个犯人怒睁着双眼全都堵在废太子妃和小刘不周的前面，用肉身去抵挡杀手们的攻势。

胜之横着刀保护着废太子妃和小刘不周，他冲着废太子妃说道："主妃，这些杀手是冲着咱们来的，我等在前面抵挡，请主妃速速带世子逃走！"

废太子妃紧紧地搂着已经吓坏的小刘不周，她艰难地挪动了几下步子，却险些跌倒，废太子妃硬撑着站了起来，咬紧牙关，对胜之道："胜之啊，本宫这腿是走不了了。"

说着，她把小刘不周一把推到了胜之身边，急促地道："你带着世子走吧，我们留下来阻挡杀手，为你们逃走争取时间！”

胜之大惊，他慌忙道：“那怎么行？主妃带世子快走吧！下臣就是拼死也不让他们前进一步！”

此时，那些黑衣人已经砍倒了最前面的十几个人，眼看着就快到废太子妃他们这边了，废太子妃急了，她努力地上前几步，让过胜之和小刘不周，对胜之嘶喊道：“本宫现在这样走，很快就会被杀手追上，那样我们全都得死在这里，世子的命更是难保。本宫现在命你速带世子离开，说什么也要给太子殿下留个后啊！”

废太子妃的话句句在理，胜之何尝不明白，眼见着迫在眉睫，他把心一横，一把抱起世子刘不周，单手提刀，满眼含泪地对废太子妃说了声：“主妃，保重！”然后转头飞似的就逃了下去。

小刘不周见自己的母亲没有跟来，张着两只小手拼了命地朝着废太子妃的方向摇晃喊着：“母妃……母妃！”

废太子妃泪流满面地看着胜之带小刘不周远去，心如刀绞一般，她忍住眼泪，一转身，对着还活着的几十个废太子家人说道：“今天，就是拿我等的身体当盾牌，也要誓死挡住杀手，不让他们前进半步！”

那些凶神恶煞般的杀手从来没把这群手无寸铁、还面黄肌瘦的人放在眼里，多少次刀光剑影之中他们都能轻松取了对方的性命，何况面对这样一帮手无缚鸡之力的人呢。

然而，他们想错了，他们的这场杀戮彻底将废太子一家人隐藏在心中解不开的怨与恨激发了出来，天知道他们曾经遭受过什么样的不公和摧残、什么样的折磨和非人待遇。

他们愤怒了，体内的潜能爆发了出来，这群面容枯槁的人就像一群受了伤的野兽一般，咆哮着、怒吼着，奋不顾身地扑向这些杀手。

手无寸铁算什么，他们还有牙齿、还有手、还有腿，他们用尽了最后一点力气，用牙咬、用手抓、用脚踹，将满腔的怒火统统释放在这群杀手的身上。

杀手们遭受到了前所未有的重创，近半数的杀手竟然被弄得血肉模糊，狼狈不堪。不过废太子一家的反击也只能说是强弩之末，面对十几把雪亮的长剑和十几个身手了得的杀手，他们的反抗显得实在太过脆弱了。

等到杀手们及时纠正了自己轻敌的错误之后，剩下的就只有杀戮了，片刻的工夫，几十具尸体就全部倒落于尘埃。

废太子妃的胸前中了一剑，这一剑扎得很深，几乎从后背穿透了出去，她瞪着一双原本美丽明亮的大眼睛，此时神情蓦然，绝望呆滞地仰望着夜空，这个美丽的女人就这样带着多少不甘和对人世间无法割舍的牵挂与留恋直挺挺地倒在其他家人的尸体堆上死了。

假如她没有嫁到帝王之家，可能只是个村妇，抑或是个寒门之妻，可能生活有些拮据，但经过一家人的勤奋努力亦能三餐度日，或许现在正温柔地靠在丈夫的肩膀上，幸福且甜蜜地望着膝下活泼可爱的一双儿女，享受着一个普通人家女人的欢乐和安详呢吧。

或许和也许对于现实来说都是徒劳和无力的，废太子一家除了世子刘不周和家臣胜之以外，全被屠杀殆尽，但他们的死也为胜之带着小刘不周逃跑争取了不少时间。

黑衣人的首领踏过几十具尸体，看着胜之逃走的方向。

另一个黑衣人对首领道："哎呀，让世子给跑了！"

首领定了定神，杀气腾腾、斩钉截铁地吩咐道："追上世子，一个活口都不许留！"说着提着长剑朝着胜之逃跑的方向就追了下去，其他杀手也紧随其后追了过去。

七　自古英雄出少年

在废太子妃等人拼死的抵抗之下，家臣胜之带着世子小刘不周逃走了。

不过山林中黑灯瞎火的，胜之根本摸不清方向，只是慌不择路地使劲跑。他带着世子刘不周并没有跑多快，虽然他一身武功，怎奈这二十多天的路途折磨，没吃没喝早就透支了他的身体，再加上背上背着小刘不周，更加是跑不了多快的了。

穿过这片林子，翻过一道山梁，胜之就已经累得气喘吁吁。他回头看看，见没有追兵过来，四下里也听不到嘶喊的声音，就把小刘不周从背上放了下来。两人躲在山梁下的土坡深处，背靠着山壁，坐在那里不停地喘着气。

年幼的刘不周一直在抽泣，胜之抚着他的后背道："世子不要害怕，咱们歇够了就走，他们追不上咱们的。"

"我不害怕。"小刘不周哽咽地转过头问胜之，"胜叔叔，我的母妃是不是不会再来找咱们了？"

胜之的眼神一下子暗淡了，他没办法回答这个孩子的问题，垂着头哀伤地道："世子啊……下臣一定会保世子平安脱险的！"

小刘不周没有回应胜之的话，他靠在山坡下，小脸埋在双腿之间，脑海中想起了他被迫离开长安前，母子间的最后一段对话……

那是前不久，他的父亲太子刘荣因被告发谋反下狱后，在太子府外，禁卫北军将整个太子府围了个水泄不通，三步一岗，五步一哨，严禁任何人进出。

对此浑然不知的小刘不周见到家里突然来了这么多官军，他很是好奇，再看自己的母亲太子妃坐在那里一脸的愁容，他扑到母亲怀里，闪着一双水汪汪的大眼睛问道："母妃，咱家为何来了这许多军人呢？"

太子妃哀怨地轻抚着小刘不周的小脑瓜只是叹气，却一句话也说不出。

此时，家臣胜之忧心忡忡地进来对太子妃说道："启禀主妃，臣下前往狱中探望太子殿下，可守门的官军却把臣下阻挡在狱门之外，根本不让我见太子，这可如何是好？”

太子妃也是没了主意，急得直掉眼泪。

刘不周虽然年幼，但胜之的话他听明白了，惊诧道：“我父王为何被下狱？”然后他扯着太子妃的衣服急切地问道，“母妃、母妃你倒是说啊，父王怎么了？”

太子妃被小刘不周这一问，实在忍不住，哭了出来，她紧紧抱着小刘不周，胜之在旁边也是垂首落泪。

“我去找皇爷爷去，我去找皇祖母去。”小刘不周使劲地挣脱太子妃，叫嚷着。

太子妃将小刘不周搂得更紧了，她哽咽着道：“世子啊，就是你皇爷爷下令抓的你父王！”说着，太子妃松开手，捧起小刘不周稚嫩的小脸，泪眼婆娑地继续道，“而且你也不会再见到皇祖母了！”

“啊？这是为何啊？”小刘不周睁大了双眼，惊诧地问道。

太子妃看着年幼稚嫩的儿子，她能说什么呢？他还这么小怎会懂得成人世界的那些事情，想着想着却意味深长地脱口说出了一段以小刘不周这个年纪是根本无法理解的肺腑之言：“世子啊，你怎么可能懂得那表面巍峨气派的皇城之中，暗地里隐藏着多少肮脏和龌龊，那至高无上的皇帝宝座上烙印着多少皇族的鲜血和数不清的阴谋……

山坡下，小刘不周眼神呆愣地想着心事，小脸逐渐紧绷了起来，他突然双眼怒睁，转头问胜之道：“胜之叔叔，你告诉我，究竟是谁在坑害咱们全家？”

胜之犹豫了一下，敷衍道：“世子还小……”

“我不小！”小刘不周愤怒地打断了胜之的话，他小脸一绷，正色道，“春秋时儒家祖师孔夫子拜七岁的项橐为师，还被孔子尊为圣公；鲁国的汪踦十一岁率兵抗击齐国入侵，英勇殉国；秦国的甘罗十二岁出使赵国，用计得了赵国十余座城池，被拜为秦相，这都是父王教我的。我是大汉世子，临江王刘不周，全家遭此横祸，虽然我还年幼，手无缚鸡之力，但就是我这黄口小儿也会拼了性命为全家报仇的！”

胜之听小刘不周慷慨说了这番话，已是泪如雨下，他激动地把小刘不周抱在怀里，仰天长叹道：“太子啊，您听到了吗？！您在天之灵别散，您的儿子，我们的世子小小年纪就如此的胸怀大志，您的千古冤屈一定会昭雪的！”

二人正说着，却不知杀手们已经偷偷地从后面摸了上来。

等胜之发现的时候，主仆二人已经被包围了，胜之见状，赶紧背起小刘不周，右手擎着刀，也不搭话，一个箭步冲了上去挥刀砍倒了两个杀手，然后夺路而逃。

其他杀手在那个首领的带领下跟在后面紧紧地追赶。

胜之本来对这一带的地形就不熟悉，再加上现在是深夜，茂密的树林挡住了微弱的月光，他分不清四周的方向，约莫向前跑了不到一里多地，他就不得不停了下来，因为前面一道悬崖挡住了胜之的去路，从悬崖上向下望去，悬崖之下黑洞洞的深不见底，这是没路了。

胜之急得一阵心悸，他倒不是怕死，他最挂怀的是太子这最后的骨血说什么也不能断送在自己手里。

想到这他紧咬牙关转过身，面对着由远而近扑上来的一众杀手，将小刘不周放在地上，把手中的刀“扑”的一声戳在了地上。

此时，杀手们已经赶到近前，十几个蒙面黑衣人“一”字排开，呈扇形将主仆二人围住，胜之双眼冷峻地看着对面的众杀手，小刘不周此时出奇的不再抽泣，他虽然年幼，但眼前的情形他心里也明白，也许今天就会死在这悬崖的边上了，他站在胜之的身边，两只小手紧紧地攥成了拳头怒视着面前的杀手们。

“对面的，看来是天不容我们主仆了。”胜之脸上毫无表情地道。

那首领向前一步说道："既然是上天注定，那你等就顺应天意不要顽抗了，我保证送你二人痛快的上路！"

胜之道："事已至此，也没什么可说的了！不过，临死之前，我还有个请求，还请好汉们务必答应！"

"你说！"首领趾高气扬地道。

胜之抬手指了指面前这些人道："诸位好汉全是黑纱蒙面，能否在我二人赴死之前见一见诸位的真容，我二人既然已是将死之人了，也让我死个明白！"

首领一下被胜之的这要求给说犹豫了。

一个手下凑过来道："别听他的，现在上去一顿乱剑砍死了事！"

"莫非诸位都是见不得人的下作之辈不成？"胜之见杀手们犹豫，马上用话激了一句。

首领一听他这样说，好胜之心顿起，他不屑地回道："你等早晚都是剑下之鬼，死人是没有秘密可泄露的，我怕什么？！"说着，他傲慢地一抬头道，"好，我就答应你这最后的要求。"然后一把扯下蒙在脸上的黑纱，露出了本尊。

"怎么是你？！"胜之一见那人的真面目不由得大吃一惊。

八　夜屠

借着天上孱弱的月光，胜之看清楚了面前为首的那人，此人年纪大概二十五六岁，脸型狭长，生了一双细长的丹凤眼透着一股子阴险。

胜之又看了一眼为首那人身后站着的一个身材消瘦的男人，半晌忽然哈哈大笑道："我当是谁呢？原来卫将军公孙贺和新任卫尉将军甘吉都亲自出马了！想必你家王夫人，不，是你们王皇后陷害了太子殿下，心里有鬼，公孙将军特意带了你京卫门的人倾巢出动，看来是要将我太子全家斩草除根，以绝后患吧！"

胜之所言不错，来的这为首的首领正是官拜大汉卫将军，执掌京师南北两军兵权的公孙贺。

这公孙贺本是草原上游牧部族义渠人的后裔，他武功高强，弓马纯熟，先是在京师南军中任卫尉左丞，掌管兵符印信，却一直不受顶头上司卫尉将军郅都的待见，总是不能升迁。

但不知什么原因，几年前公孙贺却成了王夫人的嫡系亲信，还娶了王夫人的妹妹王姁为正妻，随即便升任了中尉将军，这个官职虽不大，可是权限却非同寻常，他掌管着都城长安仅有的两支禁卫部队之一的北军，手握数万兵马，司职皇城守卫和都城治安防务，相当于今天的首都卫戍区司令。

近日公孙贺因为成功破获废太子刘荣谋反一事立了大功被晋升为卫将军，统领京师南北两军，一时风头正劲，成了炙手可热的人物。而他的死党甘吉也因此被提拔做了卫尉将军。

此刻，公孙贺听了胜之的一番话后冷冷地回道：“你不要胡言乱语，乱臣贼子还想颠倒黑白不成，你家主人废太子刘荣勾结那郅都图谋逼宫篡位，证据确凿，已经定案，天下尽人皆知，何来陷害之说？”

胜之看了看眼前的众杀手，冷笑一声道：“你口口声声说证据确凿，没有陷害，那我等全家奉圣旨被发配北境，你们为何还要沿路追杀？”

“本将军近日得到线报，说你们废太子一家中有人不甘此事就此败露，欲再图谋不轨，想要勾结谋反势力再次造反，这才一路追来。”公孙贺答道，随后有些不耐烦地把手中的长剑一扬厉声道，“废话少说，既然已经遂了你的愿，就痛快些，咱们尽快了结了吧！”

胜之冷峻地盯着眼前的公孙贺，悠悠地对身边的小刘不周说道：“世子，看到了吗？要杀你的人就是这个公孙贺，他的主子就是当今的王皇后王娡，您可要记住这张脸和这两个名字！”

小刘不周绷着小脸，怒目瞪着公孙贺，恨恨道：“记住了！”

胜之继续道："这二人就是害死你皇祖母和你父王、杀了咱们全家的仇人，如果世子能逃过此劫，将来就是追到天荒地老也要报了这血海深仇，为你的父王昭雪！"

公孙贺怒道："笑话，废太子刘荣逼宫篡位，弑父夺权，陛下念及亲情没有处死你们，可你等却不知感念天恩，妄图再行谋反之事，你们这些乱臣贼子天下人人得以诛之！"

胜之也不再与公孙贺辩解，他已经打定了主意，拼了这条命不要，也要挡住杀手让世子刘不周逃出生天。

想到这他不由分说一把抱起小刘不周，抬手从地上拔起了钢刀，猛地冲了上去就和众杀手打在了一起。

"好个贱奴，谋反之心不死，竟敢哄骗本将军。"公孙贺见胜之杀了上来，不由得大怒，他抡起长剑迎面就顶住扑上来的胜之，兵器相撞，火星四溅，其他杀手也举剑向胜之劈砍过来。

虽然胜之奋力地砍倒了几名杀手，但他无论如何也不是这十几个京卫门高手的对手，几个回合下来就支撑不住了，后背和胳膊上连中数剑，血流如注。主仆二人已经再次被逼到了悬崖的边上了，眼看着危在旦夕。

乱战中，小刘不周被胜之抱着，他一双眼睛喷出了火，就在胜之和公孙贺拼杀交错的当口，小刘不周瞅准了一个机会，狠狠一口咬在了公孙贺的耳朵上，公孙贺的耳朵登时就冒出了鲜血，疼的公孙贺"哎呀"一声，他使劲挣脱，可小刘不周就是死咬着不放。

公孙贺情急之下一把揪住小刘不周的脖领，猛地向前一甩，小刘不周就从胜之的手臂中脱离了出来，大脑充血的公孙贺不顾一切地顺手一扬，小刘不周整个小身子腾空而起，奔着悬崖下面就直直地掉了下去。

胜之大惊，他急转身，伸出手想要去揽住小刘不周，可怎么能揽得住，他眼睁睁地看着世子刘不周被抛下了悬崖。

胜之这一走神，就没防着自己，公孙贺顺势转手一剑扎进了胜之的腹部，胜之惨叫了一声，一口鲜血喷了出来，踉跄着倒退了几步，仰面栽倒不动了。

甘吉赶紧过去探了下胜之的鼻息，转头对公孙贺道："将军，他死了！"

公孙贺捂着还在流血的耳朵，近前看了一眼，然后就走到小刘不周落下去的悬崖边上，往下看了看问道："这小兔崽子应该是摔死了吧？"

"这悬崖深不见底，必然是摔死了，就算没死也是残了，必定被这山中的猛兽吃的骨头都不剩。"甘吉说出自己的判断，上前也向悬崖下面望了下，然后对公孙贺道，"将军，咱们下到谷底去看看？"

公孙贺看了看漆黑的夜色，眼珠转了转，果断地转身对众杀手说道："不必，此事已了，即刻返回长安复命！"

与此同时，汉帝国都城长安的椒房殿里。

景帝"啊"地惊叫了一声从梦中惊醒，他惊魂未定地从龙榻上坐了起来，嘴里含含混混地嘟囔着："刘不周，朕的小孙孙刘不周。"见无人答应，景帝圆睁双目喊道，"来人，朕的小孙孙刘不周在哪里？"

睡在他身边的王皇后被景帝这一惊一乍的也给吵醒了，她赶忙起身安抚景帝道："陛下，您忘了吗？废太子一家被发配流放北境，如今已离开长安有十余日了吧。"

"哦……对呀，全家发配了。"景帝这才如梦方醒地记了起来，眼神中充满了挂怀和失落的神情。

王皇后甚为关切地对景帝道："臣妾知道陛下时刻挂念着世子，等这阵风过了，臣妾找个理由将世子接回长安来就是了。"

景帝哀叹了一声，满眼赞许地看了看身边的王皇后，疲惫地点了点头。

九　活要见人，死要见尸

未央宫的椒房殿。

这座殿宇不仅气势恢宏，而且在世人眼中也有着与众不同的政治意义，因为只有母仪天下的国母皇后才有资格入住椒房殿，而如今这椒房殿的主人已经属于王皇后了。

今日，王皇后一早送景帝前往未央宫升早朝后，却怎么也睡不着了。宫女莫黎看出主子心情烦躁，似有烦心之事，就问道："皇后娘娘为何心神不安的？"

王皇后心事重重地回道："昨晚陛下梦中惊醒，不停地呼唤乱臣贼子刘不周的名字，看来在陛下心中那废太子世子的地位并未因废太子谋反一事而衰减半分，反而让陛下更加日夜思念他，真是一块心病啊。这公孙贺带人去了也有十余天了，也不知他们那边的进展如何了？"

接近中午时分。

皇十子刘彻吃过午饭后就蹦蹦跳跳地跟着宫女莫黎出去玩了，而王皇后在宫女的服侍下正慵懒地半躺在凤榻上喝养颜的莲子汤。

此时有人进来禀报说卫将军公孙贺和黄门侍郎波才求见。

"公孙将军回来了？"王皇后一听马上吩咐道，"让他二人进来吧。"

不一会儿，公孙贺和波才二人走进了椒房殿，跪地叩首拜见王皇后。

王皇后让他二人起身，公孙贺和波才谦恭地垂首站在旁边等候王皇后的讯问。

"公孙将军，此行情况如何？"王皇后悠闲地捏了一颗葡萄放进嘴里，然后问道。

公孙贺一脸得意地回禀道："启禀皇后娘娘，事情已经办妥，废太子一家悉数被剿灭，一个活口没留！"

“哦？”王皇后眯了眯眼睛，又问道，“做的可顺利？”

公孙贺回道：“回禀皇后娘娘，起初微臣将废太子一家数十口全部斩杀，却跑了世子刘不周和家臣胜之！之后微臣赶紧带人紧紧追赶，在一处悬崖边将家臣胜之杀了，世子刘不周坠崖而死！”

“掉下悬崖摔死了？”王皇后听了公孙贺的禀报后若有所思地重复着公孙贺刚才说的最后一句话。刚想再发问，就见椒房殿的大门一下子被推开了，小刘彻从外面跑了进来，他一边跑一边喊着：“姨夫在说谁？刘不周吗？就是世子刘不周？他可是我的好朋友，很久没见他进宫了，还想着找他玩去呢，姨夫你见到他了？”

公孙贺一怔，尴尬地支吾在当场不知该说什么好了。

王皇后见是儿子进来，一把将小刘彻拉了过来，揪着他的小鼻子假装发怒地说道：“好啊，你个小机灵鬼儿，小小年纪就偷听你母后说话了是不是？”

小刘彻一本正经地正色回道：“儿臣没有偷听，只是刚才玩累了，想回来找母后，进门之前听到姨夫说起刘不周，这才问的！”

王皇后握着小刘彻的小手慈爱地道：“母后正在和公孙大人、波才大人议事，哪有提到什么刘不周了呀！”

“可是……可是……”小刘彻还想说什么。

王皇后马上截住道：“好了好了，快去玩儿吧。”说着朝外面喊了一声，“莫黎，人哪？”

陪着刘彻出去玩的莫黎这时候正在殿门口恭恭敬敬地候着，听见皇后叫她，忙不迭地跑了进来回道：“奴婢在！”

王皇后怒道：“废物，连个孩子都陪不好！”随后低头慈祥地看着小刘彻道，“皇儿啊，你也多日没去御花园了，就让莫黎陪你去玩玩好不好？”

小刘彻极不情愿地被莫黎拉扯着出去了，一边走还一边嘟囔着：

“我……我就是听到了嘛！”

等小刘彻出去了，王皇后立刻收起了笑容可掬的表情，表情严肃地问公孙贺道：“公孙卿家确定那世子刘不周真的摔死了？”

“确定，确定。”公孙贺斩钉截铁地回答道，“那处悬崖深不见底，掉下去必死无疑！”

王皇后沉思了片刻，仍是摇了摇头对二人说道：“公孙将军可曾寻到尸体？”

公孙贺赶忙回道：“当时正是深夜，天色漆黑，我等未能下崖寻找。”

“见不到尸体怎能就认定人已死了呢？”波才在一旁疑惑地道。

王皇后此时的脸色突然变了，她表情冷峻，阴冷地说道：“公孙将军，本宫活要见人，死要见尸，你可不要糊弄本宫！”

公孙贺吓得赶紧跪倒叩首道：“皇后娘娘息怒，微臣一定尽快寻到那刘不周的尸体，将此事了结。”

世子刘不周掉下悬崖的那个位置是个断壁，虽然并不算高，能有七八丈高的样子，但是坡度却极陡，小刘不周直直地从崖上被甩了下去，按理说是绝无生还的可能。

然而，在断崖的中部偏下一些的位置，山壁上有一处岩石向外突出了一大截，在这个突出的部位上有一个用干草和树木枝丫叠加围成的大窝，窝很厚，能有三个枕头摞在一起的厚度，上面还散落着一些细长宽大的羽毛，原来这是一个被金雕废弃了的空巢穴。

说来也巧，小刘不周就不偏不倚地掉在了这个巢穴之中。

而在落入之前，他的脑袋磕在了那处突起的岩石上，进而才落在了巢穴之上，真算是小刘不周万幸，这么厚的巢穴，又因是用树杈等搭建而成，形成了多缝隙的缓冲层，他竟然没有被这重力加速度给摔死。

但即便如此，小刘不周还是被那岩石撞的那一下重创给撞昏了，毫无知觉地昏死在了空巢穴里。

此时天还没亮，山林中月黑风高，四周扑啦啦的树影晃动，显得极为吓人。

突然，就见山壁之上出现了一条体型硕大的黑影，天太黑看不清真貌，只有一对绿幽幽、冷酷的眼睛在暗夜里一闪一闪的。

这黑影在山壁之上急速地匍匐前行，直上直下的岩石在那黑影的脚下宛如走平地一般的轻松自如，黑影左冲右越地绕来绕去，没一会儿就来到了那座空巢穴的近前，并发现了昏死在里面的小刘不周，黑影“呼呼”地低吼了一声，露出白森森的獠牙就朝着小刘不周扑了上去……

野兽男孩

十　窦太后的心结

汉帝国都城长安皇城的御花园里。

莫黎陪着皇十子刘彻观赏着园中的景致。

小刘彻仍旧喋喋不休地抱怨着刚才就是听到了他们说刘不周的名字。

莫黎有意无意地岔开话题道："兴许是小主子刚才听岔了吧？"

"怎么会……"小刘彻嘟囔着，可眼神却已经被四周秀美的景色吸引了过去。

当来到一条长廊的拐角处时，小刘彻有些出神地对莫黎道："我还挺想念刘不周的，我在宫中也没什么玩伴，其他的哥哥都比我大很多，没人愿意带我玩，只有刘不周经常和我一起玩，我俩一起捉迷藏，一块抓蟋蟀……可好玩了。你知道吗？我俩还曾经闯过大祸，一起冲撞过太后老祖宗呢！"

莫黎吃了一惊，反问道："小主子说的可是窦太后？"

"正是。"小刘彻认真地点头道。

莫黎的好奇心顿起，她也装作神秘地对小刘彻道："给莫黎姑姑讲讲好不好？"

小刘彻一听有人想听他讲故事，马上高兴起来，顿时眉开眼笑，绘声绘色地讲起了这件事来……

这件事发生在刘不周全家获罪被发配的两年以前。

世子刘不周自出生以后，很是深受皇爷爷景帝的疼爱，他时常被景帝召进宫去，爷俩一起玩耍。

一天小刘不周又被景帝招进宫中，可巧丞相和太尉刚好觐见景帝商议重要国政，景帝就让宦官吕老宦先陪着他在宫里玩。

小刘不周在宫里撒了欢似的到处玩，到处跑，吕老宦在后面紧紧跟随护着，生怕世子有一点闪失。

小刘不周一路跑到后面的御花园中，他拐过一条长廊，只见石柱子的墙角处有个小男孩背对着他，蹲在那不知道神神秘秘地鼓捣着什么。

小刘不周也不言语，悄悄地摸到那个小男孩的身后，小男孩因为太过专注根本没意识到后面有人，小刘不周突然冷不丁喊了一声“嗨”，吓得那小孩“哎哟”一声一屁股坐倒在地上，逗得小刘不周哈哈大笑起来。

小男孩倒地的同时，却见他手中一只黑不溜秋的小虫子蹦了出来，没几下就逃得没影了。那小男孩怒气冲冲的“腾”地站了起来一把将小刘不周推了一个跟头，厉声道：“看你干的好事，我好不容易才抓到的蟋蟀，让你给我弄跑了吧，你赔我！”

小刘不周被这一推也是火了起来，他冲着那小孩道：“我又不知道你在抓蟋蟀，干吗推我？”说着站起来就跟那个小男孩扭打了起来。

这时，吕老宦赶到了，见此情景赶忙上去解劝道：“哎哟，两个小祖宗别打啦！别打啦！”

他一边劝，一边过去把俩小孩分开，一个劲儿地央告道：“小祖宗们，你们都是龙子龙孙，泼口打架这成何体统啊！”

小男孩一听，双手插着小腰质问小刘不周道：“龙子龙孙？你是谁啊？我在宫里怎没见过你呀？”

小刘不周不无得意地晃晃脑袋道：“我？当今太子殿下是我父王，我乃大汉世子，临江王刘不周是也！“然后指着那小孩问道，”那你又是哪一个呀？“

”我呀，当今陛下是我父皇，我是他老人家不孝的第十子刘彻！”小男孩洋洋得意地回道，然后拍着自己的胸脯对小刘不周说，“快叫皇叔！”

小刘不周气鼓鼓地怒道：”想得美，还不快来拜见世子！“

这俩小孩越说越火药味十足，剑拔弩张的，搞得吕老宦左右为难，不知如何是好，在旁边急地直搓手。

突然，小刘不周眼尖，小手指着吕老宦的脖子对小刘彻道："哎，你的蟋蟀在那呢！"

果然，那只蟋蟀不知什么时候跳到了吕老宦的脖领子上，小刘彻一见大喜道："哈哈，你个蹦跳虫，休想跑！"

"我帮你一起抓吧。"小刘不周对小刘彻道。

"好啊，咱俩一起抓蟋蟀。"小刘彻开心地回道。

要说这小孩子就是心思变化无常，前一刻还势同水火呢，转眼间就同仇敌忾了起来。

"哎哎，公公不许动啊！不许动！"刘不周说着，拉着刘彻，俩小孩不怀好意地朝吕老宦一步一步地逼近，吕老宦动也不是，静也不是，两只手就那么悬在空中，不知道这两个小祖宗究竟要干什么？

就见他俩不由分说朝着吕老宦就扑了上去，老宦官"妈呀"一声被扑倒，俩小孩把吕老宦压在身下揪帽子、拽衣服、抓脸、抠鼻子，一通乱折腾似的在那一起抓蟋蟀，搞得吕老宦躺在地上一个劲地央求。

与此同时，和俩小孩同在御花园的还有当朝的太后窦太后。

这窦太后本名窦漪房，是汉文帝的正宫皇后，更是当今大汉最高统治者景帝刘启和梁王刘武的亲生母亲，这位窦太后在吕后时期以最底层的宫女身份入宫，却最终成了汉文帝的皇后，她历经血雨腥风的吕后专政、风雨飘摇的文帝时期直到如今的景帝当朝，屹立后宫数十年而不倒，堪称不世出的传奇女人。

窦太后这几天心情很好，老太后最疼爱的小儿子梁王刘武奉旨进京了，母子俩几年未见，梁王进京除了面圣以外，这几日就整天侍奉在母后身边，每天都能看到自己的宝贝儿子，太后的心情怎能不好。

今天，窦太后感觉在长乐宫里待得烦闷，就让刘武陪着自己出来到花园里散散步，刘武搀着窦太后，娘俩边走边聊。

窦太后一边走一边轻拍着儿子的手背有些无奈地道：“儿啊，母后对不住你！”

“母后这话从哪说起呀？”刘武反问道。

窦太后哀伤地道：“哀家当年和你的皇兄提过多次，欲立你为皇太弟，谁知朝中众臣极力阻拦，你皇兄最后才立了刘荣为太子。这么多年把你放出去做诸侯王，外面再好，哪能跟京城比呀，可苦了我的儿了！”

刘武佯装很痛苦的样子道：“母后，儿臣在封地寝食难安，日日都在思念母后啊，这次回去又不知道哪年能再进京侍奉您老人家了！”

窦太后心中不由得一凛，眼中流露出混合着哀伤和怨恨的神情。

娘俩这么说着，在御花园里信步走着，正好迎面刘彻和刘不周俩小孩一前一后地飞跑过来，吕老宦在后面气喘吁吁地追着。

他俩玩得正开心，根本没看着前面，跟刚好走过来的窦太后撞了个满怀，要不是刘武和宫女及时扶住，窦太后差点被撞了个跟头。

“大胆孩童，竟敢冲撞太后，该当何罪？”梁王刘武见状厉声呵斥住小刘彻和小刘不周二人。

十一　小儿难缠

窦太后并不认识小刘不周和小刘彻二人，老太太一直不很喜欢自己的大儿子景帝，却偏爱小儿子刘武，更因为景帝拒绝自己的提议让刘武做储君一事耿耿于怀，所以这些年凡有皇孙、皇玄孙出世，除了例行公事的赐予赠礼外，她从来不见这些晚辈。

今天一看，冲撞自己的是两个四五岁上下的小男孩，看穿着应该是皇子皇孙的打扮，那必是景帝家里的孩子，窦太后心里就一肚子怒火，不由分说地厉声冲俩孩子斥道：“这是哪家的野小子？一点教养都没有，竟敢冲撞哀家！”

刘彻和刘不周也被窦太后这一声吼也给吓着了，看到眼前呼啦啦全是人，而那个老太太还是一脸愤怒的样子，也都慌了神。

这时吕老宦赶到，看到这状况吓得赶紧跪倒一个劲地磕头，哆哆嗦嗦地对窦太后回禀道："太后恕罪，都是老奴不好，没看好两位小主子，请太后责罚老奴吧！"说着赶紧让俩小孩也跪在地上。

"你连个孩子都看不好。"梁王刘武指着吕老宦责骂，然后问他，"这是谁家的孩子？"

吕老宦赶紧指着跪在左边的小刘不周道："这是太子殿下的世子刘不周。"然后指着跪在右面的刘彻道，"这是王夫人所生，陛下的皇十子刘彻！"说完，赶忙对俩孩子道，"两位小主子，还不赶紧见过窦太后和梁王千岁！"

"窦太后？就是我父王的皇祖母吗？"小刘不周这时抬起了头问道。

窦太后没说话，梁王刘武回道："正是啊！"

小刘不周两只水汪汪的大眼睛天真地望着窦太后，一本正经地说道："老祖宗，您老别怪罪老公公了，那皇十子刘彻也是玄孙我带他来花园的，冲撞了您是我一人的责任，有什么罪我一人承担，再说……您不是也没什么事吗？"

小刘彻也不甘示弱地跟着接话道："就是嘛，您不是在这好好站着呢吗？"

"好啊，人儿不大，都敢出言顶撞哀家了啊！"窦太后这么一听更加的气往上冲。

吕老宦早就吓得浑身栗抖，一个劲地拽小刘不周和小刘彻，让他们赶紧跪下别再说了。

小刘不周趴在地上偷偷地转过头去看小刘彻，却看到小刘彻此时也正在偷摸地看着他，在他俩眼里这场面其实并不可怕，反而还很有趣。

俩孩子看着那吕老宦跪在那浑身抖个不停，一个劲地磕头的样子滑稽极了，而面前这个并不友善的老太太发怒的样子也更有趣，小刘不周和小刘彻看着看着竟然相视“咯咯”笑了起来。

窦太后瞥见俩孩子不仅没一点害怕的意思，竟然还在那偷偷地笑，肺都快气炸了，指着他俩怒道：“毫无教养啊，这……这成何体统啊！”

“母后息怒。”就在这时，一个人快步从远处走来，上前就跪在窦太后的脚前道，“是朕教导无方，致使两个孽种冲撞了母后，还请母后不要生气，别跟俩孩子一般见识了！”

来的不是别人，正是景帝刘启，他刚刚议完了事，准备出来陪刘不周玩耍一番，却不见了孩子，就一路找来，听到御花园里吵吵闹闹，不知何事，闻声走了过去，把个全过程看了个通透。

景帝心中也是极为不快，母后心里有什么怨他很清楚，但也不至于跟两个乳臭未干的孩子撒气吧。想着，就赶紧过去解围。

刘武一见哥哥景帝都来求情，自己在旁边看着有点脸上不光彩，他明白，母后冲的不是这俩孩子，而是敲山震虎地给景帝出难题，但现在这样确实丢了太后的威仪，失了长辈的风范，总是不好的。另外，他也想在自己哥哥面前卖个乖。

想到这，刘武也赶紧双膝跪地对窦太后道：“母后请息怒，我皇兄也都说了，毕竟都是小孩子，母后就看在皇兄和儿臣的面上，别怪罪了他们了！”

窦太后见是皇帝来了，自己也觉得刚才确实有些不妥，见皇帝和刘武给她摆了个台阶，就顺坡下驴吧，平了平气血对景帝道：“算了，算了，此事哀家就不计较了，皇帝，母后可要说你几句，你家的孩子可要好生教导，别那么不懂礼数！”

景帝赶紧叩头谢恩道：“母后仁慈，朕回去一定好好教导！”

窦太后心里一转念，要就这么完了怎么说也有点不顺气，说什么也得打压下你皇帝家的气势，就道：“孩子年幼，尚可原谅，这吕老宦在宫中多年，连个孩子都看不好，自己掌嘴五十，以儆效尤！”

景帝还想说些什么，却也忍了。

吕老宦赶紧叩头谢恩，就要扇自己的耳光。

旁边的小刘不周突然直起身子不满地道：“凭什么啊，冲撞您的是我们俩，为什么罚吕老宦呀？”

“混账东西，还敢多言，还不给朕住嘴！”景帝气地责骂小刘不周道，”你们俩就这么给朕跪着，什么时候他罚完了自己，你们什么时候起来，不孝的东西！“

景帝忙起身扶着窦太后殷勤地道：“母后，走，我们兄弟俩也好久没陪母后一起好好聊聊天了，朕和皇弟陪您老人家好好散散心！”说着，冲刘武一使眼色，刘武意会，也赶忙站起从另一边扶着窦太后。

窦太后这气算是多少顺了，在俩儿子的搀扶下，带着一帮宫女、宦官走了。

吕老宦跪在那，一边自言“老奴有罪，老奴有罪”，一边左右开弓使劲地扇着自己的那张老脸，那声音“啪啪”的极为脆亮，没一会儿，顺着嘴角就淌下血来。

小刘不周和小刘彻就这么跪着，直到窦太后他们走了老远，都看不见影了才敢起身。

俩小孩赶忙跑到吕老宦的身前，小刘不周掉着眼泪，用小手摸着吕老宦的脸道：“公公不要再打了，都是我们不好，连累了公公……”

故事讲完了，小刘彻看着莫黎眼中显出了期盼之色，他喃喃地自语道：“也不知现在刘不周在干什么呢？”

莫黎不置可否地敷衍着小刘彻的问话，嘴角却闪过一丝不易察觉的冷笑。

十二　野兽男孩

金碧辉煌的宫殿雕梁画栋，云雾里浮现着数不清的亭台楼阁，绿瓦红墙，气势磅礴……

霎时间，喊杀声四起，四下兵器相撞和惨叫之声不绝于耳……

一个小男孩绝望无助、毫无目的地拼命奔跑在空无一人的巍峨殿宇之间，身形幼小的他睁着一双惊恐的大眼睛，嘴里不住的哭喊着："母妃，母妃……"

突然，脚下的地面瞬间变成了一道深不见底的悬崖，小男孩一脚踩空，失足掉下了万丈深渊之中……

小刘不周大喊着惊醒了过来，这才发现刚才只是做了一场噩梦，可这梦里的地方究竟是哪呢？怎么如此的熟悉，却又如此的陌生呢？

他坐起身子，脑子里一阵恍惚，摸摸身上碎得跟布条一样的衣服，再摸摸脸，下落时被树杈刮了好几道小口子的脸上还有血迹没有干，头上被磕破了一个口子，小刘不周这么胡乱地把自己摸了个遍，他突然一下子就慌了，因为他竟然记不起自己是谁了！

我是谁呀？

我到底是谁呀？

小刘不周心里这么想着，双眼环顾四周，发现这是一个潮湿的山洞，山洞内视线昏暗，只有几缕微弱的阳光透过洞外的树丛缝隙射了进来。

我怎么会在这个地方？

这里是哪？

他本能地害怕起来，张嘴就要喊，但随即惊恐地捂住了嘴，那喉咙里发出的声音就好似哑巴一样"啊……啊……"地发不出个完整的声调来。

小刘不周彻底地失忆了，甚至连说话的能力都忘得一干二净了。

估计就是拜他从断崖上坠下，脑袋重重地撞到岩石上那一下所赐。

现在，他既不知道自己是谁？也不知道自己从哪里来？更不知道自己现在在哪？

突然，距离小刘不周不远的黑暗处一对绿幽幽的光亮了起来，一闪一闪的，小刘不周揉了揉眼定睛一看，一头体型足有牛犊般大小、通身花纹的花豹正斜躺在山洞的角落里。

花豹的面前趴着一只小豹，小豹趴在那儿一动不动，大豹用舌头一遍一遍不厌其烦地舔着小豹，可是那小豹仍是不动，看来这是一头刚刚产下幼崽的母豹，那小豹似乎没能扛过危险期，应该是夭折了，而母豹却不甘心，仍试图唤醒自己的孩子。

小刘不周没动，他现在根本不知道眼前的这东西是什么，所以谈不上害怕，他只是因为搞不清状况而没有擅自移动，他和这东西怎么会在一个洞里？他们之间是什么关系？敌人？朋友？还是什么？

只见那母豹最后的努力也无效了，它哀怨地仰头长嗷了几声，随后叼起已死多时的豹崽向洞口而去，在经过张口结舌的小刘不周时母豹一双绿幽幽的眼睛望了望他，没有进一步的动作就出去了。

小刘不周就这样呆坐在山洞中央一动不动。

没一会儿母豹独自回来了，还是侧躺在原来的地方，小刘不周想要过去问问，且不说这个念头有多可笑，可他这一起身就觉得左腿像刀劈似的疼得要命，那是他掉下断崖时摔伤的。

但这猛地一起身却招致小刘不周的头一阵强烈的晕眩，两眼一闭就又昏了过去。

不知过了多久，昏迷中小刘不周感觉肚子好饿，浑身好冷，五脏六腑咕噜噜地叫个不停。

可不是吗？！这个小家伙已经一天一夜没吃东西了，饥饿和寒冷席卷了他，他本能地四处乱摸，试图找到一些能吃的东西，或者扯到能够暖和身子的东西裹在身上也好。

就在这时一个温热的物体贴近了小刘不周，这个物体包裹住他的小身子，小刘不周顿时感到一阵阵的暖流注入了身体，渐渐地让他安下心来，这感觉好似母亲的怀抱一般慈爱和贴心。

他的嘴边碰触到一个柔软突起的东西，有点滴的汁水滴到了刘不周的嘴里，有那么一点点腥，而更多的则是甘甜，那是奶水，香甜醇厚的奶水，刘不周对这种味道无比的熟悉，他本能的贪婪地叼住那个柔软突起的东西努力地吸吮着从里面涌出的汩汩奶水。

渐渐的，饥饿和寒冷慢慢消退了，取而代之的是身上的暖和与肚腹中的饱腹感，他缓缓睁开眼，发现怀抱着自己给自己取暖、用奶水喂养自己的竟然是那只母豹，它就像母亲一样用一只左爪将小刘不周的小身子揽在怀里给他温暖，一股股浓郁的豹奶正通过母豹的奶头流进小刘不周的嘴里。

这个世界上总有很多奇迹发生，金雕空巢穴里扑向小刘不周的就是这头母豹，是它叼走了昏迷的小刘不周，却并没有吃掉他。

母豹刚产下的豹崽没能活下来，正在哺乳期的母豹面对正在幼儿期的小刘不周，大自然赋予雌性动物最伟大的母爱在这一刻发挥了巨大效力，母豹将刘不周当作了自己的孩子，用体温给他取暖，用乳汁喂养他，这不能不说是大自然的一个奇迹，是母性的伟大光辉造就的奇迹！

失落在丛林之中、没有了对六岁前的过往记忆的小刘不周就这样成了母豹的孩子，幼小的他在母豹的身上找到了母亲的影子。

白天母豹用乳汁喂养他，夜晚把他留在洞中自己出去觅食，小刘不周腿伤和头部的伤一天天地好转起来。

让他困惑不已的是，他几乎每晚都会在睡梦中做着那个莫名其妙的噩梦，每当他从噩梦中惊醒，吓得通身是汗时，母豹都会慈祥地舔着他幼小的身躯，像妈妈一样给他安慰，让他安心。

就这样，在母豹乳汁的喂养下，年仅六岁、父母双亡、失去记忆还身中伤痛的刘不周真的活了下来。

这段时间内，公孙贺曾带着人再次来到这片山林，他们下到了悬崖的下面去寻找小刘不周的尸体，终于在距离崖下几十米远的树丛中发现了一具已经高度腐败的幼儿尸体。

看尸体的体型大小和小刘不周非常符合，而尸体的面貌已经腐烂得无法辨认，身上的衣着早就破碎得分辨不清楚了，公孙贺还记得小刘不周是左脚生有三颗金痣而生的，但怎奈尸体全身已经腐败不堪，而且脚心上的肉早已不知被什么小野兽啃食殆尽了，根本无法辨认。

公孙贺迅速返回长安将此事禀报给王皇后，王娡多少放下了些心，只是无法确认尸体脚心上是否有三颗金痣，就不能百分之一百确定一定是小刘不周的尸体，这让王皇后心里始终无法踏实，她密令公孙贺继续查访，不要放过任何有可能证明刘不周没死的线索。

母豹过了哺乳期后就不再有奶水，它就捕来活物给小刘不周吃。

即便当时的小刘不周不是如此年幼，也无法面对和适应去啃食一具血肉模糊的动物尸体，他自己就学着爬树去摘果子吃，再大一些他学会了钻木取火，可以将母豹捕来的猎物烤熟了吃。

等腿伤好了之后他就开始跟随着母豹去狩猎，对于一个人类的孩子来说这是一件极度危险的事情，为了活下来他不得不学着豹子去爬树、学着豹子去登山、学着豹子在一回回地捕猎失败中逐渐精进捕猎的技巧。

凶险从来都是无处不在的，他一次又一次地从树杈上摔落摔得伤痕累累，他一次又一次地在岩壁上因为抓不住岩石而失足跌下，险些丧命，而且遍体鳞伤的他还要防备着山林里极度危险的毒虫猛兽的袭击。

多少次险中求生，多少次死中得活，饥一顿饱一顿，为了生存，为了能活下去，凶险神秘的野性山林最终将小刘不周锻造成了在丛林中来去如风的捕猎高手。

几年的光景，刘不周已经能够奔跑如飞、能够翻山越岭、在岩壁和树木间穿梭如履平地，就在这样如荒野孤兽般的艰险生活中，刘不周也渐渐地长大了。

夕阳西下，一片美丽的晚霞把柔和的天空装扮得像一块彩色的调色板一样，每当这时，小刘不周总会和母豹悠闲地蹲坐在山林中最高的山峰顶上看夕阳。

此时母豹总会发出几声浑厚的吼叫，而刘不周早已能够听得懂母豹每一声低吼的含义，他也会用呜嗷的叫声来回应，这是这对母子之间的语言，更是出发的号角，因为当太阳完全消失在天际、晚霞完全暗淡之时就是他们出征的时候，一天的狩猎就要从这个时候开始了。

刘不周认得出这片山林中的每一棵树、每一寸土壤，哪个洞穴常有野兔出没，哪条道上会有黄羊经过，他都了如指掌，如今的他脑海中唯一在乎的就只有自己和母豹在今夜的狩猎中将会有什么样的收获。

就算是王皇后对世子刘不周是否真的死了仍心存疑惑，但至少刘不周这个名字对于外界来说已是个死人的名字了。

景帝后来得到的消息是废太子一家包括世子刘不周在流放北方边境的路上遭遇强盗屠杀，全家无一幸免，他伤心得甚至因悲痛过度停朝了两天。

但景帝怎么也不会想到，他曾经无比疼爱的小孙孙，被他盛赞为大汉帝国未来的旷世之君的世子刘不周，此时此刻却在杳无人烟的塞外山林的旷野之间，在生与死的边缘，像一头少年野兽一般茹毛饮血地生活了五年。

想必当年那个为他的出生占卜出天生大吉之象的太史令也不会想到，这个因脚生三颗金痣问世而震惊朝野、承载着大汉帝国未来的天之骄子，如今却失去了记忆、忘记了仇恨、远离了人世，终日与豹为伍，关心的只有如何捕获猎物以糊口。

刘不周在莽莽丛林中重塑了自我，逐渐失去了人的性情，他只会身手矫健地攀过岩壁，融入在密林深处，彻底成了山林之子、大地之子，不得不感叹，当真是命运弄人啊！

十三　冰火两重天

夏末时分，北地郡崎岖的山路上。

一队车马停靠在道旁山林的边缘歇脚。

足足十辆大车，车里装的东西想必是不轻，压得车轮子都有些歪斜了。

赶车的脚夫有十几个人，另外还有几十个官军模样的人，他们躲在茂密的树荫下围成几个圈子，吃着干粮，喝着水乘凉。

一个军士仰脖灌了一口水后对身边一个军官打扮的人说道："县尉大人，咱们还有几天能到长安呀？"

另一个军士也打趣道："是啊，还有几天？咱家郡守给未来的太子殿下送的贺礼可是不薄，可不要送迟了坏了诚意啊！"

那个县尉掰着手指头算了算后说道："再有七天吧！正好能赶在太子殿下刘彻册封当日到达！"

原来这些人是云中郡守为了恭贺刘彻被册封为皇太子而送去贺礼的车队。

就在少年野兽刘不周饥寒交迫地在山林中苦苦寻找着任何能够果腹的食物的同时，汉帝国的政局又发生了新的变化。

自从王娡荣升为皇后之后，景帝和王皇后就一心想把刘彻立为太子，王皇后的王家嫡系大臣们施展出浑身的解数来制造舆论，鼓动了上百位朝中重臣和地方大员联名上书恳请景帝立刘彻为太子，这声势造得可以说是众望所归。

然而王皇后却在窦太后那里碰了钉子，按照汉朝祖制，如果当朝皇帝的母亲健在，则立太子之事仍须向太后请懿旨，并得到太后的同意后才算彻底通过，可窦太后却找出种种理由就是不见王皇后和景帝，搞得王皇后急得如热锅上的蚂蚁一般。

和王皇后此时的急迫心情比起来，其实窦太后也没好哪去，当年废太子刘荣因谋反罪畏罪自杀后，她觉得机会来了，这几年她不断怂恿朝中嫡系大臣向景帝上书要求册封自己的小儿子梁王刘武为皇太弟，而景帝和王皇后虽不敢正面得罪母后，但对此事的态度就是一个字——“拖”。

凑巧的是，刘武这两年的身体状况不太好，一直时好时坏，景帝正好借着这个理由将“拖”字诀用到了极致，这一拖就到了如今，大臣们要求立刘彻为太子的联名书都上来了，把个窦太后气得暴跳如雷，她不见王皇后也是因为还没想好对策，为此她赶紧急召自己的亲侄子——官拜大将军窦婴进宫商议。

“看来刘彻被册封为太子已成定局了，哀家看着那王娡一副春风得意的样子就气不过。”窦太后愤恨地对窦婴抱怨道。

窦婴点头施礼回道：“太后说的是，恐怕册封太子后，她王家更会尊崇有加了。”

窦太后眼眉微挑，沉语道：“咱们窦家历经两朝而不倒，可不能最后败在了那王家的手里！”

“侄儿明白太后的心思，太后力挺梁王做储君不仅出于做母亲的疼爱，更是为了咱们窦氏一门独享朝政着想。”窦婴垂首回道。

窦太后感叹了一声，点了点头说道：“侄儿总算能明白哀家的这份良苦用心了，所以今天召你进宫就是想和你商议下，我们下一步该如何？”

窦婴沉思了片刻，拱手回道：“太后容禀，目前梁王身体欠安，而且立刘彻为太子的呼声太高，若再提立梁王为储之事恐怕很难再有成效，为今之计，我想不如我们分成两条对策行事。”

“哦？”窦太后眼前一亮，赶紧追问道，“侄儿快快说来。”

窦婴自信满满地回道：“这一，就是静观其变，太后可不能逆大势，还应该顺势而为，不过咱们可以逸待劳，因为人只要做事早晚会出事端，王娡和刘彻也不例外，既然刘荣能被废，那新太子和皇后谁敢保证就不会犯错呢？！我们只需要静待他们出错，就可以将事态无限放大，到那时恐怕就是陛下也保不住他们，然后咱们就可以结合着之前刘荣谋反一事以陛下子嗣无德、祸乱朝纲为由重提立梁王为储之事。”

窦太后先是点头认同，随后又忧虑起来，问道：“那若是直到太子继位，仍抓不到他们的把柄当如何？”

窦婴淡淡一笑回道：“这正是侄儿所说的第二条对策了，既然刘彻立储之事是大势所趋，那太后不妨大大方方的支持，不过要与王娡言明，作为支持她的交换条件，您将亲自为新太子物色合适的太子妃人选，只要咱们窦家拿到了太子妃这个位置，那不就是未来的皇后了吗？将来刘彻登基，后宫之中有您和新皇后把控，还怕王娡和她王家能掀起多大风浪来吗？！倘若新皇后再早生个子嗣，那必被册封为太子，咱们窦家岂不是能历四朝而不倒了吗？！”

“好，此计甚妙。”窦太后听窦婴这样一说，紧锁的双眉马上舒展开来，她定了定神，说道，“既然如此，那哀家尽快召见王娡就是。”

在得到了窦太后的正式认可之后，刘彻以皇后嫡长子的身份被景帝册封为大汉皇太子，这一年刘彻十一岁。

按照祖制和朝廷礼法，景帝和王皇后在未央宫中为刘彻举行了盛大的太子册立仪式，文武百官齐聚在未央宫。

景帝和王皇后端坐在高高的御座上，太子刘彻一身黑底红边的华美锦袍跪在御前等候册立。

当朝丞相宣读景帝册立太子的策书后，景帝走下品阶亲自为刘彻戴上太子金冠，然后由皇帝近侍黄门侍郎波才将象征太子权威的印玺郑重地交给刘彻，太子刘彻接受印玺后向景帝和王皇后行叩拜大礼。

此时宫中大乐奏起，太子册立的仪式达到了高潮，朝廷上的三公率领文武百官向景帝贺喜，并恭贺刘彻册立为太子，然后景帝宣布大赦天下，与民同乐！

与太子册立仪式的隆重和盛大正相反的，是刘彻的几个哥哥，他们在太子册立大典的同一天被景帝封为诸侯王，并不声不响地在偏殿接受了父皇的册封。

没有盛大的仪式，没有宫中大乐奏起，更没有文武百官的齐齐朝贺，全国上下的目光都聚焦在他们那最小的弟弟——太子刘彻的身上，谁会有工夫去理会这几个诸侯王呢，不过是几个当朝太子未来的臣子而已，说诸侯王是好听的，其实他们就是储君之争中的失败者罢了。

这世上的人们只钟情于谈论成功者的心路历程，没人在乎失败者的悲天悯人。

赶紧走吧，老老实实地到自己的封地去吧，都城长安已然没有他们的容身之地了，每一个经过这几位新封诸侯王的人，眼神里表露出的都似乎在说："怎么还不走？这里不欢迎你！"

长安城外。

自从废太子刘荣死后自动顺位成为景帝庶长子的刘彭祖骑在马上回头凝望着长安城，昨天他被父皇封为赵王，彻底失去了争夺储君之位的资格，他曾经因为大哥刘荣的死而欣喜，一场太子谋反案居然让自己成了长子，这太子之位怎么也该轮到我了吧。

可今天他就要启程去封地了，何时能再来长安那就由不得自己了，得皇帝说了算。他要再看一眼长安，这个他出生并长大的地方，这个曾经溢满了他无尽野心和憧憬的地方。

刘彭祖在心里默默地念道："也许从此这座都城就不再属于我了，真的不甘心啊！"

十四　小怪物

然而，不管刘彻的太子册立仪式如何的隆重，或是新晋的诸侯王们有多么沮丧，那队停靠在北地郡山林旁歇脚的、满载着云中郡守给新任太子贺礼的车队最终都无缘见到了。

不是因为他们迟到了，而是因为他们都死了。

这队车马在山林道边歇够了，也吃饱喝足了，在县尉的督促下准备继续启程的时候，突然一个跑到对面土坑里方便的脚夫疯了似的跑回来，惊慌失措地喊道："匈奴人来啦！匈奴人来啦！"

话刚说完，这个脚夫就被身后冲上来的匈奴骑兵一箭射穿了身体倒在路上死了。

那县尉一听也慌了，他赶紧让其他人赶车快走，可还没等这帮人套上车上马，就见远处一队凶神恶煞般的匈奴骑兵呼号着杀了过来，县尉没办法只得组织押运的军士抵挡。

可想而知，步兵抵挡骑兵，犹如螳臂当车。

匈奴骑兵一个冲锋就把这帮人冲散了，马上的匈奴骑兵抡起锋利的马刀，左劈右砍，一眨眼的工夫十几个脚夫和军士就倒在了血泊之中。

县尉心知抵挡不住，就率领着剩下的人急急忙忙地赶着车跑路，他担心走大路很容易被匈奴骑兵赶上，就带着人钻进茂密的山林，慌不择路的没了命地往前跑，匈奴人就在后面紧紧追赶。

一路追下来，县尉身边的人越来越少，到了最后就只剩下他坐的那辆车，匈奴人却仍是紧追不放，就这样双方跑进了浩瀚的原始山林深处。

这样泼了命的逃跑，木质的车轮根本承受不住剧烈的颠簸，还有来自山林里凹凸不平的地面的一次次冲撞，县尉驾着车正跑着，就听见脚下的车轮“咔吧”一声闷响就散了架，没了车轮的车失去了平衡，借着惯性，夹带着县尉“叽里咕噜”就翻下了山坡。

此刻，刘不周和母豹正在林中一颗矮树的树杈上休息，他们要养足了精神等待夕阳西下，开始一天的狩猎。

县尉和车从山坡上滚下，一路翻滚冲撞，那辆车彻底地四分五裂了，县尉正好头朝下扑倒在刘不周休息的树下，这一路滚下来把县尉折腾得七荤八素的，着地时整个脸还拍在了一摊烂泥里。

他缓了半天才勉强抬起头，用手抹了抹脸上的泥，然而眼前所见的一幕却让他怀疑自己可能已经死了，这是人间能够出现的景象吗？

就在他正前方的粗树杈上趴着一头牛犊般大小的花豹，正双眼喷着杀气地盯着他，嘴里发出令人生畏的低吼，而花豹的旁边却蹲着一个小男孩，小男孩浑身黢黑，头发非常蓬乱，四仰八叉的，上面还胡乱插着一些干草枝，黑黢的小脸上只有那双眼睛闪亮闪亮得非常醒目。

这是什么组合？人与豹怎么会如此的和谐相处？

县尉趴在地上仰着脸不敢置信地望着他们，不过他的疑虑是短暂的，因为紧跟上来的匈奴骑兵一箭从后面射穿了他的脖子，这位县尉就这样带着满心的疑惑去了阴曹地府。

然而，这一连串发生的事情却激怒了母豹，对于这种有着强烈领地保护意识的生物来说，任何未经许可就入侵它领地的活物都是不能饶恕的。

在这块属于它们母子的领地上，它和它的孩子浑身伤痕地驱逐过凶残的饿狼，身受重创却最终斗跑过了体型庞大的黑熊，现在这些呼啸着闯进来的匈奴骑兵也不例外，所有入侵者都必须死。母豹霍地弓起了身子，眼冒凶光，嘴里“呼呼”地发出了警示的吼叫。

那个匈奴骑士哪管这些，他在高速奔袭中就已经搭上了第二箭并且瞄准了母豹，就在母豹张开血盆大口，呲着锋利的尖牙，吼叫着扑上来的同时，他的第二支箭也应声而出了。

这一箭射得很准，母豹的脖颈中箭，它中箭后在半空中哀嚎了一声就跌落到了地上。

刘不周没有料到事情的变化只在一瞬之间，眼见母豹中箭落地，他不顾一切地从树上蹿下来扑到母豹的身前，倒在堆满枯树叶的地上的母豹脖颈上穿着一支箭，伤口处汩汩地冒着黏稠的血沫子，刘不周使劲摇晃着母豹，根本无济于事，养育了他五年的豹妈妈就这么被匈奴人的一支箭给射死了。

六岁时，刘不周失去了全家，也没了妈妈。

十一岁时他又失去了一个豹妈妈，他刘不周真的成了名副其实的孤家寡人了。

谁还会在他被噩梦惊醒之时给他安慰？谁还会在他饥肠辘辘之时冒着丛林的危险为他去捕猎？还有谁会陪着他在山顶上看夕阳落下？刘不周悲痛欲绝地扑在母豹的尸体上面哭了，这五年来他第一次落下了眼泪。

这时，赶上来的匈奴骑兵们已经把刘不周团团围住了，刘不周抱着母豹的尸体，环顾着四周，警惕地盯着这些杀死他母亲的仇人，愤怒地从嘴里发出极为恐怖的“嗷呼嗷呼”之声。

匈奴骑兵们见到刘不周这个样子也是无比的惊奇，他们从没见过一个像野兽一样行动坐卧、外形却是个人的东西，此时就见刘不周看上去约莫十来岁的年纪，光着身子，浑身黢黑，一头蓬乱的头发一根根地向外四仰八叉的龇着。他躬着身子，用双手双脚在地上走路，嘴里只会发出“呼呼”的犹如野兽般的声音。

那个射死母豹的匈奴武士看着颇为好奇，他笑道：“哈哈，这是什么东西啊？不会是饿虎和野狼交配生下的不祥之物吧？”说着就从马上弯下腰像逗狗似的笑嘻嘻地去碰触刘不周的头。

让匈奴骑兵没想到的是，刘不周突然一把扣住匈奴武士的手腕，借着力腾身而起，双脚用力夹住马的脖子，迅速一个转身就蹿上了马，他猛地双手抱住匈奴武士的肩膀，一口就咬在了匈奴武士的喉管之上，那人的伤口上立时“滋滋”地喷溅出鲜血，这一连串的动作速度之快只在电光火石之间。

那匈奴武士措不及防，被咬得惨叫了一声就裹挟着刘不周坠下马来，任凭他如何慌乱地手刨脚蹬，刘不周就如同一头狩猎成功的猛兽一般死死咬住猎物绝不松嘴，眼看着被咬伤的匈奴武士挣扎的动作越来越迟缓。

其他的匈奴人被刘不周敏捷的身手和凶残的手段震住了，都不敢再轻视眼前这个小怪物。

一个武士抡起马鞭狠狠地抽在刘不周的背上，刘不周“呜”地哀叫了一声，却仍不松口，那武士被激怒了，“啪啪”又是六七鞭，疼得刘不周不得不松开咬着匈奴武士的嘴，蹦跳着躲闪。

旁边的一个武士举起马刀就要砍，被一个首领模样的匈奴人拦住，悄声说了句：“要活的！”

听到指令，两个武士偷偷张开一张大网，趁着刘不周躲闪马鞭之时一下就把他兜进了大网里。刘不周身陷网中不能自主，“呜嗷”地哀号着拼命地挣扎，却也无济于事。

此时，那个喉管被刘不周咬断的匈奴武士躺在地上已经不再动弹了，另一个武士凑过去检查了下，转头惊恐而愤怒地对为首的匈奴人道：“大人，他……他被这个畜生咬死了！”

“可恶！”匈奴首领看着那个匈奴武士的尸体懊悔不已，他叹了口气，对手下说道，“不要把我们的草原勇士丢弃在这里，把他抬回草原葬在达育沃尔河畔吧！”

说完，匈奴首领愤恨地把网口一下收紧就拴在马鞍子上，刘不周罩在网里被拖拽在马后，匈奴首领对其他匈奴骑兵说道：“押上车，我们回草原，把这个小怪物带回去让大王也看了新鲜！”

悲喜匈奴路

十五　草原月光奥琪布

从汉帝国都城长安一直向北，大约走上一千四百多里，就是帝国的北部边境，延绵起伏的阴山山脉自西向东横亘在北方大地之上。

从战国时代到大秦帝国，历代中原王朝一直坚持不懈地在此修建长城，用以抵御北方游牧部族的侵扰。

但正如清朝著名能臣张廷玉一首诗中写到的“万里长城万里空，百世英雄百世梦”，这道长城却并没能挡住游牧部族南进的马蹄，汉帝国从建国至今就不断遭受到北方匈奴人的侵袭和劫掠。

翻过阴山，再向北走，景象就与中原截然不同了，整个阴山之北是一望无际的大草原，就是走上十天半个月你再看，四周仍是箐箐的绿草如茵，蔚蓝的天空上高高地悬挂着一朵朵犹如棉花团般的白色云彩，广阔的草原就像一块连绵起伏的巨型绿色毯子铺在大地上，上面零零星星地散落着一些白色、棕色的小点，那是游牧人饲养的羊群和牛群。

这里已不再是汉帝国的管辖之地了，而是形形色色的草原游牧部族的天堂，他们逐水草而居，过着自由自在、跃马高歌的散漫生活。

现在，这片广袤无垠的草原的主人是被汉朝人称作匈奴人的游牧部落帝国，“匈奴人”是汉朝人对他们的称呼，反正不是什么好词。

六十多年前，匈奴人伟大的领袖冒顿单于在夺权的斗争中取得了最终的胜利，登上了匈奴汗国大单于的宝座。

他用利箭和弯刀让整个大漠南北全部臣服于他，又将数十个大大小小的游牧部族全部统一在他的麾下，那时的匈奴汗国达到了史无前例的强大，威名远播，从此成了大汉帝国最大的心腹之患。

而在匈奴汗国的版图里，阴山北侧的这块最靠近大汉帝国北部边界的巨大草原就归属于匈奴汗国右贤王来统治。

今天，匈奴右贤王治乌岱正在自己的右贤王庭宴请从匈奴大单于王庭来的特使敕勒哥大人。

年过三十的治乌岱生得一副标准草原人粗犷强悍的相貌，他是当今匈奴汗国大单于的亲弟弟，深受大单于的信任和器重。

天高云淡之下，草地上张灯结彩，美食佳肴满桌，一众匈奴贵族们相聚在一起，大家喝得兴致颇高。

特使敕勒哥大人端起一碗奶酒向坐在主位上的右贤王治乌岱说道：“南飞的大雁歇歇脚，不止是因为腹内饥饿，更是为了主人的情谊，我光辉如太阳般耀眼的大王，属下敬您一碗醇美的奶酒！”说着举起酒碗，面向治乌岱一饮而尽。

治乌岱大喜，他也端起了酒碗，朗声道：“从恩泽遍布整个草原的大单于身边来的尊贵客人，你的到来让本王的宫帐更添光辉，让我们共同举杯，敬与远方的客人吧！”

众人全都举起酒碗，大家一饮而尽。

此时草原乐师们拉起了胡尔琴，荡气回肠的琴声在草原上响起，被草原上的风吹到了在场每个人的耳朵里，所有的人都听得如醉如痴，悠扬的音乐和炽烈的奶酒完美地融合在一起，将整个宴会的气氛推上了高潮。

就在这时，一个年约十岁、明眸肤白的小姑娘从一座巨大的金顶宫帐里跑了出来，后面两个十来岁的少年也跟着追了出来，小姑娘甩开其中一个少年的手没好气地说道：“弥加尔，你别拦着我，我去跟父王说去！”

那个叫弥加尔的少年紧随其后，颇有些为难地说道：“奥琪布公主，你这样……大王会责备我们的！”

而跟在最后面的那个少年眨巴着一双狡黠的眼睛，拽了一下弥加尔说道：“你让她去吧，反正也不是我们让她去的，大王怎会责怪我们？”

弥加尔回头对那个少年不悦地道：“布度格恩，你在说什么？”

奥琪布根本不理会弥加尔和布度格恩的话，她一路小跑来到宴会之上，也不顾大人们正在相互敬酒，就一头撞进了治乌岱的怀里，闪着一双明亮的大眼睛对治乌岱道:“父王，父王，为什么不让我也参加宴会？”

治乌岱一见奥琪布，情不自禁地喜悦由心而生。他将奥琪布搂在怀里，假装不悦地责备道：“刁蛮的丫头，没看到我们正在宴请远方的贵客吗？你们这些没出圈的小羊羔子还不能参与大人们的聚会呀！还不快回去！”

这时候弥加尔和布度格恩也跑了过来，他俩垂首站在边上，都诺诺的不敢说话。

旁边的敕勒哥仔仔细细地上下打量着奥琪布，笑着对治乌岱道:“大王，这位美丽得能令遍山野花失色的小美女莫非就是您的爱女，传言中的草原月光奥琪布公主吗？”

治乌岱极为幸福地摸着奥琪布的头，回答敕勒哥道：“特使大人说得没错，她就是本王的小女儿奥琪布！”

坐在席上的右大将格台吉几步走到弥加尔和布度格恩身边，很不客气地一巴掌拍在弥加尔的头上斥道：“我怎么会生出你这个不中用的瘸骆驼来，大王让你二人陪着公主玩，连这么简单的事都做不好！”

“好了好了，我的右大将，不要责怪你的儿子了。”治乌岱笑眯眯地劝阻格台吉，转向敕勒哥道，“尊贵的特使大人，唉，这个小丫头她刁蛮无理，搅了我们的兴致，请不要见怪呀！”

“谁说我刁蛮无理啦！”奥琪布扑闪着大眼睛，一本正经地道，“我是来为特使助兴，为父王献礼的！”

敕勒哥一听甚为高兴，他笑眯眯地对奥琪布道：“哦？不知美丽的奥琪布公主要如何为宴会助兴呀？”

奥琪布从治乌岱怀里下来，整了整衣袖，对敕勒哥道：“我刚刚学会了一段漂亮的舞蹈，可以当众跳来！”

弥加尔在旁边颇有些不屑地撇了撇嘴道：“切，还不是跟乌雅拉姑姑偷学的一招半式，你除了爱骑马外，什么时候喜欢过舞蹈呀？！”

布度格恩在身后捂着嘴偷笑。

奥琪布怒视着弥加尔，小脸一绷，说道:“你不要胡说，我……我……我是堂堂正正地趴在乌雅拉姑姑的宫帐门外学的！”

一句话逗得在场所有人哈哈大笑。

奥琪布见所有人都在笑，嘟着嘴不高兴了，她气鼓鼓的双手插着小腰，正要再说什么，就见一个侍从急匆匆地快步走来，跪在治乌岱面前施礼道：“禀报大王，彻里回来了！”

十六　不祥之物

匈奴右贤王治乌岱在王庭宴请从大单于王庭来的特使敕勒哥大人，被小女儿奥琪布给搅了局，众人正在夸奖奥琪布的可爱时，有人报告治乌岱说彻里回来了。

“哦？”治乌岱收起了笑容，他让奥琪布安稳地坐在自己身边，然后严肃地道，“彻里入汉地也有十日了，不知收获如何？让他进来！”

这时，一个身材高大、高鼻深目的匈奴将军大踏步走了进来，跪倒向治乌岱施礼道:“须卜都尉彻里拜见大王！”

治乌岱问道：“彻里，这次入汉地收获如何？”

彻里回道：“回禀大王，收获颇丰，我等在北地郡正好遇上云中郡守给汉太子刘彻的送礼车队，整整十大车金银丝绸锦缎，拉都拉不动啊，悉数被臣下俘获！”

治乌岱大喜赞道：“好！好！须卜都尉干得漂亮，来，本王赏你一碗上好的奶酒！”说着他斟满一碗酒，叫仆从递到彻里的手上。

“谢大王赐酒。”彻里接过酒碗，一仰脖全干了，放下酒碗抹了抹嘴角，豪放地哈哈大笑起来。

“彻里一路上路途劳顿，快快回帐休息吧。”治乌岱对彻里说道。

“大王，”彻里赶忙施礼道，“下臣这次还给大王带来了一个新奇的玩意儿呢！”

治乌岱一听，立刻来了兴致，他问道：“哦？是什么样的新奇玩意儿？”

彻里回道：“我等当时追逐车队进了山林之中，射杀了一头成年花豹，这不算什么新鲜，但令人惊奇的是，花豹的身边竟然养着一个孩子。”

“孩子？”治乌岱狐疑地问道。

“是孩子，是人的孩子，只是这个孩子行动坐卧都像豹子一样，不会说人话，只会如野兽一样嗷嗷地叫，想必是被那花豹养育长大的。”彻里说道。

这下治乌岱来了兴趣，他兴致颇高地道：“哈，这倒是的确够新奇的！”然后转向敕勒哥说道，“尊贵的特使大人，有没有兴趣一起见识下？开开眼界？”

“好，正好为宴会助助兴。”敕勒哥也是满心好奇地回道。

彻里接令后对身后说了声：“拖上来！”

只见几个匈奴士兵吃力地拖着一个大网兜走了进来，网兜里的正是少年野兽刘不周，他被彻里像拖死狗似的从北地郡一路拖了回来，早就剐蹭得遍体鳞伤、奄奄一息了，即便这样他仍然“嗷嗷”叫着拼了命的挣扎，努力地想要挣脱束缚。

他们将网兜里的刘不周推进来，一把摔到宴会的正中央，刘不周拼命地适应着这里的光线，他警惕地看着周边陌生的环境，还有这些陌生的人，他全身不能自如的动弹，却仍旧凶狠地呲着牙，“呼呼”地吼叫个不停。

治乌岱和在场众人都饶有兴趣看着眼前的这个小怪物，他们也是第一次见到这样的奇观，都指指点点的啧啧称奇。

“哈哈，有趣，有趣，来呀，把网兜撤去，让这个小怪物给诸位表演个绝的，以助酒兴！”治乌岱看了会儿后大笑道。

彻里赶忙阻拦道：“大王不可，大王可别小看了这个小怪物，他的身手非常敏捷，而且凶残无比，在抓捕他的时候，还活活咬死了咱们的一个勇士呢！”

“怕什么？我等这么多人，还怕他闹翻了天不成！”治乌岱不屑地道，“来呀，撤掉网兜！”

网兜撤下，刘不周顿感浑身轻松了不少，但同时遍及全身的伤口也钻心的疼痛，他吃力地爬了起来，两只手扶着地，半抬着头，眼睛阴冷地盯着在座的所有人。

“小野兽，来，给本王表演个节目。”治乌岱逗狗般的嬉笑着对伏在地上的刘不周道。

刘不周根本毫无反应，仍旧弓着身子伏在地上。

一旁的敕勒哥将一块煮熟的羊肉丢到刘不周的身边，像给牲畜喂食似的对刘不周戏谑道：“诺诺诺，把这块肉吃了，本特使赏你一领羊皮袍子穿，哈哈！”

刘不周低头看着眼前的肉，闻着真香啊！他好饿，好想一口吞到嘴里，但他极度仇恨这些杀了他唯一亲人的家伙，他不吃，死也不会吃仇人送上来的食物。

刘不周忍着，连看都不去看那块羊肉一眼，反而仍旧恶狠狠地低吼着。

奥琪布看着刘不周很是好奇，这不明明就是个人吗？而且看上去年龄大约和自己相仿，为什么会像个野兽一样？好可怜啊，在场的大人们都像逗狗一样玩耍着这个野孩子。

她很是为刘不周难过，这一点都不好玩。奥琪布是这么想的，她竟随口就说了出来：“这一点都不好玩！”

众人被奥琪布的这句话给说愣了，都看向了她。

奥琪布也不害怕，从治乌岱身边跑了出来，站在距离刘不周两三米远的地方，睁着一双大眼睛对着刘不周仔细地看，刘不周不知道眼前这个小女孩是什么，她为什么这样盯着自己看？

奥琪布站在那，突然转身背对着刘不周，面对治乌岱道："父王，他是个人，不是野兽……"

就在奥琪布转身说话的同时，刘不周的眼睛里瞬间闪露出一丝本能的凶光，常年跟随母豹在山林中捕猎，所有被他追捕的猎物无一不是背对着他的，他已经天然地对那些背对着自己的生物产生了一种条件反射——捕杀！对，就是捕杀！

面对着背对自己的奥琪布，刘不周毫不犹豫地双脚一蹬，"嗷呜"的一声就突然蹿出奔着奥琪布扑了上去，同时张开两臂，十根碳条般的手指呈爪状挠向了奥琪布的后背。

可能因为浑身是伤的缘故，刘不周的动作没那么灵活了，这一扑，他的指尖仅仅划破了奥琪布后背的衣服，但还是将奥琪布扑了个跟头，摔倒在地。

事发得实在突然，等奥琪布倒地了，在场的众人这才醒过味儿来，治乌岱急得大叫了一声："女儿！"

弥加尔更是不顾一切地冲了上去一脚把刘不周踹了个滚儿，嘴里怒不可遏地骂道："滚开，你这头养不熟的狼崽子！"然后赶紧扶起奥琪布。

治乌岱越过主座，过去一把将奥琪布抱在了怀里，弥加尔眼冒怒火挡在了奥琪布的身前恶狠狠地盯着刘不周。

彻里急了眼，他抽出马鞭子冲着倒在地上的刘不周劈头盖脸地狂抽了起来，一边抽一边骂道："打死你个畜生，打死你个畜生……"

刘不周被马鞭抽得疼痛难忍，就地翻滚，抱着头"嗷嗷"地惨叫不止。

治乌岱气坏了，他大喊着："这是个不祥之物，来人，把这个畜生给我关进铁笼子里，扔在外面，不许给他吃喝！”说着，抱着惊魂未定的奥琪布就往宫帐里面走去。

奥琪布惊魂未定地依偎在父亲怀里，眼看着刘不周被彻里用马鞭子不停抽打得死去活来，生死未卜。

十七　唯一的朋友

夏末的漠南草原，夜晚的天空繁星密布，几乎能看到整个银河系的星星，将整个夜空装点得宛如星河一般璀璨。

草地上一只体形不大的草原兔趁着夜色出来觅食了，它小心翼翼地钻过栅栏，穿过几个祭祀用的石堆。

正往前爬着，突然一只手猛然伸出，精准地掐住它的脖子，还没等它搞清楚状况就被掐断了脖子命归西天了。

刘不周将草原兔抓在手里，利用铁笼子铁条上不规则的尖刺割开了兔皮。他实在太饿了，迫不及待地剥出里面的兔肉，皱了皱眉头，就不管不顾地一口咬下一条生肉咀嚼了起来。

这样的吃生肉他也不是没干过，在冬天的山林里，起火困难，又找不到成熟的果实，他也曾用冻生肉填饱过肚子，只是这玩意儿实在不好吃，仅仅果腹罢了。

右贤王庭的一个营帐里，弥加尔和布度格恩两个孩子坐在帐里，只见弥加尔愤怒地一拍桌面道：“布度格恩，那个不吉利的小畜生，白天伤害了奥琪布公主，真恨不得掏出他的心肝来喂山熊！”

布度格恩在一旁顾虑道：“可是大王已经命令把他关进笼子了，杀不了了！”

“便宜这小畜生了。”弥加尔没好气地咬着牙发着狠。

布度格恩想了想，突然对弥加尔道：“弥加尔，我倒是有个好办法……”

强忍着恶心吞下几条还带着血丝的生兔肉后刘不周身体上总算有些热量了，他背靠着笼子壁坐了下来，仰头望着浩瀚的夜空发着呆。

他想家了，想他的群山丛林，还有没有可能再回到山林里去呢？

他又想起了他的母豹妈妈，它死了，从此自己就只有孤独一个人了，这里的这些人并不友善，是不会轻易放走他的吧！

想到这些，刘不周不免急躁地使劲蹬着双脚，满脚的血泡不小心撞到了铁栏杆上，脚上传来一番撕心裂肺的阵痛，他下意识地用手去摸双脚，却又摸到了左脚脚心上的那三颗金痣。

这些年他摸过这三颗金痣不下千百次，可他怎么也想不起来脚心上为什么会长有这样的东西！

就在这时，只见关他的大铁笼子的门不知为何“吱扭”一声竟然开了。

刘不周惊诧不已，但他再定睛仔细看去，却发现门的外面站着两个匈奴少年，其中一个就是白天踹了他一脚的那个家伙。这时两个少年正站在笼子外面邪恶地笑着，看着他戏谑道：“哎，小畜生，门开啦，还不快快逃走啊？”

右贤王治乌岱的金帐内。

舒适暖和的软床上，奥琪布躺在小被窝里面，治乌岱斜坐在床边一脸慈祥地摸着女儿的小脸道：“奥琪布，我唯一的月亮，好好休息吧，白天受了惊吓，晚上就要美美地睡一觉，第二天就没事啦！”

奥琪布眨着一双大眼睛，认真地对治乌岱道：“父王，女儿求您一件事，您一定要答应好吗？”

治乌岱望着奥琪布问道：“你说，就算你要父王给你摘来燕然山上第一朵盛开的花，父王也会为你摘到。”

“求父王不要杀了那个野孩子。”奥琪布想了想说道。

治乌岱假装板起了脸道：“可他白天却袭击了你，你怎么还会为这种畜生求情？”

“父王，他不是野兽，他是人，他好可怜啊。”奥琪布回道。

治乌岱听完不禁笑着道：“好，如果这样能让我的女儿高兴，父王就饶恕了他！”

奥琪布一听父王同意了，立刻高兴了起来，她把被子拉到肩膀处，开心地道：“多谢父王，既然这样，我就可以安心地睡啦！”

突然，金帐之外出现一片嘈杂之声，治乌岱不知道发生了什么事，对奥琪布道：“乖乖地睡觉，父王出去看下！”说着转身出了金帐。

奥琪布见治乌岱出去了，也好奇地从被窝里爬了出来，偷偷地跑到金帐门口，撩开帐帘向外偷看。

治乌岱寻着声音走过去，发现关着刘不周的铁笼子前围满了人，人群之中的刘不周早已身在铁笼之外，惊恐地盯着围着他的人“呼呼”地吼叫着，那铁笼子的门不知何故竟然开了。

弥加尔一见大王来了，赶紧跑过去对治乌岱道：“启禀大王，这个小畜生要逃跑，正好被我和布度格恩发现。”

治乌岱看着眼前的刘不周，气得不由分说又狠狠地赏了刘不周一顿马鞭子骂道：“野性难驯的东西，我右贤王大营还从没有喘着气的东西活着逃出去呢！”

弥加尔赶紧添油加醋地道：“大王，按照规定，私逃者是要被处死的，干脆把这个小畜生杀了算了！”

治乌岱停住了鞭子道：“本王答应了奥琪布，不杀他。”治乌岱略沉思了下吩咐道，“来呀，把这个野东西四肢拴上锁链捆在笼子里，看他还有什么本事再逃出来！”

“是，大王。”弥加尔虽然不甘心，但也只好如此，他上去一脚蹬在正躺在地上痛苦呻吟的刘不周身上，布度格恩和其他几个匈奴少年冲上来七手八脚地把刘不周捆进了笼子。

奥琪布躲在金帐的门口把这一切全看到了，当刘不周手脚全被拴上锁链时，她那双明亮的眼睛里扑簌簌地流下了泪水。

第二天早上，右贤王庭的营地里。

奥琪布把弥加尔等人堵了个正着，她愤怒地质问弥加尔道："是你故意把笼子门打开引诱那野孩子跑出笼子，还诬陷了他对不对？"

弥加尔有些理亏，不好意思地低下了头，但转念一想又理直气壮地反击道："他抓伤了你，我要把厄运加在他的身上，为你报仇！"

"你是个耍弄阴谋的卑鄙小人！"奥琪布不屑地道。

弥加尔听了气急败坏地说道："我们是从小一起喝着达育沃尔河水长大的好朋友，你竟然为了一个小畜生这样侮辱你的朋友？"

奥琪布斩钉截铁地道："他不是畜生，他是人，弥加尔，如果你还是一只草原上即将展翅翱翔的小鹰，就该把气力用在学习如何战胜敌人上，而不是欺负一个不知道来历的可怜野孩子，这让我看不起你！"说完，头也不回地走了。

弥加尔沮丧地看着奥琪布远去的背影，回头狠狠地瞪着关在铁笼子里的刘不周，紧紧地咬着下嘴唇。

从这天起，奥琪布每天都暗自省下饭食，晚上趁着大人们饮酒欢聚的时候，偷偷给刘不周送去。

起初刘不周非常警觉，他只是躲在笼子的暗处角落里，低吼着警惕地盯着笼子外面这个小女孩，奥琪布知道他恨透了这里的每个人，他害怕再挨打，所以也不着急，就把饭食塞进笼子，轻声地对刘不周道："野孩子，吃饭啦，不要害怕。"

见刘不周还是不敢过来，奥琪布就有意地远离铁笼，躲在暗处观察他，这时刘不周才小心翼翼地凑到饭食前，见四周无人，一把拿走饭食，躲回到角落里大吃起来。

奥琪布坚持每天晚上给刘不周送饭，时间一天天地过去，这头少年野兽虽然野性难驯，他却也知道谁对他好。渐渐的，刘不周对这个小女孩降低了敌意，他不再对着奥琪布龇牙低吼了，也不躲在角落里，他开始很享受让奥琪布看着自己美美地把食物吃完这个过程。

每当这时，奥琪布就特别开心，她总会坐在铁笼子外用刘不周还不能听懂的语言和他说话，刘不周虽然不懂，但他就那么瞪着一双眼睛看着奥琪布，静静地听着。

对刘不周来说，他在奥琪布身上第一次感觉到了一种深深的亲近感，很温暖，很安心，至少他不再感觉自己是孤独的了，以至于他每天最期待的就是能够见到奥琪布来看他，这就应该算是朋友的感觉了吧。

刘不周仍然经常被那个噩梦纠缠着，每当他在噩梦中惊醒，吓得浑身发抖的时候，奥琪布就会把手伸进铁笼里，亲切地摸摸他的头，只有这样刘不周才会逐渐地安静下来。

奥琪布对这个野孩子充满了好奇，她总会若有所思地对刘不周道："野孩子，你从哪来？你是谁呢？你又为什么会变成这样？你的身上是不是有很多的故事？"

在右贤王庭里，没人知道这个野孩子的名字，奥琪布有次来看他的时候对他道："哎呀，我不知道你的过去，更不知道你的名字，可是，怎么也不能总叫你野孩子吧。"奥琪布沉思了会儿，突发奇想道，"哎，我不管你以前叫个什么，我给野孩子起个名字吧，以后你就叫伊鲁巴如何？伊鲁巴，好听吗？"

奥琪布这么反复地对着刘不周叫"伊鲁巴"，刘不周也就慢慢知道这是她在称呼自己，他很喜欢奥琪布给自己起的这个名字，每次奥琪布这样叫他的时候，刘不周都会很开心。

渐渐的整个右贤王庭的人都知道这个小畜生有个名字叫伊鲁巴，只有弥加尔和布度格恩他们几个从不这么叫他，仍旧恶狠狠管他叫小畜生。

刘不周被抓到草原的时候是夏末，时光荏苒，一晃就到了冬天。

北方大草原的冬天是极为可怕的，凛冽的白毛风咆哮起来瞬间就能把脸冻僵，这里的严寒足以冻死一只披着厚毛皮的落单黄羊，更别说是体毛稀疏的人了。

在山林中生活的时候，每到冬天，刘不周好歹还有洞穴可以御寒，而在这茫茫的草原上，他被扔在毫无遮挡的旷野之上，任凭着狂风夹带着雪花冲击着他还瘦小的身躯。营地里没有人在乎这个小畜生的死活，他们都穿上厚厚的毛皮袍子躲在营帐里升起火，喝着烧热的羊汤御寒。

如果不是奥琪布用她那娇嫩的小身板吃力地拖着一大块厚厚的羊毛毯子给刘不周送来，让他每个寒夜都能裹在羊毛毯子卷儿里抵抗风雪，恐怕他早就冻死在白雪皑皑的冰天雪地里了。

十八　少年战神

挨过了酷寒且漫长的严冬，盎然的春天再次回到了广阔的大草原上。

万物复苏的季节，漫山遍野的青草随着春风吹起再次冒出嫩绿的芽子。

每年第一场春雨来到草原之时，敬畏大自然的匈奴人都会以一场极为隆重的祭祀仪式向赐予他们草场和牛羊的上天祈福，祈祷新的一年雨水丰沛，牛羊成群。

今年的祭祀仪式结束后，右贤王治乌岱照例率领着自己的子民在右贤王庭举行了盛大的庆祝活动。

整个草原上下每个牧民们全都喜笑颜开，大家开怀畅饮，载歌载舞，好不热闹。

宴会正在火热之时，弥加尔来到治乌岱身前，施礼道：“大王，今年第一场春雨来得这么早，如此好的兆头，我们想献上一个节目为大王更增添一份喜悦！”

“哦？”治乌岱看着弥加尔问道，“我的小雏鹰们，你们要拿出什么精彩的节目来呢？”

弥加尔回答道：“大王，咱们草原上的孩子从小就要学习骑射，长大后才会成为一个骁勇善战的草原勇士，我们想为大王献上一场弓马狩猎的游戏为大王助兴。”

治乌岱显得非常兴奋地回道：“好啊！本王准了！”

须卜都尉彻里哈哈笑着，指着弥加尔夸赞道：“看来后长出来的犄角反而比先长出来的耳朵更锋利，啊？！”

身边的众人跟着一阵欢笑。

弥加尔见治乌岱准了，进而又道：“如果用黄羊、野兔做猎物，那太没趣了。”说着他伸手指了指远处被关在铁笼子里的刘不周道，“我们想恳请大王允许我等用那个小畜生做狩猎的对象！”

坐在治乌岱身边的奥琪布心里就是一惊，她预感到弥加尔肯定没安好心，但是这样的场合还没有她一个小孩子决定可否的资格，心中不免焦急。

治乌岱今天显然心情大好，他痛快地大手一挥同意道：“好！本王答应了！”

奥琪布偷偷地使劲用手扯着父亲治乌岱的衣角道：“父王，您不要同意。”怎奈治乌岱今天喝了许多的奶酒，醉醺醺的，而且还兴致颇高，根本没理会奥琪布。

右贤王庭的草场上。

匈奴骑士们围成了一个非常巨大的圈，形成了一个开阔的狩猎区。

以弥加尔和布度格恩为首的六七个匈奴少年骑在马上站在狩猎区的一角。

刘不周，如今他的名字应该叫伊鲁巴，他被放了出来，这是他被抓到草原上近一年来第一次解除了锁链的束缚放出了铁笼子。

一阵久违了的自由感让刘不周说不出的舒畅，他仰着头深深地呼吸了一口草场上清新透亮的空气，他第一眼就看到他的好朋友奥琪布正和他的父亲坐在主位上，但是奇怪的是，他看到奥琪布看着自己的眼神却是一脸焦急的样子。

见此情景，刘不周马上警觉地用眼角的余光瞄了瞄四周，这气氛的确很是不对头，巨大的一块空地四周围满了匈奴骑兵，而就在他的正对面，空地的另一角，六七个矫健的匈奴少年跨马弯弓，正在凶神恶煞般地盯着他，刘不周立刻预感到情况不妙，看来把自己放出来并不是什么好事。

那几年在山林中跟随母豹一起捕猎，危险和死亡随时都可能会降临，这让他早就训练出了一种对危险将至的预知能力。

虽然现在刘不周不知道这些匈奴少年要干什么，但感觉这气氛很是不对，空气中弥漫着一股血腥的气味，刘不周表面上装作什么都没感觉到似的，实际上已然全身紧绷，警觉地做出了防御的姿态，随时准备应对任何即将来临的危险。

随着弥加尔的一声呼号，这群匈奴少年骑士吹着口哨呼啸着，催马直奔刘不周而来，他们在高速奔袭中纷纷弯弓搭箭瞄准了他。

奥琪布不禁惊呼了一声，心想伊鲁巴这回肯定是活不成了。

在弥加尔看来，这个小畜生一定会像大多数野兽或者奴隶一样，见到这阵势必然吓得扭头就跑，只要他敢跑，自己就一马当先一箭射死他，不仅让大王见识下自己的实力，更重要的是他可以名正言顺地了结这个可恶的小畜生。

自从这小畜生来到右贤王庭后，奥琪布就只知道整天陪着这个小畜生，根本不理弥加尔了，这让他打心眼里恨死了刘不周。

但接下来发生的事，不仅让弥加尔没想到，就是在场的所有匈奴人都始料未及。

被当作猎物的刘不周根本没有选择转身逃跑，他冷眼看着弥加尔弯弓搭箭对准自己，就在匈奴少年们的箭矢即将射出之时，他突然狂吼了一声迎着这帮匈奴少年就冲了上去。

几支箭破空而出，刘不周却并不停步，在前冲的过程中顺势几个就地翻滚轻松躲了那几支箭，而他的身形就已经绕到了众匈奴少年骑士的左侧，躲过了他们的第一轮冲击。

这一连串迅捷凌厉的动作一气呵成，对少年匈奴骑士嚣张的冲击造成了有效的抑制，把包括右贤王和奥琪布在内的在场匈奴人全都看呆了。

就算是奥琪布也未必知道，这一年来刘不周被关在铁笼子里看匈奴人吃喝拉撒、说话做事，尤其是看他们骑射，他并非是百无聊赖地打发时间，其实他在学习，学他们说话，学他们的动作，他一遍一遍在心里牢牢地记住了匈奴骑兵们的每一个动作、每一次冲锋。

弥加尔等人见第一次攻击落空，赶紧拨转马头转向刘不周，准备对他发起第二轮攻击。

这一次他们几个排成口袋状散开，形成了个半圆的包围圈快速向刘不周逼近，手中的硬弓纷纷举起再次对准了他。

就在箭即将射出之时，刘不周却出人意料地向前猛跑了几步一拧身蹿上了旁边一杆高高耸起的狼旗，对于刘不周来说比旗杆更加难爬的陡峭岩壁他都不在话下，蹿上旗杆简直就是小儿科。

弥加尔他们射出的第二拨箭矢再次落空，而少年骑士们的马也正好冲到了狼旗近前，此时刘不周突然反身从狼旗杆上跃下，冲着急速而来离他最近的布度格恩猛扑过去，布度格恩措不及防，应声落马。

奥琪布起初还在为刘不周捏着把汗，但看到他轻松躲过弥加尔他们两次攻击，还把布度格恩打落马下，高兴得心花怒放，情不自禁地蹦起来喊道："伊鲁巴，好棒！"

搞得旁边的人都侧目看着她，奥琪布可不管他们看不看，刘不周的表现让她对刘不周更加刮目相看了。

身为匈奴右贤王的公主，奥琪布最初只是同情刘不周，可怜这个小野孩子。

后来两人熟识了，她喜欢和这个野孩子说话，她不喜欢身边的那些人对她总是阿谀奉承，而只有刘不周这个野孩子对她是真实的，高兴或是痛苦，喜欢或是厌恶，刘不周传递给她的都是最真实的表达。

而今天见到刘不周面对一众手握硬弓的少年骑士，不仅毫无惧色，还有着如此矫健的身手，宛如少年战神一般，在她心里就对刘不周产生了那么一种难以名状的倾慕之情。

就在奥琪布心里暗自想着刘不周的时候，四周的人群突然发出了一声惊呼，奥琪布心中不由得一紧，莫非是伊鲁巴出事了不成？她赶紧抬头向猎场里看去……

十九　舍命

弥加尔等人用刘不周做猎物，一群匈奴少年骑士对刘不周痛下杀手，却不想他们不仅没能成功猎杀了刘不周，反而被他给好好地愚弄了一番。

之后弥加尔他们和刘不周又是几轮较量，虽然刘不周也受了伤，但他身形灵巧，左躲右闪，弥加尔等人反而被他整得人仰马翻，六七个匈奴少年现在只剩下弥加尔一人还在马上。

本想一箭双雕的弥加尔这回可是现了眼，连个小畜生都搞不定，这让他非常的羞愧，气急败坏的他不禁恼羞成怒，心里杀心顿起，他双眼通红，猛地从身旁一个匈奴骑兵手里夺过一杆长矛就催马冲向刘不周。

此时刘不周所处的位置正好在治乌岱和奥琪布所在的主坐的侧前

方，他背对着父女俩，两眼炯炯有神地提防着弥加尔的下一步动向。

弥加尔气得神经都快从脑袋里蹦出来了，这个该死的小畜生让他在众人面前丢脸，尤其是他看到奥琪布兴奋地在为刘不周喝彩，那脸上就更挂不住了，情急之下弥加尔将长矛对准刘不周就奋力地掷了出去。

长矛在空中发出“哧”的破空之声，一条弧线就飞了过来，也许是弥加尔年少作战经验少，抑或是情绪太过急躁，他这一矛竟然投歪了，矛尖的指向根本不是刘不周，而是对准了旁边坐在治乌岱身边的奥琪布而去。

这一下确实让所有人都来不及反应，发现了长矛失误的众人不由得惊呼了一声，可都鞭长莫及根本无法阻止，就连奥琪布自己都呆愣在了原地。

就在长矛尖距离奥琪布仅有一米多远的时候，突然，斜刺里刘不周毫不犹豫地以迅雷不及掩耳的速度横着挡在了奥琪布的身前。

刘不周毫不犹豫地用自己的身体去阻挡射向奥琪布的长矛，身后的这个女孩是他的朋友，唯一的朋友，是这世上唯一对他好的人，唯一愿意花时间和自己说话的人，他绝不能让自己的朋友受到一点伤害，哪怕是搭上自己这条命。

空气中只听见“扑”的一声，那长矛结结实实地刺进了刘不周的大腿，他被长矛的冲击力带着向后仰翻倒下，后背砸到奥琪布身前的矮桌上，把矮桌砸了个碎裂，刘不周疼得当时就昏死了过去。

在倒下的一瞬间，恍惚的刘不周仿佛又来到了自己噩梦中的那个场景，他身处在红墙绿瓦的亭台楼阁之间，我为什么会在这里？他看到一个小孩在气派巍峨的宫宇之间不停地跑，他看到很多衣着考究的男男女女也在跑，这些人纷纷穿过他的身体，头也不回地跑。

一个疾驰而来、似曾相识的身影映入他的眼帘，头戴长冠，身穿锦袍，面容清秀，手里托着印玺，一群人簇拥在那人的身旁。那张脸、那张脸怎么如此的熟悉？我认识他吗？

突然，地面剧烈地抖动起来，大地龟裂得犹如蜘蛛网一样，地面纷纷地开始陷落，他使劲地挣扎不让自己掉下去，却根本无法自已，跟着数不清的扭曲着脸孔的人一起坠入了无尽黑暗的深渊，下坠中他只听到半空一个女人嚣张地狂笑不止……

霎时间，刘不周被这个噩梦惊醒，他浑身一阵战抖，猛地气喘吁吁地坐了起来，却发现自己竟身在一个漂亮的宫帐里，身下是一张舒适的暖床，久违的舒适感，这个感觉他似曾相识，却不记得在什么时候曾经拥有过这样的生活了。

在他的身边趴着一个小女孩，似乎是累得睡着了，看身形那是奥琪布，他唯一的朋友。刘不周想起来了，猎场上是他用自己的身体为奥琪布挡住了弥加尔投过来的长矛，虽然明知道自己受了伤，可他还是不由自主的第一时间仔细地上下打量奥琪布，确认奥琪布完好无损这才放心。

看到奥琪布无恙，刘不周就要下地去，准备返回铁笼子，可谁知大腿却一点也不听使唤，他一步还没走起来就一个跟头栽到了地上。

这下把奥琪布给吵醒了，她赶忙上前扶住刘不周，对他做了个停止的手势，然后道："伊鲁巴，你醒啦，先别动，你腿上有伤还没好，不能乱动。"

刘不周已经能够多少听得懂奥琪布的一些话，他看了看自己腿上还被包扎着，就对奥琪布点了点头。

奥琪布扑闪着一双美丽明亮的大眼睛看着刘不周，然后道："伊鲁巴，不管你能听懂多少，你现在听我说，你救了我的命，而你却为我受了伤，我已经守在你身边三天了。"

刘不周感激得努力点了点头。

奥琪布继续说道："那个弥加尔被吓得一连大病了两天都没有出过

大帐，哈哈！嗯……对了，我要告诉你件事，我的父王为了感谢你对我的救命之恩，他不仅让王庭的大夫给你治了腿伤，还答应了我的请求，把你赐给我做奴隶啦，以后你就不用再回到露天的铁笼子里去了……”

就这样，刘不周成了奥琪布的小奴隶，而奥琪布却没把他当成奴隶来使唤，还给了他足够的自由。

平日里，奥琪布没事就教他说匈奴语，刘不周的语言天赋极高，很快他就学会了，奥琪布给他讲关于草原游牧部族的传说、关于匈奴汗国的事情他都能听懂……

奥琪布也教他骑马射箭，使用匈奴战士的弯刀，广阔的大草原上总能见到奥琪布带着刘不周四处纵情狂奔的影子……

右贤王庭的营地里还有不少被从汉地劫掠来做奴隶的汉朝人，大人小孩都有，刘不周也跟他们学了一些汉话和汉字，只是说起来还有些生硬。

刘不周就这么听着、学着、看着，行为举止逐渐越来越像个人了，他开始尝试着说人话、穿人衣、吃人饭，像人一样走路奔跑，也开始逐渐恢复了人的意识和思维……

几年以后……

当年那个机灵可爱的小女孩奥琪布公主如今已出落成一个如花似玉、美艳绝伦的美少女，她的美貌传遍了整个北方大草原和周边各国，许多部落首领都想把自己的儿子介绍给奥琪布认识，想让她成为自己的儿媳妇。

然而奥琪布却天性像男孩子一样率真洒脱，有着草原女孩子特有的豪放性格，整天只顾着骑马打猎，反而对于那些王公贵族子弟的倾慕根本视而不见。

就连她的父亲，右贤王治乌岱也拿这个小女儿毫无办法。

刘不周的那位死对头弥加尔年纪不大就参与了对西方乌孙人的战

争，立了战功，他被提拔为须卜都尉，执掌右贤王庭的护卫军，布度格恩也被封为副都尉，他们都像自己儿时所向往的那样，成了骁勇强悍的年轻匈奴勇士。

弥加尔从心里一直很喜欢奥琪布，只可惜不管他怎么明里暗里地向奥琪布表达自己的爱慕之情，奥琪布就是不买他的账。

而当年那头搅得草原鸡犬不宁的少年野兽刘不周，至今虽然仍旧失忆，但如今的他已经完全回归了人的群体，被草原上的风雨锻造成了一个英气逼人、帅气俊朗的草原少年英雄。

他现在是奥琪布公主的猎奴，奥琪布整天和他一起到处打猎，他是整个右贤王庭里数一数二的狩猎高手，凭借一身远超越所有人的出众身手，总是收获猎物最多、最丰富的一个。

二十　紫貂

这一天，右贤王庭大营门口。

头戴白狐尾缎帽，身披一件天蓝色翻毛锦袍的奥琪布带着刘不周在大营门口遇到了刚刚巡逻回来的弥加尔和布度格恩。

弥加尔殷切地问奥琪布道："公主，你这是要去打猎吗？"

奥琪布回道："我一直想打到一头紫貂，为自己做一件漂亮的披肩，我和伊鲁巴已经走遍了这一带所有的山林，只可惜这小东西实在稀有，始终没有抓到，今天准备再去南面的山林里碰碰运气！"

弥加尔殷勤地道："那正好，我们今天没有军务在身，就陪着公主一起去找找如何？"

奥琪布洒脱的双手一抻马缰绳，应了声："好啊。"随即，她顺手用马鞭在马屁股上清脆地甩了一鞭子，那匹马撒开四蹄就率先奔了出去，奥琪布回头招呼刘不周，"伊鲁巴，跟上！"

刘不周还有弥加尔和布度格恩催开马匹紧跟着奥琪布也跑了出去。

距离右贤王大营向南几十里有一片茂密的山林中，野猪、山鹿、黄羊、豺狗、赤狐等野兽到处都是，奥琪布四人在山林中跃马穿梭，他们一路找来，沿途也收获颇丰，打了七八只野猪和草原兔。

这时前面不远处的树丛间突然出现了一头山鹿，山鹿的个头真不小，两只鹿角四仰八叉的，看来是一头雄鹿。

弥加尔瞅准了，弯弓搭箭一箭射出，然而不仅射偏了，还惊动了那头山鹿。这畜生扭头就跑，速度快如闪电，弥加尔呼啸一声就催马追了过去，其余三人紧紧跟在后面。

战马在一马平川的平地上最有优势，可一旦进了树丛交错的山林，速度上的优势就没了。

弥加尔他们在林子里骑着马不仅提不起速度来，而且还不得不到处躲避着树木，那头山鹿却左蹦右跳，好似如鱼得水一般的灵巧和迅捷，逐渐和弥加尔他们拉开了距离。

其间弥加尔又连射了几箭，因为总有树木挡着，都没有中。

这时，刘不周说了声："你跑不了！"就突然从马上一跃而下，在地面上飞似的奔跑了起来，以极快的速度冲向了山鹿，他就像当年和母豹在山林中捕猎时一样，精准地在几棵树木之间闪展腾挪，以迅雷不及掩耳之势向山鹿逼近。

弥加尔在他身后看着，很是不屑地道："哼，还是改不了畜生的本性呀！"

布度格恩在一旁也跟着敲边鼓，连连称是。

气得奥琪布狠狠地瞪了弥加尔一眼。

此时，刘不周已经距离山鹿很近了，就在山鹿因为跑到一个山坳处，需要转弯而不得不减速之时，他利用这个时机一个冲刺就扑到了山鹿身后，只几下就将山鹿制服。

弥加尔三人此时也赶到了近前，奥琪布跳下马，看了一眼倒在地上还喘着粗气的山鹿，赞许地拍了拍刘不周的肩膀道："好样的。"然后她回头瞟了一眼弥加尔用嘲讽的语气道，"我的伊鲁巴是草原上最棒的猎手，不像有的人，只会像喋喋不休的乌鸦一样在背后说别人的坏话！"

弥加尔被奥琪布挤对得哑口无言，暗气暗憋的脸色很不好看。

布度格恩生怕二人口角起来，赶紧打圆场，他指着那鹿道："哎你们看，这山鹿好肥啊。"说着走过去蹲下翻看那头山鹿，这一翻不要紧，他发现山鹿的腹部上长有一块酒碗大小的凸起，有阵阵幽香从凸起处散发了出来。"这不是山鹿！"布度格恩欣喜地道。

其余三人赶快围了过来仔细查看，奥琪布蹲下来摸了摸那块凸起，高兴地对众人道："呀，这是头麝鹿呀，你们看。"她指着那块凸起兴奋地道，"这是罕见的香脐子呀！"

香脐子就是我们今天所说的麝香，是雄性麝鹿腹部分泌出的一种液体固化而成，是一种极为名贵的药材。

弥加尔道："香脐子必须在活鹿身上提取，而且提取的手法非常讲究，弄不好，这块香脐子就废了，咱们王庭中也只有天巫会这种技艺！"

奥琪布一听，觉得有理，就道："那我们现在就驮着麝鹿回去找天巫，不要等到鹿死掉了。"

布度格恩应了一声，把麝鹿放到了马上，几人上马，就准备赶紧返回营地，刘不周却没有上马，他对奥琪布道："你们先回吧。"

奥琪布不解地问道："伊鲁巴，你不跟我回去吗？"

刘不周摇摇头，然后翻身上马对奥琪布道："我要再往深处找找，想再碰碰运气，抓到你想要的紫貂！"

奥琪布心里不禁泛起一阵浓浓的暖意，她的伊鲁巴心里从来就只有她奥琪布，这让奥琪布感到很是一阵的小幸福。

想到这里，奥琪布的脸颊都有些绯红地柔声道："好吧，那我们先回，你……多加小心。"

刘不周点了点头，拨转马头向山林的深处而去。

奥琪布望着刘不周的背影，眼神里流露出眷恋的神色，还想说些什么，弥加尔已经催促她快走，奥琪布这才跟着弥加尔他们返回营地去了。

刘不周在山林里找寻紫貂，走来走去，翻过了一座矮山，感觉骑马在山林里走实在不方便，他把马拴在了一棵树上，自己徒步向山林深处找去。

约莫又走了半个多时辰的样子，刘不周突然发现前方不远处一块大石头的上面趴着一个东西，这东西整个身体只有小臂般的长度，浑身密密实实的玄蓝色毛皮非常漂亮，拖着一条又长又粗还毛茸茸的大尾巴，圆圆的小脑袋上还长着一些白色的针毛。

刘不周不由得一阵惊喜，找了这么久终于被他发现了，这是一只紫貂，而且还是紫貂中最罕见的蓝毛紫貂，这要是抓回去送给奥琪布，她一定特别高兴。

刘不周深知这紫貂一身的毛皮极为珍贵，如果用弓箭射杀容易毁了毛皮，最好的办法是活捉，想到这，他背好了弓箭，放轻了脚步，猫着腰，一点点地悄悄向紫貂靠近。

谁知，这小东西可是警觉得紧，有一点点风吹草动它就会被惊动，就在刘不周快要靠近它的时候还是被发现了，这紫貂毫不犹豫地转头就跑，刘不周一见赶紧在后面紧紧地追赶。紫貂的速度很快，但刘不周也是疾步如飞，双方一前一后“嗖嗖”的在山林中飞快地穿梭着。

别看那紫貂是个小畜生，但是却非常的狡猾，它在疾驰中不停地陡然变换方向，渐渐地跟刘不周拉开了距离。

刘不周急坏了，没想到这小东西如此的狡诈，就在紫貂跑上一道土坡，刘不周眼见就要追不上了，他心想这次要是让这个小东西给跑了，以后想再找到可就难上加难了，不得已他只得弯弓搭箭瞄准紫貂的小脑袋。此时紫貂已经翻过土坡，身影眼看就要消失在山坡之上的时候，刘不周的箭就射了出来，直奔紫貂的脑袋而去。

可是谁能想到，此时山坡的背后突然站起了一个人，这一箭没射到紫貂的脑袋，却不偏不倚地射中了那人的肩头，只听那人“哎呀”地惨叫了一声就栽倒了。

长安一夜

二十一　误伤

这下可把刘不周吓坏了，他赶忙跑过去查看，此时那狡猾的紫貂早已跑得没了踪影。

刘不周翻过这道山坡，只见倒在地上被他误伤的是一个少女，年纪大约十四五岁的样子，看穿着，宽袍大袖的，不像是草原上游牧人家的女孩，倒像是个汉家女子，少女肩头中了一箭，伤口处有鲜血流出，已经昏倒了。

刘不周后悔不已，他赶忙帮少女将箭拔出，然后解下自己的腰带给她包扎伤口止血，一切弄好后那血才逐渐不再流了。

刘不周赶忙取出随身携带的水囊，托起少女的头，准备给她喂水。

这时他才有机会仔细看到少女的脸，只见她生得一张美丽绝伦的面容，眉清目秀，天生丽质，甚是漂亮，刘不周看着这样漂亮的少女，不由得让他心头一动。

紧接着刘不周一转念，真想整死自己，这都什么时候了，怎能盯着人家的美丽不放，却把人家还正受着伤给忘到九霄云外去了，他赶紧往少女嘴里轻轻地灌水，并努力地叫着她："哎，哎，快醒醒！"

过了好一会儿，少女才悠悠地转醒过来，她看到刘不周正在喂自己喝水，虚弱地问道："是你救了我？"

少女说的不是匈奴语，是汉话，刘不周跟着大营里那些汉地的奴隶多少学了点汉话，他还能听懂少女的问话，就努力地点了点头。

少女道："那……那……太感谢你了！"

刘不周心里一阵羞愧，是自己把人家女孩误伤的，少女竟然还感谢他，这上哪说理去呀，他赶紧解释，想跟少女道歉："不是，那个，其实我……"

但是这话还没说完，猛然刘不周就听见身后发出了一声暴喝："好个匈奴贼！”

他赶紧转头看，就见一个年约十五六岁的年轻人，也是一身汉家人的打扮，手里举着一把明晃晃的宝剑，双眼圆睁，怒不可遏地奔着自己就是一剑。

刘不周赶忙侧身躲开这一剑，看来这人是误以为自己要伤害这个少女，所以才攻击自己的，刘不周赶忙解释：“哎、哎，不是的，我、我，那个，我是……”

刘不周这汉话说得实在是不敢恭维，一着急连句整话都说不全，那个汉服青年根本不容他说话，举着宝剑冲上来不由分说，狠狠地又是几剑，将刘不周逼退了十来步。

随即这个汉服青年一弯腰一下把那个少女背在背上，横着剑怒视着刘不周，向后倒退了数步，然后扭身钻进林中，就向着山林的深处跑去。

刘不周眼看着那个汉服青年把少女给抢走了，心里顿时不安了起来，看穿着他们应该是一起的，不过这也很难说，万一那个青年要是歹人，那少女岂不是危险了。刘不周开始担心起少女的安危来，想到这，他赶紧顺着刚才汉服青年跑走的方向，在后面追了过去。

一路追了三四里地，在密林的深处显出了一座破旧的小茅屋来，刘不周眼见着汉服青年将少女背进了茅屋。

他蹑足潜踪地靠近小茅屋，悄悄地从窗户里望进去，只见汉服青年将少女放到床上，先解开刘不周绑在少女伤口处的那根腰带查看了下她的箭伤，忽然“刺啦”一下就撕开了少女肩头的衣服，少女那雪白光滑的香肩顿时裸露了出来。

刘不周看到这，立刻认定此人绝不是好人，他肯定要对少女行不轨之事，刘不周愤怒地从腰间抽出匕首，不由分说“咣”地一脚踹开了茅屋的门，握着匕首就冲进了茅屋一声暴喝：“停手！”话到人到，刘不周的匕首径直刺向汉服青年的后心。

茅屋里的汉服青年被刘不周这一脚吓了一跳，他转身见是刚才那个小匈奴人握着匕首向自己刺来，赶忙转身躲过，刘不周一匕首落空，又疾速转身向他刺出了第二下。

汉服青年随手抄起宝剑格挡匕首。

眼见二人又要大打出手，这时躺在床上的少女吃力地大喊了一声："哥哥，你们不要打了！"

哥哥？刘不周被少女的这个称呼说蒙了，难道眼前这个家伙不是坏人？是她的哥哥？还没等刘不周想明白，汉服青年趁着刘不周走神的时机一脚把刘不周蹬了个跟头栽倒在地，然后一转手将宝剑直对着刘不周，就要一剑刺去。

"哥哥，快停手，是他救了我。"少女赶忙喝止汉服青年。

汉服青年的剑眼看就要刺到刘不周的心口，突然戛然停住了，他看了一眼刘不周，转头诧异地问少女："是这个匈奴贼救了你？"

少女回道："是他，妹妹醒来的时候就是他给我包扎了伤口，还喂我喝水。"

汉服青年的态度这才缓和了一些，他放下宝剑，对着刘不周施了一礼道："多谢……你救我妹妹！"

刘不周倒在地上，不无疑惑地问少女："你们是……兄妹？"

少女回道："是的，他是我哥哥，叫……"

少女正要往下说，汉服青年马上喝止住她："妹妹。"

少女见哥哥喝止，也赶紧住嘴，没再往下说。

汉服青年转头并不客气地对刘不周道："谢也谢了，你也知道我不是歹人，我妹妹也没事了，还是请你速速离开吧！"

少女见哥哥这样对自己的恩人，很是不悦地道："哥哥，你怎么这样对人家？"

刘不周也看出来眼前这个青年对自己很不友善，既然他不是坏人，少女也就没有危险了，那自己何必还在这自讨晦气呢，想着，他就站起了身，转头看了一眼少女，想说些什么，但看到那汉服青年满脸的敌意，只施了个礼，转头出了茅屋。

少女见刘不周离开了，很不高兴地对汉服青年道："哥哥，人家救了我，你这样太无礼了吧？"

汉服青年理直气壮地回道："匈奴贼哪有好东西！"

刘不周刚走出门口，把他们的对话听了个正着，他心里沉了下，但并没有转身反驳，还是抬脚走了。

几个时辰后，兄妹俩的茅屋里。

就在汉服青年正在给少女的伤口上敷药的时候，只见茅屋的门又开了，当然这次不是被踹开的，而是被刘不周给推开的，他就呆愣愣地站在门口。

汉服青年见又是刘不周，气得他霍地起身，抄起宝剑就堵在门口指着刘不周斥道："你又回来干什么？快滚！这里不欢迎你！"

二十二　我叫卫子夫

刘不周看着堵在门口的汉服青年，一言不发，从身后拿出了几只花翎锦毛的山鸡，放在茅屋门口，然后用生硬的汉话说道："给……她吃！"

原来刘不周离开后并没有直接回匈奴大营，而是在林子里打了几只野鸡，又转了回来给少女送来，想让她喝鸡汤养养身子。

青年一见，倒是自己误会了这个匈奴少年，他笑也不是，怒也不是，尴尬在当场不知该说什么了。

少女看到刘不周给自己打来山鸡，心里很是感动，又见哥哥对人家不仅不感谢，还横眉冷对地用剑逼着刘不周，就嗔怪地道："哥，他没有恶意。"

汉服青年也觉得有些不好意思，把宝剑放下支支吾吾地道："那个……那个……谢谢了啊。”即便如此，他还是仍旧堵在门口，没有请刘不周进去的意思。

刘不周看了一眼汉服青年身后躺在床上的少女，他一句话没说，转身离开，径直回了右贤王大营。

少女的伤势不重，再加上刘不周救治的及时，没几天就恢复了很多，汉服青年给她熬的山鸡汤喝了后身体恢复得更快了，虽然还不能完好如初，但也能勉强下床了。

这天早上，少女和哥哥起床，打开茅屋的门，赫然看见茅屋门口放着几只被射杀的草原兔，她赶忙东张西望地看了看周围，却不见一个人影，少女低头拿起野味回了屋，汉服青年见了颇有些无奈地道："看来又是那个小匈奴人送来的，他人呢？”

“放下野味就走了，外面连个人影都没有。”少女满脸惆怅地道。

从这以后，每隔几天，茅屋的门口就会多上几只野味，屋外却不见一个人影。

更神奇的是，每次送的野味绝没有重样的，这次放的是几只山鸡，下次就换成野兔，再下次就变成了山猪。

又是一天清晨，密林深处。

刘不周从一棵树上飞身跳下，手里已经握了几只野味，在他看来，也只有用这样的方式才能弥补自己对误伤少女的愧疚了。

他悄悄地来到兄妹俩的茅屋前，打算把野味放到门口然后转身就走。

可他刚把野味放到门前，茅屋的门就猛地被打开了，刘不周吓了一跳，慌张地转身要走，只见兄妹俩双双地站在门口看着他，汉服青年说道：“朋友留步。”

被人家发现了，刘不周要是就这样走确实不合适了，他不好意思地转过身看着兄妹俩。

少女从屋内出来，飘飘万福说道：“恩人，这些日子家门口的野味都是你送的吧？”

刘不周点了点头，还是简单生硬的汉话道：“嗯，给你吃……养身体。”

少女脸上不由得一阵微红。

汉服青年这回不再像之前那样充满敌意，他对少女道：“妹妹，不要把恩人晾在门外，快请他进屋吧。”

少女一听，高兴地赶忙对刘不周做了个请的手势道：“对、对，恩人请进。”

茅屋内。

三人坐下，少女给刘不周端了碗水，刘不周确实口渴，一口喝完，然后对少女道：“你们是……”这是刘不周一直以来想要知道的。

少女看了一眼哥哥，见他并没有要阻止自己说的意思，就对刘不周道：“恩人，请你不要怪我们之前没告诉你，看你这身匈奴人的装束，我们怕惹麻烦。”

“嗯……我懂。”刘不周点头表示理解。

少女继续道：“我俩本是汉地人，他是我的哥哥，名叫卫青，我叫卫子夫。我们兄妹原本住在上郡的定阳县，母亲是一个大户人家中的仆女，后来被官人看中收了做妾，才生下我们兄妹二人，我们虽是妾所生，可父亲对我们很好，教哥哥习文练武，教我抚琴歌舞，只是那正房夫人看我们很不顺眼，但有父亲在，她也不敢对我们怎样。”

卫青接过话来继续道：“但是好景不长，父亲没几年就病死了，没有了父亲的庇护，正房夫人对我们娘仨是百般凌辱，母亲不堪羞辱投井自杀，从此我们兄妹二人更是被当作奴隶畜生似的虐待和使唤。后来，我们实在活不下去了，我就杀了那个可恶的女人，带着妹妹逃了出来，我们俩辗转多地，东躲西藏，最后才在这片山林里住了下来。”

卫子夫听着哥哥的叙述，已是泪眼婆娑，哭出了声来。

同是天涯沦落人，刘不周听着兄妹俩的经历，不由得想起了自己，不过想来他们比自己还是幸运得多，人家好歹还知道自己的来历，知道自己的父母是谁，可自己呢，到现在都不知道自己是谁？从哪里而来？

卫青见刘不周呆愣着眼神若有所思的样子，就问道："朋友在匈奴部落中是做什么的？"

"我？我不是匈奴人。"刘不周听见卫青问他，这才停止了思绪，回道。

卫子夫很是诧异问道："你……你不是匈奴人？"她用手在一身匈奴装束的刘不周身上比画了一下，明显不相信地问，"你若不是匈奴人，那你这是……"

刘不周的眼神变得暗淡了，他惆怅地道："我叫……伊鲁巴，只是我，也不知道我是哪人……"

随后，他将自己失去记忆之后的经历，从一个噩梦惊醒开始，到被母豹养大，像野兽一样在山林中生存，再到被抓到匈奴右贤王大营至今所有的事情，原原本本地告诉了卫青和卫子夫，听得兄妹二人惊愕不已。他们真想不到，人世间会有这样神奇经历的人。

卫子夫看着刘不周，听了他讲述的经历，眼前的这个帅气的匈奴少年让她觉得越发的神秘莫测起来，无论是谁，都有自己的生身父母，而这个伊鲁巴却什么都不记得了，他曾经经历过什么样的生活？当真是个谜。

其实这些不是刘不周最想跟他们说的，他最想对卫子夫说的是误伤她的那件事。这件事藏在刘不周心里很长时间了，只是卫青一直对自己太有敌意，根本不给他机会说清楚。

今天刘不周下定决心无论如何也要说出来，他宁愿兄妹二人再把他当作敌人或仇人把他赶出茅屋，他也不愿隐瞒真相。刘不周急迫地站了起来，对着卫子夫深深地施了个礼道："对不起，请你原谅我！"

卫子夫看刘不周这样隆重，不解地问道："你这话从何说起？"

刘不周懊悔地道："我不是你恩人，你中的那一箭是我射的，我在林中发现一只紫貂，怕它跑掉就射了一箭，没想到却误伤了你。"然后他再次对卫子夫深深地鞠了一躬，暗自咬了咬牙道，"如果你因此恨我，我会马上离开，或者你一剑杀了我，我都毫无怨言！"

卫青听到这，脸上的笑容瞬间收敛了，他一脸凝重地起身来到刘不周的面前，突然一把攥住他的双肩……

二十三　疯女人

卫青绷着脸攥住刘不周的双肩，刘不周这下心里凉了半截，看来人家兄妹是不会原谅自己了，也罢，反正实话都说了，不管怎样他都没什么可后悔的。

卫青停了好一会儿却突然大笑起来道："哈哈，果然是个光明磊落的人。"他转身看了眼正抿着嘴偷笑的卫子夫，转回头继续对刘不周道，"这个我早就知道了，在给妹妹治伤时我就从伤口的形状上判断出这是匈奴人使用的箭矢，当时现场除了你，还会有谁能有这样的装备啊！"

卫子夫笑着走过来对刘不周道："哥哥说如果你亲口说了，就是个值得交往的朋友。"

刘不周诧异地看着卫子夫，问道："你……不恨我？"

卫子夫一脸羞涩地抿着嘴低头不语。

卫青接过话开玩笑地道："哈哈，你这些日子送来的野味就算抵了过失啦！"

刘不周突然有一种如释重负的轻松感，没想到卫子夫如此的温婉还善解人意，真的没有怪他。

忽然，刘不周转脸看了一眼窗外，此时天光已快到中午，他着急道："呀，这个时候了，我得赶紧回营地去了。"说着他赶忙向兄妹俩施礼告辞，就向门口走去，刚到门口却突然停住，他转过头问二人，“那……我以后，还能再来找你们吗？”

卫子夫显得有些不好意思地道：“记得下次来时再带些野味来吧！”

刘不周何等聪明，明白卫子夫的意思，这是同意了，他高兴极了。

卫青对刘不周道：“不过，我们兄妹住在这里的事情千万不要对王庭中的人提起。”

刘不周心里明白，他郑重地点了下头，转身出了茅屋，刚走了没几步，就听到身后卫子夫叫他的名字，刘不周转过身见卫子夫也走出了茅屋，来到他的身前。

此刻卫子夫俏丽的脸颊上不由得泛起了两团红晕，她略微沉思了下就从腰间摘下一个小荷包来递到刘不周的手中，羞涩地道：“这个……送给你。”

刘不周欣喜若狂地接过那个小荷包仔细地端详着，见这个小荷包是用非常粗糙的粗麻缝制的，上面用红黄两色的丝线绣着一个漂亮的“卫”字，荷包的穗子是用两根五彩的雉鸡翎做的。

整个荷包的用料和做工都非常简陋，算不得什么上品，可在刘不周的心里，这个荷包比全天下所有的奇珍异宝还要珍贵上万倍。他无比珍惜地将荷包揣在了怀里，情不自禁地从脖子上摘下一串项链来塞在卫子夫的手中红着脸道：“这……这是我亲手削制的狼牙项链，送……送给你。”

卫子夫将狼牙项链握在手中，脸上早已羞成了一朵娇艳绽放的桃花。

刘不周莫名其妙地感到心里“突突”直跳，他怯怯的都不敢去看卫子夫的眼睛，话都没说一句，转身快步地跑了。

此时卫青也从茅屋中走了出来，他站在卫子夫的身边看着卫子夫的表情会心地露出笑容，卫子夫却若有所思地望着刘不周远去的背影，幽幽地说道：“他的身上究竟有着多少秘密呢？”

卫青闻言却神色黯然地道："那我们兄妹身上的谜团该怎么解呢？"

其实卫子夫和卫青刚才并没有跟刘不周全部说实话，他们仍然心有顾忌地保留了不少真相没有说。

要说清卫子夫兄妹身上的秘密，还要从刘不周误伤卫子夫的半年前，太子刘彻的大婚说起……

汉帝国，都城长安。

太子刘彻要结婚了，新娘是父皇景帝的亲姐姐馆陶长公主的女儿陈阿娇，这是一桩如假包换的政治婚姻，作为支持刘彻册立太子的交换条件，窦太后亲自给刘彻选了陈阿娇做太子妃，原因很简单，陈阿娇的母亲馆陶长公主是窦太后的亲女儿，那么陈阿娇就是窦太后的亲外孙女了。

对于这桩婚姻，王皇后也不得不答应，如今的她还没有足够的实力去对抗窦太后和整个窦氏一族，所以不管刘彻愿不愿意，也只得牺牲儿子的幸福换取政治上的支持了。

这天，因为不满这桩婚姻的太子刘彻气冲冲闯进了宫想要跟母后王皇后评评理，还没到椒房殿的门口，迎面和一个蓬头垢面、一会儿哭一会儿笑的妇女撞了个正着。

那个妇女撩起都快赶了毡的蓬乱头发嬉皮笑脸地盯着刘彻看了半天，突然一把抓住刘彻袖子，用一种绝不可能能从人的嗓子里发出的声音嘶喊道："天生异象啦，天生异象啦……是你吗……是你吗……"

刘彻毫无防备，颇为诧异的一个劲地躲着她，这时黄门侍郎波才正好从椒房殿里出来，看到这一幕，快步上前几个巴掌打在那妇女的后脑勺上，然后骂道："疯婆子，还不快滚！"

那疯女人被打得连连哀号着，只得放弃了纠缠刘彻，抱着脑袋跑远了。

刘彻使劲地整理了下身上的衣服，气急败坏地问波才："波公公，这是谁呀？”

波才看着疯女人的背影若有所思，听刘彻这么一问，就一笑道：“嗨，谁知道呢，想必是前朝哪个失了势的嫔妃宫里的婢女得了失心疯吧！”

刘彻不解地问道：“疯癫成这样，怎么还留在宫里？”

波才并没有直面回答刘彻，他谦恭地转移话题向刘彻问道：“殿下这是要见皇后娘娘吗？”

刘彻这才想起自己此行的真正目的，他边走边回道：“没错，去找母后讨个说法去！”说着就几步冲进椒房殿。

刘彻进了椒房殿，见到王皇后正好在，他既不施礼，也不磕头，不无埋怨地抱怨道：“母后，儿臣大婚的事，母后为什么也不跟儿臣商议下就直接定了啊？”

王皇后笑眯眯地看着儿子道：“你的姑母，馆陶长公主的千金陈阿娇不好吗？有了长公主这个后盾，咱们母子在皇室宗亲中的地位就更加稳固了！”

刘彻无奈地道：“在母后眼里，权利和地位从来都是第一位的，是最重要的吧，就算牺牲儿臣的终身大事当作筹码也在所不惜是不是？”

王皇后回道：“那陈阿娇天资聪颖，眉目秀美，又是当朝长公主之女，哪一点配不上你呀？”

“是，她的名声可大着呢，满朝上下无人不知，十足的大小姐脾气，自私自利、目空一切、任性无理，母后难道要让儿臣和这样的人过一辈子吗？”刘彻气急败坏地用手指着门外道。

此言一出，王皇后的脸色一下子就阴沉了下来。

二十四　征服男人

王皇后见刘彻不依不饶地向自己抱怨，心中就有些不悦，她语气中带着责备道：“你是当朝太子，国之储君，身系天下、家国、社稷的安危，怎么能总像市井平民一样只想着情情爱爱、儿女情长呢？”

刘彻不屑地道：“婚姻就是婚姻，社稷就是社稷，为什么总要混为一谈，母后与父皇夫妻这么多年，难道你们之间就只有家国，没有爱情吗？”

王皇后竟然被刘彻这一问给问愣了，她的眼睛里那么一瞬之间竟然流露出些许的哀伤和惆怅，但马上又正过神来，厉声道：“太子无礼，有你这样像泼皮一样地跟你的母后说话的吗？这桩婚事是你的皇祖母窦太后钦定的，你父皇已经恩准了，断无更改之理，母后累了，你下去吧！”

刘彻无奈，还想说点什么：“母后……你……”

“还不出去？！”王皇后根本不听他说话，断喝一声后就起身转奔寝殿去了。

刘彻丈二和尚摸不到头脑，不明白为何母后的反应如此之大，只得悻悻地退了出去。

见到儿子走后，王皇后刚才满脸的愠怒渐渐收敛，竟然流露出些许的哀伤，她独自一人回到寝殿，关上了殿门，神情幽怨地从袖中掏出一个镶有金边的精致荷包，颤抖着手在荷包上面爱不释手地轻轻抚摸着，泪水已经濡湿了眼眶。

汉帝国都城长安西街里，淮南王府门口。

一个女孩一袭若羽的白裙站在府门口，这女孩皮肤白嫩，身材凹凸有致，眉尖轻挑，双眸若语，绝是个天生的美人坯子，只不过她眉宇间显得过于妖艳妩媚、风情之极，看起来妖娆有余，却冰清不足。

这时，一个小侍向远处张望了一下，一脸谄媚地对女孩道：“郡主，您看，千岁的仪仗到了！”

女孩轻扭香颈向前方观望，只见一支仪仗由远及近，徐徐地来到王府门前停下了。

软轿中一个不到四十、身材消瘦、眉目间透着一股坚毅的男人走了下来，小侍立刻仰头高喊一声：“淮南王千岁回府！”

那女孩紧赶几步下了台阶，走到淮南王面前，飘飘万福说道：“父王到了，女儿刘陵儿这里有礼了！”

淮南王笑着把刘陵儿扶了起来道：“好好，不必多礼了，本王的宝贝女儿啊，又是一年多未见，父王想你啊！”

那刘陵儿莞尔一笑，一下子揽住淮南王的手臂，撒着娇道：“女儿在长安待都待烦了，每天都在想念父王呢。”

“这次正逢太子大婚，陛下特命各地诸侯王前来参加太子大婚典礼，为父才能有机会进京看望女儿啊。”淮南王笑眯眯地回道。

刘陵儿做了个“请”的手势，俏皮地道：“请父王回府！”

淮南王干脆地回道：“好，回府，哈哈！”说着就在女儿的陪同之下走进了淮南王府。

这位淮南王，正是大汉帝国的皇室宗亲淮南王刘霖萧，论起来和景帝应该算是堂兄弟，只是血缘上稍微远了一些，而他的母亲则是当今窦太后的亲妹妹，从这一层论起来他还要管窦太后叫上一声亲姨娘。

而那个绝美妖艳的女孩就是刘霖萧的女儿，淮南郡主刘陵儿，是个出了名的美人儿，她常年生活在都城长安的淮南王府里。

这个刘陵儿可以称得上是长安城上流社会中的风云人物，著名名媛，时常出没于各种达官显贵的聚会和宴席，凭借着她淮南郡主的皇族身份和国色天香的美色，与那些当朝手握大权的实力人物以及他们的子弟都过从甚密。

父女俩一路有说有笑地走进王府，进了后堂，父女各自坐好，刘陵儿屏退了左右，房间里就只剩下他们父女二人了。

刚才还一脸活泼可爱、跟父王任性撒娇的刘陵儿，此时突然脸色一变，收住笑容、面无表情，冰冷中透出阵阵的寒气。她说道：“好了，刚才当着外人的面，我已尽了做女儿的意了。”

刘霖萧见女儿态度上如此巨大的反差，没有生气反而微笑道："女儿呀，都过去了这么长的时间了，你还不能释怀父王吗？"

刘陵儿双眉一挑，厉声道："释怀？你为了一己私利不惜毁了女儿的幸福，我本与那罗郎情投意合，恩爱有加，而你却以重金相诱惑，逼他在我和他新婚当日不辞而别、离我而去，让我空欢喜一场，你让我如何释怀？"

刘霖萧一脸满不在乎地道："女儿何必为一个穷书生耿耿于怀呢？"

"呵呵，我才不会耿耿于怀呢，其实我还得感谢你呢，也让我看清了他和你们这些男人的真面目，能用钱买到的爱情，不管是和还是分，都不过是肮脏龌龊的心机和交易罢了。我的心早就死了，你们都不是好东西，男人没有一个好东西。"刘陵儿冷笑一声回道。

一句话把个刘霖萧说得哑口无言，他强忍着心中的不满支支吾吾地半天都接不上话来。

刘陵儿顿了顿，斜眼看着刘霖萧道："如果不是为了我那死去多年的母亲，谁会答应你跑到这长安城里替你来当卧底？！"

刘霖萧听女儿这话句句带刺，心中不忿，他忍不住怒道："你在长安做的那些事别以为父王不知！本意是让你在都城帮为父笼络朝中重臣，为将来所用，可你呢？毫不顾及郡主的尊贵身份，勾三搭四，浮花浪蕊，一点也不检点，丢尽了父王的脸面！"

"我就喜欢看着男人臣服在我脚下的成就感，你们男人可以抛妻弃子拿问鼎天下来满足自己的权利欲望，我为什么就不能以征服男人为乐呢？"刘陵儿毫不怯弱地反驳道。

"你……"刘霖萧被刘陵儿一番话气得张口结舌，脸色发青，好一会儿才喘上了这口气，脸上的怒容渐渐消退，他意味深长地对刘陵儿道，"你我父女不要一见面就这样针锋相对的好吗？咱们不说这些了，还是说说最近朝中的情况吧……"

二十五　处男之身

即使刘彻一万个不愿意，他这个婚也不得不结。

太子大婚，迎娶的太子妃还是窦太后的亲外孙女，当朝长公主的千金，这桩世纪婚姻可以说是万众瞩目的大事，大婚典礼办得盛大而隆重，举国欢庆。

就连多年没有进京的诸侯王们也都悉数到场，给足了面子，那些来自全国各地的各路封疆大吏的贺礼络绎不绝地运抵太子府，偌大的太子府里都快装不下了。

大婚当日，窦太后、景帝、王皇后、馆陶长公主等整个大汉帝国最具实权的人物一个没落下，全都来了。

刘彻只得硬着头皮走完了所有的大婚流程，到了晚上，已经是累得真想找个干净地方倒头便睡。

不过，最后一道流程他是必须要走的，那就是入洞房。

等到一对新人入了洞房，一众宾客才陆续散去，喧嚣了一天的太子府里终于安静了下来。

然而，洞房里的一幕，任谁看了都得惊掉下巴。

一身红衣、头上罩着红盖头的新娘陈阿娇孤零零地坐在铺满大红缎被的暖榻上，一动不动的就那么等着，等着新郎官刘彻过来揭下盖头。

而刘彻呢，穿着新郎官的袍服，胸前还挂着一朵硕大的大红花，他也不过去给新娘掀开盖头，也不坐在新娘的身边，竟然就那么一只手托着腮，独自坐在地上打起盹儿来。

过了好久，陈阿娇听着洞房里鸦雀无声，心想这太子干吗呢，怎么还不过来？莫非出去了？

她实在有些等得心焦，就自己偷偷用手把红盖头撩开一个缝儿向外观看，这一看可不要紧，只见刘彻躲着自己老远，也不过来，竟然坐在那睡着了！

这位集皇二代、官二代和富二代于一身，从小被溺爱娇惯、众星捧月的千金大小姐什么时候受过这样的冷落，她怒发冲冠，气得一把扯下红盖头甩在了地上，撒了泼似的喊了一嗓子：“太子，你很讨厌我是吗？”

其实刘彻没真睡着，他就是不想过去，只是在那装睡，故意惹陈阿娇不痛快。

即便如此，陈阿娇这一嗓子也把他震得不轻，他装作睡眼惺忪地转过头看了看陈阿娇，不耐烦地道：“拜也拜了，头也磕了，你还要怎样？”

“你我现在已成夫妻，今晚洞房花烛，你为何对我不闻不问？”陈阿娇冷言道。

刘彻极不情愿地站起了身，嘴里嘟囔着：“好好，我问，我问还不成吗？”说着走过去，一屁股坐在陈阿娇的身边，也不说话，两眼直勾勾的像个呆子似的盯着陈阿娇看。

“你……你……这是什么意思嘛？”陈阿娇满脸不解地问道。

刘彻依旧这么盯着，慵懒地回道：“没什么意思，不是你说我对你不闻不问吗？我这不是来问你了吗？”

陈阿娇看着刘彻一副死猪不怕开水烫的滚刀肉做派实在忍不住了，她厉声道：“你要是对你我的婚姻有意见，你可以去找太后她老人家，去找我的母亲馆陶长公主，你休在我的面前不阴不阳的！”

“我累了，睡觉吧！”刘彻就跟没听见陈阿娇说话似的，一把拉住陈阿娇的袖子说道。

陈阿娇知道刘彻这个举动就是在跟自己示威，她都快把肺给气炸了，猛地一甩袖子，厉声道：“你可别忘了，是我的外祖母窦太后，还有我的母亲当朝长公主的鼎力支持，你才如愿当上太子的！”

刘彻最烦的就是她说这句话，就好像他这个太子之位是他们娘仨施舍给自己似的，他一下子就被激怒了，猛地一下站了起来。他半弯着腰，两眼冷冷地盯着陈阿娇的眼睛，从牙缝里一字一字地挤出四个字来：“那！又！如！何？”

陈阿娇被刘彻的举动搞得双眼噙着泪水，盯着刘彻的眼睛吼道：“你休要当我是那市井平民人家的女孩，可以随便冷落！”

刘彻脸对着陈阿娇的脸，戏谑地道：“长公主家的千金如何？平民家的女孩又怎样？我今天就让你看看，我现在就去找个最下贱的女孩洞房花烛去，有本事你就向太后和长公主告状去！”

说着，刘彻一把扯掉挂在身上的大红花，脱去一身的新郎装扮转身大踏步地出了洞房。

就听陈阿娇在身后哭号着：“你……你要去哪……”

刘彻也不管陈阿娇，出门后“嘭”的一声重重地把门一摔，到院中牵出一匹马，飞身上马，催马就出了太子府。

刘彻一脸怒气未减，他骑着马一路不停地来到长安城里一家出了名的女闾。女闾就是古代的妓院、青楼。

到了门口，他霍地下了马，径直冲进院中，管事的婆子见一个年少潇洒的公子怒气冲冲地进来，赶忙上前殷勤地问道：“哎呦，公子大驾光临，不知有何贵干啊？”

“把你们这里出身最低贱的叫出来服侍我！”刘彻也不客气，劈头说道。

婆子一愣，她从来没听过哪位客人有过这样的要求，一脸为难地道：“哎呀，公子，您……您这要求，让我们如何安排呀？”

“啪”的一声，一锭金子被刘彻拍在桌子上，他斩钉截铁地道：“怎么？怕我给不起银两不成？”说着一指桌上的金子道，“你若找了，金子就是你的，少在这废话啰唆！”

婆子一见金子，那双眼顿时放出了光，她一把搂过金子，赔笑道：“哎呦，公子，您要不说我还忘了，我们这呀有个名叫樛雨诗的，她父亲犯了事，全家被贬为奴，您看……这……够不够贱呀？”

“就她！”刘彻想也不想快步“噔噔”上楼，嘴里回道。

房间里，刘彻见到了被婆子称作最下贱的女奴缪雨诗。

说真的，这个女孩漂亮得简直令人惊艳，犹如出水的芙蓉一般娇艳欲滴。

不过，他刘彻今天没心情看美女，他就赌一口气，赌给陈阿娇看，赌给馆陶长公主看，赌给皇祖母窦太后看，赌给自己的母亲王皇后看，更赌给全天下看。

堂堂大汉帝国的当朝太子，大婚之夜，弃高贵而不可一世的新娘太子妃于不顾，他来逛青楼，找了个身份最下贱的妓女破了自己的处男之身，怎么样？又如何？

缪雨诗并不知道站在他眼前的就是大汉太子，只见这位公子一进房就怒气冲冲，不知何故，她怯生生地向刘彻飘飘万福，刚要说话，就见刘彻眼眉一立，断喝了声：“给我脱！”

二十六　疯丫头

第二天，当刘彻醒来的时候，日头已经老高了。

他扭头看了眼睡在身边的缪雨诗，这个美人胚子裸露着一双细白如玉的玉臂仍在熟睡。

平心说，这一整晚他都没有碰缪雨诗一个指头，两个人就这么一句话也没有地坐在榻上待了一夜，倒不是因为嫌她下贱，而是他觉得不能因为自己的不幸而把所有的愤恨都宣泄在一个与此毫无关联的女孩身上。

刘彻坐起了身子，此刻，一阵阵的悔意才不由自主地涌上心头。他开始后悔自己昨晚太过冲动，堂堂大汉太子，大婚之夜把新娘撇在洞房里不管，就算他刘彻再不喜欢陈阿娇，可她毕竟是皇祖母的外孙女、姑母馆陶长公主的女儿，如果陈阿娇跑去告上一状，恐怕连母后都不好交代了。

昨晚他就是被陈阿娇那句话气得冲昏了头，而这里面的轻重关系自己昨天怎么就不多想想呢？！

哎呀，刘彻突然直拍脑门，烦乱一来就是一箩筐，怎么把这么重要的事给忘得一干二净了，他早就答应了妹妹南宫公主，今天要参加她的生日宴会，要是把这事给耽误了，这小丫头还不得奚落自己一整年！

想到这，刘彻赶忙下床穿好衣袍，开了门快步离开了。

此刻，躺在床上的槿雨诗其实早就醒了，她一直在悄悄地观察着刘彻的一举一动，但并没有惊动他。

她心里对刘彻产生了无数的疑问，这个昨夜一直坐在自己身边，不仅对自己毫无动作，还始终一言不发的少年公子究竟是谁？既然他不是来寻花问柳的，那为何还要深夜来这里呢？

今天的南宫公主府堪称门庭若市，人头攒动，好不热闹。

长安城里有头有脸的王公重臣家的公子、千金们几乎都到齐了。

整个公主府内外俊男靓女、名士贵胄如云。

南宫公主的贴身宦官刘须应接不暇地接待着一拨又一拨的客人，如山的贺礼摆在正堂大厅里，礼物多得都快让人迈不动步子了。

此刻，刘须刚把大廷尉张释之之子、身着一袭草青色名贵锦袍的张元朗迎进了公主府里，张元朗左看看、右看看，没见到南宫公主的影子，就问刘须道："公主呢？今天我等可都是为了她的生日而来的，怎么不见她出来和大家欢聚呀？"

刘须一脸难色地道："唉，张公子有所不知啊。"说着他一指正堂的后面无奈地说道，"这不，躲在后厅一个多时辰了就是不出来，正憋气呢！"

张元朗不解地问道："哦？这是为何啊？"

"嗨，公主说她哥哥太子殿下承诺了要来参加她的生日宴会，可到现在还不见殿下的影子，公主她正在后厅里生闷气，大放厥词呢。"刘须摇着头回答道。

"太子殿下到！"正说着，公主府门口的小宦官拉着长音，高声喊道。

门外，只见太子刘彻一身华服锦袍，气宇潇洒地走进了公主府，引来在场众多王公子弟纷纷恭敬地向刘彻颔首拜见。

面对这些家伙，刘彻绝是看不上眼的，这些人一个个凭借着他们父辈的权势出入各种上层聚会，整天不务正业，挥金如土，难成大气，所以他目不斜视，根本不看这些人，昂首往里走。

刘彻刚刚来到正堂的门口，就见从后厅里一阵风似的蹿出一个青春秀美的年轻女孩来，只见这女孩年约十四五岁，生得一张人见人爱的圆圆娃娃脸，一双大眼睛透着那么古灵精怪的，一看就是个冰雪聪颖的机灵女孩。

就见她欢天喜地的一边跑，一边嘴里喊着："哎呀，你有了嫂嫂，就忘了亲妹妹啦，是不是？"等跑到刘彻身前，完全不顾周边众人的眼光，两手一圈就搂着刘彻脖子，笑逐颜开地上蹿下跳道，"哥，我就知道你不会忘了你亲妹妹的生日的！嘻嘻！"

这个好似疯丫头一般跑来的女孩正是刘彻的妹妹南宫公主，她是景帝和王皇后最宠爱的小女儿，这丫头天性玲珑可爱、口无遮拦，有时还有些神经大条、大大咧咧的，没别的天赋，就是爱玩，刘彻和南宫从小一起长大，兄妹俩感情很深，他对这个妹妹可以说是疼爱有加，言听计从。

刘彻笑着点着南宫的鼻子道："你呀，这么大人了，怎么还如此疯癫，小心母后将来把你嫁不出去！"

南宫一双天真的眼睛扑闪扑闪的上上下下地打量着刘彻，把刘彻看得心里直发虚，不解地问道："你……你这样看我是做什么？"

南宫突然收敛了疯癫，一把将刘彻扯到一边，故作神秘兮兮地问道："哥哥，春宵一刻值千金嘛！和我那太子妃嫂嫂昨晚的洞房花烛夜过得如何？"

刘彻见她问起这个，有些神情失落地道："还春宵一刻呢，我……昨晚没在太子府住！"

南宫一听，眼神里满是惊诧，她不禁大声地嚷道："啊？你没住在太子府？那这洞房花烛？"

她这一声响亮得足以导致在场的所有人全都停止了说话，向他俩这边投来不解的目光。

刘彻急得直捂南宫的嘴，压低了声音道："你这疯丫头，不会小点声啊？"

"那……那你住在哪里了？"南宫好奇地小声问道。

刘彻没好气地回道："女闾里。"

南宫无比惊讶地瞪大眼睛看着刘彻，呆望了半晌，就在刘彻以为她一定会痛斥自己一番的时候，南宫突然一脸兴奋地笑道："哇，你果然与众不同，品味独特，特立独行呀！"

刘彻被南宫这种奇怪的言论搞得啼笑皆非，一时也不知该如何回应。

南宫偷偷地问刘彻道："那……母后知道吗？"

刘彻一脸为难地道："谁知道陈阿娇有没有告我的状？！要是让皇祖母和母后知道了，我就惨了！"

兄妹俩正在偷偷说话的时候，只见正堂和公主府外一阵骚动，各个华服剔透的公子王孙们都不约而同地纷纷把目光投向了大门口，刘彻和南宫被这阵势也吸引得不由得向门口看去。

只见公主府的大门口款款地走进来一个年轻的女子，看面容年龄不超过十六，她外披着一件淡蓝色半透明的敞口纱衣，内穿一件若羽雪白的抹胸长裙，用檀色的丝线在衣料上绣出百花斗艳的图案，从裙摆一直延伸到腰际，一根玄紫的宽带紧束在腰间，勾勒出了凹凸有致、婀娜性感的身段。

她一举一动都透出妖冶、魅惑的气息，一双妩媚勾人的水眸在眼波流转之间光华尽显，小巧的鼻子恰到好处，红唇娇艳欲滴，好似新开的玫瑰般，一个微笑都令人酥骨入髓。

白皙的脸色、弯若的柳眉儿，既妖娆却又散发着一道梅花般的冷傲气质、当真是一个风情万种的风骚尤物。

这个女孩的出现让那些平日里见惯了婀娜美娇娘的贵族子弟们也不禁惊为天人，一个个呆立在那里，张口结舌，目不转睛地盯着女孩看，犹如二八月的发情公猫似的恨不得马上扑上去解了百爪挠心的思春之痒……

二十七　小酌半世烟雨

南宫公主的生日聚会，京城里各家名门公子云集，正在南宫和哥哥太子刘彻说话之际，公主府门口进来了一位美艳绝伦的女子，吸引了在场所有人的注意。

进来的这个美艳女子正是淮南郡主刘陵儿。

在万众瞩目之下刘陵儿款款地向正堂走去，当她正好走到张元朗的身边时，刘陵儿媚眼一瞟，道了一声万福，嫣然一笑道：“不知张公子也来了？”

张元朗被刘陵儿这一瞟加一笑撩拨得心头一荡，好似一阵奇痒酥麻彻骨一般，他赶忙虚扶了刘陵儿一把，然后殷切地回道：“郡主客气，怎么？郡主今天也有空过来？”

刘陵儿双眸幽转地回道：“今天是我那南宫妹妹的生日，我这做姐姐的怎能不来？”

“那是，那是。”张元朗连声诺道，然后打趣地道，“看郡主今天未带男伴相陪，要不要我张元朗做一回这护花使者？”

“张大公子何等身份，还跟我说笑。”刘陵儿媚眼如丝，一只玉手俏皮地轻轻拍了张元朗的肩头一下。

张元朗被这一拍，顿时心猿意马，立刻眉开眼笑，这心里不禁感叹，都说这郡主刘陵儿风姿绰绰、行事开放，今日一见果然盛名不虚，他暗自发誓，这等的尤物如何能放过，早晚要将这个女人揽入怀中。

此时，刘陵儿偷眼向正堂里面一看，正好看到太子刘彻和南宫公主也在里面看着她，她对张元朗微一颔首说了句：“抱歉，先失陪了！”然后转身穿过在场的众人，径直向刘彻和南宫走去，把个欲求不满的张元朗晾在了那里。

南宫见刘陵儿向他们兄妹这边走来，不无厌恶地对刘彻道：“她怎么来了？”

刘彻问道：“可是那淮南王刘霖萧之女郡主刘陵儿？”

南宫不屑地回道：“不是她还能有谁？咱们长安城里出了名的交际花，整天周旋在各种王公贵胄之间，一点皇家威仪都不顾。”说到这，南宫竟然紧闭着双眼假装极度纠结状的浑身颤抖了一下，从牙缝里滋出四个字：“呃……好恶心！”

二人正说着，刘陵儿已经仪态飘飘地走到刘彻的近前，她睫毛下垂，眼眸微闭，款款地向刘彻一个万福说道：“淮南郡主刘陵儿见过太子殿下。”然后直起身又向着南宫轻轻一笑道，“姐姐在这里恭贺南宫妹妹生日万安了！”

刘彻毕竟身为太子，不能像南宫似的口无遮拦，也优雅地回礼道：“见过郡主姐姐。”这刘陵儿比刘彻大上两岁，论辈分该算是刘彻的姐姐。

南宫很不情愿地也回了个礼，那敷衍的程度，就是个傻子都能看出她有多腻味眼前的这个女孩儿。

刘陵儿看在眼里，心里透透的，她也不介意，幽幽地对刘彻道：“太子殿下大婚，我这个做姐姐的还没来得及向殿下当面道贺呢！”

刘彻笑着回道：“陵姐姐多礼了。”

此时刘陵儿才有机会好好把眼前的太子刘彻看个真切，只见他一张细嫩的脸犹如雕刻般的棱角分明，乌黑茂密的头发被高高擎起的金冠挽起，一双剑眉下含着一双如墨的眼睛炯炯有神，鼻梁高挺，厚薄适中的红唇漾着令人目眩的笑容，整张脸看上去十分俊朗，虽然年纪轻轻，但整个人气宇轩昂，隐隐显露出一股不可小视的王者风范。

看到这，刘陵儿那颗不安分的心不禁又躁动了起来，多好的男人啊，她这心就动了情，说起话来也不由得增添了几分娇媚和轻佻。

刘陵儿甜甜一笑娇俏道：“是啊，都是一家人，就不必拘泥于太子、郡主这样的官称了，改日还有意邀请太子弟弟赏光过府小酌一番呢，咱们姐弟二人也喝出个犹抱琵琶半面妆，聊他个半世蒙蒙烟雨，岂不惬意？”

南宫在旁边厌烦得实在听不下去了，这刘陵儿整天勾三搭四别人也不关她事，现在竟然挑逗起自己的哥哥来，对当朝太子殿下说出这样暧昧轻佻的话语，实在可恨。

南宫也不管刘陵儿爱不爱听，毫不客气地插话道：“哎，什么半面妆？什么半世烟雨？我家太子哥哥已然大婚，我那太子妃嫂嫂管得紧，不许他随便出门，郡主还是独自小酌吧！”说到这，南宫假装说错，语气嘲讽地改口道，“啊……不对，郡主姐姐怎会独自小酌，那石榴裙下不知挤满了多少酒鬼呢！”

刘彻见这两个女孩儿你一言我一语的斗嘴，走也不是，留也不是，尴尬地站在旁边不知所措……

长安城北门外。

城墙的外面围了一群人在那窃窃私语，墙上贴着一张大告示，一个城吏打扮的人在人群中朗声地在给众人读着告示上的文字道："各位乡亲，这是大廷尉府发布的缉捕令，缉拿惯匪郭解。"说着他指了指告示上画的一个人的肖像，继续道，"就是这人，此人号称大汉第一游侠，实际上却是个目无法纪、杀人如麻、偷盗劫掠的歹人……"

人群的最后面站着几个人，其中为首的一个行脚装扮、身材不高的人，他头上戴着一个大斗笠，压得很低，将多半张脸藏在斗笠里面，他冷冷地看着墙上的缉拿告示，嘴角微翘一阵冷笑。

这人旁边的另外一个人偷偷凑在他的耳朵上说道："郭大侠，现在全国到处都是对你的缉拿告示，咱们现在寸步难行，无处藏身，储存银两的钱库还被官军查抄了，这可如何是好呀？"

这个行脚打扮的人就是告示上被官府缉拿的头号要犯郭解，此人武功高强，自诩为汉帝国第一游侠，而实际上却是个手段残忍、打家劫舍、杀人如麻、唯利是图之辈。

郭解听那人说话，没有马上回答，他冷哼了一声把斗笠往下又压了压，尽量隐藏身份，然后带着那几个人转身迅速离开了。

就在北门的一个隐蔽处，有两个人躲在暗处偷偷观察着郭解的动向，见他带人离开了，为首的那人悄悄对身边的人道："回去禀报郡主，就说郭解离开长安了！"

那人"诺"了一声，转身离去。

随后这个人就在郭解等人的身后悄悄地尾随了过去。

他跟着郭解等人走出去一里多地，见前面的郭解等人转身拐进了一条巷子，那人怕跟丢了，就紧赶了几步也跟着拐进巷子。

谁知他刚拐过弯来，一把锋利的匕首就架在了这人的脖颈上，巷子拐角黑暗处的郭解露出了一张阴冷的脸，淡淡地问道："阁下为何跟踪我呀？"

这人被郭解这一手给弄慌了，随即他马上镇定下来，微微一笑道：

“郭先生不要误会，我等并非官府之人！”

郭解问道：“不是官府之人？那这是何意呢？”

那人沉思了良久，抬头表情严肃地说道：“明人不说暗话，我直说了吧，在下叫张次公，在淮南王手下做事，我家千岁和郡主仰慕郭先生的大名，我受郡主所派，有意吸纳郭先生与千岁共谋大事！”

郭解手中的匕首并没放下，仍然架在张次公脖颈上，他盯着张次公笑道：“多谢淮南王和郡主的美意，我郭解自由惯了，受不了约束！”

张次公道：“现在全国都在缉拿郭先生，若是先生应了郡主，定保先生平安，这岂不是好事？”

郭解将匕首从张次公的脖颈上移开，不屑地说道：“这偌大的天下，恐怕想抓到我郭解也没那么容易。今天我不杀你，此事不要再提了，别再跟着我了，你走吧！”说着两眼恶狠狠地盯着张次公，缓缓倒退着隐入了黑暗之处……

王皇后的秘密

二十八　送上门的儿子

淮南郡主刘陵儿的凤辇在淮南王府的门口停下，刘陵儿刚一下车，就见父亲淮南王刘霖萧急匆匆地走出王府，见到刘陵儿回来，赶忙说道："女儿回来的正好，快随父王进宫！"

刘陵儿不明就里，被父亲拉上了他的辇车，辇车一刻不停地向着皇城而去。

辇车里，刘陵儿不解地问道："父王，什么事这么着急？"

淮南王刘霖萧掩饰不住一脸的兴奋，对刘陵儿道："梁王死啦！"

刘陵儿狐疑地问道："可是窦太后最喜爱的那个小儿子，当今皇上的亲弟弟，梁王刘武吗？"

刘霖萧回道："就是他！"

刘陵儿非常不解，问道："梁王死了，与咱们有何关联，惹得父王如此开心？"

刘霖萧哈哈大笑，一副运筹帷幄的神情说道："傻孩子，咱们的机会来了！"

"此话怎讲？"刘陵儿不明就里地问道。

刘霖萧继续道："窦太后一心想让梁王做储君，你可知为何？"

"应该不单单是因为太后最疼爱小儿子梁王吧？"刘陵儿凝眉回道。

刘霖萧笑道："当然，太后的娘家，也就是窦氏一族倚仗着太后的权势，历两朝而不倒，如今权倾朝野，势力庞大，将来当今陛下驾崩太子刘彻登基，其母王皇后荣升为太后，她必然扶持王家一族上位，那样势必威胁到窦家如今在朝堂上的地位。那若是太后的小儿子梁王继承皇位，就不会出现新太后了，她窦家岂不是可以继续把持朝纲了吗？"

"原来是这样。"刘陵儿这才明白，但转念一想又问道，"可我还是不明白，这跟父王何干？"

刘霖萧志得意满地笑着说道："咱们给太后送个儿子去！"

长乐宫中。

窦太后虽然年近六旬，却因日常保养得极好，看上去最多像个刚过四十、风韵犹存的美妇人。

不过，因为宝贝儿子梁王刘武的猝死给窦太后打击很大，她状态萎靡不振，茶不思饭不想，整天唉声叹气，以泪洗面。

此时，淮南王刘霖萧和郡主刘陵儿正跪在窦太后的脚前陪着太后一起哭呢。

刘霖萧嘴上不称太后，只称太后为姨娘，他膝盖当脚走紧往前爬了几步，抱住窦太后的腿，哭着道："姨娘，孩儿有罪，这些年一直忙于封地上的政务，都没在您老人家膝前尽孝啊！"

窦太后看着脚下哭成个泪人似的刘霖萧，说不尽的酸楚，心中不禁暗想眼前的这个淮南王刘霖萧虽不算是皇室近支，但他可是哀家的娘家人啊，论起来，他可比其他那些诸侯王和自己的关系更近了许多，毕竟他的母亲是哀家的亲妹妹。

想到这窦太后不由得流着泪道："唉，哀家和你的母妃一奶同胞，如今她也走了，就只剩下了哀家啦！"

刘霖萧赶紧说道："姨娘，母妃去世前曾对孩儿说过，您姐俩感情最深，让孩儿对您要像对母妃一样当亲娘对待，我王弟去世了，但孩儿还在啊，从今后姨娘就是孩儿的亲娘，孩儿一定像王弟生前一样孝敬您老人家的！"

窦太后真的被感动了，她泪眼婆娑地伸手将刘霖萧扶了起来，颤声道："哀家的儿呀！"

刘霖萧刚起来，听见太后管自己叫"儿"，马上一个跟头又跪下了，立刻向上叩头神情激动地道："儿臣……儿臣给母后磕头了！"说着，就趴在地上不停地磕起头来。

什么叫君无戏言，这就是，窦太后一句“哀家的儿呀”那就是懿旨，太后见刘霖萧如此的激动，也被感染了，干脆对刘霖萧说道：“好，哀家宣布，正式收淮南王刘霖萧为养子，和哀家亲生的骨肉同等地位！”

“儿臣……叩谢母后隆恩！”刘霖萧激动不已，又一个劲地磕头。

窦太后也是不无感慨，这时刘霖萧不失时机地把刘陵儿叫了过来道：“女儿，快，还不快见过皇祖母？”

刘陵儿对那逢迎溜须之术甚为娴熟，她也赶忙磕头道：“皇祖母，孙女淮南郡主刘陵儿见过皇祖母！”

窦太后见这刘陵儿生得标致，一张绝代佳人儿的脸，喜欢得不行，殷切地拉住刘陵儿的手，上一眼下一眼地看个不停，然后欢喜地说道：“哎呦，天生的美人胚子，真是可人儿着呢！”

刘陵儿垂首低额，腼腆地回道：“皇祖母，那还不是因为咱窦家的血脉尊贵。”

这刘陵儿的确厉害，她不提大汉皇室，却只说窦家血脉，这一招的效果端的是立竿见影，这话可算是说到窦太后的心缝里去了，高兴得她不无疼爱地抚着刘陵儿的秀发，仔细端详着。

随后窦太后对刘霖萧道：“你还别说，这陵儿还真有点哀家和你母妃年轻时的神韵呢！儿啊，哀家有意，就让陵儿留在宫中，陪哀家说说话儿，解解闷儿吧。”

刘霖萧父女闻言赶忙跪地谢恩，刘霖萧这心里都乐开了花儿了，这回进宫不仅达成了既定目标，而且还有额外惊喜，将刘陵儿安插在窦太后的身边，那更是事半功倍了。

“传哀家懿旨！”窦太后正色道，“请皇帝和皇后到哀家这儿来，让你们兄弟相认，咱们一家人好好欢聚欢聚！”

出了都城长安向北的一条土路上。

两匹快马从长安的方向绝尘而来，马上坐着两个头戴软包巾（包巾几乎包住了半张脸）、身穿青布麻衣、一身小厮打扮的清秀年轻人。

他们正骑着，突然路面上弹起一根茶杯口粗细的麻绳，两匹马猝不及防，马的前腿正好绊在麻绳上，两个人连人带马凭空翻了个筋斗，重重地摔在了扬起的尘埃之中。

还没等两个小厮缓过劲来，道边的树丛里就冲出来五六个手提钢刀、黑纱蒙面的人来，几把钢刀纷纷架在了两个小厮的脖子上。

为首的有个人缓缓地走过来，却不像多数劫匪一般凶神恶煞的，而是淡淡地说道："二位，不好意思，打个劫，把值钱的都拿出来吧？"

二十九　劫个色

那两个小厮倒在地上，眼睛死死地盯着这伙劫匪却是一言不发。

匪首见二人不说话，自己却笑了，说道："怎么，莫非是劫了两个哑巴不成？"说着，他挑衅地用刀尖勾住其中一个小厮头上的软包巾语气加重了一些道，"再不说话，可就没这么客气了！"说着他手上稍一用力，刀尖瞬间挑开了包在小厮头上的软包巾，软包巾内一头横插着一根温玉发簪的新月发髻赫然映入了所有劫匪的眼帘。

"是女人？"众劫匪见状惊呼道。

那个匪首快速挑开了另一个小厮的软包巾，发现此人也是个女人。

这匪首一见眼前的竟然是两个年轻貌美的少女，脸上的表情顿时就变了，他眯起眼睛用一种色眯眯的眼神上上下下地打量了这两个女孩半天，突然仰天大笑道："看来今天还有意外的收获嘛！"

俩女孩见自己的真容暴露了，也就不必再掩饰，纷纷站了起来，其中一个身材高挑的女孩傲慢地指着匪首说道："瞎了你等的狗眼，连我们你也敢劫，还不快放我们走！"

匪首也不生气，他一脸淫笑地说道："我凭什么就不能劫你们呢？今天老子钱也要、人也要，两位小娘子谁也别走啦！"

高挑女孩见这匪首语言轻佻，气得娇嗔地骂道："狗贼，你也配留住我们姐妹？"

匪首被这高挑女孩傲慢的气势搞得更加兴趣大增，他轻笑一声问道："这么说两位小娘子是大有来头喽？在下倒想听听你们是哪家高门大户的金枝玉叶？"

高挑女孩高傲地瞟了一眼那匪首说道："说出来吓死你，我等可是受当今王皇后指派，前往上郡定阳县……"

她话还没说完，就被旁边那瘦小一些的女孩紧张地一把扯了下高挑女孩的衣角小声提醒道："不能说！"

高挑女孩也知道说漏了嘴，赶紧改口道："啊……反正识相的，赶紧放我等走！"

匪首哈哈笑道："那可由不得你们了。"说着，他把手一挥对身后的匪徒们厉声道，"来呀，给我搜！"

其余几个匪徒接到指令，不由分说上去就扯两个女孩要搜她们的身，两个女孩极力挣脱，却无济于事。

这个高挑女孩脾气火爆，在纠缠中一口咬在了其中一个劫匪的胳膊上，疼得那个劫匪"妈呀"了一声，气急败坏地一刀捅进了高挑女孩的腹部，女孩一声哀号就倒在了血泊之中。

匪首见状急得一跺脚骂道："兔崽子们，人要活的！"

那个瘦小女孩见高挑女孩中刀倒地，拼了命地闯过去要救，却被另一个劫匪猛地一把推倒，后脑刚好撞到了地面上一块凸起的石头上，竟然登时没气儿了。

匪首眼见着两个如花似玉的少女就这么被他手下这些不知道怜香惜玉的粗汉子给整死了，心疼不已，他看着倒在血泊中的两个少女，失望地叹道："多好的两个小美人儿，可惜喽！"

他手下那几个劫匪可不在乎俩女孩的死活，他们从高挑女孩的背囊里搜出了百两黄金和一封信，众人一见到金子马上两眼放光，把那封信往地上一撇，几个人就在那争抢起金子来。

匪首低下头捡起了那封信，好奇地撕开信封，掏出里面的信瓤，打开正要看。

正在这时，原本被撞死在地上的那个瘦小女孩一下子醒了，她也不管自己后脑还淌着血，趁匪首不注意，上去一把夺过了那封信，三下两下塞进嘴里就给吞了下去，然后翻身上了她原来骑的那匹马，使劲地抽打马屁股，夺路向长安方向跑了。

匪首并没有去追赶，看来他还是更在乎那百两的黄金，他见四下没了外人，将蒙在脸上的黑纱扯了下来，原来此人正是那被大廷尉府通缉的要犯郭解。他骂骂咧咧地指画着其他劫匪说道："都别争了，先把这里善后下，然后回去给尔等分了钱，咱们快活快活去！"

椒房殿门口。

太子妃陈阿娇哭哭啼啼地从殿里跑出来径直回了太子府。

大殿中王皇后坐在那里气得顿足捶胸，愤怒地自语道："这个冤家呀，大婚之夜竟然撇下太子妃独自跑去那女闾中过夜，堂堂太子之身，这成何体统啊，是要把本宫气死不成吗？"

宫女莫黎赶紧在旁边解劝道："皇后娘娘息怒，兴许太子殿下只是和太子妃还不很熟络的缘故吧，假以时日就会好的。"

王皇后抱怨道："这让本宫如何跟太后那边交代？这次定然又会在太后面前理亏了一道。"

莫黎一边给王皇后轻轻地捶着背一边道："就是不理亏这一道，太后她也不会和皇后您是一条心的。"

王皇后甚为无奈地闭上双眼，轻叹道："莫黎你说的不错，只不过咱们现在仍有心结未了，本宫不希望在这个时候与太后那边这么早就针锋相对上。难道你忘了，废世子刘不周是死是活还没彻底定论吗？"

“皇后娘娘这是怎么了，那刘不周已死多年了呀，公孙将军不是早就回来禀报过了吗？”莫黎不解地反问道。

王皇后闭着眼，轻轻晃着头道：“虽说公孙贺已经确认了尸体，按理说应该是没错了，不过见不到那三颗金痣，本宫这心里就是不踏实呀，所以公孙贺一直在不停歇地查访，这种乱臣贼子一旦被不怀好意之人利用，后果不堪设想啊。”

“陛下到！”此时殿外传来波才的声音，原来是景帝到了，王皇后赶忙整理发鬓和衣衫，走出殿门跪迎圣驾。

却见到景帝一脸凝重地来到王皇后近前，他没有要进殿的意思，忧郁地说道：“皇后平身吧！”

王皇后起身，见到景帝这副样子，不解地问道：“陛下这是怎么了？”

景帝表情依旧难看，回道：“母后传懿旨让朕与皇后一同去长乐宫见她。”

王皇后心里“咯噔”了一下，心想不会是连窦太后都知道刘彻大婚之夜的事了吧，这是把我俩叫过去兴师问罪的？但王皇后还是装着一脸不解地问道：“母后让咱们过去，这很正常啊，陛下为何如此为难的样子？”

景帝忧心忡忡地叹了口气，说道：“皇后有所不知啊，母后认了淮南王刘霖萧为养子，让朕前去认弟弟呢，你说，这……这叫什么事嘛？”

三十　祖制难违

王皇后见不是因为大婚之事，这才放下心来，但听到景帝的说法还是不解地问道：“陛下，这淮南王刘霖萧是何许人也呀？”

景帝淡淡地回道：“一个远支的汉室皇族罢了，他父王是先帝的异母弟弟，但他父王的母妃出身卑微，所以在皇族中的地位很低，封诸侯王的时候才给了一小块封地就打发了。”

“原来是这样。”王皇后听着景帝的述说回道。

景帝继续道：“后来他父王去世，就由这个刘霖萧承袭了王位，论起来也算是朕的堂弟，但到了他这一辈血缘就更远了一层，所以更是被其他诸侯王看不起，但最为重要的一层关系则是他的母妃与母后是一奶同胞的亲姐妹，唉！”

王皇后听到这，心里不由得恨意顿生，这窦太后得寸进尺得过分了，刚刚钦点了太子妃还不罢休，这又给刘彻认了个叔叔来，这是何意呀？

景帝一阵慨叹道：“梁王死了，母后又认了个新儿子，难道母后欲立皇太弟之心还没死吗？”

王皇后故意心平气和地对景帝说道：“陛下多虑了，梁王不在了，母后的这个心思恐怕也就此断了，也许母后身边就少了个陪着能说话的人吧，陛下，依臣妾看，我们以后有空多去母后那边探望探望，陪她老人家多说说话。”

“皇后所言极是。”景帝若有所思地点着头。

王皇后心里快速地一阵盘算，然后忽然话锋一转说道：“臣妾担心的是，这外放的诸侯小王可不要打着母后的旗号行不义之事，到时候坏了母后的名声啊。”

景帝一副无奈的样子对王皇后说道：“走一步算一步吧，走吧，随朕一同觐见母后！”

长乐宫里。

窦太后兴高采烈地把刚才收养子的过程讲给景帝和王皇后听，景帝臭着一张脸也不敢发作，只能连连应诺。

王皇后也是板着脸站在旁边听着，她是何等精明的女人，窦太后此举是何用意，她心里清楚得很，亲儿子死了，又找来个养子，这不还是梦想着有朝一日废了太子，听从太后的意思立皇太弟呀，看来这老太婆一天不死，她和太子的地位就一天不稳定。

窦太后今天心情大好，并没看出景帝和王皇后的反应来，笑眯眯地对刘霖萧道："儿啊，还不快去见过你皇兄皇嫂，你们兄弟相互见个礼，咱们就成了一家人啦！"

刘霖萧刚才在窦太后面前一口一个姨娘的，把太后哄得心花怒放，他是吃到甜头了，见这招极为好使，这回面对景帝仍计划着打出"亲情"这张牌，就走过去向景帝和王皇后深施一礼，说道："皇兄、皇嫂在上，王弟刘霖萧……"

刘霖萧这话还没说完，就见王皇后突然柳眉一竖，对刘霖萧厉声断喝道："大胆刘霖萧！"

王皇后厉喝的这一声，把包括窦太后和景帝在内的在场所有人都惊到了，刘霖萧张口结舌地呆在了当场，看着王皇后不知所措。

王皇后毫不客气，暗中瞟了一眼坐在一旁的窦太后，然后用手点指着刘霖萧怒道："我大汉的礼法难道你不知道吗？什么皇兄、皇嫂？臣子见驾该如何称上？该如何行礼？你就不怕本宫治你个有违礼法、藐视君上的罪吗？"

王皇后这招叫作指桑骂槐，实际上就是骂给窦太后看的，就是要杀杀这老太婆的威风。

刘霖萧吓得"扑通"一声跪倒，磕磕巴巴地叩首道："微臣知罪，微臣知罪，依礼不当，冒犯了陛下和皇后的天威，还请陛下和皇后恕罪啊！"

看着刘霖萧一副失魂落魄的样子，景帝这心里是无比的舒畅，他不无赞许地看了一眼王皇后。

坐在旁边的窦太后脸上实在挂不住了，自己这儿媳王皇后素来泼辣，这个她是知道的，可今天这样的场合，当着自己的面，一点面子也不讲，拿出皇后的名头来呵斥刘霖萧，这不分明就是杀鸡给猴看，骂给哀家看的吗？

窦太后刚要说话，身边的刘陵儿先不干了，她现在是窦太后的孙女，背靠着这么大的靠山，要是连这一仗都斗不过王皇后，以后还怎么在这后宫中混呢。

想到这，她义正词言地对王皇后说道："皇后娘娘，这就是您的不对了，今天是我父王被太后她老人家收为养子的日子，太后召我等来此，本是为了一家人兄弟相认，此乃是家事，而不是国事，我父王称呼皇兄、皇嫂又有何不可？"

窦太后听着赞许地点着头，她就没急着说话，老太太倒要看看王皇后能有何话讲。

王皇后轻蔑地看了一眼刘陵儿，反问道："你是何人？"

刘陵儿也不示弱，回道："当朝太后她老人家的孙女，淮南王刘霖萧之女，郡主刘陵儿！"

王皇后瞪了刘陵儿一眼，忽然转向窦太后，恭敬地说道："母后容禀，今天母后收养子，本是大好的日子，臣妾本不该扫了您老人家的兴，但臣妾记得，高祖皇帝曾有遗训，我大汉所有皇室宗亲见驾要先公而后私，要先论君臣礼仪，后续宗亲之情，这淮南王见了陛下却不先行君臣之礼，这是违背祖制的大逆不道行径，按律当削去王爵，贬为庶民！"

"这……"窦太后真没想到，王皇后会把高祖刘邦的遗训给搬了出来，这绝对是一招杀手锏，此言一出，任谁都不敢再有妄言，窦太后也是一时不知该如何应对了。

见窦太后没说话，王皇后有意缓和了下气氛，补了一句说道："不过……刘霖萧知错必改，还尚可原谅。"

众人一听，都稍稍放下了心来。

谁想王皇后却陡然表情一变，突然回手指着刘陵儿说道："倒反而是这刘陵儿，她是何身份？区区一个郡主，竟然在母后、陛下的面前如市井泼妇一般，目无尊上，这样的人将来若在外面惹出事端来，丢的可是母后您的脸面啊！母后，臣妾知道您宅心仁厚，那就让臣妾为您分忧吧！”

说到这，王皇后把脸转了回来，冷冷地看着刘陵儿喝道：“来呀，将淮南郡主刘陵儿削去郡主爵位，终生圈禁永巷别院！”

三十一　后宫之主

窦太后认了淮南王刘霖萧为养子，让景帝和王皇后来长乐宫认亲，王皇后却给窦太后、刘霖萧来了一个下马威，还要将郡主刘陵儿废黜圈禁。

刘陵儿这下也慌了，她只听说这王皇后在后宫甚为霸道，还以为不过是言过其实罢了，今天一见，当真不是个好对付的女人，她也不得不“扑通”一声跪在窦太后脚前，抽泣着央求道：“皇祖母……皇祖母这……”

此时的窦太后心里也不由得佩服自己的这个儿媳作风的狠辣，心中暗想哀家在宫中几十年，历经了两朝皇帝，经历过多少的腥风血雨，心毒手狠的人见得多了，而这个女人从一开始就已经谋划好了全盘的计划，而且滴水不漏。

王皇后不仅先用一招指桑骂槐打压了淮南王刘霖萧的气焰，震慑了自己不说，之后还祭出了高祖的遗训这个终极法宝，堵了所有人的嘴，面对着高祖遗训，就算是窦太后贵为当今皇帝的母亲也不敢冒着违背祖训的大罪名去指责王皇后的大不敬之罪。

最后这王皇后还要假装好人，美其名曰要替自己清理门户废了刘陵儿，还让自己无话可说，这一波接一波的攻势着实地厉害！

即便如此，窦太后怎么也不能眼看着刘陵儿被废，她强忍着咽下了这口恶气，强装温和地对王皇后道：“皇后说得有理，处处为哀家着想，不过……还是念在刘陵儿年纪尚轻，还不懂事，看在哀家的面上就网开一面，宽恕了她吧！”

王皇后向着窦太后嫣然一笑道：“母后，瞧您说的，臣妾怎敢驳您老人家的面子呢。”随即，她面向跪在地上吓得浑身颤抖的刘陵儿说道，“听见了吗？太后的话那就是天下最大的面子！”

“谢太后……谢皇后……”刘陵儿如临大赦一般赶紧跪地向着窦太后和王皇后磕头谢恩。

当所有人都以为这就算完事了的时候，谁知王皇后突然话锋一转，双眸一瞪，对刘陵儿说道：“太后的面子是给你了，可你将来若在外面丢了太后的脸面，那岂不让太后难堪？”

王皇后说到这，有意无意地瞟了窦太后一眼，抬高了嗓门道：“本宫作为这后宫之主，必须赏罚分明，维护皇家威仪，废爵之罪虽可免，但须惩戒以儆效尤，罚淮南郡主刘陵儿自行掌嘴三十！”

此举堪称完美的收官！王皇后借着这件事跟窦太后把话说清楚了，她王皇后才是这后宫真正的主人，名正言顺的当家人！

另外，王皇后也给足了窦太后的面子，免了削去刘陵儿爵位之罪，但她又以儆效尤为名，以避免淮南王和刘陵儿将来在外面给太后丢人为幌子，她这个做儿媳妇的一定要维护老太后的颜面，那就必须得体罚一下，得警告一下，怎么看都是在为窦太后着想，搞得老太后一句话都说不出来！

窦太后这脸上气得红一阵紫一阵的，简直就是哑巴吃黄连——有苦说不出。

她坐在鸾榻上，尽量平复着翻滚的气血，明摆着今天让皇后给摆了一道，这王娡还占着个理，而且皇后在态度上对自己始终都是谦恭有加，没有半点不敬之意，自己还真不好发作，窦太后心里暗自发着狠，王娡呀王娡，今天算你赢了这一局，咱们来日方长，哀家只要不死，咱们娘俩这就算是杠上了。

刘陵儿见窦太后没有任何反应，也知道这皮肉之苦是躲不过去，她半跪着，把心一横，伸出玉手，使着劲地一下一下抽在自己白皙粉嫩的脸上，没几下嘴角就淌出了血来。跪在边上的刘霖萧和坐在鸾榻上的窦太后心疼得都不敢直视。

王皇后心里就像三伏天喝上一碗用冰块镇过的燕窝银耳汤一般通体的畅快，看来和太后之间的博弈是想躲也躲不过去了，既然躲不了，那就来吧，我王娡接招儿就是了，凡是觊觎我儿太子之位的人就是我的敌人，我绝不会让他们有好下场！

刘陵儿半跪在那里继续抽打着自己，一双明眸里充满了血丝，她不敢直视王皇后，心里却阴狠狠地发着誓，王娡，你等着，这奇耻大辱我刘陵儿记下了，早晚加倍地还给你！

这一场太后认亲的闹剧就在王皇后的左劈右砍之下，臊眉搭眼地灰溜溜收了场，这一局王皇后完胜，不过却彻底将窦太后、淮南王刘霖萧以及郡主刘陵儿给得罪了。

从此以窦太后为首，包括淮南王刘霖萧、郡主刘陵儿、大将军窦婴等人的窦家和以王皇后为首，包括卫将军公孙贺、盖侯王信等人的王家的两党之争正式在大汉帝国的朝堂和后宫之中开始了。

半夜，长安城外秦川津的一家女闾里。

郭解赤条条地被一群官军从一个妓女的被窝里掏了出来。

他在城外土路上抢了两个女孩的一百两黄金，给手下兄弟们分了，竟然完全不顾自己正在被通缉，反而胆大包天地跑到女闾里找了个头牌的姑娘寻开心来了。

管事的婆子一眼就认出这人是全国张榜缉拿的要犯郭解，她也没声张，待郭解进了屋后就跑到当地府衙告发了他。

以郭解的身手，他要想杀出一条血路来逃走也不是难事，不过当他看到门外和窗户上一百多官军张弓搭箭全部对准了他的脑袋和心口，他果断地放弃顽抗，然后被直接下了大狱，这样的全国一级通缉犯，等待他的只有一条路，就是被廷尉大人红笔勾掉姓名，斩首示众。

监狱里，被打得遍体鳞伤的郭解倚靠在阴暗潮湿、肮脏不堪的牢房中，他脖子、双手、双脚全被重重的枷锁铐着，看着自己一身血污，他不禁一番感慨，心中暗自感叹，难道我郭解的生命就这样走到尽头了？

他眼珠转了半天，突然猛地直起了上半身，就像在沙漠上走了三天突然发现一壶没有喝干净的水一样，他两手扒着牢笼的栏杆向外面叫道：“牢头，牢头！”

牢头被他叫得不耐烦了，拎着鞭子晃悠悠地走了过来，先不问话，抡起鞭子照着郭解握在栏杆上的手“啪啪”就是两鞭，然后喝道：“天杀的，叫什么叫？”

“牢头……牢头大人，”郭解疼得赶忙缩回了两只手，但仍旧殷切地对牢头道，“我有话说，在下有一桩富贵想赠予大人！”

牢头本来还要再呵斥他一番，却听到他说有富贵要给他，眼前不由得一亮，随即骂骂咧咧地打开牢门走了进来，蹲在郭解的眼前恨恨地问道：“天杀的贼，有事快说，要是敢耍笑我，管保让你全身没有一块好肉！”

郭解使劲地把身子向前探了探，压低了声音对牢头说道：“小人绝对不敢耍笑大人，小人想拜托大人一件事。”然后他向四周看了看，确认没有别人偷听，就继续说道，“劳烦大人去下淮南王府，面见淮南郡主刘陵儿，就说郭解被下了大狱……”

“等等！”牢头立刻打断了郭解的话，反问道，“这就是你要给我的一桩富贵？”说着，牢头气得站起身指着郭解骂道，“还敢说不是耍笑于我，你找死？！”

郭解见牢头误会，赶紧解释道：“大人别急啊，我还没说完呢，大人只需要将这话带到即可，小人租下了长安城外秦川津的咸兴客栈“天”

字五号房，小人在那床下藏了五十两黄金，只要大人帮着传了这话，那黄金全是大人的。”然后郭解将身子又向前蹭了一些说道，“而且，淮南郡主那里肯定少不了给大人的酬谢！”

三十二　王皇后的秘密（上）

椒房殿里。

两个宫女跪在地上，一个是莫黎，另一个竟然是土路上骑马逃走的那个瘦小女孩。

王皇后怒气冲冲地问瘦小女孩道：“昭雪，霏羽当真把话说漏了？”

原来这个瘦小女孩是王皇后身边的亲信宫女名叫昭雪，另一个被匪徒一刀捅死的高挑女孩叫霏羽，也是王皇后的贴身宫女。

就见昭雪哆哆嗦嗦地跪在地上回道：“回禀皇后娘娘，霏羽一时冲动说漏了嘴，被奴婢及时制止了，他们从奴婢身上搜到了那封信，正要看时，奴婢趁他们不注意抢走了信，吞进了肚子！那伙人应该是什么都不知道的。”

王皇后听到这，低头沉思了良久，旋即抬头对昭雪道：“好了，昭雪，本宫不怪罪你，快去后面偏房养伤吧！”

昭雪叩谢了王皇后之后，到后面养伤去了。

在这里插句后话，两天后昭雪死了，死因不明，莫黎只说是昭雪不小心后脑磕到了尖锐之物，失血过多而死。至于真正的死因，恐怕只有王皇后自己清楚了。

待昭雪走后，王皇后赶紧对莫黎道：“快去请盖侯王信和卫将军公孙贺来见本宫。”

盖侯王信，是王皇后的亲弟弟。

几个时辰后。

椒房殿大门紧闭，外面破天荒地加了双岗，提高了警戒的级别。

王信和公孙贺坐在王皇后的身边，宫女莫黎寸步不离地陪在王皇后的身后，整个大殿里就只有这四个人。

王信不无担忧地道："姐姐，这件事终于还是被传了出去？"

王皇后幽叹道："本宫曾说过，此事绝不能走漏半点风声，否则一旦事情败露，你我十几年的奋斗可就全完了，这些年一直隐蔽得很好，却不想在这阴沟里翻了船！"

王信却不以为然地说道："只不过是被几个毛贼窥到了一点端倪罢了，姐姐不必如此草木皆兵吧？"

王皇后回道："彻儿顺利登基之前我等绝不可以掉以轻心，如今我等正在风口浪尖之上，哪怕一点小小的纰漏都有可能功亏一篑，不得不防啊！"

公孙贺没有王信那般的满不在乎，他沉思了片刻后说道："皇后如今打算如何处置？"

王皇后对二人回道："为今之计，要尽快将他们全部迁走，找个不为人知的地方安顿下来，将来再做打算。"

公孙贺闻言停了半晌，欲言又止，但想了想最后还是问道："皇后娘娘，恕微臣冒昧，假如咱们去晚了，他们已被发现，那该当如何处置？"

听到公孙贺的这句话，王皇后脸色一凛，这恐怕是她最不愿意去想，却又不得不决断的一种结果了。

她沉默了，神情很是黯淡，似乎很难下定决心，良久，她咬紧了牙关，抬头缓缓地对二人说道："倘若真是如此……留下金俗，本宫自有安排，其余知情的人全部做掉。"

"全部做掉？"王信不可置信地看着王皇后问道，"姐姐舍得？"

王皇后说完这句话后，就好像泄了气的皮球一般，整个人都低迷了，她没有正面回答王信的问话，一只手撑着桌子，微低着头，显得很疲惫的样子。

良久另一只手稍稍举起，有气无力地说了句：“你二人速去办吧，假如必须如此，就做得快当些，让他少受些痛苦！”

入夜的淮南王府。

一个侍从走进内室对郡主刘陵儿说道：“回禀郡主，那郭解已经带到。”

刘陵儿听后，淡淡地说道：“带他进来。”

没一会儿，一身罪衣五花大绑、遍体鳞伤的郭解被两个侍从推推搡搡地带了进来。

一进门，郭解刚想四下看看，其中一个侍从极不客气地对郭解吼道：“看什么看，还不快快拜见我家郡主？”

说着，照着郭解的腿弯处猛地踹了两脚，郭解本来还想拿出自己所谓大侠的气节来，搞个立而不跪，可是被这两脚踹得膝盖一软，不得不“扑通”一声跪在了地上。

被带进来的这个人正是郭解，那个牢头果然没有食言，将郭解入狱的消息告诉给了刘陵儿，因为自己的父王淮南王刘霖萧早就有意将郭解招致麾下为其所用，所以这个人她是一定要救的。

不过，郭解是被通缉的要犯，如今又被定了死罪，想把他弄出来也绝非易事。

但这事对于刘陵儿来说可并不难办，那个上次在南宫公主府上遇到的大廷尉之子张元朗可是对刘陵儿倾慕有加，这回正好派上用场。

刘陵儿再次施展自己勾人的魅力，没几下就搞定了这个色胆包天的公子哥，张元朗凭借父亲是朝廷里直管刑狱的大廷尉的便利条件，成功把郭解放出了大狱。

此时，跪在地上的郭解偷偷翻着眼皮去看前面的刘陵儿，不过因为刘陵儿身在暗处，只留了个轮廓给郭解，他看不清这位郡主的相貌。

可还没容得郭解仔细看清刘陵儿的时候，另一个侍从一巴掌打在郭解的头上，骂道："见了郡主为何不说话？"

一向天马行空、桀骜不驯的郭解哪受得了这样的羞辱，但是现在他寄人篱下，连这条命都是人家救出来的，他哪里还敢耍自己平时那套嚣张的气势。

郭解心里暗气暗憋，暗自已经打好了主意，只要这郡主给自己松了绑，他马上就一走了之，才不受这份窝囊气呢，这个自信他是有的，以他的身手，这王府里没有人能留得住他。

想好了心思，郭解努力压制着怒气，极不情愿地说了句："罪犯郭解……拜见郡主。"

此时暗影中的刘陵儿微微抬起了眼睛看了看眼前跪在地上的郭解，她依旧淡淡地说道："郭大侠好像很不情愿呀？本郡主使出了浑身解数才把你救出了大牢，郭大侠不会连个'谢'字都不说，就打算逃之夭夭了吧？"

郭解心中一惊，暗自思忖，这个郡主怎么会对自己心中所想如此的了如指掌？看来这个女人绝对是个狠角色，这要是落在她的手上，恐怕自己不会再有什么好日子过了，一定要找个机会赶紧离开才是上策，他心里这么想，嘴上可不敢这么说，郭解犹豫了一下说道："郡主多虑了，郭解蒙郡主救命之恩，定当报答！"

刘陵儿听完郭解的一番话反而不住地连声冷笑，把个郭解笑得心里一阵阵的发虚，不知自己接下来是吉是凶。

三十三　王皇后的秘密（下）

刘陵儿听郭解这样说，一阵冷笑过后缓缓地站起身来，一步一步地从暗影中走了出来，然后站在郭解的身前，低头问道："这是郭大侠的心里话吗？"

借着屋内的灯光，郭解此时才真正看清楚了刘陵儿，他一下子就被刘陵儿那妖娆妩媚、风情万种的绝色美貌惊得张口结舌，一双眼睛直勾勾地盯着刘陵儿不放。

刘陵儿见郭解呆愣愣地盯着自己一语不发，她就轻启朱唇又紧跟着问了一句："郭大侠如何不回答本郡主了？"

被刘陵儿这么一问，郭解这才醒过味儿来，他没有想到这个淮南郡主刘陵儿不仅美若天仙，而且在他郭解的眼里更是有种只可远观而不可亵玩焉的高贵冷艳气质，当真是让他欲罢不能。

此时郭解早就将刚才暗自打算好的逃跑计划给忘到九霄云外去了，心里早被刘陵儿的音容笑貌填充得满满的，他鬼使神差般的已经不能自控，不由自主地匍匐在地对刘陵儿说道："郭解所言当真无二，郡主在上，郭解定当鞍前马后追随郡主，报答郡主的救命之恩！"

"给他松绑。"刘陵儿微笑着吩咐侍从道。

两个侍从过来将郭解的绑绳松开，此时刘陵儿却突然一转身，背对着郭解说道："既然绑绳已解，郭大侠请自便吧！来呀，送郭大侠出去！"

被解开绑绳的郭解刚要起身拜谢，却听到刘陵儿对他下了逐客令，这下可慌了神，他没有预料到刘陵儿会把他逐走，郭解急不可耐的"扑通"一声又跪在了刘陵儿的脚前，这个色胆包天的家伙一副低三下四的奴才相对刘陵儿说道："请郡主不要弃郭解而不顾，郭解愿意誓死追随郡主。"

此时刘陵儿缓缓转过身，盯着郭解，然后冷冰冰地问道："想进我淮南王府的人大有人在，本郡主这里可不是随便什么货色都会收留的，连个见面礼都拿不出来，你有什么资格追随本郡主？"

郭解这个时候早就没了那些所谓的桀骜不驯，为了能够留在刘陵儿的身边他不惜卑躬屈膝，郭解眼珠转了转，马上忙不迭地对刘陵儿回道："有，有，郡主，我有一份大礼要献给郡主的。"

刘陵儿仍是面无表情地问道："哦，大礼？你且说来听听。"

当下，郭解就忙不迭地将那日在土路上埋伏打劫，却不想劫到了王皇后的贴身宫女昭雪和霏羽的事情告诉了刘陵儿。

刘陵儿听后，似乎并未引起多大的关注，她轻描淡写地问郭解道：“这就是郭大侠的见面礼？”

郭解见并未因此打动刘陵儿，不由得有些慌了，他急切地对刘陵儿说道：“郡主，我还有下情回禀呢。”

“有话就说。”刘陵儿不耐烦地道。

郭解顿了顿继续说道：“郡主，那封信虽然被那宫女抢走吞进了肚子里，但我看到信上写有女儿金俗的字样，再结合之前她们因口误所说的什么奉王皇后之命等的言辞一联系起来，我就感觉这里面大有文章，所以这之后我特意派人去上郡定阳县打探，竟然让我得到了一个天大的秘密。”

刘陵儿问道：“什么天大的秘密？”

“当今皇后王娡是二婚。”郭解斩钉截铁地道。

此言一出，刘陵儿顿时被惊住了，她不禁脱口而出问道：“什么？王皇后在入宫嫁给陛下之前曾经结过婚？”

郭解肯定地回道：“没错，据我调查所知，她早在进宫之前就结过一次婚，前夫的名字叫金王孙，家就住在上郡定阳县，而且他们还有一个女儿，名叫金俗。”

“你起来吧。”刘陵儿转头坐回了原位，让郭解起来，然后问道，“那王皇后又为何入宫为妃的呢？”

郭解见郡主果然被此事所吸引，心里颇为得意，他继续道：“当年王皇后结婚生女之后，王皇后的母亲不知道从哪听来的说自己的女儿有母仪天下之相，是大富大贵的命，就逼着王皇后离开了金王孙，在金俗五岁那年把王娡送进了宫中为妃。”

“此事却怎么从未听有人提起过？”刘陵儿一脸疑惑地回道。

郭解点了点头说道：“是啊，此事王皇后隐藏得极深，就连当今陛下都不知道此事。那王皇后和这金王孙原本夫妻感情很深，相互爱慕，后来虽然她进了宫，还做了皇后，但仍对金王孙念念不忘，也更想念女儿金俗，所以王皇后和金王孙一直都有书信来往，而且每年都会给他家送去金银，我这次劫到的正是王皇后派出来去往定阳，给金王孙家送书信和银两的贴身宫女！”

“太好了，真是天赐良机。”刘陵儿不由得心里一阵兴奋，她眼神怨毒地恨恨说道，“如果陛下知道了这件事，那可就是天大的糗事，皇家的羞耻，陛下肯定不会再姑息，必然问她的重罪，这王皇后和陛下这夫妻也就算做到头了，不要说她的皇后肯定做不成了，就是还能不能留着命活下来都很难说呢！王娡呀王娡，我发过誓，要把那个羞辱加倍奉还给你！”

郭解紧跟着讨好似的说道：“那郡主就尽快将此事禀告给当今皇帝吧，那王皇后必死无葬身之地！”

“先慢着。”刘陵儿忽然神色一沉，转念说道，“那王皇后可并非轻易被扳倒的人，这个女人心思缜密、手段狠辣，我们手中毫无证据，仅凭着一张嘴去说，万一她拒不承认，若再倒打一耙，我们很可能解决不了她，还反而被她给解决了。”

郭解问道：“那该如何是好？”

刘陵儿沉思了片刻说道：“如今最好的办法就是现在马上带人赶奔定阳，将金家父女抓来京城，只要这二人在咱们手上，把证据坐实，她王皇后就绝没有翻身的机会了！”

郭解见立功的机会来了，马上拱手道：“在下愿意跟随郡主即刻前往上郡定阳县捉拿金家父女。”

三十四　一个都不能留

上郡定阳县，地处大汉帝国的北部边境，定阳县的最北端是阴山，过了阴山就是匈奴汗国右贤王治乌岱的辖地了。

定阳县是汉帝国的军事重镇，有五万汉军驻扎在这里守卫边界，时刻抵御匈奴骑兵的侵扰。

王信、公孙贺两人所带领的京卫门的杀手和刘陵儿、郭解一伙这两拨人是前后脚到达的定阳县，严格意义上说王信、公孙贺还是晚了刘陵儿他们一步。

晚上，天近二更。

王信和公孙贺终于赶到了金王孙的家，王信看到金家的大门四敞大开着，顿觉不妙，几人赶紧冲进院子，只见院子里杂乱无章，只有一个管家模样的老头儿倒在地上痛苦地呻吟着，见到公孙贺几人闯了进来，吓得直往后退，哆哆嗦嗦地问道："你们……你们……又回来做什么？"

公孙贺赶忙过去将老管家扶起，说道："老人家不要害怕，我们是王夫人派来保护你们全家的。"

"王夫人？"老管家不可置信地看着眼前的这些人，追问道，"可是那金俗小姐的母亲？"

"正是。"王信回道，然后他环顾了下四周，见除了老管家以外空无一人，就问老管家，"你们这一家人呢？怎么就剩下老人家一人？"

"就在刚才，突然闯进一群人来，不由分说把我们全家绳捆索绑，就给押走了。"老管家说到这喘息了一会儿，继续道，"我老汉上前阻拦，被他们为首的一个男人一把推倒，拳打脚踢后扔在了院中，他们就扬长而去了。"

公孙贺问老管家："一共抓走了哪些人？"

老管家回道："全家都抓走了，我们大官人金王孙、小姐金俗，还有官人纳的一个妾侍卫氏，以及她与大官人所生的一对兄妹，一个都不剩，全抓了。"

“怎么还有妾侍和一双儿女？”公孙贺疑惑地转头问王信。

王信直摇头道：“我也不知道啊，金王孙给皇后的回信里从来没有提过他还纳了妾，生了孩子啊？”

公孙贺点了点头，语气温和地对老管家说道：“老人家，您放心，我等去将他们追回来，您老就好好休息吧！”

老管家感激地望着公孙贺，刚要点头，公孙贺突然以极快的手法两手扳住老管家的下颌和后脑，左右一错，瞬间将老管家的颈骨折断，老头连一声都没有发出来就死了。

“你……这老人家你也杀？”王信可没有公孙贺这般心狠，他不敢相信地斥问公孙贺。

公孙贺满不在乎地淡淡说了句：“你别忘了，他也是知情人。”

王信还想说点什么，公孙贺却快速站起来冷冷地对王信说道：“你可知道是何人抓走他们一家？”

王信摇了摇头回道：“不知，不过看来姐姐的担忧是有道理的。”

“走，追上去！”公孙贺拎着刀第一个出了金家院门。

此时已是深夜，天上降下了暴雨，一道道闪电前赴后继地从天而降，无情地劈在了大地上、枯树上，狂风席卷着倾盆的大雨，黑夜里本就视线不透的道路上更加的泥泞不堪。

在离开定阳县向南不到十里的山路上，王信和公孙贺终于追上了押解着金家老小的刘陵儿和郭解一干人等。

公孙贺、王信和京卫门的一众杀手全把黑纱蒙在脸上，他们也不搭话，冒着暴雨在公孙贺的带领下冲上去就和刘陵儿他们混战了起来。

抓走金王孙一家的郭解和刘陵儿等人也是黑纱蒙着面，他们见后面有人追了上来，却并不知道来的是谁，郭解赶忙对刘陵儿道：“郡主，你带几个人在后面看住他们一家，我带人在前面阻挡这些蒙面人。”说着，带着几个人就迎着公孙贺他们顶了上去。

虽然郭解武功高强，但刘陵儿毕竟是个女流之辈，打起架来派不上用场，郭解以一敌二，渐渐有些支撑不住，不过公孙贺他们若想抢出金家老小，一时半会儿也很难做到。

王信急迫地对公孙贺道："此事咱们本来就秘密而为的，这里离定阳县太近，如果不能速战速决，万一被当地守军得到了消息追来，咱们不仅谁都走不了，而且事情还得败露！"

公孙贺想了想，斩钉截铁地冷冷回道："那就不抢了，只将金俗带走，剩下的全部做掉算了！"

王信虽然心疼姐姐王娡，但看现在的形势也不得不如此了，就把心一横点头同意。

二人合计好，就带着京卫门的杀手拼了命地去抢金俗。

此时的雨下得更大了，暴雨中的山路是非常危险的，双方在争抢金俗的过程中，金俗因为下雨导致山坡太过湿滑，她一脚没踩住，竟然失足滚下了山坡。

面对山坡下黑漆漆的一片，两拨人都心有畏惧不敢下去寻找。

王信此时急得直跺脚，他懊悔地对公孙贺道："这……这如何回去向皇后交代呀？"

公孙贺可没有王信那样的优柔寡断，他一边拼杀，一边不耐烦的对王信喝道："心慈面软的侯爷，这都什么时候了，我等还是以大局为重吧，既然该活着的已经失踪了，那剩下的就别留了，免除了一切后患才是！"

王信见事已至此，也只得同意，公孙贺和王信此时就不再有任何的顾忌，这拨人大开了杀戒，不管是郭解的人还是金王孙的家人，都是他们要彻底诛杀的对象。

王皇后的前夫金王孙今年三十几岁，生得俊朗潇洒，当年他与王皇后情深意长，两夫妻的感情如胶似漆，却不想被王皇后的母亲硬逼着分开了，虽然后来续了个妾，还生了一对儿女，但多少年来金王孙对王皇后始终念念不忘。

刚才见一群在后面冲上来与劫持他们的人打斗，他原以为这群人是来搭救他们的，心想这下全家可有救了，但见到女儿金俗滚落山坡后，这帮人不仅杀绑架他们的人，连他自己家的人也开始杀了，心里顿时什么都明白了，想来一定是自己日夜思念的那个人儿派的杀手来杀人灭口了。

金王孙想到这里痛不欲生，也就在他胡思乱想的时候，公孙贺等人已经冲破郭解的阻挡，就要赶到他的家人的近前了。

此刻他也来不及多想了，抢过一把宝剑就奋力地挡住了两拨人的攻势，然后急切地回头对自己的妾卫氏喊道："娘子啊，他们不是来救咱们的，而是来灭口的，我在前面尽力抵挡，你带着我们的孩子卫青和卫子夫赶快逃命吧！"

卫氏躲在金王孙的身后，哭着说道："大官人，妾身不走，妾身要和你在一起！"

金王孙急了，他一把扯过护在身边的儿子卫青喊道："卫青，你快带着你娘和你妹妹逃命！"

卫青对眼前发生的一切完全不知所以然，他极为不解地问金王孙："父亲，这……这究竟是怎么回事啊？"

金王孙用宝剑挡住了一拨攻击，气急败坏地说道："不要再问啦，你们快走，再不走我们谁都活不了！"

三十五　往事成灰

卫青无奈，拉起母亲卫氏和妹妹卫子夫拼了命地冲开了一个缺口，在金王孙拼死的掩护之下，娘仨趁着漆黑的夜色钻进了密林逃走了。

见到娘仨成功脱险，金王孙心里才算安稳了许多，他刚才是为了自己的家人才拼了命地在抵抗，其实自己这点本事哪能抵得住眼前这些凶神恶煞一般的杀手呢，而且现在也只有勉强的招架，身上还多处受了伤。

公孙贺此刻也已经冲到了金王孙近前，手中的佩刀一举，面露狰狞之色，就要一刀结果了他的性命，金王孙见走投无路，他“扑通”一声跪在了大雨里，大张着双手，向天哭号着：“王娡，王娡啊，你我毕竟夫妻一场，你……你这是何意啊？”

公孙贺根本不容他说话，毫不犹豫地抡起刀就劈了下去，只听“咔嚓”一声，金王孙的尸体就一头栽倒在泥泞之中。

郭解和刘陵儿本想阻止，却没能赶上，见金王孙已死，刘陵儿赶紧对郭解说道：“走，找金俗去！”

就在金王孙惨死的同时，一道通亮的闪电“咔啦”一声劈在了汉帝国都城长安皇城椒房殿的宫脊上，王皇后正独自一人呆呆地坐在宫中，脑海之中满是一片纷繁嘈杂。

她被这一声厉闪震到了，终于收回了对如烟往事的纷乱思绪，一双明眸痛苦而哀怨。

良久，两眼失神的她从袖筒里拿出了那个镶有金边的荷包，爱怜地轻轻抚摸着上面凸起的金色丝线，那是当年她嫁入金家时，金王孙亲自赠给她的，这么多年她始终带在身边，时常睹物思人。

好一会儿，她站起了身，来到放置在正堂中间的火盆近前，眼神暗淡，手指微张，荷包在她手中失去了庇护，毫无声息地掉进了熊熊的火盆之中，顷刻化成了灰烬。

此刻，两行清泪瞬间划过她那白皙俏美的脸颊……

事后，公孙贺和王信待到天亮后下到山坡的下面去寻找金俗，却发现金俗已经不见踪迹，人间蒸发般失踪了……

漠南草原，右贤王王庭边上的山林中。

草原上的夜晚无论什么季节都是冷飕飕的，即便是在盛夏，昼夜的温差依旧很大。

傍晚的时候，刘不周从卫青、卫子夫兄妹的茅屋回来，竟然天赐机缘般地在山林的边缘再次遭遇了上次跑掉的那只蓝毛紫貂。

这次他不会再让这个小家伙逃走了，刘不周一直追赶着紫貂跑了几里路，到最后这只紫貂终于跑累了，速度明显慢了下来，反应也迟钝了许多，刘不周看准机会将紫貂逮了个正着。虽然耗费了不少时间，但刘不周仍然心满意足地提着紫貂回了右贤王王庭。

他高高兴兴地来到奥琪布的宫帐门口，心里灵机一动，想给奥琪布一个惊喜，刘不周故意将紫貂背在了身后，笑着撩起帐帘走了进去。

然而眼前的一幕让他有些诧异，就见宫帐里灯火通明，奥琪布坐在正中，脸色好像刚刚发过脾气似的很不好看，旁边却坐着弥加尔和布度格恩，两人都斜着眼睛在盯着他看，刘不周不知道究竟发生了什么，站在那有些不知所措。

还没等奥琪布说话，弥加尔面无表情地问道："为什么回来这样晚？"

刘不周敏感地觉察到此时宫帐里的气氛压抑而严肃，他也收起了笑容，回道："今天走得有些远，回来耽误了。"

"你胡说，你最近这段时间都比以前回来的晚！"弥加尔冷笑道。

"我……"刘不周被弥加尔问得一时语塞，最近一段时间他总是去山林深处的茅屋找卫子夫兄妹，的确回来得比以前要晚，但他不能说出实情，只能憋在那里说不出话来。

奥琪布很不高兴地对弥加尔道："你不要这样咄咄逼人的，让他把话说完好不好！"

坐在弥加尔旁边的布度格恩阴阳怪气地问道："你是不是有什么事瞒着公主？"

"没有。"刘不周赶忙否认。

此时布度格恩看到刘不周从一进帐始终倒背着双手，他像是发现了什么天大的真相似的，厉声道："你身后藏着什么？"然后就抢步过去站在刘不周面前，伸手指着他的背后厉声道，"还不赶紧拿出来？你这个卑贱的奴隶！"

其实刘不周本想当着奥琪布一个人的面把紫貂交给她，谁知道今天这两个家伙跑到奥琪布宫帐里对他兴师问罪，他极不情愿地把背在身后的手转了过来。

"蓝毛紫貂？"在场的三个人不约而同地脱口而出。

奥琪布这下高兴极了，脸上的怒容一扫而光，几步跑到刘不周的近前，毫不客气地一把扒拉开挡在前面的布度格恩，笑得就像一朵绽放的花一样对弥加尔道："我没说错吧，我的伊鲁巴一定是为我去抓紫貂才回来晚的！你误会他了！"

弥加尔狐疑地盯着刘不周一语不发。

刘不周把紫貂递到奥琪布手里，奥琪布爱不释手地抚摸着紫貂身上漂亮的玄蓝色皮毛，突然把脸一绷，转头对弥加尔和布度格恩说道："好了，事情已经很清楚了，你们俩要是没事的话就请回自己的大帐去吧！"

弥加尔本以为抓住了刘不周一个把柄，想在奥琪布面前好好整治整治这个小畜生，不想却讨了个没趣，气急败坏地带着布度格恩走了。

奥琪布见两人走了，她看着刘不周，脸色微红地道："伊鲁巴，你别误会啊，我从来没有怀疑过你，是弥加尔跑到我这来说你的坏话，说你最近特别反常，你没回来前，我还跟弥加尔因为你吵了一架呢！"

刘不周心里说不清的愧疚，这可能是他平生第一次说谎话，而且还是向奥琪布撒谎，这让他心里非常的不安，他赶忙岔开话题，指着紫貂说道："公主，我现在拿去给衣匠，让他为你做一件能让整个草原都惊艳的紫貂披肩来。"

"嗯！"奥琪布开心地点头。

就在刘不周从衣匠那里回来的时候，正好路过关押着汉地奴隶的牢笼，他隐隐地听到有人在哭，这哭声明显是在努力地压制着情绪，不敢大声。

刘不周好奇，寻着声音找了过去，在牢笼最尽头的一个大笼子里发现关着一个上了些年纪的女人，那哭声就是她发出来的。这女人身上的衣服脏得已经分不出颜色，头发散乱，浑身不停地哆嗦着，虚弱地靠在笼壁上。

刘不周走过去，蹲在女人的身前。

那女人见有人过来，吓得一个劲地向后挪动身子，眼睛里充满了惊恐的神色。

刘不周看到这，想起了自己当年被关在铁笼子里受尽折磨的日子，他很能体会这个女人现在的感受，他赶忙向女人摆着手，用汉话轻声地说道："老妈妈，别害怕，我不会伤害你的，刚才我路过，听到你在哭，就过来看看。"

那女人仍旧瞪着一双惊恐的眼睛盯着笼子外面的刘不周，一句话不说，丝毫没有放松警惕。

勿忘我

三十六　喂不熟的狼崽子

刘不周见那被关在笼子里的女人还是惊慌失措的样子，就进一步道："老妈妈放心，我不是士兵，我也是奴隶，和您一样。"

那女人听到这才稍微放松了些警惕，眼神不再那么惊恐，用疑惑的眼神打量着刘不周，但她的哭声始终没停。

刘不周有些不知所措，这女人要是再哭，万一被巡逻的匈奴兵见到，免不了又是一顿毒打，而且他现在这样擅自接触被关押的奴隶和犯人在右贤王庭是坚决不允许的，若被发现必定要治罪。

刘不周小声地赶紧对女人道："老妈妈别哭，那……你……你是不是饿了？那个，你等下。"刘不周说着，起身跑回自己的营帐里拿了肉干、饼和一壶水回来，全给那女人塞进了笼子里。

那女人看到食物，两只眼睛都冒起了绿光，但她仍顾忌蹲在笼子外面的刘不周，满眼的渴望却又不敢过去拿。

刘不周看出了女人的顾虑，就向后退了数步，那女人见刘不周退后了，迫不及待地扑上去抓了几个饼和肉干就退了回去，然后也不管是什么，就饿狼般地大吃了起来。

刘不周将水壶递进笼子里道："老妈妈，别噎着，喝点水吧！"

女人仍是很谨慎地接过刘不周手中的水壶，还是一言不发。

在刘不周的眼里，这多像当年奥琪布第一次给自己送饭食时的场景，自己也是这样惊恐、也是这样不敢靠近，如果当时没有奥琪布，恐怕自己早就冻饿而死了。

一想起奥琪布，刘不周就又愧疚了起来，他失神地站起身，转身离开了。

这以后，刘不周经常晚上偷偷给那个女人送一些食物和水去。

自从上次被弥加尔盘问为什么回来晚之后，刘不周担心会给兄妹俩惹来灾祸，好几天都没去茅屋。

这一天，刘不周在山林又猎取了不少猎物，他见天色尚早，想想那件事的风声也过了，就高高兴兴地去山林深处找卫子夫兄妹。

来到茅屋门口，刘不周照例敲了敲柴门，但过了许久里面都没有人响应，他又敲了几下，还是没人应答。

刘不周心中疑惑，往日他家不管天色早晚，总是会有人在家的呀，今天这是怎么了？

刘不周轻轻地用手一推柴门，那柴门竟然开了，他轻手轻脚地走进茅屋，轻喊道："卫青兄？子夫？你们在吗？"

可是茅屋内却空无一人，刘不周在房内到处寻找也不见兄妹俩的影子，他感觉心里很是不安，刚要转身出去，就听见身后有个声音阴冷地质问道："你到这来做什么？"

这个声音好熟啊，刘不周转头一看，却惊奇地看见弥加尔、布度格恩带着一队匈奴骑兵将茅屋围住，而且弥加尔的身边跟着的竟然是一脸惊愕表情的奥琪布。

原来弥加尔对刘不周的怀疑并没解除，自那天开始，他们就一直暗中监视着刘不周，今天发现他打完猎后并没回大营，反而向山林深处而去，就带着奥琪布和一队匈奴骑兵暗中跟踪而来，将刘不周堵在了茅屋里面。

此时，弥加尔幸灾乐祸地问刘不周："这就是你回来晚的真正原因吧？"

刘不周被问得张口结舌，他现在最担心的是卫子夫兄妹的安危，莫非他们已经落到弥加尔的手里了？他紧张地看遍了眼前的每个人，却并没有发现兄妹俩的影子。

卫青和卫子夫兄妹俩的确没被弥加尔抓住，他们这几天一直未见到刘不周来找他们，很是担心，因为知道刘不周总是一早在林中狩猎，所以决定今早去山林里找找，看看能否找到刘不周。

兄妹俩在林中找了一圈也没见到刘不周就准备回去，在距离茅屋几百米的地方，突然发现自己家茅屋门前聚集了很多人，兄妹俩赶快找了个隐蔽的地方藏了起来，偷偷向茅屋方向看。

虽然离得远听不清他们在说什么，但仍能看到刘不周和一大群匈奴骑兵在他家茅屋门口说着什么，卫青气得一跺脚，愤恨地说道："这个伊鲁巴当真把咱们兄妹出卖了！"

卫子夫想了半天，说道："哥哥，你不要这么早下结论！我觉得伊鲁巴哥哥不是那样的人！"

"他都带着匈奴兵来家抓咱们了，你还说他不是这样的人？"卫青恨恨地道，"亏我们这样信任他！"

卫子夫见匈奴兵围在茅屋门口没有要走的意思，担忧地问卫青："哥哥，那我们现在该怎么办呢？"

卫青低头想了想，然后咬着牙说道："家是不能回去了，看来咱们只能冒次险了！"

茅屋门前。

布度格恩一把推开了站在门口的刘不周就走进了茅屋，他四下查看，又用马刀的刀尖胡乱戳了数下，然后转身出来对奥琪布和弥加尔道："回公主和都尉大人，茅屋中没人，不过……看里面的陈设和摆设，明显是汉国人居住的。"

弥加尔冷笑地看着刘不周说道："小畜生，你果然是只喂不熟的狼崽子，私通外敌，你可知这是什么罪名吗？"弥加尔用眼睛瞟了下旁边的奥琪布，然后向身后的匈奴骑兵把手一挥厉声道，"把这个贱奴给我抓起来！"

身后的匈奴骑兵应了一声就上去抓刘不周。

此时，却听见奥琪布在旁边喝了一声："慢着！"

匈奴骑兵见公主发话了，纷纷停了下来，狐疑地看着奥琪布。

只见奥琪布跳下马，笑着走到刘不周面前，转过身对弥加尔说道："这件事我知道，伊鲁巴早就跟我说过了，是我同意他在山林中狩猎可以在此休息的。"

简直就是惊天大逆转，刘不周用惊愕的眼光看着身边的奥琪布。

而弥加尔和布度格恩更是不敢相信自己的耳朵。

布度格恩气急败坏地质问刘不周："伊鲁巴，那茅屋里的汉国陈设你如何解释？"

还没容刘不周说话，奥琪布直接把话接过来说道："这有什么奇怪的，这间茅屋早就存在了，想必当时是个汉国人曾住在这里，只是后来荒弃了罢了！"

弥加尔被气得半天说不出话来，他是不会相信奥琪布说的话的，只是苦于手上无证据，仅仅凭着一间茅屋，他还驳不倒奥琪布。

想到这，他面对刘不周说道："好好，既然公主说了，也不无道理，今天暂且饶了你。"然后弥加尔话锋一转，对布度格恩道，"既然在我右贤王庭的辖地上发现了有敌国人居住的迹象，我们就不得不查，布度格恩，你带一队人四处搜查，看看是否能抓到可疑的人。"

布度格恩领命，带着一队人到四处搜查去了。

此时，几百米外，刚才卫子夫兄妹俩藏身的地方已经空无一人，布度格恩他们一无所获。

弥加尔下令收队返回大营，奥琪布和刘不周也跟着回去，临走前弥加尔命人将茅屋一把火烧成了灰烬。

三十七　信任无价

弥加尔和布度格恩暗中跟踪刘不周，最终发现了卫氏兄妹隐藏在林中的小屋，弥加尔认定刘不周私通外敌，就在刘不周被抓之际，奥琪布却站出来为刘不周解了围。

回到右贤王庭大营，刘不周就这么一直心事重重地跟在奥琪布的身后，两个人彼此沉默着一前一后地走着，他不知道该对奥琪布说什么，今天是奥琪布出面为自己撒了谎，帮他躲过了一劫，但奥琪布心里一定很清楚，真相一定不是这样的。

当走到刘不周自己的营帐门口的时候，奥琪布忽然停住了，刘不周也停住了脚步，他仍不敢和奥琪布说话。

良久，奥琪布转过身幽幽地对刘不周道："也许你有很多话想跟我说，或者你什么话都不想跟我讲。"

"公主，我……"刘不周欲言又止，僵在当场说不下去了。

"伊鲁巴，我知道你一定有事在瞒着我，但是我绝不相信你会去做伤害我的事情。"奥琪布顿了顿，继续道，"我不会逼你说的，这样吧，如果你想说了，就来跟我说，如果你不想，我绝不勉强。"说完，奥琪布也不等刘不周说话，转头回了自己的宫帐。

坐在自己的营帐里，刘不周陷入了深深的矛盾中，他从怀中拿出卫子夫送给他的那个粗麻荷包轻轻地抚摸着，他承认在他的心里，对卫子夫有着一种莫名的好感，总是会去惦记这个女孩儿。

而且，他答应过卫子夫兄妹，为他们保守小茅屋的秘密，为了这个诺言，他欺骗了奥琪布，然而奥琪布明知道自己有事隐瞒了她，却还在他危难的时候挺身而出保护了自己，帮自己躲过一劫，奥琪布这样对自己，如果仍不对她实情相告的话，奥琪布一定会伤心的，而自己也太过无耻了。

但是如果他说出实情，会不会给卫子夫兄妹带去危险？

奥琪布和自己从小一起长大，她会是那种人吗？不会，他了解奥琪布的为人，即使她知道了，她也不会做出伤害卫子夫兄妹的事情来的，对，我必须向奥琪布坦诚地说明一切，奥琪布对自己如此的坦荡，我更要信任我的朋友，想到这，刘不周下定了决心，他霍地站起，挑帘出了营帐，向奥琪布宫帐的方向走去。

突然，被微弱的篝火映衬出一点点亮光的大营中，几条黑影一闪而过，刘不周不禁一惊，难道有贼？

刘不周心中生疑，他跟着黑影消失的方向追了过去，只见前面隐隐约约有三个黑影向着大营门口跑着，黑影移动的速度并不快，刘不周很快就追上了，他一把扯住跑在最后的一个黑影低声斥道："站住，什么人？"

三个黑影迫不得已转过身，刘不周借着微弱的亮光仔细一看，竟然是身着匈奴士兵服饰的卫青和卫子夫驾着那个他常常给送去饭食的老妈妈，刘不周诧异地说道："子夫？怎么是你们？"

卫子夫见是刘不周，慌乱中有些兴奋道："是你呀！"

卫青见是刘不周，剑眉倒竖，愤怒不已，他抽出腰间的马刀指向刘不周骂道："你这个出卖朋友的混蛋，我先杀了你。"说着一刀劈向刘不周。

刘不周闪身躲过，连忙解释道："我没有出卖你们，是弥加尔他们对我产生了怀疑，暗中跟踪，才发现了茅屋的。"

"谁会相信你的鬼话。"卫青不依不饶，举刀又砍。

"住手！"这时被卫青和卫子夫架在中间的那个老妈妈说话了。

卫青见她说话，乖乖地放下了刀，急切地道："母亲，是他出卖了我们，您怎么还阻止孩儿呢？"

老妈妈指着刘不周，不悦地对卫青说道："这个孩子是好人，如果不是他每天偷偷给我送饭送水，恐怕你们再也见不到为娘了！"

卫子夫对卫青道："听到了吗？我相信他不会出卖我们的，哥哥你不要误会了他。"

卫青见母亲这样说，虽然仍对刘不周戒备不减，但是也不再像刚才似的那样愤怒。

“母亲？”刘不周被搞糊涂了，这位老妈妈是卫青和卫子夫的母亲？卫氏兄妹不是告诉我他的母亲跳井自尽了吗？刘不周不解地问道，“这是怎么回事？”

卫子夫这时才有些不好意思地将实情告知了刘不周。

听完卫子夫的讲述，刘不周并没有因为之前卫子夫没说实情而迁怒于她，他警觉地观察了下四周的动向，然后又问道：“那卫妈妈怎么会被抓进右贤王王庭大营来了呢？”

卫青解释道：“我们在逃跑的途中遭遇了匈奴人，母亲被匈奴人掠走了，我和妹妹就来到南面的山林里暂时住了下来，准备伺机把母亲救出来。”

卫子夫紧跟着说道：“今天下午见到你和一群匈奴人一起在茅屋的门口，我和哥哥趁着他们四处搜查的机会，干掉了两个匈奴士兵，换上了他们的装束，跟着混进了王庭来，这才趁夜晚将母亲救出来。”

刘不周这下才明白，他看了看前面的营门问他们：“那你们现在想如何？”

卫青回道：“现在没有别的出路可走，我们计划从营门蒙混出去。”

“这是不可能的，营门的盘查非常严，尤其是在夜晚，你俩还带着卫妈妈，这是根本混不出去的。”刘不周焦急地回道。

就在四人焦急之时，突然听到王庭大营里嘈杂了起来，远处传来匈奴士兵的大喊声：“有奴隶逃跑啦！”

“坏了，一定是有巡逻的士兵发现了卫妈妈被救走了。”刘不周焦急万分，赶忙拉着三个人躲在一个大草垛的后面，然后道，“巡逻士兵马上就会封锁住营门，然后开始整个王庭大营逐地地搜查，你们很快就会被发现的。”

卫子夫急得快哭了：“那怎么办呀？”

刘不周想了想，然后抬头对三个人说道："你们跟我走，我先把你们藏起来，等躲过了大搜查后，再做打算吧！"

卫青仍然有些怀疑地看着刘不周不置可否，刘不周着急地道："你还不相信我？我要是想出卖你们，现在大可以站起来把巡逻士兵引过来，你们还跑得了吗？"

卫子夫一把搀起卫妈妈，斩钉截铁地对刘不周说道："我们跟你走。"

刘不周带着他们绕过了一些过于显眼的位置迂回地向前跑，卫青也不再犹豫，提着刀在后面跟着，保护他们。

三个人在刘不周带领下来到了奥琪布宫帐的后面，刘不周没敢走宫帐大门，他跪下来从地上抠出一块大石头来，下面马上露出一个大洞，这个洞是奥琪布和刘不周小的时候为了偷偷跑出去玩不被大人们发现，特意在宫帐后面挖了个能爬出去的洞。

这个大洞在他们少年的时候起到过很好的保护作用，他们俩平时用大石头把洞堵上不让大人们发现，等用时再抠出石头，钻出去即可，后来长大了他们就很少再用到这个洞了，没想到多年后竟然又派上了用场。

刘不周第一个爬进了洞里，其余三人紧随其后，洞的另一头就是奥琪布宫帐里的一架长桌的背后，四个人悄悄地从洞里爬进了奥琪布的宫帐，刘不周让他们藏在长桌后面不要出声，他自己偷偷绕过长桌查看情况。

三十八　霸王荆条

刘不周、卫子夫、卫青和卫妈妈从外面钻进来的时候奥琪布正好不在宫帐里，她刚才也听到宫帐外面的喧哗之声，就出来查看，见父王治乌岱正在对巡逻的头目大发雷霆："乌云遮蔽了你们的眼睛了吗？难道那逃跑的贱奴长出了翅膀不成？在本王的王庭里竟然会有人逃跑，传本王命令，整个王庭大搜查，不要遗漏下任何一个地方！”

弥加尔骑着马，擎着马刀赶了过来，对治乌岱说道：“大王，属下查看了关押奴隶的笼子，很明显是有其他人协助奴隶逃跑的。”

“哦？你的意思是本王的王庭中有内奸？”治乌岱疑惑地问弥加尔。

弥加尔回道：“不好说，也有可能是有外人偷偷进了大营救走了奴隶。”

治乌岱大手一挥，说道：“给我搜，无论如何，绝不能让他们跑了。”

弥加尔应诺一声就带着人四处去查了。

治乌岱转身看到奥琪布，大声对奥琪布喊道：“女儿啊，快快回去把守好你的宫帐，免得逃跑的贱奴乘虚而入！”

奥琪布见大营四处乱作了一团，就应了一声，退回了自己的宫帐里。

刘不周见奥琪布回来了，赶紧也退回到长桌的后面和其余三人一起隐藏起来，一动都不敢动，大气都不敢出。

奥琪布回来后百无聊赖地坐到自己的床上看着地面发着呆，良久，她突然叫出了刘不周的名字：“伊鲁巴！”

刘不周躲在长桌后面就是一惊，难道自己被公主发现了？真晦气，既然被她发现了，那还藏什么，干脆直接出来，是死是活听天由命吧，想到这，刘不周刚要站起来，就听奥琪布又说道：“你为什么还不来见我？”

原来奥琪布其实并没有发现他，而是在自言自语，刘不周这才稍稍放下心来，他暗示另外三人不要出一点声响，这时就听奥琪布又自言自语道：“我们从小一起长大，难道你到现在还不懂我对你的心吗？我才不在乎你是不是奴隶，你难道看不出来吗？为什么要有事瞒着我？”

刘不周心里忽然一沉，奥琪布刚才这几句自语的话让他一阵目眩，从小到大，奥琪布对他最好，他把奥琪布当作自己最要好的朋友，他甚至可以为了奥琪布不要了这条命，但他却从不敢对奥琪布有非分之想，一个是身份显贵、血统高贵、高高在上的公主，一个却是来路不明、卑贱如蝼蚁的贱奴，他们俩之间的身份实在太过悬殊。

刘不周想着，眼睛不由自主地扭头看向卫子夫，见卫子夫听到奥琪布的自语后脸色变得有些不好看了。

就在这时，只听“啪”的一声，卫子夫的腿不小心碰倒了一只银碗，这一声不仅终止了刘不周的思绪，也惊动了奥琪布，她厉喝道：“谁？”

然后果断地从腰间抽出匕首，寻着声音找到了长桌的后面，她一眼就看到了刘不周，不由自主地叫出了声：“伊鲁巴？”

随即奥琪布又惊讶地看到了躲在刘不周身后的另外三个人，她指着刘不周身后的三个人质问道：“他们是谁？”

见事情败露了，四个人只得从长桌后面站了起来，刘不周有意无意地躲闪着奥琪布的眼睛小声解释道：“公主，是这样的，你听我说……”

“这是逃跑的奴隶吧？伊鲁巴，你真的私通外敌？”不等刘不周说话，奥琪布不可置信地看着他质问道，然后愤怒地向门外喊了一声：“来人！”

“等等。”刘不周赶忙拦住了奥琪布，“公主，真的不是你想象的那样，你容我说清楚好吗？”

奥琪布手里的匕首并没有放下，依旧狠狠地指着四个人。

刘不周定了定神，将他误伤卫子夫、后来和卫氏兄妹相识、直到刚才发现兄妹俩混进大营救母亲等前前后后的事，来龙去脉地全盘跟奥琪布说了一遍，最后他对奥琪布道：“公主，我并没有私通外敌，更没有勾结外敌损害王庭，我只是想帮助朋友，也是为了还那次误伤了卫子夫的债而已。”

奥琪布仍旧冷冷地看着刘不周问道：“你可知道你这是死罪吗？”

卫青在一旁愤恨地对刘不周说道：“兄弟，不要因为我们连累了你，此事你不要再管了，就让她把我们抓起来，交给外面的士兵吧。”

刘不周低下了头，旋即又抬起头目光坚定地对奥琪布说道："我知道这是死罪，但他们是我的朋友，母亲被困，他们舍命来救母亲，虽然我到现在都不知道我的父母是谁，但至少我知道他们搭救自己的母亲总不是错事吧，所以我想帮助他们，帮助他们把母亲救出大营。"

还没等刘不周说完，就听见身后的卫子夫痛苦的"哎哟"了一声就跌坐在了地上，她捂着小腿，脸色非常难看，嘴唇变得越来越苍白了。

刘不周心急如焚地赶忙过去查看，发现卫子夫刚在逃跑的过程中可能碰触到了非常锋利的荆棘，左小腿上被划出了一道又深又长的血口子。

刘不周颇为关切地蹲到卫子夫的身边仔细帮她查看伤势，只见卫子夫的伤口上全是紫黑的淤血，他惊诧地说道："这……这是草原上的霸王荆条划伤的！"

卫青和卫妈妈都凑过来看，卫妈妈焦急地看着刘不周问道："孩子，子夫她没事吧？"

"霸王荆条的枝杈上是有毒的，短时间内不消毒的话就会有生命危险，这毒只有王庭中的天巫所制的拔毒粉能治，但是现在我等都是被缉捕的对象，上哪里去弄这拔毒粉呢？"刘不周焦躁不安地回道。

卫青一听，心中也慌了，他看着刘不周道："兄弟，你告诉我，天巫在哪个宫帐居住，我去偷来！"

刘不周赶忙阻止卫青的冲动行为，说道："这是不可能的，你没有听见外面人喊马嘶的吗？整个王庭里全是捉拿你们的士兵，恐怕你刚一出门就被抓了。"

卫青看着卫子夫因中毒而面露痛苦的样子，他心急如焚地道："那可怎么办？我不能眼睁睁地看着子夫她中毒不治啊！"

三十九　醋意

就在几个人为此毫无办法之际，一只托着个盒子的手没好气地伸到刘不周的眼前，在他身后传来一个声音说道："我这有。"众人抬头观看，见说话的正是奥琪布，她冷峻地看着刘不周，拿着盒子的手在刘不周眼前晃了晃道，"这里就是拔毒粉！上完药赶紧离开我的宫帐。"

刘不周伸手接过拔毒粉，他看着奥琪布一脸的感激，有些语无伦次地道："谢……谢谢公主。"然后赶忙转身打开盒子，开始给卫子夫的小腿上上药。

奥琪布站在刘不周的身后，看着他那么关切地对待卫子夫，心里油然感觉一阵阵的酸楚，说不上的那么不是滋味。

此时，刘不周为了给卫子夫上药，不得不撕开她的裤脚，登时雪白粉嫩的小腿就全部展现在了刘不周的眼前，羞得卫子夫满脸通红，下意识地用手捂住裸露的小腿。

刘不周见她很是不好意思的样子，也不得不转过头去不看卫子夫的小腿，胡乱地用手抓上一把拔毒粉战战兢兢往卫子夫的腿上撒，都不敢碰触到卫子夫的皮肤。

奥琪布看着这一幕，心里不仅酸，而且还着急，酸的是好像伊鲁巴只要对其他异性好，她就心里不舒服。

着急的是他们这样上药简直就是在胡闹，想到这，她叫了一声："你们这些汉地的人，这都什么时候了，怎么还这样婆婆妈妈的，这样能上好药吗？"说着她一把推开刘不周喝道，"躲到后边去。"然后一把夺过刘不周手里的盒子，蹲在卫子夫的身前撩开她的裤脚，将拔毒粉一点一点地涂抹在了伤口之上。

卫子夫坐在地上，一脸感激地看着奥琪布给自己上药，说道："子夫多谢公主出手相救！"

奥琪布冷冷地看了卫子夫一眼，板着脸一点笑容也没有，一句话也不说，手里娴熟地在卫子夫的小腿伤口上涂抹着药粉，等全都涂抹完了，她又拿过一条绸巾把伤口包扎上。

刘不周就傻呆呆地在旁边看着奥琪布给卫子夫包扎伤口。

一切完毕后，奥琪布站了起来，转身冷冷地对刘不周道："好了，她的伤也包扎好了，你们可以走了！"

刘不周焦急地对奥琪布道："公主，他们一家人现在出去马上就会被发现的。"

奥琪布回头看了一眼被卫青搀扶着的卫子夫，对刘不周道："难道你是想让我帮他们逃出王庭不成？"

刘不周刚要回答，就听见宫帐外面传来弥加尔的声音："公主，公主在吗？"

卫青母子三人不由得一惊，刘不周也慌了，他用期许中带着惊恐的目光看着奥琪布。

奥琪布一双明眸微闭，半天没有回应门外的弥加尔，也没有理会身前的刘不周。

可能弥加尔见奥琪布半天没有回应，着急了，在宫帐外又问了一声："公主，你在吗？我可以进去吗？"

"我在，你不要进来。"奥琪布忽然昂起头，看着刘不周，眼神里非常复杂，她暗示几人继续藏在长桌的后面，收起匕首，来到宫帐的门口，定了定神，撩开帐帘走了出来。

弥加尔和布度格恩带着一队匈奴士兵站在宫帐门口，见奥琪布出来，弥加尔赶紧上前几步殷切地对奥琪布道："还以为你有什么不测呢，没事就好。"

"我能有什么事？"奥琪布假装被打扰了美梦，显得有些不悦，斜眼看着弥加尔问道："弥加尔，你有何事？"

弥加尔笑着道："奉大王之命，搜查整个王庭大营，捉拿逃跑的奴隶。"

奥琪布冷冷地回道："弥加尔将军辛苦了，那你还在我这耽误什么时间，快去搜查吧？"

弥加尔的反应支支吾吾的，但就是赖在宫帐门口不走，奥琪布疑惑地问道："怎么了？弥加尔将军，你还有什么问题吗？如果没事，我就回去休息了。"奥琪布仰头看了看天色，不悦地道，"现在已过半夜，过不了多久天就要亮了，你们在我宫帐外面大呼小叫的，吵得我一宿没睡了。"

没等弥加尔说话，旁边的布度格恩忍不住了，他对弥加尔说道："都尉大人，公是公私是私，这有什么不能说的。"然后抢先了一步对奥琪布道，"公主，我们也要搜你的宫帐。"

"你大胆！"奥琪布把眼一瞪，不屑地看着布度格恩说道，"你是偷吃了黑山熊的熊胆了吗，布度格恩？还敢搜查我的宫帐？"

"我们是奉了大王之命的，要搜查整个王庭。"布度格恩也不示弱地回道。

奥琪布问布度格恩："你是怀疑我私藏了逃跑的奴隶是吗？"

"我……我不敢。"布度格恩被奥琪布冰冷的气势震慑得明显气势弱了下来，但他仍旧坚定地道，"只是大王有令在先，我等都是奉命行事，公主的宫帐也是王庭的一部分，也该搜查，还请公主不要难为我等。"

奥琪布斜着眼睛看着布度格恩问道："我父王的金帐你搜查了吗？"

布度格恩无比崇敬地回道："那是大王的金帐，自然不用搜查！"

"这是我奥琪布公主的宫帐，同样也不用搜查，你明白了吗？"奥琪布突然一声厉喝，然后轻蔑地看着弥加尔和布度格恩两个人怒道，"你们惊扰了我的美梦，该当何罪？竟然还要搜查我的宫帐，是不是想让我将此事告诉我父王？"

弥加尔赶紧说道："公主，我们这也是奉命行事呀！"

"好，好，我成全了你们。"奥琪布见这两人意志如此坚决，不由分说一把扯住弥加尔和布度格恩就要往宫帐里面拖，嘴里愤恨的说道，“我现在就让你们进来查，要是什么也没发现，咱们就去我父王那里评个理去，咱们看看，我父王是会奖赏你们的忠于职守，还是会惩罚你们惊扰了公主！”

刘不周他们四个在宫帐里听到奥琪布要让他俩进来，又紧张了起来，卫青手里紧握着马刀，将卫子夫和卫妈妈护在身后，随时准备拼命。

宫帐外，弥加尔却被奥琪布的这番话给震住了，他深知自己的这位大王对奥琪布有多么的溺爱，全匈奴汗国的人都知道，右贤王治乌岱对他的小女儿奥琪布溺爱到了无以复加的地步，想到这，他使劲地向后挪着步子，挣脱开奥琪布的手。

弥加尔恭恭敬敬地向奥琪布施了个礼说道：“公主，不用查了，不用查了。”

布度格恩却有些不解，明明公主同意可以进去查了，怎么弥加尔自己却不愿意进去了呢？他刚要追问，被弥加尔一把扯到了身后，然后笑眯眯地对奥琪布说道：“我们还有要务在身，就不惊扰公主休息了，在下告退！”说完，带着布度格恩就要离开。

“站住！”谁知奥琪布却没有让他俩走的意思，一声厉喝后，几步来到他俩的身边，不依不饶地问道，“刚才还死命地要进帐搜查，怎么现在我让你们进又不进了呢？”

弥加尔拖着不甘心的布度格恩，脚步都没停下来，只是扭头对奥琪布道：“公主说没什么可查的就肯定不用查了，我们走啦！”

看着弥加尔和布度格恩匆匆远去的背影，奥琪布也是紧张得一身冷汗，长长地舒了一口气，自己笃定弥加尔的性格算是赌对了，不过也真是凶险，万一他不吃这套，真的进了宫帐还真麻烦。

见弥加尔他们走了，奥琪布赶忙转身进了自己的宫帐。

路上，布度格恩不解地问弥加尔：“为什么不进去？”

“你有十足的证据吗？”弥加尔问布度格恩。

“没有。”布度格恩也不自信了起来，继而他坚定地道，“但是今晚公主的确很可疑呀！”

弥加尔说道：“这个我也有所发现，但如果什么都没有查到，你可知道大王因为我们搜查了公主的宫帐会怎样惩罚我们吗？！”

布度格恩焦急地问弥加尔：“那怎么办？”

弥加尔目光如炬，他对布度格恩道：“你给我暗中牢牢监视住公主的宫帐，有任何异动随时报我知道，我要让那逃跑的奴隶自己落入圈套之中……”

四十　勿忘我

天光见亮。

为了抓获逃跑的奴隶，整个王庭大营闹腾了一宿，人人不安，这时候整个大营里还没几个人起床呢。

营门口的卫兵也是脸有倦色、萎靡不振的，懒懒散散地抱着长矛靠在栅栏上打着盹儿。

奥琪布背弓悬箭，一身外出行猎的打扮带着刘不周和三个侍从骑着马来到王庭的大营门口。

卫兵见是公主出行，赶忙打起精神，站得笔直。

奥琪布也不答话，催马就要出营门，却突然见弥加尔和布度格恩带着一队匈奴骑兵堵在了大营门口。

奥琪布不解地向弥加尔问道：“弥加尔，你这是……”

弥加尔问奥琪布：“昨夜惊扰了公主的休息，害得公主一宿没休息好，怎么不好好补个觉，却一大早就出来了呢？”

奥琪布淡淡地回道：“没看到吗？去打猎。”然后她装作狐疑地问道，“怎么？难道这也不行了吗？”

弥加尔笑道："当然没问题，公主想去哪里没人敢问，只是……"

奥琪布问道："只是什么？"

"只是，公主身后的这些人都是谁呀？"弥加尔指着奥琪布身后的那三个侍从问道。

奥琪布不耐烦地回道："弥加尔，你没完了是吗？昨夜你要擅闯公主宫帐的事情我还没跟父王说呢，难道你还要再盘查我不成？"

弥加尔依旧不着急，微笑着道："公主来去自如，我怎敢盘查，不过昨夜逃跑的奴隶尚未抓到，我等担心那些贱奴狗急跳墙，借机蒙混过关，我看公主的这几位侍从很面生的样子，以前好像没见过呀，那我就不得不好好盘查一番了，这也是为公主的安全着想，是不是？"

奥琪布被弥加尔说得一时语塞，布度格恩借此机会已经悄悄地带着匈奴骑兵让过奥琪布和刘不周，将那三个侍从团团包围了。

弥加尔催马来到三个侍从身前，眯起眼睛仔细地打量着他们，然后一挥手对身后的匈奴骑兵说道："给我搜！"

匈奴骑兵冲上来就要搜查那几个侍从，就在这时，其中一个侍从突然抽出马刀，大喊了一声："匈奴贼，我等跟你们拼了！"说着一刀砍翻了一个上前要搜身的匈奴士兵，另外两个侍从也抽出马刀和匈奴兵打了起来。

没错，这三个侍从就是卫青、卫子夫和卫妈妈假扮的，这是奥琪布想出的办法，让他们装扮成自己的侍从，她以外出行猎的名义把他们带出王庭大营。

不过，螳螂捕蝉黄雀在后，奥琪布并不知道布度格恩一直暗中窥探着奥琪布宫帐的动向，清晨他们一出宫帐，布度格恩就叫来弥加尔在大营门口堵截了。

事情变化的太突然，奥琪布根本没有反应过来，双方就交上了手，弥加尔大喝一声："他们就是昨夜逃跑的贱奴，意欲伤害公主，给我抓起来！”

眼看着一场歼灭战在所难免，双方的态势其实非常清楚，那边是上百名彪悍勇武的匈奴骑兵的围攻，这边则只有卫青一个人有战斗力，卫妈妈和卫子夫两个女流之辈，不仅毫无战斗力，而且卫青还不得不分出大半精力保护她俩，这场歼灭战的胜负结局明朗得毫无悬念可言。

果不其然，混战中，卫青一个没注意，一支冷箭射来，正射中卫妈妈的前胸，卫妈妈身受重伤“哎呀”一声惨叫险些从马上掉下来，卫子夫赶忙扶住了母亲，娘俩不得已只能躲在卫青的身后，卫青心急如焚，想自己在前面抵挡，让娘俩先跑，却见到匈奴兵越聚越多，赶都赶不开，眼见着娘仨危在旦夕。

就在这千钧一发之际，只听见包围圈外，奥琪布一声尖叫，众人不约而同地扭头看去，却见刘不周竟然挟持了奥琪布，他手中握着一把匕首横架在奥琪布的脖子上，冲着弥加尔吼道：“放他们三个走，否则，公主性命不保！”

弥加尔大怒，指着刘不周骂道：“你这个卑贱的贱奴，小畜生，休要伤害公主半分！”

布度格恩气得对弥加尔道：“绝不能放他们走，我去解决这个贱奴。”说着，催马就要奔刘不周而去。

刘不周赶紧挟持着奥琪布后退几步，匕首在奥琪布的脖子上狠狠地压了一下，对布度格恩怒道：“你敢动，公主的命就不在了！现在，放他们三个走！”

弥加尔一把扯住布度格恩，他咬牙切齿地骂道：“布度格恩慢着，不要伤了公主，就知道这畜生没有良心，当年还不如一刀砍死你这个畜生养大的家伙。”

弥加尔审时度势，他沉思了片刻，极不情愿地向包围着卫青三人的匈奴士兵一挥手喝道：“给他们让开一条路！”

卫青见匈奴兵散开了，让卫子夫扶着重伤的卫妈妈，自己提着马刀在后面守护着，冲出了包围圈，当他们来到刘不周和奥琪布的身边时，刘不周咬着牙对卫青说：“你们快走！”

卫子夫担心地对刘不周说：“那你呢？”

“别废话了，你们赶快走。”刘不周毫不客气催促着他们走。

卫青无奈，看了一眼刘不周，就带着卫子夫和卫妈妈催马向南跑下去了。

布度格恩想带着人追，怎奈刘不周挟持着奥琪布挡在他们身前，弥加尔和布度格恩只能眼睁睁地看着卫青三人跑远了。

“伊鲁巴，你也走吧。”这时，被刘不周挟持的奥琪布低声地对刘不周说。

刘不周握刀的手一颤，他满腹内疚地道：“公主，我……我……对不起。”

奥琪布小声地回道：“你什么你，是我让你假装挟持我的，你有什么对不起的？”

刘不周仍旧痛苦万分，他懊恼地说道：“但是我曾经暗中发过誓，要永远保护你，可是我今天却将刀架在你的脖子上，我……”

奥琪布回道：“如果我不让你这样做，你的朋友就别想活着出去了！”说到这，奥琪布脸色明显现出了些许哀伤，口气中略带醋意地继续道，“你……你也不想你的卫子夫妹妹死吧？”

刘不周一时哑口无言地呆立在了当场，不知该如何回答了。

奥琪布稳了稳心神反问道：“我问你，昨夜我自语说的话你可都听到了？”

“听……听到了，可是……我怎么敢……”刘不周脸上一红，结结巴巴地回道。

奥琪布说道：“不管你是不是奴隶，我奥琪布认定的人，这辈子都不会变。”

“奥琪布……”刘不周听到奥琪布这样说，心中一阵暖流涌了上来，此时的他眼里满是泪花，已然泣不成声。

奥琪布不等刘不周说话，语气急切地道：“你走吧，否则被弥加尔他们抓回去，你必死无疑。”此时，奥琪布的眼眸里也是泪眼婆娑了，她哽咽道，“不要忘了我，伊鲁巴，你记住，就是逃到天涯海角你也要给我好好活着，有一天……你一定要活着再回到我的面前……”

奥琪布这句话刚说完，就见她把心一横，眼眉一挑，双手猛然一推就将刘不周持刀的手挡开，然后照着马屁股狠狠地给了一巴掌，与此同时自己一个腾身，就脱离了刘不周的桎梏，进而一个轱辘就从马上翻落了下来，翻了几个跟头滚落到了地上。

刘不周那马被奥琪布这一巴掌打得性起，嘶鸣不止，这马四蹄腾开，撂着蹶子就跑了出去，刘不周在马上回头看着滚落到地上的奥琪布，他心如刀绞，眼泪已经止不住的四溢了。

弥加尔见奥琪布从马上摔在地上，也顾不上刘不周跑不跑了，赶忙带人过去抢救奥琪布。

布度格恩阴狠地看着刘不周远去的背影，悄悄地张弓搭箭，瞄准了刘不周，“啪”地射出了一箭，箭声响处，只见刘不周的身子突然僵硬了一下，然后就直挺挺地栽落到了马下。

四十一　死士冲锋营

布度格恩这一箭原本是奔着刘不周后心射去的，他的目的很明确，就是要一箭射死他，不过却稍微地射偏了一点，虽然不致命但是箭头扎得挺深，刘不周中箭后直接就落到了马下，还没容他起身，匈奴骑兵就蜂拥而上，将他抓获。

奥琪布滚落到了马下，这下摔得可不轻，直接昏了过去，弥加尔扶着奥琪布连声呼唤她的名字。

右贤王治乌岱已经闻讯赶了过来，见到宝贝女儿落马摔伤，焦急万分，冲上去抱起奥琪布，不停地呼唤着奥琪布的名字，过了好一会儿奥琪布才逐渐醒过来，见她没有大碍，治乌岱这才放下心来。

看着女儿的样子，治乌岱心如刀割一般，他转头愤怒地大喝道："把这个意欲伤害主人的卑贱奴隶拉到草场上，让万马踏成肉泥！"

匈奴骑兵们应了一声，拉着昏昏沉沉的刘不周就奔草场而去。

"父王，父王。"奥琪布语气虚弱地对治乌岱央求道，"父王不要杀了他。"

治乌岱无比心疼地将奥琪布扶起来说道："女儿，这个贱奴不仅挟持你，还要伤害你，你怎么还替他说情啊？"

弥加尔在一旁恨恨地对奥琪布说道："公主，他只是个被上天放逐了个孤魂野鬼，你不要再怜悯他了！"

奥琪布本来就没站稳，听他们这样说，"扑通"一声就跪在了治乌岱脚前，哭着说道："父王，女儿知道他触犯了禁律是死罪，您……您就念在他曾舍身救我的份上，不要杀他了吧！"

"别说了，此事没有宽容的余地，这个贱奴必须以最残酷的刑罚被处死！"治乌岱态度极其坚决地拒绝了奥琪布，然后他语气中略带愠怒地道，"你还是管好你自己吧，身为公主，却包庇私逃的奴隶，本王还没有问你的罪呢！"

从小到大，只要奥琪布提出来的要求，治乌岱从没有拒绝过，然而这次治乌岱却一反常态，果断地拒绝了女儿的请求，治乌岱如此的坚决，恐怕他的宝贝女儿奥琪布的安危就是他的心理底线，这次刘不周伤害了他的女儿，这在他看来是绝不能被原谅的。

"父王！"奥琪布绝望地抱着治乌岱的腿说什么都不放开，她哭着对治乌岱道，"父王，如果您一定要处死伊鲁巴，女儿会恨你一辈子的！"

“你！”治乌岱用手点指着奥琪布，气得浑身直抖。

弥加尔见父女两个僵在了这里，眼珠一转，心里有了数，赶忙上前施礼对治乌岱说道：“请大王息怒，何必为这个贱奴伤了父女之间的感情，属下看不如这样，可免了伊鲁巴的死罪。”

治乌岱双眼圆睁，怒斥弥加尔道：“弥加尔，你在说什么？”

奥琪布见弥加尔竟然会给刘不周求情，如同见到了救星一般，用期盼的眼神望着弥加尔。

“大王别着急，容属下说完。”弥加尔定了定神，继续说道，“按照法令，罪该处死的死刑犯或死罪的奴隶可以被编入死士营，既然公主求了情，大王不妨就把伊鲁巴编入死士营吧！”

死士营是什么？

就是死士冲锋队，凡是犯了死罪的匈奴人或者将被处死的奴隶可以被编入死士营，在每次打仗时都必须冲锋在最前面，如果十次以后仍没战死或者立有特大的军功可以免除死罪，不过这个概率几乎为零，说白了就是去当炮灰，在那个以近身搏杀为主、残酷至极的冷兵器时代，编入死士营的唯一命运就意味着战死沙场。

治乌岱很明白弥加尔的用意，他沉思了片刻对奥琪布说道：“好了，父王答应你了，就按照须卜都尉的建议办，这总成了吧？”说着，他也不容奥琪布再说什么，命身边的侍从将奥琪布扶回宫帐养伤。

山林的深处，卫青、卫子夫兄妹带着身中箭伤的卫妈妈一路狂奔，跑出去了很远，见后面没有追兵追来，这才稍稍放了心，纷纷勒住马放缓了速度。

卫子夫急切地问卫青：“哥哥，伊鲁巴哥哥怎么办？他若被抓回去必会被处死的。”

卫青也是焦急万分地说道：“不如这样，你带着母亲先走，我转回去救他。”

二人正说着，却只见卫妈妈骑在马上突然双眼一闭，喉咙处“咕噜”了一声，瞬间从嘴里喷出了一大口鲜血，然后一个趔趄就从马上跌落了下来。

看来卫妈妈中的这一箭伤势不轻，再加上没有及时救治，刚才一路狂奔又过于颠簸，卫妈妈的身体已经吃不消了。

兄妹俩见卫妈妈跌落马下，大惊失色，赶紧扑到卫妈妈的身边，只见卫妈妈因为中箭的伤口流血不止，鲜血已经将衣服染红了，她脸色蜡黄，嘴唇发白，已然奄奄一息了。

“母亲，母亲，您可要挺住啊！”卫青满脸泪水地抱着卫妈妈一个劲地央告道。

此时卫妈妈气若如丝地看着眼前的一双儿女，她努力地缓了好几口气才断断续续地说道：“为娘……不行了，你们……不必管我，赶紧……赶紧快走……”

卫子夫哽咽地握着卫妈妈的手泣道：“母亲，我们不会丢下您不管的，咱们一起走！”

卫妈妈吃力地摇了摇头，虚弱地说道：“为娘走……走不了了，但有件事为娘一定要……要告诉你们，你们将……将来要为父亲报……报仇，那……那屠杀咱们全家的凶手是……是王……”这句话还没说完，卫妈妈实在撑不下去了，双眼一翻就气绝身亡了。

“母亲！”卫青和卫子夫本来就悲伤至极，再加上卫妈妈说话含含糊糊的，他俩也没听得太清楚，但眼见着母亲死了，两人承受不住悲痛的心情什么也顾不上了，大叫一声就伤心欲绝地扑到卫妈妈的身上号啕大哭起来。

哭罢多时，卫青跪在卫妈妈的尸体身旁，顿足捶胸地嘶喊道：“该死的匈奴贼，我卫青和你们不共戴天！”

山岗上。

一座极为简陋的新坟立了起来，这是卫妈妈的坟，卫青兄妹俩亲手将母亲埋葬了，二人扑在坟头上痛哭不止，不停地磕着头……

大江东去

四十二　炮灰

在汉帝国北境与匈奴汗国的交界线上，有一片异常开阔的旷野。

此时，两支虎视眈眈的军队正在一南一北地相互对峙着。

身处在南面的，是汉帝国严阵以待的五万步兵，他们用长盾牌、长矛和箭矢构筑起了坚固的防御阵形。

而在北边的，则是由须卜都尉弥加尔率领的三万骁勇凶悍的匈奴精锐骑兵。

虽然数万兵马云集，但此刻整个旷野上却可怕得鸦雀无声，空气在这一刻仿佛不再流动，凝固在了每个人的耳边，让人不由得感到压迫之极。

就连战马都被这肃杀的氛围感染得压抑着鼻息不敢大声地喘气，只有双方上万面烈烈的战旗被呼啸的旷野之风吹得“扑扑”抖响个不停。

一阵马蹄之声由远及近打破了沉寂，一名匈奴骑兵催马来到弥加尔的近前施礼道：“禀将军，我军整装齐备，随时听候将军的将令！”

弥加尔端坐在战马上，双眼透出阵阵的杀气。

少顷，他“唰”的一声抽出马刀，刀尖指向天空，高声地对着自己身后的匈奴骑兵喊道：“我骄傲的勇士们，伟大的燕然山母亲给予了你们铜铸般的身躯，草原上的风磨砺了你们的意志，醇美的奶酒激荡了你们的斗志，上天赐予了无边的气力在你们的身上！”

随后，弥加尔刀尖一划，坚定地指向了对面的汉军阵营，厉声喊道：“对面，如山的粮草、成群的奴隶、数不尽的财宝等着你们去俘获！我的草原勇士们，杀过去！冲破敌人的战阵！”

“杀！杀！杀！”三万匈奴骑兵被弥加尔这一番慷慨激荡的战前动员挑逗得已经跃跃欲试，他们震天动地般地不停呼喝着，全都恨不得马上冲出本阵杀将过去，弥加尔调动起了匈奴士兵狂野的战意和冲天的杀气。

这时，弥加尔向着布度格恩使了个眼色，布度格恩点了头就一声令下喊道："死士营，给我冲！"

随着他这一声喊，排在最前面的数千死士营的死囚们在身后张弓搭箭的匈奴骑兵的驱赶之下，犹如排山倒海的潮水一般，冲向汉军的阵地。

死士营的作用就是利用不计生死的第一波不要命的冲锋来冲乱敌军的阵形，破坏敌军的防御体系，从而减少后面匈奴骑兵大军冲锋时的伤亡。

也正因此，死士营的死亡率是巨大的，通常一个冲锋下来，一多半死士营的死囚就挂掉了。

对面阵营中的汉军见匈奴人开始发起了冲锋，汉军指挥官从容不迫地目视着死士营的冲锋，眼看着他们已经进入了射程，指挥官一声令下："开弓！"话音刚落，一万弓兵和弩兵在盾牌兵的掩护下万箭齐发。

一时间，铺天盖地飞来的箭雨几乎遮住了天空，箭尖儿闪着寒光射向了冲击上来的死囚们。

刘不周就被夹在一众死囚之间，他催马挥刀不要命似的向前冲着。

箭雨落处，身边的人纷纷被射中，顷刻间人仰马翻地倒了一地，刚才还活蹦乱跳的人瞬间就被夺去了生命，如同一摊烂泥一般血肉模糊地倒在了尘埃里，任凭后面的马蹄在身上肆意的践踏，毫无尊严可言。

即便明知道这样的冲锋就是在向死神招手，但所有的死囚们也没有人敢转身往回跑，因为在他们的身后是数千弯弓搭箭统统对准了他们的匈奴督战队，谁敢溃退就是死，与其这样，那还不如拼死一搏呢。

一支箭贴着刘不周的耳朵射了过去，他被惊出了一身冷汗，他马上把头和身体伏在马背上不顾一切地继续向前冲。

耳畔不停地传来箭矢破空的"嗖嗖"声和此起彼伏的惨叫之声，整个死士营还没冲到汉军用盾牌兵和长矛兵组建起的第一排防御阵地就已经伤亡过半了。

就在此时刘不周突然只觉得身子一沉，整个人不由自主地径直向下坠落下去，他仔细一看，原来自己的那匹马头部和脖颈处接连中了三箭，战马哀嚎了一声在高速冲击的惯性驱使下头朝下栽倒在地上，刘不周一下子被甩了出去。

落地之前，刘不周只觉得自己的肩头突然一阵刺痛，他低头一看，自己也中了一箭，不过伤势并不重，他忍着痛一刀砍断了射中他的箭矢的箭杆，然后在地面上几个翻滚就冲到了汉军前沿防御阵地之前。

此时在箭雨中九死一生活下来的剩余死囚们已经催马纷纷冲到了汉军盾牌兵的近前，眼看高速的战马就要冲破盾牌兵的防线了。

让死囚们始料未及的是，从汉军的盾牌与盾牌之间的缝隙中突然刺出了数以万计的长矛来，一部分死囚根本来不及勒住马就被穿成了糖葫芦。

而另一部分侥幸躲过这一波长矛刺击的，却被长矛上弯月形的锋刃钩住了马腿，全体长矛兵用力向回一抽，马腿就被齐齐地割断了，人也从马上纷纷跌落，汉军中后面的朴刀兵一哄而上举刀就剁，倒地的冲锋死囚们还没来得及站起来就已经被乱刀剁成了肉酱。

幸亏刘不周的马提早被射死了，他没有纵马前行，否则也会跟那帮死囚一样在汉军的长盾前死于非命的。

虽然汉军的阶梯式防御体系成功地抵挡住了匈奴人的死亡冲锋，但自身的阵形还是受到了不小的冲击，包括刘不周在内仍然有几百个死囚成功冲破了盾牌墙，闯进了汉军之中，和汉军展开了殊死的拼杀。

弥加尔见死士营的冲击起到了作用，马上一声令下，三万匈奴骑兵如同洪水一般就排山倒海似的冲击了过来。

此时，死士营仅剩下来的几百人已经被汉军团团包围，双方短兵相接，刘不周的身边不断有人被砍翻，不断有人倒在血泊之中。

混乱的战局当中，刚被杀死倒下的一层死尸瞬间就被另一层死尸所覆盖，到处都是撕心裂肺的惨叫之声和犹如野兽般的吼叫声，场面极其的惨烈。

刘不周就凭借着他从小在山林里练就的一身超于常人的本领和一股原始的求生欲望支撑着自己在不停地拼杀，他身中数刀却强迫着自己不要倒下，他浑身上下满是血污，而这血已经无法明确分清是他自己的血还是敌人的血了……

四十三 半部兵书

一战下来，数千人的死士营几乎伤亡殆尽，只有刘不周和其余一百多人还活着，却已是个个遍体鳞伤。

没人给他们治伤，更没人管他们的死活，他们被匈奴士兵押解着圈在一个地方，等待着下一仗继续去送死。

匈奴人凭借骑兵的高速冲击占了上风让汉军伤亡惨重，但汉军仍以非常有效的防御阵形没让匈奴人冲破阵地，几轮恶斗下来，双方的战争进入了持久的反复拉锯状态。

随着两军的战斗进入白热化，刘不周身边的死囚们不断地被补充，却又一波又一波地死在了冲锋的路上。

而他虽然伤痕累累，几近濒死，却在尸山血海之中奇迹般地侥幸活了下来。

半夜里，战场旁边的林子中。

刘不周和幸存下来的其余死囚被控制在一片山坳之中，他们只被发放了少得可怜的干饼和一点点水，匈奴人对他们的态度很明确，只要不饿死就行。

刘不周疲惫地靠在一棵树下闭着眼休息，身上的新伤旧痕仍在隐隐的作痛，虽然自己侥幸没死，可谁知道后面还要打多少场恶仗，谁知道自己将会在哪场冲锋时上天不再眷顾自己，这条贱命被收走，未来实在太渺茫了，更准确地说，他哪里还有什么未来？！

夜色中，刘不周再次想起了奥琪布，不知道公主现在怎样了，从马上跌落的伤好了没有？他又想起了卫子夫，不知道她和哥哥有没有带着卫妈妈成功脱离险境？

想着想着，疲惫至极的刘不周脑袋一歪，倒在树下就睡着了。

谁知头部碰到树干的时候只觉得脑袋好像被什么正在活动的东西蹭了一下似的，他顿时睡意全无，马上警觉地去看，就见到他靠着的那棵树的后面、泥土的下面仿佛埋着一个人，这人除了脑袋以外其余身体都埋在土里面，一双扑闪扑闪的眼睛正惊恐地看着刘不周。

“出来！”刘不周迅速抽出短刀，压低了声音对这个人命令道。

那人不得已，只能一点点从土里面钻了出来，刘不周这才看清楚，这是一个年龄不大、身穿着一件与他身材极不相称的大号汉军皮铠的大男孩。

刘不周并未放松警惕，提着短刀低声问道：“你是何人？到这来做什么？”

汉军男孩怯生生地看着刘不周，结结巴巴地回道：“小人名叫江傲齐，是汉军弓弩营的参谋司马。”

刘不周一听，差点没笑出声来，他戏谑地拿短刀在江傲齐的脸颊上拍了几下说道：“你骗人的本事也太过拙劣了吧，他们怎会让个小孩子做行军参谋？”

江傲齐努力地给自己鼓了鼓劲说道：“我没骗人，我本是当年七国之乱时楚国叛将的后人，从小就跟随父亲随军，见的战阵多了，总是有很多鬼点子能为军中所用，后来七国叛乱被平息，我父获罪被抓入狱，他们知道我行军打仗有办法，就把我派到军中效力了！”

刘不周听到这点了点头，然后问道：“那你在这里是何原因？”

江傲齐眼神里流露出恐惧的神色说道："我……我害怕打仗，刚才汉军撤退之时我掉队了，结果你们占领了这里，我担心被发现，就把自己埋在土里，打算等你们离开后我再伺机逃走。"

刘不周看着江傲齐一脸尚显稚嫩的神情，心中不由得生出怜悯之心，不管怎么说他还是个孩子呀，这么小的年纪就身处在你死我活的两军混战之中着实可怜。

"你走吧。"刘不周不假思索地对江傲齐说道。

江傲齐不敢相信自己的耳朵，他一脸不可置信的表情，睁大双眼问道："你……你不是要抓我的呀？"

刘不周用手指着西南方向告诉他："你从这里离开，就不会遇到追兵了，以后不要再在军中效力了，小小年纪，去做自己该做的事吧！"

"多谢恩人，多谢恩人！"江傲齐一脸激动问刘不周道，"敢问恩人尊姓大名啊，来日一定报恩。"

刘不周也没隐瞒，回道："我叫伊鲁巴，是死士营仅存的几个活人之一，报恩就算了，说不定你还没跑走，我就战死了，我放你不是为了让你报恩……"

刘不周的话还没说完，就听见身后隐隐传来嘈杂的说话声，好像有一群人正向这边而来，刘不周马上紧张起来，他低声对江傲齐急促地道："快，先躲到树后去。"

江傲齐也感觉到事情不妙，赶忙躲到树后，又把自己埋在了土里。

"你这个贱奴还没死？"这时一个阴冷的声音突然从刘不周身后传来，他赶忙回头观看，见说话的正是弥加尔，他和布度格恩一前一后站在刘不周的身后，一脸不屑地看着他。

刘不周见是他俩，也不起身，把眼睛一闭，故意坐靠在树干上，用身体挡着江傲齐藏身的位置，一言不发。

"布度格恩，"弥加尔恨恨地盯着刘不周，然后对布度格恩说道，

“明天开战，把这个畜生放在第一排，让他第一个去挡汉军的箭雨！”

布度格恩应声道：“遵命！”然后他蔑视地看着刘不周不怀好意地说道，“就算你小子命再大，明天也别想活命！”

弥加尔和布度格恩显然没有发现埋在树后面的江傲齐，两个人说完，就转身离开了。

等他们走出去已经很远了，刘不周轻轻地拍了拍树后面的土地，江傲齐才小心翼翼地又爬了出来。

刚一出来，江傲齐一下子跪在刘不周的面前不住地磕头，脸上已满是泪水地哭道：“大哥，如果刚才你把我献出去，以这样的功劳至少他们明天不会拿您去做炮灰的，但您没这么做，小弟感谢大哥的救命之恩！”

“呵呵，没用的，他们是不会饶过我的。”刘不周苦笑了一声摆了摆手对江傲齐道，“趁着黑灯瞎火的快走吧，一会儿天亮了你肯定会暴露的。”

“那……那大哥我走了。”江傲齐努力地点了点头，转身刚要走，却又转了回来，他费劲地从怀里掏出了一卷已经残缺不堪的竹简书来，上面还掺杂着斑驳的污垢和血迹。

江傲齐双手将竹简书恭恭敬敬地递到刘不周的手里说道：“大哥，您的恩情小弟无以为报，这半部《孙子兵法》送给大哥，就算是小弟的一份心意了。”

刘不周好奇地接过竹简打开，见里面每条竹简都用麻绳相连，竹简上密密麻麻写着汉字。他仔细观看，右边第一条竹简上写着四个汉字：孙子兵法。

“大哥，这是春秋时期中原的兵圣孙武子倾其所有用兵谋略的精华心得所著的兵书，现在虽然只剩下了后半部，但如果大哥能够尽透其中奥妙，已是受用不尽了。”江傲齐解释道，然后他再次向刘不周深深一躬到地，才转身趁着夜色向西南方向而去。

四十四　逼婚

匈奴右贤王治乌岱非常关心前方的战事，每隔几天就有从前线回来的匈奴传令兵向他汇报弥加尔那边的战事进展。

这天，一个传令兵飞马来到右贤王庭的大营门口。

还没等进营门，斜刺里冲出一匹马不由分说地挡在了他的面前，传令兵见有人敢挡他的去路，刚要发火，但仔细一看，挡住他的竟然是奥琪布公主。传令兵吓了一跳，也不明原因，赶紧谦卑地问道："公主，您这是……"

"我问你，伊鲁巴还活着吗？"奥琪布面无表情，直截了当地问传令兵。

传令兵被问得一头雾水，不解地问道："伊鲁巴？公主问的是哪个伊鲁巴？"

奥琪布紧锁着双眉回道："就是……就是那天挟持我的那个伊鲁巴！"

传令兵这才恍然大悟，他说道："啊，就是那个被编入死士营的？"

"对。"奥琪布脸色忽然暗淡了下来，她哀伤地问道："他……死了？"

传令兵回道："哦，他呀，他是个奇迹，死士营死亡率极高，已经填补了三次兵员，但他却还活着。"说完，就一拨马头直奔治乌岱的金帐汇报去了。

奥琪布听到这激动得眼眸里竟然湿润了，她眉心舒展，喜极而泣地自语道："伊鲁巴没死，他没死，太好了，这个家伙！"

自从战事一开，刘不周跟随死士营出发去了前线，奥琪布每天都在营门等着从前线回来的传令兵，向他们询问刘不周的生死。

“公主，大王有请。”正在奥琪布暗喜刘不周死中得活的时候，一个治乌岱贴身的侍从跑过来叫她。

右贤王的金帐里。

治乌岱高兴地对奥琪布说道：“女儿啊，这一战弥加尔进展顺利，看来不日就能满载俘获地凯旋了！”

奥琪布根本没听见治乌岱在说什么，她双眼直勾勾地盯着地面，满脑子都在为刘不周没死而开心不已。

“女儿？”治乌岱见奥琪布没反应，又叫了她一声。

奥琪布这才反应过味儿来，她抬头看着父亲，极为敷衍地应付着：“啊……哦，是吗？那……很好啊！”

治乌岱显然没介意到奥琪布的敷衍，他满脸喜悦地说道：“弥加尔真是父王的一员干将，草原上的少年英雄啊！”

“嗯，是啊……嗯，他……他是不错。”奥琪布还是心不在焉地应付着。

“是吗？父王的宝贝女儿也是这样认为的？”治乌岱高兴地看着奥琪布继续道，“那，父王做主，等弥加尔胜利凯旋回来，父王要重重提拔他的官职，然后就让你们二人完婚如何？”

“嗯……好。”奥琪布一时没反应过来，还是应付着回答，突然，她好像回味过来刚才治乌岱说的那最后一句话，双眼圆睁地看着治乌岱问道，“啊？父王您刚才说什么？和弥加尔完婚？”

治乌岱笑容可掬地回道：“是啊，我的宝贝女儿已经成年，该是出嫁的时候了！”

“谁说女儿要出嫁？”奥琪布霍地站了起来，她不满地说道，“女儿不要出嫁！女儿不要嫁给弥加尔！”

治乌岱把脸一沉，说道：“弥加尔的祖上也是贵族后裔，血统高贵，又是你父王的左膀右臂，年纪轻轻就能统军建功立业，是草原上的骄子。

怎么？女儿觉得配不上你？”

奥琪布不屑地回道：“我才不在乎什么贵族、什么骄子的，我跟他不合拍！”

治乌岱反问道：“你们二人从小一起长大，情投意合，怎么不合拍？”

“我就是讨厌他！”奥琪布斩钉截铁地回道。

治乌岱被奥琪布的顶撞给气怒了，他愤恨地对奥琪布说道：“难道你还是忘不了那个被畜生养大、身份卑贱的贱奴伊鲁巴吗？”

既然被治乌岱问到点上了，奥琪布也就不再掩饰，话都说到这份上了，她也没必要把话藏在心里憋着不说了，就直截了当地回道：“是，我就是喜欢伊鲁巴，我可以为他去死！”

“你……你要气死你的父王吗？”治乌岱气得浑身颤抖地指着奥琪布骂道，“堂堂的我右贤王的高贵公主，让各国公子王孙垂涎三尺的草原月光竟然喜欢一个贱奴，你要丢尽你父王的脸面吗？！”

奥琪布毫不退让地对治乌岱说道：“我不稀罕什么公子王孙，我只会选择自己中意的，伊鲁巴在死士营九死一生，他还活着没有死，我要等着他回来！”说完，也不等治乌岱再说什么，气鼓鼓地一转身就离开了金帐。

出门时正好看到布度格恩回来了，他跳下战马对迎面走来的奥琪布施礼道：“公主。”

奥琪布怒气未消，根本没看布度格恩，径直走了。

布度格恩看着奥琪布的背影摇了摇头，也没在意就进了治乌岱的金帐。

奥琪布走了一会儿，突然站住了脚步，心中暗想刚才那个传令兵说伊鲁巴没死，可她还是不太相信传令兵的话，如果向布度格恩询问刘不周的消息，那必然是最准确的，想着又转身回来准备好好问问布度格恩。

来到金帐门口，奥琪布刚要进去，就听见治乌岱和布度格恩在金帐里面说话。

治乌岱问布度格恩："听说那个伊鲁巴竟然没死？"

布度格恩回道："这小子真是命大，几仗下来居然还活着。"

奥琪布听到这，才彻底地放下心来，随后又听见里面治乌岱说道："回去告诉弥加尔，本王不想再见到这个卑贱的奴隶活着回到大营来！"

布度格恩稍微沉默了一刻，语气坚定地回道："属下明白！"

奥琪布心中一惊，父王这是要让弥加尔不惜一切代价也要干掉伊鲁巴了，要是这样的话即便是伊鲁巴再幸运，不死在战场上，也会被弥加尔和布度格恩他们整死的。

汉匈对决的战场上。

拉锯战对双方来说都是消耗巨大的。

尤其是对匈奴人来说更是如此，匈奴人不像汉帝国人口几千万兵员充足，匈奴人数少，打起消耗战时间长了对匈奴不利，弥加尔和众将最终决定选定一块占据地利优势的地方，挖下数千个陷阱和深坑，引诱汉军前来，让他们落入圈套，再形成包围圈，将汉军一举歼灭。

刘不周的死士营被派去挖陷阱，几千死囚在匈奴士兵的监督下趁夜挖陷阱，并在每个陷阱里埋上几十根一头被削得极为锋利并且全部向上的竹签，汉军若是进了圈套，掉进陷阱里肯定是必死无疑。

晚上，刘不周被指派看守陷阱，他趁着监督他们的匈奴士兵正在打盹儿，又偷偷从怀里掏出江傲齐送给他的那半部残缺不全的《孙子兵法》读了起来。

春秋时期著名军事家孙武所著的《孙子兵法》原本有十三篇，而刘不周手里这半部兵书只剩下了最后七篇，分别是：

讲述如何在战场上抢占先机的《军争篇》；

讲述如何灵活运用战略战术的《九变篇》；

讲述如何刺探观察敌情的《行军篇》；

讲述作战地形分析的《地形篇》；

讲述深入敌境分析作战环境的《九地篇》；

讲述如何运用火攻和谨慎破解的《火攻篇》；

还有讲述如何运用间谍取得决胜的《用间篇》。

得到这半部兵书也算是刘不周在这个随时准备赴死的战场上意外的收获，他爱上了这半部兵书，只要有时间就会拿出来仔细地研究。

突然，不远处一个诡秘的黑影在刘不周的视线中一闪而过，他马上警觉地意识到这是有人偷入了进来，他赶忙将兵书揣回怀里，悄无声息地埋下身子躲在陷坑的坡下面，两只眼睛警惕地盯着黑影出现的地方……

四十五　绝路

夜晚，刘不周在陷坑区发现了一个黑影鬼鬼祟祟地潜入了进来，那个诡异的黑影在刘不周的注视下沿着被挖出来堆积如山的土坡匍匐着前行，躲避着匈奴巡逻兵的视线。

黑影来到距离刘不周藏身很近的一道梁子后面，只要黑影翻过梁子就会跟刘不周面对面，但随即只听见“扑”的一声，那个黑影瞬间消失了，刘不周知道陷阱里掉进去了第一个死鬼。

他坐直了身子，爬过梁子去陷坑中查看，只见陷坑表面的伪装已被破坏，露出了黑洞洞的坑口，下面是深不见底的陷阱，最深处隐隐地能看到竹签锋利的尖儿若隐若现。

此时他惊奇地发现满陷坑的竹签上并没有被戳死的尸体，而那个黑影却两手吃力地把着陷坑的边缘，吊在陷坑中间没有掉下去，黑影的两条腿慌乱地蹬踹，急着寻找能够落脚的哪怕一丁点凸起。

刘不周知道黑影这样做是徒劳的，这片地方所有的陷阱他再熟悉不过了，全是他带人亲手挖出来的，陷阱的坑壁被他设计得极为光滑，一点能够用于攀登的支点都没有留下，如果没人救援，这个家伙抗不了多一会儿就会因为抓不住坑壁而掉进陷坑被戳死。

刘不周正查看着，却听见吊在陷阱坑壁上的黑影压低声音问道："是……伊鲁巴兄弟吗？"

这声音虽小，但刘不周听得极为真切，这说话的声音好耳熟呀，刘不周心中疑惑，他把头探了下去，借着月光仔细地辨认那黑影。这一看才发现，原来黑影竟然是已经逃走多时的卫青，他大惊失色地低声叫道："卫青兄弟，怎么是你？"

原来黑影正是卫青，这真出乎刘不周的意料之外，他赶紧探出一只手臂伸进陷阱里让卫青抓住自己，然后使出了全力将卫青从陷阱里一点点地拖了出来。

等卫青爬上了地面彻底脱险，两个人都气喘吁吁地累得躺在地上上气不接下气了。

缓了好一会儿，卫青喘着气说道："伊鲁巴兄弟，我是来救你逃走的。"

刘不周苦笑着说道："这是不可能的，这四周全是守卫的士兵，这一片地都是陷阱，我是跑不了的。"

卫青指着这片开阔地的后面说道："有办法，这后面是个断崖，下面就是黄水，我让子夫从断崖对面的山崖上甩了一根绳索过来，我在这边把两边连接上，咱们只要能安全到达断崖，就可以顺着绳索滑到黄水对岸去，等过去之后我把绳索砍断，匈奴人就休想追到咱们了！"

"当真？"刘不周听卫青这么说，不禁眼前一亮，也许这是目前最好的脱身办法了。

两人最终商量好了，卫青在前，刘不周在后，猫腰沿着土坡一直向南，奔着后面的断崖而去，在路上刘不周指点着卫青躲避着沿途的陷阱。

一开始的一段路走得很顺畅，既没被巡逻兵发现，也没踩触到陷阱，就在他们距离断崖还有一半路程的时候，远处突然传来一声撕裂般的高喊声："别让死囚逃跑了！"

随着这一声喊，就见不远处突然亮起了无数根火把，火光照耀之处，数百名匈奴骑兵簇拥着一前一后两位将军出现在刘不周二人的眼前，前面的正是须卜都尉弥加尔，后面则是副都尉布度格恩。

只见弥加尔用马刀一指刘不周怒道："贱奴，大王可怜你，没有当时将你处死，把你编入死士营令你将功折罪，而你却恩将仇报，串通外敌意欲逃跑。"

布度格恩不由分说，一声令下喝道："给我把死囚伊鲁巴抓起来！"

几百名匈奴骑兵一哄而上直奔刘不周和卫青扑来，两人一见形势不妙，加快了速度向南跑去。

两条腿跑怎能比得过骑兵的速度，匈奴骑兵很快就追了上来。

此时，卫青和刘不周终于跑到断崖的边上。

果然，高高耸起的断崖下面是波涛翻滚的黄水，水波翻滚之声震耳欲聋，对面也有一座山崖，隐隐能看到对面山崖上有个人影在向他们挥手，那就是卫子夫。山崖之间有一根茶杯底粗细的麻绳连接着，卫青指着麻绳对刘不周喊道："咱们就顺着这根绳索过去！"

刘不周转身看到弥加尔和布度格恩率领的几百匈奴骑兵已经渐渐逼了上来，眼看就要冲到他们的近前了。

就在这千钧一发之际，听见追兵的前面发出了"扑扑"的几声闷响，几个追在最前面的匈奴兵连人带马纷纷掉进了自己挖的陷阱里面，全被尖锐的竹签戳死了。

突如其来的变故让匈奴骑兵们可不敢往前走了，他们知道自己与刘不周之间的这片开阔地上早已为汉军挖出了数不清的极度危险的陷阱，而且全做了很好的伪装，就连匈奴人自己都不知道哪块地方就有陷阱，马又不是人，万一一脚踩错，可就是万劫不复。

弥加尔也不敢轻易涉险，他马上命令匈奴人向刘不周他们这边射箭。

但巧合的是，弓箭的射程刚好就差了那么一点，全落在了刘不周面前两三米的地方，根本就射不到他。

追又不敢追，箭又射不到，弥加尔这回真是搬起石头砸了自己的脚，他气急败坏命人赶快将眼前的陷阱逐一填平，好让骑兵能顺利过去，不过这样就很是耗费时间了。

刘不周见状赶紧利用这个有利的条件急促地对卫青道："卫青兄弟，你先过，我随后。"

卫青见事态对他们这边有利，放心了不少，他也没推辞，将一根厚厚的皮条缠在手上，并挂在绳索之上，然后两只脚钩在绳索上，依靠双脚的力量一点一点向对岸挪着，不过这个速度并不算快。

弥加尔见刘不周他们已经开始了，急得直跺脚，他赶紧命令匈奴兵快速填埋。

刘不周原以为匈奴人填埋陷阱会耗费不少的时间，可谁知道几百匈奴人一同上阵，那个速度是非常迅速的，很快离匈奴人最近的一排陷阱就被填好，他们已经开始填埋第二圈了，而匈奴骑兵也向前进了一步。

刘不周看在眼里，心里不由得着了急，他准备随着卫青也上绳索。

就在这时弥加尔却说话了："伊鲁巴，你先等等。"

刘不周听到弥加尔叫他，转身看向了弥加尔。

弥加尔说道："伊鲁巴，我并无伤害你之意，就算是看在奥琪布公主的面子上，我也不会随便杀你的，只要你能回来，此事就当从没发生过，我可以既往不咎。"

很明显，弥加尔此举的用意是在用语言稳住刘不周。

刘不周听到弥加尔说起了奥琪布，心里一沉，他还是放不下奥琪布，心中果然有些心动了。

此刻，刘不周低下了头犹豫着，可再一抬头之际却见到匈奴兵已经又向前进了不少。

弥加尔见有了效果，又继续说道："你在之前的几场战役中可是屡立战功的，如果回去，奥琪布公主再为你在大王面前求个情，说不定有可能就赦免了你的死罪呢！”

说着，他悄悄地冲身边的布度格恩使了个眼色，布度格恩会意，暗中让身后的匈奴兵偷偷地全将箭矢搭在弓上。

就在此时，一个声音划破了天际传来：“伊鲁巴不要上当，他是骗人的！”

四十六　大江东去

这个声音对于刘不周来说是熟悉得不能再熟悉的了，他闻声向旁边的林子里面看去，只见一个人疯了似的从林子里冲了出来。

所有人都被这个人的出现惊呆了。

因为这个来的人正是奥琪布公主，她再一次提高了嗓门向刘不周喊道：“不要相信弥加尔，他们的箭矢已经搭在弓上了！”

原来，奥琪布听到金帐中治乌岱密令布度格恩处死刘不周后焦急万分，她知道刘不周这次必死无疑了，情急之下，就瞒着治乌岱，自己骑了匹快马偷偷直奔战场而来，她想在弥加尔和布度格恩动手之前将刘不周放了。

可等她赶到的时候，刘不周已经被逼上了断崖。

此时的奥琪布跑得浑身香汗淋漓、气喘吁吁，她来到当场，焦急地对刘不周喊道：“我父王已暗中命令他们将你处死了，他们是绝不会放过你的！”

刘不周见是奥琪布，心里又是高兴又是担心，他转回头看了眼卫青，就见卫青此时已经快爬到黄水对岸了。

对岸的卫子夫用尽了全身的力气，扯着嗓子高声向这边喊着：“伊鲁巴哥哥，快过来，不然来不及了！”因为断崖下黄水的浪涛之声震耳欲聋，卫子夫的声音冲破了滔滔的隆隆水声，只能隐约地传到刘不周这边。

可当刘不周再转回头看弥加尔他们的时候，所有的匈奴兵已全部箭在弦上，并齐齐地指向了他，只要弥加尔命令一下必然万箭齐发，他瞬间就会被射成筛子。

这是怎样的生死关头，此情此景下，刘不周忽然脑海中有种似曾相识的感觉，也是这样的崖边，也是身处重围，也是这样命悬一线，好像自己曾经历过似的，但又似乎什么都记不起来了，难道自己真的曾有过这样的危险境遇吗？

想到这些，刘不周就莫名其妙地开始头疼，他痛苦地抱着头整个人昏昏沉沉的不能自已，陷入了一种莫名的追忆和痛苦不得解的迷茫状态里。

“伊鲁巴，你在干什么？他们就要射死你了！”此时，奥琪布撕心裂肺的喊声终于将刘不周从杂乱无章的思绪中揪了回来。

刘不周双眼迷茫，看了看身后即将爬到对岸的卫青，又看了看眼前剑拔弩张的匈奴骑兵，他紧咬着牙关，把心一横“唰”地抽出了马刀，一转身“咔”的一刀将连接两岸的那根绳索砍断。

此时绳索上卫青的位置已经非常接近对岸了，绳索一断，他整个人被绳索的惯性带着撞到了对岸的岩壁上，不过因为距离对岸极近，他并没受伤，只是挂在岩壁上着急地向刘不周这边不停地大喊着。

在这样命在旦夕的境况下，这是刘不周唯一能为卫青和卫子夫做的了，如果他刘不周被射死了，悬在黄水上面的卫青就必然成为下一个攻击的目标，匈奴人无论用箭射，或者也通过绳索爬过去，那么卫氏兄妹俩谁也别想活了。

不过刘不周也深知这一刀彻底断送了他逃出生天的唯一退路。

做完这件事，刘不周反而心里踏实了许多，他毅然地转过身手握着马刀，眼神冷冷地盯着前面几百个瞄准了自己的匈奴人，对于从小就命运多舛的刘不周来说，面对死亡似乎早已成了他的家常便饭，这次为了自己心中惦念的人儿、为了朋友再跟死神亲密接触一次又有何妨？

此刻，刘不周的眼角余光看到了林子边上焦急不已的奥琪布，他不由自主地转头看向了奥琪布，那眼神里充满了不舍、愧疚、眷恋和数不清的复杂含义。

对面的弥加尔嘴角现出一丝冷笑，他缓缓地向一众匈奴士兵举起了右手，只要他手一放，千百支羽箭就会全部射向刘不周。

就在这紧要的时刻，林子边上的奥琪布突然不顾一切地向刘不周这边冲了过去，她要挡在刘不周的身前阻止匈奴骑兵的弓箭，她一边冲一边对弥加尔喊道："弥加尔，你不要下令放箭，我有话说！"

而奥琪布的这个举动，让刘不周和弥加尔不约而同地大惊失色，因为奥琪布并不知道，他们两边之间的这片空地上布满了竖满尖刺的陷阱，她只要随便踩到任何一个掉进去就必死无疑。

就在奥琪布即将跑到刘不周身前的时候，刘不周隐约看到奥琪布前面的地面上隐藏在浮土下面的油布被风吹得飘忽了一下，那显然是一个陷阱，而奥琪布的一只脚马上就要踏到这个伪装的极深的陷阱上面。

情急之下，刘不周大喊了一声："别过来！"就不顾一切地向前冲了出去，就在奥琪布的脚即将踏到陷阱上的一瞬间，他奋力一把将奥琪布狠狠地推了出去。

奥琪布被刘不周这力道极重的一推，人就跌落在了陷坑区之外，在安全地倒在了平地上的同时，她惊恐不已地转头望向刘不周。

此时的刘不周却把自己彻彻底底地暴露在匈奴骑兵几百支箭的射程之内，弥加尔瞅准时机，右手狠狠地落下，得到主帅将令的匈奴士兵手中的弓箭纷纷射出。

黄水对面的卫子夫见到此景哀号了一声："伊鲁巴哥哥！"

虽然刘不周急速后退到断崖边上，并用马刀拨打着箭矢，怎奈飞来的箭矢太多，他仍是身中数箭。

奥琪布真不敢相信自己的眼睛，她一声嘶喊：“伊鲁巴！”自己已经是泪如雨下。

就在这时，刘不周一个没注意，胸口处中了一箭，一阵钻心的灼痛感让他站立不稳，他背对着波涛汹涌的黄水，站在断崖上一声惨叫，在奥琪布和卫子夫眼睁睁注视之下，双眼一闭，整个人向后一仰，就直直地跌进了惊涛翻滚的黄水之中。

就在他落水后的一瞬间，马上就被咆哮起伏的浪花裹挟进了水中，和千万年沉积在黄水中的泥沙一起被冲向了下游，从此生死不明……

三年后……

初秋，汉帝国北方边境云中郡原阳县。

这个季节正是庄稼收获的季节，田地里的粟米全熟了，那漫山遍野的、被饱满的果实压得纷纷垂下头去的粟米穗子上面绽放出红的、白的、黄的缤纷的颜色。

一眼望去，犹如被粟米汇集成的五彩海洋一样烟波浩渺、蔚为壮观，那沉沉的穗子被风吹着东摇摇西晃晃，煞是好看。

这是农耕民族一年中最开怀的日子，丰收了，那些成熟的粟米就是他们的劳动果实，在地里收割劳作了一上午的百姓们三三两两地陆续返回家中准备睡个舒服的午觉，为下午更为繁重的劳作恢复下体能。

一个年轻的乡民把锄头丢落在了田头道边上，他担心丢了，和结伴回家的几个同村打了声招呼就跑回去拿锄头。

等他来到田头上，锄头还好好地躺在地上，他拿起锄头拍拍上面附着的土块，正要转身回家。

无意中年轻乡民的眼睛瞟见出村的那条路的尽头好像隐隐地翻起高高的烟尘，不时伴随着有嘈杂的声响，他好奇地伸着脖子想看个仔细。

只见烟尘里逐渐浮现出一些身影，身影移动的速度很快，没一会儿就穿过了烟雾。

那个年轻乡民看得越来越清楚，是马，急驰中的马，很多的马，马上都坐着人，扯地连天的黑压压一片，距离乡民越来越近……

狼群

四十七　代天北巡

被汉地乡民看到的那黑压压一片的人马越来越近，他已经逐渐辨认出这些人的特征，他们大多几乎光头，有的头部两侧留着两三绺细长的发辫，有的只在脑顶上留有一撮发髻，往脸上看，这些人面部轮廓的棱角略比汉地人分明，有些高鼻且眼窝微微深陷，有些则宽脸鼻子扁平，他们身上都穿着翻毛束身的皮质外甲，背着长弓，马上悬着箭筒。

“是……是匈奴贼！”年轻乡民大惊失色，转身就往家的方向没命地跑，一边跑一边不停地大声喊着：“匈奴贼来啦！匈奴贼来啦！”

突然，背后射来一支箭，“扑”的一声正中他的后心，这个年轻乡民直接应声倒地而亡。

村里的人也听到这个消息，瞬间就炸了窝，男女老少顾不上自己院里晒的粟米，纷纷逃命。

来的这些人正是一队凶神恶煞般的匈奴骑兵，他们的马根本都不停，直接冲进村子，见人就用马刀砍杀，整个村子一片哭喊之声，他们把没跑掉的青年男女捆起来拴成串，又让跟着一起来的奴隶将全村的粟米都装车连同逮到的男女村民一起运回草原，然后把村子放一把火烧了，就马不停蹄地杀向下一个村子……

汉帝国都城长安。

巍峨的未央宫内一片肃杀之气。

汉景帝刘启坐在龙椅上，眉头紧锁得都能拧出水来，旁边太子刘彻低着头站在父皇身边，屏气凝神，细细地听着。

品阶台下，大臣们跪了一片，卫将军公孙贺正在向景帝奏陈：“陛下，这已经是今年入秋以来，微臣收到的第五道关于匈奴人侵犯我边境的奏报了。”

大将军窦婴跪奏道："陛下，据可靠消息，今年春夏匈奴人所占据的漠南漠北草原干旱，整整一年滴雨未下，牛羊饿死无数，匈奴右贤王治乌岱为了能挺过即将到来的冬天，集结了五万匈奴铁骑，分别侵入我朔方、云中、北地、上郡等几个郡，抢掠粮食、掳走百姓，很多边镇百姓连过冬的粮食都没有了。"

公孙贺接话道："我戍边将士与匈奴人展开激战数十次，暂时将犯边的匈奴人击退，但汉军的伤亡也不小！"

景帝点了点头，若有焦虑的神情，他环顾下大殿左右后问道："针对边镇现在的状况，众卿有何良策？"

公孙贺跪奏道："臣以为应该委派一位钦差特使，调集粮食、酒肉、银两，前往北境五郡放粮安抚百姓，犒赏有功将士，抚恤阵亡将士家属，以安我边镇军民之心哪！"

"此事势在必行，朕准了。"汉景帝立即准奏。

窦婴紧跟着奏道："陛下，此次边患影响颇大，一般臣工担纲特使恐无法体现我皇爱民如子、爱兵如子的仁德之心，臣奏请，委派太子殿下为特使，以父之名北巡边镇，我边镇百姓军民必将涕泪感念我皇的隆恩！"

殿中众臣闻听立刻一阵嘈杂的议论之声。

太子刘彻在旁边一听，心里不由得一阵欢喜，他暗中寻思，虽然这窦婴是祖母窦太后的人，平常总是跟母后过不去，不过这回倒是做了件于我有利的好事。

没等景帝表态，盖侯王信赶忙出班奏陈道："陛下不可。"然后他语气冰冷地手指着窦婴对景帝道，"大将军此言何意？明知道边镇祸乱尚未平息，太子乃国之储君，倘若去了有什么闪失，岂不悔莫大焉？"

窦婴毫不客气地将王信的话顶了回去："侯爷，太子代天北巡，本就是一国储君分内之事，我边镇军民得见太子真容，心必大安呀，况且本大将军可派精锐禁卫军随行保护太子，沿路各郡皆有大军予以保卫，何闪失之有？”

“陛下……”

王信还要申辩，被景帝打断了：“好了好了，你们不要吵了，此事还是问问太子自己的想法吧！”然后景帝转头向刘彻问道，“太子，大将军荐你代天北巡，你是何想法？”

刘彻马上退至品阶下，跪地奏陈道：“儿臣愿为父皇分忧！”

景帝沉思了片刻，抬头道：“好，难得太子一片忠孝之心，朕准奏！”

椒房殿里。

王皇后气得一拍桌案，对着在旁边垂手侍立的公孙贺道：“这天杀的窦婴安的什么心？让太子北巡，那里现在匈奴人还时常出没，这不是把我儿往火坑里推吗？陛下也是糊涂了，本宫多次劝他改主意，他铁了心了就是不听，还说什么让太子好好历练历练，这要是旁人的主意也就罢了，可他窦婴的推荐，谁知道他又有什么阴谋来坑害我们母子！”

公孙贺道：“事已至此，皇后娘娘就不要动怒了，臣自请跟随太子北巡，时刻不离太子左右，确保殿下的安全，请娘娘放心就是！”

王皇后叹了口气道：“也只好劳烦公孙将军费心了。”

“微臣必当竭尽全力。”公孙贺回道。

王皇后低头想了想，似乎想起什么重要的事情来，她叮嘱公孙贺道：“还有那随行的三千禁卫军一定要你亲自挑选，你明白本宫的意思！”

公孙贺心领神会，叩首道：“臣明白，若是让窦婴挑选谁知道他又会埋了多少隐患在里面！”

长安城外。

太子的北巡仪仗浩浩荡荡地出发了，太子出行可是大事，整个出行的队伍足有五千之众，前面是仪仗旗手，后面是公孙贺率领的三千精锐禁卫军，太子的辇车被保护在中间，队伍的最后面是要赏赐给边镇军民的粮食、酒肉等辎重车辆。

刘彻坐在辇车上，妹妹南宫公主坐在他的旁边，她兴奋地扯着刘彻的胳膊，撒娇似的道："哥，还是你疼我，此次你北巡，知道妹妹在宫中待得烦闷，奏请父皇让我跟你随行！"

刘彻瞥了她一眼，愠怒地撤回被南宫扯着的手臂，故作镇静地道："这么多双眼睛都看着呢，你说你，都贵为公主了，怎么还这么不讲礼数的！"

南宫嘟着嘴嘟囔道："那怎么了，在宫里这种礼数就够烦人的了，这都出来了玩了，还讲那些恼人的东西多扫兴啊！"

"出来玩？"刘彻正色地对南宫道，"我可告诉你，这次出来可不是来玩的，我每天跟着父皇临朝参政监国，对于民间的真实情况听的看的都是那些大臣们的奏折，那怎么成？哥哥这次北巡，不仅要代天抚民，还要深入体察民情。"

南宫不耐烦地小声说道："这有什么好玩的？"

刘彻眼望着北方，目光坚定地说道："尤其是自我大汉建国以来，始终遭受北方匈奴人的侵扰，这回哥哥倒要好好看看他匈奴人有何强悍，敢冒犯我大汉天威！你可是公主，我太子的亲妹妹，在外面要拿出皇室宗亲的威仪来，明白吗？"

南宫公主一听刘彻又说这些她不感兴趣的，就了无情趣地打着哈欠道："行，行，你们整天就是这些什么治国啊、富民啊、匈奴啊什么的，简直无聊死了。"南宫说到这，一脸阴险的对刘彻说道，"我看哥哥是要躲开两位嫂嫂的纠缠吧！"

刘彻听到这儿马上神情黯淡了许多，他哀叹着说道："唉，皇祖母给我娶了个娇纵任性的陈阿娇还不够，母后也不放过我，将母后的侄外甥女李莫熏也许配给了我做侧妃，这哪里是太子婚娶呀，简直就是在我这里又开辟了一个新战场，简直苦煞哥哥了！”

四十八　执着

汉太子北巡的消息很快就传到了漠南草原上，匈奴右贤王治乌岱闻讯立即金帐议事，全部右贤王庭的贵族、将军、大臣们悉数到齐。

治乌岱一口喝光了一碗奶酒，他抹了抹嘴对众人道：“听说一匹不经世事的儿马子从长安远道而来了，大家说说，我们是该用纯美的奶酒款待客人呢，还是把他像喜鹊一样关在笼子里让他整日为我们唱歌呢？”

椑将军那罗懒洋洋地坐在那说道：“我看他就是只不吉利的乌鸦，我可不想听他叽叽歪歪的聒噪！”

如今已官拜为当户将军的弥加尔冷冷地看着那罗说道：“那罗大人，此言差矣，我怎么看着这匹儿马子浑身闪满了金光，他的赎金恐怕足可以填满整个燕然山谷呢！”

治乌岱对弥加尔的看法很感兴趣，就问道：“弥加尔，把你的想法说出来？”

弥加尔谦卑地对治乌岱说道：“大王，今年草原上大旱，咱们该怎样度过这个冬天都成了问题，那汉太子是上天恩赐给我们最好的礼物，抓了他，那汉家的皇帝老儿岂不是我们要什么，他就得给什么啊！”

众匈奴贵族一听弥加尔这么说，顿时兴奋起来，七嘴八舌地呼号起来……

“对对，让那小子给我们放马……”

“不不，还是挤羊奶吧……”

“他恐怕跟羊圈里走路都颤悠的羊羔子一样弱不经风呢吧，哈哈哈……”

……

治乌岱止住了众人的议论，不无赞许地对弥加尔说道：“我的孩子，你的见解总是像翱翔的雄鹰一样视野远大，本王就将这个任务交给你，带着你的勇士们去把汉太子抓回来，本王将用镶着宝石的金碗盛满最好的奶酒给你们接风！”

“是，谨遵大王之命。”弥加尔向治乌岱施礼后带着布度格恩就出去准备了。

弥加尔刚走出金帐，就见到远处王庭大营的门口风尘仆仆地进来一人一马，几个侍从模样的人跪在地上正在向马上那人央告着什么。

弥加尔仔细一看，发现骑在马上的正是公主奥琪布。

三年过去了，如今的奥琪布出落得更加的明艳动人，增添了几分成熟之美，只不过眉宇间多了些许憔悴和凝重。

只见跪在地上的其中一个侍从哭丧着脸对奥琪布道：“三年来公主已经找遍了我们漠南草原的山山水水，甚至连一处土沟都不放过，都没有寻到那伊鲁巴的影子，您看您都已经累瘦了，再这样下去，公主的身体怎么受得了，万一公主的身体有恙，大王一定不会饶过我们的！”

另一个侍从也说道：“既然能找的地方都已经找遍了，那肯定是伊鲁巴已经不在人世了，公主就不要再执着下去了吧？”

“住口！”奥琪布气愤地喝止住侍从，然后坚定地道，“伊鲁巴是豹子养大的山林之子、大地之子，他怎么会就这么轻易地死了？天下那么大，他可能已经不在我们的漠南草原了，也可能藏在大单于王庭，或者流落到了汉地，只要没见到他的尸体，我就绝不相信他死了！”

此时，弥加尔和布度格恩刚好走到奥琪布的身边，二人赶忙向奥琪布施礼道：“见过公主。”奥琪布一见是弥加尔，脸色变得更加不好看，她根本不去搭理弥加尔，嘴里冷冷地“哼”了一声，就面无表情地一转马头，径直催马向自己的宫帐而去。

等奥琪布过去了，布度格恩转头问弥加尔：“当户大人，公主还在记恨你呢？”

弥加尔深深地叹了口气道：“谁说不是啊，自从三年前在黄水边上我下令放箭射杀了伊鲁巴之后，公主她就恨上我了，从此再没跟我说过一句话。”

“那你和公主的婚事……”布度格恩又问。

弥加尔表情失落地回道：“还婚事呢，大王多次向公主提起此事，怎奈公主她以死反抗，就是不从啊。”

“当户大人出身王室贵族，如今又备受大王的器重，真不明白公主她是怎么想的，怎么会喜欢上一个被畜生养大的贱奴，况且这贱奴已经死了三年了，可公主她就是不信。”布度格恩一脸愤愤不平地道。

“你还不了解公主的脾气？她从小就是这样，倔强起来八头牛都拉不回来。”弥加尔叹道。

布度格恩沉思了片刻笑着道：“不过这次当户大人若是抓了那汉太子，可以说是立了大功一件，到时候大人可以向大王讨赏，将公主许配给大人，说不定那时公主也就回心转意了呢！”

弥加尔无奈地望着奥琪布宫帐的方向，一阵惆怅，悠悠地道：“但愿吧。”

深夜，汉帝国都城长安某未知的所在。

一个披头散发看不清相貌的年轻后生从昏迷中醒来，他睁开眼的第一件事就是迫不及待地到处寻找着什么，却最终极度失落地跌坐在了地上，他带着哭腔哭号着：“在哪呀？到底在哪呀？”

这时，一个年迈苍苍的老者出现在了后生的眼前，他满眼怜爱地抱住后生说道：“儿啊，你这是怎么了？”

“父亲？你是我的父亲？”后生见到老者的第一眼甚为惊诧，继而紧紧抓住老者胳膊急切地问道：“父亲，您快告诉我，我的仙境哪去了？哪去了呀？”

老者甚为不解地回道：“仙境？是什么地方？”

后生一脸向往和无比幸福地回道：“孩儿就是从仙境来的，那里面漫山遍野百花齐放、香飘万里、小桥流水、亭台香榭错落有致，美不胜收！还有……还有享用不尽的琼浆美食！”

老者不解地问道：“孩子，你……你在说什么啊？”

后生根本不搭理老者的问话，他微闭着双眼，一脸痴迷和意犹未尽的陶醉状说道：“最让人流连忘返的就是婕妤姑娘，她美若天仙、娇艳欲滴，尤其是她那如温玉的左手始终握成个拳头从未张开过，犹如含苞待放的花蕾一般，孩儿每天看着她，如同神仙般的生活啊！父亲，你知道吗，这……这些都是属于孩儿的！”

“孩子，这一切都不是真的……都是你的幻觉，你……你被迷惑了啊……”老者惊恐地摇晃着后生劝道。

突然，后生的脸色瞬间变得躁动且惶恐起来，他用力撕扯着头发哀叹道：“谁知……孩儿在仙境中却突然昏了过去，等醒来后就到了这里，这是哪啊？我要回仙境，我要去找我的婕妤姑娘！”

“儿啊，你……你这是中了蛊了！”老者抱住浑身颤抖、行为乖张的儿子一边想搀起他一边说道，“快……快跟为父回去吧！”

谁知那后生竟然无情地一把将老者推开，并且丧心病狂地吼道：“你……你走开，我要回我的仙境去！”

老者被后生推了个趔趄，但他仍不肯放弃后生，用颤颤巍巍的双手又一次拉住后生的衣袖向后扯着，哭着道：“儿啊，你……你真的走火入魔了啊，再这样下去你会死无葬身之地的，快随为父走吧！”

“你给我走开！”那后生显然已经完全丧失了理性，他毫不留情地狠命一甩袖子，那老者被他甩得“腾腾腾腾”跌出了好几步，脑袋“砰”的一声重重地撞到了墙上，当时就脑浆迸裂撞死了，尸体瘫软地顺着墙面滑倒在了地上。

“父亲？！”后生见老者撞死了，不禁大吃一惊，眼中顿时盈出了泪水，心中懊悔不已，正要奔到老者的尸体前去查看。

这时身后忽然传来几声鼓掌的声音，一个宏亮的声音响起：“好你个江傲齐，杀害亲生父亲，你可知罪吗？”

四十九　狼群

随着这句话，从屏风后面一前一后地走出了两个人来，为首的正是淮南王刘霖萧，身后跟着的是得力手下张次公。

只见刘霖萧一脸冷峻地对后生道：“江傲齐，你谋害亲生父亲，按照大汉律法，这可是要凌迟处死的呀！”

原来那个后生正是三年前刘不周在汉匈交战前线救下的曾送过他半部《孙子兵法》的大男孩江傲齐，当日刘不周冒死放走了他后就从此音信全无、下落不明，不知为何却落到了淮南王刘霖萧的手里。

此刻，江傲齐怯生生地向后退了几步，惊恐地问道：“你……你们是谁？”

张次公傲慢地对后生说道：“这位正是当今窦太后的养子——淮南王刘霖萧，还不赶快给千岁见礼？”

江傲齐一听，吓得“咕咚”一声就跪倒在地上怯怯地道：“千……千岁，草民弑父罪在不赦，草民知罪了！”

刘霖萧仰天大笑道：“哈哈，你要是这样的方式死了还怎么回到仙境去呢？你还要不要见你的婕妤姑娘呢？”

“千岁，这……”江傲齐惊愕地看着刘霖萧道。

“实话告诉你吧，这个仙境就是本王所建的，只要你愿为本王效力，本王可以不将你弑父的事情公诸于世。”刘霖萧语气明显缓和了不少，他接着说道，“不仅如此，本王还答应你，你为本王每完成一件事，婕妤姑娘就会与你相见一次，倘若你为本王而死了，你还可以与婕妤姑娘共赴仙境，从此双宿双飞呢！”

江傲齐一听欣喜若狂，真就如同走火入了魔似的拼命地给刘霖萧磕头哭道：“只要能让草民见到婕妤姑娘，死后重回仙境，草民愿意，草民永远效忠千岁！”

“好，你先退下，来日有你为本王建功立业的机会。”刘霖萧说完，转头对张次公使了个眼色，张次公意会，马上叫来两个侍卫把江傲齐带走了。

等到江傲齐被带走后，张次公对刘霖萧说道：“千岁亲手打造的极致仙境虽然神妙，能让如此多的能人异士为了重回仙境而誓死效忠千岁，成了千岁信手拈来的死士，只不过那个江傲齐年纪轻轻的值得千岁如此费尽心机吗？”

刘霖萧志得意满地回道：“张先生有所不知，这个江傲齐年纪虽轻，却深通兵法，智谋过人，才堪大用，日后必有用武之地。”

这时，有亲信进来向刘霖萧禀道：“启禀千岁，赵王刘彭祖的特使已经等候多时了。”

“哎呀，本王险些忘记了，快，请特使到密室中等本王，本王随后就到。”刘霖萧一拍脑门，赶忙起身整理衣冠，带着张次公向密室而去。

傍晚，朔方城。

夜幕将近，因为太子刘彻的莅临，而让朔方城这个汉帝国北方边境的小城难得的喧嚣热闹了一整天，临近傍晚才终于安静了下来，街上人烟也越来越少了。

此时，几个汉朝普通百姓打扮的人从一个街角拐了过来，他们七拐八拐地钻进了一家名叫“太乐酒舍”的后门。

酒舍的后院非常宽大，他们走进了最里面的一间房子，这是一所极为普通的汉地民房，窗户上蒙着白色半透明的薄纱，房间里一张摆满各式菜肴的桌子后面坐着一个汉地富家公子装束的男子，不同的是他头上没戴着汉式的软包巾，取而代之的则是标准的匈奴人的几绺发辫。

那几个人进了屋，将房门关好，齐齐地向屋里的男子施礼，为首的那人谦卑地道：“拜见当户大人。”

原来屋里的男子正是匈奴的当户将军弥加尔，他向那人一摆手说道：“布度格恩，快坐下。”

而那几个汉朝普通百姓打扮的人就是弥加尔派出来刺探太子动向的匈奴奸细。

看来这个太乐酒舍应该就是匈奴人安插在汉地的一个地下情报站。

布度格恩一屁股坐在了弥加尔的身边，一把抓下了戴在头上的汉式软包巾撇在一边，笑道：“这玩意带着真难受，还是头上清清爽爽的舒服，哈哈哈！”

弥加尔也笑了，他拍着布度格恩的肩头问道：“那头儿马子情况如何？”

布度格恩撕下一只鸡腿狼吞虎咽地吃了几口后说道：“汉太子的护卫非常严密，就算是只鹞子也很难飞进去，如果我们硬抢，我们的一把马刀就要对上汉军几十杆长戈的抵抗。”

弥加尔一脸不屑地道：“我们是伟大的燕然山母亲用羊奶和风沙喂养大的草原勇士，还会怕他羸弱的汉军手里像麻杆一样不堪一击的长戈吗？”

“但是汉军人数众多，骏马再快也有疲惫的时候，马刀再锋利也会卷了刃啊。”布度格恩坚持着自己的观点道。

弥加尔感觉布度格恩说的也有理，低头陷入了沉思。

布度格恩见弥加尔没说话，就再次开口说道："大人是否还记得草原上的灰狼是如何猎杀黄羊的？"

弥加尔回道："当然记得，狼群在狩猎的时候会驱赶着黄羊一直没命地跑，可能会一口气追上十几里。它们会和黄羊群有一定距离的在后面不紧不慢地追，让自己尽量保持最佳的体力，却让黄羊群没命地在前面狂跑，等到黄羊群跑累了，就会有羊羔子掉队，那时候狼群才会突然发起攻击，只捕杀落单的黄羊羔子，成功率极高！"

弥加尔说到这，忽然停住了嘴，他若有所思地盯着布度格恩道："你的意思是他们的护卫总会有疏漏的时候，我们就一直紧紧尾随着，等到他们出现疲敝之时就发起突袭，汉太子必定唾手可得！"

布度格恩笑着回道："正是如此！"

"好主意，就这么定。"弥加尔双眼炯炯有神，双手拍案下达了命令，"我命令！你们分批次尾随跟踪汉太子的仪仗，一队跟踪，其他队在后面骑马跟随，吃肉干、喝马奶，保持好体力，就是不许下马，每隔两个时辰换一队继续跟踪。"

"遵命！"众人纷纷领命。

弥加尔接着把声音拔高了一截说道："得手之后，我们全体从莫纳森林向北撤退，只要翻过扯喇尔川，我安排了二百名草原骑士在那里接应我们的凯旋。"

然后他举起一碗酒向着在座众人不无豪气地朗声道："喝着达育沃尔河水长大的我的英勇的草原勇士们，上天的无边气力已经在你们身上滋长，把那个生下来只会在女人怀里哭泣的黄毛小子汉太子刘彻抓到我的马前，让我看到他像待宰的山鹿一样发抖吧！"

一众匈奴武士呼号着纷纷举起酒碗，一干而尽。

正在此时，一道黑影快速地从窗前掠过。

警觉的弥加尔眼角余光正好瞥见了门口那道黑影，他马上警觉地厉声断喝道："谁？"

不等弥加尔起身，布度格恩就已经手提马刀飞身越过长桌来到门口一脚踹开了房门冲了出去。

弥加尔随后也跟了出来，两个人上下左右地将整个院子和房上都看了个遍，却发现早已空无一人了……

五十　这个真没有

自从北巡以来，刘彻一直很不高兴，说是体察民情，然而各郡的地方官对于他的到来却好似如临大敌一般，生怕他出什么差错，他们层层把守，把他和妹妹南宫公主围在铜墙铁壁之内。

这帮官吏美其名曰是保护太子安全，可是刘彻却一点自由的空间都没有了，尤其是王皇后派来的公孙贺，就像一贴膏药似的紧跟刘彻左右，更为讨厌，这也不让他做，那也不让他干。

刘彻在房间里向妹妹南宫公主抱怨着："我能看到的民情全是官员们想让我看到的，真正的边镇百姓的真实生活究竟如何我根本看不到，这……这叫什么安抚百姓？"

"嗯嗯，哥哥说的这些我也听不懂，但是呢，整天被憋屈得一点自由都没有妹妹是深有体会的。"南宫公主连连点头赞同，突然凑到刘彻耳边小声对他道，"哥哥，要不咱们来个微服私访如何？"

"微服私访？"刘彻一愣，转念一想立刻兴奋道，"好啊，甩开这帮恼人的家伙，咱们便服出行，深入民间岂不快活！"

刘彻刚兴奋了一下就忽然又郁闷起来，焦躁地在屋里踱着步说道："只是……行宫内外重兵把守，谁不认识我啊，怎么会随便放我出去呢？"

南宫公主看哥哥这样为难，胸有成竹地说道："哥，这事你就交给我吧，保证咱们出得去！”说着她将贴身伺候太子和公主的几个小宦官叫了进来……

天光刚见亮，公孙贺就起身出去和朔方太守商议安排布防的事情去了。

这时行宫里有九个宦官骑着马向后门走来，临近门口，被守卫后门的士兵拦住：“站住，干什么的？”

只见最前面的一个面容秀气的年轻宦官从怀里掏出腰牌冲着卫兵妖里妖气地喊道：“奉太子之命，急召公孙贺大人，有重要军情商议，任何人不得阻挡，违者格杀勿论！”

那几个守门的卫兵一听，这是人家高层之间的机密大事，而眼前这帮人又是太子身边贴身宦官的打扮，哪里敢阻拦，全都让开了。

九个宦官也不停留，催马穿过后门，一路向北飞驰而去。

到了没人之处，他们勒住了马，几个人七手八脚地脱掉宦官的外衣，露出里面普通汉朝年轻人的服饰，原来他们竟然是太子刘彻和妹妹南宫公主以及贴身的七个侍卫。

刘彻顺手将宦官的衣服扔在路边的林子里，笑着对南宫公主说道：“妹妹，还别说，刚才你这声音，还真像个宦官，阴气十足，哈哈哈哈。”

“哥，你好讨厌。”南宫公主假装生气地拿手里的马鞭，照着刘彻的马屁股就是一鞭，那马被打得上了劲，撒开了花似的就驮着刘彻奔了出去，刘彻一把没拉住缰绳，差点从马上摔下去，他赶紧顺好缰绳才将将坐稳，逗得南宫公主在后面哈哈大笑，几人也在后面也跟了上去。

朔方城的集市上。

这一片闹市区人来人往、喧嚣热闹，买的、卖的比比皆是。

刘彻和南宫他们牵着马，东瞧瞧、西看看，看什么都新鲜，哪都看不够。

也难怪，他们从小长在深宫之中，这些民间热闹的市井欢乐和悠闲的普通人生活他们哪里感受到过，这回可真是过了瘾了。

到了中午，他们已经出了朔方城，到了一处叫作雁南镇的小镇上，南宫揽着刘彻的胳膊有气无力地央告着：“哥，我饿了，咱们去找个酒舍吃饭吧！”

刘彻此时也觉得肚中有些饥饿，看到斜对面有一家名为“天下羹”的酒舍高挑着幌子，几个人就进了酒舍，一看大堂里面装潢还算讲究，可就是一桌客人也没有。

刘彻哪里知道，当时汉帝国的普通百姓一天只能吃到两餐，早一顿，晚一顿。只有那些贵族、官员家里才有能力和资格一天吃三四顿饭。

所以中午很少有人去酒舍里吃饭，这家酒舍平常中午就极少有人来，百无聊赖的酒保一看，进来了几个衣着不俗的年轻人，马上笑逐颜开地把他们让进来，找了个好位置，安排他们坐下。

刘彻他们刚进来，门口又来了一拨客人，酒保赶紧忙不迭地在门口迎接他们，这心里还寻思呢：今儿这是摊上什么好日子了，一拨接一拨地来客人！

后面进来的是一个长相显得过分老成、一脸蜡黄、病恹恹的年轻公子和一个侍从打扮的年轻人，这侍从的外貌颇有些西域人高鼻深目的样子，二人就坐在了刘彻这桌的对面。

酒保先给刘彻他们这桌献上菜谱，刘彻一看就傻了眼，菜谱上的菜他们几乎都没见过，这也难怪，天天在深宫中哪里知道民间吃什么？

“酒保，给我们上一盘牛脯。”其实南宫也看不懂，不过她装作煞有介事地对酒保说道。

酒保一听，脸色为难地道：“没有！”

南宫又说道：“那就来一盘豚肩吧。”

“没有。”酒保道。

刘彻接过妹妹的话问酒保：“炙烤羊背你们总有吧？”

酒保苦着脸回应道："还是没有。"

南宫俏脸一变，愠怒道："莫非我们来错了地方不成？这是误进了蜡烛店了吗？怎么什么菜都没有啊？"

酒保一见南宫生气，赶紧赔笑道："看几位公子小姐气度不凡，定是从大地方来的远方贵客，小人不敢有任何隐瞒，要是本店有，何必偏偏不奉上呢，别说您几位刚说的几样菜没有，就是狗肉、鸡肉我们这里都没有！"

南宫闻言瞪大了眼睛问酒保道："那你们这里有什么啊？"

酒保如实说道："我们这地方地处边境，时常有战事发生，比不了大地方那般富庶，小店只出售黄酒、时令素菜、麦饭，还有一些肉干，就算是肉菜了。"

刚才刘彻他们点菜之时，坐在对面的那个一脸病容、好像眼看就要重病而死的公子，一直在那不停地咳嗽着，此时他终于止住了咳嗽，笑容可掬地对刘彻说道："这位兄台莫非是想吃肉？"

南宫还没等刘彻答话就斜着眼瞟着那个公子，心想看这蜡黄萎靡的脸色，恐怕没几天好活了吧，心里就是一阵的厌恶，嘴里不咸不淡地说道："我们想不想吃肉干你什么关联？你还是接着咳嗽吧，小心咳出肺来！"

"不得无礼！"刘彻见妹妹一上来就奚落别人，赶紧呵斥住她。

病秧子公子对南宫的奚落也不生气，继续对刘彻说道："兄台，别难为酒保了，我常在这周边几个郡往来经商，这等边镇小城很难得吃上新鲜的肉的。"

说着，病秧子公子指了指自己身边的那个侍从说道："我这个侍从自小在西域楼兰国的猎户家中长大，狩猎是把好手，正好在下也想吃肉，兄台可否稍等片刻，我让他去打上几只野味来，叫后厨做了，分给兄台一半如何？"

刘彻见这公子虽然一脸的病容、蜡黄憔悴，但说出话来却礼数有加，还透着几分北方人特有的豪爽气，很有些亲和力，就笑着拱手刚要谢过。

不承想却见南宫把俏脸一扬，不无尖酸地挖苦道：“等你那侍从打了野味回来，我们早都饿死啦！”

五十一　炸了窝

那病秧子公子却不以为然地笑道：“不会，不会，不出三杯茶的时间准回！”说着就让侍从去了。

“三杯茶的时间？倒不如说你咳嗽几声他就能回来更准确些。”南宫一刻也不停止挖苦人的伎俩，她一边把玩着自己的小辫子，一边眼神极为不屑地瞟着病秧子公子，那意思仿佛是：看你牛皮能吹到什么时候？！

果然，没到三杯茶的时间，侍从就提着四五只刚打来的野山鸡回来了，他交给酒保让炖了。

南宫这下见没讨得什么便宜，无趣地埋头吃起东西来。

没一会儿，酒保就端着炖得香喷喷的雉鸡肉出来，分作两份分别送到了刘彻和病秧子公子的桌上，刘彻见状赶忙对病公子客气道：“不知这雉鸡肉要付公子多少银两？”

那病秧子公子又是一阵咳嗽，然后上气不接下气地说道：“唉……小事一桩，打来的野味本就没有成本，走在路上遇到了就是朋友，收钱岂不成了买卖？不是豪爽人所为！”

南宫又逮着挤对人家的好借口了，马上讥笑道：“切，你自己不就是个商人吗？不谈买卖怎能称得上商人？！”

刘彻瞪了一眼南宫，然后对病秧子公子问道：“敢问这位公子高姓大名？”

病秧子公子笑着回道：“在下出身卑贱，名字不值得一提。”

刘彻见病秧子公子不愿意透露姓名，也不好意思强问，但既然吃了人家送来的肉也不能失了礼数，就拱手回道："嗯，在下黄一，这是我妹妹黄南，我们本是长安人，喜欢云游天下，正好这几日游玩到了朔方。能在这酒肆之中与兄台相识，三生有幸！"

随后两桌人就各自吃起酒饭来。

不一会儿，病秧子公子放下碗筷，站起身对刘彻道："黄公子，我等已用好了酒饭，我还有事要先行一步，希望我们还能有再见之日，今日我们共食雉鸡肉，他日一定要再饮弹冠酒。"

刘彻被病秧子公子这两句豪气冲天的话说得有些心潮澎湃，他赶忙起身相送。

病秧子公子刚到门口，突然转过身，隔着刘彻，冲着他身后的南宫扭扭捏捏地学着南宫的语气说道："这位小妹妹伶牙俐齿的，风格独特的紧呢，我们也有缘再见喽！"戏谑完了带着侍从就走了。

气得南宫在后面一直狠命地揪衣服的边角。

刘彻一边回坐一边不由得感叹地自语道："都说这北方多俊杰，今天见到这位兄台，果然是豪爽仗义之人。"

"什么多俊杰？我看他就是个病入膏肓，而且还举止轻佻之辈。"南宫没好气地道。

刘彻他们这边跟逃离了囚笼的小鸟似的微服私访说说笑笑的，殊不知朔方城的太子行宫里却已经炸了窝。

太子和公主不见了，这天都要塌了，公孙贺被搞得焦头烂额，马上传令将太子行宫封锁起来，禁止任何消息外泄。

朔方太守一听太子和公主穿着便服跑了，直接吓傻了，心想我这太守算是做到头了，这要是太子有个闪失，恐怕我这条命就交待了。

急得他赶紧下令调动人马要去寻找，却被公孙贺及时制止了："太守大人，此事绝不能大张旗鼓地去办，你是想让全天下人都知道太子殿下私自跑出去了吗？”

太守一听，觉得有理，就问公孙贺那该如何处置？

此时，有四处查询的卫兵托着一堆衣服进来禀报公孙贺：“禀报公孙大人，刚才在行宫后门西北方向的树林中发现了九件宦官穿的衣服，判断应该是殿下换下后扔在林子里的！”

“知道了，你去吧。”公孙贺屏退卫兵后对太守道，“太守大人，为今之计，咱们只有挑选精干的人组成几拨小股的搜寻队多路查找吧。”

太守马上应诺，赶紧下去安排。

公孙贺也带了五百精干的禁卫军沿着发现宦官衣服的方向一路追了下去。

过了雁南镇，刘彻几人上了通往修都城的林间小路。

四周的风景倒是别有一番滋味，中间一条羊肠小路迂回曲折，两边茂密的林子里不时有鸟儿鸣叫，也算别有一番情趣。

唯一让人有些不安的就是这条路上人迹罕至，走上半天都未必能见到一个路过的人。

南宫公主看着这里人烟稀少，不由得有些怵心，她不安地对刘彻说道：“哥哥，这里荒山野岭的，我怎么感觉心里不踏实呢，要不然咱们回去吧，这时候恐怕公孙大人已经发现咱们私自跑出来了，一定派人在四下找咱们呢。”

刘彻骑在马上却不以为然地说道：“女孩子家就是胆小怕事，我堂堂大汉太子气场如虹，就算有恶人打咱们的主意也会被哥哥的气势吓得不敢靠近的，放心吧，我会保护你的！”

南宫见刘彻取笑自己，也不好再多言。

天近傍晚，他们正走着，突然前面树林中杀出一伙人来，足有二三十人，全部骑着马，用黑纱蒙面，手里握着闪亮的长刀挡住了刘彻他们的去路。

南宫公主吓得"哇呀"了一声，几名侍卫迅速抽出佩剑将刘彻和南宫护在了中间。

其中一个领头的侍卫赶紧叫大家后撤，可回头一看，在他们身后也出现了二三十个同样装束的家伙挡住了他们的退路。

"你们是什么人？"刘彻这时心里慌了神，他壮着胆子向这伙黑衣人喊道，"意欲何为？"

黑衣人中一个首领催马出来，他鼻子里冷哼了一声道："留钱不留命，否则人财两空！"

刘彻一见，这是遇到劫道的了，他正颜厉色地质问道："光天化日之下，你们敢拦路抢劫，就不怕王法治你们的罪吗？"

匪首根本不正面回答刘彻的质问，只淡淡地道："呵呵，小子别废话了，大爷们没工夫跟你在这啰唆耽误时间，把钱留下，放你们走。"这语气，不仅简洁有力，还透着一股子有恃无恐。

南宫这时凑到刘彻身边低声道："哥哥，给他们吧。"

堂堂大汉太子被一群毛贼抢了，刘彻想想心里都觉得憋屈，真想拉开架势和他们拼上一把，但看现在这情形对自己很是不利，不得已只得让侍卫将他们所带的财物拿出来丢给匪首。

匪首接过来，掂了掂手里装着银两的包袱，两眼一瞪厉声道："耍笑我等呢？就这么点钱？看你们穿着不俗，不像是这样寒酸的人吧？"

南宫壮着胆子冲着匪首喊道："我们出来时匆忙了，身上所带银两有限！"

匪首这才发现了南宫，立刻哈哈大笑着对南宫说道："呦嗬，这是哪家的俊俏小娘们呀，果然姿色不俗，也罢！把这小娘们留下陪大爷我吧，也算抵了这债啦！"

"你大胆，口出污秽之语，简直无耻之极。"刘彻怎受得了别人这样羞辱自己的妹妹，心里这股火实在压不住了，怒不可遏地指着匪首大骂道。

匪首见状也收起了淫笑，正色道：“要是这样的话那我们就不要聊了。”说着转头对众劫匪呼号道，“兄弟们，给我上，男的一个不留全杀了，活擒了那个小娘们！”

我狂故我在

五十二　皇家尊严

众劫匪应了一声，催马舞刀就全都向着刘彻他们扑了上去。

刘彻这边也不甘示弱，双方混战在了一起。

他带来的这七个侍卫全是宫中一等一的高手，也都不是吃素的，为了保护太子，他们奋力地和劫匪拼杀。

刘彻也抽出佩剑砍翻了两个奔他而来的劫匪，同时保护着南宫不受伤害。

起初他们还能将将应付，但怎奈劫匪人数多于他们数倍，渐渐地就扛不住了，先后有两三名侍卫被砍落于马下，倒在血泊之中。劫匪们的包围圈越收越紧，把他们夹在了中间。

若是照这样打下去，估计没一会儿刘彻他们就得全报销了，刘彻此时真的后悔自己擅自跑出来玩什么微服私访，这下不仅把自己的命搭上，而且妹妹若是落在这帮匪徒手中被侮辱了，那他大汉皇室的脸面岂不是全给丢尽了。

南宫躲在刘彻的身后，一边躲避着劫匪袭击，一边慌乱地对刘彻说道："哥哥，咱们可能难逃此劫了！"

急迫之中刘彻骨子里那与生俱来的皇家傲气占了上风，他厉声道："就是死也绝不能辱没了我大汉皇室的颜面！"

南宫闻听，反而不慌张了，她把心一横，脸色一正道："哥哥放心，若实在逃不过去，妹妹就是自刎也不会落在他们手中的！"

到了这个地步，兄妹俩已经做好了自刎殉国的打算了。

就在这紧要的关头，从远处密林中一排弩箭飞来，直接射倒了外围的四五个劫匪，匪徒们的阵脚一下子就被扰乱了。

还没等他们转过神来，紧接着又是连续几排弩箭射来，精准地又干掉了七八个家伙，匪首一见大喊道："他们有援兵，快去看下！"

马上几个匪徒催马直奔射箭的地方就杀了过去，但是找了一圈什么也没发现，林中空无一人。

刘彻还以为是公孙贺找到他们了呢，心里立马就有了底气，他和剩下的几个侍卫趁着匪徒慌乱的这个当口，砍翻了几个匪徒，拉起妹妹催马夺路而逃。

匪首一看刘彻要跑，这哪能放走，赶紧带人在后面紧紧追赶。

刘彻一边跑一边不时回头张望，却也不见任何官军的影子，心里不由得又慌了，只得和南宫使劲地催马快跑。

南宫毕竟是个女孩，御马的技艺一般，很快就落在了刘彻的后面。

匪首一边催马追，一边抬手弯弓搭箭对着南宫就是一箭，这一箭可能是射偏了，或者他并不想射中南宫，此箭正中南宫的那匹马，那马中箭直接就翻身栽倒了，把南宫一下子甩到了地上。

刘彻一见大惊失色，赶紧拨转马头要回去救妹妹，那仅剩的两个侍卫拦住刘彻说道："殿下快跑，我们去救公主！"说着转回马头奔着倒在地上的南宫而去。

刘彻哪里放心自己跑，转头查看状况。

南宫这被摔得不轻，趴在地上半天没缓过劲来，此时匪首却已经马到近前，正要俯身掠起公主，那两名侍卫正好赶到，两个人"唰唰"两刀劈头就砍向匪首，匪首不得不暂时放弃公主，举刀抵挡，三人厮杀起来，但很快就被随后赶上的众匪徒围住，没一会儿两个侍卫就全被砍死了。

砍死了侍卫，匪首又要奔南宫而去。

突然，从斜刺里杀出了两匹马，马上坐着两人，其中一人弯腰拽住南宫的腰带一下就把她提到了马上，也不停留径直向前跑。

另外一人回头右手一挥，十几颗闪着亮光的暗器飞出，奔着匪首和身边几个劫匪就打来，速度之快就连匪首都始料未及，他只得放弃胯下马一个腾身向后翻去，落在后面几米远的地上，他的坐骑和另外几个劫匪却未能幸免，中了暗器纷纷倒地身亡。

其他匪徒被这一幕也震住了，一愣神的机会，救了公主的那人已经赶至刘彻面前，说了声："快走！"

刘彻领会，跟着他催马狂奔，三人带着南宫一溜烟地跑远了。

劫匪们正要追赶，匪首却喝止住众人，看了看远去的刘彻他们，说道："不必追，跟我走。"说着，带着众劫匪钻进了山林之中。

刘彻几人一个劲地跃马狂奔，一口气跑出去十几里路，回头望见后面没有劫匪追上来，这才逐渐放慢了速度。

此刻，刘彻这才有工夫仔细打量搭救他们兄妹的这两人，却发现正是中午分食雉鸡肉的病秧子公子和他的侍从。

刘彻见是他们，赶忙向病秧子公子一拱手叩谢道："多谢兄台搭救！"

病秧子公子摆摆手道："我等正好路过，见黄兄遇险，这才出手！"

"妹妹，还不多谢公子救你。"刘彻对还在迷迷糊糊的南宫说道。

南宫此时正坐在病秧子公子的马上，她是惊魂未定，真是后怕。刚才要不是这个病秧子救了自己，自己可能早已落到恶人手中了，心里对病秧子公子已是有了几分感激。

但她从第一次见到病秧子公子时就瞅这人不顺眼，还多次讥笑过人家，所以现在仍有点拗不过自己任性的小脾气，她很不情愿的半回头没好气地冲病秧子公子说了声："谢了啊！"

病秧子公子却不以为然，嘲笑的口吻说道："哎，你可别谢我，我并不是为了你，我是心疼那劫匪。"

"这是什么话？"南宫不解地问道。

"劫匪要是真把你绑做了压寨夫人，等洞房花烛的时候凑近了仔细一看，妈呀，还不肠子都悔青了。"然后病秧子公子模仿着南宫的语气重复刚才南宫说的那句话道，"妹妹就是自刎也不会落在他们手中，哈哈，你呀不用自刎，到时候他们一定巴不得把你礼送出山寨呢！”

“你！”南宫被病秧子公子这一番奚落气得哑口无言。

此时刘彻的心里却泛起了一阵疑惑，这病秧子公子不是个病歪歪的后生吗？怎么会有这样的身手和胆识，想想也觉得挺蹊跷，想到这他似有试探地对病秧子公子道：“真没想到兄台能有这样的身手，确实难得！”

病秧子公子似乎听出了刘彻话里的疑惑，他不慌不忙地解释道：“黄公子不必心有芥蒂，这一带地处边境，经常战事不断，匈奴人还不时地就来劫掠一番，路上很不太平，而且多盗匪和山贼，我呢在这北方边境上往来经商，没点武艺防身岂不早死多时了！”

“用不着劫匪，病入膏肓了也得死。”南宫此刻可找到反击的机会了，赶紧不失时机地奚落了句。

刘彻见他解释得合理，又被南宫从中搅和了一句，也就没再继续深问，点头称是。

虽然躲过了一劫，但是此时天色已经全部黑了下来，四处黑压压的一点亮光也没有，两旁一人多高的杂草和树丛被夜风吹得来回摇摆，沙沙作响。

虽然只是刚到晚上，可那时的人们奉行着日出而作、日落而息的生活规律，四周根本不见一个人影，夜晚的户外是非常可怕的，尤其是在这杳无人烟的荒郊野外，正是猛兽出没之时，这前不着村后不着店的，随时会有被猛兽袭击的危险。

突然半空中“呼呼啦啦”的一片黑影掠过，吓得南宫尖叫了一声，仔细观看，是一群趁着夜色出来觅食的蝙蝠铺天盖地地飞过，透着一股诡异，把周围的气氛渲染得更加阴森。黑沉沉的夜幕下，弯曲的小路上，刘彻等人不知该何去何从了……

五十三　番木鳖

病秧子公子救了被劫匪围困的刘彻和南宫，此时已是晚上，山林中处处隐藏着危险，四人不知前方的状况。

侍从在前面探路回来，对病秧子公子用手一指前面拐弯处，只说了一个字：“灯！”

病秧子公子点了点头，对刘彻道：“黄公子，前面有灯光，看来是有人家，咱们赶紧前去看下！”

刘彻应允。

南宫不解地问病秧子公子道：“你这仆从一路上只字不说，现在终于说了一个字啊！”

病秧子公子不以为然地回道：“嗯，这是他说话最多的一天。”

四人三匹马加快马力直奔亮光处而去。

跑了没一会儿，就看到前面出现了一个镇子。镇子不大，把着镇子口就有一间客栈，上面还挂着招揽客人的幌子。

病秧子公子指着客栈问刘彻道：“黄公子有何打算？”

刘彻想了想说道：“此地太过凶险，我们兄妹虽然是要回朔方城去，不过现在天色已晚，也只能先住下了，明早再做打算吧。”

病秧子公子说了声：“好！”就跳下马，其余三人也下了马，一起走进了客栈。

病秧子公子进门环顾了下整个客栈，这家店不大，上下两层，一层是大堂酒舍，二层是住宿的客房，全木质的建筑带有显著的北方风格，靠着大门里面有一个账房，一个身材不高、精瘦精瘦、年约三十的店主模样的男人站在里面。

“店家，给我们来一间宽敞一点的房间。”病秧子公子对店主道。

南宫在旁边一听不干了，她不解地问道：“男女有别，我为什么要和你们三个合住一间？”

病秧子也不理她，那店主看了一眼病秧子身后的三个人，笑着道：“公子，那咱们是如何安排？”

病秧子简洁地回答道：“就一间，赶快带我等去，跑了一天都累坏了。”

“哦……好嘞。”店主也不再多问，朝楼上喊了句，“天字三号房，有客四位！”马上有小侍跑过来，引着他们四人上楼。

刘彻也搞不懂病秧子公子这是什么意思，他忍着没多说，拉了一把南宫，也跟着一起上楼了。

客房虽然不大，但是很整洁，四人跑了一天的确很是疲惫，都巴不得赶紧吃个饭就休息，南宫气鼓鼓地站在病秧子的面前，指着客房里仅有的一张床问道：“哎，病鬼，你倒是说个明白，这是何意？”

病秧子公子此时恰巧嗓子发痒，冲着南宫就是一顿咳嗽，把南宫腻味得一个劲地躲闪。

这时一个小侍端着酒饭进来，把酒饭放在桌上，然后取出四副碗筷一边在每个碗旁边摆上一副筷子，一边恭敬地道：“四位，请用饭吧。”

“你这小侍，可是刚入行的吧？”病秧子有些嗔怪地笑着指着桌上的碗筷道，“你这摆放的好没道理呀？”

那小侍闻言脸色陡然一阵紧张，赶紧谦卑地回道：“公子息怒，小人的确是刚来不久，这场面上的规矩学得还不够，请公子不要见怪。”说着就赶紧弯下腰要重新摆放碗筷。

“好了，好了，你出去吧，我等也没这多规矩，还是填饱肚子要紧。”病秧子招手让小侍退下了。

小侍唯唯诺诺地退出去关上门走了。

刘彻好奇走过来看了看那碗筷的摆放，只见四副筷子既没有横担在饭碗的上面，也没有散乱的胡摆，而是分别整整齐齐地竖放在了每人饭碗的右侧，就有些不解地问病秧子公子道：“筷子置于食碗的右侧，竖放，上下对齐，这正符合《仪礼》中羹匙碗筷的摆放标准，在下没看出来这有何不妥呀？”

刘彻这么说是有道理的，在汉代，虽然普通百姓没那么多讲究，而在王公贵族、高门大户之中，碗筷的摆放是很有讲究的，要严格按照《仪礼》来做，通常筷子禁止放在碗的上面，而是应该齐齐地摆放在碗的右侧。

而刘彻见那个小侍所摆放的方式并无什么不妥，所以才会不解地询问病秧子公子。

病秧子一阵冷笑回道：“在这偏远的北境小镇上，一座简陋的小酒肆中竟然有一个如此深谙《仪礼》之道的小侍，黄公子就不觉得有些过于蹊跷了吗？”

经病秧子公子这么一提醒，刘彻也意识到了其中的不正常之处，他若有所悟地问道：“兄台的意思是……”

“此地有些不寻常，我等多加小心。”病秧子道。

刘彻仍有些不明就里，但还是努力地点了点头。

此时病秧子公子却转头对身后的侍从道：“把你的一身衣服脱了，和黄公子的换着穿！”

侍从闻言一点头也不问为什么，看了刘彻一眼，三下五除二就把自己的袍子脱了，羞得南宫赶紧背过脸去，侍从自己脱完了就过去要扒刘彻的衣服，刘彻使劲地捂着衣襟，狐疑道：“这……这是为何呀？”

病秧子一屁股坐下来，夹了几口菜送到嘴里，然后道：“先别问，快换吧。”

刘彻一头雾水，搞不懂这病秧子公子如此煞有介事、神秘兮兮的是何打算？

既然让换，那就先换了再说吧，于是刘彻就和侍从互换了衣服，还将自己随身佩戴的宝剑也给了侍从。

然后病秧子就招呼其余三人坐下来一起吃喝。

过了天字三号房向前的是天字八号房。

此时房门虚开了一道缝隙，一个人偷偷地用眼睛紧紧地盯着刘彻他们这边的动向，看了一会儿关上门转过身来，原来此人正是布度格恩，而客房里还有弥加尔和另外四名匈奴武士。

布度格恩对弥加尔道："当户大人，太子明早要是回了朔方城，咱们就不好下手了，我看就在今夜吧！"

弥加尔心事重重地道："非是我不想动手，只是自我们进入汉地以来，就觉得好像有人一直在跟踪我们，可又不知是何人？今晚如果动手，可不要被别人抄了后路才是。"

布度格恩想了想道："那我们兵分两路，当户大人和我带两个人去抓太子，留两个人给咱们断后，照看着后方即可。"

弥加尔低头沉思了良久，然后抬头语气肯定地做了决定："好，在山路上被那群劫匪搅了咱们的好事，咱们就今夜动手。"

病秧子公子他们的天字三号房里。

刘彻和病秧子公子四人正在用饭。

刘彻手里拿着筷子，却少有夹菜的动作，他此时心事重重的，总觉得自从微服私访以来发生的这些事都有些蹊跷，但却想不出个所以然来，也就没什么食欲，吃了几口就放下了碗筷。

南宫没心没肺的，早就饿得不行了，一点皇家公主的矜持劲儿都没有，美美地正吃着。

就在这当口，病秧子突然身体一阵摇晃，捂着头嘟囔道："哎哟……怎么突然头这么晕呀！"

这话还没说完，病秧子公子就一头栽倒在地晕过去了，他在栽倒时还不小心将桌上的油灯给碰灭了，客房里马上一片漆黑。

刘彻刚一惊奇，就觉得自己这头也是"呼"地晕起来，身边只听见

“扑通、扑通”两声，想必是南宫和那侍从也栽倒了，随后他也头一昏，一头跌到地上不省人事了。

客栈账房里。

那位店主一改刚才招呼客人时的谦和恭敬，阴冷着脸地问刚才送饭的那个小侍道：“药劲快到了吧？”

那小侍回道：“小人给他们菜里下的番木鳖不是足量的，因为担心量大味苦容易被他们察觉，估计现在也差不多了。”

“好，叫上他们几个跟我上楼，这次一定要彻底把他们全解决掉。”店主说着，提了把短剑就带着几个伙计悄悄向楼上走去。

五十四　乱夜（上）

店主和小侍等几个人手持短剑刚摸到楼梯口，店主眼尖，只见到病秧子公子他们的天字三号房门口竟然有几个黑影晃了几晃就钻进了门里。

店主一惊，赶忙紧贴着楼梯扶手把身体隐藏起来，身后几个人一见也照样做了，都屏住呼吸紧张地盯着三号房。

店主压低了声音问身后的手下：“这是谁擅自行动？”

身后小侍也是莫名其妙地回道：“小人们都在这了，没有谁单独行动啊？”

店主颇为不解地自语道：“莫非是还有其他人马？”

先于店主一伙进入病秧子公子他们客房中的正是弥加尔等人。几人摸进了客房里，却发现四下里漆黑一片，布度格恩尝试着打开火折子，客房里这才显出了一点点微弱的亮光。

“怎么都倒在了地上？”弥加尔就着那一点点火光，发现地上躺着四个人。

布度格恩哪里知道店主和小侍也在同时打着刘彻他们的主意，他也搞不清楚状况，就在地上摸索着上前去检查四人，然后小声对弥加尔道："好像是晕过去了。"

"这四人中哪个是汉太子刘彻？"弥加尔问道。

布度格恩使劲地睁着眼睛辨认，可火光亮度太有限了，根本看不清楚这四个人的脸，他无奈地回道："当户大人，视线太过模糊，分辨不清啊！"

弥加尔想了想对布度格恩道："不用看脸，这四人中哪个衣着最华贵的必是汉太子。"

布度格恩点头，他凑过去翻看了下，见那个侍从穿了一身质地华贵的衣袍，腰上还佩带着一把做工精致的名贵宝剑，这是当时汉帝国高门贵胄家公子的标准打扮。"就是他。"布度格恩有些兴奋地对弥加尔道。

弥加尔马上吩咐道："先带回房。"

布度格恩带着其余几个匈奴武士将侍从用毛毡裹成了一个筒儿就扛起来，悄悄出了门回了八号房。

楼梯口。

店主警惕地盯着病秧子公子他们的客房，见里面黑咕隆咚、鸦雀无声的，刚要再摸上去查看，突然见那几个黑影扛着一捆东西出来了，他不知道这几个黑影要往哪个方向去，惊得赶紧带着几个人悄声地退下楼梯，快速地躲回到账房的暗处观察着上面的动静。

弥加尔和布度格恩他们几个迅速扛着侍从返回了八号房。

一进屋就将毛毡卷摊开，布度格恩把侍从五花大绑捆在梁柱上。

一个匈奴武士点亮了油灯凑到侍从的脸前面，弥加尔对布度格恩道："看看，是不是汉太子？"

布度格恩借着油灯的光亮对着侍从的脸仔细看了半天，又把他的衣袍和宝剑看了个遍，犹豫地道："看打扮是有些像，但……看面貌，这……怎么像个西域人的长相了呢？"

弥加尔问道："你在跟踪时没有看清太子的相貌吗？"

布度格恩为难地回道："汉太子的仪仗太过庞大，我等只得远远地跟随，看得不是很清晰。"

"把他弄醒，问问便知。"弥加尔不耐烦地说道。

病秧子公子的天字三号房里。

刚才还躺在地上晕厥的病秧子公子此刻突然睁开了双眼，他一下坐了起来，摸着黑在屋中找了点凉水泼洒在刘彻的额头上。

没一会儿刘彻昏昏沉沉地苏醒了过来，一睁眼就见四下里黑漆漆的，一团黑影凑在他的眼前把他惊住了。他刚要说话，就被那黑影捂住了嘴，然后极低声音说道："别出声，是我，拖着你妹妹，跟我来。"

刘彻不明就里，就见病秧子匍匐着来到床下，回头向他挥了挥手，刘彻赶紧揪着躺在身边仍在昏迷不醒的南宫往病秧子那边拖，病秧子接过南宫先把她塞进了床底下，然后让刘彻也钻了进去，等两人都藏好了，他自己才钻进了床下。

床底下空间有限，病秧子公子只得半压在南宫的身上，三个人紧紧巴巴地趴在床下一声都不敢出。

他们刚藏好，就见房门被悄悄地打开了一道缝，几个黑影顺着门缝钻了进来，借着屋外微弱的月光透进来刘彻才看清楚那正是店主和几个手下。

店主几个人也是摸着黑在地上一点点胡乱摸索着，摸了半天什么也没摸到，店主说道："怎么？人呢？"

小侍回道："按理说应该都躺在地上昏厥了才对，小人这摸了半天，什么都没摸到呀？"

店主恨恨地说道："给我点亮油灯！"

几个手下赶紧摸到油灯，用火折子给点着了，房间里顿时明亮了起来，而此时店主他们几个却全都呆住了，因为在客房的门口竟然还站着几个黑影。

门口站着的那几个黑影正是再次返回天字三号房计划将刘彻他们全抓走的弥加尔和他的匈奴武士。

原来，弥加尔在他们自己的客房里让布度格恩把侍从弄醒了，他一只手掐住侍从的下巴，盯着他的脸问道：“你是汉太子刘彻？”

侍从被绑得紧紧的，眼睛瞪得溜圆看着弥加尔，却一句话也不说。

弥加尔见他不说话，又问道：“那你不是刘彻？”

侍从还是不说话。

布度格恩气坏了，上去就给了侍从几个耳光，然后怒问道：“问你话呢，没听见吗？你究竟是不是刘彻？”

侍从眨巴眨巴眼睛，还是不说话。

弥加尔他们哪里知道，这个小子一天能说上一个字都算是多的了。

弥加尔一脸阴冷，恨恨地向其余几个匈奴武士一摆手，那几个人上去对着侍从就是一顿拳打脚踢，布度格恩揪着他的头发发狠地质问道：“你到底说不说话？”

反正不管他们怎么打，那侍从始终就是一声也不吭。

布度格恩都快气疯了，他转头对弥加尔说道：“这汉太子不会是个哑巴吧？”

“胡扯！”弥加尔不屑地说道，然后他反问布度格恩，“那房中的四人中必定有一个是汉太子对不对？”

“没错，属下调查得很清楚。”布度格恩很肯定地答道。

弥加尔拔出短刀，对其余几人道：“好，那就全绑走，等回去再仔细盘查！”

就这样，弥加尔他们又蹑足潜踪地摸进了病秧子公子他们的客房，只是那店主比他们进去得早了一些，结果才导致双方在客房里不期而遇了。

弥加尔等几个人刚进了门，屋里的油灯就被店主的手下“啪”地点亮了，两拨人就这么阴差阳错地聚集在了天字三号房里。

这两拨人因为对对方毫不知情，谁也不敢冒然行动，就这么极为尴尬地站在屋子里相互盯着对方，半晌谁也没说出一句话来。

五十五　乱夜（下）

良久，还是弥加尔先打破了沉寂，他看着店主他们，不解地问布度格恩道：“他们是谁？”

布度格恩已经被客房里的古怪局面搞得稀里糊涂了，他指着店主他们对弥加尔道：“我也不清楚他们是谁？”

店主这边一听他们说话不是汉地人的语言，其中一个小侍惊恐地道：“他们……他们是匈奴贼！”

“匈奴贼？”店主满脑子疑惑地问道，“他们来做什么？”

此时，弥加尔环顾了下客房的四周，却不见了其余那三个躺着的人，转头对布度格恩道：“看来地上昏厥的那几个人是被咱们眼前这帮人给劫走了！”

布度格恩冷冷地向前走了两步，把手向前一摊，对店主厉声道：“把人交出来！”

店主气得鼻子都歪了，他怒道：“我等眼见着是你们将人扛走了，我还想管你们要人呢！”

弥加尔让过了布度格恩来到店主的眼前，怒道：“我们？我们只扛走了一个，其余的三个都没有动。”

店主一阵冷笑说道：“谁知道你们扛走了几个？今天你们不把人交出来，你们这帮匈奴贼谁也别想走了！”说着，抢上一步一把抓住弥加尔衣襟，怒道，“快说，把人藏哪了？”

弥加尔岂是能被震慑住的人，他以迅雷不及掩耳的速度猛地探出一只手一下扣住店主抓住自己衣襟的手，另一只手迅速抽出一把短刀就奔着店主的腹部扎了上去。

店主见弥加尔的动作迅捷无比，赶忙一个转身躲过弥加尔的短刀，抡起手里的短剑刺向了弥加尔，其余的人一见主将都动起手来了，一个个也不甘寂寞，全都冲上去群殴了起来。

这下三号房里就霎时间乱了起来，两拨人莫名其妙地混战到了一起，八九个人抡刀踹腿地打起群架来，本就不大的房间更加显得拥挤不堪，每个人不仅要卯着劲想干掉对方，还得同时防着身后被别人暗算，整个场面乱作了一团。

病秧子趴在床底下看着眼前这一幕，忍不住捂着嘴低声地笑个不停，他压低了声音偷偷对身边的刘彻道："黄公子，你这是得罪了多少人呀？这么多拨的人都拼了命地想干掉你？"

刘彻也是一头雾水，他一脸冤屈地苦笑道："兄台说笑了，我……我怎么会和他人结仇呢？！唉！"

刘彻此时终于明白刚才病秧子那些怪诞举动的真实原因了，他虽然整个身子被床压着，但还是非常吃力地向病秧子拱了拱手说道："兄台你不仅武艺高强，而且还明察秋毫、足智多谋，要不是你出手相助，恐怕在下这个时候早已落入贼人之手了，真的要感谢你的搭救了呀！"

病秧子小声回道："行了，等脱了险你再好好谢我吧。"

说着，他趴在床下，偷偷探出了半个头，仔细地数着客房群殴的两拨人的人数，见店主和弥加尔两拨人还在热斗，他转头对刘彻道："现在时机正好，他们两拨所有的人全在这混战呢，外面不会再有阻拦了，咱们趁乱带着你妹妹逃走，赶快离开这是非之地。"

刘彻想了想问道："你那个侍从怎么办？他不是被抓了吗？不管他了？"

病秧子毫不在意地回道："他呀，你就不用操心了，能绑住他的人还不多，另外，嘿嘿，待会儿就得看他的了。”说着，他悄悄地把身子向外挪移着。

可就在这时，南宫突然醒了，估计是药劲过了，但此时的病秧子为了把身子挪出床下，整个身体都紧紧地贴着南宫，而且一只手不自然地握在了南宫的胸脯上，南宫这一醒，见到病秧子这样的举动，她“嗷”的一声极为响亮的尖叫，厉声骂道：“病鬼，你……你敢对我无礼！”

南宫这一声尖叫把病秧子和刘彻吓得身体全僵硬在了当场，张口结舌的不知所措。

不仅是他俩，刚才还喧闹异常的整个三号房瞬间安静了下来，那气氛，静得吓人，屋里干仗的店主和弥加尔两伙人全停了手，不约而同地都看向了床底下。

完蛋了，刘彻他们三人彻底暴露，而且他们趴在如此狭窄压抑的床底下，整个身子全都被卡住了，根本伸展不开，简直就如同落网的鱼儿一般，只有认人宰割的份了。

南宫此时也仿佛察觉到了异样的气氛和刘彻向她投来的怨毒眼神，她也知道可能闯了祸了，一言不发地躺在那一动也不敢动。

屋里的两拨人因为这一突然的发现暂时摒弃了前嫌，竟然同仇敌忾了起来，八九个人逐渐向床这边靠拢。

店主提着短剑，看着床一阵怪笑说道：“哈哈，原来你们藏在床底下啊！”

弥加尔此时也走到床前，托着油灯，半弯下腰想看看床下的情况，还没等他全部弯下去呢，病秧子把手中的一包不知道什么东西照着弥加尔的脸一扬，一股黄烟就扑向了弥加尔，吓得他赶忙急速倒退了数步，才躲了过去。

即便如此，弥加尔脸上还是被粘上了零星一点，那被零星的黄烟落到的皮肤马上就起了颗粒状血红色的血泡，弥加尔疼痛难忍直用手不停地擦拭。

店主无心再等，他挥手吩咐手下人道："把床给我掀开。"

就在这帮人要掀开床板的时候，突然见到窗外一片红光，门外有人嘶喊着："着火啦！快跑啊！"

店主和弥加尔他们一听，顺窗向外看去，只见窗外已经是隐隐现出大面积的火光，三号房的门口都能听到有房梁坠落的闷响，外面嘈嘈杂杂的似乎有不少人在拼命逃跑的样子。

"快走！"店主一见客栈着火了，而且火势马上就要蔓延进房子里了，也顾不上刘彻他们了，率先踹开房门冲了出去，他的手下和弥加尔等人也心知不妙，纷纷放弃了床下的三人尾随着跑了出去。

病秧子公子见他们都跑了，赶紧第一个从床底下钻了出来，回手把刘彻和南宫二人也拉了出来，他一边拉，一边咬着牙自语道："孽障，这么快就点着了，要把老子烧死不成！"

三人都出来后，也不多说话，全都破门而出。

客栈内外已是火光冲天，汩汩的热浪把他们三个烤得快窒息了，火势几乎快蔓延了整个客栈，他们顺着长廊向大门外面跑，还算万幸，总算是顺利跑到大门之外，但是一个个仍是被熏得黑头土脸的。

而此时，店主和弥加尔这两拨人却已经不见了踪迹。

刘彻刚一出门，一眼就看见那侍从完好无损地叉着腰站在大门外看着客栈的火势在那笑个不停。

病秧子公子没好气地奔过去不由分说抽打侍从的脑袋骂道："孽障，我是这么教你放火的吗？我等差点被你烧死在里面！"

侍从委屈得直躲闪，却仍是一句话也不说。

刘彻惊诧地问病秧子："这火莫非是你这侍从所放？"

病秧子恨铁不成钢地瞪了侍从几眼，然后对刘彻说道："是啊……唉，这孽障学的还不够，尚不能随机应变，烧得不好，让黄公子见笑了！"

刘彻被病秧子公子这番话说得简直无语了。

正在此时，刘彻无意间一回头，却见南宫不在身边，难道她没跟着一起出来吗？

突然，几个人就听到客栈里传来了南宫的哭喊声，原来南宫并没有跟着他们一同出来，还被困在火海里。

刘彻急得就要进去救南宫，病秧子拦住了他说道："还是我去吧。"然后转头对侍从道，"保护好黄公子！"说着，抢过旁边地上放着的一桶水"哗"的一声全部倒在身上，就冲进了火海里。

刚跑进长廊，病秧子就看见南宫半倒在廊下，原来她在往外跑的时候被一根倒下的椽子卡住了腿和刘彻他们掉了队，病秧子冲上去奋力挪开椽子，一把背起南宫转身躲闪着相继倒下来的房梁、木桩拼命地冲出了大门。

南宫在这个危机万分的时候心里还不老实呢，一边被病秧子背着往外跑一边心里在想：哎呀，这个病鬼倒真是有些男子汉的气概，要是能帅点就好了。

大门外，病秧子和南宫终于逃了出来，两个人气喘吁吁地双双摔倒在了地上，索性南宫没被烧伤，病秧子还稍稍放下了心。

但病秧子无意中一抬眼却见到有几人骑着马从大门口疾速远去，再一转头就见侍从孤零零一个人倒在了地上，手臂上被砍出了一条明显的刀痕，还在往外渗着血，而刘彻却不见了踪影。

五十六　我狂故我在

病秧子公子冲进了起火的客栈救南宫公主，两人出来后却发现侍从负了伤，而刘彻却不见了。

病秧子公子马上跑过去扶起侍从问道："这是怎么了？黄公子呢？"

侍从忍着痛捂着受伤的手臂指着远去的人影努力地说出了两个字：

"匈奴！"

原来，病秧子公子刚进去救人，隐藏在暗处观察动向的弥加尔他们就从后面悄悄地摸了上来。

侍从光关注病秧子进去救南宫了，没注意他们。布度格恩一把将刘彻掠上了马，转头就要拍马而去，等侍从发现了上去抢，被弥加尔反手一马刀砍在手臂上，然后他们就骑马跑了！

"追！"病秧子公子站起了身，看了看向北的方向说道，然后就带着两人分别上了马，但他并没有走弥加尔跑走的方向，而是沿着旁边的另外一条路追去。

南宫见状不解地问道："咱们这是奔哪里？"

病秧子紧催坐马，严肃地回道："匈奴人对这一带地理不熟悉，咱们抄近道赶到他们的前面去，截住他们。"

客栈远处的小山坡上。

那个要害死刘彻的店主带着手下看着客栈被淹没在一片火海之中。

小侍凑过来问道："匈奴人把太子劫走了，我们要不要去追？"

店主眼神犀利而阴毒，悠悠地说道："不必追了，太子被匈奴人劫走还能有他的好？也正好省了我们的事，我们回去！"说完，带着人转身离去了。

官道上。

弥加尔和布度格恩等人挟持着刘彻向着北方一路狂奔，走了一段官道后他们就果断地钻进了密密丛丛的山林，向着汉匈边界的扯喇尔川的方向而去。

弥加尔他们走的这片一望无际的山林名叫莫纳森林，出了山林，前面就是属于阴山山脉的扯喇尔川，越过扯喇尔川再往前就到了漠南草原，那里就已经不再是汉帝国的领土了，而是草原匈奴人的家园。

如果弥加尔他们顺利到达了扯喇尔川，那刘彻就彻底的没救了。

此时天光已经见亮，一轮初升的太阳在山坡的背后渐渐露出了真容。

弥加尔他们现在已经快走到了莫纳森林的边缘，眼看此次抓汉太子的行动就要大功告成了。

弥加尔催着马心满意足地拍了拍被结结实实地绑在马上、还堵住了嘴的刘彻，对布度格恩几个人开心地说道：“总算抓到了这只白毛金睛的锦貂来，回去在大王帐前我给你们请个头功。”

布度格恩还是有些不明白地问道：“就这么个汉太子真的如此值钱？”

“至少能跟汉家的皇帝老儿要上咱们整个王庭一个冬天的粮食了。”弥加尔笑着回道。

弥加尔这话刚说完，突然他好像发觉到什么似的猛地停住了马，并迅速抽出了马刀快速转身，警觉地看向后面。

其他人被弥加尔这个动作给惊到了，也都纷纷抽刀向后观看，布度格恩紧张地问道：“当户大人，你发现了什么？”

弥加尔冷冷地环顾了下树林四周，沉声道：“感觉后面有人在跟踪我们。”

“你们几个去看下。”布度格恩听弥加尔这样说，马上吩咐身边几个匈奴武士。

那几个匈奴武士提着刀分散开来，在附近的树林中四下搜寻起来，一会陆续回来禀报，说没有发现可疑的人。

布度格恩微微地松了口气，对弥加尔道：“当户大人，你是不是太紧张了。”

弥加尔紧盯着四周，好像也没发现什么，他定了定神转过身道：“也许吧，只是自从咱们进入汉地以来，我总是觉得后面有人在一直跟踪。”然后他挥了下手说道，“算了，咱们走！”

弥加尔这句话还没落地，就听见一个匈奴武士手指着他们正前方喊道："当户大人，前面有人！"

众匈奴人都不约而同地向前看去，只见在前方树林的边缘处忽然出现了三个人骑着马挡住了他们的去路。

就见为首的那个人一脸蜡黄、病恹恹的，好像随时能把肺给咳出来似的家伙在那一个劲地咳嗽不止，他的身后是个眉目轻灵的小姑娘，还有一个就是客栈那晚被弥加尔误以为是汉太子刘彻被打走的年轻人。

这三个人正是从近道赶到了弥加尔他们前面的病秧子公子、侍从和南宫公主。

弥加尔起初还以为必定是大批追兵而至，的确有些紧张，但仔细一看，却就是只有这三个人而已，心里顿时踏实了许多，神情也逐渐放松了下来，区区三个人他并没放在眼里。

刘彻被捆在马上看到病秧子和南宫来救他，急迫得在马上不停地乱晃，被塞进了布团儿的嘴里发出"呜呜"的声音。

几个匈奴骑兵不由分说上去就照着刘彻的肋部给了两脚，踹得刘彻生疼，也不敢再随意动弹了。

就见病秧子公子捂着胸口咳嗽得差不多了，他努力地舒了口气，然后漫不经心地用手指着弥加尔说道："来，过来呀！"

弥加尔看着病秧子那副德行，不禁一阵好笑，他命令其他匈奴骑兵看好了刘彻，他自己和布度格恩催马向前来到病秧子三人的对面，他颇为不在乎地问道："病鬼，莫非你也想阻挡我等的去路？"

病秧子指了指弥加尔身后的刘彻，直截了当地回道："挡路有钱赚吗？亏你说的出来，我等只要人，把人留下，放你们回草原。"

布度格恩回头看了看他们带来的五六个匈奴武士，又指了指病秧子他们三人笑道："嚯，口气不小，就凭你们区区三人也想阻挡我等的归路？"

布度格恩这话还没说完，他就忽然觉得眼前虚影一闪，那个侍从以极快的身法已经坐在了他的身后，一把短刀横架在了布度格恩的脖子上。

病秧子这时才笑嘻嘻地对弥加尔说道：“是啊，对付这么多人我等未必有胜算，不过呢，制服你俩倒是绰绰有余吧。”

弥加尔也被眼前的一幕吓到了，他真没想到这个哑巴的身法如此的迅捷，布度格恩算得上是草原上年轻一辈中数一数二的高手了，能够瞬间控制住他的人绝非等闲之辈。面对好朋友被人用刀卡着脖子，他也慌了起来，他对病秧子说道：“你让你的人放开他，咱们有话好说！”

布度格恩被侍从控制着根本不能动弹，他用匈奴语对弥加尔道：“当户大人，你们不用管我，让我来吸引住他们，你等悄悄迂回到安全地带，赶紧回草原去。”

病秧子似乎能听懂他们的语言，听完布度格恩的话，不等弥加尔回复布度格恩，就一阵蔑笑着说道：“嗨，别打暗语了，以为我等听不懂似的。”说着他缓缓抽出了刀，继续说道，“今天你们谁也别想玩声东击西的把戏，更别想迂回逃走，还是老老实实地把人交给我。”

“你怎么会懂我们的语言？”弥加尔颇为不解地看着病秧子。

病秧子催马来到弥加尔的身边，弥加尔见他过来，马上警觉了起来，本能的也抽刀在手，警惕地盯着病秧子。

“谁稀罕懂你们这破语言呀！”病秧子来到距离弥加尔仅有一米多的地方，用手指着被侍从挟持着的布度格恩，然后继续对弥加尔道，“怎么样，你把人给我放了，我也把他还给你，一人换一人，公平吧？”

“当户大人，别听这个病鬼的，你们赶紧走吧。”布度格恩在旁边怒道，他刚说完，就见侍从握着短刀的手微微一用力，在布度格恩的脖子上压出了一道血痕，新鲜的血液瞬间流了下来，疼得布度格恩一皱眉头。

弥加尔见了着急地说道：“慢着！”

病秧子懒散地说道："对嘛，你们可是从小玩到大的好朋友，又是你的左膀右臂，你就忍心眼睁睁地看着他被割喉吗？"

弥加尔听到这，心中顿时疑窦丛生，眼前的这个病恹恹的家伙好像非常了解他们似。他眯着眼睛上下打量着眼前的病秧子，开口问道："你……如何知道这么多？"

病秧子哈哈大笑道："弥加尔，你这么心机用尽的家伙怎么还反问起我来了呢？"

弥加尔听到病秧子说出了他的名字，一双眼睛不无惊恐的盯着他。

就连旁边的布度格恩都非常诧异地看着病秧子和弥加尔二人。

"唉，算啦，本来还想着再多耍弄你们一会儿呢，只是这脸上实在不舒服。"病秧子长叹了一声，然后悠悠地继续说道，"不过，你得答应我个条件！"

"什么条件？"弥加尔冷冷地盯着病秧子公子问道。

病秧子突然不再嬉皮笑脸了，表情严肃地回道："回去把你接下来看到的一切告诉给奥琪布。"

南宫在旁边不解地问道："奥琪布是谁？"

病秧子公子没有搭理南宫，却伸出一只手从脸上慢慢揭下了覆盖在整张脸上的易容伪装，等全部撕掉以后，之前那个一脸蜡黄、病恹恹的憔悴衰样彻底不见了，却露出一张英气逼人、剑眉朗目的俊朗的脸来。

"伊鲁巴？"弥加尔和布度格恩看着病秧子公子的这张脸不约而同地惊声叫了出来，"你……你没死？"

五十七　道高一丈

没错，这个易容成病鬼一样的病秧子公子正是三年前在黄水的断崖上中箭落水、生死不明的刘不周，也就是弥加尔口中所叫的伊鲁巴。

刘彻在弥加尔他们的后面看到刘不周揭下了面具，俨然换成了另外一个人，他也是吃惊不小，他瞪圆了眼睛看着，要不是自己被匈奴人捆着，还堵上了嘴，他真想跑过去问问这位易了容的病秧子公子究竟是怎么回事？

南宫就更别提了，眼看着刘不周就在自己身边发生了如此之大的变化，她惊呆了，之前那个老气横秋、一脸病色的病鬼怎么突然变成了一位帅气英俊的少年英雄来了，太多的疑点萦绕在南宫的心头，而且她又想起客栈中这家伙还非礼自己，不由得南宫脸上一阵羞红。

“你……你……究竟这是怎么回事啊？”南宫不由自主地追问刘不周。

“此话长了，有机会再告诉你。”刘不周暂时应付了下南宫，然后转头对着弥加尔和布度格恩说道，“是啊，我还活着，不过我现在不叫伊鲁巴了，我叫叶良禽。”然后他一指那个侍从说道，“他的名字叫阿玉奇。”

弥加尔一时之间还没有从极度的惊愕之中缓过劲来，他呆呆地望着眼前的刘不周，嘴里喃喃地说道：“这……这不可能啊？当年你身中数箭，又掉进了滔滔的黄水之中，怎么会没有死？”

听到弥加尔这样问，刘不周眼睛里瞬间冒出了让人不敢直视的愤怒火焰，他语气阴冷地说道：“差一点你们就得逞了，但我命不该绝，拜你所赐我经受了常人根本无法想象的疗伤过程才侥幸活了下来，每天过的都是生不如死的日子。”

随后刘不周稳了稳心神，收起了慑人心魄的愤怒眼神，表情平淡地对弥加尔继续道：“不过你放心，今天我不是来寻仇的，咱们的宿怨以后我会去跟你算清的，今天我是来要人的，现在咱们就赶紧交换人质吧！”

紧接着，刘不周回头向着南宫说道：“黄小姐，麻烦你过去将你哥哥解开绑绳，带到咱们这边来。”

“我？”南宫此时满脑子都是刘不周两张迥然不同的脸在脑海中交替出现，冷不丁听刘不周叫他，一时也没反应过来。

刘不周撇着嘴看着南宫说道：“对呀，就是你，快去，放心，他们的首领在咱们手里，那帮小喽啰不敢对你怎样的。”

“哦哦，好。”南宫这才缓过劲来，应诺了一声正要向刘彻那边过去。此时就听见弥加尔阴冷阴冷的声音响起：“哼哼，伊鲁巴，哦不对，现在该叫你叶良禽，你真的认为你们这样就能救得走人吗？”

刘不周看着弥加尔，他一脸满不在乎地说道：“弥加尔，看到了我的真容了，你认为你有这个能力能拦得住我吗？”

弥加尔此时脸上露出了一种不可言状的阴笑回道：“拦不拦得住，你不妨看看后面就知道喽！”

刘不周心里不由得一沉，他转回头去看，却见到他们的身后不知什么时候突然出现了将近一两百名手持马刀、凶神恶煞的匈奴骑兵，他们黑压压的一片已经从他们身后悄悄地将几个人包围了起来。

这就是之前弥加尔所说的那二百名接应他们的匈奴兵，他们早就埋伏在莫纳森林里了，只等弥加尔他们回来，之前见到有人阻挡弥加尔的归路，就在弥加尔用话吸引住刘不周他们的同时，无声无息地从后面包抄而来。

这就叫螳螂捕蝉黄雀在后，弥加尔可不是等闲之辈，他故意用话和刘不周周旋，将他们三人的注意力全部吸引到自己这边，好让藏在林中的二百匈奴骑兵从容地靠近，对刘不周他们形成包围。

而阿玉奇这边，他也没想到弥加尔还有这一手安排，正在愣神的瞬间，就见布度格恩突然双腿猛地一夹坐马的肚子，那马受力忽然啸叫了一声，两条前腿腾空而起。

阿玉奇被马的这一突然举动搞得手中的短刀握得就有些不稳，布度格恩就趁着这个机会迅速伸出右手挡开架在脖子上的短刀，另一只手从腰间也抽出一把短刀，刀尖向后不顾一切地反手就扎向了阿玉奇的腹部，阿玉奇不得已只得身体向后腾跃，虽然躲开了布度格恩这一刀，但也丧失了对他的控制。

“好可怜啊。”弥加尔不无嘲讽地看着刘不周说道，“刚刚知道你没死，这还没来得及替你高兴呢，可下一刻就得看着你死在我眼前了，这样说来我就不必将此事告诉公主了，因为你马上就要再次成为一个死人了！”

刘不周听到“奥琪布“这个名字心里一沉，脸上泛起了一阵惆怅，不过这惆怅的神情没维持多久，就被刚刚挣脱阿玉奇控制的布度格恩的一句话给打断了，他高声断喝道：“勇士们，乱刀把他们砍死，然后咱们带着汉家太子回草原庆功喝酒去啦！”

两百匈奴骑兵应喝了一声，举起马刀就要冲上来砍杀。

眼看刘不周等人就要命丧在一众匈奴骑士的乱刀之下了，就在这千钧一发之际，只听见林中传来一声暴喝：“给本将军围住，一个都不要放走！”

这句话一说完，就见四下里呼啦啦地涌出了五六百名汉军装束的骑兵，团团将弥加尔等人和太子刘彻、那二百匈奴兵以及刘不周三人围在了中间。

这些汉军骑兵一个个张弓搭箭对准了包围圈中的匈奴人，为首的一位将军，正是卫将军公孙贺。

原来公孙贺找遍了整个朔方城都没有太子的踪迹，后来扩大了搜寻的范围，在朔方城外围搜寻，之后得知雁南镇北的一个小镇子上夜里发生大火，公孙贺寻着这条线索一路赶来，这才在天明时分赶到这里。

目前当场的整个态势是这样的，弥加尔和布度格恩挟持着太子刘彻形成了一个圈，二百匈奴骑兵包围了刘不周、阿玉奇和南宫构成了一个大的包围圈，而公孙贺带领五六百汉军骑兵又包围了他们所有人，事态在短短的几分钟之间数次翻转，发生了多次变化。

如果单单在人数上，汉军占据着明显的优势。

但此时的弥加尔其实仍有机会翻盘，因为他手里还有个最重要的棋子，就是太子刘彻，只要挟持住太子，就算汉军人再多，公孙贺也不敢对弥加尔他们如何。

不过匈奴人此时犯了个极大的错误，因为公孙贺的包围把弥加尔、布度格恩和挟持刘彻的另几个匈奴武士的注意力全部吸引了过去，刘彻偷眼看着弥加尔他们注意力暂时不在自己身上，趁着这个机会突然一个骨碌就从马上摔了下来，腿上使劲一蹬地，拼了命地向远离匈奴人的方向翻滚过去。

刘不周眼尖看到刘彻滚落马下，马上喊了一声："趴下，"然后捂着南宫的脑袋双双从马上滚到了地上，阿玉奇也跟着趴到了地上。

这时，公孙贺看准了机会大喝一声："放！"五六百汉军弓箭齐发射向了包围圈中的匈奴人，布度格恩几个赶忙护住弥加尔，但其他的匈奴人就没那么幸运了，这一轮箭雨就放倒了四五十个匈奴兵。

弥加尔情急之下抽刀在手，直奔翻滚中的刘彻而去，然而刘不周比他还快，早先于他来到刘彻身边，一把揪住刘彻的腰带，挥刀砍翻了前面几个匈奴兵，向匈奴人的包围圈外冲，与此同时阿玉奇也带着南宫向外突围。

弥加尔这时也急了眼，他也不管汉军如何放箭，就是一根筋地带着人去抢刘彻，公孙贺马上指挥汉军与匈奴兵混战在一起，刘不周、刘彻、阿玉奇和南宫在匈奴人和汉军之间左冲右突，拼了命地突围。

失去了刘彻这把保护伞，弥加尔的匈奴骑兵渐渐地处于了劣势，接二连三地有匈奴兵倒地身亡。

弥加尔瞪着血红的眼珠仍是追着刘不周和刘彻不放。

但身边的匈奴兵却一个个倒下，数量越来越少，布度格恩眼见情况不妙，急迫地对弥加尔说道："当户大人，咱们现在处在下风，士兵们死伤过半，而且还不知道后面是否还有汉军的援军赶来，依属下看，咱们还是先撤，以后再做打算吧！"

弥加尔都杀红了眼了，眼见着就能好端端地把太子绑回草原了，却在最后的关头功亏一篑，他真是心有不甘，不过转念一想，布度格恩说得很有道理，再这样下去恐怕自己的命都可能保不住了，想到这，他懊悔不已地说了句："唉……撤！"

临走前，弥加尔怨毒地看了一眼正带着刘彻突围的刘不周，恨恨地咬了咬牙就不得不带着剩余的一百多匈奴骑兵放弃了争抢刘彻，奋力杀开了一条血路，向扯喇尔川的方向拼命地撤退了。

公孙贺指挥汉军又追了一阵，见匈奴人真的跑了，也就没再追赶。

刘不周终于将刘彻完好无损地带出了重围，放到了一块空地上，此时阿玉奇也把南宫安全地解救了过来，四个人此时已经累得上气不接下气了。

公孙贺下了马赶过来，见到刘彻和南宫，赶紧跪倒叩头道："微臣拜见太子殿下、南宫公主，臣下救援来迟，还望殿下恕罪！"

"太子？公主？"刘不周用极为惊愕的眼神看着刘彻和南宫。

刘彻此时也知道瞒是瞒不住了，笑着拍了拍刘不周的肩头，说道："兄台……啊不，叶兄弟，多谢啦！"说完转身让公孙贺起身，然后指着刘不周对公孙贺说道，"这是我的救命恩人，叫……叶良禽，要是没有他们二人，我和南宫恐怕早就遭到不测了！"

公孙贺看着刘不周和阿玉奇点了点头，忽然转头对汉军厉声喝道："来人，将这两个图谋刺杀太子的刺客给本将军抓起来押回长安，投入大狱！"

五十八　探丸郎

刘彻见公孙贺突然翻脸要抓捕自己的恩人刘不周和阿玉奇，不仅不解，而且很愤怒，他非常不悦地对公孙贺说道：“公孙将军，你这是何意？他们可是我的救命恩人，你有何理由抓捕他们？”

南宫赶忙在旁边也帮腔说道：“对呀，凭什么抓好人？”

公孙贺并不慌张，他不紧不慢地回道：“太子殿下息怒，不知殿下可否还记得探丸郎吗？”

刘彻听公孙贺提起“探丸郎”，不由得心中一惊，这个让整个大汉朝廷、满朝文武谈虎色变、闻风丧胆的恐怖名字他怎会不知？

南宫不明就里，不解地问道：“探丸郎是什么人呀？”

公孙贺心有余悸地回道：“回公主，探丸郎不是一个人，而是一个行事非常神秘的杀手组织，他们第一次出现是在十几年前爆发七国之乱之时，起初他们暗杀了叛乱七国中的胶西王刘昂，加速了七国同盟的瓦解，朝廷后来还颁诏嘉奖他们平叛有功。”

“这不是好事吗？”南宫反问道。

公孙贺摇了摇头回道：“公主听末将说完，但是此后这个组织竟然连续制造了多起暗杀与七国无关的朝廷重臣、地方大员和富商贵胄的大案，震动了朝野，再后来却莫名其妙地销声匿迹了，最近两年这探丸郎又再次出现，连续做了数起惊天大案，据我们所知，短短两年的时间他们的势力就遍布了全国。”

南宫狐疑地问道：“听公孙将军这么说，这探丸郎也不过就是占山为王的草寇罢了。”

公孙贺心事重重地说道：“他们可比那些草寇可怕太多了，探丸郎的杀手隐藏得极深，而且这个组织的暗杀手法高超而且隐秘，根本无迹可寻，坊间甚至盛赞他们已经将暗杀变成了一种艺术。”

南宫不以为然地道：“那全国发下缉拿令，将探丸郎悉数抓获了不就好了吗？”

公孙贺无奈地回道："大廷尉府早在全国范围内严令缉拿探丸郎，怎奈这探丸郎组织非常严密，很难发现他们的行踪，所以至今都是一无所获。"

"探、丸、郎？"南宫就像没听见公孙贺的回答似的，自顾自地低着头自言自语地重复着这个名字，然后抬头问公孙贺，"公孙将军，他们怎么会起了个如此古怪的名字？"

公孙贺回道："据末将所知，探丸郎的成员在杀人之前会以抓三色泥丸来分配任务，抓到红丸的负责踩点，抓到白丸的负责望风，抓到黑丸的负责杀人，而且他们每次暗杀得手后都会故意留下黑、白、红三色泥丸作为标志，用以挑衅官府，所以被称为探丸郎。"

"哇！这么酷啊。"南宫听后竟然兴奋地拍了下腿大声赞道。这南宫确实神经比较大条，在这样的场合，听公孙贺介绍完探丸郎的情况，竟突然冒出这么一句来。

刘彻瞪了南宫一眼，吓得南宫赶紧把头缩了回去，不敢再出声了。

然后刘彻对公孙贺道："公孙将军，探丸郎之名我知道，只是……"他转头看了看刘不周，然后说道，"我和南宫这一路上得其数次相救，怎么能说他们就是探丸郎呢？"

公孙贺从容地回道："微臣并未说他们就一定是探丸郎，但殿下你看此二人不仅来路不明，而且又身手了得，很值得怀疑呀。"

刘彻刚想反驳，就见公孙贺紧跟着又躬身说道："殿下这次未与臣下商议就微服私访，且多次身陷危机，微臣都不知回去该如何向皇后娘娘解释了，臣下担着保护太子和公主安危的重大干系，处处事事不得不防，所以还是调查清楚了也好和皇后娘娘有个交代，还请太子殿下体谅臣下的苦衷。"

刘彻知道公孙贺这番话是没有直截了当地指责他，却拐着弯地告诉刘彻你擅自行动，不仅差点丧命，还惹出了这么多事端，造成了如此不好的影响，所以刘彻也是无言以对，本来就理亏在先，人家公孙贺保护太子安危职责所在，本就没错，而且他还搬出母后来，自己更是没话可说了。

公孙贺见刘彻低头不语，也不再过多解释，马上吩咐手下将刘不周和阿玉奇绑了。

没想到刘不周并没有大声喊冤，反而并不解释任凭汉军将他俩五花大绑，装进了一辆囚车里。

刘彻看着刘不周被绑走，极为不好意思，他赶上一步对公孙贺道："公孙将军，这样吧，既然你也没有十足证据证明他们与探丸郎有关联，而只是调查，那么还请公孙将军能够善待二人，不要如罪犯一般来对待才好。"

公孙贺点头道："那是自然，既然太子殿下亲自托付，臣下怎敢不好生对待？"

正在此时，远处一匹战马绝尘而至，马上坐着一个宫卫武士装束的人，都没等马完全停住，他就迫不及待地从马上翻滚了下来。

这宫卫武士顾不得满身的征尘，来到刘彻和公孙贺的面前，单腿跪地，上气不接下气地说道："属下参见太子，公孙将军，属下……属下……"

"慢慢说，怎么了？"公孙贺冷峻地问道。

"陛下病重，皇后娘娘口谕急命太子殿下马上结束北巡，速速返京。"宫卫武士深吸了一口气后回道。

宫卫武士所说的不错，自从刘彻代天北巡离开长安之后，景帝的身体就一直不是很好，已经卧床一月有余了，太医伍邵几乎每时每刻都侍候在景帝的身边为其调养身体。

王皇后担心万一景帝突然因病驾崩，而太子刘彻又在外北巡未归，恐会有人图谋不轨，对刘彻继承大统非常不利，所以才急召刘彻回京。

刘彻担心父皇的病情，与公孙贺商议后马上终止了后面的行程，带着太子仪仗与被押起来的刘不周和阿玉奇疾速南返。

然而，刘彻他们不知道的是，就在返京的太子仪仗距离都城长安还有不到一天行程的时候，长安城里发生了一件轰动天下的惊天大事。

汉帝国都城长安，未央宫内。

这一天，因病多日取消朝议的景帝勉强地在宫侍和宦官的搀扶之下在未央宫升坐早朝。

太史令赵努出班奏陈："启禀陛下，微臣有本要奏。"

"有本奏来。"景帝虚弱地道。

太史令赵努奏陈道："陛下，如今太子殿下临朝听政已近两年，政务上精进很快，但太子毕竟年龄尚幼，听政有余，监国不足，尚不能为陛下分忧，又因近日陛下龙体欠安，臣请陛下加封淮南王刘霖萧为辅政皇太弟，协助太子殿下监国理政，以保我大汉天下无忧，等太子殿下成年后再还政给太子！"

赵努的这番话一出口立刻引发了朝堂上的轩然大波，群臣一片窃窃私语。

景帝斜倚在龙椅上心里一紧，他何尝不明白这是怎么回事，那必定是母后窦太后在背地里怂恿的。

弟弟梁王刘武活着的时候，窦太后就多次提出让景帝册封刘武为皇太弟，但都没得逞。那时候景帝只是觉得母后是太爱自己的小儿子了，可后来刘武死了，景帝认为母后的这个心思也就随之断了，没想到窦太后后来又认了个淮南王刘霖萧为养子，还让他和景帝兄弟相称。

今天赵努趁着自己有病在身、太子又在北巡之际，在朝堂上提请封刘霖萧为辅政皇太弟，这简直就是天下的大笑话，一国之中怎么会同时有皇太子和皇太弟并存的道理呢？

如此看来母后的心思可深远着呢，恐怕是醉翁之意不在酒，保障她窦氏一门在朝廷上的垄断地位才是母后一直以来的真正意图吧。

景帝正想着，群臣中盖侯王信已然出班，他极为不满地叩首道："陛下，臣以为这赵努所言简直就是无稽之谈，如今陛下虽龙体欠安，但正值英年，不日必可康复，而太子殿下年纪虽轻，但聪慧过人，有兴邦兴国的抱负，如何还需要个辅政皇太弟来做什么？有甚大用？"

赵努刚要反驳，就听见群臣中有人一声厉喊："盖侯此言差矣！"

众人寻着声音一看，见侍御史枚乘出班跪倒在品阶台下，向上奏道："启禀陛下，太子聪慧我等众臣有口皆碑，但太子毕竟毫无理政的经验呀，而淮南王长期治理淮南封国，经验、阅历具备，他又是当今太后的养子，于亲，他算是太子殿下的亲叔叔，于理，他理政经验丰富更是辅朝监国的好手，怎能如盖侯所言无甚大用呢？"

枚乘刚一说完，长史衡咸出班跪倒奏道："陛下，赵大人和枚大人所奏句句有理，实为稳定朝政之良策，臣复议！"

此番奏请加封刘霖萧为辅政皇太弟的阵容真可谓强大，窦太后身边最得力的三大言官都上阵了，这是志在必得的架势，刘彻这个太子的位子也真是坐得不安稳。

而盖侯王信是刘彻的亲舅舅、王皇后的亲弟弟，自然是要向着太子说话。

这两派在朝堂上的斗争已是由来已久了。

"自古以来从未听说哪一朝有了太子，还同时有皇太弟的道理。"盖侯王信怒不可遏，他指着赵努等三位大人对景帝说道，"陛下，这三人胡言乱语，祸乱朝纲，臣奏请将此三人革职拿问！"

长史衡咸一听也不高兴了，他不咸不淡、阴阳怪气地说道："革职拿问？我等都是读书之人，以才学蒙陛下赏识，为国效力，不像有的人啊，大字不识一箩，只不过是靠着裙带关系上位罢了，宵小之辈而已！"衡咸这话明显是在讥讽王信是靠了姐姐王皇后的关系上位的。

王信哪吃得了衡咸这样的挤对，怒道：“你说谁宵小之辈？”

两拨人你一言我一语地争吵了起来，越说火药味越浓，到最后全都说急眼了，都开始相互用语言进行人身攻击了。

然而，作为窦氏家族在朝廷中的领袖人物，窦太后的亲侄子大将军窦婴却一反常态，颔首列在群臣之中，就像没听到那几个人相互辱骂似的，微闭着双眼颇显得事不关己高高挂起，一言不发。

“你……你们……”景帝坐在那是越听越火大，他气得在龙椅上一个劲地咳嗽，双眉锁成了一个结，脸色铁青，他哆嗦着手指着品阶下正在相互语言攻击的众臣，从胸中顶出一口气喊道，“朕……朕真还没死呢！”

五十九　一个都不能少

听到景帝的怒吼，大殿中叫嚣不止的几位大臣都被吓得一个个“咕咚咕咚”全都跪在了地上，没一个敢再作声的了。

“陛下，陛下息怒啊。”黄门侍郎波才见状赶忙过去扶住景帝，用手抚摩景帝的前心帮他顺气，随后波才赶忙转向众臣说道，“陛下今日身体不适，此事改日再议，退朝！”说完就搀起被气得仍然咳嗽不止的景帝回了后宫。

“太子……太子到哪了？”返回后宫的路上，景帝又剧烈地咳嗽了一阵后，急切地问身边的波才。

波才赶忙回道：“陛下，已在回来的路上，约莫这两日就能到京了。”

皇城门外。

退朝后的文武百官纷纷散去。

太史令赵努见左右无人，关切地对侍御史枚乘小声说道：“枚大人，今日我等的上奏必会令某些人不舒服，难免对我等恨之入骨，近日都城也不太平，枚大人可要小心才是啊。”

枚乘回头看了一眼等候在远处的自家马车和环绕四周的五十个侍卫，然后自信满满地回道："赵大人放心，本官随身带着五十个精锐侍卫时刻保护，谅任何人也别想靠近本官的身。"

长史衡咸毫不在意地对赵努道："赵大人多虑了，堂堂大汉都城，光天化日之下，谁有如此胆量敢对朝廷命官图谋不轨呀？"

"衡大人所言也不无道理，想来本官也可能是过分谨慎了，不过还是请两位大人不要放松警惕。"赵努也觉有理，就点了点头，然后向枚乘和衡咸施礼道，"好了，我等就此散去吧，本官先行告辞。"说完，就带着随从离开了。

枚乘的马车在五十名侍卫的严密保护之下走在熙攘热闹的长安东市的商业街上，只见闹市街上四周店铺林立、琳琅满目的各色货品什么都有，买货的、卖货的人声鼎沸，尽显出一派大国都城的繁华和喧嚣。

枚乘坐在车内透过软帘看着街道上的人来人往，不时还有守卫都城治安的京师巡防营一队队地从身边经过。他不禁哑然失笑，在这重兵把守的京师重地，赵努大人的担心简直就是多余的，他那颗刚才还有些悬起来的心也就放松了不少，随后枚乘舒服地靠在椅背上，闭目养起神来，渐渐地就睡着了。

枚乘的车马穿过闹市，拐进一条狭长的巷子，又走了没多久就到了他的侍御史的府邸，管家早就站在府门的台阶上等候多时了，等马车停下，管家高喊了一声："枚大人回府！"然后一溜小跑地下了台阶，来到马车前谦恭地对里面说道："大人，到家了，请大人下车。"

但是车里面却没有人应答，管家低着头等了半天也不见枚乘下车，他又谦卑地说了一句："请大人下车。"

车内仍是没有人应答。

"想是大人最近过于劳累，睡着了。"身旁的一个侍卫对管家说道，然后一边准备撩开软帘一边继续道，"把大人叫醒吧？"

“哎，慢点撩，车外风大，你这突然一撩万一把大人吹病了你担待得起吗？”管家嫌弃地推开侍卫的手，自己亲自凑进马车，嘴里恭敬地说着，“大人，小人扶大人下车。”同时右手小心翼翼地将软帘撩开。

“啊！”当管家一眼看进车内的时候，吓得惊叫了一声。

众人赶忙围拢过来看，只见马车内的侍御史枚乘身上穿的内外衣物凌乱地散落在车里，而他却赤条条地仰坐在座位上，脑袋斜斜地耷拉着，竟然已经死了……

太史令赵努回到府中，下人打来净面水让他洗漱一下提了提精神，赵努随后就来到书房展开一卷竹简准备写明日要上奏的奏章。

一个门客站在他身边问道：“莫非大人明天还要上奏此事？”

“此事太后她老人家深谋远虑，如果陛下仍推三阻四迟迟不做决定，明日本官将不惜死谏也要保淮南王加封辅政皇太弟。”赵努神情坚定地对门客说道，然后他坐下来，把毛笔填饱了墨，抬头对门客道，“你先下去吧，让我好好思量下。”

门客应诺了一声，退了出去。

就在赵努书写奏章的时候，一个小侍急匆匆地冲进书房来，上气不接下气地对赵努说道：“大人……大人不好了。”

赵努平时最讨厌有人在这个时候打扰他的思路，他一脸不悦地的问道：“什么事？这么慌慌张张的？”

“枚乘大人他……他死了！”小侍惊慌失措地回道。

“什么？”赵努闻听大吃一惊，手一软毛笔掉落在奏章上，把竹简洇出了一大片墨迹，他“腾”地一下站了起来，急切对小侍问道：“你说什么，枚乘大人死了？”

“是的，枚大人死了。”小侍又慌里慌张地重复了一遍。

赵努神情极为惊愕，可能因为这突如其来的消息过于令他震惊，他站在那浑身抖个不停，小侍见此，赶忙上去把赵努扶住，谦卑地道：“大人，您……您这是怎么了？”

小侍这一扶却没能止住赵努身体的颤抖，反而抖得更加剧烈了。

突然赵努双眼圆睁，张大了嘴，喉咙里发出瘆人的“咯咯”声，然后一头就栽倒在地上。

小侍吓得赶紧托住倒地的赵努撕心裂肺向门外喊：“来人啊，大人晕过去了，快去请大夫来呀！”

赵夫人和其他下人听到，纷纷赶到书房，赵夫人冲进去抱起倒在地上的赵努，用手探了下他的鼻息，发现赵努竟然已经气绝身亡了……

皇城未央宫的寝殿里。

景帝余怒未消，他半躺在龙榻上一个劲地咳嗽，波才小心翼翼地在旁边侍候着。

景帝咳了一阵终于停了下来，他缓了缓气，波才送上一杯水让景帝润润嗓子。

景帝仍然阴沉的脸自语道：“他们……他们就是趁着朕生病之际合起伙来向朕逼宫呀。那赵努和枚乘本是母后一手栽培之人，跟随母后多年，有今天的举动也不足为奇，最可恨的就是那衡咸，朕将他从一地方小吏一路提拔到了朝堂之上，可他却也倒向了窦家，今日更是合着另外二人一起来向朕发难，简直是个忘恩负义的东西。”

“陛下息怒，保重龙体要紧呀。”波才赶忙上前给景帝抹擦着后背。

景帝突然怒目瞪着波才厉声道：“大胆的奴才，朕的后背也是你能摸的吗？”

波才吓得赶紧缩回了手，一骨碌就跪在景帝面前怯生生地回道：“陛下……奴才万死，只是……只是奴才心疼陛下，担心陛下气大伤身呀。”

景帝看着跪在眼前的波才，心里也觉得不妥，怎么能把怨气撒给无辜的波才呢。他语气缓和了不少说道：“好了，你起来吧，朕不怪罪你。”

冤有头债有主，这怨气该落到谁的头上是不能由他人来替代的，想到这，景帝努力地直起了身子，对波才道：“传旨，让衡咸来见朕。”

波才心有余悸地颔首应诺，转身出去了。

衡咸的府邸。

“波公公到！”衡咸府上的下人见到波才怒气冲冲地闯进府来，赶忙高声向里面喊道。

衡咸的夫人带着一众下人从房间里迎了出来，见到波才施了个万福礼，殷切地道：“不知波公公来此有何事？”

波才脸上一丝笑意都没有，冷峻地说道：“传陛下口谕。”

衡夫人一听，赶忙带着众人跪倒等着接旨。

“陛下有旨，宣长史衡咸速入宫觐见。”波才高声说道，说完了左右看了看，低头极为不悦地问衡夫人，“怎么不见衡大人接旨呀？”

衡夫人赶忙回道：“难道波公公忘了不成，我家大人素有闻香午睡的习惯，前些日子公公不是还奉陛下之命给我家大人送来一些上等熏香呢吗？这不，他吃过午饭后刚刚才睡下。”

波才抬头看了看天色，此时正值晌午，烈日高照，也正是午睡的好时候，就假装为难地道：“咱家是想起来了，不过陛下传得紧，速将衡大人叫醒吧，不要再耽搁时间了！”

衡夫人应了一声，吩咐身边的侍女赶紧去叫衡咸起床，然后恭敬地对波才道：“要不先请公公进来喝杯茶等候吧？”

波才因为刚才替衡咸受了景帝一顿臭骂，心情很是不好，从进了衡咸的府就一直没有好气，他听衡夫人邀请他，不阴不阳地回道：“陛下急宣衡大人，哪有工夫喝茶呀，咱家可不想再替你家大人受过了，咱家就在这等，让衡大人速速出来，不要耽搁。”

衡夫人见波才气不顺的样子，也不敢再请了，刚要吩咐下人将茶水端出来，就听见衡咸睡房的方向传来侍女的一声惊恐的叫声。

众人一惊，不知发生了什么，衡夫人、波才还有府中的其他下人赶紧向睡房的方向跑去。

刚到睡房的门口，就见衡咸的睡房大门大敞四开着，那个去叫衡咸起床的侍女惊魂未定地跌倒在门槛上，浑身抖个不停。

衡夫人跑过去急问："你这是怎么了？"

"夫……夫人，衡大人他……他死啦！"侍女惊恐地指着房中暖榻的方位，结结巴巴地回道。

（未完待续）

魅丽文化 花火工作室

绣衣直指 ①下

贴木儿
苏和

著

本故事纯属虚构

江苏凤凰文艺出版社
JIANGSU PHOENIX LITERATURE AND ART PUBLISHING, LTD

目录

CONTENTS

目录

CONTENTS

目录

CONTENTS

目录 CONTENTS

再见奥琪布

一　门神

汉帝国都城长安长史横咸府邸的睡房里。

波才呆愣愣地站在暖塌前，眼睛直勾勾地盯着暖榻之上横咸的尸体，只见衡咸浑身软塌塌地俯身趴在榻上，一只胳膊无力地耷拉在榻边，脸色蜡黄得一丝血色也没有，双眼微闭，半张的眼缝里全是眼白，俨然是已死多时了……

临近傍晚，通往长安的官道上。

太子刘彻的仪仗正急匆匆地向着都城方向行进，坐在马上的公孙贺都已经能够隐约看到前面宏伟高大的洛城门了，他一再催促着队伍加快前进的速度。

仪仗的中后方，刘不周被五花大绑在一个用数十根碗口粗细的木头做成的囚车里，这一路急行军似的颠簸把刘不周折腾得昏昏欲睡，他不得不倚靠在一个角上，好让自己的身体在剧烈的颠簸中借助靠背能安稳一些。

旁边的阿玉奇正低着头用两只手拨弄着囚车的门锁，而且眼看就要打开了，蹊跷的是，他的身上竟然没有绑绳，更没被绑着。

刘不周见了，假装不悦地踢了阿玉奇一脚说道："孽障，谁让你自己解开绑绳的？马上要进长安了，还不赶快自己绑上！"

阿玉奇满脸委屈地看着刘不周，极不情愿地扯过扔在地上的绳索又把自己给绑上了，然后气鼓鼓地坐在囚车的另一端扭过头不去看刘不周。

刘不周觉得好笑，但还故意绷着脸，也不搭理阿玉奇。

临近洛城门的时候，公孙贺只见往日里白天畅通无阻的城门现在却关得紧紧的，一个身材高大、中下级军官模样的人正率领数排巡防营的士兵剑拔弩张地挡在城楼前，阻止着上百个想进城的人，城门口已经乱成了一片，气氛极为紧张，这阵势好像与平常有些不对头。

太子刘彻也发现了不对劲，他把头探出辇车问旁边骑在马上的公孙贺："公孙将军，前面究竟怎么了？"

此时，公孙贺正看到把守城门的军士中有一个曾经在自己手下当过差的下级军官，就招手让他过来。

那军官见是太子仪仗和公孙贺，赶忙跑过来，单腿跪地向刘彻、南宫还有公孙贺施礼说道："属下拜见太子殿下、公主、公孙将军。"

"到底发生了什么？怎么都城的气氛如此紧张？"公孙贺问道。

军官回道："回公孙将军的话，都城出大事了，今日中午太史令赵努、侍御史枚乘、长史衡咸三位大人下朝后全部离奇死亡，而且死因不明，此事震动朝野，陛下震怒，下了圣旨关闭长安城所有城门，任何人不得进出，全城搜查可疑之人呢。"

公孙贺心中一凛，没想到京城竟然出了这样大的事，他点了点头说道："本将军明白了，你等快速速打开城门，让太子仪仗入城。"

那军官一听，甚是为难地回道："将军，我……我做不了主啊。"

"哎，太子殿下奉旨回京，你敢不让进城？"南宫此时忍不住了，跳下辇车站到公孙贺的身边趾高气扬地问道。

那军官吓得一个劲磕头，然后说道："公主息怒，非是末将不让进，只是、只是……"

南宫不耐烦地问道："只是什么啊？婆婆妈妈的，有事快说。"

军官回头指了指城门口正在指挥巡防营阻挡民众入城的那个军官模样的人回道："今日当值的是巡城司马卫青。"

南宫不屑地问道："那又怎样？"

军官回道："您别看他刚上任不久，前些时太后急召淮南王入京，淮南王走得急，没把懿旨带在身上，就被卫大人挡在了城门口，死活不让进城，谁来讲情都没用，卫大人拿出朝廷律法来说得清楚，诸侯王不奉旨擅自入京，按谋反论处，最后逼得淮南王没办法只得派人回封地取来懿旨，卫大人这才放行。"

"那太后和陛下没有治他的罪吗？"南宫问道。

官军摇着头回道："不仅没有治罪，陛下都夸奖他忠于职守，不徇私情呢，所以……太子殿下能不能进得了城得卫大人说了算。"

"哈，笑话，小小的一个巡城司马，芝麻粒大的小官还敢挡我太子哥哥的路吗？”南宫听着，肺都快气炸了，她挺胸抬头，手一叉腰，冲着城门方向大喊了一声，“太子殿下回京，让那个小小的巡城司马卫青速来拜见太子！”

城门那边负责把守的正是当年在黄水边上冒死救刘不周的卫青，他前不久刚被任命为京师巡防营的巡城司马，今日接到禁止一切人等进出都城的圣旨才到洛城门来组织把守和盘查。

听到有人喊他的名字，卫青回头一看，只见浩浩荡荡数千人的太子仪仗旗幡招展、绣带飘扬，就知道来的绝非一般人，他赶紧赶了过去。

卫青来到近前，南宫上一眼下一眼地打量着卫青，然后傲慢地问道：“你就是那个什么巡城司马卫青？”

“正是末将。”卫青毫不示弱地挺直胸膛回道。

南宫见气势上没能镇住卫青，马上变换策略问道：“你可知我们是谁吗？”

卫青摇摇头回道：“末将不知。”

南宫指了指辇车说道：“辇车里坐的是我的哥哥，当朝太子殿下。”然后指了指自己说，“我是南宫公主。”然后又一指身旁的公孙贺继续道，“这位是当今卫将军公孙贺将军，我等奉圣旨回京述职！”

卫青闻听，赶紧双膝跪倒，给太子刘彻和南宫磕头，并拜见公孙贺。

“好了，那还不快去将城门打开，让我等入城？”南宫洋洋得意地叉着腰说道。

然而卫青却并没有马上照办，他直起身子问道：“太子殿下可有陛下圣旨？”

“没有圣旨，太子就不能进城了吗？”南宫反问道。

卫青回道：“若是在平日自然是随意通行，但今日不成。”

南宫极为不屑地撇了撇嘴，理直气壮地吐出一句来：“那我们就是没有陛下的圣旨，你又能如何？”

卫青一听，也不顶撞，马上叩头道：“太子殿下一路劳顿辛苦了，那就请诸位就近安营扎寨，待城门重开之时再进城吧！”

“你……你……”南宫被卫青这句话搞得哭笑不得，气得不成样。

一向看待杀人犹如吃饭睡觉一样平常的公孙贺应该是早就忘记了，就在几年前他与盖侯王信带着京卫门的一众杀手在上郡定阳县追杀王皇后的前夫金王孙一家的那件事。

而卫青就是金王孙和他的妾侍卫氏所生的孩子，那天的雨中杀戮，卫青也在场，他眼睁睁地看着同父异母的姐姐金俗坠下山坡，自己的父亲金王孙为了掩护他们母子被公孙贺所杀。

只是当时公孙贺等人全是黑纱蒙面，卫青并未看到他们的脸，现在自然是认不出眼前的仇人来。

而那天卫青他们却没有蒙着面，所以自打见到卫青的那一刻，公孙贺就总觉的这个人很是眼熟，就是一时还想不起来在什么地方曾经见过，只是觉得这心里有些不安。

眼熟归眼熟，但眼前的事公孙贺还是要解决的，他缓步走到卫青的眼前，厉声喝道："岂有此理，本将军真不敢相信自己的耳朵，在我大汉天下里竟然还有人敢挡太子殿下的路？"

卫青不慌不忙地回道："末将不敢，末将只是按照圣旨行事。"

公孙贺冷笑一声回道："卫大人，你是聋子吗？刚才公主跟你说得还不够清楚？我等正是接到了皇后娘娘的懿旨奉旨回京的，你敢抗旨不成？"

卫青听到这，一点恐慌的神情都没有，他理直气壮地回道："末将接到的圣旨是紧闭所有城门，任何人不得进出，彻查可疑之人，却从未接到可以给太子放行的旨意，公孙将军若有此懿旨请当众请出来让末将确认清楚了，末将自当从命，若是没有，就请不要妨碍末将执行公务。"

"你！"公孙贺气得指着卫青道，"本将军接到的是皇后娘娘的口谕。"

"那传皇后娘娘口谕之人在何处？"卫青进一步逼问道。

公孙贺道："因为着急，所以派宫卫武士五百里加急来传的口谕，那宫卫武士传完就让他提前回去了呀！"

卫青一躬到地回道："那末将就无能为力了，请殿下就近安营，等待戒严解除后再进城吧！"

眼前发生的这一切，刘彻全看在了眼里，然而他既没有说话，也没有下车，就在车里饶有兴趣地看着。

“你这榆木脑袋怎么当上巡城司马的呀？”南宫满脸气急败坏地说道。

公孙贺见卫青这人是软硬不吃，气得不成，心说我堂堂大汉卫将军，手握卫戍京师的重兵，却会跟这么个小官在这里行口舌之争，简直丢脸。想着，他也不再多说话了，果断地向身后的仪仗一挥手吩咐道：“来呀，太子仪仗给我进城，谁敢阻拦就格杀勿论！”

身后的三千禁军听到公孙贺的号令，纷纷抽出刀剑，催动车马，不由分说带着仪仗就往前走。

“来人！”卫青见太子仪仗要强行进城，也高喊了一声，随着他的一声喊，把守城门的几百巡防营军士挺着长矛“呼啦”一下子就将刘彻的太子仪仗团团包围，卫青一脸肃穆地说道，“都给我听好了，谁敢硬闯城门，按抗旨论处，杀无赦！”

二　这个家伙不一样

因为没有皇帝的圣旨，新任巡城司马卫青禁止太子刘彻他们进入长安城，还下令士兵将仪仗团团包围，双方剑拔弩张，冲突一触即发，火药味十足。

公孙贺见状，厉喝一声：“卫青，你大胆，你就不怕本将军问你个有意刺杀太子殿下的罪名吗？”说着他“唰”地抽出佩剑，用剑尖顶在卫青的胸口上吼道，“还不给本将军让开？”

卫青没有丝毫的怯意，他不仅不退缩，反而迎着公孙贺的剑向前逼进了一步，一脸淡定地回道：“末将一心忠于陛下，只认圣旨。”

话说到这份上，双方就僵持在了当下。

公孙贺护送太子回京，自然不可能被一个小小的巡城司马镇住。

而道理却在卫青这边，现在全城正在闭门查凶手，公孙贺他们手中没有圣旨，卫青不放行是合乎大汉帝国律法的。

所以，哪边都没有让步的意思，或许一场火拼是在所难免了。

就在此时，只见城门从里面徐徐地打开了，一队宫卫武士列着队冲了出来，黄门侍郎波才举着圣旨急匆匆地走在最前面。

他来到双方僵持的当场，展开圣旨，高喊道：“陛下有旨，命太子刘彻、卫将军公孙贺即刻入宫面见陛下，巡城司马卫青虽冲撞太子仪仗，但其职责所在，忠心可嘉，故不予追究，命卫青见此圣旨后，迅速开城门放行，不得有误，钦此！”

太子的仪仗徐徐地从洛城门穿过，进入了长安城。

刘彻坐在辇车里透过软帘看着车外肃穆伫立的巡城司马卫青，此人给他留下了深刻的印象，这是一个敢于坚持原则且不畏权贵的家伙，这起事件不仅让刘彻看了一出好戏，更让他认定了卫青这个人。

南宫挤在刘彻身边也看着车外的卫青，俏脸绷得严肃地道：“哥哥，这个可恶的卫青害得咱们在城外耽误了半天，我回去在父皇面前好好给他告上一状，定让他不好受，哼！”

刘彻转回头看着妹妹说道：“但是你不觉得他和现在朝中很多大臣很不一样吗？”

“什么一样不一样的？”南宫不屑地回道，然后突然脸一红低下头自语道，“我觉得还是叶良禽挺不一样的。”一说起刘不周，她就不自觉的两手抠弄衣角，脸上的红晕更深了一层，眼波流转似乎双眸中隐藏着多少心事似的。

卫青眼瞅着太子仪仗快要走完了，最后是押解刘不周和阿玉奇的木笼囚车。

此时刘不周侧脸对着外面，悠闲地倚靠在笼壁上晒暖，他斜眼瞟到了正在看着他的卫青。

二人四目相对，卫青顿时表情极为惊愕地看着装在木笼囚车里的刘不周从眼前通过，他真不敢相信自己的眼睛，这不是三年前中箭坠入黄水的伊鲁巴兄弟吗？难道他没有死？

而木笼囚车里的刘不周也看见了卫青，他给了卫青浅浅的一笑。

就在刘彻他们入城的同时，景帝在未央宫迎来了气势汹汹的窦太后。

窦太后在淮南郡主刘陵儿的搀扶下脸色铁黑地走进了未央宫，后面还跟着大将军窦婴。

景帝自然知道母后此行的目的是什么，一定是为了那三个离奇死亡的大臣来向他兴师问罪的。

景帝硬着头皮，拖着衰弱的病体起身迎接，见到窦太后进来，赶紧躬身施礼道：“母后，您老人家怎么亲自来了？”

窦太后都没正眼看景帝，带着刘陵儿气哼哼地进来，在窦婴的搀扶下坐了下来，转头对景帝道：“皇帝，赵努等三位大人今日下朝后相继离奇死亡，你可知晓？”

景帝恭敬地坐在窦太后的身边说道：“回母后，皇儿已经得到消息，并急召公孙贺入宫，命他去调查。”

“还有什么可调查的呢？这是明目张胆的报复！”窦太后厉声道。

然后她美目圆睁，强压着心中的怒火继续道：“三位大人早朝时刚刚向陛下上奏提请加封淮南王为辅政皇太弟，这一下朝就让人给杀了，这是让某些人感到不舒服了，所以就要杀一儆百、敲山震虎了呀，真的以为哀家好欺负吗？！”

窦太后口中所指的某些人，景帝心知肚明指的是谁，就是王皇后，因为淮南王若获封辅政皇太弟，最受影响的必然是太子刘彻，因为此举必然消减刘彻的太子之权，而且更有可能最终架空了太子。如果查出三位大人的死因是他杀，那嫌疑最大的必是王皇后了。

“母后息怒，”景帝又狂咳了一阵，等气血平复了下才对窦太后道，“目前三位大人的死亡原因并未确定就是他杀呀？”

旁边的刘陵儿媚眼微挑地插话道：“一天里同时死亡，而且死的还都是朝堂上奏请此事的大臣，陛下圣明，您不觉得这也太蹊跷了吗？”

窦太后斜着眼睛盯着景帝，话中带刺地道：“皇帝，你可不要心存包庇呀！”

景帝连连点头回道：“母后放心，皇儿必一查到底，查明真相，还天下一个说法就是。”

窦太后看了一眼身边的窦婴，对景帝道：“公孙贺虽然担着护卫皇城和维护京城治安的差事，但他刚返京，对前情不甚了解，此事重大，哀家看就让大将军窦婴协同公孙贺一同查办此事吧。”

景帝明白母后的心思，公孙贺是王皇后的妹夫，她信不过公孙贺，让窦婴协同查办，其实就是监视公孙贺办案。为了平息母后的怒气，景帝只得点头应允："皇儿谨遵母后懿旨。"

"给公孙贺五天时间查出死因，否则就休怪哀家不客气了。"窦太后一脸不容商量的坚定神色盯着景帝道。

未央宫寝殿。

王皇后刚刚服侍病症日渐严重的景帝睡下后，她缓步走出寝殿，反手将寝殿的门关好，宫女莫黎和黄门侍郎波才都候在寝殿的外面。

莫黎低声问王皇后："皇后娘娘，陛下没有责问您是否与三位大人死亡之事有关吗？"

"没有，只字未提。"王皇后眼眉低垂，似是也在疑惑此事，然后继续道，"陛下越不问，本宫这心里就越不踏实！"

莫黎轻笑道："皇后娘娘该是多虑了，陛下不问，那就是信任皇后娘娘的。"

波才在旁边不屑地看了一眼莫黎，然后道："你懂什么？陛下若问了才说明信任，而且陛下若是对皇后大发雷霆，那就是根本不信此事会与皇后有关。"

王皇后点了点头幽叹道："波公公说的正是，所以说陛下现在其实心里也是多少对本宫有些疑虑的，这也是本宫始终心绪不宁的原因所在。"

莫黎似乎有意讨王皇后开心，转移话题道："哦，对了，这次主查官是公孙将军，那不就好办了吗？"

"你别忘了，太后那边可是派了大将军窦婴协同办案的。"王皇后沉思道。

莫黎不解地问道："即便如此，那窦大将军也不至于毫无证据就颠倒黑白吧？"

波才听到这，颇为不屑地轻声浅笑了几声，然后反问道："想要治谁的罪一定需要确凿的证据吗？"随即他面对王皇后语气谄媚地道，"当年栗夫人巫蛊案和废太子谋反案是怎么最终被定的案？！证据真的确凿吗？还不是被做成了铁案……"

莫黎听波才这么说，吓得浑身一阵颤抖，没敢再说话。

“混账。”王皇后不等波才把话说完就极为不悦地责骂波才，她紧张地四下望了望，然后指着波才的头斥责道，“当年之事本宫早就言明，禁止谈论，若是隔墙有耳被听了去，必将酿成大祸，波才你该当何罪？”

波才见王皇后发了怒，知道自己犯了大忌，吓得赶忙跪倒磕头谢罪。

王皇后又警觉地看了看四下没有可疑之人，低头对波才道：“好了，给本宫起来吧，本宫警告你，下不为例。”

让三人意想不到的是，就在她们三个在寝殿门外私下密谈之时，在寝殿里，景帝正拖着病痛的身体，双手吃力地拄着一根拐杖就悄悄地站在门后听着。

王皇后三人所说的话全被景帝听了个正着，当他听到波才说起栗夫人巫蛊案和废太子谋反案时，景帝的面色开始变得越来越难看了……

三　替罪羊

长史衡咸的府内。

公孙贺和窦婴站在长史衡咸丧命的那间卧室里，衡咸的尸体已经被仵作搬到了义庄随时等待验尸，卧室中衡咸死的位置被用青灰准确地勾勒出衡大人死时的形状。

此时，公孙贺独自来到衡咸常用的书案附近，见书案上摆放着一些诸如笔架、砚台等常用之物，在书案旁边的角落处公孙贺看到一个可能是放置印章的小盒子被丢弃在了一边，他回头偷眼看了看没有人注意他，就假装不经意地信手将盒子打开往里面看了一眼，然后脸上毫无表情又给盖上了。

陪在大将军窦婴身边的卫尉将军甘吉对窦婴谦恭地问道：“大将军是否看出什么端倪？”

窦婴满脸疑惑地在卧室里踱来踱去，又将四下仔仔细细地看了个透，颇为不解地回道：“实在太蹊跷了，两位将军想想，如果说是自然死亡，那么三位大人怎会同时发病身死，这很不正常对吧？”

公孙贺走过去，赞同地点了点头。

窦婴继续道：“但如果说是他杀，我们今日一天已经将三位大人的尸体和身死之地全部清查了个遍，却一点他杀的线索都没有，而且按照件作之言，三位大人身上既找不到致死的伤口，也没有生前搏斗过的痕迹。难道当真那么巧，三位大人同时因病暴毙？”

“是啊，太蹊跷了，毫无线索可查。”公孙贺不可置信地说，然后他一脸为难地道，“而且太后只给了五天的期限，必须查明死因，可真是难为末将了。”

窦婴听到这，狡黠地轻笑一声道：“太后仅命本将军协同公孙将军查案，大主意还得公孙将军定夺呀！”说完，也不等公孙贺回复就走出卧室，站在室外假装欣赏起院内的花草去了。

卫尉将军甘吉凑到公孙贺身边低声说道：“窦大将军这是明摆着事不关己高高挂起，看咱们的笑话。”

“他只是太后派来监工的。”公孙贺不以为然地笑了笑回道。

甘吉看着公孙贺的笑容，焦急道：“将军还有闲心笑，这三位大人的死亡原因尚未查明，太后给的时间又如此紧张，这可如何是好啊？”

公孙贺轻声对甘吉道：“我敢断定是他杀。”

“啊？莫非将军已有线索？”甘吉一脸惊愕地看着公孙贺问道。

公孙贺眼望着书案方向小声道：“我已在三位大人的死亡现场发现了探丸郎留下了的标记，三位大人必是探丸郎所杀，只是那标记放置的位置极为讲究，且很有规律，若不是我无意间发现了这个规律，恐怕也很难找到。”

“当真？将军果然出手不凡，一下就能找到探丸郎留下的标记。”甘吉欣喜之色顿现，但转念又狐疑地问道，“既然将军已经查到线索，为何刚才不与窦大将军说明？”

公孙贺轻叹了一口气回道：“虽然发现了探丸郎留下的标记，但他们的杀人手法太过诡异，我查了这一整天却根本无法破解，如果我刚才向大将军说明，那么太后很快就会知道三位大人是他杀而不是因病暴毙，倘若五日后我们查不出探丸郎的杀人手法，又怎么证明是他杀呢，岂不是自找苦吃吗？”

“确实如此。”甘吉闻言也是眉头紧皱地说道。

公孙贺继续道：“所以我只能秘而不说，大不了最后就说毫无他杀的证据，判定为自然死亡，而且大将军也能作证，我们的确没有找到他杀的证据呀。”

“将军所言有理，”甘吉赞同地点着头，随即愁容再次浮现，他问道，“不过即便如此，太后也不会相信，必然问责于我们，将军可有办法？”

公孙贺沉思了片刻，胸有成竹地回道：“我们可以请高人。”

甘吉一脸不解地问道：“卑职愚钝，还请将军明示。”

公孙贺走到衡咸暖榻的对面轻声道：“甘将军是否还记得那个叶良禽？”

甘吉想了想回道：“就是那个多次在太子殿下微服私访时出手相救，被将军认为有探丸郎嫌疑而下狱的叶良禽？”

“就是他！”公孙贺有意无意地摆弄着暖榻旁边小桌子上的物件，然后信步出了卧室，谦恭地对窦婴说道，“大将军，您看我们今天就先查到这里如何？”

窦婴满脸笑容地回道：“好啊，都依公孙将军。”

回去的路上。

公孙贺与甘吉并肩骑在马上。

甘吉不无赞叹地对公孙贺道：“将军果然深谋远虑，卑职佩服，将军之所以推举叶良禽查案，因将军已然知晓此案是探丸郎所为，所以让他去查，他若能查得出，就排除了他是探丸郎的嫌疑，而将军也可对太后有个交代；而他若查不出，那他必是有意包庇探丸郎，至少说明此人与探丸郎有关联，就可以顺藤摸瓜抓到探丸郎了。”

“甘将军只猜到了其一，却没想的更深。”公孙贺笑眯眯看着甘吉继续道，“而且这推举叶良禽之人不能是我们，须由他人向陛下举荐才稳妥。”

甘吉问道：“将军有意请谁来举荐？”

公孙贺笑着道：“太子殿下不是深信叶良禽不是探丸郎吗？那就让太子出面推举，给姓叶的那小子一个证明自己清白的机会吧。”

甘吉这回可是丈二和尚摸不着头脑了，他不解地问道：“将军这究竟是何意啊？”

公孙贺淡淡地一阵冷笑说道：“假如叶良禽真的在期限内查明了三位大人的死因和真相，那不仅省了你我的事，而且我们和太子都举荐有功，也是好事。”

“正是。”甘吉认同地点了点头。

公孙贺继续道：“但我断定叶良禽一定不可能查清，五天期限查明案情，就连你我都没有十足的把握，何况那个姓叶的小子呢，太后限令你我五天查明死因，这明摆着就是给咱们小鞋穿，她老人家可一直巴不得找个机会除掉我们，她怎会错过这个机会？”

甘吉回道：“不错，窦太后早就忌惮公孙将军手中的兵权了，虽然太后的侄子大将军窦婴是全国军队的最高统帅，但那不过是个名义上的虚职，而公孙将军您手中掌握的可是守卫整个都城的南北两军兵权，可以说是实权在握。”

公孙贺说道：“所以，让殿下举荐叶良禽，关键不在于他能否查清此案，我的最终意图有二，这一是把太子殿下拉上这艘船做咱们的护身符，如果是因为太子举荐的人无能，到期没有查清案情，那么殿下也有责任，而有了殿下这块挡箭牌在前面，太后自不可能对你我怎样。”

甘吉似乎有所领悟，他紧跟着问道：“那么意图二呢？”

公孙贺继续道：“这二嘛，就是主查变成了叶良禽，而你我仅仅是协助，五天后限期一到倘若破不了案杀的只能是叶良禽，我们作为协查，罪责就轻了许多，再有太子的庇佑，最多罚奉了事罢了！你我就可躲过此劫！”

听到这，甘吉这才恍然大悟，无不钦佩地拱手道：“卑职对将军佩服得可谓五体投地。”

公孙贺向前紧催坐骑，回头对甘吉说道：“走，咱们去太子府。”

未央宫的寝殿内。

景帝看着垂首站在身边的太子刘彻，虚弱地问道：“太子所言属实？那叶良禽当真在北巡期间多次救你的性命？”

刘彻看了一眼跪在地上的公孙贺，对景帝回道：“父皇，儿臣所言句句是实，叶良禽的确是文武双全的少年英才，还足智多谋，有能力查清此案，只是公孙将军对他始终有所怀疑，所以儿臣这次举荐他查办此案，不仅是为国推举人才，也想因此证明他的清白。”

等刘彻说完，公孙贺赶忙道：“陛下，那叶良禽确实数次搭救太子，但微臣派人查过此人的背景，竟然发现此人犹如凭空出现一般毫无背景可言，来路不明，而且还身手了得，很难说他救太子的真实目的是否单纯，微臣怀疑他与那杀手组织探丸郎有关联。”

景帝沉思了片刻，抬头对公孙贺道：“爱卿，传朕圣旨，命叶良禽即刻查办此案，务必在太后规定期限内查明真相和死因，限期一到朕将在未央宫御审此案，到时包括太后、皇后都将前来听审，如若到期未破，朕定对那叶良禽重罚不赦。”

公孙贺赶忙叩首道：“微臣遵旨。”说完起身出去，在转身的同时，他的嘴角现出一丝不易察觉的冷笑。

诏狱的一间牢房中。

“不去，不去，什么三大人离奇死亡案，跟我有关系吗？”牢房里，刘不周依靠在草垛上，斜着眼睛瞟着眼前的公孙贺，爱搭不理地回道。

公孙贺耐着性子说道：“叶良禽，圣命难违，陛下已经下旨命你查案，你敢抗旨不遵？”

刘不周很是不屑地回道：“那是你们的皇帝，我就是一介小草民，只会在边境做做生意罢了，哪会破什么案？！”

公孙贺凑近刘不周说道：“你知道吗，是太子殿下特意在陛下面前举荐你的，他也是为了还你个清白之身，你要懂得殿下的一番苦心呀。”

“打住。”刘不周马上坐起身子，一副无辜的表情说道，“你还别跟我提你们那太子了，我看摊上他就没好事，也怪我多管闲事，你说我没事救他做什么？要早知道他是太子，当初我早就躲得远远的了。”

说着，刘不周懊悔地狠命用手拍了拍他坐着的草垛，对公孙贺抱怨道：“看到没，这就是救了他的下场，不仅什么好处都没捞到，反而落了嫌疑，还被下了大狱，你说我冤不冤？”

公孙贺听到这，不禁一阵冷笑，他紧盯着刘不周的眼睛说道：“叶良禽，你给我听好了，你要还是不答应的话，假如本将军到期破不了案那就别怪我无情了，到时候我就拿你去顶替凶手！”

四　宫里有人好办事

义庄里。

枚乘、赵努、衡咸三位大人的尸体一字排开被摆放在屋里，义庄外面已经被官军里三层外三层地包围着，任何人不经许可都别想随意地进出这里。

刘不周和阿玉奇正在逐个仔细地检查着三人的尸体。

距离三位大人死亡已经过去了将近两天，尸斑遍布了三具尸体的全身。

刘不周用手在尸体的皮肤上量了下，发现三具尸体全部没有了温度，有隐隐的一点点臭味从尸体里面散发出来，这味道目前还不是很浓郁。

但让刘不周感到奇怪的是，只有枚乘和赵努的尸体是僵硬无比的，这种反应是正常的，人死亡后会形成尸僵，然而衡咸的尸体却一直软塌塌地摊在那里，这却是很不正常的表现。

随后，刘不周又详细地查看了三具尸体的每个部位和细节，他观察得极为仔细，哪怕最细小的部位都不放过。

等看得差不多了，刘不周闭上眼思忖了半天，然后睁开眼对阿玉奇说了句："走，去看看枚乘的马车。"说着，就带着阿玉奇离开了义庄。

枚乘的府邸门口。

侍御史枚乘身死的那架马车一直停在他的府门口，并被一队官军包围着，严格地保护起来。

刘不周安静地站在马车的面前，他非常仔细地观察着马车的外观。

这是一驾做工极为考究非常华美的三马双辕施轓车，这种车在当时绝对算是行政版的高端豪车，而且还不是有钱就能买得到的，必须是官至一定级别才有资格乘坐此车。

此车由三匹马驱动，以正、副两名御马人驾驶，从黑缎精包的车篷到上等木材打造的车体，再到鎏金铜件的配饰上，此车堪称上品，每个细节都体现着主人高贵的身份和地位。

刘不周用手抚摩着漆黑油亮的马车，问站在身边的枚乘家的管家道："你家老爷平日上朝都乘坐这架马车吗？"

“是啊，这驾马车是太后她老人家御赐给我家大人的，全都城都没有几驾呢！”管家一脸傲慢地道。

枚乘家的这个管家是个典型的势利眼，他看着眼前这个既无官又无职，而且还是被从监狱里带过来的草民刘不周，脸上写满了不屑的神情。

他见到刘不周的手放在车身上，竟然非常无礼地把刘不周的手毫不客气地拿了下来，然后阴阳怪气地道：“所以啊，你就不要乱摸了，弄坏了你赔得起吗？”

刘不周看着他那一脸嫌弃的神情也不生气，失笑了一声说道：“你那死鬼主人要知道你如此的忠心，恐怕得不惜一切代价把你带走，去阴间陪伴他吧！”

管家听刘不周这样挖苦他，不由得大怒，手指着刘不周厉声道：“你……一个待罪的囚犯竟敢口出不逊？！”

“你说谁是待罪的囚犯呢？他可是陛下钦命的查案官！”这时，一个娇嫩的声音从身后传来，语气中带着一股子慑人的威严。

众人回头看去，只见南宫公主怒目站在他们身后，管家见是公主来了，惊慌失措地赶忙跪地，谦卑地道：“不知公主驾到，小人未能远迎，请公主恕罪。”

南宫手指着管家的脑袋严厉斥道：“狗眼看人低的东西，这位叶大哥是太子殿下和我的救命恩人，你要敢对他无礼，就是跟我过不去，定不饶你。”

那管家吓得一个劲地叩头道：“小人知错了，小人知错了。”

“公主，你到此是何意呀？”刘不周不解地问南宫。

“太子哥哥让我陪着叶大哥一起查案呀！”南宫不再理会管家，转身来到刘不周的面前，眉开眼笑地道。

还没等刘不周做出反应，南宫突然煞有介事地凑到刘不周耳边压低了声音道：“叶大哥，其实太子哥哥是特意派我来监督你的，说免得你跑了。切，我还巴不得你跑了呢，不过能和你一起查案感觉很酷的样子，我还是很乐意的。”

刘不周被南宫这么一说搞得哭笑不得，他笑着说道：“你这个太子殿下的间谍是怎么当的呀，自己把底细都交代出来了啊？”

南宫一脸期许地嘟着小嘴说道：“这不是怕你不带着我玩嘛，所以得先表个忠心呗！”

刘不周回道：“公主，我是在查案，可没工夫陪你玩，到期不能查明死因我就真的没命了。”

南宫转头瞟了一眼还跪在地上的管家，理直气壮地对刘不周道：“我不玩，我就陪着你查案，有我在呀，你查起案来不是更加方便了许多吗？！”

刘不周无奈地摇了摇头，也不多说什么，径直钻进了马车里，对车内的每一个细节和角落仔细地查看起来。

不一会儿，他从车里探出头对管家道：“可否叫上当日跟随的侍卫，带着我把枚乘大人从下朝到回家的路重新走一遍？”

管家好像没听明白，愣愣地看着刘不周疑惑道：“啊？”

南宫马上柳眉倒竖，劈头盖脸地过去一通吼：“啊什么啊，让你把那天的侍卫全喊上，带着我们重新走一遍回家的路，磨蹭什么，还不赶紧安排？！”

管家忙不迭的一个劲地应诺着：“是、是，小人这就安排，这就安排。”

皇城门口。

枚乘的管家把当日跟随的五十名侍卫全部集结完毕，刘不周问众侍卫：“你们当日在护送大人的过程中可发现在这条路上有什么不对头的地方吗？”

侍卫们相互看了看，都不约而同地摇头说没有。

刘不周又问道：“那枚乘大人这一路上有什么异常的表现吗？”

众侍卫都低着头极力地回忆着当天的每一个情形。

忽然一个侍卫说道：“回大人，小人当日所处的位置正好在大人马车软帘的旁边，整个回家的过程没什么特别的，只是在路过闹市街的时候小人透过软帘隐约地看到大人好像在拍打什么，但因为有软帘挡着，小人也看不太清楚，之后就没有什么特别的了。”

刘不周若有所思地点了点头，没有再问，转身上了枚乘的马车，南宫也紧跟着上了车，她也不等刘不周发话就自作主张一挥手说了声：“走！”

马车就在众侍卫的保护之下按照当时走的原路向枚乘府邸而去，阿玉奇则跟在车后面全神贯注地查看着什么！

马车出了皇城来到东市的商业街上，这里的路就没有那么平坦了，路面时不常地出现各种小土坡和石块将马车上下颠簸得有些剧烈，刘不周将一颗小石子放在座位上，聚精会神地看着小石子因路面颠簸而不停地跳动着。

“叶大哥，你这是在做什么？”南宫不解地问道。

刘不周没说话，他将自己扮作枚乘坐车时的样子，仰面朝天地仰坐在座位上，他的眼睛看到的地方是车篷上的一个点，而整个车篷正是在这个点上有一些和其他地方不同之处，因为那里的黑缎上隐隐地撕裂出了一个细小的口子，刘不周伸手掏进小口子，竟然从里面取出三粒黑、白、红三色的泥丸来。

五　永无宁日

一旁的南宫见状不由得惊呼一声道：“这是……这是探丸郎的标记？”

刘不周端详着手里的三颗泥丸疑惑地自语道：“这么明显的露标方式，公孙将军不会看不出来吧？”

南宫高兴地问道：“哎呀，叶大哥真神了，三位大人死亡案定是那杀手组织探丸郎所为了，这案子就算是破了吧？”

刘不周摇了摇头道：“只是找到了探丸郎的标记而已，还没查清他们的杀人手法，此案并不算了结。”

南宫问道：“那么一点线索也没发现，是吗？”

刘不周看着还在一下一下弹起的小石子道：“只有一些零星的线索和发现，但仍是没搞明白！”

两人说着，马车已经走到了商业街的中段，此时的路面更加的不平了，放在座位上的小石子跳动得也愈加的激烈起来，刘不周撩开软帘问刚才说话的那个侍卫：“你说隐约看到枚大人在拍打什么，可是在这里？”

侍卫肯定地回道：“是的，小人就是在马车经过这一带时看到的。”

侍卫刚说完，突然前面拉车的三匹马好像受到了什么不一般的惊吓一样接连的“稀溜溜”地嘶鸣了几声，然后竟然猛地四蹄趟开，毫无征兆的发了疯似的向前狂奔了出去。

事情来的实在太过突然，两位御马人始料未及，急迫中使出各种解数想要控制住局面，却发现根本无法让三匹马停下来。

那三匹马就像疯了一般，拖带着马车在街市上横冲直撞地冲着，沿路的行人惊恐地呼叫纷纷躲闪，即便如此，三匹马仍是撞翻了不少沿街摆放的物品和摊位，整条街被搞得一片狼藉。

马跑了没一会儿，两个御马人就被甩出了车外，滚到了旁边的路上。

车里的刘不周和南宫对这个突变毫无心理准备，被颠得七仰八歪的。

车轱辘快速碾过一道土坡，将马车颠起了老高，整辆车几乎完全倾斜了，差点就翻倒了下去。

南宫害怕地惊叫了一声，下意识地一把搂住刘不周的胳膊，刘不周死命地抓着马车内的把手才确保自己不被甩出车外。

等后面的阿玉奇搞清楚前面发生的状况后也是急得不成，情急之下他不顾一切地冲了上来，一把抓住其中一匹马的笼头，脚下用力，死命地向后扯。

但是三匹马此时全都处于癫狂状态，而阿玉奇并不太擅长御马的技术，根本控制不住三匹马前冲的巨大惯性，他就这么被拖着一起狂奔一里多地，肚腹当中就已经被颠得七荤八素的了。

最后阿玉奇实在没有力气再抓着马笼头了，被那匹马猛地一甩脑袋，整个人就直直地被甩了出去。

这个时候，马车已经冲过闹市街，径直向着揭水坡方向而去，前面的路是一条向下的坡路，而且坡度很陡，三匹马跟着惯性越跑越快，眼看着连马自己都快控制不住局面了，刘不周和南宫简直是进退两难，随时有车毁人亡的危险。

正在此时，一个矫健的身影腾空越过马车，一下子坐到了三匹马的中间那匹马背上。

拉车的马是不配马鞍的，而那个人虽然坐在光秃秃的马背上，却能稳坐在上面，丝毫没有不适应的表现。

此人双脚使劲地夹住马肚子稳住身体，然后一把扯过马缰绳，娴熟地拉起了马头，但那马却疯狂地不停晃动脑袋想要挣脱束缚，那人也不慌张，猛地一使劲抽动缰绳再次拉起了马头，一人一马就在高速狂奔中相互拉锯式地较量了起来。

经过好一番人马之间的博弈，那马竟然真的逐渐被制得不那么疯狂了，眼看着就渐渐地放慢了速度，另外两匹马被这匹头马带动的速度也放慢了下来。

在惊马就要被那人制服的时候，突然那匹马可能一时没能适应向下的势头，一下子马失前蹄栽倒了，那人只得顺势伏在马的身上跟着一起卧倒。

另外两匹马也被带着紧跟着纷纷倒了下去，虽然三匹马已经被那人控制得速度慢了许多，但由于下坡时前冲的惯性实在太猛烈了，三匹马这一戛然停止前冲，反而将后面的车乘“呼”地一下抛向了天空，整个车子连同刘不周和南宫一起在半空中翻了无数个筋斗，猛地向着地面狠狠地砸去……

刘不周眼见着马车向着地面砸去，若再不离开，他和南宫极有可能被直接摔死，千钧一发之际，他一只手将南宫搂在怀里，双脚狠命地一蹬车子，两个人就从马车里腾空着冲了出来。

刘不周在半空中看准了路的旁边有一片低矮的灌木丛，他又猛踹了马车一脚，借着这个力抱着南宫一头栽进了茂密的灌木丛中。

也就在刘不周二人栽入灌木丛的同时，那马车就重重地砸在了地上，整个车被摔得四分五裂，完全变成了一堆废木头。

过了好一会儿，灌木丛中的刘不周才艰难地缓过劲来，这一摔着实不轻，万幸有那个出手相救制服惊马的人控制住了马的速度，否则后果不堪设想。

刘不周松动了下身子，赶紧转头去看身边的南宫，发现她已经被摔得昏厥在了灌木丛里尚未醒来，不过没什么大碍。

刘不周艰难地站起了身子，一眼就看到刚才那个舍身相救的人也正好从伏在地上的马背上站了起来也正看着他，从远处看此人的身形好像是一个女孩子，但是因为距离远，他没看清这个女孩子的相貌。

刘不周心里说不出的感激，要不是这位女子刚才拼了性命抑制住了惊马，恐怕现在他和南宫早就被摔成肉饼死于非命了。

刘不周赶紧捂着刚才被摔得仍有些昏昏沉沉的脑袋向那个女孩子走去，

想要表示感谢，可是走得逐渐近了，他也看得越发的清晰了，却越来越觉得这个女孩子怎么如此的眼熟呢？

只见这位女子大约二十岁不到的年纪，身材高挑匀称，一袭束腰的滚雪锦缎衬底的席地汉式百褶长裙，裙角的边上用银色的闪线层层叠叠地绣上了九朵曼陀罗花，在一片雪白中显得格外注目。

她外衬着一件敞口云纹纱衣，把个精巧动人的锁骨不偏不倚地露了出来，一头如丝绸般柔滑的秀发随意披散在身后，三支尾端带紫白水晶珠串的细钗斜插在秀发之上。

当刘不周将目光聚焦到她的脸上时，不由得登时惊得目瞪口呆，这张国色天香、精致绝伦、美艳中不失率真的脸庞对他来说实在是不能再熟悉了，她竟然是阔别了三年之久的匈奴公主奥琪布。

六　再见奥琪布

四目相对，刘不周和奥琪布就这样面对面站着良久无言。

此刻对于二人来说，仿佛这世上除了他们两个人以外，什么都可以不必存在了，没有了山、没有了水、没有了天，也没有了地，空空的混沌之间就只剩下两个人儿呆立在那里。

刘不周的眼神从无比的惊诧逐渐变成了万千的惊喜，而奥琪布看着刘不周的双眼，眼眶中早已经湿润，晶莹剔透的泪珠在明眸中闪烁。

对于这样一个在条件恶劣的莽莽草原上长大的倔强女孩来说，她自小就被父王教育眼泪是奢侈的，是懦弱者的标志，但再见到刘不周的这一刻，她的眼泪却毫不吝惜地“扑簌簌”滑落了下来。

三年了，三年前黄水悬崖上的生离死别，过往的种种、所有的一切都历历在目。

也许在这三年中，刘不周曾经不止一次地在心里憧憬过会在什么样的环境下再与奥琪布相见，可他怎么也想不到，两人会以这样的方式，在这里相遇。

刘不周一双眼睛五味杂陈，他望着眼前的奥琪布，看了很久才结巴着道：“公主……不，奥琪布，你……”

奥琪布不等刘不周说完，略带哭腔地劈头就问："伊鲁巴，你……你没有死，为什么不回来找我？"

刘不周刚要说话，突然听到灌木丛里昏迷中的南宫发出了痛苦的呻吟声。

刘不周一惊，由于再见到奥琪布太过兴奋，竟然把这个小丫头给忘了，他赶忙焦急地对奥琪布道："先救人。"

长安城外的西南方向有一座山坡叫作揭水坡，山坡的下面就是烟波浩渺的揭水湖。

入秋的揭水坡上，原本茵茵的绿草已然渐渐呈现出了黄色，让整个揭水坡遍地黄绿一片，在夕阳余晖的映照下也是别有一番韵味。

五颜六色的迟来野花错落有致地散布在一片黄绿之中，映衬着如一面大镜子般波澜不惊的揭水湖，整个画面展现出了一幅安逸、平和的田园风光。

刘不周和奥琪布这两个久违的人儿并肩坐在揭水坡上。

坡上的小风恰到好处地将阵阵清新的草香味儿吹到了两人身边，奥琪布闭上眼深吸了一口气悠悠地说道："汉地草原的味道倒也是清新可人，却还是比不了我们大草原的那份豪放之气。"

此时阿玉奇从后面走了过来，刘不周回头看着阿玉奇问道："把南宫安顿好了？"

阿玉奇点了点头。

刘不周又问："她身体无恙吧？"

阿玉奇又努力地点了点头。

刘不周这才舒了一口气，也对阿玉奇点了点头。

阿玉奇看了看刘不周身边的奥琪布，识趣地转身离开了。

"三年前，你中箭跌入黄水，所有人都认定你死了，只有我不信。你知道吗？这三年来我找遍了整个草原，并且沿着黄水沿岸一路地找，可就是没有你的影子。"奥琪布双眸流转，有些惆怅地道。

此刻刘不周低着头，听着奥琪布的话，眼睛里满是忧伤。

奥琪布接着道："前些时，父王派弥加尔入汉地抓汉太子刘彻，我背着父王不知道也偷偷地跟在他们后面进入了汉地，在太乐酒舍偷听到了他们抓汉太子的计划，所以就一直尾随他们。”

刘不周凝望着奥琪布问道：“那我两次救汉太子你都看到了？”

奥琪布回道：“看到了，只不过当时你易了容，装扮成个病恹恹的样子，我哪里能认得出你。”

刘不周笑了笑回道：“是啊，若不是后来见到了弥加尔，我还是不会揭开假面的。”

奥琪布点头回道：“最后在莫纳森林我差点被弥加尔发现，然后就见到你截住弥加尔露了真容，我才认出了你。”

刘不周问道：“为何当时不出来与我相认？”

奥琪布回道：“当时我好高兴，恨不得马上出来和你相见，只是我是偷跑出来的，不能让弥加尔发现我的行踪，所以本想等他们离开后再出来和你相见，谁知那个叫公孙贺的汉家将军突然把你抓了起来。我心急如焚，想救你，可是势单力孤，只得尾随着汉太子的仪仗，一路跟到了长安。”

刘不周嘴上不说，心里却已然感动到不行，他望着奥琪布悠悠地道：“刚才要不是你舍命救我，恐怕我又要到鬼门关上走一遭了。”

此时的奥琪布急于要将心中的疑问和盘托出，她关切地问刘不周：“这三年来你都去了哪里？如何死中得活的？”

被奥琪布这么一问，刘不周望着波光粼粼的揭水湖，多少不愿回首的往事如影子般在脑海中萦绕，虽然他极力不愿去回想，却不得不将追忆拉回到当年跌入黄水的那一刻……

刘不周神情有些哀伤地讲述道：“当年，我跌入黄水后被巨浪裹挟着一路冲向了下游，那水势太过凶猛，我根本不能控制自己了，我的头部、身体、四肢不停地受到水中岩石的猛烈撞击，很快就失去了知觉。”

奥琪布爱怜地看着刘不周道：“我知道你一定受了太多的苦。”

刘不周叹了口气继续道：“等我苏醒的时候，发现自己竟然没死，而是被冲到了岸上，躺在一处荒无人烟的礁石滩上，虽然意识还算清醒，可全身上下剧痛难忍，根本动弹不得，当时我以为就算没淹死在黄水中，也会因伤重不治而死在那礁石滩上了。”

奥琪布关切地问道："那然后呢？"

刘不周神情悲怆地略一抬头道："谁知，却被一个偶然路过的人发现，他当场就为我检查了伤势。"

奥琪布急切地问道："那人检查后怎么说？"

刘不周幽怨地回道："那人诊断后告诉我，说我数次遭到黄水中岩石的猛烈撞击，已经全身骨骼筋脉尽断了。"

奥琪布听到此处心疼得已经是泪水濡湿了眼眶，她望着刘不周的脸道："受了那么重的伤，即便是被人救了，也无济于事啊？"

刘不周轻笑了下道："当时我也这是这样想的，那人要将我带回家治伤，可是我那时已经万念俱灰了，我央求那人不要救我，就让我死在礁石滩吧，我可不想像个废人一样度过余生。"

奥琪布眼神哀怨地回道："是啊，一个草原勇士怎么能忍受终生瘫痪在床上。"

"可那人执意不肯，我一着急，又昏死了过去，等我再次苏醒的时候，发现自己已经身处在那人的家中了。"刘不周叹了口气道。

奥琪布反问道："这个救你的人究竟是谁？"

刘不周表情凝重地回道："后来那人告诉我，他叫剧孟。"

奥琪布不解地问道："剧孟？此人很了不起吗？"

刘不周点点头回道："剧孟是大汉很著名的游侠，人称剧孟大师，当年汉地爆发七国之乱，剧孟大师出手离间吴楚诸国，致使七国同盟瓦解，让这场声势浩大的叛乱在三个月内就被平定了。汉地人无不盛赞剧孟大师，说得剧孟如得一国，这也是后来我才知道的。"

奥琪布眼神中一阵兴奋，但随即又暗淡了下来道："即便是他如此厉害，可权谋不同于医术，他怎么能治愈你浑身的伤呢？"

刘不周回道："这也是我的疑惑，但剧孟大师却说，虽然极难医治，却不是不能治，他知道有一种古老的医术有可能治愈我的全身骨骼筋脉尽断，但是病人必须要承受常人根本无法想象的巨大痛楚，而且很可能随时在治疗过程中死亡，能不能最终活着痊愈就要看我个人的意志是否足够坚强了。"

奥琪布听刘不周这么说，心中不免一颤，疑虑地问道：“那会是什么样的方法？”

刘不周眼神中突然呈现出一种罕见的恐惧神色，说出了一句让奥琪布震惊不已的话：“百蛊切肤之法！”

七　百蛊切肤之法

奥琪布追问刘不周，剧孟大师治愈他全身骨骼筋脉尽断的方法，刘不周说出了一句“百蛊切肤之法”，这让奥琪布震惊不已。

那么什么是百蛊切肤之法？

这是源自古巴蜀地区古苗人的一种古老而神秘的医术。

医术的名字虽然带个“蛊”字，但其实并非巫蛊之术那样的邪门法术，可是整个治疗的过程却比那巫蛊之术不知要恐怖上百倍。

这种医术，首先要选取一种足有细擀面杖粗细、体长二寸有余的牛魔水蛭，牛魔水蛭的数量必须能够装满一整个的大木盆，粗略算算也得有个几百条之多。

然后在每天日出之时，将病人放入装满了几百条牛魔水蛭的大木盆中两个时辰，任凭那些通身黏滑、恶心至极的牛魔水蛭爬满病人的全身去吸食身体上伤口的脓水。

这种牛魔水蛭在吸食脓水的同时会不停地释放出含有大量剧毒的体液，这种体液经过伤口不断地渗透进身体里，剧毒入体蔓延全身，令病人每天痛不欲生、生不如死。

更加恐怖的是，这样的治疗过程长达一百四十七天，病人必须每天经受这样被剧毒侵蚀的恐怖过程。

神奇的是，牛魔水蛭的剧毒体液不仅能在病人身体里慢慢将坏死的皮肤、筋肉和骨骼碎块腐蚀掉，而且还能帮助新的骨骼和皮肤、筋肉生长，有强效的肌体愈合和复原的作用。

经过一百四十七天的治疗，病人全身的骨骼、皮肤、筋肉就能够彻底完好如初了。

虽然很多人都知道百蛊切肤之术有神妙的治愈效果，但因为实在无法忍受终日被牛魔水蛭爬遍全身的恐怖体验，所以宁愿瘫痪终生，也坚决不以此法治疗。

即便是有为数不多的一些意念强大的人能够硬着头皮治疗了，也会因为每日毒彻骨髓，在治疗期间承受了常人难以忍受的彻骨剧痛，在整个治疗过程中因巨大的痛苦而不自觉地惨叫不止。

更为严重的是，其中绝大多数病人可能还没等骨骼筋脉完全复合，就会因过度剧痛或毒性发作而死于非命了。

所以，虽然此法自古有之，但因太过恐怖和难忍的剧痛，真正敢于尝试的寥寥无几，而最终活着治愈的人就更少了。

刘不周给奥琪布讲完了什么是百蛊切肤之术后，奥琪布用极度惊诧的眼神看着他，眼睛里满是痛苦的泪珠，良久才问出一句："你真的接受了这种医术的治疗？"

刘不周缓缓地点了点头，语气沉重地回道："一百四十七天，百蛊钻身，万毒侵体，每一天都剧痛得恨不得咬舌自尽算了，但我最终还是挺了过来，坚持到了身体完全愈合，就连剧孟大师都始料未及。"

奥琪布如释重负地道："虽然过程惨烈，但你终于恢复了，还是可喜可贺的。"

谁知刘不周却重重地呼出了一口气，然后道："我原以为磨难会就此结束了，可是谁能想到这不过仅仅才是噩梦的开始。"

奥琪布不解地问道："这话怎么说？"

刘不周回道："我的骨骼、皮肤、筋肉虽然已经重新长好，却相当于重新塑造了一次肉身，身体机能就犹如新生婴儿一般稚嫩和脆弱，要想在短时间内让身体像成人一样重新焕发力量，就必须接受非人的训练和修行才能做到。"

奥琪布更为不明白了，她问道："这怎么可能？一个人从出生到成年，至少需要十几年的时光，怎么会通过训练在短时间内就能达成呢？"

刘不周脸上露出一种怪怪的冷笑，他回道："起初我也是这么想的，可是剧孟大师却逼着我日夜修行一门很特别的术法，那才是真正的噩梦呢！”

“是什么样的术法？”奥琪布急切地问道。

此刻刘不周的脸上现出了一种莫名的复杂神情，既有恐惧，也有敬畏，甚至还有些许古怪的畅快之情，但他犹豫了半天最终还是使劲地摇了摇头道：“我……我不想回忆，不想说，我……”

正在此时，就听见身后出现了一声清脆的女声：“叶大哥，你没事吧？”

两人回头一看，身后站着的正是南宫公主，而阿玉奇也跟在南宫的后面。

见是南宫来了，刘不周只得把话暂时咽了回去，两个人双双起身面向了南宫。

谁知南宫却跟没看见奥琪布站在刘不周身边似的，突然一下子扑上来，用双臂一把圈住刘不周的脖子，大惊小怪地道：“叶大哥，让我看看，哪里摔坏了没有？”

奥琪布见到南宫对刘不周如此的亲密，脸色顿时难看了起来。刘不周也察觉到奥琪布的不悦，他慌乱地赶紧用手拉开南宫圈住自己脖子的手回道：“我没事，我没事。”然后赶紧手指着身边的奥琪布对南宫道：“啊……那给你们介绍下，这位就是刚才舍命救了你我的奥……奥姑娘。”

刘不周差点脱口叫出奥琪布的名字来，但瞬间就改了口，毕竟汉匈两国现在征战不断，关系紧张，南宫本身就是大汉公主，若是她知道奥琪布的真实身份难免会给奥琪布平添了几分危险。

况且现在奥琪布一身精致素雅的汉式女装，俨然一位风姿绰绰的汉家女孩儿，他称奥琪布为奥姑娘也是合情合理的。

这时候神经极度大条的南宫才注意到刘不周身边的奥琪布。

见奥琪布是个女孩子，可能是同性相斥的原因，女孩子在女孩子的面前多少还有些矜持，她也为刚才大大咧咧的举动有些不好意思，马上两颊绯红，赶忙故作镇定地用手胡乱梳理了下自己的发鬟，慌乱地上一眼下一眼端详了奥琪布半天，把个刚才心有不悦的奥琪布看得心里直发毛。

刘不周还以为南宫看出了什么破绽来了，刚想说话转移下南宫的注意力，却见南宫根本也没追问奥琪布是什么来历等就忽然张嘴笑着对奥琪布说道：

“哎呀，这位就是奥姐姐吧，南宫在这里多谢奥姐姐救命之恩啦！”

刘不周看着南宫一副大大咧咧的样子，也不禁笑出声来说道：“刚才那么凶险，你和我险些丧命，我看你好像无动于衷似的？”

南宫竟然有些意犹未尽地感叹了起来道：“我呀，从小长在深宫之中，整天被那些宫女和内侍悉心伺候着，把我像珍宝一样保护得严严实实的，生怕我掉了一根头发，无聊极了，刚才的经历虽然惊险，但还真是过瘾了呢。”

奥琪布也看出了这南宫的性子粗枝大叶的，心想没必要跟这神经大条的姑娘一般见识，刚才不高兴的心情也就好了许多，她说道：“公主要是知道了内情，恐怕就高兴不起来了。”

奥琪布说着就从身后拿出三根细细的针刺来亮给众人看，然后指着针刺上发着青紫色的尖部对几人道：“这是我刚才在三匹马的臀部上发现的，有人故意让这三匹马中了导致癫狂的暗器，才让马受惊狂奔的。”

刘不周接过奥琪布手中的针刺仔细地看着，面色冷峻地道：“我们被人算计了。”

风起建章

八　建章酒舍

南宫惊愕地问道："难道有人想害死咱们？"

刘不周回道："更准确地说，是有人不想让我发现藏在车上的线索和证据，想要毁车灭迹。"

南宫这时才感觉到事情的严重性，刚才那种无所谓的神态也没了，心有余悸地问道："这么恐怖啊，那……那我们接下来该怎么办？"

"怎么，害怕了？是谁刚才说查案很酷来着？"刘不周笑着对南宫说道。

南宫捏扯着裙角怯生生地小声嘟囔着说道："谁……谁说我害怕了。"

此时刘不周看了看天色已经渐晚，就说道："既然查案这么危险，咱今日就不查了，我们去个好玩的地方！"

奥琪布赶忙一拽刘不周的衣角低声说道："我们回草原吧，不要再管他们这里的事了。"

"草原"这个词对于刘不周来说确实有些久违了，他眼神暗然地低声回道："难道你忘了？那个草原带给我更多的是噩梦般的记忆吗？"

奥琪布一下子沉默了，刘不周所言她怎会不知道呢，良久她小声说道："那都是过去的事了，现在不一样了，这次回去我一定跟父王说保举你在他身边为官。"奥琪布顿了下，又说，"如果你执意不想回草原，那我们就不回，我可以陪着你天涯海角，去哪都行！"

刘不周用极低的声音坚定地回道："我在这里还有些事没有办完，等我了结了，我们再说好吗？"

奥琪布见刘不周如此的坚决，一时也不好再强求，不情愿地点了点头。

揭水坡和长安城西南角的章城门之间的镇子上有一家外表看上去规模不、装得还算有些档次的酒楼，牌匾上写着"建章酒舍"四个大字。

刘不周、奥琪布、南宫、阿玉奇四人来到建章酒舍的门口，此时一个小侍模样的人笑吟吟地迎了出来，谦恭地说道："四位是要用酒饭吗？那快里面请吧！"

刘不周笑着点了点头，就在小侍引领之下进了酒舍。酒舍中吃饭饮酒的客人并不算多，他们四人找了个比较靠里的位子坐了下来，刘不周只是随便点了几样小酒菜。

南宫看着四周的环境泄气地埋怨道："还说带我来好玩的地方呢，这看起来没什么呀，普普通通的。"

"你急什么？"刘不周说着抬手把小侍叫了过来，对他道，"告诉你家主人百里卿，就说我叶良禽来了，你家的酒不合胃口，让百里卿带我们去喝百样千樽酒。"

小侍的脸上刚才还殷勤的笑容一下子收住了，他没搭话，只是点了点头就转身走了。

"什么叫百样千樽酒啊？"南宫不解地问道。

"这是一句暗语。"刘不周漫不经心地答道，随即他略板起了脸对南宫道，"记着啊，一会儿可不许显露你公主的身份。"然后就坐在那等着。

没一会儿，小侍回来了，轻声道："请几位客官随我来。"说着转身就走。

刘不周四人起身在后面跟随，他们穿过了酒舍的大堂，走进一条长长的甬道，在甬道的尽头出现了一个木质的楼梯。

他们上了楼梯来到二层后继续向前走，拐过一个弯，迎面出现了一道门，小侍乖巧地将门打开说了句："四位客官里面请。"

刘不周四人进了门去，南宫马上被眼前的所见惊呆了，原来这门里面竟然是一个远比刚才吃饭的大堂宽大得多的厅堂。

厅堂的四圈被隔出了许多个单间，只见里面人声鼎沸，人来人往，几乎每个隔间里都有人在吃饭饮酒聊天。

厅堂的中央还有几位乐师正在演奏着美妙的音乐，六个国色天香的舞姬和着音乐的节奏翩翩起舞。

一队队的小侍们来往穿梭在厅堂和隔间之间端菜上酒，那热闹的程度绝不亚于宫廷里的盛大宴会。

看到刘不周四人进来，厅堂中的很多人都不约而同地停止说话，用一种奇怪的眼神盯着他们四个，把个初来乍道的奥琪布和南宫看得心里不住地打鼓。

刘不周却不以为然，在小侍的带领下来到了一个隔间里。

四人坐下，没一会儿各种美味佳肴就全都摆了上来，小侍低声道：“客官先稍座一会，吃些酒菜，我家主人说马上过来相见。”

刘不周点了点头，挥手让小侍退了出去。

南宫此时仍是心里忐忑不安的，她看着桌子上菜肴正在犹豫，刘不周凑到她的身边小声说道：“没想到这建章酒舍里面别有洞天吧！”

南宫仍是心事重重地回道：“确实不曾想到，但刚刚咱们进来时，我看那些人瞧咱们的眼神好生奇怪呀，怎么心里如此的不安呢？”

“那你可知道这里是做什么的吗？”刘不周一笑，小声说道。

南宫狐疑地摇了摇头，一双眼睛瞅着刘不周，似乎在努力地找寻着答案。

刘不周神秘地说道：“这建章酒舍是整个大汉帝国中最大的地下情报交易和销赃避祸的所在，你只要有钱，在这里没有你打听不到的消息，没有你隐藏不了的身份，更没有你销不了的赃。”

一旁的奥琪布听刘不周这么说，也是好奇心顿起，她小声地问刘不周：“以前总听从汉地回来的暗探说起在汉国都城长安郊外有这么一个神秘的所在，当时我还将信将疑，没想到果有此处？”

刘不周点了点头，然后悄悄地用手指了指那一圈隔间里的人对奥琪布道：“来这里的人成分非常复杂，密探、细作、杀手、刺客、被通缉的要犯还有官府中的官人，什么人都有。”

说着，他悄悄指了指斜对面一个隔间里的几个人对奥琪布道：“看见了吗，就连诸如大将军窦婴、卫将军公孙贺等这些朝廷里的实权人物派来的密探也常来，另外还有各个诸侯王们安插在都城的细作，不仅如此，包括外国的谍报人员也经常在这里出没。”

南宫听得冷汗一阵一阵地往外冒，刘不周讲的这些东西对于南宫来说简直是闻所未闻，她惊奇地问道：“他们来这里做什么？”

“交易情报、销赃卸货、躲灾避祸、寻人问事啊。”刘不周轻描淡写地回道。

奥琪布不解地问道：“如此说来，这些本来非常机密的事情在这里却都成了公开的事了？”

刘不周摇了摇头道：“当然不是，这里有个所有人都必须遵守的规矩，那就是从来不问身份，只讲交易。”

奥琪布听了后似懂非懂地点了点头。

随后刘不周又接着道：“其实这些人在这里这么规矩还有一个重要的原因。”

“是什么？”奥琪布问道。

刘不周轻笑了一声道：“那就是因为这里的主人百里卿。”

南宫不以为然说道：“叫百里卿怎么了？这个名字很吓人吗？”

刘不周煞有介事地对南宫说道：“这个百里卿祖上是春秋时期秦国名相百里奚的后人，如果说你的父皇是太阳所照之地的皇帝，那么他百里卿就是这地下世界的皇帝，没人敢违背他的意愿。”

南宫刚要再问些什么，忽然眼光落在了门口，她被门口刚刚走进来的一男一女两个人惊住了，嘴里不由自主地喃喃说道：“怎么她也会来这里呀？”

九　不速之客

建章酒舍里，南宫惊诧地看着门口进来的一男一女，嘴里喃喃地道：“怎么她也会来这里呀？”

进来的这两个人中的那个女孩，南宫一眼就认出，原来正是淮南郡主刘陵儿，而跟在她旁边的那个年约三十的清瘦男人，此人正是郭解，只是南宫、刘不周和奥琪布并不认识他。

此时，刘陵儿也正好一眼看到正在盯着她的南宫，说实话对于南宫会出现在这里也着实让她很惊讶。

两个人彼此都很尴尬地四目相对看了好一会儿，最后还是刘陵儿率先打破了僵局，她展开笑颜，向南宫的方向紧走了几步，媚眼微挑地说道：“妹妹，你也在这里呀？”

南宫张大嘴，刚冒出一个字：“郡……”旁边刘不周一把握住南宫的小臂悄声说道：“怎么忘了？在这里不能暴露身份的。”

南宫马上醒悟过来，强装着露出笑容，对已走到近前的刘陵儿道：“表姐……你怎么也来了？”

两人这样虚情假意的，把自己都搞得有些手足无措了。

这时，刘陵儿已经来到南宫的近前，她一双媚眼流转，话里有话地轻声道：“没想到妹妹也深谙这里的规矩啊？！”

“规矩？……什么规矩呀？”南宫被问得一时语塞，不知该如何回答。

刘陵儿也不介意，忽然转向了刘不周和奥琪布，上一眼下一眼地打量起他们俩来，她看了片刻，面对刘不周说道：“想必这位就是钦命的查案官叶良禽公子了吧？”

刘不周一笑，施礼道：“正是在下。”

“叶公子怎么不去查案，反到带着我妹妹跑到这酒肆之中逍遥快活？”刘陵儿问道。

刘不周一副无奈的样子回道：“姐姐有所不知，案情的线索被毁了，我也只能跑到这里借酒消愁来了。”

刘陵儿马上摆出一副很是惋惜的神情来，轻声说道：“素闻叶公子文武双全，只是这命似乎一向都不太好啊，我听说叶公子在太子殿下微服私访期间多次救殿下不死，那可是大功劳呀，但结果呢？不仅毫无封赏，却落得个被抓入狱的下场，这不是以怨报德吗？！”

“你说谁以怨报德呢？”南宫在旁边听出刘陵儿话里有话了，这是拐着弯地在骂自己的哥哥太子刘彻呢。

“妹妹你急什么，我只是就事论事罢了。”刘陵儿嫣然一笑，然后转头继续对刘不周道，“叶公子，你这名字起得好啊，叶良禽，古语说良禽择木而栖，你可一定要站对了队哦，万一跟错了人那可就万劫不复喽！”

南宫这下真急了，她也不管什么这里的规矩不规矩了，她柳眉倒竖，直呼刘陵儿的名字怒道：“刘陵儿，你……你说话可不要得寸进尺！”

“是谁敢在我的地盘上得寸进尺呢？”正在此时，一个年约二十多岁、生得面容清秀、一身素白锦袍的年轻人出现在两拨人的中间，他左右看了看南宫和刘陵儿两拨人后语气平淡地道：“可不要在我这里闹事，若是坏了我这里的规矩可要后果自负了。”

虽然他说话轻描淡写的，但语气中的威慑之气足以让每个在场的人不敢小觑。

刘不周一拉南宫的袖子小声说道："他就是这建章酒舍的主人百里卿。"

南宫惊诧地看着少年英俊的百里卿，颇为不解地心里暗自寻思着，刚才听叶大哥说这百里卿甚是厉害，号称地下皇帝，还以为此人至少得是白胡子一大把的年纪了呢，却没想到他竟然是个如此年轻的后生。

刘不周见百里卿来了，暗中向他使了个眼色，百里卿会意，笑眯眯地向刘陵儿一拱手说道："陵姐姐，你要等的朋友我们已经给您请到了，就请随我到里面雅间稍作等候，我把客人请过来吧？"

百里卿的出现马上缓和了两个女孩的剑拔弩张，刘陵儿也正好借坡下驴，冲着百里卿施了一个万福，嫣然回道："好，那就劳烦百里公子了。"说着，故意瞥了南宫一眼，就带着郭解跟着百里卿往里面走了。

"哎，你……你算什么……"南宫可不干了，她朝着百里卿质问道。

刘不周一把拉住南宫低声道："在这可别摆咱们这公主的架子了。"说着他用手一指百里卿的背影对南宫道，"在这里，他才是王。"

南宫气鼓鼓地坐回座位上，也不搭理刘不周、奥琪布和阿玉奇三人，自己在那生闷气。

忽然，南宫突然"啪"的一巴掌拍在桌子上，引得附近的人都转头向她这边看。

南宫也不管他们看不看，表情极为严肃地对刘不周说道："那刘陵儿有问题，她来这里做什么？定有蹊跷，叶大哥，你说是不是？"

刘不周此时放下筷子，掸了掸手说道："她，我却不知道，不过你不觉得她身边的那个清瘦男人更蹊跷吗？我怎么对他有种似曾相识的感觉呢？"然后他转头面向奥琪布问道，"奥姑娘，你是不是也有同感？"

奥琪布思忖了一会儿低声对刘不周回道："看身形确实有些眼熟，好像在太子微服私访期间在哪里见过？"

南宫狐疑道："我对那个清瘦男人没什么印象啊？难道我们在哪里见过？"

刘不周回道："现在还只是感觉而已，我也没有十足的把握。"

正在此时，那个小侍过来，谦恭地对刘不周道："叶公子，我家主人请您过去一下。"

刘不周点头，起身对奥琪布和南宫道："你们先吃，我去去就回。"然后就跟着小侍离开了。

厅堂最里面的一间雅座里。

百里卿见到刘不周进来，刚要起身，就被刘不周制止住了，他低声地对百里卿道："别的先别说，我问你，那刘陵儿请的什么客人？"

百里卿轻笑着回道："哪里有什么请的客人呀，就是她们一直在抓的一个人，通过我们的渠道已经被抓到了。"

"她们现在哪个房间？"刘不周问道。

百里卿用手指了指斜对面的第三个雅间，刘不周点了点头，转身从容地出了门，似乎信步闲游地来到百里卿所指的那个雅间门前，忽然一侧身躲进了旁边的一棵盆栽后面，然后拿出一个形状好像葫芦、头部被削得平平的东西，他把削平的那边贴在雅间的墙壁上，将另一头放在自己耳朵上，聚精会神地听了起来。

雅间里，郭解正在跟刘陵儿说话，只见他气哼哼地道："郡主，就是刚才那个叶良禽，我们两次下手要置太子于死地，第一次蒙了面扮作劫匪在山道上劫持了太子，第二次易了容扮作店主给他们的酒饭中下了番木鳖，可两次都是在马上就要成功的时候反而被这小子给搅了局，将太子给救了，害得我们无功而返，结果便宜了刘彻那小子。"

刘陵儿悠悠地端起一樽酒，看着酒樽里的酒说道："本来我就不同意父王刺杀太子的这个计划。"

郭解回道："但，若不是那姓叶的小子，这个计划就成功了。"

刘陵儿一边优雅地摇动着酒樽中的酒，一边出神地说道："看来这叶良禽确实有不凡之处。"

"依我看，一会干脆把那叶良禽也做了算了。"郭解不服气地发狠道。

十　金漆书信

刘陵儿表情极为不屑地撇了一眼郭解说道："郭大侠，能到这来的都不是一般角色，我看你未必能做的了他吧。"

自从跟了郡主刘陵儿之后，这位所谓的大侠郭解彻底被这位郡主的美艳所征服了，为了讨好刘陵儿，这郭解不仅卖力地为刘陵儿做事，而且整日就像个哈巴狗似的在刘陵儿面前卑躬屈膝，早就没了从前虎啸山林的那股霸气了。

怎奈刘陵儿却对郭解的忠心和卑屈讨好视而不见，不仅从不给郭解好脸色看，还经常出言奚落他。

刚才听到刘陵儿鄙夷自己不如刘不周，郭解明显被激怒了，他虽不敢对刘陵儿发作，但仍赌着气地对刘陵儿抱怨道："郡主莫非信不过我？"

刘陵儿这个时候放下了酒樽，面容严肃地看着郭解道："郭大侠，现在可不是你好勇斗狠的时候，你不要忘了我们今天来的目的是什么？"

郭解闻言，马上把话止住了，连连称诺，不再多言。

藏在雅间外面盆栽后面的刘不周手里拿的那个葫芦状的东西其实是一种叫作"独望"的古老便携式监听设备，用"独望"贴近墙壁进行监听，可以偷听到三进以内的房间中说话的声音。

刘不周这一监听才知道，原来刘彻在微服私访期间遭遇的那场山道上的劫持和在那个小镇子的客栈中下剧毒番木鳖的都是郭解这伙人所为，目的就是要杀死太子刘彻。看来这郭解和郡主刘陵儿并不是表面看着的那么简单，其中必然隐藏着什么不可告人的秘密。

但刘不周转念一想，仅凭二人这几句话还说明不了什么，此事不能过早地声张，毕竟没有抓到他们刺杀太子的确凿证据，必须想办法搞清楚他们的真实目的，把罪证坐实才是上策。

刘不周正想着，两个彪形大汉扛着一个还在不停晃动的大包袱走进了雅间，谦卑地对刘陵儿道："主人，客人带到了！"

刘不周听到里面有异动，赶忙收回了思绪，耳朵紧贴着"独望"仔细地听着。

“哦？”雅间里刘陵儿马上一扫刚才慵懒的状态，看了看那个大包袱，对两个大汉说道，“打开！”

两个大汉应诺了一声，把大包袱放到地上，解开扎紧的绳索，包袱里面竟然露出一个大活人来。

只见这个人被五花大绑着，一身米黄色的百水长裙，头发乌黑修长，而现在却杂乱无章、乱蓬蓬的，这可能因为被塞进包袱里的时候给弄的，仔细一看才发现这个人竟然是个妙龄的女子。

她嘴里似乎被塞入了什么东西，说不出话来，只能“呜呜”地不停哀号。

往这个女子的脸上看，因为多日的奔波，她的脸上被搞得脏脏的，但仍可以看出那是一张浑然天成、娇艳欲滴的美艳俏脸。

仔细端详，原来这个女子正是太子刘彻在大婚之夜和太子妃陈阿娇赌气，跑到妓院中找的那个身份最为卑贱的贱奴樛雨诗。

此时藏在雅间外面偷听的刘不周可着了急，这“独望”只能听，却不能看，情急之下，他在不透明的白纱窗帘上开了个三角形的小口，用一只眼睛凑过去往里面观看，此时他的位置正好在刘陵儿和郭解的背后，被捆得结结实实的樛雨诗的正脸正好能被刘不周看了个正着。

雅间里面，刘陵儿端详着樛雨诗良久才说道：“樛雨诗，你可让我们找得好苦啊！”

樛雨诗的嘴里被塞进了麻布团，没法言语，只能发出“呜呜”的声音，她用一双惊恐的眼睛表达着惶恐和不解。

刘陵儿看到这，冲那两个大汉一挥手，其中一个大汉伸手取走了樛雨诗嘴里的麻布团，樛雨诗这才紧喘了几口气，双眼仍旧惊慌失措地看着刘陵儿说道：“郡主，奴婢……奴婢做错了什么？”

刘陵儿面无表情地质问樛雨诗道：“你这个忘恩负义的贱婢，三年前太子大婚之夜他跑到妓院中跟你过夜，你因此得罪了太子妃，太子妃恨不得将你置于死地，要不是本郡主可怜你，在太子妃面前保你不死，还将你送到赵王千岁的府上为婢，太子妃能容得了你吗？恐怕你现在早已经死了多时了！”

“郡主，这件事奴婢早已承认过了，当时并不知道他就是太子啊，再说……再说太子他根本就没碰过奴婢。”樛雨诗低着头胆怯地小声辩解道。

刘陵儿笑道：“太子妃当时若信了你的这些话，还会要你死吗？没有本郡主，她能饶了你？”

樛雨诗抬起头看着刘陵儿说道：“奴婢感念郡主的救命之恩，但奴婢也为郡主做了不少事呀，郡主将奴婢送到赵王府为婢，其实是让奴婢去做卧底，暗中打探赵王府的动静和消息。虽然赵王对奴婢百般凌辱，但奴婢为了报答郡主的恩情，该做的都做到了啊！”

刘陵儿怒目厉声斥道：“可你为什么窃取金漆书信后，不辞而别了呢？”

樛雨诗这才明白刘陵儿千辛万苦地抓自己回来的真正原因，她一脸惊恐地看着刘陵儿身边的郭解说道：“不是郭大人给奴婢传的话，让奴婢偷了那金漆书信即刻离开王府，远走他乡，藏匿身份，没有他的召唤绝不能出现的吗？”

有人说，当迷恋一个人的时候就会不由自主地表现得不自然，这郭解也不例外，郭解听樛雨诗这么说立刻慌了，他偷偷看了一眼身边的刘陵儿，然后气急败坏地厉声对樛雨诗斥道：“贱婢，你敢血口喷人，我从未指派你偷过书信！”

刘陵儿转过头冷冷地看着郭解问道：“郭大侠，这你怎么解释？”

郭解赶忙转身对刘陵儿谦恭地说道：“郡主，我郭解对郡主一片忠心可鉴日月，还望郡主不要听信这个贱婢的一派胡言。”

刘陵儿对着郭解轻笑了一声说道：“你不要着急解释嘛，是非曲直还得问清了才知道不是？”说着她转头问樛雨诗，“我问你，可是郭大人亲自给你下的指令吗？”

樛雨诗低声回道：“那却不是，奴婢接到的是郭大人所派之人的指令，只是此人全部接对了我们事先定好的暗语，所以奴婢才相信的。”

郭解听到这才如释重负，他赶紧对刘陵儿说道：“郡主，定是有人冒充我们的接线人给这贱婢下的指令。”

刘陵儿没有回应郭解的解释，她继续问樛雨诗：“那你可知这金漆书信中写的是什么？”

缪雨诗回道："奴婢不敢看，但曾听赵王独自看信的时候自语过几句，说金漆书信中是足以扳倒王皇后和太子的证据。"

刘陵儿不禁眼前一亮，她追问道："缪雨诗，那金漆书信现在哪里？交出来，本郡主可以对你之前所犯的错误既往不咎。"

缪雨诗颤抖着小声地回道："奴……奴婢在逃匿的路上给丢了。"

"哈，你这个贱婢，这世上怎会有如此巧合的事情，这个谎话你觉得我们会信吗？"郭解可算抓到在刘陵儿面前表现自己的机会了，他大声对缪雨诗吼着，随即"唰"地抽出一把匕首笔直地插在桌子上怒道，"再不说实话，信不信我一刀一刀地将你脸上的肉全割下来？"

十一　平衡与默契

缪雨诗吓得慌忙解释道："奴婢没有说谎啊，奴婢从赵王府逃出来时，原本是将金漆书信揣在怀里的，谁知等奴婢打算找地方稍作休息的时候，才发现金漆书信不见了。"

刘陵儿媚眼微垂地对缪雨诗道："既然你还在狡辩，就不要怪本郡主无情了，来呀，给我打。"说着，她向那两个大汉一使眼色，两个大汉不由分说，丝毫没有怜香惜玉之意，上去对缪雨诗就是一顿拳打脚踢。

缪雨诗疼痛难忍，在地上一个劲地翻滚，嘴里哀求般地呜咽着："郡主，奴婢说的都是真话啊！"

"死不悔改的东西。"刘陵儿看着满地翻滚的缪雨诗恨恨地说，随即她转向郭解语气阴冷地道，"看来不来点狠的她是一定不说了，你就给这个贱婢的脸上留点记号吧！"

此时雅间之外，刘不周早已不在了，他已经回到厅堂中他们的那个隔间里。

南宫见刘不周回来，刚要说话，却不想刘不周莫名其妙地突然指着阿玉奇怒道："你说，是不是你把我们调查的行踪泄露出去的，害得马车被毁、线索全断的？"

阿玉奇一脸茫然地看着刘不周直摇头。

刘不周见阿玉奇一个劲摇头，气更大了，他猛然站起，指着阿玉奇大声道："我早就看出来了，你就是个卧底！"

这一声喊响彻了整个酒舍，让原本喧嚣热闹的酒舍里瞬间鸦雀无声了。

虽然这里鱼龙混杂，是情报交易、销赃卸货的地方，但这里的每个人都秉承着规矩，绝不会暴露自己的身份，所有的交易全有自己的规律和流程，都在一种秘密且心知肚明的状态中进行着。

无论你是密探、重犯抑或是官府中人，大家都遵循着同一种默契在行事，久而久之就形成了一种独特的秩序和规则，就是虽然明知道做的都是见不得人的买卖，但绝口不能提诸如"卧底""细作"等这样敏感的词语。

今天刘不周这一声喊彻底打破了这种平衡和默契，在场的所有人全部停止了交谈和交易，目瞪口呆地看着刘不周这边。

距离刘不周的隔间不远的另外一个隔间里，一个家伙可能因为听到刘不周的一声喊后太过紧张，袖筒里藏着的一把短剑不小心掉到了地上，在寂静无声的厅堂里发出了刺耳的"当啷"一声。

坐在他对面的那个人一见，马上怒不可遏地拍案而起怒道："你竟敢偷偷带着兵器来谈判？是何居心？"

话音没落，旁边几个隔间里已经站起来十几位，看状况应该是发怒那位的同党。

掉剑的那人刚想解释，自己带来的人也纷纷站了出来，而且还都抽出了刀剑。

而发怒这人见状，更怒不可遏地抄起一把酒樽照着掉剑那人的脑袋就砸了过去。

掉剑那人躲闪不及被拍了个正着，血流了一脸，他手下的人一见老大被打了，眼珠子都红了，冲上去就和对方的人打在了一起。两边的人就此反目，很快演变成了一场混战。

那边这么一闹，引发了强烈的蝴蝶效应，连带着整个酒舍乱作了一团，这满厅堂的人躲的躲、打的打、捕的捕、跑的跑，俨然成了一个你死我活的战场。

此时的南宫早被眼前的景象吓呆了，她惊慌失措地喊道："这……这是怎么回事啊？"

南宫这话还没说完，刘不周就已经猛地一伸手抓向阿玉奇，却不承想这小子动作奇快，他一闪就躲过了刘不周，然后向门外急速跑去。

刘不周身边的奥琪布不由分说，右手娴熟地一撩百褶裙就越过餐桌向阿玉奇追去，刘不周对着奥琪布喊道："奥姑娘，那孽障就拜托你了！"

奥琪布几个箭步就来到阿玉奇的身后，刚要动手，谁知阿玉奇迎面正撞上了百里卿，百里卿一只手挡住了阿玉奇的去路，嘴里冷冷地说道："我说过了，谁要敢在我的地盘上闹事就是跟我过不去，你还想逃吗？"

阿玉奇被百里卿伸手一拦并不慌张，他身体灵活得打了个旋转，贴着百里卿的身体就穿了过去，而百里卿也不示弱，他从容地轻舒猿臂，"嘭"地一把就抓住了阿玉奇的腰带，却不想那阿玉奇反向一个腾身将百里卿整个人向后扯了好几步，百里卿抓着阿玉奇腰带的手也支撑不住了，不得不撒开。

就在阿玉奇以为就此可以脱身了，谁知奥琪布已经赶到他的身后。奥琪布把腰身一躬，双脚使出了几个潇洒的回旋步就瞬间挪移到阿玉奇的身体一侧，一只手准确地扣在阿玉奇的右手手腕上，随即另一只手贴着阿玉奇的袖子向上一划按住他的肩膀，两手一错就将阿玉奇的一条手臂弯到了背后。

旁边观战的百里卿不无赞叹地对奥琪布叫了一声好，说道："姑娘好俊的身手……"

此时，在刘陵儿的雅间里。

郭解刚要动手威逼缪雨诗，刘陵儿和郭解两人却都被外面巨大的吵闹声给吸引了。

以她刘陵儿身为郡主的身份到这种地方来，本身就是冒着风险的，她可不希望节外生枝，听到外面厅堂里的打斗声，她也不由得紧张了起来，就吩咐那两名大汉看住缪雨诗，自己和郭解双双出了雅间到前面去看看情况。

厅堂里。

刘不周趁着这份乱，赶忙转身出了隔间，奔后面雅间的方向而去。

谁知南宫一把抓住刘不周，困惑地问道："叶大哥，你去哪？"

“我去办个事，你在这儿等我。”刘不周回头解释道。

“不成，我害怕，我可不想自己一个人待在这儿。”南宫抓着刘不周的手一刻也不敢放松，她央告着刘不周说道，“不管你去做什么，你必须带我一起去。”

刘不周极无奈地摇摇头，叹口气道：“好吧，跟我来。”说着就带着南宫向雅间的方向走去。

南宫紧跟在刘不周身后，莫名其妙地问道：“叶大哥，那阿玉奇真的是卧底吗？”

刘不周急促地走着，并没有回答南宫的问话。他们绕过厅堂从另一侧的小走廊绕了个弯儿来到刘陵儿她们的雅间门口，他俩闪进盆栽的后面，透过之前留下的三角小口往里面看。

此时刘陵儿和郭解已经被吸引到前面厅堂去查看情况了，雅间里只剩下被绑着的缪雨诗和看管她的两名大汉。

“叶大哥，你究竟要做什么？”南宫问刘不周。

刘不周注目地向里面看着，嘴里回道：“救人。”

十二　白马王子

刘不周为了救被捆在刘陵儿所在雅间里的缪雨诗，在建章酒舍里故意制造混乱将刘陵儿和郭解从雅间里引了出来。

此时南宫不明其意地问刘不周：“叶大哥，为什么要救这个女孩呀？”

刘不周转过身，背靠着墙，脑子里快速地思考着救人的方案，然后转头对南宫道：“见不得两个大男人欺负一个小女孩。”

南宫听到刘不周的解释，看着刘不周的眼睛里顿时闪现出一种对他油然而生的崇拜神情，俨然站在她面前的不仅仅只是刘不周了，而是一位维护正义、除强扶弱，尤其会保护柔弱女孩们不受伤害的白马王子。

刘不周被南宫睁着一双大眼睛痴痴地盯着自己看得直发毛，他不解地问道：“看什么呢？”

南宫这才醒过味儿来，她赶忙收回了痴迷的眼神，用傻笑来掩饰内心的慌乱说道："啊……没什么……叶大哥，你说吧，需要我做什么？"

"跟我过来。"刘不周回了句，然后和南宫一前一后悄悄地转到雅间的门口，手指在门上"啪啪"的轻轻地敲了几下。

雅间里传来其中一个大汉警觉的粗重声音："谁？"

"客官，您要的茶水送来了。"南宫没经刘不周同意就凑到门边上轻声细语地回道。

雅间里面的大汉一听是个女声，警惕性就松懈了不少，不假思索地回道："来了。"

还别说，南宫这招挺灵，毕竟一个女孩子说话会比一个男人更让里面的人放松警惕性，刘不周回给南宫一个赞许的眼神，南宫自然心里美滋滋的，一脸得意的神情。

这时，里面传来沉重的脚步声，随后门被一个大汉拉开了。

还没等开门这个大汉看清楚外面的人，刘不周突然以极快的身法左手一把抓住大汉的一只胳膊，右手成掌，自下而上用手掌以迅雷不及掩耳的速度切在大汉的喉咙处，那大汉马上憋得脸色发紫，用另一只手捂住脖子，瞬间两眼一翻，就仰面朝天倒在地上死了。

一招干掉了这名大汉，刘不周却并不停顿，他快速地就地一滚冲到雅间里另外一个大汉的眼前。

那家伙的意识还没来得及分析出眼前的突发情况呢，刘不周就已经探出双掌以极快的速度重击在他头部两边的太阳穴上，致命穴位受了重击的这个大汉眼睛里顿时布满了血丝，一声都没吭地就栽倒在地上死了。

刘不周干净利索地干掉两个大汉，这一系列的动作其实只在电光火石之间，把个站在门外的南宫看得目瞪口呆，眼前的这位叶大哥越发地让她觉得神秘莫测了。

此时，刘不周已经来到檫雨诗的身边，低下头一把将她搀了起来。

檫雨诗惊慌失措地看着刘不周，她不知道眼前这个看起来英气逼人、俊朗潇洒，而出手却犹如地狱死神一般狠辣的男人究竟要对她做什么？

"姑娘，别害怕，我是来救你的，快跟我走。"刘不周见檫雨诗有些不知所措，赶忙向她解释道。

厅堂里。

刘陵儿和郭解看着眼前极度混乱的场面，满地一片狼藉，一群人还在那拼死地械斗着，刘陵儿警觉地扫视着四周的每个角落，她急于搜寻到一个身影，但是这个意愿却落空了，她惊呼了一声：“叶良禽不在现场！”

郭解并不明白刘陵儿这话的意思，不解地问道：“郡主这话是何意？”

此时刘陵儿心里不由得沉了一下，她快速地说道：“快回去，可能有诈。”说完她马上转身向刚才出来的雅间赶去，郭解也紧随其后跟了上去。

刚拐过一个弯儿，就见前面刘不周匆匆忙忙地扶着一个头发蓬乱的、遮住了半张脸的女孩迎面走了过来。

当见到刘陵儿她们迎面过来时，刘不周明显露出了非常紧张和慌乱的神情，他进也不是退也不是，脸上变颜变色的，好像有意无意地在躲闪着刘陵儿二人。

此时郭解似乎已经明白刘陵儿的意图了，这必是刘不周趁他们离开雅间后将樛雨诗救了出来，正好被他们二人撞了个正着。

他马上抢先过去，一伸手拦住刘不周和那女孩的去路，冷声道：“叶公子，你们这是要意欲何为呀？”

“啊……没事，没事的。”刘不周慌张地将女孩护在身后，语气含混地回道。

刘陵儿向前紧逼了一步，盯着那个女孩问道：“叶公子身边的这位是谁呀？如此蓬头垢面的？怎么，不敢见人不成？”说着，突然一把撩起了那女孩挡在脸上的头发，同时嘴里阴冷地说道：“樛雨诗，你以为这样就能走得了吗？”

可当刘陵儿和郭解看清女孩脸的时候，全都惊呆了，她哪里是什么樛雨诗，这分明就是南宫公主。

此时的南宫双眼怨毒地盯着刘陵儿哭道：“陵姐姐，你什么意思呀，故意看妹妹的笑话是吗？”

刘不周赔着笑赶紧解释道：“郡主有所不知，刚才厅堂里突然闹了起来，动刀动枪的，公主她哪里见过这样的场面，吓坏了，趁在下不注意躲进了酒舍的深处，没想到却迷路了，等在下发现公主不见了，赶紧到处寻找，这才把公主给找了回来。”

刘陵儿这下可尴尬了，这回轮到她进也不是退也不是了，她只得强装着笑脸对南宫说道：“啊哈，南宫妹妹误会了，想是姐姐认错了人，刚才失礼了，还望妹妹不要见怪啊！”

南宫委屈地“哼”了一声，就厌烦得不愿去多看刘陵儿一眼，她低着头也不再多言，在刘不周的搀扶之下离开了。

刘陵儿看着他们俩离去，多少松了口气，还好不是缪雨诗，然后她赶快带着郭解返回雅间。

可刚一进雅间就看到自己的两个手下死在了地上，而原本捆在雅间里的缪雨诗却不见了。

郭解气急败坏地顿足愤恨道：“我们被叶良禽那小子耍了，那贱婢一定是他给救走的，郡主，我去把此人抓回来。”

刘陵儿阴冷着脸回道：“他既然能救得了人，必然早就计划好了怎么将人藏起来，到时候我们见不到缪雨诗，又没有任何证据能够证明是他救走的，他再死不承认，你又能奈何？”

郭解无奈地道：“那怎么办？”

刘陵儿果断向郭解下达命令道：“那个贱婢就算被救了，短时间内也不可能走多远，马上派人秘密包围这一带，搜捕缪雨诗，绝不能让这贱人逃了。”

杀人艺术

十三　孤坟

建章酒舍的门外。

南宫长吁了一口气道："幸亏叶大哥料事如神，判断那刘陵儿心机颇重担心她们提早回来，否则非被堵在雅间里不可。"随后她不无得意地对刘不周说道，"我这招移花接木高明吧？！"

刘不周不无赞许地夸道："公主，你这招妙极，不仅迷惑了她们，更为百里卿从暗道将樛姑娘转移走争取了时间，给你记大功一件！"

"就是嘛，你看看我。"南宫说着颇为嫌弃地用手掏了掏自己仍然蓬乱的头发，一副难为情的样子嘟着嘴道，"堂堂公主，把自己乔装得像个怨妇一样，我这可是为了你的救人大业自毁了形象，记大功算是实至名归啦！"

刘不周看着南宫现在这副好似女乞丐似的造型也笑了。

此时南宫突然想起件事来，她认真地问道："既然樛姑娘已经被救，那还不赶紧让她有多远跑多远，离开这个是非之地？"

刘不周摇摇头回道："那刘陵儿发现樛雨诗被救，必然派人四处围堵，这时候放她走一定会被抓住，而我们则反其道而行之，他们绝想不到我让百里卿就将樛姑娘安顿在建章酒舍里，等风声过后再行安排。"

南宫点了点头，忽然满脸懊悔地道："哎呀，咱们光想着救人了，明天就是限期的第三天了，那咱们下一步该做什么啊？"

"继续查案啊。"刘不周抖了下缰绳，将马头拨转回来。

南宫更是丈二和尚摸不着头脑了，她狐疑地问道："不是线索都被毁了吗？还怎么查呀？"

刘不周毫不在意地回了句："那就听天由命吧。"然后就催动胯下马，带着南宫向着城北的方向而去……

未央宫是一个由数十座殿宇楼台组成的声势浩大的宫殿群，和这里那些气派巍峨的一座座宫殿形成鲜明对比的，是在距离主宫殿比较远的东南角有一个幽深荒凉的去处。

这里虽同属未央宫范围，却少有人来，显得极度的萧条和破败，几排孤零零的低矮房子是构成了这个去处的全部建筑。

房子前人烟非常稀少，简直到了门可罗雀的地步，地面上多年积累下来的树叶和杂物已经铺得厚厚的，根本没人会去清理和打扫，奇形怪状的树杈上不时停着几只乌鸦发着凄惨的“嘎嘎”叫声，这个萧瑟凋敝的去处就是让每个后宫嫔妃望而生畏的永巷别院。

永巷别院，皇宫中用来监禁被废或者受了重罚的后宫嫔妃的地方。

一旦哪个嫔妃失去了皇帝的宠幸，通常会有两种结果，若是仅仅失宠却没有犯罪的，就会被直接打入冷宫，也就是搬到远离皇帝居所的偏远宫殿去住，虽然还能享受到数量有限的宫女的服侍，名义上还是过着主子的生活，却永无再见龙颜的机会，寂寥度日，郁郁一生。

若是那些犯了罪的，或者触怒了龙颜，则就会被废为庶人，并被圈禁在这个永巷别院中，说白了就是监禁，从此没有了自由、没有了奴婢服侍，干重活吃粗食，最后孤独终老而死。

从永巷别院再向东南方向走一会儿，景象就会变得更加的荒芜，那里有一片稀稀拉拉的小树林，树林里不规则地散落着一些被土堆起的小坟包，坟包的外观简陋无比，而里面埋葬的都是那些最后死在永巷别院中的被废嫔妃们。

和传说中那些规模宏大、珍宝堆砌如山的皇陵比起来，这些在后宫斗争中或失败，或失宠的女人们的最后归宿显得太过寒酸和凄惨了。

此时，一个苍老的背影，佝偻着腰背正坐在其中一个坟包的前面，他颤抖着一双皮肤已经松懈发皱的老手，吃力的缓缓地拔去坟茔上长出的一根一根荒草。

这是一位年约六旬的老者，满脸皱纹堆累，头发和眉毛都已发白，一身宫里宦官的装束，这个老者正是当年因刘不周和刘彻冲撞了窦太后而替他俩受罚掌嘴的吕老宦。

“主妃啊，老奴……老奴来看您了。”吕老宦语气略显颤抖地对着坟茔念叨着。

随后他又拔去了几棵荒草，然后接着说道：“瞧瞧，这十几年过去了，您坟上的草啊长了又拔、拔了又长，老奴知道您活着的时候最是不喜欢杂乱了，这荒草丛生的，可入不了您的眼，所以啊，老奴每年都来帮您整理整理。”

两行混浊的眼泪顺着吕老宦的脸颊滑落下来，他哆哆嗦嗦地用袖子拭去脸上的泪水，随后从袖筒里拿出一块皱巴巴的布来，用另一只手吃力地扶住竖在坟头上用一块破木板制成的墓碑，他用那块布仔细的在墓碑上轻轻地擦去上面的浮土。

此时泥泞斑驳的墓碑上才逐渐露出刻着的五个大字：栗夫人之墓。

可能是时间久远的原因，这五个大字已被风雨吹蚀得有些模糊不清了。

就在此时，一个声音在吕老宦的身后响起：“吕老宦，你好大的胆子！”

这句话可把吕老宦吓得不轻，他赶忙转回头去看，竟然看到面容憔悴的景帝刘启独自一个人手杵着拐杖，颤颤巍巍地站在他的身后。

吕老宦慌不迭地扔了那块布，跪伏在景帝的脚下，一个劲地磕头道：“老奴……老奴不知陛下驾到，罪该万死，罪该万死啊！”

景帝端详了吕老宦半晌，然后乏力地微微扬起一只手冲吕老宦摆了摆说道：“起来吧，起来吧，朕不怪罪你。”

吕老宦这才心情忐忑地缓缓站了起来，然后毕恭毕敬地垂首站在景帝的身边。

此时，景帝眯起了眼睛，仔仔细细地看着栗夫人墓碑上的那五个大字，眼神里流露出哀伤的神情，他指着墓碑问吕老宦：“这就是你当年为栗姬建的坟茔吗？”

吕老宦胆怯地回道：“回陛下，是的，当年栗夫人在被圈禁期间听说了她的儿子废太子刘荣因谋反之罪下狱，并自裁于狱中后，她受不了这个巨大的打击，呕血而死，是老奴为栗夫人下的葬，此事老奴事先并未奏报陛下，罪该万死，请陛下治老奴的罪。”

十四　昨日重现

景帝微微地点了点头，然后仰头望着天，苍老的脸上布满了对前情往事的无尽唏嘘。

良久，景帝眼皮微撩对吕老宦道：“你是不是心里在想，朕为什么这十几年来从未来过此处，而今天为何突然来此，是不是？”

吕老宦赶紧垂首回道：“陛下龙心浩荡，岂是老奴可以随意揣测的。”

景帝面对着栗夫人的坟茔，幽幽地长叹了一声说道：“昨夜朕在睡梦中梦到了栗姬和刘荣，她们母子二人披头散发、身着罪衣、浑身血污地趴在朕的脚下哭着向朕喊冤，说她们母子死得冤枉。”

景帝并未将那日无意间偷听到王皇后和波才他们私下密谈的事告诉吕老宦。

吕老宦听到这不由得浑身一颤，他偷眼去看景帝，见重病的景帝那已显呆滞的眼神中泛出了晶莹的泪珠来，两行老泪顺着脸颊流了下来。

半晌，景帝缓缓地收起了对往事的追忆，擦拭了下眼中的泪花轻地呼唤吕老宦：“老宦啊。”

“老奴在。”吕老宦谦卑地回道。

景帝说道：“当年的事你也是亲历者，朕来问你，栗姬母子是否当真有冤情吗？”

“扑通”一声，吕老宦一下子跪倒在景帝脚前，他欲言又止，犹豫了半天才颤声说道：“陛下，难道您忘了？当年……当年老奴已经没有资格服侍在陛下的身边了，老奴只被派去做些粗活杂事，对其中发生之事不甚知情啊。”

“那你怎敢冒死为栗姬收尸？”景帝微怒地斥道。

吕老宦惶恐地磕头说道：“老奴此举并非因为公事，而是念于私情，当年陛下尚未登基还是太子之时，栗夫人对老奴一直关照有加，所以老奴感念她的恩情，才冒死而为的。”

“唉，也是个重情重义的奴才，朕不怪你。”景帝语气缓和了许多，然后轻叹一声说道，“想必你是不敢对朕直言吧？”

吕老宦没有回答景帝，依旧颤颤巍巍地跪伏在地上。

等了良久，景帝低头看着脚下的吕老宦问道：“老宦啊，如果朕有意重审栗夫人巫蛊案和废太子谋反案，你有何想法？”

“老奴……”吕老宦犹犹豫豫的不敢说话。

景帝见状，态度严肃地对吕老宦继续道："老宦，你给朕听好了，不许你再含糊其词地敷衍朕，刚才的问话你可以不说，但重审一事你必须对朕说心里话，也算你真心感念栗姬的恩德了。"

吕老宦使劲地咬了咬牙，似乎下定了决心，他叩首道："陛下让老奴说真话，老奴就说真话，只是这真话未必让陛下爱听。"

"爱不爱听是朕的事，你只须如实表达你的看法。"景帝斩钉截铁地回道。

吕老宦再次叩头回道："老奴只怕陛下重审两案最后会无果而终！"

"你的意思是……"景帝反问吕老宦。

吕老宦把心一横，干脆不再拐弯抹角，他说道："陛下圣明，老奴下面所说，想必陛下早就心知肚明，如今朝中众臣不是太后她老人家的嫡系，就是皇后娘娘的亲支近派，后宫外戚权倾朝野，两派争斗不休。"

景帝忧心忡忡地点了点头回道："此事朕怎能不知呢？！"

吕老宦顿了顿继续道："这两党之人心中只知道维护派系的利益，鲜有真正忠心耿耿、一心一意为陛下分忧的，再者，当年的两起案子又与太后和皇后两边有着脱不开的干系，陛下想重审，可这朝堂上下又有谁能真正的秉公执法、公正断案呢？！"

听到这，景帝不由得凝眉沉思，稍后慨叹道："老宦所言极是，看来朕是要物色一个有断案能力，且没有身陷两派纷争的人来担纲此重任了。"

然而，主奴二人没有料到的是，就在景帝与吕老宦谈话之时，离他们不远处的一棵树上，有个黑影将主奴二人的这番谈话听了个一清二楚……

这两天南宫的心情是又高兴又焦虑，高兴的是能够整天和刘不周在一起，而焦虑的是刘不周口中所说的继续查案其实就是玩。

从离开建章酒舍后的第二天开始，刘不周就带着南宫四处游玩起来。

他不是上午带着南宫去城北的赛马场赌上几圈赛马，就是下午跑到东门外的锤丸场打上几把锤丸游戏，再不就是拉着南宫去看斗鸡比赛，反正之后的三天里，他们不是到处玩耍，就是吃吃喝喝，过的可算是逍遥自在，却一点查案的动作都没有。

不过耐人寻味的是，与此事有关的其他人等表现得显然比刘不周更着急。

长乐宫里。

窦太后匪夷所思地正在询问刘陵儿："那叶良禽自离开建章酒舍后当真一直在玩？"

刘陵儿肯定地回道："回皇祖母的话，是的，他带着南宫这几天就是四处去玩，孙女开始有些搞不懂这个小子了。"

大将军窦婴也是一脸的茫然说道："难道这小子早已经查明真相了？不可能啊，他之前发现的线索不是车毁灭迹了吗？"

只有淮南王刘霖萧坐在那里始终一句话不说，一直低头沉思想着什么。

窦太后见刘霖萧不说话，转头问他："王儿，这事你怎么看？"

刘霖萧若有所思地回道："母后，儿臣在想，这叶良禽会不会是在玩声东击西的把戏，故意给咱们上演了一出障眼法，而却在暗地里进行调查呢？"

刘陵儿摆着手道："不可能，父王，自从这小子在建章酒舍里出现，就被所有人盯上了，他每时每刻都暴露在我们的监视之下，他若暗中调查，咱们怎会不知道呢？"

窦太后因这个事想得头都大了，她揉了揉已经昏昏沉沉的脑袋直起了身说道："好了，都不必再妄加猜测了，期限已过，明天朝堂上就能见分晓，如若他不能查明真相，哀家当场就让那王皇后给个交代，也正好借着此事将公孙贺等人的军权削去，剪除了她的羽翼。"

众人见太后发话，全都点头应诺。

忽然，窦太后好像想起了件事来，她转头问刘陵儿："阿娇那边有没有传来王皇后和太子的动向？"

刘陵儿恭敬地对窦太后回道："回皇祖母，太子妃下午传来消息说，王皇后那边也正因叶良禽的怪异举动而不知所措，那王皇后好像在责备公孙贺出了个馊主意呢！"

的确，王皇后那边也在密切关注着刘不周这边的动向，对于他的怪异行为更是云里雾里的搞不明白。

王皇后很是嗔怪公孙贺建议刘彻举荐叶良禽去查案，此时她看着站在身边垂手侍立的公孙贺不悦地责备道："公孙将军，看你出的好主意，你对那叶良禽的底细一无所知就让太子举荐这个人，此事本宫本来就嫌疑最大，急于洗刷清白，万一耽误了可如何是好？”

十五　未央御审

没等公孙贺回话，刘彻抢先答道：“母后息怒，儿臣与那叶良禽公子是一起患过难的，他绝不是等闲之辈，至于为何他整日游玩不去查案，儿臣一时也不清楚，但是儿臣相信他是心中有数之人。”

其实公孙贺此时心里也开始没底了起来，刘不周不去查案，反而到处玩乐，也是他始料未及的，搞得他在皇后面前非常的尴尬。

公孙贺是真气这刘不周不按常理出牌，等刘彻刚说完，他马上施礼道:“回皇后娘娘，微臣赞同殿下的意思，不过呢，微臣同时也做好了预备方案。”

王皇后狠狠地瞪了一眼刘彻道：“你一口一个相信的，母后可不想听这种毫无价值的话。”随即她转向公孙贺道，“说说你的预备方案吧。”

公孙贺定了定心神道：“明日朝堂御审，那叶良禽若是查不出真相，微臣就把这三位大人的死扣在这小子的头上，让他顶罪，总之绝不让这火蔓延到咱们的头上就是了。”

盖侯王信点了点头说道：“这也算是个不是办法的办法了。”

“公孙将军不可。”刘彻一听公孙贺要栽赃刘不周，马上反驳道，“叶公子是我的救命恩人，怎能做如此恩将仇报的事呢？！”

王皇后不满地看向刘彻，愠怒道：“太子，那你可知如果明天那叶良禽不能查明真相，我们又不能拿出个替罪羊来顶罪，你的皇祖母窦太后必将对母后我和公孙将军等人兴师问罪，到时候别说我们了，就算是你的太子之位都有可能难保了！”

公孙贺紧跟着王皇后的话对刘彻继续道：“是啊，太子殿下，朝廷里的事可不能心慈面软，这可是你死我活的争斗啊！”

刘彻一脸肃然地对王皇后说道：“为政者，当正大光明，天下臣民才能心悦诚服，这是父皇一直对儿臣的教诲，如此诬良为盗的勾当我不赞同。”

但是不管各方如何揣测和暗中布局，或者是刘不周如何的不务正业，未央宫御审的日子还是到了。

第二天清晨，未央宫中。

因为三大人死亡案影响力颇大，今日的未央御审引发了汉帝国整个朝堂的关注，除了文武百官齐齐到场外，包括窦太后、王皇后以及后宫重要嫔妃也全部到场旁听。

理论上说，刘不周的这次入宫是自他六岁时因全家获罪被发配流放边境苦寒之地，从此离开长安后至今他第一次重新走进大汉帝国的巍峨皇城之中，这一隔就是十几年的光阴。

当然这只能是理论上的，因为如今的刘不周是个失去了六岁前记忆的人，皇城对他而言反而是完全陌生的。

如果说是否还有一些印象，那恐怕只能是当他走进大汉皇城时，看到大气磅礴的巍峨宫殿群，潜意识中有种似曾相识的恍惚感。

他惊愕地发现，这里和他几乎每晚都要做的那个相同的噩梦中的某些场景有些不谋而合。

虽然这可能让他多少有些恍如隔世的彷徨，但他脑海当中那仅存的一点点关于六岁前的碎片记忆已无法再拼合成一个完整的记忆图画了。

只不过自从刘不周看到未央宫宏伟的宫殿群落，他的头就开始莫名其妙地疼了起来，好像有千万个碎片一窝蜂似的往他的脑海中拼命地挤，既连不成线，也形不成面，这些杂乱无章的碎片左冲右突，搞得他一阵阵的头脑发晕。

刘不周干脆不再去看那些宫殿，只有这样，他的头才不再那么的疼。

刘不周和南宫公主在小宦官的引领下，踩着皇城里宽大的青石板地面走进了皇城，直奔未央宫而去。

他们刚刚拐过一堵高大的红墙，突然一个蓬头垢面的女人从角落里"噌"地窜了出来，她一把揪住了刘不周的袖子不停地摇晃，神情癫狂地撕裂着一副嗓子喊着："天生异象，天生异象啦，哈哈！"

这下可把刘不周吓得不轻，他进也不是，退也不是，完全不知该如何是好了。

旁边的宫卫武士刚要上前赶走疯女人，就见这疯女人忽然不喊了，她双眼呆滞地盯着刘不周的脸看个没完，然后突然双眼圆睁，用非常含混不清的声音说了句："你……回来了？"

刘不周更是丈二和尚摸不着头脑，他狐疑地看着眼前这个疯女人，不知道她在说什么？

那疯女人说完这句话后，就又再次癫狂了起来，表情亢奋又怪诞地一个劲喊着："都回来啦！不远啦！天生异象啦！"

宫卫武士冲上去，扯开癫狂的疯女人，粗暴地拖拽着走了。

刘不周浑然不解地问南宫："这是……"

南宫无奈地摇摇头说道："唉，宫里的一个疯婆子，从我记事起她就时常在宫里到处乱窜，听说好像是哪个以前的宫娥疯了，我也搞不懂为什么父皇和母后从来也不把她赶出宫去。"

经过这么一场小风波，让他们耽误了些许时间，旁边的小宦官焦急地道："公主，叶公子，咱们还是抓紧进宫吧，陛下、太后、皇后都等急了！"

刘不周应了声就向前走，身后的南宫一把扯住他，俏丽的脸上显出了犹豫之色，她问道："叶大哥，未央宫御审，这可不是儿戏！你心里有把握吗？"

刘不周轻笑一声回道："听天由命呗！"说着就满不在乎地带着忧心忡忡的南宫奔未央宫而去。

当一脸平静如水的刘不周和忐忑不安的南宫公主一前一后走进未央宫时，满大殿的人都把好奇的目光投向了刘不周。

在看向刘不周的众多目光中，也包括景帝，不知道是历史弄人，还是人自弄人，这对原本亲密得不能再亲的爷孙俩，在阔别了十几年后的第一次相见，却各自在用着一种审视陌生人的眼光打量着对方。

不知道这一刻命运之神在天上看到凡间上演的这一幕离奇的血亲相聚的画面，会是何样的感想？

"草民叶良禽拜见陛下。"刘不周双膝跪倒在大殿之上，面对着高坐在御座之上的景帝行了三拜九叩之礼。

十六　警告

看着跪在品阶台下的刘不周，当年曾经见过他幼儿时面貌的诸如景帝、窦太后、王皇后、公孙贺、波才等一众人，没人会将眼前这个风华正茂的英俊公子和十几年前那个尚处幼年的大汉世子刘不周画上等号。

看了半晌，坐在御座上的景帝开口问道："下面跪的，你可是叶良禽？"

刘不周赶紧回道："正是草民。"

景帝点了点头道："免礼平身。"

刘不周遵旨站了起来。

"太子举荐你彻查三大人死亡案，你可有彻底查清？"景帝继续问道。

刘不周坦然回道："回陛下，要说彻底查清那恐怕不是一时半会儿能做到的。"

此话一出，全场一片哗然，就连太子刘彻心里都是一惊，他不可置信地看着刘不周，心想难道这位叶良禽公子当真是在玩乐打发时间，而没有查案吗？这胆子也太大了吧。

站在刘不周旁边的南宫公主暗自懊悔，这几天刘不周带着她到处玩，却只字不提查案的事，急得她多次催促，而刘不周却不以为然。

就在昨天，南宫已经不顾自己公主的身份力劝刘不周干脆赶紧逃跑吧，千万不要入宫接受未央御审，而刘不周的态度却是一副胸有成竹的样子。

但是现在看来，自己昨天真该坚持让他逃跑的意见，看来今天叶大哥想必是生死难料了。

坐在景帝身旁的窦太后怒不可遏地厉声喝道："好个大胆刁民，你故意拖延时间，延误查案进度，是不是背后有人指使，还不从实招来？"她这话隐藏的含义很明显就在暗指王皇后在背后故意设局。

王皇后的脸色也是极为难看，她虽然明白窦太后的所指，不过却不敢马上发作，她忍住气一言不发。

而刘不周却一点也不慌乱，说道："草民的话还没有说完，草民的意思是说这么短的时间，草民只得联合了几位有能力的朋友一起协助查案，这才收集了足够的证据和线索，这起案子的真相算是水落石出了，但更深层的恐怕五日是查不完的。"

景帝不动声色地问道："这倒是怪了，朕听闻你自查案以来一直在四处游玩，无心查案，却又为何找人协助？"

刘不周从容地回道："陛下明察秋毫，其实草民这几日看似是在玩，实际上则是在把自己和公主当作活靶子来吸引关注，好便于草民的朋友顺利取证和收集线索，完成对案件的调查，草民此举也是事出无奈，因为有人不希望草民查清真相，甚至要置草民于死地！"

朝堂上再次一片哗然，景帝看着刘不周，心里在想，有人暗中阻挠叶良禽查案？莫非这三大人死亡案确有蹊跷？想到这里，他紧跟着问刘不周："你这话从何说起？"

刘不周向上拱手道："陛下，草民自查案的当日与南宫公主一起检查枚乘大人所乘坐的马车，却不想那马受惊狂奔不止，最终导致马车被砸毁，公主和草民险些丧命，事后查明那三匹马发狂并非偶然，而是中了淬过致幻毒液的针刺所致，这分明就是有人故意而为，有意阻挠草民查案。"

说着，刘不周拿出三根尖处发着青紫色的针刺亮给满大殿的人看。

刘不周将三根针刺放进托盘里呈给景帝和窦太后等人。

然后他继续说道："三大人死亡案震动天下，势必引来各方的高度关注，草民的目标太大，为了不辜负陛下的期望，也为了保证后面的调查不再受到阻碍和骚扰，草民才不得不故意大张旗鼓地招摇过市，把自己当作活靶子，将所有人的目光吸引到草民和公主的身上，而私下里草民早就安排了人按照事先的布置去取证和调查了。"

众人这才明白刘不周几日来怪异行为的真实原因，刘彻心里一块石头才稍稍放下，心想这叶公子果然智谋过人，这一招瞒天过海用的的确精妙。

景帝狂咳了半天后点了点头说道："好，那看来此案你是已经查明真相了，那就将你调查的结果从实说来吧！"

"是，陛下。"刘不周回道，然后他拱手继续道，"草民已经查明，太史令赵努、侍御史枚乘、长史衡咸三位大人的死并非自然死亡，而确实是被人谋刺而死，这个凶手就是探丸郎，草民已起获了证据。"说着，他拿出三个布包呈了上去。

听到“探丸郎”这三个字后，金殿上一片窃窃私语之声，众大臣眼中无不流露出惶恐的神色，好像自己马上就会成为探丸郎下一个要干掉的目标似的惊慌不已。

景帝看到眼前的三个布包全部打开，里面分别是三组黑、白、红三色的泥丸，景帝也不禁大惊失色。

刘不周继续道：“陛下，这就是杀手组织探丸郎在案发现场故意留下的标记。”

“那为何在之前的勘查中没有发现呢？”大将军窦婴不解地问道。

刘不周意味深长地看了一眼卫将军公孙贺，然后一笑回道：“只因这标记所藏位置太过隐蔽，非常不易发现，而且探丸郎特意留下了找到标记的指示线索，故意给我等出难题。”

窦婴问道：“哦？此话怎讲？”

刘不周一一指出了探丸郎标记的所在位置：“比如枚乘大人的那三枚就被放在他死后眼睛所直视的黑缎车篷的裂缝内，而衡咸大人的三枚则被放置在他搭在暖榻上的手臂所指的书案角落里的印章盒中，至于赵努大人的三枚就在他毛笔掉落，被墨汁洇湿一片那处的书案下方的凹槽处。”

公孙贺见刘不周将探丸郎的标记全部找出，这和他之前所看到的一般无二，也不由得多看了刘不周几眼，心里在想这个年轻人的确不简单，真是不能小看了他。

景帝继续问道：“他们如此煞费苦心地放置标记，难道只是为了出难题吗？”

刘不周回道：“陛下的疑惑也正是草民所不解之处，按理说那探丸郎行事缜密，不会随随便便如儿戏般的做事，所以草民事后熟虑，又结合之前查案时所了解的一些三位大人的死亡前后的情况，隐约有了些看法。”

“好，那说来听听。”景帝饶有兴趣地说道。

刘不周却并未马上回答，反而跪倒叩头说：“陛下，草民乃是一介平民，不能妄议国政，所以草民不敢说。”

景帝一摆手对刘不周说道：“叶良禽，朕赦你无罪，但你须知无不言，言无不尽，快快说来。”

“谢陛下。”刘不周得了景帝事先的赦免，说起话来底气就足多了。

他定了定神说道：“陛下一定知道，孔子的《论语》颜渊篇中有这样一段话说的是非礼勿视、非礼勿听、非礼勿言吧？”

景帝点点头说：“不错，这满朝上下应该无人不知孔夫子的这段话，这段话讲的大概意思是作为仁德之人应当做到不该看的不看、不该听的不听、不该说的不说。”景帝顿了顿问道，“但是……这与此事有何关联吗？”

刘不周不紧不慢地回道：“草民在查案时得知，三位大人在死亡前参加了当日的早朝，并在朝会之上先后上奏过陛下一些事情，也正因此与陛下和众臣发生过争执，据说当时是赵大人上的奏章，枚大人和衡大人先后对赵大人的奏章进行的复议，是不是？”

景帝又点了点头说道：“不错，确有此事。”

刘不周点点头回道：“那就对了，草民冒昧的推测，那探丸郎故意以三位大人的身体部位和行为作为找到探丸郎标记位置的线索，是想借鉴《论语》的那段话，他们的意图就是要给予百官三个警示。”

“什么警示？”窦婴不解地问道。

刘不周答道：“他们将泥丸放置在赵大人写奏章的书案处是要警告百官不该写的不写，将泥丸放置在枚大人死后眼睛所视之处是要警告百官不该随的不随，将泥丸放置在衡咸大人死后手臂所指之处是要警告百官不该跟的不跟，否则探丸郎还会继续杀人！”

刘不周的话音刚落，整个金殿之上顿时鸦雀无声了，所有人的目光不约而同地全都偷偷看向了分别坐在景帝两边的窦太后和王皇后。

而此时的窦太后和王皇后的脸色却越来越难看起来。

如果按照刘不周的分析，这不该写的不写，是不是在指责赵努上奏提请加封淮南王刘霖萧为辅政皇太弟的奏章不该写？而不该随的不随，难道是在说枚乘复议认同赵努的奏章不该跟随？至于那个不该跟的不跟，是不是在说衡咸不该倒向窦太后一派，跟错了人？

如果这些推测是真的，那么傻子都听得出来那探丸郎是亲近王皇后一派的，而探丸郎这样做恰恰是要压制窦太后一党，甚至发出了有谁要再敢跟随窦党就全都有死亡危险的警告。

刘不周这样当着满朝文武和景帝的面，直白地说出了朝堂上窦太后和王皇后两党斗争夺权的复杂时局的言论，自景帝登基以来这还是第一次。

良久，窦太后实在忍不住了，她阴冷地瞟了一眼坐在旁边的王皇后，猛然扬起被憋红了的脸，厉声吼道："来呀，给哀家将这个妖言惑众、蛊惑朝堂的叶良禽拖出去斩了！"

十七　杀人艺术（上）

刘不周的一番看法论断无意中戳中了大汉朝廷中枢的麻筋，同时也将窦太后和王皇后两人全都牵扯了进来。

窦家与王家这两个以后宫为核心、以外戚为骨干的政治派系在景帝一朝暗中斗法了十几年，朝廷里的每个人都心知肚明，可就是没人敢说穿。

即便是作为一国之君的景帝也是清楚得紧，但就算是他，也从来不会故意戳破这层窗户纸，原因就是为了保持一种政治上的平衡。

一向飞扬跋扈的窦太后怎能忍受得了满朝堂上几百双眼睛的偷看，她发狠地命宫卫武士要将刘不周拖出去斩了。

四名宫卫武士不由分说冲上去架起刘不周就向金殿外拖，吓得南宫在旁边手足无措的不知该如何是好了。

刘不周挣扎着扭头冲着景帝喊道："陛下，陛下事先已赦草民无罪了，怎能出尔反尔？"

景帝见此情景赶忙转身谦恭地对窦太后说道："母后且慢，朕事先已免了他的死罪，想那叶良禽一介草民，不懂得朝堂上的事，信口胡说罢了，还请母后不要生气。再说三大人的死因他还未说清，这就斩了，那此案岂不就成了无头案了吗？"

窦太后气得脸色发紫，不过她也明白景帝的话里涵盖的深意，她暗自咬着牙，平复了下心中的气血后说道："把叶良禽给哀家拖回来！"

宫卫武士领命，又将刘不周拖回了金殿，扔在品阶台下。

窦太后盯着刘不周冷冷地说道："叶良禽，哀家念你初登殿堂不懂礼数，暂不追究，不过接下来你若不能将三位大人的死因如实说清，哀家可就谁的面子也不会再给了，定斩不饶。"

景帝接着窦太后的话说道："之前的话题就不再深议了，既然你说此案为探丸郎所为，那么你速将探丸郎的杀人手法讲说清楚吧！"

刘不周安稳了下心神，向上拱手道："陛下，请允许和草民一同查办此案的几位朋友上殿与草民一起揭开真相。"

"准。"景帝点头应允。

不一会儿，就见阿玉奇和百里卿两个人进了金殿，跪在品阶台下拜见景帝，而他们的身边却不见奥琪布的身影。

南宫看到阿玉奇，甚为不解，她偷偷地低声问刘不周："阿玉奇不是卧底被你揭穿逃跑了吗？"

刘不周轻笑一声道："那是演戏，我若不在众目睽睽之下将他支走，他如何能暗中继续查案呢？"

南宫这才明白，她想了想又问道："怎么不见奥姑娘？"

刘不周轻声地回道："她正在办一件大事。"

站在窦太后身边的郡主刘陵儿见到百里卿也来到了未央宫，不由得一惊。她知道百里卿是那个深不可测的建章酒舍的主人，是令人生畏的地下皇帝，却怎么也想不到这个草民叶良禽有什么道行能让百里卿心甘情愿为他效命。

刘不周见二人已到，就说道："陛下，下面草民就把探丸郎是如何将三位大人致死的原因一一道来，咱们先从衡咸说起吧。"

说着，旁边的阿玉奇就展开了一块绢画，上面画的是衡咸死亡时的原景重现图。

刘不周走到绢画前，指着图上衡咸身死的位置道："草民让百里卿和阿玉奇全面检查过衡府上下，尤其重点勘查了衡咸死亡的这间卧室，衡大人是在午睡期间于睡梦中死亡的，现场并没有发现有搏斗和挣扎的痕迹。"

大将军窦婴不屑地说道："哼，不过是常规的勘查罢了，你说的这些我们早就知道了。"

刘不周一笑回道："既然大将军明察秋毫，那草民请问大将军，这衡咸平日里可有什么习惯吗？"

"这……本将军又不是衡咸，怎会知道？"窦婴被问得一时卡壳了，讪讪地回道。

"那就还是听草民继续说吧。"刘不周也不再搭理窦婴，面向景帝，"陛下，从衡咸的夫人那里我们了解到，衡大人多年来深受失眠的困扰，夜不能寐，辗转反侧，痛苦之极，后经高人指点，最近几年他开始尝试闻香睡眠，效果果然非常显著，失眠之苦尽除，久而久之他就养成了闻香睡眠的习惯。"

景帝点头回道："不错，衡咸确有此病，几月前朕还让波才给衡咸送去几盒上等熏香呢。"

此时，阿玉奇将一盒熏香递给太医伍邵。

刘不周指着熏香说道："这是在衡大人卧室中找到的他平日里睡觉时常用的熏香，名叫茵犀香，此香产于西域，有安神镇静的功效。衡夫人已经确认，衡大人每天都会点燃此香以助睡眠，劳烦太医大人验看。"

太医伍邵接过阿玉奇递过来的熏香仔细地查看，还放在鼻子处闻了闻，然后抬头对景帝道："启禀陛下，微臣确定这就是茵犀香。"

景帝不解地问道："你是说衡咸是因燃熏茵犀香而死的吗？"

窦太后此刻听不下去了，她厉喝道："一派胡言，如你所说，那衡咸使用茵犀香助睡眠已有数年，却为何一直无事，偏偏在那天死亡？"

刘不周并不急于解释，他拱手道："太后容禀，可是草民却查出那衡咸大人死亡当日所燃熏的并不是茵犀香啊！"

大殿里马上一片议论纷纷，窦太后追问道："你说不是就不是吗？可有证据？"

"有。"站在刘不周身边的百里卿肯定地答道，说着他将一个里面盛有熏香灰烬和小半段未燃熏香的托盘呈了上去，然后说道，"这是我在卧室中找到的衡咸大人死亡当日午睡时所燃熏的熏香，请伍太医辨认下，分辨下和他平日所用的是否相同？"

伍邵仔细地对比了两边的熏香后，眉头紧锁，颇为犹豫地说道："太后，微臣发现这两种熏香质地上却有些不同，衡咸死亡当日所用的这种熏香要比他平常使用的略微粗糙了一些，只是……这区别不是很大，不好判断啊。”

“请太医大人将衡咸日常所用熏香点燃后，就一目了然了。”百里卿说道。

有宫卫武士上前将衡咸平日常用的熏香点燃，马上袅袅的青烟就徐徐升起，大殿里顿时弥漫出一股沁人心脾的芳香来，闻起来令人心神舒畅。

众人都聚精会神地盯着熏香一点点燃烧，伍太医也注目地看着。

突然，伍太医好像发现了什么似的大声对窦太后和景帝说道：“的确不一样，完全是两种不同的东西！”

说着，伍太医手指着熏香燃烧后掉落的灰烬道：“衡咸大人平日所用熏香燃尽后的灰烬呈块状，聚而不散，而他死亡当日所用熏香的灰烬却是散落开来，像沙子一样铺了满满一托盘。微臣敢断定衡大人死亡当日午睡时所熏燃的绝对不是茵犀香。”

众人听伍太医这么一说都仔细地对比两边熏香的灰烬，确实发现完全不同。

王皇后此时插话道：“既然确定衡咸死亡当日所用的不是茵犀香，那他当时燃熏的是什么香呢？”

刘不周回道：“启禀皇后娘娘，据草民调查得知，衡咸死亡当日所燃熏的根本就不是什么熏香，而是一种叫作石漆的东西。”

王皇后不明就里地问道：“这石漆是何物？”

太医伍邵接话说道：“这石漆也产于西域，但与熏香风马牛不相及，此物通常深埋在西域戈壁沙漠之下，点火即燃，西域人通常用石漆涂抹在车轴上起到润滑的作用。”

刘不周淡淡地笑了笑，对伍邵道：“太医大人恐怕还忘记了一点，这石漆点燃后所散发出来的烟气是剧毒，可置人于死地。”

十八　杀人艺术（中）

伍邵听刘不周说石漆点燃后所散发出来的烟气是可置人于死地的剧毒，也歉意地点了点头说道：“不错，此毒尤其在密闭不透气的空间里最为厉害，瞬间可致多人中毒丧命。”

“是的，这就是症结所在了。”说话间，刘不周已经拿出一块黑漆漆的东西来道，“石漆这种东西在中原地区很是少见。”然后他指着阿玉奇继续道，“但正好我的这位朋友阿玉奇原是西域楼兰国的孤儿，他曾在长安城经商的西域商人手中拿到了这么一块。”

说着，就将手中的东西递给伍邵说道：“请太医大人将此物与衡咸大人死亡当日所用的东西一起鉴别下。”

伍太医接过来，和托盘里的东西相互对比了一阵，然后回道：“启禀陛下，叶良禽所言不错，衡咸死亡当日所燃熏的所谓熏香的确就是用石漆所制的。”

刘不周继续分析道：“衡大人并不知道这石漆的烟气剧毒无比，不过巧合的是，石漆燃烧后散发的香味和茵犀香非常类似，即便是常年使用茵犀香的衡咸大人若不是刻意判断也很难分辨出不同，更何况他当时已经处在昏昏入睡的阶段。”

百里卿接话继续说道：“衡咸当日中午点燃了石漆后就睡下了，而他卧室的门窗全部是关闭的，非常不透气，石漆点燃后散发出的剧毒烟气无法消散，只会全部聚集在卧室中，最终导致衡咸中毒而死。”

公孙贺听到这，不解地问道：“假设他在吸入了剧毒烟气后，必然会产生身体不适的反应，他应该本能地惊醒自救或者呼唤他人呀？但衡咸的死亡现场却一点挣扎的痕迹也没有。”

刘不周一笑回道：“公孙将军有所不知，这石漆所散发的剧毒烟气可导致被害者浑身瘫软无力，即便是他醒了，也只能眼睁睁地躺在那等死，我们事先检查过三位大人的尸体，发现其余两位大人的尸体早已经全身僵硬，而只有衡咸大人的尸体始终都是软塌塌的，和他刚死时的瘫软状态别无两样，这正是中了石漆散发的剧毒烟气而死的特殊死状。”

景帝若有所思地道：“这么说，是杀手事先更换了衡咸所用的熏香？”

刘不周肯定地答道：“是的，陛下，探丸郎的杀手对衡咸大人的作息和习惯可谓了如指掌，他们事先潜入了他的卧室，将茵犀香替换成了石漆，衡大人最终就是因为吸入了由石漆燃烧后散发的过量剧毒烟气而在睡梦中死亡。”

探丸郎杀死衡咸的手法被刘不周全部揭开了，众人这才恍然大悟，没有人对此再产生质疑，就连原本做好了兴师问罪打算的窦太后也不得不钦佩刘不周滴水不漏的案情分析。

此时，景帝突然想起件事来，他急着问道：“叶良禽，朕来问你，如果说杀手是事先给衡咸的熏香做了手脚，那么据朕所知，衡咸的府邸和另外两人的府邸有着不近的距离，而这三位大人几乎是同时死亡的，那杀手是如何在这么短的时间内又将另外两人致死的呢？难道说杀手不是一个人吗？”

刘不周拱手回道：“陛下，那就要从枚乘大人的马车说起了。”

“好，你且说来。”景帝点头对刘不周道。

此时，百里卿手里拖着一张绢布，上面放着一粒形态很特别的虫蛹，他来到伍邵的身边，将虫蛹递了过去道：“请伍太医看下这是何物？”

伍邵仔细看了后笑着说道：“这可不是什么稀罕的东西，在《黄帝内经》中就有图形的记载，这是一味中药材，名叫雀瓮，晒干碾碎后入药，有止痛、治疗癫痫的药效。”

百里卿点点头，随后又问道：“那么太医大人可知这虫蛹破茧后会变成何种虫子？”

伍邵为难地摇了摇头道：“这……还确实不知。”

百里卿伸手将虫蛹轻轻地捏在两指之间，阿玉奇端来一个大笼子，里面装着一只白毛黄眼睛的大老鼠，百里卿小心翼翼地将虫蛹挨着白老鼠放进笼子里。

然后他稍用力在虫蛹上一弹，只见那虫蛹马上裂开了一道缝，没一会儿整个虫蛹就被张开了，从里面飞出一只指甲盖大小的小蛾子，蛾子的双翅接近透明。那小蛾子刚一飞出就毫不犹豫落在白老鼠的身上咬了一口，然后就飞开了，不过那白老鼠却毫无反应，似乎并未有什么痛感。

阿玉奇手疾眼快，他右手快速一晃，那只小蛾子就被他的双指夹住了翅膀动弹不得，然后他将小蛾子装进一个小布袋里收了起来。

也就在阿玉奇刚刚收起小蛾子的同时，只见那只白老鼠突然浑身痉挛，四肢毫无章法地乱蹬起来，显得极为亢奋，但是没一会儿就四肢一蹬，倒在笼子里死了。

众人见状无不惊诧，百里卿指着阿玉奇手里的小布袋说：“诸位都看到了，这种虫蛹破茧后会变成一种飞蛾，此虫名叫隐翅毒蛾。这种毒蛾产于南海闷热的烟瘴之地，在野外，隐翅毒蛾的虫蛹通常会依附在一些动物的身上，而这种虫蛹外壳薄且脆，受颠簸就会破裂让成虫破茧而出，刚出生的成年毒蛾毒性最大，被咬者容易产生极度刺激的幻觉和幻象，最终会因持续的过度亢奋而在很短的时间内猝死。”

淮南王刘霖萧瞄了一眼窦太后，然后问刘不周：“实验我们是看得很明白了，可这跟枚乘的死有何关联？”

“陛下，千岁，枚乘大人正是被这隐翅毒蛾杀死的。”刘不周回道。

刘霖萧问道：“证据何在？”

说话间，刘不周已经将几样物证呈了上去，随后继续道：“陛下，马车虽然被毁了，但草民已经提前在车座下面找到了这种虫蛹的残壳，并在马车的缝隙中找到了被枚乘大人打死的隐翅毒蛾的残骸，这就是枚乘死亡原因的证据，请陛下和诸位大人过目。”

刘霖萧仔细辨认后也不得不承认，在枚乘马车中找到的虫蛹和毒蛾尸体的确与刚才实验时见到的虫蛹和蛾子一般无二，不过他仍然一脸怀疑地问道：“白鼠毕竟不能和大活人相比，这么小小的虫子怎么能杀死枚乘呢？”

刘不周回道：“杀手预先将隐翅毒蛾的虫蛹藏在车的座位底下，草民和公主曾乘坐过枚乘大人的马车按照原路从皇城门口到他的府邸走过一遍，出了皇城后的路面非常不平坦，颠簸得很是厉害。”

南宫在旁边肯定地补充道：“是的，尤其是到了闹市街一带，路面就更加的颠簸了。”

刘不周继续道：“马车在行进中，虫蛹跟着车子不停地上下颠簸，在接近闹市街的时候虫蛹被颠破，成年毒蛾飞了出来，就咬了枚乘大人。”

随后他转向南宫，接着道：“公主可以证明，我们询问过事发当天一直跟随在枚大人身边的侍卫，在经过闹市街的时候他的确透过马车的纱帘隐约看到枚大人在车内有拍打的动作，想必是他正在驱赶毒蛾，再根据我们在车中找到的毒蛾残骸，这就足以证明了。”

南宫赶紧肯定地点点头。

刘霖萧在旁边冷冰冰地问道：“叶良禽，你当我们满朝上下都糊涂吗？本王来问你，难道那枚乘被毒蛾咬了后就没有告诉车外的侍卫吗？”

十九　杀人艺术（下）

淮南王刘霖萧对刘不周的分析不屑一顾，当场质问他。

刘不周不慌不忙地回道：“千岁刚才也看到了我们做的白老鼠的实验，这种小毒虫体型又不大，而且被咬后也不会感到疼痛，枚乘大人即便发现了也只会以为车里仅仅进来了一只虫子，很平常嘛，所以并不当回事，只会拍到了一边，肯定不会在意。”

百里卿此时从笼子里取出白老鼠，拨开老鼠的白毛给众人看，只见皮肤上有一个“十”字形的细小孔洞，然后他说道：“被毒蛾咬噬的伤口虽然细小不易被发现，但是形状非常特别，是呈“十”字状的，我们在检查枚乘大人尸体的时候在他的手臂上也发现了与这个一模一样的“十”字形细小孔洞。”

听到这里，一直在出言刁难刘不周的淮南王刘霖萧也不得不由衷地点了点头，表示认可。

此时景帝说话了：“但是杀手是如何得知枚乘下朝的具体时间呢？”

刘不周回道：“启禀陛下，草民此次查案主要以查明死亡原因为首要，所以关于陛下刚才的疑问，草民尚未展开调查，还不能有肯定的答复，不过依草民看，不排除有人泄露枚大人信息的可能性。”

景帝若有所思停顿了一会儿，然后问道：“好，此事稍后再说，朕来问你，听说那枚乘死时全身赤裸，这是何故呢？”

刘不周回道：“因为被隐翅毒蛾咬噬后不久，枚乘大人毒性发作了，并产生了幻觉，深深沉迷于刺激的幻觉中，浑身燥热难耐，不受控制地脱光了衣服，而过不了多会儿他就会因过度亢奋、心脏不堪重负猝死了。”

景帝听完枚乘被杀的原因后长吁了一口气问道：“看来那赵努就是在得

知枚乘的死讯后被杀死的？”

刘不周回道：“陛下，这正好印证了陛下之前所提的关于杀手如何短时间内连杀三人的疑问。”

景帝好奇地问道：“你且说来。”

刘不周继续说道：“现在可以肯定衡咸大人和枚乘大人两位死亡之时，杀手都不在场，而是在二位大人身边提前埋下了杀招，预先精确计算，这就给杀手留下了充足的杀死赵努大人的时间。”

公孙贺狐疑地问道：“你的意思是不是说杀手亲手杀了赵大人，而赵努也成了这三人中唯一见过杀手的人？”

大将军窦婴听到这不以为然地冷笑一声说道：“笑话，那赵大人都死了。”然后他面向刘不周说道，“可你是怎么知道他是唯一见过杀手的人呢？”

“公孙将军刚才的判断是对的。”刘不周向着公孙贺笑道，然后转向窦婴反问道，“大将军可还记得，赵大人死亡当日，那个给他送信通报枚乘大人死讯的小侍吗？”

窦婴回道：“当然记得，赵府上下都知道赵大人是听到小侍汇报说枚乘死了，才惊恐而亡的，而且就是那个小侍在赵努昏倒后喊来了赵府的其他人。”

百里卿插话道：“但是在下询问了赵府所有人，竟然没有一个人认识此人，换言之，赵府根本就没有这样一个人。”

刘不周补充道：“不错，而且赵大人死后，这个小侍就彻底凭空消失了，整个赵府没有人再见到过他。”

窦婴不以为然地回道：“那也有可能是枚乘府上的人来报信的呀？”

刘不周闻听一笑，说道：“大将军，草民测算过每一位大人的死亡时间，枚乘大人被发现死亡的时间是在当日的午时初，而赵努大人得知枚乘大人的死讯是在巳时末，谁都知道巳时先于午时，简单地说就是赵大人是先在府中得知枚乘死了，而过了不久枚乘大人才死的，大将军难道认为那小侍会有先知先觉的法术吗？”

景帝点了点头说道：“有道理，莫非那小侍就是直接杀死赵努的探丸郎杀手？”

刘不周肯定地回道："不错，其实他一直潜伏在赵府中，并估算枚乘大人大约已死后，才假扮成小侍的模样前去给赵努报信，只是杀手在计算上有误差，那边枚乘大人的管家还没发现枚乘已死，他就向赵大人通报了枚乘的死讯了。"

"你们是如何得知的？"窦婴不解地问道。

刘不周让阿玉奇呈上了几块瓦片，然后道："诸位请看，为了证明我的推断，我派阿玉奇全面搜查了赵府所有房子的屋顶，发现就在赵大人书房对面那座房子的屋脊上，有几块瓦片上留下了新鲜的鞋印，我判断杀手就是潜伏在那里，伺机对赵大人下手的。"

景帝又问道："那他以什么样手法置赵努于死地的呢？"

刘不周回道："草民查阅过探丸郎过往的一些作案资料，发现他们曾经使用过一种叫作弱水的杀人暗器，就是个半透明颗粒状的毒丸。此暗器遇皮肤即化，并能迅速渗入体内，可导致呼吸衰竭死亡，此毒因无色无味，所以非常不易察觉。草民查看资料得知，探丸郎多次使用这种暗器杀人，而死者唯一的共同特点就是被下毒时会在身体上留下浅浅的淡绿色水渍印痕，草民在义庄检查赵大人尸体的时候，就在他的脖颈后面同样找到了一小片淡绿色水渍印痕。"

公孙贺问道："这弱水源自何处？"

百里卿回道："此物出自一种仅在南岛上才有的树，名叫金皮树，它的树皮上长有密密的毛刺，能够提取出这种剧毒，并能制成半透明颗粒状的毒丸，这种毒丸就叫作弱水。"

刘不周继续道："是的，杀手杀死赵大人的手法就是当赵努大人得知枚大人的死讯后，心理上处于受刺激的激动状态，假扮小侍的杀手装作去搀扶他，实际上是将弱水植入到赵努的后脖颈处，让他中毒。表面上看，赵大人好像是因为得知枚乘的死讯心悸而死，而事实上则是中了弱水的毒导致呼吸衰竭而亡。"

公孙贺紧跟着道："然后杀手趁赵府上下急着抢救赵努之际，在一片混乱中逃之夭夭？"

刘不周肯定地答道："公孙将军所言不错。"

百里卿向着景帝说道："陛下，以上就是三位大人被杀的原因，所以，我们可以认定，杀死三位大人的杀手并不是多人，其实只有一个人。"

刘不周郑重地面对景帝深深一躬，然后道："而杀手的作案顺序就是，在枚大人退朝后，但尚未进入马车之前往枚大人的马车里放置了隐翅毒蛾的虫蛹，而后又提前赶到衡咸大人的家，在卧室里将茵犀香换成了石漆。这两件事做完后他就悄悄潜入赵努大人的府邸趴在书房对面的屋脊上观察赵大人的动向，并计算了枚乘大人被毒蛾咬死的时间，然后换上小侍的装束以通报枚乘死讯为由接近赵大人，再用毒丸弱水杀死了赵大人，最后趁乱逃走。"

整个未央宫御审的过程中，太子刘彻始终一语未发，当刘不周将真相全部公诸于天下后，他不由得不住点头，自语道："果然天衣无缝，整个暗杀过程设计得堪称完美，难怪人都说那探丸郎已将暗杀变成了一种艺术。"

身旁坐在龙椅上的景帝此时却凝眉紧锁，他心里始终有一个想不明白的地方，良久，他问刘不周："杀手的设计的确堪称精密巧妙，环环相扣，几近完美，但是有个问题朕不明白，那探丸郎怎么会对三位大人的行踪和习惯如此的了如指掌呢？"

此时殿外突然传来一个清脆的声音："因为杀手就来自宫中！"

二十　内鬼

景帝未央宫御审三大人离奇死亡案，刘不周和百里卿、阿玉奇确定三大人之死就是神秘的杀手组织探丸郎所为，并将杀手的杀人手法全部公诸于天下，让整个朝堂上下无不叹服。

景帝此时向刘不周提出了最后的疑惑，就是探丸郎的杀手为何对三位大人的行踪和习惯如此的了如指掌？

景帝话音刚落，就听见殿外传来一个清脆的声音："因为杀手就来自宫中！"

整个朝堂的人全部把目光投向了殿门口，只见从大殿门口走进一位年约二十岁出头、身材高挑匀称、一身汉式女子装束的俊俏姑娘。

来的这位姑娘正是装扮成汉家女子的匈奴公主奥琪布。

此时，众人见到奥琪布的手里还擒着一个披头散发、浑身抖个不停的人。

奥琪布进了大殿，来到刘不周等人的身边，将那个人用力向前一推，此人登时匍匐在地上站不起来了。

然后奥琪布稍微犹豫了下，看了一眼刘不周，就跪在殿上拜见景帝。

刘不周见状轻舒了一口气，贵为匈奴公主的奥琪布总算是听了自己的劝告，知道上殿面君要跪地下拜了，免得暴露了身份，为了避免奥琪布说错话引人怀疑，他赶忙向景帝说道："启禀陛下，这位也是协助草民一同查案的奥姑娘。"

景帝点了点头并未在意奥琪布的身份，而是指着趴在大殿地上的那个披头散发的人问道："那这被擒之人又是何人呢？"

"陛下，此人就是给探丸郎杀手传送情报的人。"奥琪布回道。

这个被奥琪布称作给杀手传送情报的人趴在大殿上浑身哆嗦得更加厉害，他使劲地将头埋得很深，好像生怕被朝堂上的众人看到似的。

景帝见此人有意地躲闪，怒声喝道："还不速将你的头给朕抬起来！"

那人见实在躲不过去了，犹豫了再三，只得怯生生地缓缓抬起了头，透过他蓬乱的头发，朝堂上的所有人都看到了他的脸，众人全部大惊失色，很多人不由自主地惊喊出这个人的名字："波公公？"

原来此人正是景帝身边的红人，统领皇城所有宦官的黄门侍郎波才。

波才见自己被认了出来，惊慌失措地跪趴在地上，一个劲地向上叩头道："陛下，陛下，奴才冤枉，奴才冤枉啊！"

这一突如其来的变故让在场的所有人都始料未及，虽然波才一个劲地喊冤枉，但是景帝已经惊得根本就没有听到他说的话。自从看到波才的脸后他一直不可置信地盯着波才发呆，他怎么也想不到那个给杀手传送情报的人会是自己身边最信任的波才。

同时景帝也不得不将怀疑的对象再一次指向了王皇后，波才是王皇后的嫡系这个所谓的秘密其实很多人早就心知肚明了。

如果他确实向杀手传递了情报，那么这里面是不是会跟王皇后有什么关联呢？想到这里，他不由得转头看向身边的王皇后，用狐疑的眼神盯着她。

和景帝同时转头看向王皇后的还有窦太后，刚才刘不周将案情分析得头头是道，她也不得不信服，却懊恼没能让她抓到一点能够镇服王皇后的把柄，本以为此事也就此收场了，没想到临到结尾竟然出现了如此巨大的反转，王皇后的嫡系波才竟然被指认为内奸。

就算景帝不看王皇后，王皇后自己此时的感受也着实好不到哪里去，面对朝堂上无数双眼睛的质疑，尤其是景帝和窦太后如刀的目光，好似万把钢针钻心一般刺痛不止，她感受到了前所未有的危机。

波才名义上是景帝身边的红人，但包括景帝在内几乎所有人都知道波才是王皇后的嫡系，只不过大家都是心照不宣罢了。

关于三大人死亡案，王皇后本来就多少身背着嫌疑，的确有不少人都怀疑三位大人的死亡跟她有关联，窦太后早就磨刀霍霍地在一旁等着随时下刀了，今天波才又被抓了现行，这让她非常的被动。

不过，王皇后毕竟不是个普通的女流之辈，从当年的一个并不受景帝宠爱的普通妃子能最终混到母仪天下，还将自己的儿子刘彻扶到太子的位子上，她在后宫不仅独享景帝的宠爱几十年，还能屹立不倒，必然有其过人之处。

此刻，只见王皇后稳了稳心神，让自己逐渐镇定了下来，然后面无表情地问道："你们刚才说波才就是给杀手传递情报的人，可有证据？"

刘不周拱手说道："皇后娘娘容禀，草民在查案过程中已经发现了杀手对三位大人的行踪和习惯了如指掌，就怀疑此案可能与朝堂或后宫中的人有关，草民知道这一次未央宫御审必然万众瞩目，所以就有意通过这次御审来敲山震虎。如果草民的判断是正确的，那么与此有关之人必然做贼心虚，难免情急之下会狗急跳墙，露了马脚，所以草民请奥姑娘在殿外暗中盯住了，看看能否有所收获。"

奥琪布紧接着说道："我在殿外暗中守候，起初一切都很正常，但当叶公子分析完杀手杀死枚乘的手法，陛下提出了为何杀手对枚乘的行踪如此了如指掌后，我就发现了这个人。"奥琪布用手指了指跪在地上的波才，然后继续道，"他鬼鬼祟祟地出了未央宫，我心中生疑就一路在后面跟踪，发现他偷偷摸摸地去了御花园。”

王皇后马上追问道：“他去御花园做什么？”

奥琪布取出一小卷绢书呈了上去，说道：“此人独自一人偷偷摸摸地跑去御花园东墙下，在一个裂缝里塞进了这卷绢书，我就在他返回后将证物取出，又在半路上将其擒获，并带上殿来。”然后奥琪布将那一小卷绢书递了上去道，“请过目。”

景帝、王皇后等众人赶忙将绢书展开，发现这卷绢书仅有中指长短大小，展开后上面只写着五个字：案已破速离。

景帝看到这，气得心血翻涌，又狂咳不止，等到稍微平复了一些，他用手点指着波才喝道：“波才，朕来问你，这绢书上的字可是你写的？”

波才此时颤抖地跪在地上，他低着头怯生生地回道：“回陛下，确……确是老奴所写。”

景帝又问：“那么，给探丸郎的杀手传递情报也是你所为了？”

波才面如死灰，神情呆滞地缓缓点了点头，突然他好像醒悟了什么似的猛地抬起头，语句慌乱地对景帝说道：“不是，不是的，陛下，老奴承认的确给人传递了信息，但老奴真的不知道那就是探丸郎的杀手，更不知道他们要刺杀三位大人啊！”

窦太后斜眼瞟了身边的王皇后一眼，然后面色冷冷说道：“波才，人证、物证俱在，你还敢狡辩？你若再不给哀家说实话，休怪哀家对你不客气，还不从实招来？”

波才跪在那，哆嗦着用右手的袖子慌乱地擦了擦脸上的冷汗和眼泪，声音略微颤抖地道：“回太后，老奴没说半句谎言，事情是这样的，六天前的晚上，也就是三位大人被害的前夜，老奴的房里突然来了一个黑纱蒙面的不速之客，他用刀逼着老奴为他做事，如果老奴同意了就给予五百两金子的酬劳，若不同意就当场杀了老奴。老奴很诧异，这戒备森严的皇城之内怎会出现黑纱蒙面之人？但也足见此人绝非等闲之辈。”

窦太后问道：“那蒙面人逼你为他做什么事？”

波才继续说道：“当时他没说，只说第二天在上朝前让老奴去御花园东墙的裂缝处，他会留下给老奴的指令，老奴……老奴一是怕死，二是垂涎那五百两金子，就答应了。第二天一早老奴去了，他在裂缝处留下一卷绢书，上面的指令是让老奴关注当日早朝时所有上奏和复议的大臣，并将他们的名字、官职、府邸住址、回府路线、个人习惯在下朝前写成绢书塞在御花园东墙的那个裂缝里。”

窦太后追问道：“难道你事先不知道蒙面人要对三位大人下毒手吗？”

波才慌张地摇着头回道：“老奴事先真的不知道啊！后来老奴得知三位大人惨死，才知道那蒙面人逼着老奴给他传递情报的真正目的。老奴吓得半死，连日来整天提心吊胆，惶惶不可终日啊！”

景帝沉声问道：“如你所说，既然三位大人已死，蒙面人逼你所做之事已完成，那你刚才为何还要再给蒙面人传递御审的结果呢？”

波才犹豫了半天才回道：“老奴本以为此事就算完了，谁知昨夜那蒙面人再次出现，他逼着老奴今日将御审的结果第一时间传递给他。”

景帝哑然失笑道：“波才呀，波才，你可真是个好奴才，当真个言听计从呀？”

波才一脸恐惧地回道：“老奴刚才见叶良禽他们将三位大人被杀原因分析得头头是道，陛下和太后、皇后以及朝堂上诸位大人无不认同，而且已经开始怀疑到可能和宫内之人有关，就慌了神。虽然老奴是在不知情的情况下被逼迫的，但此事已成大案，老奴还是生怕被牵连到，所以就趁着所有人都在专注听案情分析的当口，私自跑出来给蒙面人送信。”

窦太后冷冷地道：“这听来听去，好像你是很无辜的喽？”

波才不敢回应窦太后的问话，只是跪趴在地上颤抖不止。

窦太后停顿了半晌，突然厉声对波才喝道：“什么蒙面人，什么被逼的，全是一派胡言。狗奴才，哀家问你，你到底是受何人指使？还不说实话吗？莫非真要受那皮肉之苦才肯招认吗？”

波才吓得浑身一哆嗦，他磕头如鸡奔碎米一般，哭着向窦太后回道：“太后，老奴的确是被蒙面人所逼，真的没有人指使老奴啊，请太后明察！”

窦太后听到这，不禁一阵冷笑，她突然拿起波才写的那小卷绢书转头对坐在身边的王皇后阴阳怪气地说道：“哀家素闻皇后天资聪慧，处事缜密，你来帮母后分析分析这波才究竟是被蒙面人所逼呢？还是受了某些人指使的呢？”

二十一　王皇后的危机

黄门侍郎波才在朝堂上承认了是自己给探丸郎杀手传递的关于赵努等三位大人的情报，但他坚持说是被一个不知身份的蒙面人所逼，并不清楚蒙面人就是探丸郎的杀手。

窦太后怒斥波才一派胡言，认为必是有人在背后暗中指使，然后她别有用心地当堂问王皇后如何看待此事。

窦太后这一举动来得太过突然，王皇后根本来不及做出反应。她一愣神的当口，窦太后又阴冷地补上了一句：“今日后宫上下、朝堂内外齐在，皇后可要一碗水端平，不要因私废公哦？”

窦太后这句话一说出口，等于已经将话挑明了，就连坐在龙椅上的景帝都用疑虑的目光看着王皇后。

此时的王皇后被窦太后咄咄逼人的气势和满朝堂上浓重的质疑气氛压得犹如万重大山压顶一般地喘不上气来。

窦太后的这一问的确是一记绝妙的杀招，直接将王皇后逼到了绝境上，她不管怎么回应都会将自己置身于极为不利的危机中。

假如她选择站在波才一边，表示相信波才的确是被蒙面人所逼，那包括窦太后和景帝在内的很多人必会认为她有意包庇，甚至还会有人认为此案就是她在幕后主使，她是为了掩盖自己的罪行才相信有蒙面人这一说。

若是她赞同窦太后的观点，认为波才说了谎，他是被人指使的，那么这个幕后主使者又会是谁？不可能是景帝，那最有可能指使波才的就是她自己，这不就等于自己将罪名扣在自己的头上了吗？

最让王皇后委屈的是，她心里清楚三大人死亡案的确不是她所为，更不是她指使的波才。

那天朝会上赵努等三人上奏提请加封淮南王刘霖萧做辅政皇太弟，她的确是恨，但以王皇后的心智，她就算是有心诛灭三人，也会选择日后等待或者制造机会名正言顺地除去这三人，她怎么会愚蠢到在这个当口就将三人杀了泄愤，引起旁人对她的怀疑呢？

想到这，王皇后心中忽然一惊，她有种极为不好的感觉，她意识到自己很有可能被人栽赃陷害了，有人雇用了杀手组织探丸郎，或者说这个人本身就是探丸郎，他们处心积虑地杀死了赵努等三人，故意制造了这起轰动天下的命案，正因赵努等人上奏之事触及到了她的儿子刘彻的太子地位，所有人必然都认为此案与她有扯不清的干系，并将嫌疑统统指向了她。

究竟是谁在陷害自己呢？

王皇后疑惑地看了看志得意满的窦太后，心中思忖着，这窦太后会为了栽赃自己而暗杀了她窦党中最为得力的三大言官吗？她一时也不敢确定，但若不是窦太后，她还是真的想不出还会有谁会这么做。

“皇后，怎么不说话呀？哀家让你给个意见就如此的难以抉择吗？”窦太后见王皇后始终闭口不言，愠怒地问道，然后她突然提高了嗓音又道，“还是你心中有鬼不敢说呀？”

王皇后被窦太后这么一说，惊出了一身冷汗。她美目飘零，一时语塞，结结巴巴地回道：“母后，臣妾我……”

窦太后的眼眉一立，露出怒容来，她丝毫不给王皇后喘息的机会，说道：“今日当着陛下和满朝文武的面，哀家就把话说明了吧。赵努等三人向陛下上奏提请加封淮南王刘霖萧为辅政皇太弟，本是为了朝廷社稷所想，而你一向霸道惯了，你必然认为这对你的儿子当朝太子刘彻不利，所以就怀恨在心，然后你指使波才雇用了杀手组织探丸郎，还给杀手传递情报，最终杀害了赵努等三位大人。刚才这波才发现事情即将败露又赶忙去做善后，是也不是？”

王皇后听窦太后当着景帝和满朝堂的文武官员的面，借着波才这事直接将此案的幕后主使指向了自己，慌得当时没了主意，她一脸委屈地对窦太后说道：“母后，臣妾没有啊，臣妾是冤枉的！”

站在一旁的太子刘彻绝没有想到此事会闹成现在这样不可收拾的局面，而且还殃及到自己母亲的身上，他赶忙跪倒在地，对窦太后说道：“皇祖母容禀，孙儿的母后不是这样的人，她不会做这种事的，还望皇祖母明察，不要冤枉了我的母后啊！”

“哼哼，你的母后冤枉？”窦太后阴冷地看着跪在地上的刘彻不咸不淡地甩出了一句，“依哀家看太子还是先想想该怎么为自己开脱吧！”

刘彻大为疑惑地回道：“皇祖母这话是从何说起呀？孙儿有何需要为自己开脱的呢？”

窦太后却不再看刘彻，反而转头看向景帝幸灾乐祸地说道：“皇帝，你的儿子好出息啊，十几年前出了个逼宫谋反的废太子刘荣，如今你的新太子又恐怕与谋杀赵努等三人的事难脱干系了吧，你可真是教子有方啊！”

当听到“刘荣”这个名字的时候，站在品阶台下的刘不周瞬间禁不住又是一阵恍惚，脑袋疼得要命，这种感觉怪怪的，“刘荣”这个名字似乎曾经很熟悉，又好像非常的陌生，但不管怎么想也无法有个明确的答案。

一想到这，刘不周就感到头痛欲裂，他只能尽量压制着不让自己的思绪胡乱四溢，慢慢地才逐渐平复了下来。

站在窦太后身旁的淮南王刘霖萧和郡主刘陵儿此时面无表情地看着眼前上演的这场好戏，见到王皇后全然没有了平日盛气凌人的姿态，刘陵儿的眼神里透出了一股幸灾乐祸的怨毒。

景帝确实没想到自己的母后会在朝堂上当着满朝文武的面突然向王皇后和太子刘彻发难，要说在这件事上他对皇后一点怀疑的心思都没有那是不可能的，此事他也多次怀疑到了自己的皇后身上，只是苦无证据而已。

但是景帝作为一个帝王是要脸面的，窦太后这样做明显是在打他的脸，景帝就是不管最终的真相如何，哪怕是皇后真的其罪当诛，他也必须先在众臣工的面前维护自己皇后的脸面，即便是事后他再单独审问王皇后，现在他都要替自己的皇后和太子说话。

而且刚才当他听到窦太后提起废太子刘荣来，就像被一下子戳穿了肺管子似的，情绪激动得狂咳不止，他一边不停地咳一边虚弱地对窦太后道：“朕请母后不要这样说，过去的事就不要重提了，而现在母后也只是怀疑此案可能与皇后和太子有关，但也仅仅是猜测而已，查无实据啊！”

窦太后立刻手指着跪在地上的波才高声说道："这个波才就是铁证！"

此时已经心神慌乱的景帝被窦太后问得也是哑口无言，他想为皇后和太子辩解，却苦于拿不出任何有利于王皇后她们母子的说辞来。

窦太后这一仗打得可以说是占尽了先机，包括淮南王刘霖萧、郡主刘陵儿以及大将军窦婴在内的一干窦家成员似乎已经看到了最终胜利的曙光。

就连盖侯王信、卫将军公孙贺等王皇后的嫡系大臣此时都不敢贸然出班为王皇后说话，整个局势几乎是一边倒地倾向了窦太后一方。

正如当初窦婴为窦太后谋划如何应对刘彻册封太子时所说的，人只要做事早晚会出事端，王皇后和刘彻也不例外，既然刘荣能被废，那新太子和皇后谁敢保证就不会犯错呢？！只需静待他们出错，就可以将事态无限放大，今天看来，当初的那段话貌似就快要应验了。

而当时在场的很多人甚至觉得窦太后极有可能乘胜追击，抓住这个千载难逢的时机将王皇后和太子刘彻从高位上一把扫落在地，最终导致王党一败涂地，再无与窦党对抗的实力。

可就在此时，一直站在旁边一语未发的刘不周突然说话了，他向着窦太后和景帝拱手说道："启禀太后，陛下，关于此事草民有话要说。"

正在得意忘形的窦太后看了看刘不周，回道："叶良禽，你查案有功，哀家准你说话。"

刘不周再次躬身，然后说道："禀太后，草民认为，皇后和太子与此事并无直接关联。"

一时间，整个未央宫内再一次鸦雀无声了，所有人的眼光都转向了刘不周。

早已被窦太后逼人的气势打蒙了的王皇后终于听到有人为她说话了，犹如久旱逢甘露一般向刘不周投来了感激的目光。

窦太后一阵冷笑说道："小小的叶良禽，你一介草民，胆敢妄议国政？还不住嘴！"

景帝一见有人替皇后说话了，就像抓到了救命稻草似的赶忙趁机对窦太后道："母后，这叶良禽在期限内将三大人死亡案查清，足见他智谋过人，何不听听他的看法？”

窦太后此时正处在志得意满之时，也根本没把眼前这个草民叶良禽看在眼里，她轻蔑地瞟了一眼刘不周，说道：“既然皇帝发话了，哀家就准你说，不过你如若胡言乱语，哀家定不轻饶！”

二十二　羽林监

未央御审的现场，窦太后借着黄门侍郎波才被查出为探丸郎杀手传递情报的好时机，在朝堂上直接剑指王皇后和太子刘彻，指名点姓地指责王皇后就是杀死赵努等三位大人的真正幕后主使，将王皇后逼到了绝境上。

就在整个事件的走势向着有利于窦太后这方一边倒的当口，刘不周却站出来说此案与王皇后无关，窦太后让刘不周说个明白。

虽然窦太后的话语中充满了威胁的气氛，但是刘不周却毫无惧色，他不紧不慢地说道：“禀太后，草民说此案与皇后和太子无关是有证据可循的。”

“你且说来听听。”窦太后不屑地回道。

刘不周回道：“草民恳请太后、陛下和在场诸位冷静想一下，就算皇后娘娘真的痛恨赵努等三位大人在当日早朝时所上奏之事，也不会迫不及待地当日下午就派杀手干掉他们，这岂不是自己主动告诉所有人此案就是皇后做的了吗？”

景帝听后不住地点头，对窦太后说道：“母后，叶良禽所言甚是啊。”

窦太后却冷“哼”了一声回道：“就算他所说有理，那也不过是推测而已。”

刘不周紧跟着说道：“太后别急，容草民把话说完，刚才奥姑娘拿到了波公公向杀手传递情报的证据，就是那一小卷绢书，上面写的是‘案已破速离’，这就是说波公公要通报的人并不知晓御审的结果如何，所以才要先说明此案已经破了，而皇后娘娘一直在陛下身边听审，对审案的进程了如指掌，波公公何必还要向皇后传递她已经知道的事情呢？”

此时朝堂上一片嘈杂之声，众文武大臣都在私底下小声地议论，不少人赞同刘不周的观点。

刘不周继续说道：“至于最后两个字‘速离’，那就更加清楚不过了，皇后娘娘现在就在这未央宫内陪伴陛下，而且始终未离开半步，波公公若是要通知皇后，只须低头小声说下即可，更没有必要跑到御花园去放置绢书，所以说，只能认定波公公确实在给杀手传递情报，而并不能证明此事就一定与皇后娘娘有关。”

窦太后颇为不以为然地说道：“也许波才是在给皇后所雇用的杀手传递情报也是极有可能的啊？”

刘不周回道：“太后，这就要回到草民刚才所说的了，皇后娘娘怎么会在这个风口浪尖的当口顶风作案呢？如果皇后娘娘这样做了，那势必会引起众人的怀疑，那对皇后来说只能是弊端大于利处。”

“这……”刘不周的话让窦太后一下子语塞了。

刘不周不容窦太后有丝毫思考的时间就马上转向太子刘彻，继续说道：“还有太子殿下，草民是被押解着跟随太子殿下的仪仗一起回的长安，此案发生之时殿下正在返回的路上，并不知情，而且当时太子仪仗离都城还有不近的路程，所以殿下对此案既不知情，又没有作案时间，就更不会和此案有任何的关联了。”

看到机会来了，卫将军公孙贺马上出班跪倒，叩首道：“太后、陛下，微臣认为叶良禽所言有理，皇后娘娘虽有嫌疑，但细想起来实在不合情理，此事还须详查后再做定论。”

紧跟着，盖侯王信等五六位朝廷重臣也都纷纷出班支持刘不周的论断。

朝堂上其他的众文武对于刘不周这样入情入理的分析也纷纷点头认同，一时间，形势开始逐渐向着有利于王皇后一方倒了过去。

刘彻和站在刘不周身边的南宫此时更是对刘不周心存感激。

刘不周的分析不仅证据清晰，而且俱在情理之中，刚才还志得意满的窦太后见到满朝文武都为刘不周的话所信服，那股嚣张的气焰一下子衰减了许多。

景帝虽然心中喜悦，但脸上并未表露出来，他抢在窦太后未说话之前问道：“叶良禽，那么你的结论是什么呢？”

刘不周回道：“陛下，草民以为，波公公私通杀手探丸郎证据确凿，但细节尚须详细调查，而皇后娘娘和太子殿下于情于理都很难与此案扯上关系，至少目前看是证据不足的，幕后主使很可能是另有其人，但是……”刘不周说到这，却欲言又止了起来。

景帝忙问道：“叶良禽，休要吞吞吐吐的，有话直说。”

“是，陛下。”刘不周应诺一声，然后停顿了下，继续说道，“草民以为，这次三大人死亡案正好印证了一个事实。”

“什么事实？”景帝问道。

刘不周回道：“印证了杀手组织探丸郎已经秘密渗透进了朝堂之上和后宫之中，甚至探丸郎非常有可能改头换面就隐藏在今天听审的所有人之中。”

此言一出，众皆哗然，这种震惊不亚于一个晴天霹雳震慑了在场的每一个人。

令整个大汉帝国满朝文武闻风丧胆的杀手组织探丸郎就潜藏在自己的身边，杀手可能就是同殿称臣的同僚，也可能就是陪王伴驾的后妃，更有可能是服侍皇家的宫女宦官。每个人都有理由怀疑身边的所有人，而每个人又都是被怀疑的对象，说不定上一刻还在笑容可掬，而转脸就会一刀结果了自己的性命。

如若这样，还有谁再敢相信身边的人呢？实在太可怕了，每个人都不约而同地陷入了极度的惶恐之中，一场不信任危机正在这座未央宫中蔓延开来。

而更可怕的是，众人都搞不懂那探丸郎潜伏在朝堂和后宫之中的真实目的，那就更加防不胜防了。

此时，大将军窦婴出班跪倒，向景帝叩首道：“陛下，此事事关重大，臣恳请陛下派微臣调查潜伏的探丸郎成员，还朝堂和后宫一个清明的氛围。”

随后，包括卫将军公孙贺、卫尉将军甘吉、盖侯王信等一众大臣纷纷跪倒向景帝请缨。

景帝稳了稳心神，对下面说道：“众位卿家平身，朕自有安排。”然后他面向跪在地上的波才厉声喝道：“来呀，将波才暂时收押大廷尉诏狱，严加看管。命大将军窦婴、卫将军公孙贺以及大廷尉三堂会审波才，势必将蒙面人的真实身份调查清楚。”

窦婴三人马上领旨谢恩，几个宫卫武士冲上来将波才拖出了殿外。

然后景帝又面向刘不周说道："叶良禽，你彻查三大人死亡案有功，朕要重重地封赏于你。"

刘不周躬身回道："谢陛下。"

景帝思忖了半晌后，说道："你先不忙谢，叶良禽，朕有意让你入宫为官，封你为羽林监，命你专门负责彻查潜伏在朝堂和后宫的探丸郎，将他们一网打尽。"

"陛下，这……"景帝的这个决定确实让刘不周感到有些突然，他一时不知该如何应对了。

不等刘不周说话，站在身边的奥琪布可不干了，她帮着刘不周查案就是想赶紧将此事了结，她和刘不周可以尽早返回草原去，如果刘不周被景帝封了官职，那就想走也走不成了，想到这她马上说道："陛下，叶公子不想做什么官，既然陛下委派叶公子所办之事已了，就恳请陛下放了叶良禽吧？"

景帝却摇了摇头，对刘不周说道："谁说你的事已经完结了？虽然你查清了此案，但是杀手却并未被捉拿归案，这不能算了结。"然后他面容严肃地继续道，"叶良禽，莫非你敢抗旨不尊不成？"

奥琪布刚要再说什么，刘不周暗中扯了下她的衣角，让她不要再说了，然后赶忙跪地叩首道："臣领旨，羽林监叶良禽谢主隆恩！"

奥琪布也心知刘不周的用意，如果她再执意不肯，那一定会引来祸端的，毕竟这里不是她说一不二的漠南草原右贤王庭，眼前这个高高坐在御座上、半死不活的老头儿才是这里真正的主人，她又着急又无奈地在一旁暗气暗憋。

而南宫见景帝封了刘不周官职，且还是可以在宫中行走，负责皇帝护卫的羽林监，心里不禁一阵的窃喜。

景帝都安排完了，就准备退朝了，他拖着疲惫的身体正努力地用手撑住龙椅想站起来，身边的窦太后突然说话了："皇帝且慢。"

景帝不由得转头看着窦太后，不解地问道："母后还有事？"

"此事就这么完了？"窦太后面色不悦地回道。

景帝只得又再次坐了下来，耐着性子，谦恭地问窦太后："朕已经安排妥当，难道还有什么疏漏的吗？请母后示下！”

窦太后冷冷地说道：“刚才叶良禽也说了，因为没有足够的证据，所以暂时判定皇后与此案无关，那至少是说皇后仍然是有嫌疑的，而且现在看来还是嫌疑最大的，难道此事就这么不了了之了？皇帝，当着满朝文武的面可要公私分明，一碗水端平啊！”

原本以为此事就此作罢了，没想到窦太后仍是不依不饶，众人的目光又再次转向了景帝，景帝暗自咬着牙，他看了一眼身边的王皇后，最后下定决心说道：“传朕旨意，在彻底洗清嫌疑之前，皇后不得擅自离开椒房殿半步，违令者按抗旨欺君论处。”

“陛下，臣妾真是冤枉的啊！”王皇后听到景帝的旨意，惶恐不已，她惊诧地央告景帝。

景帝此时一口闷气顶在嗓子里，憋得满脸通红，他也不去理会王皇后，气急败坏地甩下一句:“好啦，不要再闹了，朕意已决，退朝！”就起身离开了。

山雨欲来风满楼

二十三　山雨欲来风满楼

三大人被杀案暂时算是告一段落了，但个中的许多谜团仍是没有解开。

尤其是满朝上下得知恐怖之极的杀手组织探丸郎已经乔装改扮混进了朝廷和后宫之中，伺机再次作案，那么潜伏下来的探丸郎是谁？而探丸郎的下一个目标又会是谁？他们的目的又是什么？更是无人知晓，所有人的心就此不再平静，每个人无不人心惶惶的。

经过这次未央御审，以窦太后为首的窦家和以王皇后为首的王家彻底撕破了脸皮，从原来暗流涌动的不公开对抗变成了针尖对麦芒的公开斗争。

虽然这是窦太后和王皇后都始料未及的，这两个女人并没有搞懂为什么事态会成了这样，她们尚未做好足够的准备就不得不赤裸裸地将矛盾和冲突暴露在对方的面前，但不管怎样，各方势力都不约而同地意识到，更加惨烈的新一轮宫廷权利大战已经不可避免地揭开了战幕。

汉帝国都城长安，一个视线非常昏暗的神秘房间里。

角落处一团看不清轮廓的黑影语气阴冷地对着眼前一个垂手侍立的黑衣人说道：“这次终于让窦太后和王皇后之间的矛盾彻底公开化了，从此这两边必然势同水火，将来两方一定会打得不可开交的，我们就等着瞧好戏吧。”

黑衣人谦恭地回道：“只可惜皇帝老儿仅仅给了王皇后禁足的惩罚，太便宜她了。”

“慢慢来，急什么？小火慢炖才有滋味，我可不想让她就这么痛痛快快地倒了。”那团黑影轻声地冷笑回道，顿了顿，黑影继续说道，“听着，下一步一切按照既定的计划进行。”

黑影赶紧拱手回道：“卑职遵命。”

椒房殿里。

宫女莫黎盛了一小碗燕窝汤放在了王皇后的桌上说道：“皇后娘娘可要保重凤体啊，陛下也是被太后所逼才出此下策将您禁足的，等风声过了，陛下必然会还皇后娘娘自由的。”

被罚禁足的王皇后此时失落地坐在殿中，她没有心情去喝什么燕窝汤。

半晌，王皇后从暗柜的小抽屉里面拿出了一个朱漆打造的精致小盒，仔仔细细地端详着，然后长叹了一声，嘴里不禁说了句：“波才呀波才，可真是成也波才、败也波才，这一次你可把本宫害苦了。”

莫黎感叹道：“这次他可是闯了大祸，还让皇后娘娘无端受了这冤枉。”

王皇后轻叹一声回道：“莫黎，本宫担心的并不是这一次，其实最让本宫心绪不宁的是波才可能受不住诏狱的酷刑，会把他所知道的全招出来。”

莫黎一下子也忧心忡忡起来，她想了想后回道：“不过皇后娘娘，波公公对您确实忠心不二啊。”

“你说得不错，他确实忠心不二，当年要是没有他，怕是也没有我们的今天了。”王皇后端起那个朱漆小盒问莫黎，“还记得这个吗？”

莫黎仔细辨认了下，回道：“这是……肌香津？”

王皇后点了点头，悠悠地说道：“当年就是波才给本宫进献的此物，才让本宫得以获得陛下的宠爱，本宫视他为第一功臣，对他信任有加。”

说到这，王皇后不由得想起了十几年前的那段往事……

时间回到了十几年前……

那时的王皇后还只是王夫人，二十岁出头的妙龄，正是美艳动人的好岁数，虽然她也为景帝生了皇子，就是皇十子刘彻，有了在后宫立足的资本，但是景帝对她还是不咸不淡的，却仍旧对已经不再年轻的栗夫人宠爱有加。

栗夫人就是废太子刘荣的母亲，虽然栗夫人不是皇后，但因为深受景帝宠幸，就将她的儿子刘荣册立为皇太子。

也就是刘彻和刘不周出生后的第五年，那一年栗夫人再次得景帝宠幸怀了龙种，虽然不能侍寝，但景帝依旧几乎每晚都在栗夫人的若樱殿休息。

此时王夫人敏锐地感到机会来了，这个时候正是将景帝从栗夫人的怀里夺到自己手中的大好时机。

为此她不惜花费重金将当时还只是个黄门令，但深受景帝信任的贴身宦官波才纳入了自己的麾下。

这波才原本是个最底层的苦力小宦官，但他惯会阿谀奉承，迅速攀附上了当时很受景帝父亲汉文帝信任的贴身老宦官吕老宦的关系，被吕老宦一路的提携。

后来汉文帝驾崩，景帝继位，波才凭借着他的伶牙俐齿和对景帝的忠诚，一步步做到了掌管皇帝日常生活和政务的黄门令的高位，而当他一朝得势后做的第一件事就是在景帝面前进谗言诬陷了吕老宦，害得吕老宦从此失了宠。

这一天，宫女莫黎进来禀报王夫人说黄门令波才求见。

王夫人让波才进来，波才进门跪倒给王夫人下拜，王夫人笑吟吟地让波才起来说话。

然后王夫人问道："黄门令大人，今天来见本宫有何事啊？"

波才叩首道："启禀夫人，您让老奴帮着找的宝贝，老奴给您寻到了！"

"噢？"王夫人眼前一亮，有些迫不及待地问道，"是何宝贝？"

"请夫人听老奴细细禀来。"波才清了清嗓子颇为得意地对王夫人说道，"近日老奴得到一个重要消息，在那终南山有一位方外的高人隐士，他有一种宝贝，名为肌香津。"

王夫人颇为疑惑地重复了句："肌香津？"

波才一脸神秘地说道："是肌香津，听闻女人将这个宝贝涂抹在肚脐之上，便可通体喷香，且香味持久不散，对男人能起到迷惑其心、诱惑其身，使其欲罢不能、终日迷恋、朝思暮想的神奇效果啊！"

王夫人不禁也来了兴趣，她问道："会有如此神妙之物？"

波才点了点头，继续说道："有，老奴派人多方打听，终于寻到了那位方外隐士，谁知那隐士却说非千两黄金不卖，哎呀，后来好说歹说，老奴才以五百两黄金的价格买下了这肌香津。这不，宝贝刚刚到手，老奴这就赶紧给夫人您送过来啦！"

王夫人闻听喜出望外地说道："这可是世间罕有的宝贝，快，拿出来给本宫看看！"

波才小心翼翼地从怀里取出一个小包裹，恭恭敬敬地递到王夫人手中。

王夫人接过，迫不及待地将包裹打开，见里面是一个朱漆打造的小盒，做工非常精致。她正欲打开，却只听波才断喝了一声道："慢，夫人千万不要打开！"

二十四　波才的眼泪

“这是为何？”王夫人闻言颇为不解地问道。

波才捂着嘴，妖里妖气地笑道：“瞧把夫人心急的，那隐士特意说了，此物不是世间凡物，打开使用时须在密闭不见光之处开启，否则一旦见了天光，那香味就消失了，效果也就没有了！”

王夫人这才明白，笑道：“原来如此！本宫稍后回内室再看。”说着，她把朱漆小盒握在手里，好一阵爱不释手地抚摸。

波才在一旁看着王夫人的表情，忽然假装捏着自己的大腿央告着：“哎呀，老奴为了给夫人寻得此宝贝可是跑断了这双腿喽！”

然而王夫人却暗自撇着波才，就像没听见一般，仍然抚摸着朱漆小盒，突然一抬头把脸一沉对波才说道：“公公，你可知此乃媚道之术，我朝律法严禁施用巫蛊之术，一旦这事情泄露可是死罪吗？”

波才一听，惶恐地赶忙跪地叩首道：“夫人，老奴一片忠心对夫人，老奴的下半辈子还仰仗夫人您的提携呢，此事定当守口如瓶啊！”

王夫人听到这，脸上的颜色好了许多，嗔怪地对波才说道：“哎呀，公公这是言重了，公公是本宫的至信之人，本宫怎会不相信公公呢。”说着指着桌案上一个蒙着红布的黑色托盘对波才道，“这里有千两黄金赠予公公，还请公公不要推辞哦！”

“哎呀，看您说的，能为夫人分忧那是老奴的福气啊！”波才看着那托盘，一双眼睛笑得眯成了一条缝，一把将托盘端在了怀里，然后谄媚地对王夫人说道：“如今栗夫人正怀着龙种，暂不能侍寝陛下，夫人您这不正好是个最佳的时机吗？！”

“嗯，还是公公为本宫想得周全。”王夫人赞许地对波才说道。

宝贝有了，下面要做的事就是得让景帝来漪澜殿了。王夫人沉思了片刻，忽然面色一转，好像略有伤感地说道：“唉，其实呀，现在有件事还真要麻烦公公了。”

波才不解地问道：“夫人您说。”

王夫人叹了口气说道："我儿刘彻年已近五岁了，而陛下日理万机，父子俩聚少离多，彻儿日夜盼着能与他父皇多见上几面，还劳烦公公在陛下面前为我儿说上几句贴心的话，让陛下闲暇时来这漪澜殿看望彻儿！"然后王夫人顿了顿，若有所指地说道，"事成之后，一定不会亏了公公！"

波才何等的聪明，马上明白王夫人此话的真正意图，不就是拿刘彻想父亲当个幌子，实际上就是让他想方设法将景帝引到王夫人的漪澜殿来吗？

波才点点头，也装出一副悲天悯人的神情回道："父子之情，天伦之乐，夫人您可真是贤淑怀德啊！您放心，您放心，老奴一定将陛下请到您的寝宫里来！"

赚了个盆满钵满的波才喜滋滋地出了王夫人的漪澜殿，迎面正好跟急匆匆奉召去传旨的吕老宦撞了个满怀，那托盘里的黄金被撞了一地，吕老宦惊讶地指着满地的黄金问波才："你这是……"

波才阴阴地盯着吕老宦说道："老东西，怎么，你要到陛下那里告发我不成？"

吕老宦被波才阴狠的气势震慑住了，皱巴巴的老脸怯懦地低了下去，没敢作声。

说实话，他吕老宦自己心里很清楚，如今的他哪还有实力去斗这个忘恩负义的狗东西呢？怪只怪自己当年瞎了一双眼睛看错了人，这样须发皆白的年纪，很多事想开了，苟延残喘地活着吧，过一天算一天。

波才肆无忌惮地用手指着吕老宦阴阳怪气地道："量你也不敢，老老实实地当你的差，如今已不是你风光的年景了，是也不是呀？我的师傅！"

吕老宦尽量回避着波才凌厉的眼神。

波才收拾好黄金就扬长而去了，吕老宦看着他嚣张跋扈的背影，没有说话，哀叹了一声转身走了。

几天后的傍晚，未央宫内。

景帝刚刚处理完一天的政务，坐在龙椅上有些疲惫地展了展腰，小宦官照例献上摆有各宫嫔妃名牌的托盘让景帝选择今晚在哪位嫔妃的寝宫休息，景帝看都不看就闭着眼说道："传旨，今晚朕在栗夫人的若樱殿休息！"

“可是……陛下，”小宦官怯怯地说道，“栗夫人如今正怀着龙种，无法侍寝啊？”

景帝愠怒地说道：“朕的事还要跟你说明白吗？”

小宦官赶紧低头领命道：“奴才不敢，奴才遵旨。”

“呜呜…….”此时旁边侍候的黄门令波才不知什么原因用袖子捂着脸在那小声地抽泣起来。

景帝疑惑地看着波才问道：“波才，你这是怎么了？因何抽泣？”

波才赶忙跪倒，哽咽着对景帝说道：“启禀陛下，老奴今天路过王夫人的漪澜殿，见皇十子刘彻坐在大殿门口的台阶上若有所思地在那唱歌呢！那歌声啊，奴才听了不能不落泪呀！”

景帝见波才莫名其妙地哭，又听说是因为波才听到刘彻在漪澜殿外唱歌所致，立刻来了兴趣，问道：“哦？彻儿他唱的什么？说来给朕听听！”

波才仍是哽咽着道：“回陛下，皇十子刘彻唱的是……是《诗经·小雅》中的一个片段。”

“哦？”景帝听着觉得很有意思，就道，“你给朕学学彻儿是唱的哪一段？”

“奴才遵旨！”说着波才就真的学了起来，“父兮生我，母兮鞠我。生我畜我，长我育我。顾我复我，出入腹我。欲报之德，昊天罔极……”

这是诗经中一首很著名的诗歌，讲述了做儿子的感念父母的生养哺育之恩，想要报答父母的心情，诗词情真意切，歌声哀婉动听。

景帝听着听着不由得被这首诗歌深深地感染了，眼圈里渐渐地湿润了。

他心里暗想，是啊，彻儿都快五岁了，朕这个做父亲的都没能好好陪过他几次，孩子唱这首诗歌，是在想念他的父亲呀！

“走，摆驾漪澜殿。”景帝霍地站起，迈步向殿外走去，同时向波才吩咐道。

波才应诺着，赶忙擦擦眼泪就紧紧跟在景帝身后一起出去。

“陛下，栗夫人那边奴才如何回复？”负责传旨嫔妃侍寝的小宦官急急地问道。

景帝头也不回地边走边说道：“你去栗夫人那里去传旨吧，就说朕晚上过去，现在先去看儿子！”

漪澜殿外。

在波才的搀扶下景帝下了銮驾。

此时王夫人的贴身宫女莫黎带着两个小宫女从漪澜殿里飞似的跑了出来，忙不迭地跪在地上接驾，显得好像很慌张的样子，波才看了看他们说道：“圣驾已到，为何不见王夫人出来迎驾？”

莫黎结结巴巴地回禀道：“陛下息怒，夫人……夫人……现在不便接驾，请陛下恕罪！”

波才怒道：“混账，还不快去知会王夫人出殿接驾，难道要陛下在这殿外苦等不成吗？”

“陛下来得突然，夫人不知道陛下驾到……奴婢们……奴婢们……不敢……惊动夫人。”莫黎哆哆嗦嗦地回道。

景帝见此心中顿生疑窦，莫非这王夫人背着朕搞什么见不得人的苟且之事不成？想到这他不由得大怒，也不等王夫人出来迎驾就不由分说径直向殿内大踏步走去。

莫黎赶忙跪在景帝眼前阻挡他的路，被景帝毫不客气地一脚踹开怒骂道：“该死的奴婢，给朕起开！”

二十五　肌香津

等景帝怒气冲冲地闯进漪澜殿，波才在后面冲莫黎使了个眼色，她赶紧识趣地悄悄在外面把殿门关上。

景帝一进得漪澜殿就马上闻到一股沁人心脾的香味，闻到鼻子里说不出的舒畅，而且还有那么一小点暧昧的冲动。

景帝循着香气向里面一路找去，过了正堂来到后面的寝殿，就见到寝殿的门关得紧紧的。走到这里景帝只觉这香气更加浓郁，并且隐隐地似乎听到寝殿里有水的声响。

寝殿门上的窗户都是用半透明的白纱蒙着，景帝隐约看到里面有人影晃动，他暗暗压住怒火，心想这回要是抓住了王夫人不守妇道的证据一定严惩不贷。他屏气凝神，悄悄地把眼睛贴近白纱窗向里面偷偷望去。

这一望可不要紧，把个景帝看的是瞠目结舌，只见寝殿内的正中央放着一个巨大的木质浴盆，一个肤白如雪的性感少妇全裸着娇躯，站在大浴盆里正在沐浴。

少妇那婀娜的后背正好背对着寝殿内室的门，这少妇看上去二十岁出头的岁数，正是娇艳奔放的年纪，一头乌黑发亮的披肩长发甩在后背上，那肌肤白嫩得可人，映衬出她凹凸有致、曲线妙曼的惹火身材，简直美艳之极。

景帝正看时，只见那少妇微微侧了侧身，将一对高耸丰硕的双峰显露得愈隐愈现。

只见她半昂着头，微闭着一双美丽的眼眸，用一只手端起盛满了水的木舀将水从头顶倒下，而另一只手则轻柔地抚摸着自己平坦且富有弹性的小腹，然后借着水劲儿“唰拉”地一甩青丝，那韵味，十足的妩媚。

这一甩不要紧，更加浓郁的香气也在这一舀水的一泼中扩散得愈发强烈了。

景帝看到这，这浑身是越来越燥热无比，身体里的欲火就像一把熊熊燃烧的篝火又被撒上一瓢油似的简直欲罢不能了。

他心想，这不是朕的王夫人吗？！如此的美人，怎么从前从没觉得她如此的迷人呢？！

景帝看着看着实在忍不住心中的欲火，他不假思索的猛地一推门就闯了进来。

王夫人突然听到推门声赶忙回头去看，一见是景帝干涸着双唇、两眼直勾勾地站在寝殿门口，吓得两手捂住私处慌乱地问道：“陛……陛下……您这是……”

景帝一进门就被环绕于满屋的幽幽香气熏陶得更加难挨心中喷薄欲出的情欲，也不等王夫人说话，过去一把将王夫人从大浴盆中抱了起来，拥在怀里，王夫人仍然一副被惊到了的惊慌神色。

景帝抱着王夫人，一低头就看到她胸前那一对颤悠悠、白嫩无比的双峰，景帝不禁喉结上“咕噜”了一声，急不可耐地也不管不顾了，就抱着浑身赤裸的王夫人将她野蛮地放到鸾榻上。

王夫人这时玉体横陈，一双明眸媚眼如丝，怯懦中略带娇羞地柔声说道：“陛下，您……您可吓坏了臣妾了！”

景帝不听则已，这一听到王夫人吐气如兰的柔声浪语，更好像是被勾了魂似的迫不及待地脱去宽大龙袍，然后就向王夫人扑了上去……

晚上，若樱殿内。

日头落山前就接到小宦官传来侍寝旨意的栗夫人早就在若樱殿内等候接驾了，她还挺着大肚子特意亲自洗好了景帝爱吃的果品装了满满一盘。

可是这左等景帝也不来，右等景帝也不到，都已经到了掌灯的时候，仍不见景帝的影子，这要是往常，景帝处理完国政就会早早地过来和自己扯上几个闲段子开开心了，今天这是怎么了？

二更都过了还不见景帝到来，栗夫人等得心焦，差宫女星儿去打探，过了好一会儿星儿才回来禀报道：“启禀夫人，陛下傍晚时前往王夫人的漪澜殿看望皇十子刘彻，进去后到现在都没出来！”

栗夫人听到这，眼里泛起一阵惆怅，呆呆地望着桌上满盘的果品没有出声。

宫女无倦说道：“夫人，您身怀有孕不便太晚休息，陛下也许今天不来了，要不您先休息吧！”

栗夫人轻轻叹了口气说道：“那怎么成？万一陛下一会儿来了，谁来服侍陛下休息安寝呢？！”说着向星儿、无倦等宫女摆了摆手道，“你们先去睡吧！”

星儿、无倦无奈，纷纷退了出去，偌大的若樱殿内就只有栗夫人一个人孤零零地坐在殿中央苦苦地在那等候，孤独的烛光闪烁着映在栗夫人的脸上。

漪澜殿的寝殿内。

一阵翻云覆雨过后，景帝躺在鸾榻上疲惫地微闭着双眼，意犹未尽地将王夫人揽在怀中，王夫人千娇百媚地将头紧紧地贴在景帝胸口，一只玉手伸出个指头来轻轻地在景帝的胸膛上滑动，引得景帝不由自主地搂住王夫人又是一阵亲吻。

“爱妃，朕很久没有享受过如此欢畅的感觉了。”景帝抚摸着王夫人的秀发，柔情地说道。

王夫人娇羞地回道：“能够服侍陛下，让陛下欢心是臣妾几世修来的福分呢！”

景帝缩了缩鼻子，那香气仍然绕梁不绝，不禁问王夫人：“爱妃呀，这扑鼻的香味是从哪里来的？”

王夫人微微抬起头，把一张美艳的脸对着景帝的脸说道：“陛下，此事说来就神奇了，臣妾昨晚休息时做了个梦，梦中一个好似神仙的老仙翁出现在臣妾身前问臣妾此生最大心愿是什么？”

“哦？爱妃怎么说的？”景帝好奇地问道。

王夫人回道：“臣妾对老仙翁说能让陛下欢心，让陛下忘忧就是臣妾最大的心。那老仙翁说这好办，说着就冷不丁用拂尘对臣妾的身上就是一戳。这一下把臣妾就给吓醒了，谁知啊这一醒来臣妾的身上竟然通身散发香气，终日不散呢！”

景帝闻听双眼睁大说道：“真有这么神奇，看来这是上天对朕的恩赐喽！”

“可不就是嘛！”王夫人羞答答地回答道。

“那朕可要闻个够啦！”说着，景帝一把就把王夫人按倒在榻上，一张贪婪的脸已经奔着王夫人的娇躯凑了上去，逗得王夫人搂着景帝一阵“咯咯”地浪笑……

此时的景帝早把去栗夫人寝宫休息的事忘到九霄云外了。

从这天起，景帝几乎每天都点选王夫人侍寝，他对王夫人的迷恋已经到了欲罢不能的地步，就连栗夫人那里也渐渐去得少了。

自此，王夫人抓住了栗夫人怀龙种无法侍寝的大好良机，凭借波才进献的肌香津终于获得了景帝的独宠，这为她日后问鼎皇后宝座打下了坚实的基础……

“皇后娘娘？皇后娘娘？”莫黎急切的呼唤将王皇后的思绪再次拉回到现实之中，她稳了稳思绪，抬头看到莫黎一脸焦急的在看着她，王皇后不解得问道：“怎么了，莫黎？”

莫黎赶忙将一卷绢书呈给了王皇后，说道："皇后娘娘，暗探刚刚送来这个。"

王皇后赶忙接过绢书，打开一看，脸上的表情马上僵住了。

莫黎看着王皇后的表情，莫名其妙地问道："皇后娘娘，绢书上面写了什么？"

王皇后眼神十分复杂地看着殿外，表情严峻地叹了口气说道："真是祸不单行啊，陛下去了栗夫人的坟茔，他有意要重审当年的栗夫人巫蛊案和废太子谋反案！"

二十六　使命召唤

夜晚，卫将军公孙贺的府邸。

公孙贺提着一个食盒和一支点亮的烛灯独自一人来到将军府的后花园，他穿过树影摇摆的绿茵走廊，来到花园尽头的一块巨大的假山石近前停住了脚步。

公孙贺左右看看四下无人，在假山石的一块凸起上按了一把，只听见假山石内部发出"轰隆隆"的一阵沉闷的响声，随着这阵轰响，假山石的中间裂开了一道黑洞洞的缝隙，缝隙不算大，仅能容得一个人通过。

公孙贺又警觉地向四周看了下，确定无人跟随之后，就一闪身钻进了裂缝中。

裂缝里是一条纵深向下、深不见底的楼梯，公孙贺用烛灯照着黑暗处的台阶，沿着楼梯一步步地向下面走去。

约莫向下走了一阵，楼梯终于到了尽头，眼前出现了一个足有正堂大小的空间，公孙贺用蜡烛点亮了偌大的空间里仅有的几盏烛灯，微弱的烛光可怜巴巴地闪烁了起来，但是照明的效果实在有限，空间里仍是昏昏暗暗的。

公孙贺提着食盒继续向里面走，在空间的尽头影影绰绰地闪现出了一个大笼子，笼子里竟然坐着一个人。

这个人看身形是个男人，他浑身的衣服已经破烂不堪，变成了一条条已然分不清颜色的碎布条耷拉在身上，一头肮脏的头发杂乱无章地披散在眼前，将这个人的整张脸几乎都遮盖了起来，很明显此人被关在这里已经不知多少年头了。

这个人静静地坐在笼子里，对公孙贺的到来充耳不闻，只是低着头一语不发。

公孙贺走到笼子前，将烛灯放到了边上，同笼子里男人的坐姿一样自己盘腿也坐了下来，然后将食盒打开，从里面取出了几碟菜和两壶酒，将其中一半的菜和一壶酒顺着笼子的缝隙塞了进去，推到那个男人的近前，然后将剩下的一半菜整整齐齐地摆在自己的面前。

他轻轻地给自己满上了一杯酒，然后端起酒杯对着笼子里的男人做了个敬酒的手势，就一饮而尽。

此时，笼子里的那个人也端起了一杯酒，却并未做出回敬的姿态，他隔着蓬乱的头发帘把酒喝了下去，然后就自顾自地吃起菜来。

“老朋友，我又来看你了。”公孙贺又喝了一杯酒后，然后对着那个男人说道。

那人一语不发，仍旧低着头在那吃着菜。

公孙贺端着酒杯，看着这个人良久后，不禁“扑哧”一声哑然失笑，不由得轻叹了一声说道：“唉，我这个手握京师南北两军兵权的堂堂卫将军，唯一可以推心置腹说说心里话的朋友竟然会是你？”

说着，公孙贺又敬了那人一杯酒，而那个人依旧是自顾自地喝酒吃菜。

喝过了这杯酒，公孙贺又是轻叹了一声说道：“十几年了，你就一直这样充耳不闻，一语不发吗？”随即他表情怪异地轻笑了一声点了点头道，“呵呵，不说也好，否则你恐怕就活不到今天了。”

当听到公孙贺说十几年的时候，那人的身子似乎微弱地颤了一下，但随后又表情木讷起来。

几杯酒下肚，此时的公孙贺好像稍微有些醉意了，他突然将头向前探了探，盯着那个人说道：“你是不是一直疑惑我为什么会冒着巨大的风险留着你这条命，却不杀了你，十几年来始终把你藏在这个地方？”

那个人放下了筷子，从容地端起酒杯喝干了，又用早已经满是油腻的袖子擦了擦嘴角，然后一双炯亮的眼睛透过脏乱的头发缝隙盯着笼子外面的公孙贺，等着他自己说出答案。

公孙贺悠悠地轻摇着脑袋，好似自言自语地说道："一百多年前，秦国的宣太后芈八子诱杀了末代义渠王，立国五百年的草原强国义渠国被灭国了，骁勇善战的义渠人从此销声匿迹，而末代义渠王的子孙们为了躲避屠戮不得不一代又一代的隐姓埋名，四处躲藏。"

公孙贺郑重的将一杯酒缓缓地洒在了地上，然后表情哀伤地说道："世人早已不再记得曾经有过义渠这样一个国了，但是……"

说到这，公孙贺突然骄傲地扬起了头，一向冷峻漠然的公孙贺此时竟然已是热泪盈满了眼眶，他用右手狠狠地锤在自己的胸膛上，略带哭腔地说道："但是我却记得，因为我，就是末代义渠王的后裔，一个真正的义渠人！"

笼子里的那个人听了公孙贺道出了自己的真实身份却毫无惊讶之色。

公孙贺说得明显情绪有些激动，他无比悲凉地哭诉道："我从小就在他人的白眼和羞辱中长大，几十年来，我孤苦伶仃地辗转北方四郡，吃残羹喝污水度日，为了心中的夙愿，为了我心中的义渠，我改名换姓、依附权贵、寄人篱下、仰人鼻息、给他们当枪、供他们驱使，为了获得一点点实权还不得不娶了自己根本就不喜欢的女人做妻子！"

话到这里，这个一向杀人如麻、冷酷无情的堂堂卫将军竟然已经像个受了欺负的孩子似的哽咽得泣不成声了。

少顷，他渐渐地平复了下来，缓了好一会儿心神，才又淡淡地说道："世人都说我公孙贺冷血、无情、视人命如草芥，可是，他们哪个知道，这么多年来，我整日小心翼翼地做事、如履薄冰地前行，隐藏起真实的自己，生怕哪一步走错了就会万劫不复，我哪还敢爱？哪还敢恨？哪还有什么情感敢去挥霍？！"

"你要复国？"此时笼子里的那个人突然从牙缝里挤出了一句话来。

对于这个人突然的发话，公孙贺似乎并未感到惊讶，他沉默了半晌，然后沉重地点了点头回道："不错，我要复国，我要重建义渠国，我要重现义渠祖先当年的辉煌和风采，这是每一个末代义渠王的子孙们的宿命，为了这个我可以毫不犹豫的杀人、可以忍辱负重、可以韬光养晦，凡是一切能助我实现复国大业的事我不惜一切代价也会去做，凡是敢阻挡或破坏的人和事我都必须要铲除。”

随后，公孙贺情绪激动地又连干了几杯酒，才慢慢从刚才的悲怆和亢奋中舒缓了下来，恢复了平常、淡漠、冷静的神情。

公孙贺再一次端起了酒杯朝向笼子里的人语气平淡地说道：“所以我要留着你，让你活着，你是我的一张王牌，可以助我完成大业，也许……也许用不了多久你就能派上用场！”

这一回笼子里的人不再说话了，他只是目无表情地一直看着公孙贺……

“轰隆隆”一阵响声，假山石的裂缝再次开启，公孙贺提着食盒从里面走了出来。

他将裂缝关闭如初，抬头望了望繁星闪烁的夜空，今夜是个大晴天，就像他此刻的心情一样，向一个生死完全握在自己手中、对自己毫无威胁的人袒露心声，这让他的心情舒畅了许多。

逐渐的，公孙贺的脸上又恢复成了往日那一副不苟言笑的冷酷表情。

议事堂里。

公孙贺端坐在正中，此时的他面容冷峻，阴沉似水，早就没有了刚才面对笼子中那个人时的脆弱和哀伤。

三个一身黑衣的人肃穆地垂手侍立在公孙贺面前，为首的一个人谦卑地拱手道：“回禀将军，属下们没能找到那封书信。”

公孙贺阴冷地回道：“堂堂京卫门的三大高手竟然找不到一封信？”然后他厉声喝道，“你们还有脸回来见我？”

那个为首的人被吓得身子一震，赶忙再次拱手回道：“都是属下们无能。”

另外两个人也紧随着纷纷自责。

公孙贺面无表情地站起了身，缓缓地走到三个人的身旁，侧目看着他们，吓得这三个手下都不敢去看公孙贺，全都低着头忐忑地盯着地面。

“是真的无能，还是没用心呢？”公孙贺冷冷地问了句。

为首的那个人转身面对着公孙贺连连说道：“的确是属下们无能，请将军治罪。”

“既然无能，要你何用？”公孙贺突然暴喝了一声，此话一出，猛地抽出一把锋利的匕首，一刀刺入了为首那个手下的小腹。

那个手下根本来不及反应就已经中刀，他瞪着一双绝望的眼睛看着仍旧面无表情的公孙贺，从已经淌满血沫子的嘴里吃力地挤出了两个字：“将……军……”然后意识开始逐渐模糊起来，随即就“扑通”一声倒在地上死了。

另外两个手下被眼前的一幕惊呆了，等反应过来后这两人“扑通、扑通”双双跪倒在地，浑身止不住的颤抖，一个劲地向公孙贺磕着头哀求道：“将军饶命，将军饶命啊！”

看着自己的得力手下死在地上，公孙贺却毫不动容地手握着仍在滴血的匕首狠辣地盯着另两个手下问道：“你二人还有何话讲？”

这二人闻听先是一愣，紧接着其中一人赶忙叩头说道：“将军，我等这就去查，一刻不敢耽搁，就算挖地三尺也一定找到那封信！”

公孙贺冷冷地点了点头说道：“今日本将军就再给你二人一次机会，若再查不到……”说着他用匕首指着地上的死尸喝道，“他就是你们的下场！”

两个手下不停地磕头，连连称是。

“还不快滚！”公孙贺怒喝了一声，这二人狼狈不堪地赶忙退了出去。

正在这时，卫尉将军甘吉急急忙忙的刚好进来，和那二人擦肩而过，他一进门就看到地上躺着个死人，惊愕地问公孙贺：“将军，这是……”

公孙贺没有回答，他不屑一顾地一脚跨过尸体，将手中的匕首擦净了血收了起来，问甘吉：“什么事？如此慌慌张张的？”

甘吉拱手道：“皇后娘娘密旨，命将军和卑职马上进宫，有要事相商！”

二十七　父爱

傍晚，漠南草原，匈奴右贤王治乌岱的金帐里。

这位位高权重、执掌着匈奴汗国南方疆土的统治者右贤王治乌岱，如今却是面容憔悴、长吁短叹地呆坐在金帐中。

半晌，他问身边的当户将军弥加尔：“还是没有公主的消息吗？”

弥加尔也无奈地点了点头回道："回大王，都找遍了，连公主的影子都没看到！"

治乌岱悲伤地长叹了一声自语道："我的草原月光啊，你在哪里？让父王找的好苦啊！"

弥加尔赶忙在旁边劝道："大王不要过度悲伤，公主天资聪颖，不会有事的，想必是有什么事没有做完，不久她就会安然无恙地回到大王身边的。"

自从奥琪布尾随着弥加尔进了汉地以来，作为一个无比疼爱女儿的父亲，治乌岱就好像跟丢了魂似的，整个人似乎一下子苍老了很多，他不停地派出无数批人四处寻找和打探奥琪布的下落，但是半年以来却连一点奥琪布的消息都没有得到。

正在治乌岱长吁短叹之时，一个汉人装扮的人走进了金帐，跪倒向治乌岱施礼说道："大王，暗探沃哲赛从汉地刺探情报回来向大王禀报军情，而且属下还……"

还没等沃哲赛说完话，治乌岱就打断了他的话，然后无精打采地摆了摆手说道："好了，本王现在没有心思听你喋喋不休。"

沃哲赛停顿了下，却还是坚持继续说道："但是大王……属下还给大王带来了关于奥琪布公主的消息。"

听到沃哲赛的这句话，治乌岱似乎不敢相信自己的耳朵，他一下子精神了起来，马上追问道："沃哲赛，你刚才说什么？你再说一遍！"

沃哲赛赶忙回道："是的大王，属下发现了奥琪布公主的行踪。"

"她在哪？本王的草原月光她现在在哪？"治乌岱兴奋不已，他一扫多日来的低迷情绪，迫不及待的追问道。

沃哲赛犹豫了一下回道："奥琪布公主……她在……汉国的都城长安。"

沃哲赛的这话一出，犹如晴天霹雳一般，治乌岱和弥加尔都不由自主地大吃一惊，两个人惊愕不已地看着说话的沃哲赛。

弥加尔几步来到沃哲赛的面前，不由分说一把揪住他的衣领急切地问道："沃哲赛，你确定你真的在长安见到的是公主本人吗？"

沃哲赛赶紧说道："回当户将军的话，属下敢担保看到的就是奥琪布公主，她穿着一身汉家女子的装束和几个汉国人在一起，属下担心如果当时现身相见，恐会暴露了公主的身份，就没敢惊动她们，赶紧跑回来报信了！”

“来人！”此时，弥加尔身后的右贤王治乌岱突然大喊了一声，然后霍地站起了身，把双眼一立，高声喝道，“传本王令，点齐三万精锐骑兵，本王要杀奔长安救出我的草原月光奥琪布！”

治乌岱说完就急不可待地准备走出金帐点兵出发，却被身边的弥加尔一把拦住，对治乌岱说道：“大王且慢。”

治乌岱此时为了自己的女儿情绪上有些失去了理智，他怒目盯着弥加尔问道：“弥加尔，你敢阻挡本王吗？”

弥加尔赶忙收回拦住治乌岱的手，但是仍旧固执地挡在他的面前没有闪开，他说道：“属下不敢，属下知道大王救女心切，但是大王，假如您带兵杀入汉地，很可能会因此给公主她带来危险的。”

“弥加尔，你这话什么意思？”治乌岱怒气冲冲地质问道。

弥加尔继续回道：“大王，且不说从王庭到长安千里之遥，这一路上关隘数十座，都有重兵把守，大王未必能如愿打到长安城下，就说您一旦率大军入汉救公主，如此兴师动众那岂不是让全天下都知道了公主的真实身份？现在我们和汉国是敌国，而公主她又只身在汉都，难免会有危险，到时候恐怕大王不仅救不出公主，自己也未必能全身而退，而且就连公主都会命悬一线，危在旦夕了。”

一旁的沃哲赛也赶忙劝道：“是啊大王，属下在长安见到公主时她并未暴露身份，暂时是安全的。”

治乌岱虽然心情急切，但还是可以分辨轻重缓急的，他沉思了半晌，怒气明显消了不少，然后问弥加尔：“那你有什么好办法？”

弥加尔想了想回道：“大王，属下的意思是，此事不宜大张旗鼓，请大王准许我带着布度格恩和沃哲赛二人到长安去找回公主。”

治乌岱说道：“弥加尔，此去长安危险重重，就你们三人，一旦出了事情可就功亏一篑了！”

弥加尔胸有成竹地回道：“大王放心，我们三人全部乔装改扮成汉地人一路混进长安，根本不会惊动汉国上下，找到公主后就悄悄的将她安全地带回到大王的身边。”

良久，治乌岱点了点头，然后拍着弥加尔的肩膀由衷地说道：“我的孩子，本王就将此事托付于你了，务必保证奥琪布的安全。”

弥加尔赶忙跪地施礼回道：“属下遵命，属下们即刻启程！”

与此同时，位于汉帝国都城长安西南的建章酒舍门口。

奥琪布呆呆地站在那里看着远处夕阳的余晖渐渐消失在天际若有所思。

刘不周轻轻走到她的身边，没有说话，只是静静地陪着奥琪布站着，两个人就这么默默的各自想着心事。

良久，刘不周才说道：“没想到我竟然会被任命为朝廷命官，看来一时半会儿很难脱身了，公主，我现在最担心的是你，你的身份在汉地太危险了。”

奥琪布闭上了双眸，任思绪流转，半晌她缓缓地说道：“还记得三年前我们在王庭大营门口的约定吗？”

刘不周神情惆怅地回道：“怎么不记得，你让我好好的活着，有一天还要回到你的面前。”

奥琪布转过头，眼眸里溢满了柔情望着刘不周说道：“记得就好，我说过，我奥琪布认定的人，永远不会改变。”

“可是……这里对你来说太过凶险了。”刘不周焦急地说道。

奥琪布表情坚定地看着刘不周回道：“我不走，从草原到中原我不远千里，耗费了三年的时间才终于找到了你。我们从小一起长大，你了解我的性格，从现在开始，你去哪我就去哪，我不在乎什么危险，我会一直等着你。”

刘不周一时语塞了，他不知道该如何回答，望着眼前的奥琪布，这个被他视为世上唯一亲人的女孩，这个陪着他一起长大、多次舍身救他性命、不惜和父亲反目，甘愿为了他放下公主高贵的身份、冒着巨大危险深入汉地找寻了他三年的女孩，刘不周心里说不出的纠结。

他愿意守护奥琪布一生，如果奥琪布需要，他会毫不犹豫地为她献出自己的生命，然而这种情感刘不周只敢局限在感恩和真挚友情的范畴，他从不敢在心里对奥琪布存有什么非分之想，更别说奢求和她摩擦出爱情的火花了。

一直以来刘不周都觉得自己不配，他对奥琪布的情感始终无法逾越这种自卑的心理障碍，这种自卑的心理也许从当年他作为奥琪布的奴隶那一刻起就已经埋下了种子。

最重要的一点，在刘不周的心里早已经深深地烙印着一个让他刻骨铭心的名字，那就是卫子夫，三年来他无时无刻不在惦记着卫子夫，多少个孤寂的夜晚刘不周都是紧握着卫子夫送给他的那个粗麻荷包入睡的，他怎么还可能接受奥琪布呢？

正在刘不周胡思乱想不知道说什么好的时候，奥琪布望着他的眼神渐渐地暗淡了下来，她一张俏脸低垂，长长的睫毛盖住了双眸，待了半晌才幽幽地说道："你知道吗，其实我早就想家了，自从我偷偷离开王庭到中原来寻找你已经很长时间了，父王一定急坏了，肯定在四处找寻我。"

刘不周看在眼里疼在心里，他曾经在心里发过誓永远不会让奥琪布伤心，但是他又不由自主地逃避着奥琪布的真挚表白，他实在想不出用什么样的语言能够安慰奥琪布，或者该如何向她解释自己心中的真实想法，只能结结巴巴地说："公主，我……其实……"

正在此时，百里卿从酒舍中出来，对刘不周说道："叶大哥，穋姑娘醒了。"

二十八　星儿

刘不周见百里卿出来，他和奥琪布就停止了对话。

刘不周庆幸百里卿出来的真是时候，正好暂时化解了他的尴尬，他如释重负地舒了口气，然后转头对百里卿说道："走，去看看她。"

酒舍的一个房间里。

伤势已经逐渐好转的穋雨诗躺在榻上，她见刘不周、奥琪布和百里卿进来，就强撑着身子要坐起来，身边的阿玉奇过去扶住了她。

刘不周笑着说道："穋姑娘有伤在身，就不必拘礼了。"

穋雨诗只得半躺在榻上，她那张精美绝伦的俏脸上滑落两行清泪。她看着刘不周说道："奴婢万谢恩公的救命之恩，恩公就是让奴婢做牛为马，奴婢也报答不了恩公的恩情。"

刘不周摆摆手说道："以后不许再提什么奴婢奴婢的，记住了，你不是任何人的奴婢，你是缪雨诗，一个自由自在的缪雨诗。"

刘不周的这番话让缪雨诗感动不已，作为一个身份最下贱的娼妓，从没有人拿她真正当人看过，即便是很多男人垂涎她国色天香的美貌，那也不过是拿她当个玩物罢了。

长久以来自卑的心理始终萦绕着缪雨诗，而只有这位叶大哥，不仅救了她的命，还不嫌弃她，真正把她当人看，缪雨诗一双美目望着眼前的刘不周无比的亲切，不由得又淌出了眼泪，她抽泣着说："恩公……"

"还有啊，以后叫我叶大哥就行了，这样听着亲近，可不要再恩公恩公地叫了。"刘不周平和地说道。

缪雨诗挣扎着使劲摇着头道："那怎么行，奴婢……哦不……我没有资格……"

百里卿在旁边笑着指着自己和阿玉奇说道："缪姑娘，你就别客气了，我们这些人的命都是叶大哥从死人堆里救回来的，我们都叫他叶大哥，你叫他叶大哥是实至名归啊，你就听他的吧。"

缪雨诗这才微微点了点头，她脸颊绯红，羞涩地叫了刘不周一声："叶大哥。"

也许刘不周并未看出缪雨诗脸上和语气上有什么特别之处，但这一幕却被同为女人的奥琪布看了个正着，她不由自主地扭过头不去看，假装什么都没有察觉，但是心里却泛起了些许的醋意。

未央宫的御膳房坐落在西北角上，是一套面积不小的十几层院落，为了供应未央宫上至皇帝、皇后，下至嫔妃、女官几百人的膳食，御膳房每天都有将近百人的顶级厨师和杂工在这里出出进进地忙碌着。

御膳房最里面有一个非常偏僻的院落，这里面整天充斥着腥臊恶臭的难闻味道，一排排的笼子里养着各种鸡、鸭、鹅，几排笼子的边上依次是牛棚、羊圈、狗舍和猪圈，这是御膳房的宰牲所，专门饲养着各种家禽牲畜，以供膳食之用，所以难免臭气熏天。

此刻夜幕降临，御膳房一片寂静，一个宫女打扮的女人提着烛灯缓步从宰牲所的后门走了进来。

刚一进门她就被里面的屎臭尿骚味熏得直皱眉头，厌恶地用衣袖捂住了口鼻。

她一路寻到了猪圈旁，用烛灯向里面照了照，只见里面横七竖八地躺着十来头肥头大耳的大肥猪，这些肥猪浑身上下都粘满了屎尿污泥，肮脏无比，一个个全都“呼呼”大睡着。

但令人惊奇的是，透过烛灯微弱的亮光可以看到，在这群猪的中间竟然还睡着一个人。

这个宫女打扮的女人将烛灯放在砖台上，然后解开拴在铁栏杆上的绳索，猛地向后一拽这根绳索，那个睡在群猪之中的人就“呼”的一声被拖拽出了猪圈，原来这根绳索的另一端就牢牢地拴在那个人的脖子上。

那个人这时也被惊醒了，睁着一双睡眼惺忪的眼睛莫名其妙地看着眼前的这个宫女打扮的女人。

“皇后娘娘让我来看看你。”这个宫女打扮的女人看了看躺坐在地上的那个人，轻声细语地说道。

在烛灯的映照之下，能够隐约地看清楚这宫女打扮的女人的脸，她正是王皇后的贴身女官莫黎。

当地上的那个人看清楚了来人后，动作怪异地摇晃了几下脑袋，然后把脑袋侧过来仰着头呆呆地盯着夜空，突然手指着天上，声音嘶哑地狂喊道：“哎……哈哈……天生异象啦！天生异象啦……”

原来这个被囚禁在猪圈里的人，正是那个时常在皇宫里乱蹿的疯女人。

“啪，啪”两声清脆的鞭响，疯女人的身上重重地挨了莫黎两鞭子，那个疯女人被打得惨叫了两声，也不敢再喊了，吓得紧抱着双臂，整个身子缩成了一团，浑身颤抖，双眼惊恐地呆望着莫黎。

“你这十几年在猪圈住的可还好吗？”莫黎表情依旧平淡地问道，只是嘴角微微地颤了下，手中的鞭子再次“啪”的一声狠狠地抽打在疯女人的身上。

“要不是你当年遭了天谴，被雷劈了脑袋，疯了心智，皇后娘娘怎能留你的命在？”

“不老老实实待在这里，竟敢在皇城中肆意乱跑？”

“难道你吃猪食还没吃够吗？”

……

莫黎接连问了数句，她的问话越说越快，她每问一句，就会狠命的一鞭子抽打在疯女人的身上，莫黎脸部的表情也越来越狰狞了起来，然后又从狰狞变成了一阵阵的狞笑，好像个丧失良知的变态一般，全然没有了平时在王皇后面前那般的温文尔雅。

几鞭子打完，莫黎好像也打累了，她喘着粗气看着已经被打得蜷缩在地上“呜呜”哀号的疯女人。

此刻，莫黎又恢复了往日的平静，她牵着套在疯女人脖子上的绳索向着猪圈走了过去，而那疯女人就像个被打怕了的牲口似的任由莫黎摆布，随着牵拽一步一步地爬着来到猪圈里。

莫黎手里拽着绳索，一双冰冷的眼睛盯着疯女人，语气却柔和地轻声对她说道：“你怎么不说话了……是不是饿了？”

刚说到这，莫黎猛地用手按住疯女人的头部，一把将她的脸按到一摊新鲜的猪屎上面，嘴里恨恨地说着：“吃呀？你不是饿了吗？这样的美味你怎么不吃呢？！”

疯女人的脸上粘得满是恶心臊臭的猪屎，起初她还疯狂地摇晃着脑袋反抗，但随即就像发现了什么珍馐美味似的竟然贪婪地啃吃起猪屎来，就这样她还觉得不过瘾，又用手胡乱抓起两把猪屎忙不迭地塞进了嘴里，狼吞虎咽地吃了下去。

不仅如此，她更是意犹未尽地用舌头把嘴边残留的猪屎全都舔进嘴里也吃了，那场面实在是恶心至极，不忍直视。

莫黎看着疯女人急不可耐地大吃着猪屎，她表情放松地轻笑了一声说道：“星儿呀，星儿，皇后娘娘虽然不能杀了你，但又一直对你不放心，怀疑你是不是在装疯，这样看来我们就放心了，你当真是疯得不轻啊，我的亲姐姐。”

当日晚上，长乐宫里。

余怒未消的窦太后气急败坏地咒骂道："要不是那个该死的叶良禽，哀家当时就一举拿下皇后了，这次皇帝才给了她区区一个禁足的惩罚，太便宜她了！"

淮南王刘霖萧在一旁说道："母后，依王儿看那个叶良禽不足为虑，皇后经营她王家的势力多年，树大根深，朝野上下党羽众多，而且又有陛下的庇护，想一下就扳倒了她也绝非易事。不过此番至少让她领教了母后的威严，打击了她的气焰，也算是一次严厉的警告，后面的事，还需从长计议才是。"

窦太后虽心有不甘，却也不得不认为有理地点了点头，她有些惋惜地说道："王儿所说也不无道理，只是可惜了这样一次绝佳的机会了！"

窦太后身边的郡主刘陵儿此时一边给窦太后轻轻地捶着后背，一边笑着说道："皇祖母不要动气，免得气坏了身子，请皇祖母放心，机会不会仅此一次的，孙女这里就有一个足以将皇后置于死地的大好良机！"

二十九　祸不单行

仍在为这一次未央御审上没能扳倒王皇后而耿耿于怀的窦太后听刘陵儿说还有一个足以将王皇后置于死地的大好良机。

窦太后马上来了精神，她饶有兴趣地问刘陵儿："哦？快说来听听？"

刘陵儿不紧不慢地说道："赵王刘彭祖曾经得到过一封金漆书信，据说那封书信中的内容里隐藏着关于王皇后所做的一些见不得人的事情的证据，这些证据一旦泄露，那王皇后必死无疑，就算是陛下都回天无力救不了她。"

"金漆书信在哪里？快拿来给哀家看。"窦太后迫不及待地说道。

"只可惜这封金漆书信被赵王府中的一个女奴缪雨诗给弄丢了。"刘陵儿无奈地回道。

窦太后闻言脸色马上凝重了起来，刘陵儿见状赶忙莞尔一笑，然后搂着窦太后的手臂撒着娇说道："皇祖母别急嘛，孙女已经派遣手下得力之人去寻找那封金漆书信了，而且已经有了确凿的线索，想来过不了多久孙女就可以将这封书信交予皇祖母了。"

窦太后见刘陵儿已经缜密地做了布置，也不好再说什么，就点头回道："如此甚好，不过此事要快，哀家恨不得马上让那王皇后身败名裂！”

刘陵儿颔首回道：“孙女遵命。”

然后窦太后看向了大将军窦婴说道：“侄儿，你也要尽快提审那波才，争取从他的口中打开突破口，找到能够牵连到王皇后的证据。”

窦婴拱手回道：“侄儿谨遵太后懿旨。”

“如此一来，我们双管齐下，这次哀家绝对不会再手软，定让那王皇后永世不得翻身。”窦太后眼神阴冷地说道。

看一切都安排妥当了，窦太后这才放下心来，但随即又忧心忡忡地说道：“最让哀家不安的倒是那探丸郎，他们的杀手已经秘密潜伏进了朝堂和后宫，这实在太可怕了，简直人人自危啊！”

大将军窦婴赶忙拱手道：“太后放心，侄儿已经加派了护卫长乐宫的宫卫武士，定保太后安全无恙！”

“这样甚好，”窦太后应允道，然后继续道，“只是这样只能是治标不治本，亡羊补牢罢了，而早日查出谁是探丸郎才是万全之策。”

刘陵儿在一旁回道：“皇祖母，陛下不是已经任命叶良禽为羽林监，专门调查暗藏的探丸郎了吗？”

刘陵儿不提刘不周还好，这一提，窦太后脸上再一次阴云密布，她恨恨地说道：“区区一个贱民不仅坏了哀家的大事，而且皇帝竟然还封了他官职，彻查探丸郎此等关系宫中和朝廷的大事怎么可能指望他呢？”

淮南王刘霖萧回道：“母后说的是，那叶良禽一介草民能有什么本事？”随即他向着窦太后一拱手道，“母后，彻查探丸郎一事就交给王儿吧。”

窦太后这才满意地点了点头说道：“哀家正有此意，有王儿出马，哀家就放心了。”

“王儿遵旨。”刘霖萧回道。

此时窦太后语气阴狠地自语道：“叶良禽啊叶良禽，敢拆哀家的台，这件事哀家绝不会和你善罢甘休！”

在返回淮南王府的路上，刘陵儿问刘霖萧：“父王对那个叶良禽怎么看？”

刘霖萧眯起了眼睛，似乎在谋略着什么，随后回道：“他虽是草民出身，但此人背景神秘，足智多谋，心思缜密，能以一己之力玩转天下的关注，并查清了三位大人的死因，而且还懂得审时度势，在关键时刻适时地为陛下搭桥铺路缓解了皇后的危局，赢得了圣心，这样的人绝非等闲之辈，不可小觑。”

“那父王刚才在太后面前为何贬低叶良禽？”刘陵儿不解地问道。

刘霖萧笑着回道：“因为只有让太后彻底恨上这个人，父王的计划中才能用他当作棋子啊。”

刘陵儿更加不解地问道：“莫非父王要脱离太后自己单独行事？”

刘霖萧冷笑道：“当然不是，不过我们攀附太后，无非是想借助太后的势力逐步实现父王的大业，但现在看来她老人家也并非一手遮天，这次提请父王为辅政皇太弟被搁浅一事就能看出一些端倪来，虽然现在还是要紧密联合太后的窦家，但是父王也必须要开始布局自己的计划了，而叶良禽这颗棋子就正好可以为父王所用。”

与此同时。

公孙贺和甘吉急匆匆地走进了椒房殿，只见椒房殿里灯火通明，今天王家的嫡系来的出奇的齐全，除了已在狱中的波才没到以外，王皇后、盖侯王信、女官莫黎等全在，而且太医伍邵竟然也在其中，几个人面目凝重，一个个仿佛心事重重的。

王皇后坐在正中，见公孙贺他们进来，说道：“公孙将军来的正好。”

公孙贺和甘吉给王皇后施礼后坐了下来，公孙贺问道：“皇后娘娘，这么急将我等召来，所为何事？可是为了如何解除禁足惩罚之事吗？此事微臣……”

王皇后抬手打断了公孙贺的话，然后沉吟了片刻，没有马上说话，她向莫黎使了个眼色，莫黎会意，走过去将一卷绢书递到了公孙贺手中。

王皇后这才开口说道：“公孙将军先看看这个。”

公孙贺展开绢书，甘吉也凑了过来，两人定睛观看，这卷绢书正是莫黎交给王皇后的那张暗探送来的情报，上面写道：帝永巷祭栗坟，曰梦栗喊冤，审吕宦，欲重审两案。

看到这，公孙贺和甘吉都不约而同地愣住了。

莫黎从公孙贺手中接走了绢书，还回到王皇后的手中，王皇后将绢书扔进了点着的烛台里。眼看着绢书在火中逐渐化为了灰烬，王皇后这才抬起头缓缓地说道："诸位议一议吧，此事该如何解决？"

在场的众人全都沉默了，一个个低头不语，各自想着心事。

王皇后见众人不说话，欠了欠身环顾了下几个人，说道："本宫正值禁足之际，怎么说陛下暂时也对本宫多少有些怀疑，此时若开审两案，对我们是非常的不利。"然后她停顿了下，眼神阴冷地继续说道，"倘若两案重审，在场的诸位恐怕谁也脱不了干系，这个时候，我们必须团结，携手共同破局才是。"

过了良久，盖侯王信先说话了，他疑惑地问道："这两案当年已盖棺定论，而且已经过去了十多年，陛下为何现在突然要重审两案呢？"

女官莫黎狐疑地说道："莫非是那吕老宦向陛下说了什么不成？"

王信摇了摇头回道："不可能，当年之事，那老东西知之甚少，他能和陛下说出什么来？"

王皇后点了点头说道："盖侯说的对，当年那吕老宦即便是有什么察觉，也不可能查到什么证据。"说着，她转头看了一眼站在身边的莫黎，莫黎冲她点了点头，王皇后做到心中有数后又继续道，"而且当年参与此事的人和知情人除了在场的我们和波才以及一个连猪屎都吃的疯子以外，全都不在人世了，本宫以为此事泄露的可能性是很小的。"

王信此时盯着公孙贺说道："再或者是公孙将军的差事办得不彻底，那废太子的儿子刘不周尚在人间？而且被陛下找到了？"他这话明显是冲着公孙贺说的。

旁边的卫尉将军甘吉不悦地回道："侯爷这话是怎么说的，此事公孙将军早已如实禀报皇后娘娘得知了，卑职亲眼所见那刘不周掉入万丈深渊摔死了，哪里还能活得过来？而且我们也在悬崖的下面找到了刘不周的尸体。"

王信一时也不知该如何反驳，看了一眼王皇后，有些尴尬得不作声了。

"那难道真的是她们母子的鬼魂给陛下托梦所致？"身旁的太医伍邵说道，然后他慌乱地搓着手自言自语地道："坏了坏了，若真是这样，这可如何是好啊？”

王皇后瞪了一眼伍邵说道：“伍大人稍安勿躁，本宫可不信这个邪！”

“那会不会是那个隐藏起来的探丸郎告的密？”王信说道。

王皇后无奈地看了看自己的弟弟，有些不耐烦地说道：“你们不要这样急病乱投医的胡思乱想，探丸郎组织跟此事怎么能够扯得上联系呢？”

一下子大殿中再次沉默了。

半晌，一直没有说话的公孙贺此时抬起了头，对王皇后说道：“皇后娘娘，微臣以为，此事的关键已不再是追查陛下为何要重审两案的原因了。”

“那公孙将军的意思是……”王皇后问道。

公孙贺回道：“皇后娘娘容禀，追查陛下有意重审的原因势必会耗费时间和人力，但即便如此也未必查得清楚，更重要的是会耽搁了解决此事的最佳时间，与其说我们这样做徒劳之事，倒不如想办法阻止陛下重审两案才是上策。”

“公孙将军所言极是。”王皇后赞许地点了点头，但随即又忧心忡忡起来，她焦虑地叹了口气说道，“只是……如今圣意已决，能让陛下打消重审两案的念头可以说是万难了。”

公孙贺一双犀利的眼睛看了看四周的几人，又看了看王皇后，说道：“微臣以为，既然打消陛下放弃重审的念头很难做到，为今之计只有一个办法方可破了此局。”

王皇后迫不及待地问道：“是何办法？”

公孙贺欲言又止，他犹豫了半天，终于还是开口说道：“如今只有一条路可以走，那就是……尽快让太子殿下提前登基。”

三十　太子的家事

公孙贺此言一出犹如轰雷一般，在场的人全都哗然了，一个个张口结舌地看着公孙贺，就连王皇后也无比惊愕地呆在了当场，一句话也说不出来。

要知道，一朝的皇太子登基做皇帝的唯一条件就是现任的皇帝不再是皇帝了，能够达成此条件的无非是现任皇帝驾崩，或者将帝位禅让给太子，自己去做太上皇。

而当今的景帝虽然近期重病缠身，但绝不至于这么快就死了。

另外，中原王朝从商周开始直到如今汉朝的景帝这一朝，一千四百多年的时间里，还从未出现过一个太上皇，这是没有过先例的。

所以，公孙贺说出的这个办法，众人无不惊骇，谁都听得出来这句话中隐藏的杀机。

半晌，王信怒不可遏地拍案而起，指着公孙贺厉声道："大胆公孙贺，你……你竟敢说出这样大逆不道的话来？那弑君之罪可是好玩的吗？"

太医伍邵也马上随声附和道："是啊公孙将军，这……这样做的风险太大了！"

只有王皇后沉着脸，一语不发地看着他们。

公孙贺一点也不着急，他冷冷地看着王信和太医说道："侯爷，太医大人，如果这两案一旦重审，倘若水落石出了，两位还有脑袋来指责本将军吗？"

这次王家的秘密会议虽然也牵扯到了刘彻的太子之位是否稳固，但王皇后并未让太子刘彻参加，甚至对他采取了保密措施，不仅因为当年那两案发生之时，刘彻还不过是个五六岁大的孩子，他毫不知情，更是因为作为一个母亲，王皇后宁愿将所有的压力统统留给自己去承受，也不想让儿子蹚这趟浑水。

不过未央御审之后，刘彻也没高兴到哪儿去，因为窦太后的发难险些让自己的母后王皇后身败名裂，幸亏刘不周及时出手相助才化险为夷，最终还是在太后的逼迫之下责罚了母后，而他也被父皇景帝训斥了一番，责令他老老实实地回到太子府思过。

虽然刘彻根本想不明白自己有什么过失可思，但现在形势对他们母子不利，他还是不要去触景帝这个霉头了，乖乖地回太子府待几天再说。

刘彻下朝后无精打采地返回了太子府，一进门就看到太子妃陈阿娇等在那里，刘彻一看见是她，心里就是老大的不悦。

说实话，这个陈阿娇的确不失为一个标致的美人坯子，而且今天她还特意地打扮了一番。

只见她弯弯的一对柳叶眉，衬出了白皙细腻的皮肤，一双妩媚迷人的丹凤眼在眼波流转之间光华显尽，淡粉色的胭脂施在脸上让皮肤显得更加白里透红，嘴唇上还特意施上了浅红色的唇红，整张脸显得精致而漂亮。

乌黑透亮的三千青丝垂下，两三根缀着绛紫色玉石的簪子绾起一个髻，一只云形珠花将飘在身后的长发挽起。

她身上穿着一件暗紫色的暗花蝶纹广陵大袖衣，同色的弹墨蝶纹雨花锦月华裙，腰间系着一条青蓝色绸缎。外披一件暗紫薄纱，衣摆上浅浅绣着蓝色的蝶纹，虽不明显，但足以看清。脚上一双秋香色刻金兔绒的莲花鞋，手上带着一只乳白色的玉镯子。

只可惜陈阿娇虽特意打扮得千娇百媚，但眉宇之间却仍带着几分骄纵之气，好像姹紫嫣红中的一点瑕疵，让人觉得不舒服。

纵使陈阿娇美若天仙，刘彻和她也是对不上脾气，他刚想转身出去，陈阿娇赶忙上前殷勤地帮刘彻宽衣，嘴里柔声地说道："殿下回府，臣妾在此等候多时了，夫君处理朝政辛苦了。"

自从陈阿娇嫁给刘彻之后，这对夫妻就始终都是貌合神离的。也难怪刘彻不喜欢她，这位大小姐性格实在骄横任性，不懂得一点柔情似水的女人风情，她还总是抱怨刘彻刻意疏远她，而且陈阿娇动不动就摆臭架子，甚至总拿自己的母亲馆陶长公主的势力警告刘彻，这是刘彻最为反感的一点。

这两天她特意跑去淮南郡主刘陵儿那里讨办法，深谙男女情爱之道的刘陵儿只得苦口婆心地教导她，让她不要总是一副盛气凌人的姿态面对刘彻，应该拿出女人的温柔来，对待刘彻要知疼知热，温存有加，这样才能赢得刘彻的心。

刚才陈阿娇见到刘彻时说的那些温存的话，全是刘陵儿教的。

虽然陈阿娇的确照着做了，但这毕竟不是她的本性，在刘彻听来就是觉得假。

刘彻表情冷淡地看着陈阿娇，不耐烦地问道："你来干什么？"

陈阿娇被刘彻这一句不咸不淡的话给噎得一时语塞，这个过门前从未受过一点点委屈的太子妃这下子把原本刘陵儿教给她背下来的一堆嘘寒问暖的词全给忘得一干二净了，她那任性的脾气又上来了，一脸委屈地劈头就质问刘彻道：“怎么，我不该来吗？你就这么讨厌我吗？你知道我都多久没有见过你了吗？”

刘彻不想跟她吵，不管怎么说，他也不得不顾忌陈阿娇的母亲馆陶长公主和窦太后的这层关系，更何况是现在母后又被惩罚，窦太后正是气焰嚣张的时刻，他不想在给王皇后平添什么麻烦了，只得敷衍地说：“我……每天都要朝议监国，太忙了！”

“哈，你确实是很忙，你一有时间就去找那个歌姬出身的小贱人，你以为我不知道吗？”陈阿娇阴阳怪气地说道。

刘彻实在忍不住了，他被陈阿娇的这句话给激怒了，冷着眼睛盯着陈阿娇怒道：“你还敢监视我不成，我堂堂皇太子想去哪里还需要向你汇报吗？”

陈阿娇冷笑一声，她咬牙切齿地说道：“你可别忘了，要是没有太后她老人家和我母亲馆陶长公主的支持，你能当上这个太子吗？！”

这个任性骄横，却又头脑简单的陈阿娇可能从来也没意识到过，这句她自以为只是用来强调自己对太子的重要性的一句话其实是刘彻最不能容忍的。

听到这里，刘彻倒反而安静了下来，他语气阴冷的一字一句地向着陈阿娇说道：“你说的对，知道我为什么不愿见你吗？就是因为你从没把自己当作是我的妻子，而是整天高高在上地自以为我今天的太子之位都是你那外祖母窦太后、你的母亲馆陶长公主还有你施舍给我的！”

陈阿娇一副傻天真似的表情，不明就里地问道：“那又怎么了，有她们在你就是太子，我就是太子妃，将来你就是皇帝，我就是皇后，这样不好吗？”

刘彻无奈中略带愤慨地哈哈几声狂笑后指着陈阿娇说道：“好，非常好，你知不知道，就在刚才，你那个拿你当心尖子疼爱的外祖母——我的皇祖母窦太后差点把我的母后和我置于死地，你知道吗？”

陈阿娇被刘彻说得哑口无言了，朝堂上的事情她并不知晓，她结结巴巴地回道：“这……我却真的不知！”

刘彻进而继续愤愤地说道：“说到底，我这个太子还不就是你们做交易的筹码罢了，就是个摆设，你既然这么有本事，不如你去跟太后和你的母亲说说去，把我这个太子废了吧，我还不如去做个诸侯王自在！”

三十一　未央觐见

“我……你……”陈阿娇被刘彻的一顿咆哮噎得一句整话都说不出来了。

“殿下回来了……这是怎么了，姐姐？”正在此时，一个轻灵娇柔的声音从门外传来。

刘彻和陈阿娇不约而同地向门外看去，门外进来了一个年约十六七岁的女孩子，只见她生了一张玲珑剔透的鹅蛋脸，眉目不似陈阿娇那样千娇百媚，却也清秀俊俏，一头乌黑的长发挽成了凌云髻，用一支银簪插在头上，显得清新美丽典雅至极。

她身上穿着一袭白色拖地的烟笼梅花百水裙，外罩着品月缎绣的玉兰飞蝶氅衣，内衬着淡粉色锦缎裹胸，袖口处绣着精致的金纹蝴蝶，胸前衣襟上还钩出几丝蕾丝花边，腰上系一条金腰带，贵气而显得身段窈窕，气若幽兰，脖颈前静静躺着一只金丝通灵宝玉，平添了一份淡雅之气。

女孩走到两人近前，恭恭敬敬地施了个万福礼说道：“臣妾侧妃李莫熏见过太子殿下，见过太子妃姐姐。”

来的这个女孩，正是王皇后的侄外甥女，如今已是太子刘彻侧妃的李莫熏。

刘彻见她进来，也不方便再发作，愤怒的情绪多少收敛了一些，但也没什么好气。

李莫熏走到仍在气愤不已的陈阿娇面前，殷切地对陈阿娇说道：“姐姐不要生气了，殿下他许是政务缠身，心情不好，还望姐姐多多体谅殿下才是。”

然后她又面向刘彻说道：“殿下，阿娇姐姐虽然心直口快，但殿下代天北巡出去的几个月，阿娇姐姐她对殿下每一天都是朝思暮想的，日夜期盼着殿下早日回京，殿下可不要辜负了阿娇姐姐的一片思念之情呀！”

刘彻看了看眼前的这两个女人，鼻子里冷哼了一声，转身拂袖而去。

陈阿娇在身后气得暴跳如雷，她泪眼婆娑地抹着眼泪，咬牙切齿地厉声喊道："你又去找那个小贱人去了是不是，我……我跟她没完！"

李莫熏在旁边赶忙劝道："姐姐不要生气了，免得气坏了身子。"

陈阿娇见刘彻已经远去，忽而横眉冷对地转向了李莫熏，瞪着两只眼睛轻蔑地盯着她。

然后陈阿娇不由分说劈头盖脸地将满肚子的委屈一股脑儿地宣泄到她的身上："李莫熏，谁要你来假惺惺地做和事佬，你给我记住了，我可是大汉长公主的女儿，你的爹不过是个外放郡守罢了，就算你跟皇后娘娘沾点亲，那也不过就是个侄外甥女，如今我是太子妃，你还只是个侧妃而已，本小姐的事还轮不到你来操心！"

李莫熏一张俊俏的脸上写满了委屈，她不禁低下了头怯生生地说道："姐姐这话是怎么说的，妹妹是真心为姐姐着想啊！"

在门口，刘彻正好撞见了蹦蹦跳跳找上门的南宫公主。

这南宫的确是心够宽的，未央御审时的惊险一幕刚过，就被她忘得一干二净了，竟然还开心不已地来找刘彻玩。

南宫一见刘彻阴沉着个脸，低着脑袋一门心思地向外走，就把胳膊一横拦住了刘彻，然后咧着嘴笑道："太子哥哥，你这样闷头直撞的，要去哪里啊？"

刘彻抬头见是自己的妹妹南宫，没好气地回道："不关你的事。"

南宫瞪着一双大眼睛，上一眼下一眼地把刘彻看了个够，然后阴险地笑道："是不是又跟嫂嫂们吵架了？"

刘彻气得一把扒拉开南宫说道："我现在心烦得很，没工夫和你说笑。"然后就要离开。

南宫抓住刘彻的衣袖央告道："那咱们去找叶大哥吧，哥哥你也舒缓下心情。"

"父皇责令我近期在府中思过，禁止我出门，你自己先去吧。你告诉叶公子，说我改日要当面向他道谢。"刘彻说完，撇开南宫的手，转身刚要走，忽而又转过头来看着南宫狐疑地问道，"哥哥看你好像很愿意和叶公子在一起的样子啊？"

南宫被刘彻这么一说，脸颊"腾"地红了一片，小丫头扭扭捏捏地低着头，扯着衣角一句话也不说。

刘彻这才露出了一丝久违的笑容，转身离开了。

看着刘彻的背影，南宫羞涩地低声喃喃自语道："我就是喜欢叶良禽嘛。"

安静的未央宫内。

在太医伍邵的服侍下，刚服过药的景帝这时从龙榻上吃力地坐起了身子，吩咐身边的宦官说："传朕旨意，宣羽林监叶良禽觐见。"

刘不周奉诏走进了未央宫的寝殿，跪在景帝面前叩首道："臣，羽林监叶良禽拜见陛下。"

"起来说话。"景帝虚弱地半靠在龙榻上，让刘不周起身。

刘不周站起了身，垂手侍立在景帝身边，等待着景帝下达旨意。

而景帝却不急于说什么，反而环顾了下大殿的四周，向着守在身边的卫尉将军甘吉、太医伍邵和殿中的宫卫武士、宦官一摆手说道："你等全都退下吧。"

甘吉、伍太医和宫卫武士、宦官们恭敬地应诺着纷纷退出了大殿，并将殿门关好。

此时大殿里就只剩下景帝和刘不周两个人，刘不周心中不免有些忐忑，不知道景帝这样神秘兮兮的是何原因？

景帝见所有人都退出去了，才转头看着刘不周，缓缓地说道："叶良禽，你查出了三大人死亡案的真凶，又查明了他们被谋杀的真正原因，功不可没，说明你是个头脑清晰、思路敏捷、能够洞察秋毫的办案高手。"

"多谢陛下夸奖。"刘不周赶忙拱手回道。

景帝顿了顿继续道："你可知今日朕召你进宫所为何事吗？"

"微臣不知。"刘不周回道。

刘不周回完这句话后，景帝却沉默了，半天却没有再继续说下去，而是紧锁着眉头审视着眼前的刘不周。

景帝的心里在犹豫，要不要将这件事交给眼前的这个年轻人去办？此事事关重大，牵涉的方方面面众多，一旦搞不好就可能引起轩然大波。

但是他转念又想，自己现在重病缠身，还不知道能活到哪一天，此事若不赶紧办，恐怕自己会死不瞑目的，而且目前看来，也只有这个叶良禽是最佳人选了。

景帝暗自思忖着，刘不周也不敢说话，大殿中一下子静得吓人，掉根针都能听得清清楚楚的，把个刘不周搞得心里直发毛，不知道这位皇帝究竟要做什么？

半晌，景帝似乎下定了决心，他开口对刘不周说道：“朕来问你，你可知道十几年前，朝廷中曾经发生过两起震惊天下的大案，一起叫作栗夫人巫蛊案，另一起叫作废太子刘荣谋反案吗？”

虎啸龙吟

三十二　密诏

再次听到“刘荣”这个名字，刘不周的头又突然一下子紧了一下，脑子里又开始眩晕了起来，一大堆杂七杂八的东西一股脑儿地往脑子里面钻，他不由自主地双手捂住脑袋，有些站立不稳，现出痛苦的表情。

景帝察觉到了刘不周异样的表现，他不解地问刘不周：“叶良禽，你这是怎么了？”

刘不周赶忙努力地克制着紊乱嘈杂的思绪，让自己逐渐平稳下来，然后拱手回道：“回陛下，刚才微臣突然感到有些眩晕，想是老毛病又犯了，不过没有大碍，现在已经没事了。”

景帝也并未在意，就重复了一句：“刚才朕所说之事你可曾知晓？”

刘不周逼着自己将紧张的神经放松，然后回道：“陛下，恕微臣无知，十几年前微臣年纪尚幼，当时还在帝国北境的山林里靠打猎为生呢，并不知晓此事。”

刘不周没敢把自己记不起儿时的记忆和被豹子养大以及在匈奴为奴的实情告诉景帝，俗话说伴君如伴虎，谁知道这位皇帝要是知道了自己的来历会有什么样的反应呢？干脆就不说明了，多一事不如少一事吧。

此时，景帝坐起了身，用龙枕倚在背后，就如同一个年迈苍老的老者满怀惆怅地追忆沧桑往事一般，一副老态龙钟的颓态。

景帝眼神迷离地说道：“十几年前，朕的宠妃栗夫人下巫蛊之术谋害当年还是王夫人的王皇后，事发后被废，是为栗夫人巫蛊案。其子废太子刘荣因此生了谋逆之心，勾结当时的卫尉将军郅都欲逼宫篡位，此事泄露，废太子被下狱后畏罪自杀，其家人悉数被罚充军发配，但在半途中被山贼劫杀，无一幸免。”

说到这，景帝的眼神变得极度的哀伤，他语气沉闷地继续道：“其中也包括了朕最疼爱的皇长孙刘不周……”

这真是一幕奇特的景象，这对亲爷孙俩，虽然面对面近在咫尺，却根本意识不到对方的真实存在。

作为爷爷的景帝不知道眼前站着的这个年轻人就是自己刚才还在挂怀

的皇长孙刘不周，还对着自己的亲孙子讲述着关于孙子家所发生的惨案。

而作为孙子的刘不周也不知道靠在龙榻上的就是自己的亲爷爷，对于爷爷所讲的关于自己家的事情浑然不觉，就好像在旁听关于别人家的故事一样。

就是因为刘不周失去了记忆，他不知道景帝所说的栗夫人就是自己的皇祖母，也不知道废太子刘荣就是自己的生身父亲，而废太子一家也并非被山贼劫杀，却是死于公孙贺和京卫门杀手们之手的事，更是他亲身所历，然而他也想不起来了，但正是当年发生的那一切，最终导致了他家破人亡。

景帝说完了这两件大案的原委，已经累得喘不上气来，他狂咳了半天，又休息了好一会儿才又继续说道："虽然当年这两案早已盖棺定论了，但是……十几年来，朕没有一日不在思忖，总是觉得其中存在诸多的疑点，所以……朕想命你重新调查这两起大案，而且此事你必须秘密进行，不得向任何人说起，只能向朕一人汇报……"

未央宫外。

卫尉将军甘吉和太医伍邵以及那几个被景帝屏退出来的宫卫武士、宦官都恭恭敬敬地站在大殿的门口，没有景帝的召唤，他们只能乖乖地在殿外候着。

就在此时，大殿之中突然传来刘不周惊慌失措的喊声："陛下……陛下……快来人哪！"

几个人一下子全慌了神，伍太医和那几个宫卫武士、宦官都慌忙的不约而同地看向了甘吉，毕竟他是主管未央宫宿卫的最高长官。

甘吉犹豫了一下，他也顾不得什么朝廷礼法，什么未经陛下宣召不得入内的规矩了，就第一个冲了上去，一把推开大殿的门闯进了进去，伍太医和其他几个宫卫武士、宦官也随着甘吉一起冲了进去。

当他们进到寝殿里的时候，都被眼前的一幕吓呆了，只见刘不周一个人半坐在龙榻上，两只手握着景帝的肩膀急切地呼喊着："陛下，陛下！"

而景帝刘启则是仰面朝天躺在龙榻上一动不动了，更奇怪的是他一只手竟直直地高举着。

甘吉迫不及待地几步赶到景帝的面前，见到景帝大睁着一双惊恐的眼睛直挺挺地躺在龙榻之上，他一把将刘不周推到了一旁，急忙伸出手来探了下景帝的鼻息，这一探不要紧，甘吉当时就傻了眼，他发现景帝竟然已经气绝身亡了！

伍太医见到甘吉表情不对，也赶紧上来查看景帝的情况，然后整个人就完全地僵在了那里，他转过头表情失神地面对着甘吉和其他众人，喃喃说了句："陛下……陛下驾崩了！"

这一下整个未央宫就彻底乱了套，所有在场的人全都跪倒了一片，磕头不止，哭号着："陛下，陛下！"

此时，甘吉怒目转向了呆立在旁边一语不发的刘不周喝道："叶良禽，你告诉我，你对陛下做了些什么？这……这是怎么回事？"

刘不周呆愣愣地望着躺在龙榻上的景帝，被甘吉这么一问才如梦方醒地扬起一双惊诧的眼睛回道："甘吉将军，下官……下官刚才正在向陛下禀报的时候却发现陛下没有了声息，呼唤数声陛下都没有回应，故而心中生疑就过去查看，才发现陛下已然驾崩了。"

甘吉厉声喝道："你简直就是一派胡言，陛下刚才还好好的，怎么会好端端的突然就驾崩了呢？"

刘不周赶忙解释道："下官……下官真的不知啊！"

甘吉怒声喝道："刚才大殿之中，陛下的身边就只有你一个人在，而陛下恰巧就是在这个时候突然驾崩的，你怎会不知？"

就在这时，伍太医正趴伏在景帝的尸体前面号啕大哭，他泪眼婆娑的，双手颤抖着轻抚着景帝身上穿的龙袍，却无意间在景帝尸体的下面摸到了几个硬物，他赶忙伸手将压在景帝尸体下面的硬物掏了出来，只见他手上托着三颗红、白、黑三色的泥丸，伍太医当时就吓得目瞪口呆地脱口而出道："是……探丸郎？"

甘吉看到这，他霍地一声站起了身，愤怒不已地指着刘不周厉声喝道："好你个叶良禽，前几日未央御审时你在朝堂之上口口声声说探丸郎的杀手已经秘密潜伏进了后宫，伺机作案，令我等人心惶惶，却原来你就是那个隐藏在暗处的探丸郎杀手，你潜伏的目的就是要刺王杀驾，你……你罪该万死！”

刘不周惊愕不已地回道：“甘吉将军，在下不是探丸郎，更没有谋害陛下呀！”

甘吉根本不听刘不周的解释，他不由分说地向着众宫卫武士发了一声喊：“来呀，将这个弑君的探丸郎杀手叶良禽给本将军拿下！”

三十三　酷刑

汉景帝刘启驾崩的噩耗很快便传了开来，震惊了整个后宫和朝野上下。

整个大汉皇城里一片素缟，哀号之声不绝于耳。

关于景帝是被探丸郎杀手刺杀而亡一事，被严密地封锁了消息，秘而不宣，只对外暂且说是景帝因病突然驾崩。

诏狱里。

刘不周被吊绑在一颗滚圆的柱子上，他的旁边围着十几个手持鞭子、凶神恶煞般的狱卒。

刘不周的头发全都披散了下来，浑身被打得遍体鳞伤，早已经被抽打得耷拉着脑袋昏死了过去。

一个膀大腰圆的狱卒赤着左半边上身，鼻子里面喘着粗气，手里拎着一条粗鞭子转头谦恭地向着卫尉将军甘吉说道：“将军，他昏过去了。”

甘吉看了看吊挂着的刘不周，面容冷峻地回道：“给我用水泼醒，本将军有话要问他。”

众狱卒应诺了一声，其中一个狱卒取过一舀清水，“哗”的一声泼在了刘不周的头上。

好半天，刘不周才缓缓地苏醒过来，他吃力地抬起了头，睁开一双失神的眼睛，有气无力地看了看眼前的狱卒们和身后的甘吉。

甘吉见刘不周醒了，就向他问道：“叶良禽，本将军再问你一次，你倒是招还是不招？”

此时的刘不周浑身上下已被鞭子抽打得衣衫褴褛成了碎布条了，连他自己都记不清已经挨了几轮鞭刑了，他微微地扬起了头，虚弱地回道："甘吉将军……在下没什么好招的……我说过了，我不是探丸郎的杀手……更没有刺杀陛下！"

"那探丸郎的标记你如何解释？"甘吉又问道。

刘不周回道："那……那不是在下放的。"

甘吉厉声说道："本将军闯进大殿的时候正好看到你半坐在龙榻上，你分明就是先害死了陛下，之后将探丸郎标记塞到了陛下的身子下面的，是也不是？"

刘不周努着劲回道："甘将军，如果是在下刺杀了陛下，在下为何不做完案赶紧逃走，何必还要喊你等进殿来呢？！"

此时甘吉缓步走到了刘不周的面前，他冷冷地盯着刘不周半晌才问道："既然你口口声声说你当时没有刺杀陛下，陛下的死与你无关，但是当时大殿中只有陛下与你两人，那你告诉本将军，陛下驾崩前，都发生了什么？你们都说了些什么？"

听到了甘吉的问话，刘不周的脑海中又回忆起当时未央宫中的一幕……

当时，景帝命刘不周重新调查十几年前的栗夫人巫蛊案和废太子谋反案，然后他极度疲惫地告诉刘不周说："叶良禽，你现在就去旁边的内室中，朕手书了一份密诏放在暗格里，你将其取来。"

刘不周应诺了一声，就起身到隔壁内室中去取密诏，可就在他刚刚将密诏找到的时候，就隐约听见大殿中的景帝语气惊慌、含糊其词地喊着："栗姬？……荣儿？……你们……你们来了……不要啊……不要带朕走……"

刘不周觉得景帝的喊声很是蹊跷，就赶忙收好密诏快速返回大殿之中，却见到刚刚还斜倚在龙榻上的景帝此时却一动不动的直挺挺地躺在了龙榻上，他双眼惊恐地圆睁着，一只手臂僵直地抬着，指向了宫殿的房顶。

刘不周心知不妙，赶忙过去查看，却发现景帝已经没有了呼吸，他慌忙坐在龙榻旁摇动景帝的身子想唤醒他，同时急切地对景帝说道："陛下，微臣已经拿到了密诏，拿到密诏了！"

但是景帝却毫无反应，尽管刘不周又多次晃动景帝的身子想唤醒他，可是景帝就再也一点动静都没有了。

刘不周这下彻底慌了，他高声地呼唤景帝，但景帝却始终一动不动，他这才喊外面的人赶紧进来。

如果他将这一切向甘吉坦白出来，至少自己现在不会再遭受这样的皮肉之苦，但刘不周马上又想到景帝曾经严肃地告诉他重新调查两案须秘密进行，不能对任何人提起此事，而且只能向景帝一个人汇报，看来陛下很不希望重审两案一事在没彻底查清之前被泄露出去，否则他也不会给自己下一道密诏。

所以，他不能说，不仅不能说，刘不周还必须为此保守这个秘密，想到这里，刘不周努力地吸了口气，这一吸不要紧，带动着遍布全身的鞭伤一下子又钻心地剧痛了起来，他忍着痛对甘吉回道:“甘吉将军……在下……在下不能说。”

甘吉阴冷地盯着刘不周说道：“叶良禽，你不说，那如何能证明你是清白的呢？”

刘不周不禁惨笑了一声回道：“说与不说……在下都是……清白的。”

“好，好，我让你嘴硬。”甘吉被气得怒不可遏，他转头冲着狱卒喝道，“取一桶盐水来！”

狱卒应了一声，不一会儿就提着一大桶盐水进来，放在刘不周的身前。

甘吉劈手夺过了狱卒手中的鞭子，将鞭子全部浸入到盐水里。

众人皆知，在大廷尉的诏狱里有一种极为残忍的酷刑，这种酷刑虽不至死，但绝对能让受刑者生不如死，说的就是这种用浸透了盐水的鞭子抽打人的刑罚，抽打受刑者时盐水会浸入伤口，这样会加剧受刑者的疼痛感，那种疼痛感远胜普通鞭子十倍，而且被浸过盐水的鞭子抽打出来的伤口非常不容易愈合，还极容易溃烂。

甘吉抬头向着刘不周一阵狞笑说道：“叶良禽，今天咱们就看看是你的骨头硬，还是本将军的盐水皮鞭好用。”说着，他将浸透了盐水的鞭子取了出来，不由分说地劈头盖脸对着刘不周就抽打了六七鞭。

这几鞭下来，刘不周的身上又多了几道又深又长的鞭痕，鲜红的嫩肉全被抽打得外翻了出来，附在鞭子上的盐水全部渗入了伤口里，那伤口受到盐水的强烈刺激，加倍了疼痛，刘不周的身子疼得一下子如同被雷击了似的浑身剧烈地颤抖，那种彻入骨髓的剧痛绝非一般人可以承受。

即便这样，甘吉还觉得不过瘾，又连续抽打了刘不周十几鞭子，此时的刘不周已经疼得将嘴唇全都给咬破了，口中鲜血直流，但他就是咬紧了牙关一语不发。

被白色绫子垂满的椒房殿。

卫将军公孙贺一身白色粗麻素缟地走了进来。

他见到王皇后身着丧服坐在大殿中央，脸色阴沉似水，一双眼睛已经哭的红肿得好像个桃子似的，很明显已不知痛哭了多少次，毕竟和景帝夫妻将近二十年，要说一点感情都没有，那是假的。

王皇后的身后站着太医伍邵和女官莫黎，这两人也全是一身粗麻丧服。

还没等公孙贺说话，王皇后突然双眼圆睁，厉声喝道：“大胆公孙贺，你给本宫跪下！”

公孙贺吓得“扑通”一声跪在了地上，他不敢抬头看王皇后，只是低着头趴伏在地，一句话也不敢说。

王皇后盯着公孙贺看了半晌，用已经哭得有些沙哑的嗓音对公孙贺说道：“好你个公孙贺，你未经本宫的应允就敢擅自做主，干出这等谋害陛下的大逆不道之事来，你的胆子也太大了吧？！”

三十四　必须死

公孙贺听王皇后质问自己，他赶忙抬起头一脸茫然地对王皇后说道：“皇后娘娘，微臣……微臣不明白娘娘说的这是什么意思？”

“公孙贺，这么大的事你还敢在本宫面前装疯卖傻？”王皇后被公孙贺这句话气得骂道。

随即王皇后“腾”地站了起来，怒气冲冲地几步走到公孙贺的面前，手指着公孙贺厉声道：“前日本宫宣你等进宫商议解决陛下欲重审十几年前的两案一事，你当时说唯一的办法就只有让太子尽快登基，我们在场的人谁都明白你这话里的意思，但是本宫考虑到如果这样做必然会将事情闹大，所以并没有准了你的提议，可是你……你却背着本宫真的刺王杀驾，可你知不知道如果此事一旦泄露出去，我们所有人全都会死无葬身之地的呀！”

公孙贺听到这终于明白王皇后为什么对他发了这么大的脾气，他赶忙回道：“皇后娘娘容禀，陛下不是微臣刺杀的呀！”

王皇后瞪着公孙贺骂道：“事到如今，你还不承认是吗？”

“娘娘，您听微臣把话说完。”公孙贺向前跪爬了几步回道，“前日微臣的提议是想说可以趁陛下病重之机让陛下禅位给太子，陛下做太上皇又可以安心养病，这样不是两全其美吗？微臣就是有天大的胆子也不敢妄图谋害陛下啊，更不可能委派他人去做！”

王皇后一脸狐疑地看着跪在脚下的公孙贺，问道：“你当真没有擅自去做这等弑君的大逆不道之事？”

公孙贺回道：“微臣的身家性命全都维系于皇后娘娘一身，没有皇后娘娘的允许，这等逆天的大事，微臣就是长了一百个胆子也不敢擅自行动啊！”

旁边的太医伍邵这时说话了，他长吁了一口说道：“启禀皇后娘娘，微臣也认为此事应该与公孙将军无关。”

“何以见得？”王皇后问道。

伍太医手捻须髯自信地回道：“启禀娘娘，微臣虽然尚未详细检查陛下的死因，不过当时初步检查时并未发现陛下身上有任何致命的伤口，这和公孙将军一贯的手法非常不同。”

“这倒是和探丸郎的作案手法很相似。”王皇后听后自语地回道。

伍太医回道：“是的，娘娘。”

王皇后沉思了片刻，心想也许真的误会了公孙贺，这脸上的表情才缓和了不少，她语气稍缓地对公孙贺说道：“你起来说话吧。”

“谢皇后娘娘。”公孙贺这才起身侍立在王皇后的身旁。

随后，王皇后颇为不解地自语道：“如果不是我们的人做的，那会是谁呢？莫非真的是那叶良禽不成？”

伍太医在一旁笑着回道："皇后娘娘，当时微臣见到陛下突然驾崩，情急之下真以为这是公孙将军一手策划的呢，微臣还在暗想正好陛下驾崩之时大殿之中只有陛下和叶良禽二人，正可以借此良机将弑君的罪名嫁祸给叶良禽。"

王皇后转向了伍太医反问道："难道伍太医认为不是叶良禽做的吗？"

伍太医肯定地回道："微臣认为不是，如果真是他做的，他完全可以在谋害陛下之后迅速撤离，完全没有必要再喊我等进殿了。"

王皇后点了点头，然后看了看公孙贺的身旁问道："甘吉去哪了？"

"回皇后娘娘，甘将军正在诏狱中审问叶良禽。"公孙贺回道。

王皇后低着头在大殿里踱来踱去，显得有些犹豫不决的样子。

然后她突然停住脚步，抬起头说道："虽然前些时那叶良禽在未央御审上，窦太后向本宫发难之时及时帮本宫化解了危机，是对本宫有功之人，但是陛下驾崩这事干系太大，而且太子登基在即，在这个关键的时候绝不能让这件事牵连到我们，引火烧身，所以，也就只能委屈了那叶良禽，就让他成了替罪羊吧。"

公孙贺赶忙拱手回道："是，微臣谨遵懿旨，微臣马上前往诏狱让甘吉尽快给叶良禽定罪！"

王皇后点了点头，然后又转向伍太医说道："伍太医，虽然让叶良禽做了替罪羊，撇清了我们的嫌疑，但是你必须尽快查明陛下的死因，本宫倒要看看这个凶手究竟是谁？"

伍太医也赶忙拱手回道："微臣遵旨，微臣这就会同太医院其他医正官马上检查。"

公孙贺他们刚走了没多久，太子刘彻和南宫公主就来到了椒房殿。

因为父皇景帝突然驾崩，兄妹二人悲痛欲绝，哭得已经没有了人形。

两个人刚一走进椒房殿，就看到坐在正中、浑身素缟、一脸憔悴的王皇后，两个人一下子控制不住自己的情绪，双双扑倒在王皇后的脚边放声大哭。

在突然丧夫之后，面对着匍匐在脚前的一双儿女，这个一生都在处心积虑地追逐着权力之路的女人，内心中那女人特有的最柔软、最脆弱的一面也受到了刘彻和南宫情绪的感染，紧紧抱着两个孩子哭了起来。

哭罢多时，南宫一改平日里大大咧咧的大条性格，一双妙目泪眼婆娑地哽咽着说道："母后别哭了，凤体要紧啊！"

刘彻此刻也止住了悲声，抬头对王皇后说道："儿臣见母后一脸憔悴之色，定是心中烦乱，心绪不宁吧，母后可要多休息才是！"

王皇后无比慈祥地轻抚着两个孩子的肩膀，柔声地说道："母后知道你们两个都是孝顺的孩子，唉，只是现在政局不稳，你们的父皇又突然驾崩，母后这心里不踏实啊！"

刘彻赶忙郑重地回道："请母后放心，儿臣一定尽力稳定朝局，让母后安心！"

见到儿子有这样临危不乱的表现，王皇后心里踏实了许多，满意地点了点头说道："如此甚好，你们都起来吧！"

但此时的刘彻却并没有马上起身，而是低着头一副犹豫不决的样子。

王皇后疑惑地问刘彻："太子这是怎么了？"

刘彻停顿了一下，然后向着王皇后拱手说道："母后，儿臣还有一事相求，还望母后务必应允！"

"什么事？如此吞吞吐吐的？"王皇后不解地问道。

刘彻拱手回道："儿臣恳请母后救救叶良禽叶公子。"

听到这，王皇后的脸色一下子变得阴沉了，她愠怒地说道："皇儿啊，那叶良禽是谋害你父皇的凶手，你怎么还会来为他求情？"

刘彻赶忙回道："母后，儿臣绝不相信他会是潜伏在宫中的探丸郎杀手，更不可能是谋害父皇的凶手啊！"

南宫也说道："是啊母后，那叶公子曾多次搭救我和太子哥哥的性命，又在未央御审时化解了母后的危机，而且还被父皇封了官职，他怎会谋害父皇呢？"

王皇后何尝不知道刘不周是被冤枉的，但是为了太子顺利登基，为了她王家满门的荣华富贵，这个叶良禽必须死。

这王皇后平时打击起政敌来从未心慈面软过，做事更是嚣张霸道，但是唯有在自己的儿女面前是个十足的慈母，这和她平时的表现截然不同，可她现在又不能将心里话如实地告诉给刘彻。

想到这里，王皇后只是讪讪地回道：“那叶良禽虽然对我们有恩，但公是公私是私，你们的父皇驾崩之时就只有他一个人陪在身边，而且又在殿中搜到了探丸郎的标记，许多人当时都在场目睹。”

“但是母后不觉得这种巧合太过蹊跷了吗？”刘彻毫无退缩之意地反问道。

王皇后装作无奈地回道：“现在证据确凿，人证物证俱在，你们让母后如何为他开脱罪名？”

刘彻刚要继续辩解道：“可是母后……”

王皇后没等刘彻说完，抬手阻止了刘彻继续说下去，然后故作为难地说道：“皇儿啊，现在你的母后还未从三大人死亡案的嫌疑中脱离出来，正在接受禁足之罚，后宫和朝堂之上多少双眼睛都在虎视眈眈地盯着母后呢，在这样的多事之秋，母后自己都自身难保，哪里还顾及得上叶良禽呀！”

刘彻仍然不肯放弃地回道：“但是母后，叶良禽是无辜的呀！”

王皇后语重心长地说道：“太子，你父皇突然驾崩，你皇祖母一直以来的心思你又不是不知道，现在是我们娘几个最危险的时候，局势变数很大，这个时候你最要紧的是有两件要事要办，一个是安排好你们父皇的后事，再有就是你必须尽快登基继位，我们的危局才能顺利度过，你怎么能还有闲心去为他人脱罪？”

刘彻还想再说什么，王皇后此时却双眼微闭，似乎显得很是疲惫的样子，然后向着刘彻和南宫摆摆手说道：“好了，此事不要再说了，母后有些累了，你二人退下吧！”

皇城门外。

刘彻和南宫坐在辇车上，两个人都沮丧地耷拉着脑袋。

刘彻一脸失望地说道：“连母后都无法救叶公子，看来他这回真的是凶多吉少了。”

“哥哥，现在只有一个办法可以救叶大哥了。”南宫煞有介事地回道。

刘彻听南宫说还有办法，马上来了精神，急切地问道："有什么办法？快说！"

南宫凑到刘彻的耳边小声地认真说道："那就是……劫狱！"

三十五　劫狱

当南宫说出了劫狱这个办法后，刘彻本来再次提起的精神又一下子蔫了下去。

他不无自嘲地用手指着自己和南宫回道："妹妹，这都什么时候了，你能不要再这样信口胡说吗？就凭我们俩？咱们俩还没到诏狱门口就会被人认出来的！"

南宫闪动着一双大眼睛回道："谁说我们俩去了，我的意思是让百里公子和奥姑娘他们去，那百里公子、阿玉奇还有奥姑娘他们可都是身怀绝技之人。"

刘彻满脸犹豫地回道："但如果此事一旦败露，你我都脱不了干系呀？"

南宫毫不在意地说道："哎呀，我们并不出面，只是暗中给他们提供劫狱的帮助，这不就成了吗？"

刘彻马上眼前一亮，他思忖了下自语道："这倒是个可行的办法。"然后他咬了咬牙郑重地说道："叶公子对我们兄妹有多次救命之恩，咱们岂能见死不救，豁出去了，现在就去找他们。"说着，他叫停了辇车，兄妹二人双双下车一人上了一匹马，两匹马四蹄蹬开，滚起阵阵烟尘，向着建章酒舍的方向绝尘而去。

建章酒舍的房间里。

听完刘彻和南宫的叙述，奥琪布急得哭出声来。他们之前只知道陛下驾崩了，刘不周进宫一直未归，至于什么原因，皇城里消息封锁得很严密，他们根本不得而知，正在为刘不周担心的时候，刘彻和南宫飞马赶到了建章酒舍将实情告知了几人。

此时百里卿有些为难地说道："太子殿下，虽然现在只有劫狱这一个办法了，但是你是知道的，大廷尉的诏狱戒备森严，又有重兵看管，把守得十分严密，我等如何能顺利进入诏狱救出叶大哥呢？”

刘彻回道：“百里公子放心，明日我会找个合理的借口借调走守卫诏狱的一半官军，你们趁午夜子时前往劫狱，因为据我所知，那个时候正好是诏狱守卫换班之时，此时正是诏狱戒备最为松懈的时候。”

百里卿听后，暗自盘算着说道：“如此这样最好了，而且阿玉奇的轻功天下无双，又擅长解缚之术，救出叶大哥应该不成问题。”

阿玉奇在旁边使劲地点了点头，表示全包在他的身上。

但随即百里卿又眉头紧锁地说道：“只是如果叶大哥伤势过重，行动不便该怎样安排呢……”

“好了，此事不用再议了，就这么定了。”一旁的奥琪布此时猛地一拍桌案，打断了百里卿的话，然后她转向众人说道，“劫狱这样的事不宜人多，明日半夜子时我与百里卿、阿玉奇三人同去，务必将叶良禽救出诏狱，如果他行动不便，我们轮流背着他就是了！”

“我也跟你们一起去救叶大哥。”南宫这个时候突然从刘彻的身后窜了出来兴奋地说道。

“你不能去！”刘彻严厉地瞪了南宫一眼，愠怒地说道，“你个小丫头手无缚鸡之力，到时候不仅派不上什么用场，反而还会成了众人的累赘。”

南宫被刘彻一番责备，那个兴奋劲一下子就衰了下去，委屈得不敢再说话了。

等太子刘彻和南宫走后，因为刚才见到是刘彻到来就一直躲在屏风后面的樛雨诗这才转了出来，她忧心忡忡地对奥琪布说道：“奥姐姐，就你们三个人去诏狱劫狱风险太大了，而且胜算并不高，要不……要不我到淮南王府面见郡主刘陵儿自首吧，她不是一直想捉拿我吗？我用自己作为交换条件，求她搭救叶大哥吧！”

奥琪布犹豫着回道：“我知道樛妹妹你想报恩，但你此去岂不是自投罗网吗？”

樛雨诗急迫地握住奥琪布的胳膊说道：“奥姐姐，只要能救出叶大哥，就是让我去死我都愿意。”说着，她悲伤得一双漂亮的杏眼中已经泪花晶莹了，她哽咽着央求道，“想必叶大哥现在诏狱里一定受尽了各种折磨，我都不敢再想下去了，奥姐姐，你就让我去吧！”

百里卿在一旁阻止住她，说道：“缪姑娘，没用的，叶大哥这回摊上的可是弑君的大罪，区区一个郡主根本起不到任何作用，再说她怎么可能会去管叶大哥的事呢？！”

“百里卿说得对，你这么做不仅徒劳，还会白白把自己搭进去，不值得。”奥琪布对泣不成声的缪雨诗说道，然后她眼神坚定地继续道，“明日拼死也要将叶良禽救出诏狱！”

第二天半夜，诏狱的牢房里。

又是经受了一天的拷问，刘不周仍旧没有承认自己弑君，所以他再一次被打得血肉模糊地拖回了牢房里。

刘不周虚弱无比地斜靠着牢房的墙壁，两腿劈开，将整个身体尽量地舒展开来，用一只尚能活动的手臂杵着地面，只有这样才能让自己遍布全身的伤痕得到些许的缓解，不至于随时随地地遭受剧痛之苦。

“哟，这不是新任的羽林监叶良禽大人嘛。”此时一个阴阳怪气的声音从隔壁的牢房里传了出来。

刘不周缓缓地转过头，看向了隔壁的牢房，虽然牢房外的甬道上有几盏烛灯还微弱地亮着，但是隔壁的牢房里仍旧是一片黑咕隆咚的，什么都看不清。

就在此时，隔壁牢房的铁栏杆上突然出现了一张煞白的脸，在烛光微弱的映照之下，这张脸白得一点血色都没有，看得让人不寒而栗。刘不周一眼就认出来，这个人正是波才。

波才靠着铁栏杆，看着遍体鳞伤的刘不周，嘴角微微地颤抖了一下，笑嘻嘻地说道：“没想到断案如神的叶大人也会被抓进这诏狱里来哦！”

刘不周厌恶地看了一眼波才回道：“我是被冤枉的。”

波才嗓子里发出了一阵好似乌鸦“嘎嘎”鸣叫似的沙哑笑声后回道：“进到这里的人都说自己是冤枉的，可惜啊，没几个能活着出去，当然这里也包括你，叶良禽大人！”

“你不是也一样？”刘不周不屑地回道。

波才听后又发出了一阵沙哑恐怖的笑声，然后说道：“我？当然不一样了！”

说着波才满眼憧憬地望了望牢房顶部开着的那一扇小小的窗户，表情惆怅地继续说道：“老皇帝驾崩，太子殿下就要登基称帝了，天下要变了，将来就是我家皇后娘娘，不对，马上就应该改口叫太后才是，将来就是她的天下了，她是不会不管咱家的，咱家出狱之日有望了。至于你嘛，叶良禽，哈哈，你就在这里等死吧！”

刘不周轻蔑地瞟了一眼波才说道：“呵呵，波公公你可不要忘了，你犯的可是大案，在案情没有查清之前，恐怕就是皇后娘娘也不敢冒着再次被嫌疑的风险救你出狱的。”

波才被刘不周的话戳中了肺管子，他明显被激怒了，气急败坏地用力摇晃着铁栏杆，指着刘不周破口大骂道：“该死的叶良禽，就是你，害得咱家被关进了诏狱。”

骂了没几句，波才就向泄了气的皮球一般一屁股坐倒在地上，煞白的脸上顿时淌下了两行泪水，他双眼迷离地哽咽道：“咱家……咱家混到今天容易吗？！当了几十年的奴才，好不容易盼着太子即将登基，皇后娘娘就要主政后宫了，咱家也能过上几天使奴唤婢的主子日子，却不想……却不想如今落得个现在的下场！”

刚才波才的过激举动惊动了诏狱里值班的狱卒，两个痞了痞气的狱卒一前一后从拐角的班房里走了过来，走在前面的狱卒满嘴污秽地朝着关押波才的牢房骂道：“特么给我老实点，又想吃鞭子了不成！”

波才见到就连个身份低下的狱卒现在都敢对着自己呼来喝去的，气急败坏地指着那个狱卒破口骂道：“你们这些下贱的狗东西，咱家……咱家没落难的时候，就算是你们的顶头上司大廷尉见到咱家也得点头哈腰得巴结奉承，现在看咱家落魄了，竟然连你们这些势利眼的杂碎都敢对咱家无礼了？！”

那个狱卒听到波才辱骂他，也急了眼，他嘴里谩骂道：“你这个男不男女不女的阉货，看老子怎么收拾你。”说着抽出鞭子就要抽打波才。

也就在狱卒握鞭的手刚刚举起来，正要落下去的时候，突然狱卒浑身一阵僵直，把鞭子一扔，双眼恐惧地睁得老大，面部发青，表情扭曲，双手紧紧捂住脖子，嗓子里发出“咯咯”的痛苦呻吟声，然后就一头栽倒在地上死了。

三十六　变数

那个被波才激怒的狱卒正要用鞭子抽打波才，却突然扔掉鞭子，双手捂住脖子，一头栽倒在地上死了。

他身后的狱卒见到同伴莫名其妙倒在地上，就赶忙跑过去查看，却发现倒地的狱卒已经死了，而且他的脖子上还钉着一根极细的银针，整个针体呈现出惨绿的怪异颜色，明显是淬过毒汁的。

这个查看的狱卒惊得刚想张口叫喊，就见到黑暗处探出一个黑影，那黑影将一个细长的管子放在嘴里，对准那个狱卒，嘴中一使劲，一道细细的寒光就从管子里飞了出来，与此同时这个狱卒也像刚才那个狱卒的表现一样，双眼圆睁，表情扭曲地捂着脖子栽倒在地上，就一动不动了。

黑影所用的暗器名叫“吹流”，针刺全部淬过剧毒，用嘴对着细管吐气即可发射，被射中者会当即毒发身亡。

随后，三条黑影迅速从暗处闪身出来，钻进了昏暗的牢房甬道中，悄无声息地来到刘不周和波才的牢房门前。

这三个人正是前来劫狱搭救刘不周的奥琪布、百里卿和阿玉奇。

牢房里的波才目睹了眼前发生的一切，吓得他张口结舌地刚要指着三个黑影说什么，就见百里卿把手一挥，一股淡黄色的烟尘在波才眼前爆开，发出细小的“扑”的一声，波才当时就觉得一阵强烈的头晕目眩，随后把头一歪昏厥了过去。

奥琪布三人来到刘不周的牢房门前，因为牢房里太过昏暗，奥琪布看不清里面的人是谁，她轻声地呼唤了一声：“叶良禽？是你吗？”

刘不周听到这个声音无比的熟悉，马上脱口而出：“奥琪布？”

“真的是他。”奥琪布一听的确是刘不周的声音，兴奋不已，她转头急促地小声催促阿玉奇道，“快，快将牢门打开！”

阿玉奇点点头，低头捣鼓起牢门上的铜锁来，这阿玉奇不愧是解缚的高手，没几下就将铜锁打开。

三个人迅速钻进了牢房，百里卿点着了火折子，借着火折子的亮光，牢房里的景象才逐渐地清晰了起来。

当奥琪布真正看清刘不周的时候，她顿时愣住了，此时的刘不周哪里还像是个人，只见他瘫软地躺靠在牢房的角落里，虚弱得声息如丝，整个人蓬头垢面，衣服已经破碎得一条一条的，身上布满了被鞭子抽打出的一道道血红血红的伤痕，浑身上下几乎没有一寸肌肤是完好的。

看到这，奥琪布心痛欲裂，来之前百里卿曾经提醒过她，说刘不周很可能会受到酷刑的折磨，她心里多少已经有了些心理准备，但她真的没有想到刘不周的伤势会如此的重。

这个倔强的女孩子看着眼前已经被折磨得人不像人鬼不像鬼的刘不周，情不自禁地流出了泪水，她不由自主地上前一把抱住刘不周，柔情地将一张俏丽的脸颊贴在刘不周满是伤痕的脸上，眼泪止不住地往下落。

刘不周此时也看清楚来的是奥琪布、百里卿和阿玉奇。

这一刻的他就如同一个在争夺领地中受了重伤、奄奄一息的公狼一般充满渴望地期盼着被慰藉、被爱抚，他第一次享受着奥琪布抱着自己，奥琪布那女性特有的温暖体温和沁人心脾的体香缓缓的持续不断地流入了他已然伤痕累累的身体里，说不出的暖心和舒畅。

但刘不周马上意识到事态紧急，他吃力地用手轻轻拍了拍奥琪布的后背，然后声音细微地问道：“你们……你们怎么来了？”

百里卿见奥琪布已经泣不成声了，就在旁边回道：“叶大哥，我们是来救你出狱的。”

刘不周不由自主地轻抚着奥琪布的一头秀发，缓缓地摇了摇头，语气微弱但坚定地说道：“我……不能跟你们走。”

奥琪布听到刘不周的话诧异不已，她不可置信地问道：“你说什么？

再这样下去你会被打死的！”

“是啊，叶大哥，再不走就来不及了！”百里卿也急得说道。

刘不周让奥琪布将自己扶着坐了起来，他缓了缓劲儿，然后对三个人说道：“如果我就这样被你们救走了，那我从此就会彻底背上了弑君的罪名，永世不得翻身了！”

奥琪布意识到刘不周说得有理，但是看到他满身的伤痕，还是急切地说道：“可是他们已经认定你就是弑君的要犯了，就算你不走，也会被定罪处死的！”

刘不周沉思了片刻回道：“我有个计策，可以还我清白，保我不死……”

诏狱门口。

就在奥琪布三个人潜入诏狱中搭救刘不周的同时，诏狱的门口又出现了一个黑纱蒙面的黑衣人，这个黑衣人胆怯地瞄了一眼已经被杀死在门口的几个守门的官军，就赶忙一侧身迅速挤进了诏狱里。

因为此时已是深夜，诏狱里静悄悄的，昏暗的烛光下黑衣人小心翼翼地来到刑讯房的门口，看到刑讯房里摆满了各种恐怖骇人的刑讯器具，尤其是看到房间上方的横梁上挂着几支足有杯口粗细的大钩子，那是用来穿透犯人的皮肉钩住琵琶骨的，上面隐约的还有斑斑的血迹，看到这一切，吓得黑衣人一哆嗦，倒退了好几步赶紧离开，向深处跑去。

在经过第一个班房的时候，黑衣人看到一张桌子上杂乱无章地摆满了各种下酒的小菜和吃剩下的残羹，地上随意扔着几个被喝干净的酒囊，几个狱卒醉醺醺的横七竖八地趴倒在桌子上和地上“呼呼”地打着鼾声睡着了。

黑衣人小心翼翼地贴着墙边，轻手轻脚地向前踱着步子，眼看就要穿过班房的时候，黑衣人的右脚不小心踢到了一个空酒囊，发出“咣当”的一声，这一响动在寂静空旷的诏狱里显得尤为刺耳，黑衣人马上吓得呆立在当场一动也不敢动了。

不过这一声却并没引起足够的反响，可能是这帮狱卒刚才酒喝得不少，只有一个狱卒被声音吵得翻了个身，嘴里嘟囔着：“哎呀……不喝了……不喝了……”然后连眼睛都没有睁开就继续呼呼大睡了。

黑衣人这才长舒了一口气，赶忙快速地向前移动。

由于诏狱里的灯光实在昏暗，视线非常不清楚，黑衣人刚移动了没两步就一脚实实拍拍地踩到了一个狱卒的小腿上，那个狱卒“妈呀”地叫了一声就被惊醒了，他嘴里一边含混不清地咒骂着：“特么看着点……”一边睁开了醉眼惺忪的眼睛，这一看不要紧，却看到一个黑衣人呆愣愣地站在自己面前，这下可把狱卒吓坏了，这酒也彻底地醒了。

狱卒一骨碌爬了起来，本能地后退了几步，警觉地指着黑衣人质问道：“你……你是谁？”

然而黑衣人的反应却出乎狱卒的意料，只见此人看着狱卒愣了一会儿，就突然跳着脚“哇啊”地尖叫了一声，然后竟然转身朝着诏狱里面狂奔了下去。

狱卒一见，马上拍打着其他狱卒，然后扯着脖子不停地喊道：“有人闯狱啦，快起来，快起来……”

黑衣人慌不择路地一阵狂奔，恰好冲进了关押犯人的牢房甬道里，迎面正好撞到正向外走的奥琪布三个人，而阿玉奇的肩上还背着个人。

百里卿走在最前面，他见有个人不管不顾地迎面冲了过来，马上警觉地左手掐住几支“散星”就要打出去。

那个黑衣人仰脸看到他们三个人，开始也是愣了一下，然后突然说话了：“……奥姐姐吗？”

奥琪布一听这个声音好熟悉，怎么那么像南宫的声音，就及时按住百里卿掐着“散星”的手，然后向着黑衣人问道：“你是……南宫？”

“是我，你们救出叶大哥了？”黑衣人高兴地把脸上的黑纱摘了下来，露出了本来面目，原来正是南宫公主。

原来这个成事不足、败事有余的南宫一心想跟着奥琪布他们去劫狱救刘不周，怎奈被刘彻喝止，她虽然嘴上不再说了，但这个丫头人小鬼大，心里早就暗自打定了主意，她在公主府熬到半夜，就穿上早已预备好的夜行衣，自己跑到诏狱里来救刘不周了。

也难怪她刚才慌里慌张地被狱卒发现，像她这种平日里养尊处优的金枝玉叶哪里进过大狱，更别提劫狱救人了，但她这么一折腾却给奥琪布他们招来了不必要的麻烦。

百里卿好奇地看着南宫问道：“公主，你这是……”

还没等百里卿问完，就听见南宫身后传来一片混乱之声，隐约听到有无数人声音嘈杂地喊着：“在这呀……在这呀……”

“守卫的官军已经进来驰援了……”

“……快去禀报平阳侯爷……”

南宫一听可慌了神，她焦急地冲着奥琪布三个人喊道：“先别问了，那什么，我……把狱卒给吵醒了……”

奥琪布一听，原来是南宫惊醒了狱卒，气得真想痛骂她一顿。

因为南宫的出现，把奥琪布他们的计划全部打乱了，之前他们进来的时候只是将诏狱门口守卫的几个官军无声无息地给解决了，然后就凭着几个人出众的身手悄悄地潜进了诏狱，丝毫没有惊动里面的狱卒，他们原打算在救到刘不周后仍旧蹑足潜踪地顺原路返回，从诏狱大门大摇大摆地出去。

但是现在好了，诏狱中的官军和狱卒全都知道了有人来劫狱，一场殊死的拼杀是在所难免了。

百里卿眼见着狱卒和官军就要闯进甬道了，急切地转头问奥琪布：“怎么办？”

奥琪布定了定神，把心一横，抽出短刀喝了一声：“没退路了，杀出去！”

三十七　杀出去

南宫私自闯进诏狱不小心惊动了狱卒，导致大批的狱卒和守卫的官军将南宫和原本计划周密的奥琪布三人堵在了牢房的甬道中。

生死关头，奥琪布无奈只得决定拼死一搏了。

在狭窄的监牢甬道里，几个人马上排好了冲击和防御的阵形。

百里卿右手握着一把锋利的短柄绣斧，左手掐着四支“散星”顶在了最前面。

奥琪布手握短刀、目光警惕地在最后面断后。

他们的中间则夹着背着人的阿玉奇和毫无用处的南宫。

这个时候，已经有四个官军凶神恶煞般地持着长矛冲进了甬道来。

百里卿见距离刚好合适，左手猛地一甩，四支“散星”带着四道寒光脱手而出，直奔那几个官军飞去，只听见“扑、扑、扑、扑”四声金属钻透脂肪纤维的声音，冲在最前面的那四个官军的喉咙处分别各中了一支“散星”，四个人一声都没发就应声倒地身亡了。

他们刚倒地，后面又有五个官军冲了上来，百里卿左手在腰间一晃，随即又是一扬手，五支“散星”又打了出去，瞬间那五个官军的脖子又全都被射中，也倒在地上死了。

这“散星”是一种形状类似五角星暗器，每支“散星”上都有五个锋利的锥形锋刃，打出去后在空中按照顺时针的方向以闪电般的速度连续地旋转着刺向敌方，力道比一般的飞镖要大上许多，是刺客执行任务遇到突发事件时非常好用的一种暗器。

后面的官军一见前面的人全都中了“散星”死了，立刻被这阵势给震慑到了，都不敢再贸然往甬道里冲，全部躲在了拐角处。

只听见一个官军慌忙地说道：“调弓箭手吧！”

而另一个官阶高些的官军摆了摆手回道：“不可，平阳侯爷和廷尉大人要活口！”

百里卿听在耳中，心里顿时踏实了许多，就是再多的官军他也不会放在眼里，他最担心的就是官军的弓箭手，如此狭窄的甬道没有丝毫躲避的地方，官军要是真调来弓箭手，他们几个人就成了活靶子，肯定必死无疑。

百里卿深知总躲在甬道里也不是长久的办法，看到官军没人敢再进来了，不如正好趁此机会冲杀出去寻找出路才是上策。

想到这，他马上朝着身后的几人发了一声喊：“冲！”随即就右手握着绣斧第一个杀出了甬道。

阿玉奇背上背着人，刚要往前冲，就听见身边的南宫脸色煞白、表情紧张慌乱地小声颤声道：“我……我走不动了！”

阿玉奇低头一看，就见南宫公主的一双腿早已经吓得抖个不停，根本迈不动步子了，这个公主千金什么时候见过这样的阵仗，不吓得双腿发软才怪。

阿玉奇无奈地摇了摇头，情急之下干脆左手一把将南宫夹在腋下，跟着百里卿的身后也冲了出去，虽然他夹带着两个大活人，但是身法仍旧十分迅捷，几个越跳就蹿出了甬道。

而奥琪布则警惕地盯着后方的动向，疾速倒退着紧随在阿玉奇的身后。

百里卿刚一出甬道，面前是一个相对比较宽敞的空间，迎面几个官军就撞了上来，他右手的绣斧左右开弓接连劈倒了两三个官军。

随即百里卿又抬手用绣斧格挡开一个官军刺过来的长矛，然后手腕一翻，将绣斧顶部的尖刺狠狠地插进了那个官军的腹部，另一只手掐住他的脖子，眼眉一立，暴喝了一声，就推着那个官军疾速地向前冲了十几步，那家伙身后的七八个官军被这么一推都不由自主地跟着向后退，一个个站立不稳，全都横七竖八倒了一地。

百里卿双腿一纵使了个腾空螺旋就越过了一众官军，稳稳地落到了地上，然后他向身后的阿玉奇和奥琪布一挥手说了声：“走！”

阿玉奇见前面的敌人都被肃清，就背着人、夹着南宫和奥琪布一起踏过倒在地上的一众官军，跟着百里卿冲了过去……

几个人一路这样横冲直撞，虽然遇到了十数次官军的阻截，但凭着百里卿出众的身手，都给一一解决了。

眼看着他们拐过了一个岔口，再向前走就是一个面积巨大的议事堂，如果再冲过议事堂，他们就能抵达诏狱的大门口了。

但是由于刚才百里卿几人身处的位置都比较狭窄，官军进不了多少，所以大多数的官军全都聚集在议事堂里堵住了他们的去路。

百里卿率先冲进议事堂，几十个官军就刀矛并举地扑了上来，百里卿一见敌人人数众多，干脆把紧握在手中的绣斧使劲一抖，那绣斧的短把斧柄里竟然凭空甩出来一截三尺多长的锁链来，锁链的顶端就连接着斧刃，他将连着锁链的绣斧横着抡了起来当作鞭子使用，这一抡就能放倒四五个官军。

此时，奥琪布和阿玉奇也先后冲进了议事堂，阿玉奇夹带着两个人无法杀敌，只能腾闪跳跃地躲避着官军们刺砍上来的兵器。

而奥琪布则挥舞着短刀和一众官军近身搏杀了起来，这个从小在马背上长大的草原姑娘可不像汉家女孩子似的那样弱不经风，自小跟着她的父王和哥哥们早已见惯了狩猎和战争的场面，颇有些傲雪红梅的女侠风范，她身形摇动，手中的短刀舞动如飞，几下就刺倒了几个官军。

虽然议事堂里的官军人数众多，而且越来越多的官军在向这里汇集，但是凭借着百里卿几个人出众的不凡身手，就算官军再多也一时没能讨到什么便宜，奥琪布他们虽然不能马上冲将出去，但那些官军也暂时不能将他们擒获，双方的对抗呈现出势均力敌的态势。

可就在这时，一个偏将装束的将军带着十几个弓箭手从大门口闯了进来，一进门就高声喊道："平阳侯爷和大廷尉有令，劫狱者若持械拒捕，就不要活口了，全部格杀勿论，务必不得放走一个！"

这一下议事堂中的局面再一次对奥琪布他们几人不利了起来，如果十几个弓箭手齐射，那他们就是有再大的本事也休想逃出诏狱了。

三十八　虎啸龙吟

那个偏将的话刚说完，其中的一个弓箭手就已经张弓搭箭对准了离他最近的奥琪布就要开弓。

百里卿心知不妙，情急之下他不顾一切地将手中的链子绣斧用力地甩了出去，斧刃生生地劈进了那个弓箭手的眉心，这家伙还没来得及射出这支箭就摔倒在地上一命呜呼了。

随后百里卿回头向着阿玉奇大喊了一声："把她甩给我！"

阿玉奇明白百里卿的意思，他口中的"她"自然指的就是南宫公主，只是百里卿不能当众点明南宫公主的身份。

阿玉奇马上将夹在腋下的南宫一把抛给了百里卿，这丫头刚才被阿玉奇夹在腋下颠来颠去的就已经被折腾得七荤八素了，这下又被抛了出去，差一点就吐了出来。

"剩下的就看你的了！"百里卿稳稳地接住了南宫公主后又对着阿玉奇大喊了一句。

抛出了南宫之后阿玉奇向着百里卿略一点头就迅速抽出一根绳索，反手将背上背的那个人紧紧地绑在自己的身上。

在确保背上的这个人不会在阿玉奇施展轻功的时候掉下来后，阿玉奇从腰间取出了两个类似兽爪似的由百炼钢制成的金属手套快速地分别套在两只手上，金属手套的每个指尖上都装有一把锋利的钢刃。

这个武器名曰“虎啸”，是一种极为狠辣的近身刺杀武器，手套形如虎爪，上面同样有可以活动的金属关节，套在手上，手指也可以自由地活动，那指尖上的钢刃就如同虎爪一般的锋利无比。

阿玉奇双手戴好“虎啸”，长啸了一声就腾身一跃，轻松越过了七八个挡在他身前的官军，然后他又是几个凌云飘就落到了那十几个弓箭手的近前。

阿玉奇的脚尖刚一落地，身体还没有站稳，两只手臂就“呼”地伸展开，身体以一只脚为轴心，像陀螺一样高速地旋转起来，两只手上的“虎啸”跟着旋转就横扫了出去，指尖上的十把钢刃带着数道弧形的寒光划过那些弓箭手，瞬间就割断了十几个弓箭手的喉咙。

最后就只剩下了一个弓箭手还没被割喉，他已经被阿玉奇鬼魅般的身法惊得目瞪口呆。

阿玉奇不等他反醒过来，瞬间停止了旋转，随即迅捷地伸出一只手，“虎啸”的五爪张开，一把掐住了那个幸存弓箭手的脖子，五爪同时向里一抠，只听“咔”的一声骨头碎裂的闷响，那家伙的喉管和颈骨就被生生地掐断了。

阿玉奇从拿绳索绑缚背上的人到用“虎啸”漂亮地割断十几名弓箭手的喉咙，以及最后掐断那名弓箭手的喉管这一连串的动作也不过只用了十几秒的时间，整个过程一气呵成，将个杀人的恐怖过程演绎得有如行云流水般轻松且流畅。

要说那百里卿的身手出众，刚才他接连冲破官军十几道封锁堪称强悍，但阿玉奇那出神入化、信手拈来的神级身手则更胜一筹，相比起来在这方面百里卿就显然逊色了不少。

阿玉奇的这一番杀戮效果非常显著，不仅弓箭手瞬间全部被报销化解了奥琪布等人眼前的危机，更是把在场的官军看得都无心拼杀了，一个个傻站在了当场。

那个偏将也是看得瞠口结舌，百里卿利用这个绝佳的时机，迅速将身边的南宫一把推给了奥琪布说道："交给你了！"

奥琪布接住被甩过来的南宫，用一只手揽住她的腰，紧贴在自己的身侧，另一只手将短刀横在身前做出防御的姿态。

之前刘彻对这位南宫公主的评价的确是实至名归，这南宫就是个不折不扣的累赘，所有人在拼命的同时还得顾及着她，而这丫头还什么忙都帮不上。

恐怕现在的南宫公主那心里一定是懊悔不已，真恨自己没事为什么要来凑这个热闹！

此时百里卿手边不再有什么牵绊，他扬手打出了一排"散星"，逼退了官军的围堵。

借着这个当口，他一边快速伸手从左腿外侧抽出另一把短柄绣斧，在抽斧的同时，他以迅雷不及掩耳之势，几步就冲到那个仍在发呆的偏将近前，然后身子疾速转到他的身后，用斧刃内侧的弯月形锋刃钩住偏将的脖子，另一只手掐住偏将的一只胳膊，低声地对偏将说了句："别动！"

百里卿所用的一对绣斧，是一种双手类短兵器，做工非常考究。使用者通常将其置于两腿外侧，拿取自如。

斧柄中空，内连锁链，展开锁链后可远程攻击敌人，攻击范围广，杀伤力极大。

绣斧最恐怖之处是其斧刃内侧的弯月形锋刃，类似镰刀的构造，采用钩拽的招式瞬间就能斩下敌人首级。

那个偏将直到发现被百里卿挟持了才反应过来，但是已经晚了，百里卿暴喝了一声："让你的人都闪开，放我们出去！"

这偏将的性命此刻都已在百里卿的掌握之中，哪里还敢不从，他慌乱地冲着一众官军喊道："都闪开，都闪开！"

官军们见主将被擒都不敢再动了，纷纷让开了一条通道，奥琪布扶着南宫和阿玉奇一起趁此机会赶紧跑到百里卿的身后。

百里卿挟持着偏将一步步地后退到诏狱的大门口，奥琪布快速推开诏狱的大门，几个人迅速撤到了诏狱门外。

按照他们原来的计划，只要能够安全撤出诏狱的大门就算大功告成了，因为诏狱的旁边正好紧挨着北军骑兵的马厩，那里的把守不甚严密，他们只需要进去随便选上几匹马就可以逃之夭夭了。

但是当几个人来到诏狱大门外的时候却被眼前的景象惊呆了，因为南宫闯诏狱弄醒了狱卒，守卫的官军全被惊动了，此刻诏狱的大门外灯火通明，几百名张弓搭箭的强弓手在一位看装束明显官阶很高的将军的指挥下团团将诏狱大门包围了起来。

看这样的阵势，别说是跑到旁边的北军马厩去牵马了，奥琪布他们几个能不能活着冲出包围圈都未可知了。

三十九　危机

百里卿挟持了那名偏将，几个人这才撤到了诏狱的大门外，本以为就此可以逃出生天，却没想到门外已经被几百个张弓搭箭的官军团团包围了。

百里卿见状马上用绣斧的弯月形锋刃勾着偏将的脖子站在最前面，他高声喊道：“都给我闪开，否则我杀了他！”

众弓箭手一见百里卿挟持了自己的人，明显都有些犹豫，手中的弓箭纷纷低垂了下来。

然而那位带队的将军却根本不为所动，他面容冷峻地向着弓箭手们把手一挥喝道：“统统瞄准劫狱的要犯，违令者杀无赦！”

随着这一声喝，那几百个弓箭手不得已又纷纷将箭矢搭在弓上，全部对准了奥琪布他们几个人。

被百里卿挟持的那个偏将吓坏了，他还以为那位将军没有看到他被劫持呢，就扯着嗓子喊道：“侯爷，侯爷不要放箭啊，末将在此啊！”

原来诏狱大门口这位统兵的将军正是手握京师巡防营兵权的平阳侯光禄勋曹寿，诏狱正是在他的管辖范围之内，而他的另一重身份则是窦太后的二女儿平阳公主的夫君。

此时平阳侯曹寿冷笑了一声对偏将说道：“这伙劫狱的歹徒一个都不能放走，现在是你报效朝廷的时候，所以只能委屈你了，本侯事后定会上奏朝廷，对你的妻儿老小予以阵亡军属的抚恤！”

说着他就果断得向着弓箭手们把手一扬暴喝了一声：“来呀，给我准备！”

假如这几百弓箭手真的放了箭，奥琪布他们几个必定会被射成刺猬，全部横尸在诏狱的大门口，一个活着的都不会留下。

原本计划用那个偏将作为挡箭牌保他们几人成功脱险的百里卿没想到这个平阳侯曹寿会如此的冷酷无情，宁愿舍了偏将的性命不要也绝不放走他们几个人。

这下百里卿等人一时没了办法，百里卿扭头看向奥琪布惨笑了一声道：“我等现在已被前后夹击，退是退不成了，诏狱里全是官军，前面还有几百弓箭手瞄准了我等，而这偏将也没了用处，看来这一关咱们是闯不过去了！”

奥琪布擎着短刀，面无惧色地冷哼了一声道：“没办法了，干脆拼死一搏！”

别看南宫平时成事不足、败事有余的总是充当累赘，面对如此的临危时刻却主动扬起了头小声要求道：“要不我现在站出来吧，平阳侯就是有天大的胆子也不敢射杀公主的，定能保你们脱险！”

百里卿坚决地摇头否定了南宫的提议：“绝对不可，你一旦暴露必定会牵连到太子的身上，很可能连你哥哥的太子之位都不保了！”

“可若不如此，我们谁都活不了啊！”南宫闻言犹豫了片刻，仍旧坚定地回道，说着她就要从奥琪布的手臂中挣脱出来亮明自己的身份。

就在这生死存亡的紧要关头，就听见弓箭手们的包围圈外面突然有人大喊了一声：“快闪开，马跑啦！”

众人不约而同地向声音的方向看去，就见到有几百匹马不知什么原因竟然从旁边的北军马厩里疯了一样地冲了出来，这几百匹马撒了欢似的就朝着诏狱大门这边没了命地冲了过来。

这一下弓箭手们可乱了方寸，这几百个官军被那几百匹迎面而上的惊马一下子就给冲散了。

一个个不是被马匹撞得飞了出去，就是倒在地上让一排排的马蹄子接二连三地踩踏而过，没被撞到的官军无不泼了命地躲闪，场面一下子乱作一团，谁还有心张弓搭箭瞄准呀！

平阳侯曹寿见状急得大喊道："不要乱，都不要乱，看住劫匪，别让他们趁乱跑了！"可是在如此混乱的场面之下，根本没有人会听他的。

奥琪布他们也是吃惊不小，百里卿回头急促地对奥琪布说道："看来是有人在暗中帮助咱们。"

奥琪布急切地问道："咱们现在怎么办？"

百里卿并未直接回答奥琪布的问话，他趁此机会用绣斧的弯月形锋刃在那个偏将的脖子上一划就割断了偏将的喉咙，随即猛地一脚将他揣进了混乱的官军群中，然后不假思索地抓住一匹正好冲过来的惊马的马鬃，飞身上马，回头对奥琪布他们说道："趁乱快走！"

阿玉奇反应奇快，他背着救出来的那个人腾身一跃就落到了一匹马上，他俯下身趴在马背上，双手揪住马鬃，任那马横冲直撞而去。

奥琪布也赶忙搂住南宫的腰，飞身蹿上了另外一匹马，将南宫横担在马背上，跟着百里卿他们也飞快地跑了下去。

身后的一众官军确实想追，却怎奈完全自顾不暇，只能眼巴巴地看着奥琪布他们骑着马消失在暗夜之中，却毫无办法。

马厩前。

一个身材高大的人隐在昏暗之处紧张地观察外面的动向，当他看到奥琪布几人成功脱险，才长吁了一口气从昏暗之中走了出来，月光下此人露出了本来面目，原来他正是巡城司马卫青。

刚才马群冲击弓箭手的好戏就是卫青一手制造的，是他偷偷打开了北军的马厩将几百匹马全放了出来。

眼见着诏狱门口的马群逐渐过去，曹寿也正在聚拢剩下的官军，卫青担心自己暴露，就一转身钻进了旁边一条黑洞洞的小巷子里消失不见了。

凌晨，建章酒舍里。

等奥琪布几个人精疲力尽地最终返回建章酒舍的时候，东方已经泛起了鱼肚白，一抹淡淡的朝霞已然隐隐地出现在天际边缘。

虽然南宫这一宿被连夹带抛地折腾得惊魂未定、七荤八素的，但她心里仍是始终惦记着刘不周的安危，刚一进房间她就忙不迭地跑到阿玉奇背的那个人身前喊道："快看看，叶大哥怎么样了？"

说着南宫就将那个人从阿玉奇的背上解了下来放到榻上，等她看到这个人的脸时，顿时双眼圆睁地惊在了当场。

这个人哪里是什么刘不周，竟然是仍旧昏迷不醒的波才。

枭首弃市

四十　故伎重演

南宫指着波才满脸疑惑地追问奥琪布他们道：“这……这是怎么回事？怎么会是他？那……叶大哥呢？”

百里卿神秘兮兮地笑着回道：“放心吧，他很好，不久就会出狱的。”

卫将军府的密室中。

公孙贺向卫尉将军甘吉问道：“那个叶良禽还是不招吗？”

甘吉回道：“禀将军，各种大刑全用上了，那叶良禽就是死不招认。”

“此事必须速定立判，否则就会夜长梦多。”公孙贺低着头暗自思忖着。

甘吉想了想后颇为神秘地低声说道：“将军，要不咱们……故伎重演？”

公孙贺心里知道甘吉所指的是什么，他抬起头问道：“你是说……”

甘吉点了点头回道：“正是，咱们再用一次当年对付废太子刘荣的法子。”

甘吉这么一提醒，公孙贺不禁想起十几年前他给废太子刘荣定罪的往事……

十几年前，当时的太子刘荣，也就是刘不周的父亲，因为他的母妃栗夫人下巫蛊谋害当时还是王夫人的王皇后被废，刘荣雨夜闯皇城向景帝求情触怒了圣心被逐回太子府。

之后被自己府中的太子舍人晏辰告发他勾结当时的卫尉将军郅都图谋逼宫篡位，景帝一怒之下将刘荣抓捕入狱，并命公孙贺审理此案。

在阴森可怖的诏狱大牢的四号牢房中，草垛上放着一张桌子，上面笔墨绢砚齐全。

房间的角落处，浑身是伤的太子刘荣衣衫褴褛、蓬头垢面，他双眼呆滞，声泪俱下地嘶喊着：“父皇啊，儿臣冤枉啊，儿臣绝没有篡位夺权啊，没有啊父皇！”

在那个阴暗狭小的牢房之中，他就像一头困兽一般，除了绝望，还是绝望。

这哭号之声传到监狱拐角处的一间班房里，那是牢头值班的地方。

公孙贺就坐在里面的一张桌子前悠闲地喝着茶，似乎太子的哭号和他完全没有半点关系似的。

管事的牢头殷勤地给公孙贺蓄着水。

过了一会儿，刘荣那边的哭号声音突然戛然停止了。

公孙贺喝了口茶，问牢头："嗯？怎么太子那边没了声音？"

牢头赶紧道："将军稍后，卑职这就过去看看！"

还没等牢头出去，一个狱卒慌慌张张地跑进来说道："启禀将军，不……不好了！太子殿下他、他……"

公孙贺漫不经心地问道："慌什么，太子他怎么了？"

狱卒慌乱地喘了口气继续道："太子殿下他不堪受辱，咬舌自尽啦！"

那牢头一听，犹如五雷轰顶一般，吓得瘫倒在了地上。

而公孙贺却丝毫不为所动，他缓缓地站起身，从容地掸了掸手，嘴里故意说了句："这么说来太子应该是自己已经招了，我去看看。"说着就径直向刘荣所在的四号牢房走去。

牢头和狱卒在后面要跟随一同前往，公孙贺一回头冷冷地对二人说道："你们就不用过去了！"

二人赶忙谦卑地连声应诺，垂首站在班房里没敢跟过去。

公孙贺信步走进刘荣的牢房内，只见太子刘荣直挺挺地匍匐在草垛上，满嘴都是血。

公孙贺蹲下来探了探太子的鼻息，确认刘荣已然死亡，他回头看看身后没有其他人跟随，就从袖管儿里掏出一张写满了字的绢书，那是太子舍人晏辰模仿刘荣的笔迹所写的悔罪书。

他把悔罪书摊在地上，然后伸手去拉刘荣的手，可是刘荣已死，身体都僵了，公孙贺拉了好几下，刘荣的手就是僵硬在那里拉不过来。

公孙贺又谨慎地回头看了看，确认四下无人，他转回头将悔罪书向前挪了挪，靠近刘荣的手放好，然后用自己的手指在刘荣的嘴上抹了一把血，将鲜血又涂抹在了刘荣的中指指肚上，然后拎起刘荣的中指就按在了悔罪书之上，那写满字的悔罪书上赫然烙印着一个血红血红的手指印。

做完这一切，公孙贺满意地拿着悔罪书起身，看也不看死去的刘荣一眼，转身就要离去。

就在这时，公孙贺的目光突然扫到了草垛桌子旁边的一个角落，角落里隐约落着一张皱巴巴的绢书，上面似乎密密麻麻地用不知何来的红色写着很多字。

他赶忙过去低头从草垛里拾起了绢书，展开一看，却原来是刘荣用自己的鲜血写就的一封血书。

公孙贺看着绢书上的斑斑血字，那上面竟然是刘荣沾着自己的鲜血所写的关于整件事情的真相，公孙贺看罢不由得头上冒出了冷汗，他嘴角略微抽动了几下，低声自语道："幸亏多看了一眼，否则必将铸成大祸。"

他四下看看无人，准备将血书放在烛台上彻底烧掉灭迹，但忽而转念想了想，却放弃了这个念头，他迅速将血书卷成了卷儿塞进了袖筒里。

"将军。"正在这时，一个声音从牢门外传来，这一声着实吓得公孙贺一哆嗦，他赶忙回头看，见是自己的嫡系干将，当时还是任职中尉左司马的甘吉，他这心里才稍稍安心了一些。

公孙贺装作有些不悦地问道："什么事？"

甘吉似乎没有看到公孙贺最后的举动，他躬身施礼道："回禀将军，郅都那边已经对谋反之事供认不讳，请将军放心！"

虽然甘吉是自己的嫡系，但公孙贺仍然心中有些慌乱，他不确定甘吉刚才有没有看到他私藏了刘荣的血书，毕竟这样做是背叛主子的行径，所以他装作满意地点了点头，鼓励似的拍了拍甘吉的肩膀道："辛苦了！"

正是因为那份由太子舍人晏辰模仿刘荣笔迹所冒写的所谓悔罪书，彻底定了刘荣逼宫谋反的罪名。

景帝因此大怒，立即颁下诏书。

当时还是黄门令的波才在未央宫内当众宣读了圣旨："奉天承运，皇帝诏曰，今，皇太子刘荣与卫尉将军郅都阴谋造反一案已查实，太子刘荣狱中书写悔罪书承认其罪，郅都亦对谋反之事供认不讳，太子刘荣谋反罪名坐实。上谕如下：皇太子刘荣虽畏罪自尽，但罪责不免，着废去太子之位，削去皇室宗籍，其家人本该连坐处死，上不忍，着均削去皇室宗籍，全家发配北部边境苦寒之地服苦役，永不赦免……"

密室中。

公孙贺将思绪再次拉回到了现实中，他疑虑地问甘吉："但是当时废太子的悔罪书是由太子舍人晏辰模仿刘荣的笔迹写的，这叶良禽的笔迹该如何模仿呢？"

"将军不必担心，没有人见过叶良禽的笔迹呀。"甘吉胸有成竹地回道。

公孙贺沉思了片刻，抬头说道："好，就这么办，甘将军你马上替叶良禽写一份认罪书，咱们即刻前往诏狱。"

"卑职遵命。"甘吉拱手应诺。

四十一　幻梦

经过奥琪布她们劫狱的事这么一折腾，诏狱的守卫空前的严密了，京师巡防营抽调了五百巡防营的精锐官军将诏狱里里外外防了个滴水不漏。

尤其是在刘不周的牢房外面，三十名官军挡在他的牢门门口，将甬道堵得满满的。

刘不周见诏狱的守卫突然如此的严密，心知奥琪布她们应该是顺利逃脱了，否则不会这么兴师动众的，这心才算放了下来。

连续几天日夜不停地过堂上大刑，已经严重消耗了刘不周的体力，他半靠在牢房的角落里越来越感觉到浑身疲乏之极，意识开始逐渐地模糊起来，一股浓浓的睡意涌上脑海，不一会儿就昏昏沉沉地睡了过去。

睡梦中他又一次来到了朦胧的雾气中，隐隐约约再次见到了那座金碧辉煌的宫殿，看到了云雾里数不清的亭台楼阁。

就在刘不周正莫名其妙之时，四下里突然喊杀声四起，各种兵器相撞和惨叫之声不绝于耳。

此时，他看到了一个看起来很是熟络的小男孩绝望无助、毫无目的地拼命奔跑在空无一人的巍峨殿宇之间……

身形幼小的小男孩睁着一双惊恐的大眼睛，嘴里不住地哭喊着："母妃，母妃……"

这个小男孩是谁？为何感觉如此的熟悉？为何他总是出现在自己的梦境中呢？刘不周心中满满的全是疑惑……

刘不周正要赶上那个小男孩想要好好追问一番的时候，他脚下的地面瞬间变成了一道深不见底的悬崖，登时一脚踩空，就失足掉下了万丈深渊之中……

万念俱灰之际，下坠中的刘不周感觉自己的手却好像被什么人抓住了，但他已经无法判断这究竟是梦还是真了，情急之下他“啊”地大叫了一声，猛地睁开了眼，却发现自己的眼前有个黑影正抓着自己的一只手试图往一张绢书上按。

刘不周大惊失色，他马上意识到这不是梦，而是现实，赤裸裸的现实，现实中就是有个人趁他在睡梦中抓住了他的手。

刘不周本能地使出仅有的一点力气，猛地将手往回一撤，就立刻警觉地坐了起来。

此刻刘不周已然睡意全无，他努力地聚拢了下目光，注目观瞧眼前的黑影，他这才看清楚，这个黑影不是别人，正是卫将军公孙贺。

刘不周又赶快向地上的绢书瞄了一眼，由于时间太仓促，他无法看清楚绢书上所有的字，但一眼就看到绢书顶部写有三个大字，写的是：认罪书。

这下他什么都明白了，这公孙贺是要趁着自己昏睡之际，拿自己的手指在事先写好的认罪书上按手印，这样一来就算是犯人彻底招了供，将自己弑君谋反的罪名坐实，这公孙贺这招实在是歹毒之极。

公孙贺见到刘不周突然醒来，也显得有些手忙脚乱，他刚想再上去抓刘不周的手，哪知刘不周迅速将双手侧过去，紧紧压在自己的屁股底下，还用身体挡在了前面。

“公孙将军，您这是……”刘不周明知故问地质问公孙贺道。

公孙贺阴冷的眼神盯着刘不周说道：“叶良禽，我看你干脆还是招了吧，免得再受这大刑之苦。”

刘不周惨笑了一声回道：“不是在下所为的事，在下为什么要招？”

公孙贺一阵冷笑，语气阴沉地回道：“那既是这样，就不要怪本将军心狠了。”说着，他就又要上来抓刘不周的手。

刘不周见状，使劲地将身子向后挪了几寸暴喝道：“公孙贺，你若再这样，我宁愿废了这一双手，也绝不让你得逞！”

公孙贺哪在乎这些，就在他正要上前去抓的时候，只听见外面有狱卒高声喊道：“淮南王到！”

听到是淮南王刘霖萧到了，公孙贺不得不暂时收了手，恨恨地瞪了刘不周一眼，转身出了牢房上前去迎刘霖萧了。

来的这人正是淮南王刘霖萧，如今的他可不是以前那个不受人待见的远支诸侯王了，他现在是窦太后的养子，深受窦太后的宠爱，虽然血缘上谈不上，但从法理上来讲他算是景帝的亲兄弟，一朝的亲王，公孙贺自是不敢怠慢了他。

公孙贺一进议事堂，就见到刘霖萧一身白色粗麻孝衣坐在主位上，他赶忙上前拱手道：“卑职公孙贺见过淮南王千岁。”

刘霖萧笑眯眯地摆了摆手回道：“公孙将军不必多礼，请坐。”

公孙贺应声坐在了刘霖萧的身边，这时候刘霖萧才注目问道：“公孙将军这么晚了还在诏狱中忙碌，所为何事啊？”

公孙贺没有把自己刚才那些见不得人的勾当告诉给淮南王，只是一脸为难地回道：“千岁有所不知，那个弑君的叶良禽他至死不招，卑职无法将他定罪，急得不行啊，这不正在连夜提审叶良禽呢！”

“公孙将军，你好糊涂啊！”刘霖萧听罢，笑着对公孙贺说道。

公孙贺被刘霖萧这一句说得一头雾水，不解地问道：“千岁这话是什么意思？”

刘霖萧止住了笑，表情严肃地回道：“叶良禽所犯的弑君之罪属于谋反的大罪，陛下是在与那叶良禽单独相处之时突然驾崩的，还在陛下的身下发现了探丸郎的标记，而且这一切都是甘吉、伍太医和宫中的宫卫武士、宦官们亲眼所见的。”

“千岁了解的正是如此。”公孙贺点头回道。

刘霖萧继续说道：“如此一来人证、物证俱全，况且陛下确实已经驾崩，难道这还不够吗？公孙将军，你认为还用得着等着犯人招供了再定罪吗？”

被刘霖萧这么一点拨，公孙贺一下子如梦初醒，他兴奋地回道：“千岁所言极是，想是卑职连日来光忙着操劳此事，倒反而忽略了这一点。”说着，他立刻起身向着刘霖萧一拱手说道，“卑职现在就去大廷尉府商讨定罪量刑和时间！”

看着公孙贺离去的背影，刘霖萧嘴角露出了一丝冷笑。

四十二　威胁

当波才被人从诏狱中劫走的消息传到长乐宫的时候，窦太后正在为儿子景帝的突然驾崩而伤心不已。

虽然她一直独宠小儿子梁王刘武，并不喜欢自己的这个大儿子景帝刘启，当年要不是因为有祖制的约束，景帝刘启占了立长不立幼这一条，她早就将小儿子刘武推上皇帝的宝座了。

但是即便如此，刘启怎么说也是自己的亲生儿子，身上掉下来的一块肉，景帝这一驾崩，作为母亲的她，这个心里也是极为不好受的。

除了悲痛失去儿子以外，窦太后还被另一桩心事搅得心绪不宁，景帝驾崩，太子刘彻就要顺理成章地继位称帝，那他的母亲王皇后必然荣升为太后。

好不容易刚刚在未央御审的时候狠狠地打击了王皇后一把，暂时压制了这个女人的气焰，谁知道这个突如其来的变故一下子打乱了窦太后的整盘计划。

一旦刘彻继位登基，就会让王皇后有了快速翻身的机会，看来她王家从此就要飞黄腾达了，那必然会触犯到她窦氏一族在朝廷上的即得利益。

想到这些，窦太后就心乱如麻，寝食难安。

当又听到郡主刘陵儿跑来说波才被人从诏狱里劫走了，窦太后简直愤怒得暴跳如雷，她用手点指着椒房殿的方向破口大骂道：“好你个王娡，皇帝新丧你就敢将要犯波才劫走，你好大的胆子，哀家跟你没完！”

说着她就起身对刘陵儿说道：“传哀家懿旨，摆驾椒房殿，哀家定要跟那王皇后讨个说法去！”

窦太后在刘陵儿的搀扶下怒气冲冲地闯进了椒房殿，却正好和刚从椒房殿中出来的太医伍邵撞了个正着，他此番是来向王皇后汇报检查景帝死因的结果的，不想一出来就撞见了愤怒以及的窦太后，伍太医一见是这个老太太，慌忙跪地叩头道："微臣伍邵拜见太后。"

窦太后根本就没正眼去看伍邵，只是斜眼瞥了一眼，鼻孔里冷冷地"哼"了一声，就径直走进了椒房殿。

伍太医吓得跪在地上连头都不敢抬。

椒房殿里。

王皇后见是窦太后来了，心里再不高兴也不能丢了礼法，她赶忙迎了上去施了个万福礼说道："臣妾恭迎母后，母后快往里请。"

窦太后却并没有继续往里走，只是站在大殿的门里死死地盯着王皇后看。

这下可把王皇后看得心里直发毛，甚为尴尬地站在原地不知道该说什么好了。

看了良久，窦太后倒也干脆，一点也不拐弯抹角，连句开场白都没说就直白地质问王皇后："皇后，要犯波才昨夜被人从诏狱中劫走的事，你可知晓？"

王皇后一听，心中就是一颤，波才被劫走的事她早就知道了，当时她就马上紧张了起来，要说是叶良禽被劫走她绝不会有什么担心，毕竟和她没有什么牵连，倒是这波才，和她的干系颇大，她最担心的就是窦太后将怀疑的对象指向她，那她就百口难辩了。

但是怕什么来什么，这窦太后终于还是为此找上门来兴师问罪了。

王皇后没办法，只得硬着头皮回道："回母后的话，臣妾已经知道了。"

窦太后话中有话地挖苦道："依哀家看，皇后应该不只是已经知道了吧，恐怕是比所有的人都知道得更早吧？"

"母后这是何意？臣妾不明白。"王皇后装作听不懂窦太后的意思，假装不解地回道。

窦太后见王皇后故作糊涂，脸色一下子阴沉了下来，她也不客气，拧着眉质问道："皇后啊皇后，大行皇帝新丧，尸骨未寒，你就敢有恃无恐起来了？"

"母后为何这样说，臣妾做了什么？"王皇后一脸委屈地回道。

窦太后气得用手点指着王皇后说道："你可真会演戏啊，既然如此，哀家也就不给你留什么脸面了，哀家问你，难道不是你趁着大行皇帝刚刚驾崩之机指使人将那波才劫出了诏狱的吗？”

王皇后赶忙极力地辩解道：“母后容禀，此事真的不是臣妾所为啊，臣妾如今被禁足，哪里都去不了，怎么还有能力指使他人谋划劫走波才呢？母后若没有真凭实据可不要冤枉了臣妾！”

窦太后冷笑一声回道：“还需要什么真凭实据吗？波才被劫走，谁不知道这满朝上下你的嫌疑最大！”

这时候王皇后也急了，她破口回道：“既然如此，母后何必还要费尽心思地质问臣妾呢？既然您老人家依然认定就是臣妾所为，干脆直接将臣妾抓起来岂不简单？！”

窦太后见王皇后拿出破罐子破摔的劲头来，她眯着眼睛冷笑了几声问道：“皇后，你是不是觉得自己的儿子就要当上皇帝了，没人管得了你了，所以拒不承认了不成？”

“这与太子何干？臣妾没有做的事有什么可承认的？”王皇后毫不退缩地回道，然后她怒视着窦太后继续道，“母后毫无真凭实据就妄加怀疑臣妾是否也有失太后的威仪呢？”

被王皇后如此一番据理力争，窦太后也觉得这样无凭无据地兴师问罪有些难以服众，她沉思了片刻把头一抬，平静地改口说道：“好，就算皇后说得有理，那这样吧，哀家暂时先不追究那波才是被谁劫走的，哀家现在就拜托皇后一件事如何？”

王皇后忍着气，冷冷地回道：“有何事需要臣妾去做？请母后明说。”

窦太后换了一副笑容在脸上，一字一句地说道：“皇后听好了，哀家拜托皇后在太子正式登基继位之前帮哀家把波才找回来。”

王皇后闻言就知道这老太太是绝不肯就此善罢甘休的，让她找回波才这不是强人所难吗？而且还要在刘彻登基之前找回，这话里明显带着威胁和挑衅的语气，她慌忙回道：“这……这波才被劫持到了哪里臣妾怎会知道？如何找得回？母后的拜托臣妾办不到啊！”

而窦太后就像没听见王皇后的辩解似的，她向前逼近了两步来到王皇后的眼前，两只眼睛狠狠地盯着王皇后的眼睛。

片刻，窦太后平淡地说道："哀家再与你重申一次，不管你用什么法子，只要在太子登基之前让哀家见到波才就行，记住，这不是哀家对你的请求，而是哀家给你的懿旨。"

王皇后刚要插话却被窦太后断然地制止住了，她语气中充满了强烈的威胁意味继续道："办不办得到皇后你自己衡量，但是哀家可以明确地告诉你，假如到时哀家见不到波才，那么太子能否顺顺利利地继位称帝，哀家可就不敢保证了。"

说完这句话，窦太后也不等王皇后回答，对身边的郡主刘陵儿说了句："孙女，咱们走。"随即就转身拂袖而去了。

四十三　枭首弃市

半夜，一个京师巡防营的公差飞马来到巡城司马卫青的驻地，高喊道："巡城司马卫青接令！"

卫青赶忙出门接令。

公差大声说道："奉大廷尉府和京师巡防营平阳侯爷之令，嫌犯叶良禽弑君谋反罪名已定，定于明日早晨辰时雍城门外枭首弃市，命巡城司马卫青负责明日法场治安和护卫，不得有误！"

卫青心中一惊，但还是赶忙拱手回道："末将接令。"

等公差走后，卫青却陷入了疑惑，他不明白那天深夜在诏狱门口，奥琪布他们不是已将叶良禽救走了吗？难道说他们那天没能成功救出叶良禽？

想到这里，卫青心里焦急万分，自从那一日太子仪仗入城时他就认出了木笼囚车里的刘不周就是当年曾在匈奴右贤王庭救了他们一家人的匈奴奴隶伊鲁巴，所以当卫青认出刘不周后就一直暗中跟着他，想要找机会相认，却怎奈刘不周的身边始终都有南宫公主相陪，他一直不方便现身相见。

后来未央御审之时，卫青正好在未央宫中当值，看到刘不周成功查明三大人死亡真相，还被景帝封了羽林监，心里很是为他高兴。

但谁知后来刘不周却因弑君谋害景帝被抓进了诏狱，卫青绝不相信刘不周会做出这样的事来。

再之后奥琪布他们劫狱被发现，大批巡防营官军包围了诏狱，卫青也得到了消息赶到了现场，见到诏狱门口几百名官军将奥琪布他们包围着，他灵机一动，干脆偷偷将北军马厩里的群马放出冲破了官军的包围圈，解了奥琪布他们的围。

但没想到如今自己的救命恩人就要被枭首弃市了，他怎能袖手旁观、坐视不管呢？

此时他又想到了奥琪布等人，恐怕他们现在还不知道明早的事情呢，得先马上将此事通告给他们得知才好。

想到这里，卫青暗自打定主意，就拉过一匹马，翻身上马对手下说了句："本将出去一下。"然后就策马飞驰而去。

建章酒舍里。

一个小侍跑进来对奥琪布道："奥姑娘，门外有一位自称是您故交的人求见。"

奥琪布不由得一阵疑惑，自语道："我在汉地怎会有什么故交？"忽然她心里一惊，说道，"莫非是右贤王庭的人发现我的行踪了？"

百里卿毫不在乎地回道："奥姐姐不必担心，不管他是谁，我都确保奥姐姐平安无事。"然后他不以为然地对小侍说道："把那人叫进来吧！"

卫青身着一身便装在小侍的带领下走了进来。

奥琪布起初没有认出卫青来，卫青走到奥琪布近前说道："公主莫非记不得在下了？"

"你是……"奥琪布狐疑地看着卫青，忽然恍然大悟地想了起来说道，"我想起来了，你是三年前在右贤王庭大营救你母亲的那个卫青？"

卫青郑重地一躬到地回道："正是在下，当日多亏公主相救。"

奥琪布回道："你怎么也会在都城？"

"在下如今官拜京师巡防营巡城司马之职，专司长安城治安巡防之责。"卫青也不隐瞒，坦诚地回道。

奥琪布马上警觉了起来，这卫青深知自己的来历，而自己的特殊身份在汉地又太过危险，虽然曾经救过卫青母子的性命，但是如今此人已是汉国的官员了，谁敢保证他不会为了请功出卖自己呢？

想到这里，奥琪布不动声色地走到卫青近前，突然抽出短刀架在卫青的脖颈上。

百里卿和阿玉奇也同时抽刀在手怒目盯着卫青。

奥琪布冷笑一声说道：“卫将军，不好意思，你如今也是汉国的官员，咱们毕竟是敌国，我不得不防。我来问你，你怎么会知道我就在长安？”

卫青知道奥琪布肯定是起了疑心了，他并未因奥琪布的突然举动而气恼，反而语气平和地回道：“公主，当日未央御审时在下也在未央宫中，公主一上殿在下就认出来了，如果在下想泄露公主的身份何必还要等到现在呢？”

奥琪布听后没做任何回应地继续问道：“那我再问你，你是如何知道我住在这里的？”

卫青笑道：“公主怎么忘了？在下是专职巡城防务之职的，当然知道叶兄弟和公主都住在这里，但是在下绝没有要出卖公主的意思，还请公主不要误会在下！”

虽然知道卫青说得有理，但奥琪布架在卫青脖颈上的短刀并未放下，她面无表情地说道：“就凭你这么几句话我凭什么就相信你？”

卫青看了看奥琪布和百里卿几人回道：“公主，你们劫狱那晚在诏狱门口被官军包围之时，是谁大喊了一声，并将群马放出冲散了官军，解了你们的围？！”

百里卿看着卫青问道：“莫非是你？”

卫青点了点头回道：“正是在下。”

百里卿一听，赶忙收起了手中的刀，对奥琪布说道：“奥姐姐，当夜我就说必是有人暗中相助，原来就是卫将军。”说着就向卫青一躬到地道，“多谢卫将军的救命之恩！”

听卫青和百里卿这么一说，奥琪布这才放下了心，她也赶忙把刀从卫青的脖颈上收了回去，对卫青说道：“冒犯卫将军了，不知卫将军此来有何事？”

卫青看向奥琪布，语气焦急地说道：“公主，劫狱那天在下以为你们已将叶兄弟救出了诏狱呢，可不想就在刚才在下接到了大廷尉府和巡防营的命令，叶兄弟的弑君谋反罪名已定，明早辰时就要被押送雍城门外枭首弃市了，在下是冒着泄密的罪名前来给你们报信的！”

奥琪布一听顿时惊住了，她急切地追问卫青道：“怎么会这么快？”

百里卿和阿玉奇一听也着急了，两个人赶忙凑到卫青跟前，百里卿问道：“难道叶大哥招供了？”

卫青回道：“这个在下就不知道是何原因了。”

奥琪布在房间里来回地踱来踱去，心急如焚地说道：“只有一个晚上的时间了，这可怎么办？”

此时卫青向门外张望了一下，表情有些焦急地说道：“公主，长安城密探眼线众多，在下不能在此久留，以免被发现，在下现在就得回去。”

奥琪布感激地对卫青说道：“多谢了，刚才是我误会了卫将军，还请见谅！”

卫青摇了摇头回道：“没关系。”然后他向众人拱手道，“在下告辞了。”说完他就转身匆匆地离开了。

天将凌晨，此时日头还未升起，皇城里仍是黑漆漆的一片。

就在此时，椒房殿的屋脊上突然出现了一个黑影。

只见这个黑影身法极快，悄无声息地就落到了椒房殿的门口，黑影轻轻地将大殿的门打开了一条缝，就闪身挤了进去。

此人摸着黑蹑足潜踪地来到了王皇后安寝的寝殿门口。

黑影动作娴熟地从外面拨开了插在里面的门插栓，推开了寝殿的门。

此时的王皇后在寝殿中仍在熟睡，完全没有察觉有人进来。

黑影从怀中取出了一个包裹，一抖手，那包裹径直地飞到了王皇后的凤枕上，发出了“啪嗒”一声。

王皇后被这个声音惊醒了，她赶忙坐起，就看到门口黑影一闪，她慌忙地大叫了一声：“什么人？”

王皇后的这声喊叫惊动了女官莫黎，她赶忙带着一众侍卫和宫女提着灯跑了进来问道：“皇后娘娘，发生了什么事？”

“门外有人。”王皇后紧张地说道。

莫黎赶紧派宫卫武士四下去寻找，然后将寝殿的灯全部点燃。

不一会儿，宫卫武士们纷纷回来禀报根本没有发现任何可疑的人。

王皇后正在纳闷的时候，莫黎忽然发现了枕边的那个包裹：“皇后娘娘，怎么这里有个包裹？”

王皇后这才注意到那个包裹，她赶忙将包裹打开观看，这一看不要紧，她的表情顿时呆住了。

莫黎见王皇后表情变颜变色的，就赶紧问道：“皇后娘娘，这里究竟是什么？”

好一会儿，王皇后才面色凝重地对莫黎道：“传懿旨，让太医伍邵速来觐见。”

四十四　法场

天光终于放亮，新的一天开始了。

都城长安的人们大多数刚刚从睡梦中醒来，街上人烟寂寥，只有一些卖早饭的小贩刚刚支起了锅灶准备开张营业。

而此时的雍城门外却已经人头攒动，站满了等着看热闹的人。

上千名持矛举刀的官军在城外围了一个巨大的法场，法场的四周插满了各种旗子，旗子在晨风的吹拂下烈烈抖动着，发出“扑啦扑啦”的响声。

在护卫法场的数百官军里，巡城司马卫青就在其中，他昨夜从建章酒舍返回驻地后一宿未睡，一直在想对策，却苦于毫无办法。

早晨在带队前往法场的路上，卫青就打定了主意，他绝不能看着自己的救命恩人蒙冤而死，今日就算拼上这条命不要了，也要将刘不周救出法场。

在法场的外围聚集着很多围观的老百姓，奥琪布、百里卿、阿玉奇等早早就来到法场，全都扮作市井小民的样子混在老百姓的人群当中注目观看着法场里的情况。

而椤雨诗虽然执意要来，却因正在被刘陵儿等人追拿，身份敏感，被奥琪布坚持留在了建章酒舍听候消息。

法场里的一侧支起了一座高高的监斩台，今天的监斩官正是卫将军公孙贺和淮南王刘霖萧，只见公孙贺和刘霖萧都是一身戎装地肃穆端坐在监斩台上，卫尉将军甘吉侍立在公孙贺的身后。

法场的正中央立着一座宽大的平台，这就是今天的斩首台，不过今日要被枭首弃市的要犯刘不周此时还未到场。

斩首台上并排站着三名刽子手。

其中一个身材高大肥胖的中年汉子手中握着一把大号的砍刀，他就是今天的主刀手。

另一个身材高挑的人手里也握着一把锋利无比的砍刀，他是主刀手的助手，如果主刀手一刀未能将死刑犯的脑袋砍下来，他会在旁边给予帮助，补上第二刀。

第三个人手中没有拿兵器，他也是主刀手的助手，不过他的职责则是在主刀手砍头之时负责将死刑犯的头发揪拽开来，不要让死刑犯的脖子后面仍披有头发阻碍主刀手行刑。

斩首台的正前方竖着一根高高的旗杆，旗杆的影子烙在地面上，那是用来通过观察旗杆影子的移动方位来辨别具体时辰的工具。

就在此时，法场之外、雍城门里传来一阵嘈杂之声，人们纷纷转回头去看。

只见到雍城门里一队全副武装的官军押解着一辆囚车缓缓地出了雍城门，向着法场的方向而来。

囚车里关着的正是刘不周，今天他被换了一身新的囚服，但仍旧披头散发的，他的双手被反绑在身后，脚上铐着生铁铸成的脚镣。

没有人知道此时此刻刘不周心里在想着什么，他只是微闭着双眼，慵懒地靠在囚车的角上，根本不去看四周围的人。

奥琪布在人群中一眼看到了囚车里的刘不周，她不由自主的一阵冲动，就想冲上去救人，马上就被身边的百里卿一把按住劝阻道："先别急，咱们先静观其变。"

奥琪布这才暂时停住了，她也知道如此冲动只会适得其反，但仍不免满脸焦急地盯着刘不周的囚车从她的眼前过去，进入了法场。

此时分散在外围的人群全都挤到了法场四周，向法场里拥挤着，护卫法场的官军赶忙驱赶着老百姓只能驻足在法场以外，不得擅进一步，场面顿时混乱了起来。

法场里。

刘不周已经被拖出了囚车，官军拖拽着他上了斩首台。几个官军使劲按着他的头，刘不周被压得不得不双膝一曲，就跪倒在斩首台上。

那个肥胖的主刀手抱着大砍刀站到了刘不周的身后，随时等待监斩官下达命令就准备开刀了。

一切准备停当，监斩台上的淮南王刘霖萧看了一眼旗杆影子的位置，应该是辰时就要到了，他转头对公孙贺点了下头。

公孙贺会意，他站起了身，看了看四周的人群，然后朗声说道："罪犯叶良禽，系杀手组织探丸郎之罪魁，曾制造多起命案，策划杀害朝廷命官数十名，前日赵努等三位大人之死也皆其所为，实属罪大恶极。近日该犯又蓄意谋反刺皇杀驾，人证、物证俱全，其弑君之罪已定，定于今日辰时枭首弃市，以儆效尤！"

秦汉时期的刑法，光砍头一项就分为三种不同严重程度的刑法，分别是斩首、枭首和弃市。

斩首是其中罪行最轻的一档，就是将死刑犯的脑袋砍下来就行了。

而枭首的级别则高于斩首，不仅要把脑袋砍下来，还要将头颅挂在城门楼上示众。

最严重的则是弃市，就是将人头挂在城门楼上示众还没完，还要将无头的尸体遗弃于城门外，遭受万人唾弃和侮辱。

这次刘不周所受的刑法就是最严重的枭首弃市。

当听到公孙贺历数出刘不周的桩桩罪恶之后，法场上顿时一阵骚动，老百姓们全都相互窃窃私语起来，忽然有个百姓高声喊了一嗓子："这样的恶徒早就该杀！"

霎时间，人群里不少人不停地跟着喊道："对，杀了他！杀了他……"

甚至还有人愤怒地向着刘不周投掷各种垃圾，法场的地上一下子脏乱了一大片，刘不周的身上、头上全是被扔的垃圾。

奥琪布几个人气得真想上去阻拦那些百姓，但是担心这样做会暴露了身份，误了后面的大事，不得不忍气吞声地在人群里暗自较劲儿。

公孙贺见制造舆论的效果不错，就又高声喊道："甘吉将军，现在时辰几何？"

卫尉将军甘吉马上跑下监斩台来到旗杆下看了看旗杆的影子，此时旗杆的影子刚好指到了辰时的位置，甘吉马上转身拱手回道："回禀两位监斩官，辰时已到！"

公孙贺见辰时已到，就从令箭筒中抽出一张死令，他冷眼看了看跪在斩首台上的刘不周，就高举死令准备扔到法场内宣布开斩刘不周。

四十五　质问

卫将军公孙贺见辰时已到，在征求了主监斩官淮南王刘霖萧的首肯之后，就高举着死令准备掷进法场内宣布开斩刘不周。

此时斩首台上的主刀手已经将明晃晃的砍刀高高地举过头顶，眼露杀机地盯着刘不周的脖子，只等公孙贺的令下。

那个主刀手的助手也将刘不周的头发向外狠命地扯了出来。

跪在地上的刘不周此刻一张英气逼人的脸上现出了知天认命的无奈神色，他长吁了一口气，缓缓地闭上了眼睛，一副赴死的样子。

与此同时，官军队伍中的卫青怎肯眼睁睁看着刘不周被斩首，早已经悄悄地抽出了刀，他怒目地盯着斩首台上的主刀手，就要随时冲上去劫法场救下刘不周。

百姓群里的奥琪布早就将两把飞刀藏在手中，百里卿双手掐着八支"散星"，阿玉奇将"虎啸"戴在了手上，他们已经做好了冲进法场的准备。

而且百里卿还带来了几十名精干的手下，他们全都假扮成百姓的模样混在人群里，这个时候也都纷纷准备好，只等着百里卿那边一声令下就杀进法场救人了。

看此情形，只要公孙贺的死令一掷，雍城门外的这座临时的法场就会瞬间变成腥风血雨的战场，一场你死我活的杀戮恐怕在所难免。

就在公孙贺刚要喊出那一声“斩”的时候，突然法场外传来一声大喊：“住手！”

随着这一声喊，一队骑兵荡着滚滚烟尘，急匆匆地从瓮城门里冲了出来，已然来到法场的近前。

为首的两匹马上坐着的正是当朝太子刘彻和南宫公主，那一声喊正是来自刘彻。

监斩台上的公孙贺见是太子来了，不得不下令暂停了开斩，他和淮南王刘霖萧赶忙双双下了监斩台跪地叩拜太子刘彻。

那边的卫青和奥琪布他们见是太子到了，都暂时没有采取营救行动，紧张地观察着法场里的动向。

刘彻来到他们二人的近前，转头看了一眼斩首台上的刘不周，此时刘不周也正抬起头看着他们这边，南宫见到刘不周被绑着跪在斩首台上，不顾一切地翻身下马就跑上了斩首台。

主刀手见状，不明就里地想去拦阻南宫道：“公主……公主止步啊，闲杂人等不得擅自上台。”

南宫哪里会听他的，抡圆了就给了主刀手一记耳光骂道：“混账东西，你还敢挡本公主的路，还不躲开！”一个耳光打完，她一把将主刀手推到一边，就泪眼婆娑地扑到刘不周的身前，抱住刘不周哭道，“叶大哥，我……我这就给你把绑绳解开。”

“南宫不要擅动！”刘不周急忙喝止住南宫，他跪在地上歪着头看着南宫焦急地说道，“私放死刑犯，这是犯死罪的。”

南宫根本不听刘不周的劝阻，她含着眼泪哭道：“我不管，我就是不能让你死。”

法场里。

淮南王刘霖萧见到南宫擅闯斩首台，还要私放刘不周，马上直起了身子指着南宫和刘不周的方向非常不满地对太子刘彻说道：“太子殿下，您这是何意啊？”

“南宫，先不要动，我与两位监斩官有话说。”刘彻转头制止住南宫，然后他转回头对刘霖萧和公孙贺说道，“两位监斩官，本太子问你们，可是要斩首叶良禽？”

刘霖萧回道：“回禀太子殿下，正是，我等正要将弑君重犯叶良禽枭首弃市。”

刘彻又问道：“既是这样，那叶良禽可有认罪的证词？”

公孙贺回道：“回禀殿下，叶良禽所犯的是弑君的大罪，人证、物证俱全，按照大汉律法规定，此等大罪即便没有罪犯的证词，也同样可以定罪。”

刘彻点了点头，又问道：“好，就算你二人说得有理，那我再问你们，斩首叶良禽之事为何本太子事先不知呢？”

公孙贺不解地回道：“太子殿下这话是什么意思？”

刘彻冷笑了一声说道：“既然你们拿出大汉律法来了，那本太子就用大汉律法考考两位监斩官，我大汉律法中是否有明确规定，凡死罪之人均须奏请陛下勾红后方可行刑？”

刘霖萧回道：“回殿下，这确实有，但是……大行皇帝已经驾崩了呀！”

刘彻盯着刘霖萧的眼睛问道：“现在虽然大行皇帝驾崩，本太子尚未正式登基，但是按照祖制，作为当朝太子有监国理政之责，非常时期亦可以代天行事！朝廷礼法有规，这个期间本太子可暂行皇帝一切职责，是也不是？”

“这个……这个……”刘霖萧被刘彻的一番话说得刚才那股气焰一下子减弱了下来，他硬着头皮不得不拱手回道，“太子殿下说得不错，的确如此。”

斩首台上的南宫看到刘霖萧他们被刘彻的话震慑住了，高兴地对刘不周说道：“叶大哥，叶大哥你看，你有救了！”

法场里，刘彻见刘霖萧不再像一开始时那样的嚣张了，当即一声暴喝厉声道：“那即是如此，为何你们斩首叶良禽这么大的事没有经过本太子的批准呢？而且你们就敢私设法场？”

“这……这……”刘霖萧被刘彻问得一时语塞，尴尬地接不上话来。

在刘彻的一番有理有据的威慑之下，淮南王刘霖萧被说得哑口无言，只剩下唯唯诺诺的份了。

刘霖萧回头偷眼看着公孙贺，试图希望公孙贺能替自己解个围，谁知那公孙贺此时更是使劲地低着头一语未发，搞得刘霖萧更加的沮丧不已。

刘彻见此情景，觉得火候已到，正好可以借此机会逼刘霖萧取消了对刘不周的这次斩刑另行再议。

他刚要张口，可就在这时，法场外一个阴沉的声音高声斥道："谁说没有经过批准呀？这是哀家准了的！"

刘彻闻言不由得一惊，众人全都循声回头看去，只见窦太后黑沉着一张脸，在淮南郡主刘陵儿的搀扶之下，被一群宫女宦官簇拥着走进了法场。

四十六　民意

刘彻没有想到窦太后竟然也会亲自来到法场，他赶忙跪倒给窦太后行礼道："皇孙刘彻给皇祖母见礼。"

淮南王刘霖萧和卫将军公孙贺也赶紧跪倒向窦太后施礼。

窦太后走到刘彻的近前低头看了看他，不无挖苦地责备道："太子现在好威仪呀，恐怕将来做了皇帝，这眼里就容不进人了吧？！"

刘彻赶忙低声回道："皇孙……皇孙不敢。"

"哼！"窦太后冷"哼"了一声，然后一步一步地走上了监斩台，坐在了主位上，太子刘彻、淮南王刘霖萧还有卫将军公孙贺都在后面尾随着也上了监斩台。

斩首台上的南宫一见是窦太后来了，吓得赶紧缩到了刘不周的身后躲了起来，生怕被窦太后看到。

窦太后向着刘不周那边冷冷地看了一眼，然后转头对刘彻说道："那叶良禽是刺杀你父皇的凶手，犯有弑君的大罪，又是隐藏在朝廷里的探丸郎杀手，淮南王是请过哀家的懿旨的，怎么？哀家的懿旨还没有太子的批示好用吗？"

刘彻赶忙回道："皇祖母的懿旨胜过圣旨，自然好用，只是……"

窦太后侧过头盯着刘彻问道："只是什么？"

刘彻"扑通"一声跪倒在窦太后的脚前说道，"只是叶良禽弑君之事尚有很多疑点未能调查清楚，皇孙以为，即便是要斩首叶良禽，也应该将此案调查清楚后，确定叶良禽的确是刺杀父皇的凶手，再斩首也不迟呀！”

窦太后转过头去问向公孙贺：“公孙贺，叶良禽弑君一案可调查清楚了？”

此时公孙贺的心里非常纠结，他一时不知该如何回复窦太后的问话了，按理说他本应该是站在太子这一边的，但他这样急于速斩刘不周完全是为了自己的主子王皇后，同样更是为了太子刘彻，只是刘彻对此事的内情和王皇后的心思毫不知情罢了。

公孙贺犹豫了半天还是回了话，他拱手回道：“回太后，此案已经调查清楚，人证、物证俱全！”

窦太后听后，转头冷冷地对刘彻说道：“太子，你都听到了吗？还有什么疑点可言啊？”

“皇祖母，可是至今叶良禽还没有认罪招供呀？”刘彻回道。

窦太后一笑回道：“弑君这样的大罪，大行皇帝突然驾崩就是最有力的证据，还需要罪犯认罪招供吗？”

刘彻见窦太后是铁了心地要把刘不周整死，他心里的气一下子涌上了脑袋，这样无凭无据地就能草菅人命，还谈什么人心所向、太平盛世。

就算今天被斩首的不是刘不周，而只不过是个与他毫无瓜葛的人，他刘彻也绝不能让这样的事发生在大汉天下的土地上，更何况刘不周还是曾经多次救过他性命的恩人。

想到这里，刘彻也豁出去了，他拱手说道：“皇祖母，既然说是叶良禽刺杀我父皇人证、物证俱全，那皇孙想请问淮南王和公孙将军，我父皇的身上为何没有致命的伤口？那叶良禽是如何杀死父皇的？他用的是什么兵器？使用的是怎样的手段？这些都是否查清了呢？”

“这个……暂时还尚未查明。”刘霖萧和公孙贺被刘彻问得哑口无言了。

就连窦太后也是不知该如何回答是好了。

刘彻见刘霖萧二人无言以对，就进一步说道：“这些关系到案情真相的重大问题都尚没有查明，怎么能说就没有疑点了呢？如此仓促地就给叶良禽定了罪，还要这么快枭首弃市，恐怕很难服众吧！”

法场内外，连同普通的百姓和官军能有千人之众，所有人全都聚精会神地看着监斩台上的这一幕，每个人都在等待着刘霖萧和公孙贺，抑或是窦太后给出一个真实的答案。

就连奥琪布几人也不得不暗自佩服刘彻的思路缜密，和他敢于犯上窦太后的勇气。

官军群中，巡城司马卫青见刘彻不畏窦太后的淫威，还毫不退让地逼问刘霖萧几人，他的心里油然对刘彻生出了一股钦佩之意。

跪在斩首台上的刘不周望着对面监斩台上的刘彻，见他为了救自己不惜冒犯窦太后而据理力争，眼中的神情极度的复杂，他欲言又止，良久，还是选择了缓缓地低下了头，不再多看一眼。

窦太后半天都没有说话，她看着刘霖萧唯唯诺诺地不敢回答刘彻的质疑，恨这个养子不争气，关键时刻派不上用场，这个时候自己要是再不说话，这局面恐怕就不好进行下去了。

这样想着，窦太后装作不悦地对着刘彻厉声道："那叶良禽是探丸郎的杀手，他们杀人于无形是惯用的伎俩，大行皇帝的身上自然没有致命伤口了，更不要说用了什么兵器了！"

刘彻听窦太后这样说，丝毫没有退却的意思，他紧跟着问道："既然皇祖母这样解释，那么有没有彻底查明叶良禽弑君的杀人手法呢？"

"这……"这回轮到窦太后哑口无言了，她的脸被气的憋得通红。

刘彻仍不肯罢休，他进一步追问道："皇祖母，还有个最为关键的问题，就是那叶良禽弑君的动机又是什么？"

窦太后被刘彻这一番连珠炮似的质疑搞得灰头土脸的，张口结舌地回答不上来，她气急败坏地刚要向刘彻发作，就突然听见法场外的上千名围观的百姓纷纷高喊着："太子殿下问得在理，斩首也要其罪当罚才是，我们要真相……真相……我们要真相……"

众百姓也不是傻子，听到监斩台上几个人的争论百姓们才逐渐开始清醒了起来，也都觉得此事太过蹊跷。

最开始他们在公孙贺的蛊惑之下真的以为刘不周是十恶不赦、罪有应得的大恶人，但经过刚才刘彻的这一番有理有据的质问，而刘霖萧他们却拿不出任何有分量的证据来，所有人都对这件事的判定产生了怀疑。

再加上百里卿不失时机地第一个带头高喊出：“真相。”迅速将周边人的愤慨情绪全都鼓动了起来。

这些百姓不间断地高喊着“真相……真相……”以此表达着对此案的极度质疑，这质疑之声不绝于耳，此起彼伏地响彻在法场之上。

守卫法场的上千官军赶忙奋力地阻止围观百姓的躁动，怎奈百姓们不解和质疑的情绪越来越高涨，进而演化成了对朝廷的不满，而且在几个局部区域甚至还发生了百姓和官军的肢体冲突，场面已经开始逐渐失去了控制。

此时斩首台上跪着的刘不周抬起了头，看着百姓们的举动，听着响彻四野的质疑之声，他的眼眶也不禁红了。

“你们……你们……要造反不成？”窦太后没有意料到百姓们会突然闹了起来，她气急败坏地吼道。

但是激动的人群根本不听她的，仍旧愤怒地高喊着：“没有真凭实据不能随便杀人……我们要听真相……”向窦太后和刘霖萧他们表达着极度的愤慨和不满。

见到窦太后怒气冲冲的，淮南王刘霖萧赶忙凑到窦太后的耳边小声说道：“母后息怒，民意不可违啊！”

面对法场上一浪高过一浪、如潮般的质疑之声，这个一向飞扬跋扈、说一不二的窦太后也不得不暂时收敛了她那不可一世的姿态。她强压着怒火，没敢再次发作。

刘彻见此情景，赶忙向着窦太后拱手说道：“皇祖母，您听到了吗？这是百姓的呼声，皇孙恳请皇祖母顺应民意，还叶良禽一个清白吧。”

淮南王刘霖萧这时又凑到窦太后的耳边低声说道：“母后，看此形势于我们不利，太子既然想要个清白，那我们就给他。”

盛怒之下的窦太后颇为不解地问道：“王儿，你这话是何意？难道要哀家当场将那叶良禽无罪释放不成？”

刘霖萧胸有成竹地回道：“当然不是，想要清白就得继续查嘛，咱们不如暂且先把法场撤了，就说要彻底调查，然后就将叶良禽再押回诏狱。太子他不是说无凭无据吗？那还不好办，王儿定有办法让太子没话可说，到那时再将叶良禽斩首也不迟呀。”

窦太后暗自想了想，也觉有理，就转头面沉似水地对刘彻说道：“好啊！既然太子想还叶良禽一个清白，那就将疑犯重新收押，待查明真相后再做理论吧！”

刘彻一听，就知道窦太后和刘霖萧肯定没安着好心，刘不周一旦再回到诏狱，那刘霖萧不定使出什么龌龊的手段让刘不周就范呢。想到这里，刘彻马上直起身子就要反驳。

可就在此时，法场之外一个声音掷地有声地说道：“不必再查了，此案已有定论！”

四十七　好手段

众人听到场外有人说话，全都转过头去观看。

只见王皇后从人群的外面走了进来，她的身边跟着女官莫黎，身后还尾随着太医伍邵和一大帮太医院的医正官。

斩首台上。

刚才还因为窦太后的出现躲在刘不周身后不敢露头的南宫一见是母后来了，赶忙一溜烟从斩首台上跑了下来，怯生生地来到刘彻的身边。

王皇后径直走上监斩台，太子刘彻、南宫公主和淮南王刘霖萧以及卫将军公孙贺赶忙向王皇后跪倒施礼。

公孙贺见是王皇后到了场，心里顿时踏实了许多，太子刘彻再强硬，恐怕也不敢违背他母后的意思。

王皇后看了看这几个人，只是微微地点了下头，然后就转向窦太后深深地施了个礼说道：“臣妾拜见母后。”

窦太后一脸阴沉地看着王皇后，非常不悦地问道：“皇后，听你刚才的话，此案可是有眉目了？”

“回母后的话，是的，此案已经查清。”王皇后肯定地点了下头，然后她眼神狠辣地盯着斩首台上的刘不周恨恨地说道，“可以定案了！”

太子刘彻见母后这样的表情，心里不由得一颤，心道母后起初只是不愿帮助叶公子，在一旁隔岸观火，现在不会也想置叶公子于死地吧。

“母后，儿臣我……”刘彻刚想张口说话，却被王皇后的手一挥制止了他再说下去。

“哦？”窦太后看到了王皇后看向刘不周的眼神如此犀利狠毒，想必是已经掌握了刘不周弑君的重大证据，心里不由得暗喜，就脱口而出说道，“看来那叶良禽的弑君之罪证据确凿了？”

没想到王皇后却突然回答道：“回禀母后，那叶良禽无罪，大行皇帝并非叶良禽所杀。”

此言一出，众皆哗然，法场内外上千百姓一下子就乱了套，四处一片嘈杂的议论之声。

就连刘彻和公孙贺都万万没有想到王皇后会说出这句话，两个人瞠目结舌地看着王皇后。

窦太后也是始料未及，她双眼惊诧地问道：“皇后，你这话是什么意思？”

王皇后向着窦太后微微颔首回道：“母后不要着急，臣妾自有说法。”随后她转向站在身旁的太医伍邵说道，“伍太医。”

太医伍邵赶忙拱手回道：“微臣在。”

“将你等所调查的真相公之于众吧。”王皇后说道。

“微臣遵旨。”伍太医向着王皇后谦卑地回道。

然后他面向窦太后和法场上的上千个老百姓朗声说道：“大行皇帝突然驾崩，本官与太医院全体医正官对大行皇帝进行了全面的检查，经过几天的验查和分析，最终得出结论，大行皇帝并非他杀。”

窦太后一脸不解地问道：“何以见得？”

伍太医回道：“回太后的话，微臣与其他诸位医正官发现大行皇帝身上没有任何致命的伤口，而且大行皇帝身上的衣装完好无损，毫无搏斗或挣扎的痕迹。”

窦太后颇为不屑地说道：“哀家早已说过了，那是探丸郎杀手所为，他们擅长杀人于无形的。”

伍邵顿了顿回道：“太后容禀，虽然那探丸郎杀手惯于此伎，但众所周知他们通常会借助毒物以达到杀人的目的，但是微臣和诸位医正官带着大廷尉府的一众捕快全面勘查了整个未央宫，根本没有发现任何可致大行皇帝中毒的东西，所以微臣们敢断定大行皇帝的驾崩并非他杀。”

“那么伍太医的结论是什么呢？”窦太后反问道。

伍太医语气坚定地回道：“回太后，微臣查明，大行皇帝是因病突然驾崩的！”

“哦？”窦太后疑惑地问道，“那又是何病症？”

伍太医稍微犹豫了下，随后说出了答案：“死因是……突发胸痹之症！”

听到伍太医这样的结论，在场的众人马上交头接耳地纷纷议论起来。

这胸痹之症其实就是现代医学上所说的心脏病突发，从而导致心脏衰竭而猝死。

窦太后听后又问道：“伍太医何以得知？”

伍太医清了清嗓子拱手回道：“太后容禀，微臣们在验看大行皇帝的尸体之时发现大行皇帝脸部和嘴唇发紫，而且手指和脚趾末端变得异常粗大。以微臣数十年行医的经验来看，这些症状都是突发胸痹之症而死的典型症状，而且这不仅是微臣一人的诊断，而且还是整个太医院全体医正官共同确定的。”

窦太后听后并未马上再次发问，而是不由得沉思了起来。

伍太医见窦太后没有再追问，就继续说道：“而且，微臣有证据可以证明。”

“证据何在？”窦太后问道。

伍太医转身从另外一个医正官的手中取过来一捆上面写满了字的竹简呈给了窦太后。

窦太后翻开这些竹简，看到上面都是这几年来太医院给景帝诊治胸痹之症的会诊记录和所开的药方，而且景帝的发病时间、症状以及用药等都记载得非常详细，上面还有伍太医和当时诊疗的医正官的亲笔签字。

等窦太后全部看完，伍太医说道：“太后有所不知，大行皇帝自十年前就患了胸痹之症，而且每年至少要发病一两次，我们太医院会马上开出药方给大行皇帝进行调养和诊治，因为治疗的及时，再加上每次发病都并非突发，所以一直都并无大碍。”

窦太后闻言忽然心中一阵酸楚，作为景帝生母的她，竟然不知道自己的亲生儿子十年来深受胸痹之症的困扰，可想而知自己这个母亲做得有多不称职，想到这里窦太后深深地感到自责。

自责归自责，窦太后还是要把事情搞清楚，所以她稍缓了会儿后不解地追问道：“既然病史已近十年，那为何这一次……”

伍太医赶忙解释道：“但是这一次却不同，大行皇帝因先前已经患上了肺痨之症，且有愈加严重之势，所以这次大行皇帝因胸痹之症突发而驾崩正是因为肺痨之症加剧并发所致。”

此时，王皇后不等窦太后说话，就走上前来对窦太后解释说道：“母后，只因此事关系重大，伍太医他们这几日一直在连续验查，所以才耽搁了时日，还请母后恕罪。”

王皇后这话的意图就是要先堵住窦太后的嘴，避免万一窦太后质问她为何景帝刚死后不说，而偏偏要等到今日才将真相说明。

伍太医也顺着王皇后的话回道：“是的，微臣们直到今日早晨才汇总出最终的结论，并第一时间将结论汇报给了皇后娘娘。”

窦太后狐疑地问道：“但是那三枚探丸郎的标记该如何解释呢？”

王皇后进一步回道：“母后容禀，至于找到的那三枚探丸郎的标记，臣妾以为，众所周知那探丸郎杀手已经潜伏进了宫中，而且大行皇帝生前已责令叶良禽负责查出杀手，那必是想借着大行皇帝突发胸痹之症驾崩的机会栽赃给叶良禽，其目的一方面是就此除掉查案官叶良禽，更重要的一点就是想迷惑众人，让众人误以为探丸郎已被抓获，好方便真正的杀手更好地潜伏下来，以图再做大案！”

一切终于真相大白，这才叫人证、物证俱在，在场的所有人无不点头称是。

而此时的公孙贺却彻底糊涂了，他想破脑袋也没搞明白为什么王皇后会突然转变态度这么不遗余力地为刘不周开脱罪名。

刘彻见自己的母后这一次一反常态，鼎立为刘不周洗清冤屈，心中甚为欢喜。

他也赶紧不失时机地拱手对窦太后说道：“皇祖母，既然真相已经大白，皇孙还请皇祖母主持公道！”

窦太后此时早已经气炸了肺，但她却又不能当场发作，这回就算她想玩点什么猫腻都已经不可能了，在众目睽睽之下，这件事的真实原委经过这场公开的激辩之后早就成了天下尽人皆知的事了，她就是再跋扈也不能冒着犯众怒的风险一意孤行了。

面对监斩台上的众人和法场上下几千人殷切期盼的目光，窦太后不得不暂时将怒气忍了下来，她缓缓地站起了身向着众人说道：“既然此案已经真相大白，众卿皆无异议，哀家就此宣布，大行皇帝并非遭遇弑君谋害，实属因病驾崩，现将叶良禽无罪释放！”

窦太后此言一出，整个法场上顿时爆发出雷鸣般的欢呼声，包括卫青在内的上千百姓和一千多名守卫法场的官军持续不断地兴奋高喊着：“太后圣明！皇后娘娘圣明！太子殿下圣明……”

人群中的奥琪布此刻已经高兴得喜极而泣了，她真恨不得马上冲到斩首台上赶紧给刘不周松了绑，带着他离开这个是非之地。

然而，让所有人意想不到的是，一向自视高贵的王皇后此刻竟然亲自走下了监斩台，来到斩首台之上，她低头俯视着跪在地上的刘不周说道：“叶良禽，你听到了吗？你已经无罪释放了。”

此时的刘不周仍被绑着跪在地上，他低着头回道：“叶良禽叩谢皇后娘娘为在下洗清冤屈！”

没想到王皇后这个时候却微微地弯下了腰，把头稍微贴近了刘不周的耳朵，两只眼睛的眼神阴狠得好像两把刀子一般盯着刘不周，然后她低声地说了句：“叶良禽啊叶良禽，你真是好手段。”

四十八　交易

因为刘彻的接连质问险些引发了一场民变，窦太后不得不采取迂回策略，想要暂时先将刘不周收押，重新调查此案，可正在此时，王皇后却适时出现，并让伍太医最终向众人说明了景帝的死因并非是被谋杀，而是因病驾崩。

一切真相大白之后，窦太后不得不当众宣布刘不周无罪。

然而，王皇后却出人意料地走上斩首台来到了刘不周的近前，对他悄悄地说了句："你真是好手段。"

说到这，王皇后的脑海中闪现出了前日太医伍邵到椒房殿向她汇报调查景帝死因的那一幕……

那日，在窦太后因为波才被劫走而闯到椒房殿向她讨说法之前，太医伍邵就来了。他这几日带着整个太医院的医正官对景帝的死亡原因进行了全面的验查，最终得出了景帝死于胸痹之症突发的结论，并将这个结论马上汇报给了王皇后。

王皇后坐在那沉吟了半晌，然后只是淡淡地回了句："本宫知道了，你下去吧。"

"但是，皇后娘娘……"伍太医听后并没有马上离开，而是怯懦得欲言又止。

王皇后看着伍太医没有要走的意思，就问道："但是什么？"

伍太医为难地回道："皇后娘娘，此事其他的医正官都参与了，他们全都知道了大行皇帝是死于突发胸痹之症，而并非是被弑君谋害，微臣该如何处置呀？"

王皇后回道："叶良禽弑君之罪已定，明早辰时就将被押往雍城门外枭首弃市了，这件事就这么着吧。你告诉众医正官务必守口如瓶，本宫自有封赏，倘若泄露了半点风声，就别怪本宫无情了。"

这伍太医虽然身处政治斗争的旋涡之中，但作为行医之人的他多少还有那么一点点良知，他赶紧说道："太子殿下不是曾经求过皇后娘娘救叶良禽不死吗？为何不趁此机会还叶良禽一个清白？"

王皇后长叹一声回道："你可知太后因为未央御审时叶良禽出手化解了本宫的危局，她已恨叶良禽入骨，巴不得叶良禽赶快死呢。如今陛下新丧，太子尚未登基，太后又虎视眈眈，时局实在不稳，如此关键的时候，本宫可不能就为了个叶良禽而再无端地与太后产生什么摩擦，影响了太子即位的大事。”

虽然伍太医还想说些什么，但王皇后却毫不客气地将他赶出了椒房殿，在门口还正好撞上了气势汹汹来找王皇后兴师问罪的窦太后……

“皇后娘娘说的在下怎么听不懂？”斩首台上，听到王皇后说出“你真是好手段”这句话的刘不周却露出了疑惑的神情，他跪在那，微抬着头对着王皇后说道。

刘不周的这句话将王皇后的思绪拉回到了现实中。

王皇后愤愤地低声回道：“叶良禽，你跟本宫装什么糊涂，今日凌晨时分难道不是你派人给本宫送的信吗？”

原来，今日凌晨，王皇后在睡梦中被一声异响惊醒，坐起后发现门外黑影一闪，她赶忙喊人，女官莫黎带着宫卫武士四处查找都没有发现有可疑之人。

后来王皇后在枕边看到了黑衣人留下来的一份包裹，她打开后观看，发现里面是一封字条，上面写道：闻后觅才而不得，才于吾处安好，若复得才，须昭雪叶之冤屈，还叶以清白。

这张字条的大概意思就是：听说皇后您一直想找回波才，如今波才在我们这，你要想要回波才，那你必须给叶良禽洗清冤屈，还他一个清白。

王皇后马上意识到此事的严重性，看来劫走波才的人定是跟那叶良禽有着脱不开的联系，甚至可能就是叶良禽直接指使的，而那个送包裹的人也必是和叶良禽是一伙的。

今天下午窦太后已经给她发了最后的通牒，让她将波才交出来，否则肯定不会让自己的儿子太子刘彻的登基顺利达成。这是王皇后心里最大的症结，因为只有太子顺利继位称帝，她的地位才能彻底稳固，眼前的诸多危局才能破解，到那时她就谁都不用怕了。

但是反过来，若是因为没能找回波才，窦太后因此真的阻挠太子顺利登基，以窦太后和窦家在朝中和地方上的庞大势力，王皇后真不敢想象会发生什么让人意想不到的危机。

所以这一次她就算不想管刘不周这事，但为了刘彻，她也不得不硬着头皮管了。

王皇后马上将太医伍邵找来，两人密议了半天如何为刘不周洗清罪名的办法，然后就带着伍太医和一众医正官赶到雍城门外的法场，让伍太医将真相大白于天下。

面对王皇后的质问，虽然嘴上一直说着“不懂皇后说的是什么意思”的刘不周，其实此时心里却是明明白白的，因为这一切的确就是他布的局。

奥琪布三人那晚劫狱之时，他就想得很清楚，自己绝不能就这么离开诏狱，因为只要他被劫走，从此必将一辈子背上弑君的罪名。

被扣上这样一顶十恶不赦的大罪名，不管是先前结下了梁子的窦太后，或者是隔岸观火的王皇后，甚至是一直在帮助自己的太子刘彻，都必须全天下地缉拿自己，那窦太后更会借此机会将自己置于死地的。

但刘不周深信，景帝的真实死因一定会被太医们查出来的，此事王皇后也一定会知道，但她会因为顾及让太子顺利称帝的大事，必然选择袖手旁观，不会为了他再去得罪窦太后。

不过目前能救自己的其实就只有王皇后了，不仅因为她的身份和地位崇高，一言九鼎，更主要的是伍太医只会听从王皇后一个人的指派。

刘不周前思后想，如今唯一的办法只有一个，那就是拿波才和王皇后做个交易。

让奥琪布把波才劫走，令窦太后怀疑到王皇后，并逼王皇后送还波才，王皇后肯定会为了不影响太子顺利继位称帝而不惜一切代价找回波才，也只有这样，王皇后才会出面为自己洗清冤屈，还自己一个清白。

虽然这个计划可谓凶险之极，等于是将自己置于生死存亡之地，而且其中会有多少变数仍是不可估算的，但刘不周别无他法，也只得铤而走险了。

虽然太子刘彻是支持他的，但这样的时局下太子自己现在都自身难保，作为一介草民的刘不周，在朝廷里毫无根基，和这些手握生杀大权的权贵们斗，刘不周不得不冒死一试了。

所以刘不周才让奥琪布他们将昏迷的波才劫走，并将全盘计划告诉了奥琪布。

而在凌晨时分那个潜入椒房殿给王皇后丢送包裹的黑影正是奥琪布派去的阿玉奇。

其实王皇后现在心情并不比窦太后好到哪去，贵为一国皇后的她以及那个一贯飞扬跋扈的窦太后可以说是这大汉帝国最有权势的两个女人，可就是这样两位位高权重的女人，却被这个草根贱民叶良禽耍弄于鼓掌之间，被牵着鼻子滴溜溜地乱转，任凭他摆布。

王皇后实在不能再小看眼前这个一介草民叶良禽了，她最后低声对刘不周说道："本宫该做的已经做完了，你可要兑现你的承诺，把波才交出来，否则，你恐怕就不会有今天的好运气了。"

然后王皇后直起了腰，转过身高声对监斩台上的窦太后说道："母后，叶良禽刚才说他深念母后的恩德，定将誓死报效母后。"说完，就缓缓地走下了斩首台。

站在监斩台上的窦太后板着一张脸，只是冷笑了一声未做回应。

此时，太子刘彻赶忙来到斩首台上，扶住刘不周的肩膀安慰道："叶公子，让你受苦了。"

刘不周满怀感激地对刘彻回道："叶良禽多谢太子殿下的救命之恩。"

刘彻一笑回道："这回你我扯平了，我可不欠你的了啊！"

刘不周不免苦笑了一声说道："太子殿下说笑了。"可这一笑，刘不周遍布全身的伤口又开始剧痛了起来，疼得他"哎呦"了一声。

刘彻这才想起来，光高兴了竟然忘了给刘不周松绑，他赶忙过去将捆在刘不周身上的绑绳解开。看着刘不周浑身的伤痕，刘彻说道："叶公子，我已经派了最好的御医为叶公子疗伤，现在我就送你回建章酒舍休息。"

刘不周被松了绑，他挣扎着想要站起来，但因伤势太重，他坚持着晃了几晃，却一脚没站稳就从斩首台的梯子上失足轱辘到了地面上。

奥琪布一见急得奋力拨开挡在前面的守卫官军，就和百里卿、阿玉奇冲到刘不周的身边。

奥琪布心疼得一把扶起虚弱的刘不周，眼含热泪地轻抚着刘不周的脸颊说道："咱们走，现在就离开这里。"说着就将刘不周搀扶了起来，向着法场外面走去。

然而就在此时，窦太后却突然说话了："慢着，叶良禽不还能走。"

荧惑守心

四十九 踪迹全无

众人听到窦太后这句话都惊住了，刘彻颇为不解地问道：“皇祖母，您不是已经宣布叶良禽无罪释放了吗？”

窦太后点了点头回道：“哀家的话岂能是儿戏？叶良禽自然是无罪释放了。”

“那为何不让叶大哥走？”南宫疑惑地问道。

窦太后笑道：“你们不要误会，这一次哀家冤枉了叶良禽，还让他平白受了这么多皮肉之苦，哀家于心不忍，干脆，哀家好人做到底，就让叶良禽到哀家的长乐宫中去养伤吧，等他的伤好了哀家再把他送还给你们。”

性格直率的奥琪布可不在乎什么太后不太后的，她一听窦太后要把刘不周从她的身边夺走，立刻反驳道：“不劳太后费心了，我们自会照顾好叶公子的。”

窦太后也不气恼，她回道：“哀家看叶良禽的伤势不轻，长乐宫中的御医可是天下第一的名医，你们也希望叶良禽能早日康复不是？”

刘彻说道：“皇祖母，叶公子伤势这么重，恐怕自己住在长乐宫多有不便吧？”

窦太后语气威严地对刘彻说道：“太子，哀家马上就要请天下最好的方士来为你的父皇卜算下葬的最佳日期，这是头等大事，你作为当朝太子，要好好准备，叶良禽的事情你就不必操心了。”

“皇祖母，这……”太子刘彻觉得窦太后这个决定好生的奇怪，他还是想出言婉拒。

可还没等刘彻说完，窦太后就打断了他的话，然后斩钉截铁地说道：“好了，此事就这么定了。”说着她向着身边的宫卫武士说了句，“来呀！”

一众宫卫武士赶忙拱手施礼道：“在！”

“用哀家的辇车将叶良禽送回长乐宫好生调养。”窦太后不容反驳地吩咐道。

几十个宫卫武士纷纷上前将刘不周从奥琪布的手中接过去，也不容刘不周愿不愿意，就搀扶着他上了窦太后的辇车。

奥琪布刚要上前阻止，被太子刘彻暗中拦下，他悄悄地对奥琪布说道：“别冲动，太后主动要为叶公子治伤，我们当着这么多人的面也不好当场拒绝，咱们还是从长计议吧。”

建章酒舍里。

气氛压抑之极。

奥琪布心绪不宁地一个人坐在那发呆。

缪雨诗给奥琪布端上一杯清茶安慰道：“奥姐姐不要着急，叶大哥吉人天相，他不会有事的。”

奥琪布一双明眸呆望着窗外，叹了口气回道：“雨诗妹妹，你的叶大哥什么时候吉人天相过呀，从小到大他一直都是磨难不断，不知这一回到底是福还是祸？”

百里卿满心疑惑地说道：“这窦太后葫芦里究竟卖的是什么药啊？刚开始说什么都要置叶大哥于死地，现在却那么上心地将叶大哥带回长乐宫治伤，莫非恶鬼变成活菩萨了不成？”

不光是奥琪布等人心中生疑，就连刘不周自己的心里也搞不懂这窦太后的真实意图究竟是什么？

刘不周被窦太后用辇车接回了长乐宫，就被安排在永昌殿里接受治疗。

窦太后果然没有食言，安排了几位御医为刘不周治伤，还特别调拨了几名近侍贴身精心侍候刘不周。

一连几天，刘不周的伤势逐渐有了些许的好转，也能下地走动走动了。

不过，刘不周很快就发现，他的活动范围仅仅只能局限在永昌殿里和门口的院子，若是想离开永昌殿那是根本不可能的。

永昌殿的门口已经加派了重兵把守，只要刘不周想出去，宫卫武士们就会以窦太后懿旨为由，说什么叶公子伤势太重，须安心静养，伤愈前不能离开永昌殿等的话委婉地阻拦住他。

刘不周马上意识到，自己这是被软禁了。

长乐宫里。

淮南王刘霖萧愤恨地对窦太后说道：“母后把那叶良禽已经恨之入骨，

巴不得他早死，不过这次又让他逃过一劫。”

窦太后沉沉地回道：“哀家要铲除叶良禽可并非仅仅因为他未央御审时坏了哀家的好事。”

“那母后是何思量？”刘霖萧不解地问道。

窦太后回道：“就最近发生的一些事来看，这叶良禽可并非我们之前所认为的那般无足轻重，他绝对是个不可小觑的人物。”

刘霖萧没想到窦太后这么快就意识到刘不周不是等闲之辈，他犹豫了一下，没再坚持当初的论断，还是点点头回道：“母后所说不错。”

窦太后继续说道：“哀家看太子如此极力维护那叶良禽，想来他们二人交情非浅。若是太子顺理成章继位称帝，叶良禽必然成为太子的重要帮手，一旦等到他们羽翼丰满之时那就晚了，所以现在必须预先剪除了太子的臂膀，以绝后患。”

刘霖萧疑惑地问道：“既然如此，那母后为什么还要把那叶良禽带回长乐宫治伤呀？”

窦太后微微地笑了一下回道：“大行皇帝驾崩一案证明叶良禽无罪，众目睽睽之下难道还让哀家去犯众怒坚持杀了他吗？但是，他如今在哀家的眼皮底下，他的小命就攥在哀家的手里了，哀家不是想怎么着就怎么着了吗？”

刘霖萧神秘地回道：“莫非母后要神不知鬼不觉地把他……”说着刘霖萧用手做了个切脖子的动作。

窦太后摇了摇头回道：“他在大庭广众之下被送进长乐宫，满朝上下、黎民百姓全都看着呢，哀家要是暗中处死他，那岂不是授人以柄吗？”

刘霖萧这下子彻底糊涂了，他狐疑地问道：“母后这样说，王儿这回可就真的不明白了。”

窦太后刚要回答，外面内侍进来禀报道：“启禀太后，巡城司马卫青自大行皇帝陵寝监督工程进度回来，特来向太后做每日的进度奏报。”

窦太后见有外人求见，就停止再与刘霖萧谈论这个话题了，她胸有成竹地对刘霖萧说道：“王儿啊，此事哀家已有安排，这两天必有分晓，你先退下吧。”然后她向着外面说道，“让卫青进来！”

最近几天卫青因为监督景帝陵寝的施工，每日都要到长乐宫见窦太后汇报当日的工程进度。

以往卫青来长乐宫奏事都是径直奔窦太后寝宫，而这几天他却每天都故意绕了不少的弯路走，特意绕道从长乐宫群里的临华殿、宣德殿、广阳殿、长秋殿等十几座大殿前路过。

他的目的就是想打探到刘不周被安置在哪座大殿里治伤，只不过每次他都快看到太后寝宫了，也没见到刘不周的影子，这让卫青很是失落。

从窦太后的寝宫奏完事出来，卫青看着偌大的长乐宫群怅然若失地自语道："这周边的十几座大殿我都转遍了，叶兄弟啊，你究竟在哪呀？"

五十　梦醒时分

正在卫青暗自惆怅的时候，他忽然看到一小队内侍提着各式各样的提盒从太后寝宫的后门出来，向着长乐宫群的西南方向而去。

卫青心里暗自疑惑，那不是去永昌殿的方向吗？可这永昌殿已经多年没有人居住了，这些内侍提着食盒去永昌殿做什么？

想到这里，卫青突然一惊，自语道："莫非叶兄弟住在永昌殿不成？"

卫青看看四下无人，赶紧悄悄地跟在那一小队内侍的后面也直奔永昌殿而去。

这永昌殿是长乐宫十四殿之一，当年在汉惠帝时期曾经是专门给那个历史上以手段残忍著称的吕太后居住的居所。

吕太后死后，后继的太后因为对吕太后曾将汉高祖刘邦的宠妃戚夫人断手断脚、割鼻剜眼做成"人彘"的残忍行为很是忌惮，认为不吉利，就搬到了永寿殿居住。

从这以后，历代的太后就全都住在永寿殿了。

而这个永昌殿也就此废弃了四五十年之久，一直都是鲜有人住，只是存放一些宫廷里药浴用的材料而已，所以卫青一开始就没有想到这个永昌殿。

来到永昌殿门口，卫青远远地躲在一棵树后面。

他见到永昌殿的门口齐刷刷地站了足有一百名宫卫武士，在严格检查了那一小队内侍的腰牌之后才放他们进去。

卫青心中暗想，这永昌殿若只是存放药浴材料，不可能如此兴师动众地派这么多宫卫武士在门口把守，其中必有隐情。

但是守卫得这样严密，卫青想进去看个究竟却太难了，没有长乐宫内廷詹事府签发的腰牌，门口的宫卫武士是绝对不会让他进入永昌殿的。

卫青正在大树背后着急怎么潜进永昌殿一探究竟的时候，从永昌殿里走出了几位医官装扮的人，他们正好向着卫青这个方向走了过来。

卫青一眼就认出那是长乐宫窦太后御用的几位医。见他们过来了，卫青赶忙转了个身，将身体隐藏在医官们不易发觉的地方。

只见这几位医官一边说着话一边走着，其中一位年纪尚轻的医官谦卑地问走在最中央的那位很是上了年纪、须髯雪白的老医官："师傅，依您看，这叶良禽的伤势如何了？"

老医官眉头紧锁，回道："叶良禽的伤势太重，在诏狱中又延误了治疗的时机，很多伤口已然化脓，如果不是我等及时的治疗，他恐怕过不了几天就会因为伤口溃疡生毒而死了，不过好在经过这几日的治疗，伤口正在逐渐愈合，已有了显著的好转，但要康复仍须不少时日。"

年轻医官点点头回道："师傅说的是。"

老医官接着又说道："但他须安心配合治伤，千万不可激怒病患，否则一旦伤口复裂，病患就会危在旦夕了。"

躲在大树后面的卫青将他们的对话听得清清楚楚，这下他确定了刘不周的确就在永昌殿里，但是想要和刘不周见面仍然是个大难题。

凌晨，长乐宫，窦太后的寝宫里。

正在熟睡中的窦太后突然满头大汗、嘴里不停地大声叫着："启儿，启儿……母后……母后一定照办就是……"

窦太后的惊叫声惊动了宫女和内侍们，他们赶忙冲进寝宫，此时窦太后已经惊醒，失神地坐在凤榻上惊魂未定。

长乐宫的总管宦官赶忙跪地叩首道："太后，您这是……"

窦太后一脸疲惫地摆了摆手说道："哀家身体无碍，只是刚才睡梦中大行皇帝给哀家托梦，因在梦中见到儿子大喜过望所致。”

总管宦官赶忙叩首回道：“大行皇帝突然驾崩，太后必是思子心切，不过还请太后保重凤体啊！”

“不妨事。”窦太后语气虚弱地回道，然后她平复了下心境，对总管宦官说道，“传哀家懿旨，宣皇后、太子、淮南王等进宫觐见，哀家有事要宣布。”

不到一个时辰，包括王皇后、太子刘彻、淮南王刘霖萧、郡主刘陵儿等一干人都急匆匆地赶到了窦太后的寝宫。

窦太后见人都到齐了，她正了正神色，向着众人说道：“刚才哀家在睡梦中梦到了大行皇帝，他向哀家托了个梦。”

众人一听，全都齐刷刷地看向了窦太后。

郡主刘陵儿说道：“皇祖母，母子连心，大行皇帝定是有什么执念未了，故而托梦。”

窦太后面容哀伤地点了点头说道：“孙女所言甚是。”

王皇后心中忐忑地问道：“母后，大行皇帝向母后所托何事？”

窦太后此时面色陡然一正，说出了一句让在场所有人都无不惊骇的话：“大行皇帝托梦告诉哀家，羽林监叶良禽是大行皇帝生前见到的最后一个人，大行皇帝要让叶良禽殉葬阳陵！”

窦太后此言一出，在场众人无不哗然。

无论各自怀着什么样的心思，众人都没有想到窦太后会突然说出这句话来。

她的这一招确实高妙，景帝刘启是不是真的给她托梦了，也只有她自己知道，但窦太后说有，那谁人敢说不信呢，毕竟人家是母子。

而至于景帝托梦说了些什么，那就只有窦太后怎么说怎么是了，谁又敢去质疑。

窦太后的这步棋，既名正言顺地将刘不周整死，自己又一点责任也不担，因为那是景帝的意思，人家窦太后只是按照景帝托梦的意思照办而已。

淮南王刘霖萧和郡主刘陵儿脸上露出了一副窃喜之色。

王皇后则面无表情，站在一旁一句话也不说。

唯独太子刘彻，他急忙站了出来对窦太后拱手说道："皇祖母，万万不可啊！"

窦太后坦然地回道："这有何不可？"

"父皇托梦之事，这也太……"刘彻绝不相信景帝托梦这样的荒谬之言，他犹犹豫豫地说道。

窦太后把脸一绷说道："怎么？太子还要质疑哀家所说的话吗？"

刘彻赶忙回道："皇孙不敢，只是……父皇为何偏偏要让叶良禽殉葬，皇孙甚为不解？"

窦太后冷笑道："臣子殉君王，儿子殉父亲，此乃忠孝之道，叶良禽身为朝廷命官，虽然入朝日浅，但同样深受你父皇生前的恩泽，大行皇帝有此执念难道有何不妥吗？"

说实话，窦太后这样说让刘彻实在找不出什么理由反驳，但是他仍旧固执地张口回道："皇祖母……这……"

却不想窦太后没等刘彻把话说完，就劈头质问道："太子，难道你敢违背你父皇的遗愿不成吗？"

还没等刘彻再说话，王皇后赶忙在旁边替刘彻解释道："母后误会了，太子怎敢做出这样大逆不道的事来呢！"

刘彻还想提出质疑，却被王皇后果断地制止了，她呵斥道："太子无礼，让叶良禽殉葬既然是你父皇的遗愿，断无更改之理，此事不必再议了。"

五十一　荧惑守心

傍晚，天空中万千云团的背后，阵阵闷雷之声响彻天际，似乎有暴雨将至。

刘不周虚弱地扶着门框站在永昌殿的廊檐下，他仰着头凝望着天空，突然觉得胸口一阵剧痛，就因伤重不得不连声咳嗽起来。

那个年轻的医官见状赶忙给刘不周送上一块白色的手帕，刘不周接过来捂在嘴上又咳了好一会儿。

年轻医官见刘不周刚才始终盯着天空看个不停，不解地在他身后问道："叶大人，您已经凝望天空许久了，不知您在看什么？"

此时天空中的晚霞就像喷薄的鲜血一样艳红，漫天的红色云彩层层叠叠地交织在一起翻滚汹涌，给人一种又厚又重的压迫感。

闷雷之声始终没有停，突然一道厉闪连带着凄厉的“咔嚓”一声划破了天空，那些遮住了整个天空的血红云层竟然被劈开了一道宽宽的裂缝，裂缝的口子里若隐若现的似乎能看到一颗火红火红的星辰。

此时刘不周好像舒缓了一些，他将手帕塞入怀中，然后抬头看着天，心事重重地指着天空幽幽地回道：“闷雷似万马来袭，云层似浴血征袍，浑天压顶，血云残阳，厉闪至，天门开，荧惑破茧而出，好奇特的天象啊！”

年轻医官也凑过来往天空上仔细地看着，看了半天也没看出什么门道来，就疑惑地问刘不周说：“叶大人，我没看出有什么不一样来呀？这可有什么说法不成？”

刘不周似有心事地凝眉回道：“这是荧惑守心之象，可不是什么好兆头啊！”

正在此时，永昌殿的宫墙外面传来一个阴冷的女声：“叶大人所料不错，对于你而言的确不是什么好兆头！”

刘不周循声看去，只见淮南郡主刘陵儿独自一个人款款地从大门口走了进来。

刘不周见是刘陵儿来了，礼节性地拱手说道：“不知郡主驾到，在下有失远迎，还望恕罪。”

此时刘陵儿已经来到了刘不周的近前，她仔仔细细地端详了刘不周半天，然后说道：“看来皇祖母宫里的御医的确医术高超，你这么重的伤似乎好了很多啊？！”

刘不周回头看了一眼那个年轻的医官，然后对刘陵儿说道：“承蒙众医官妙手丹心，在下好多了。”

年轻医官毕竟年轻，没有听出二人话里的火药味道，还满心欢喜地赶忙客气道：“叶大人过誉了，下官只是……”

没等年轻医官说完，刘陵儿却冷冷地对那位年轻医官呵斥道：“看不出端倪的东西，还不退下！”

年轻医官也没有搞清楚自己是哪点惹到了这位郡主，见刘陵儿面色不悦，赶忙连声应诺地退了下去。

“郡主此来应该不是只为了看望在下的吧？”刘不周见年轻医官离开了，淡淡地问刘陵儿。

刘陵儿“咯咯”一阵媚笑后回道：“叶大人果然聪慧过人。”

刘不周因为身体尚还虚弱，只能一只手扶着门框，另一只手拿出手帕捂在嘴上又是一阵咳嗽，之后才缓缓地说道：“郡主有事就请明说吧！”

刘陵儿回道：“既然如此，那我就不绕弯子了，本郡主此来的目的只有一个，就是向叶大人要回属于我的东西。”

刘不周斜眼看着刘陵儿问道：“郡主此言在下就不明白了，在下什么时候拿过郡主的东西了？”

刘陵儿冷冷一笑回道：“叶大人是真的忘了？还是故意搪塞本郡主呀？”说着，刘陵儿的表情陡然肃然了起来，一双阴冷的眼睛盯着刘不周问道，“那个婢奴穋雨诗被叶大人藏在了何处？”

刘不周装作不解地回道：“穋雨诗是谁？郡主的话在下怎么越听越糊涂了呢？”

刘陵儿眼眉微挑，回道：“未央御审之前，我在建章酒舍的雅间里提审了一名女奴，名叫穋雨诗，后来我被酒舍里发生的骚乱所吸引，出去查看，而此奴却被人趁此机会救走了，难道不是叶大人所为吗？”

刘不周淡然地回道：“郡主那日亲眼所见，在下去寻找南宫公主了，怎么会有时间救什么穋雨诗呢？”

刘陵儿闻言，向着刘不周走近了一步，盯着他的眼睛说道：“我早就料到你是不会轻易承认的。”

刘不周看着刘陵儿坦然地回道：“在下不曾做过的事为什么要承认？再说郡主丢失了人，派人去找寻回来就是了，找在下有什么意义呢？”

刘陵儿恨恨地回道：“我在建章酒舍周边所有出入口都安排下了人手，连续搜查堵截了数日，却连个穋雨诗的影子都没……”

刘陵儿刚说到这，突然停住不说了，她似有所悟地思忖了半晌才恍然大悟地看着刘不周说道："叶大人果真好手段啊，我怎么竟然忘了那建章酒舍的主人百里卿是为你卖命的了，我费尽心思地在四处抓捕却一无所获，却原来那樛雨诗被叶大人就藏在建章酒舍的里面，是也不是？"

刘不周轻轻地摇了摇头回道："郡主，在下已经告诉过你了，我不知道谁是樛雨诗，更不曾救过她。"

"哼哼，叶大人就不怕我带人直接杀进建章酒舍里拿人吗？"刘陵儿目露凶光地质问道。

刘不周表情不屑地回道："郡主，且先不说我是不是真的救了那个樛雨诗，就说你要带人杀入建章酒舍，你自认为自己有这个本事吗？"

刘陵儿不忿地回道："我堂堂大汉郡主，区区一间酒舍还能挡得住我吗？"

刘不周一阵浅笑后说道："想必郡主应该知道那建章酒舍深不可测的背景吧？"

刘陵儿不以为然地回道："那又如何？不过是个藏污纳垢的污秽之地罢了，我却从未放在眼里！"

刘不周不禁轻蔑地点了点头，然后说道："这建章酒舍的格局是按照河图洛书中的八八六十四卦所建，其中遍布迷局，到处都是机关埋伏，不懂机关布局奥妙之人若无内部人带领而擅自闯入必是有死无生，这整个建章酒舍就犹如一座迷宫堡垒一般，郡主竟然会不放在眼里，真是可笑之极。"

刘陵儿冷眼盯着刘不周回道："本郡主就是人多，用人铺出一条坦途来，照样可以抓到那个贱婢！"

"郡主可真会说笑。"刘不周不屑地一笑后冷言回道，"虽然你贵为郡主，但京城里的军队没有调令你能动得了一兵一卒吗？就凭你郡主府那百十个府兵就想硬闯建章酒舍，就算你能成功躲过那些机关埋伏，你可知酒舍里还有八百训练有素的死士，就你这点兵力只怕是还到不了正厅就被消灭殆尽了吧！？"

"你！"刘陵儿被刘不周的话气得一张美艳绝伦的脸上红一阵白一阵，她指着刘不周厉声道，"叶良禽，你死到临头竟然还敢如此嚣张！"

五十二　不合之人

刘不周听郡主刘陵儿说自己死到临头了，他假装紧张地环顾了下这座气势恢宏的永昌殿，然后一脸疑惑地笑道：“郡主说的哪里话来？在下好好地在这里养伤，何来的死到临头了呢？”

刘陵儿的脸上浮现出一股幸灾乐祸的表情，她瞟了一眼刘不周说道：“哼哼，你以为太后她老人家就这么好心地为你治伤吗？”

刘不周双手一摊地回道：“我知道啊，在下现在已经被软禁了，可那又怎样？难道你们敢冒天下之大不韪在宫中将我处死吗？”

刘陵儿语气轻蔑地回道：“死在宫中？哈，一介布衣草民，你这条贱命还不配！”

刘不周赶忙拱手回道：“既然在下一条贱命，就不劳烦诸位这么多身份显贵之人替在下操心了，不如尽快放在下离开皇城，出了皇城在下的生死就不关诸位的事了。”

刘陵儿被刘不周的一番话气得眼眉竖立，她眼神凶狠地瞪着刘不周说道：“叶良禽你走不了了，我实话告诉你吧，前日大行皇帝给太后托梦说想念你这位忠臣了，她老人家已经下旨，要在大行皇帝下葬当日拿你殉葬！”

刘不周闻听，心中不由得一惊，他这才明白窦太后将他软禁在永昌殿的真实目的，暗想这老太太的手段果然毒辣之极，脸上不免表现出惊愕之色。

而刘陵儿此时却突然意识到自己说漏了嘴，不该把这么重要的决策告诉刘不周，就赶忙闭口不再多说什么了。

刘不周却不由自主地神情沮丧了起来。

刘陵儿偷眼看着，见刘不周这样的表情，心里不免也是一阵窃喜，她就又忍不住冷笑着说道：“叶大人能有如此殊荣为大行皇帝殉葬是无上的荣耀，本郡主都为叶大人感到高兴呢，只不过若是叶大人不在了，那建章酒舍群龙无首，想那穆雨诗失去了庇护，她落网之日也就不远了！”

说完刘陵儿就幸灾乐祸地瞟了刘不周一眼，旋即一抖衣裳趾高气扬地转身走了……

因为确认了刘不周就在永昌殿治伤，连续几日卫青每天都悄悄地跑去永昌殿查看，总想着伺机潜入进去看看刘不周，怎奈门口的守卫太过严密，卫青也是束手无策。

这一日，卫青在长乐宫向窦太后汇报完景帝陵寝的施工进度后又偷偷来到了永昌殿外，他仍旧是躲在大门不远处的那颗苍天大树的后面机警地观察着永昌殿门口的动向。

让他不解的是，这几日永昌殿守卫的力度好像比之前还加强了，门口站满了宫卫武士。

卫青自然是不知道，自从窦太后宣布要拿刘不周殉葬之后，就特意加强了永昌殿的守卫，确保在景帝下葬前刘不周这边不会有什么异常发生。

此时，永昌殿里的刘不周刚刚结束了一个疗程的治疗，他正拖着疲惫的身体被两个内侍搀着，慢慢地在大殿的院子里踱着步。

走着走着刘不周又开始剧烈地咳嗽起来，他赶忙拿出手帕捂在嘴上，整个人半跪在地上不停地抽搐着，表情十分痛苦。

内侍们赶忙上前扶住他，那个年轻医官也赶过来握住刘不周的胳膊关切地说道："叶大人，您现在的伤势刚刚有一点点好转，还是不要太多走动了，我扶着您回殿中休息吧。"

刘不周跪在地上，身体不住地颤抖着，可头却微微地抬起，他一边咳一边偷眼看着门口的守卫。

突然，刘不周冷不防站起了身，使劲挣脱了内侍们，拼了命地向着大门口奔去。

刘不周的这个突然的举动完全出乎内侍们和年轻医官的意料之外，根本没有反应过来，而此时刘不周就已经冲到了大门口，他趁着宫卫武士们同样始料未及的当口奋力扒拉开挡在门口的几个人就冲出了大门。

那些武士们不愧是精挑细选出来的精锐，作为护卫宫阙的一等侍卫，他们一个个训练有素，所以很快就反应了过来，几个人飞快地赶上刘不周，其中一个人一把从后面将他抱住，嘴里说道："叶大人……叶大人，太后有旨，让您安心治伤，寸步不得离开永昌殿啊。"

刘不周使劲地挣扎着，他暴吼道："你们给我让开，让开！"但怎奈刘不周的伤势太重，身体非常虚弱，哪里能抵得住那几个身强体壮的彪形大汉呢，他折腾了没几下就被几个人团团包围住了。

此时，躲在大树后面正在思忖如何混进永昌殿的卫青听到永昌殿的大门口的方向人声鼎沸，他赶忙闻声注目去看，却一眼就看到了刚刚冲出永昌殿大门不过几步的刘不周，只见他被围在几个人高马大的宫卫武士的中间不停地挣扎着。

卫青惊讶之余就不由自主地从大树后面转了出来，此时刘不周也一眼看到了远处大树旁边的卫青，他一脸惊诧地看着卫青，他看向卫青的眼神迫切中带着怪异和复杂，与此同时刘不周还狠命地冲着卫青摇着头。

而卫青却被刘不周如此怪诞的举动给闹懵了，以卫青的心性，他宁可这个官不做了，也不能眼看着刘不周被囚禁，但当他看到刘不周看向他的那种急切的眼神以及那个摇头的动作时，以卫青的理解，刘不周应该是在说：谁让你来这里？这里很危险。

卫青心里何尝不明白，就算是自己冒着丢官的危险去救刘不周，面对如此众多的宫卫武士也很难将刘不周成功地救出，想到这，卫青急得一时没了主意。

就在此时，被围在众人当中的刘不周一边不要命地挣扎着，一边高声不停地喊道："既然要我死，何必还要治我。"

卫青听到刘不周说这句话就是一惊。

那几个宫卫武士这个时候已经将刘不周连拖带拽地回到了永昌殿的大门口，刘不周仍不肯罢休地想要挣脱他们，但根本无济于事。

在相互的撕扯中，刘不周手中的那块白色手帕不小心脱了手，此时一阵风吹过，将毫无重量的手帕吹得飘远了，刘不周想要去抓却没有抓住。

而就在卫青一犹豫的当口，几个宫卫武士已将刘不周生生地拖进了永昌殿的大门里，并重重地关上了永昌殿的大门，刘不周的身影就这样再一次消失在卫青的眼前。

那块刘不周曾用过的手帕随着风飘落在了卫青眼前的地上，卫青低头捡了起来，这是一块白绢质地的普通手帕，卫青手中托着这块手帕眼神呆呆地望着戒备森严的永昌殿大门……

未央宫的西廊下。

刚出了宫门的太子刘彻满腹心事地迎面撞上了南宫公主。

南宫看着刘彻的表情不解地问道："哥哥，为何如此心事重重的？"

刘彻低着头，眉头紧锁地回道："唉，最近诸事不顺，一波未平一波又起，刚才皇祖母下了懿旨，几日后会召集群臣商议推举一位方士为父皇卜算下葬的吉日。"

南宫不以为然地回道："这也没什么呀？推举方士卜算下葬吉日是祖制，一直都是这样做的呀？"

刘彻心情沉重地回道："妹妹有所不知，推举方士卜算本没什么不对的，只是哥哥担心有些用心不纯的人推举了不该推举的人。"

南宫不解地问道："哥哥所说的不该推举的人是谁？"

刘彻懊恼地回道："还能有谁，就是那个方士李少君！"

"哥哥说的可是那世居蓬莱仙岛的半仙李少君吗？"南宫问道。

刘彻点了点头回道："就是他。"

南宫听刘彻这么说更加的糊涂了，她问道："由此人来卜算有什么不妥吗？"

刘彻叹了口气回道："当年文皇帝选太子时，父皇和梁王叔都是嫡子，那个李少君占卜天象后说应册立梁王叔刘武为太子，否则日后必会引来同室操戈之乱，皇祖母她老人家本就想让梁王叔做太子，这么一听更是借机怂恿文皇帝册立梁王叔，但是文皇帝并未听从，还是册立了父皇为皇太子。"

南宫点点头回道："此事妹妹知道，所以父皇即位后就勒令李少君离开京城返回蓬莱仙岛，没有圣旨御召不得入京。"

刘彻回道："不错，但是父皇继位称帝后的第三年果然爆发了七国之乱，七个皇族诸侯王联合叛乱，这正好应验了李少君当年所说若不册立梁王为太子日后必引发同室操戈之乱的预言，虽然最后叛乱被平定了，但皇祖母她一直以此事为由不停逼迫父皇立梁王叔为皇太弟。"

南宫想了想自信满满地说道："不过此一时彼一时啊，如今梁王叔已薨多年，那李少君还能有什么企图？”

刘彻摇了摇头回道：“梁王叔虽薨，可是还有淮南王，他虽然是太后的养子，但是朝廷礼法上他可是父皇的亲弟弟，是你我的亲叔叔了，他现在的地位和以前当然不可同日而语了，之前的三大人死亡案不就是因有人奏请父皇册立他为辅政皇太弟一事引起的吗？！”

听刘彻这样说，南宫也恍然大悟，她也不由得犹豫了起来说道：“哥哥这么说，妹妹就明白了，哥哥是不是担心若那李少君来了，再说出什么不利于哥哥的预言来呢？”

刘彻面色难看地回道：“是啊，父皇新丧，哥哥又尚未正式登基，现在朝局不稳，这李少君明显与咱们不合，而且他又是半仙之体，预言甚为灵验，我恐他的卜算结果会对母后和我不利呀。”

让刘彻和南宫没想到的是，就在二人谈论此事的时候，他们的这番谈话被偷偷躲在拐角处的淮南王刘霖萧听了个一清二楚，他顿时双眼炯炯放光，嘴角处露出了一丝冷笑。

五十三　蓬莱半仙

长乐宫里。

窦太后正在召集宗室贵族和朝廷重臣商议推举哪位方士为景帝的下葬日期卜算。

众人你一言我一语地争论个不休，提议什么方士的都有，不过尚没有人推举半仙李少君，窦太后则面沉似水地坐在大殿正中听着他们的争论一语不发。

淮南王刘霖萧此刻也没有马上说话，他只是冷冷地盯着站在对面的太子刘彻的动向，此时的刘彻则面无表情地站在窦太后的身旁也是默不作声。

就在这时，窦太后似乎是被众人的争吵惹得不悦了，她不耐烦地摆了摆手说道：“好了好了，都不要吵了，你等提议的这些方士尽是些故弄玄虚之辈，怎能担此重任？”说着她环顾了下大殿的四周又说道，“就无人能够举荐一位道德高深、通达天地的大家吗？”

下面的众人立刻不闹了，一个个垂头丧气的不敢再说话了。

刘霖萧见时机已到，赶忙转身向着窦太后拱手道："母后，儿臣有意举荐一人。"

听到刘霖萧说了话，太子刘彻的身子不由得微微一震，他似乎有些紧张地看着刘霖萧，等着他的后话。

窦太后一见是自己的养子说话了，心中就舒畅了许多，她慈祥地看了看刘霖萧，然后问道："哦？既是王儿有要推举之人，那就说说看？"

刘霖萧恭敬地回道："儿臣要推举的这位方士可是天下闻名，而且母后也是熟识的。"

窦太后闻言立刻来了兴致，她问道："是何人？"

"就是那位世居蓬莱仙岛，有半仙之体的大方士李少君。"刘霖萧瞟了一眼刘彻后向窦太后回道。

"皇祖母，不可。"刘彻还没等刘霖萧把话说完心中就是一凛，他脸色都变了，不由自主地脱口而出。

窦太后侧头见刘彻这个慌里慌张的样子，就不悦地说道："太子，你贵为储君之尊，这样鲁莽孟浪的未免过于失礼了吧，可与不可的也要让你皇叔先把话说完再做定夺呀！"

"这……"刘彻满肚子的话被窦太后一番训斥给生生地憋了回去，张口结舌尴尬不已。

窦太后转向刘霖萧说道："王儿所推举的这位大方士李少君哀家确实熟识，的确是一位有着换斗移星之能的修道大家。"

刘霖萧马上拱手回道："母后所言甚是，母后是否还记得当年七国之乱之时，天下烽烟四起，半壁江山沦陷。"

"唉，此事哀家怎会不记得。"窦太后表情沉痛地点了点头，然后瞥了一眼身边的太子刘彻，冷"哼"了一声说道，"要是文皇帝当年听从了先生的谶语所指，何至于酿此大祸。"她所说的谶语就是当年方士李少君卜算的不立梁王为储君，日后必有同室操戈之乱的预言。

刘霖萧并没有接窦太后这句话，他还是顺着自己刚才所言继续说道："当时形势十分危急，虽然我大行皇帝派出太尉周亚夫大人率军平叛，但当时局势不明，朝中人心惶惶，很多人都开始在做战事旷日持久而不停地打算了。”

窦太后叹了口气回道：“是啊，当时七国叛军的总兵力有五十余万，而且又联合了北方匈奴发兵侵入我北方四郡，可是太尉周亚夫大人所率的汉军只有不到三十万，敌我双方的兵力悬殊，又是两线作战，很多人心中没底是很正常的。”

刘霖萧又说道：“母后是否还有印象，只有这位大方士李少君占卜天象后预言说此叛乱三月必平，只是在当时此言实在无人敢信，可谁能想到这场叛乱果然在三个月后就被平定了。”

“不错不错，正是如此。”经刘霖萧这么一提醒，窦太后恍然想起了当年的往事，然后她高兴地说道，“这位大方士李少君先生的谶语百预百灵，可称得上是我大汉天下的第一方士。”

刘霖萧见窦太后对李少君赞许有加，紧跟着说道：“所以儿臣以为，若是请得李少君先生为大行皇帝卜算下葬吉日，必会佑我大汉江山永固，千秋万载不绝啊。”

这就是淮南王刘霖萧的高明之处，他在与窦太后的对话中只字不提当年李少君建议汉文帝册立梁王刘武为皇太子的事，却只说李少君对平定七国之乱的预言，这就免去了让他人怀疑自己别有用心的嫌疑。

但他看似轻描淡写的话语却巧妙地将窦太后的思绪引到了那件事上，窦太后必然想起李少君当年曾经有利于自己之处，以窦太后的性格，她一定会将李少君视为不二的选择。

而此时的太子刘彻就像霜打的茄子似的沮丧不已，他实在想不出什么有力的理由来反驳刘霖萧的提议。

就在这时，卫将军公孙贺说话了：“启禀太后，淮南王千岁举荐的这位大方士李少君确实非常合适，只不过据微臣所知，先生居住的蓬莱仙岛是海外仙家汇聚之地，没有人知道此岛的具体位置所在，即便是如民间传言的位于东海之滨，可是那茫茫大海中，到哪里去找呢？”

听公孙贺这样说，刘彻马上眼前一亮，他就像抓到了一根救命稻草一样赶紧跟着说道：“公孙将军所言也不无道理，且不说找不找得到，就算是找到了，那也少不了要花费大量的时日，况且东海之滨距离都城长安万里之遥，这一去一返少说也要走上一年，父皇下葬在即，哪里等得了如此漫长的时日？”

“这……这倒是个问题……”窦太后闻听也犹豫了起来，她看向身边的刘霖萧等着他会有怎么样的说法。

没想到刘霖萧却并不着急，他向着太子刘彻和公孙贺拱手道：“太子殿下，公孙将军，你们所忧虑之事本王早就考虑到了，如果一味毫无章法地盲目去找，让大行皇帝的梓宫徒然等候那么久，今日本王就不会向太后举荐此人了。”

“莫非王儿已经打听到蓬莱仙岛的确切位置了？”窦太后狐疑地问道。

刘霖萧却摇头回道：“母后取笑儿臣了，这样群仙之岛岂是儿臣说找到就能找到的？！”

窦太后闻听有些愠怒地说道：“王儿，此等大事可不能儿戏。”

刘霖萧冷眼看了看太子刘彻和公孙贺后，转头向窦太后说道：“母后，儿臣岂敢儿戏，儿臣说心中有数的原因是前日儿臣获悉，这位半仙之体的大方士李少君现在并未在蓬莱仙岛，而是正好在儿臣的淮南封国中游历山水，母后只须下一道懿旨，由儿臣带着亲自回趟封国，就可将李少君先生请到长安来，来回不会超过五日。”

听到淮南王刘霖萧说大方士李少君就在他的淮南封国中游历，太子刘彻和卫将军公孙贺也彻底的没词了。

窦太后见众人都不再说话了，高兴地站了起来说道：“既然诸位都没有异议，此事就这么定了。”然后她面向淮南王刘霖萧继续说：“哀家现在就下懿旨，王儿速回封国将李少君先生请来。”

刘霖萧志得意满地回道：“儿臣谨遵母后懿旨，儿臣这就立刻启程。”

淮南王刘霖萧说完刚要转身出去，窦太后似乎想起了什么说道：“王儿等等。”

刘霖萧赶忙凑到窦太后的身边，窦太后悄悄地在刘霖萧的耳边轻声说道：“临行前去永昌殿关照下那叶良禽，在大行皇帝下葬前可不要让他闹出什么事端来。”

刘霖萧意会地点点头，就准备离去。

就在这时一个内侍跌跌撞撞地跑进了长乐宫里，来到窦太后的近前双膝跪倒，慌里慌张地奏报道：“启……启禀太后，不……不好了……”

窦太后厉声喝道：“不懂礼数的狗奴才，有什么大不了的事，慢慢说来！”

“启禀太后，叶……叶良禽他……他不行了！”内侍吓得脸色发白，他上气不接下气地回道。

五十四　死个痛快

窦太后命淮南王刘霖萧去请大方士李少君为景帝卜算下葬的吉日，这个事刚刚敲定下来，一个内侍慌慌张张地跑进来禀报说刘不周不行了。

太子刘彻闻听就是一惊，他赶忙追问道：“到底怎么回事？”

内侍赶忙拱手回道：“回禀太后，太子殿下，那叶良禽他拒绝医官们的治疗，他还说……还说……”

窦太后紧跟着问道：“他说了什么？”

“他口口声声地说既然要他死，又何必要治呢？！”内侍回道。

窦太后极为疑惑地自语道：“怎么会这样？这叶良禽并不知晓要被殉葬的消息呀？”

众人你看看我，我看看你，面面相觑，谁也没有说话。

此时窦太后眼眉一挑，怒目地看向了众人喝道：“是不是有人将此事故意泄露给了叶良禽？”说话间，窦太后犀利的目光就落到了太子刘彻的身上，她用一种质疑的口气斥道，“太子？”

刘彻见窦太后第一个就怀疑到了自己的身上，赶忙跪地说道：“皇祖母圣明，此事并非孙儿泄露的呀！”

“哼，不是你还能有谁？”窦太后愤恨地甩了一句。

刘彻回道：“孙儿都不知道那叶良禽在哪座殿中治伤，怎么还能给他通风报信呢？”

而此时站在旁边的郡主刘陵儿这个时候脸色有些不好看了，她知道肯定是自己那天气愤之下对刘不周说漏了嘴惹的祸端，虽然窦太后暂时并未怀疑到自己，但倘若一旦深入调查，自己必然会被查出，与其到时候百口难辩，还不如现在就承认的好，她深知窦太后对自己疼爱有加，断不会从重惩罚的。

想到这里，刘陵儿怯生生地对窦太后说道："皇祖母……"

窦太后看向刘陵儿柔和地问道："孙女有话要说？"

刘陵儿暗自咬了咬牙，鼓足了勇气弱弱地回道："孙女不好，是孙女被那叶良禽气昏了头，情急之下泄露了此事。"

"你……你……哎呀……"窦太后这才知道泄密的竟然是刘陵儿，她手指着刘陵儿气得连话都说不出来了。

刘陵儿一见，赶紧"扑通"一声跪倒在地上央告道："皇祖母息怒，皇祖母息怒，孙女只是一时疏忽，还请皇祖母责罚。"

窦太后怒气不消地狠狠瞪了刘陵儿一眼没有说话，随即，她转向那个内侍问道："叶良禽现在状态如何？"

内侍回道："回太后，那叶良禽已经昏死过去了。"

众人一听都是大吃一惊。

窦太后心急地说道："怎么会这么严重，此事详情究竟如何，给哀家详细说来！"

内侍应了一声，就说起了永昌殿里发生的事情……

原来，自从刘陵儿那次来到永昌殿无意间泄露了刘不周要被迫给景帝殉葬的秘密之后，刘不周的状态就一直非常消沉。

那一次卫青在暗处见到刘不周趁着众宫卫武士不注意硬闯永昌殿大门想要逃跑，结果还是被拖回了永昌殿，宫卫武士们为了防止他再有此举动，甚至在寝宫里都加派了守卫，彻底将刘不周完全禁锢在了永昌殿的寝宫里，寸步都不让他离开。

就在窦太后和众贵族重臣商议请哪位方士为景帝卜算下葬吉日的当日，那个年轻医官来到永昌殿的寝宫为刘不周的伤口上药。

此时刘不周萎靡不振地躺在病榻上，一双失魂落魄的眼睛看着年轻医官站在自己身边将几种草药混合在一起正在捣碎。

半晌，刘不周气息微弱地问道：“请问医官高姓大名？”

年轻医官赶忙停下手中的活儿回道：“下官淳于意。”说完又继续捣起了草药。

刘不周点了点头，随后突然一把按住淳于意的手，说道：“停手吧，淳于大人。”

刘不周的这一动作虽然没什么力量，却来得突然，淳于意一下子没有反应过来，等他反应过来的时候赶忙本能地收回了被刘不周按住的手，然后不解地问道：“叶大人这是何意呀？”

刘不周微微侧了下身，面向淳于意神情颓靡地说道：“淳于大人不必再给在下治伤了。”

淳于意回道：“那怎么行？治病救人是下官行医的本分。”

刘不周一听，不禁连声惨笑起来，那笑声中多少夹杂着些许的悲怆和哀伤，笑闭他说道：“治病救人？哈，说得当真是冠冕堂皇，你们现在所做的不过是为了让在下活着撑到大行皇帝下葬的那一天罢了。”

淳于意回道：“叶大人所言下官听不懂，但是叶大人的伤势已有了好转，大部分伤口也已经初步愈合了，只要坚持治疗，不日就可痊愈，为何突然拒绝治疗了呢？”

“在下早就说过了，既然还是要我死，何必要治呢？！”刘不周回道。

此时淳于意已经将外敷的草药捣好了，刘不周的话他并未在意，仍是端着药碗走到刘不周的病榻前说道:“叶大人，请您躺好，下官给叶大人敷药。”

只听“啪”的一声脆响，刘不周愤怒地一巴掌将淳于意手中的药碗打落在地上，药碗被摔了个粉碎，捣好的草药也散落了一地。

然后刘不周用尽全身的力量怒声地吼道：“我的话你没听到吗？从今天起，谁也休想再给我治伤！”

“叶大人，您……您这是……”淳于意吓得倒退了数步，惊慌失措地喊道。

寝宫里两个人的吵闹声惊动了外面的老医官和众宫卫武士，几个人赶忙闯进寝宫里来一看，正好见到刘不周歇斯底里的正在咆哮着。

老医官见状赶忙说道：“叶大人，太后的懿旨下官们怎敢不听，您还是不要再闹了，安心治疗吧！”

刘不周悲愤地手指着老医官厉声喝道：“就为了要我的命，你们……你们竟然如此的处心积虑，我……我偏不让你们得逞！”

老医官见刘不周态度极为强硬，看来劝是劝不住了，他暗中向着身边的几个宫卫武士使了个眼色，那几个武士明白老医官的意思，马上冲了上去就要按住刘不周。

刘不周看到几个武士向自己冲了上来，就拖着遍布伤痕的身躯猛地从病榻上站了起来，他双眼怒睁，双手死命地胡乱摇摆着，试图阻挡那些逼上来的武士。

宫卫武士们七手八脚地撕扯着刘不周，想要让他安静下来，而刘不周却极力地反抗，双方闹得不可开交。

就在这个时候，挣扎中的刘不周一只脚突然踩空，整个人一下子失去了平衡，就从病榻上失足跌了下来，随即“嘭”的一声重重地摔在地上，然后又跟着惯性连续翻滚了数下，最终结结实实地撞到了永昌殿寝宫的墙壁上。

也就在刘不周的身体撞到寝宫墙壁上的同时，他身上刚刚有些愈合的那一条条娇嫩的伤口哪里受得了这样连续数次震荡的冲击，竟然不约而同地全部爆开了。

那些伤口又像他在诏狱中似的全都外翻开来，露出了里面嫩粉色的新肉，一股股鲜血从各个伤口之中汹涌地喷了出来，淌得满地都是，刘不周“哎呀”地惨叫了一声，紧跟着双眼一翻，当时就疼得昏死了过去……

五十五　卜算

长乐宫内。

窦太后听完内侍的叙述后迫切地问道：“叶良禽现在如何了？”

内侍回道：“回太后的话，幸亏众医官们抢救得及时，叶良禽已经缓醒了过来，但因为他的伤口复裂，伤情较最初更加严重了，可他仍旧拒绝配合治疗，医官们说若是不马上医治，恐怕叶良禽就命在旦夕了。”

窦太后此时心中暗想，这叶良禽死不死不打紧，就算是他当场死了还正解了自己的气呢！只不过自己已经发出了要将叶良禽给大行皇帝殉葬的懿旨，此人若是在景帝下葬前就死了，岂不是打了自己的脸面。

想到这里，窦太后果断地对内侍说道：“传哀家懿旨，让守卫的宫卫武士将叶良禽绑起来，不管他愿意不愿意，让医官们强行治伤，若是叶良禽死了，哀家绝不轻饶了他们。”

内侍赶忙叩首回道：“奴才遵旨。”然后快速地退出长乐宫，返回永昌殿传旨去了。

随后窦太后又转向了刘陵儿面带不悦地训斥道：“都是你干的好事，近日你就留在淮南王府不许出门，免得你再肆意妄为。”

刘陵儿站在窦太后的身边，怯生生地回道：“孙女遵旨。”

五天后。

长乐宫宫殿群西侧的鸿台附近，上上下下围满了人。

鸿台，秦始皇时代修建的一座高台，整个鸿台高约四十丈，有上百阶台阶，气势恢宏，高耸入云。

此时，一位年迈苍苍、须发皆白的老者屹立于鸿台之上，他那一身素白的仙衣在风中烈烈地飘摆，宛如一位仙风道骨的老神仙一般，在他的面前放着一张一丈多宽的长桌，上面摆满了龟甲、兽骨、符令等物品。

此人就是被淮南王刘霖萧从封国隆重请来的大方士李少君。

在他的身边还站着窦太后、王皇后、太子刘彻和淮南王刘霖萧，四个人都庄重地看着李少君，等待他为景帝卜算出下葬的吉日。

只见李少君抽出一支符令用火点燃，然后轻抖衣衫，口中念念有词道:“五运六气扶助山龙，取日精月华贵人禄马，及天德、月德、岁德、天帝、太阳、太阴、五星、天星临坐向合朝扶。并斗首元廉武居坐向，而地支有气，加合太乙五福……”

念闭，李少君手托一块足有海碗大小的龟甲，另一只手握着一杆毛笔在龟甲之上描描画画，同时口中又继续念道：“四柱以生扶之气，须宜格局抉择之为妙也……”

说着他抓起几块兽骨就扔进了龟甲之内，开始用手托着龟甲均匀地摇动起来，那数块兽骨则在龟甲里“哗啦哗啦”的不停地旋转，然后李少君再次颂道：“天地同流格，仅十格也，甲戌、乙酉、丙申、丁未、戊午、己巳、庚辰、辛卯、壬寅、癸亥，皆同四柱，为最上格，世之罕有……”

念到这里，李少君将龟甲用力地一抖，旋转在龟甲里的兽骨纷纷散落了出来，然后他将龟甲轻轻地放在长桌之上，众人都好奇地探头过去向龟甲里望去。

此时只见龟甲里面就只剩下了一块兽骨，而兽骨的位置正好停留在写有丁未的字样之上。

众人看到此并不能领悟其中的深意，更多的是不解的眼神。

而李少君却捻着花白的胡须端详了良久后才指着兽骨所在位置对窦太后说道：“太后，大行皇帝的下葬吉日已经选定了，就在五日后的初一未时。”

窦太后闻听赶忙追问道：“先生可否为哀家和诸位亲贵详说下呢？”

李少君点了点头，然后回道：“太后请看，我大行皇帝的命格刚好对应了巳午未南方秀气格，此乃最上格，而五日后正是初一，为丙丁日，再加上未时，那正好与大行皇帝的命格互为四柱相扶之气，是为大行皇帝的梓宫安葬的上佳吉日吉时。”

淮南王刘霖萧此时适时地凑到窦太后的耳边小声说道：“母后，儿臣和先生已事先商议妥当了，初一未时的这个时辰正好压住了王皇后的命格，如此一来她今后休想在后宫之中再掀起什么风浪来了。没了皇后庇护，即便太子继了位那也只能是对母后言听计从了！”

窦太后听后满意地点点头，当即决定，向着李少君说了声：“好！”然后她转向了鸿台之下郑重地大声宣布，“大方士李少君先生已为大行皇帝择出了下葬的吉日吉时，哀家现在宣布，于五日后初一未时为大行皇帝入葬阳陵！”

此时，守在鸿台下面的几百名文武百官齐齐地跪倒行礼，口中高声喊道：“谨遵太后懿旨！”

而站在窦太后身边的王皇后和太子刘彻却是一脸的阴沉，毫无高兴之意。

卜算仪式结束后，窦太后笑吟吟地对李少君说道：“先生，哀家还有个不情之请，还望先生能够应允。”

李少君谦恭地回道：“请太后吩咐。”

窦太后回道：“哀家希望先生五日后能同去阳陵，以助仙气！”

“在下谨遵太后懿旨。”李少君赶忙拱手回道。

正在这时，医官淳于意脚步匆忙地来到窦太后众人的面前，双膝跪倒说道：“启禀太后，微臣淳于意有要事禀报。”

李少君见有人要向窦太后禀报重要的事，就有意要回避，而窦太后今日心情大好，就说道：“先生不必回避，一起听听也无妨。”然后她对淳于意说道，“有事速速报来。”

淳于意赶忙回道：“回禀太后，叶大人经过上次伤口复裂之后，虽然及时得到了治疗，但是伤势却不容乐观，随时有恶化丧命的危险，他若五日后同去阳陵，从长安到阳陵路途不近，一路上道路不平，必然极为颠簸，微臣担心他可能撑不到五日后初一平安到达阳陵了。”

“这可如何是好……”窦太后闻言也紧张了起来。

旁边的李少君问道：“太后这是……”

窦太后犹豫了一下，并未将要拿刘不周殉葬的实情告知李少君，只是笑了笑回道：“先生有所不知，朝中有位忠臣身患重症外伤，伤情严重，却执意要前往阳陵为大行皇帝送葬，哀家担心他的身体恐怕支撑不住。”

“哈哈，这有何难？”李少君轻笑了一声，然后点手将跟随自己一起来的小童叫了过来，向他耳语了几句，小童点点头，转身离开。

窦太后不知何意，好奇地在旁边看着。

不一会儿，小童返回，手中拖着一黑一红两支锦盒交给了李少君，李少君对窦太后说道：“太后，在下自幼跟随蓬莱仙岛的医仙祖越学习医术，也有几分心得，我这里有两味药可保那位忠臣的性命。”

窦太后惊奇地回道：“那再好不过了，哀家只知道先生是有半仙之体的天下第一方士，却不知先生还有这妙手回春的医术。”

“太后过奖了。”李少君谦恭地回道，然后他将两个锦盒交到了淳于意的手中说道，“这黑色锦盒中的药名为安身续命丹，你从今日起每日给他早、中、晚共服三粒，切记不可停药，而这红色锦盒中的药名为火烈丸，你可在大行皇帝出殡当日将此丸用清水化开外敷于他的全身，可保此人性命无忧。”

淳于意接过两个锦盒却犹豫地望向了窦太后，窦太后见状说道：“还不快去，一切依先生所言照办就是。”

“微臣遵旨。”淳于意领了太后的懿旨，这才拿着两个锦盒离去。

此时，郡主刘陵儿悄悄地对身边的郭解说道：“速将大行皇帝出殡之日的消息散播出去，我就不信叶良禽的那些爪牙不上圈套！”

神迹

五十六　危局

建章酒舍里。

阿玉奇在一个宽大的桌子上面展开了一张巨大的绢布，上面画着的是长乐宫宫殿群的详细地图。

百里卿说道："刚刚得到线报，太后已经正式决定，五日后为大行皇帝出殡阳陵，到时候在京的全部王公大臣都要前往阳陵，并会调动南北两军和京师巡防营的军力跟随，此时正是皇城守卫最为松懈的时候。"

奥琪布看着地图问道："这倒是个救出叶良禽的最佳时机，只不过这偌大的长乐宫群，叶良禽究竟被藏在哪座大殿中呢？若是每个大殿地逐个去找，恐怕会错过了最佳的营救时间！"

百里卿得意地一笑，手指着地图上面标有永昌殿的位置回道："奥姐姐不必毫无目的地找，我早已查明，叶大哥就被关在长乐宫群西侧的这个永昌殿里。"

奥琪布兴奋地一拍桌子说道："太好了，我们就可以趁着他们的送葬队伍离开之后直接从皇城的东墙翻进去，直捣永昌殿，救出叶良禽。"

百里卿点点头，又说道："包括现在酒舍中的，以及长安外围的，我们可以在这几日内集结八百死士听从调遣，这些死士都是以一当十的高手，身手了得，干掉长乐宫群中剩下的守卫不成问题。"

奥琪布回道："如此甚好，到时候你带领八百死士扫清长乐宫群以及永昌殿门口的阻碍，我和阿玉奇进入永昌殿救人，即便他们在阳陵得知了我们营救叶良禽的消息，再想返回阻拦也是来不及了。"

"奥姐姐，你们做什么也从来不告诉我。"这时候一直在后堂的樛雨诗泪眼婆娑，一脸委屈地走出来说道，"我能为叶大哥做点什么吗？"

百里卿笑了笑回道："都是打打杀杀拼命的事，你个弱女子能做些什么？乖乖地在酒舍里等着我们将叶大哥救回来吧！"

樛雨诗也明白，自己真是什么忙都帮不上，只得失望地点了点头。

此时，房间外面，一个酒舍小侍打扮的人端着茶水偷偷地站在门外，他侧耳仔细地听着里面的谈话，将奥琪布他们的全部营救计划听了个清清楚楚。

淮南王府里。

“太好了。”郡主刘陵儿听着卧底在建章酒舍的密探传来的消息，高兴地说道，“他们终于还是中了本郡主的圈套。”

郭解一脸谄媚地回道：“郡主果然神机妙算，这次定将他们一网打尽。”

淮南王刘霖萧狐疑地说道：“女儿啊，可不要高兴得太早，叶良禽身边的这些人都不是等闲之辈，这会不会是他们的诡计呢？”

刘陵儿回道：“正因为他们都不是等闲之辈，我们才要彻底将其铲除，父王不要忘了，那叶良禽是他们的主心骨，通过咱们安插在建章酒舍中的卧底传来的情报，他们一直都在计划着营救叶良禽。”

“这个本王是知道的，只是闯宫这事可并非一般小事啊。”刘霖萧仍是有些不相信地说道。

刘陵儿自信满满地回道：“父王说得不错，众所周知那皇城戒备森严、高手云集，岂是随便可以擅闯的，所以他们始终苦于没有机会，女儿这次故意漏给他们一个破绽，他们必定会在大行皇帝前往阳陵下葬的当日舍命闯宫搭救叶良禽，此事不会有假。”

刘霖萧似乎仍有些质疑，但见到刘陵儿这样的胸有成竹，最终还是肯定地点了点头。

郭解说道：“郡主，您就说吧，咱们该如何行事？”

刘陵儿踌躇满志的在房间里踱来踱去地盘算着整个计划，然后她停住了脚步说道：“初一大行皇帝下葬那日我们就不要去了，全力剿灭叶良禽的余孽。”

“但是太后那里会同意吗？”郭解半信半疑地问道。

刘陵儿一笑回道：“太后那里我去说，我想太后她老人家若是知道了我们此番的目的，一定会很高兴的，岂有不同意之理？”

刘霖萧点点头说道：“不错，剪除太子的羽翼，削弱太子的力量也是太后的意愿。”

刘陵儿面向刘霖萧说道：“父王，布这个陷阱没有大把的人手是治不住他们的，现在你我手中没有兵权，单凭府中这点府兵肯定是不够用的，公孙贺手中的南北两军咱们是肯定调配不动的，而平阳侯爷的京师巡防营在下葬当日又要保护梓宫前往阳陵，也指望不上，所以还要劳烦父王去见一个人。”

“谁？”刘霖萧问道。

“大将军窦婴。”刘陵儿果决地回道。

刘霖萧回道：“女儿的意思是……”

刘陵儿点头回道：“不错，这次必须动用大将军窦婴手中所掌握的府内亲兵，就是那三千宿卫大将军府的亲军力量，咱们要在长乐宫内外布下一张天罗地网，等着叶良禽的那些嫡系们前来送死。”

刘霖萧回道：“好，此事本王去办，到时候就让大将军亲率宿卫亲军一同与咱们剿灭叶氏余孽。”

刘陵儿冷笑一声说道：“任他们就是有通天的本事也不会知道那叶良禽当日已不在长乐宫，而是被押往阳陵给大行皇帝殉葬去了，等到他的手下们悉数钻进了咱们的包围圈，就让叶良禽和他的手下到地府里去团聚吧！”

刘霖萧疑虑地问道：“倘若不能尽数灭之呢？他们会不会狗急跳墙？”

刘陵儿不屑地说道：“即便是我们不能全部一网打尽，就算是还有漏网之鱼在逃，正可以借此名正言顺地将他们定性为谋逆要犯，发下海捕公文，全天下缉拿于他们，令这些余孽惶惶不可终日，整天疲于奔命，哪里还有力量干扰父王的大事！”

刘霖萧颇为满意地点头赞道：“此计甚妙，将来父王对付刘彻的时候就少了一个妨碍我们的障碍。”

此时刘陵儿又转向了郭解说道：“你的人都安排好了吗？”

郭解赶忙拱手回道：“请郡主放心，我的三百手下早已集结停当。”

刘陵儿少有地向着郭解投来了赞许的目光，这让郭解开心不已，他赶忙紧跟着又说道：“就等着郡主一声令下了。”

刘陵儿满意地点点头，然后说道：“百里卿他们为了救出叶良禽一定会倾巢而出，到时候建章酒舍里必然空虚，你就事先埋伏在酒舍的附近，只要见到他们离开，你就带领手下杀进建章酒舍，必须将那个贱奴樛雨诗擒获。”

郭解马上拱手回道：“属下遵令。”

此时的淮南郡主刘陵儿俨然就好似一位指点风云、谋划千军万马的大将军，她很是享受这种感觉，享受这份掌控全局，任意摆布他人命运的满足感，这种感觉让她既兴奋又刺激。

有些时候刘陵儿真的恨自己为何会生了个女儿之身，只能为了父王的事业做个卧底和参谋罢了，倘若她要是个男儿之躯，她也想去搅动天下大事，在风起云涌之中成就一番霸业，最后到底鹿死谁手还不一定呢．刘陵儿有这个自信自认为绝不会输给当代的那些超凡的男人们。

“郡主，那建章酒舍该如何处置？”此时郭解向刘陵儿问道。

刘陵儿沉思了片刻眼神阴狠地回道：“一把火烧了，断了他们的后路，永绝后患！”

一个精心设计好的巨大陷阱就这样挖成了，淮南郡主刘陵儿以被关在长乐宫永昌殿的刘不周为诱饵，在长乐宫内外和建章酒舍撒下了一张充满着死亡气息的大网，势要将刘不周和他的朋友们消灭殆尽。

在这场只有第一名才有权活下去的政治角逐中，刘不周们又一次陷入了极度凶险的危局之中。

五十七　下葬

五日后，初一。

景帝的送葬队伍浩浩荡荡地从都城长安东边的清明门出发，一路向着东北方向直奔位于渭水北岸的阳陵而去。

这支送葬队伍足有五千之众，延绵数里之长，一眼望不到边，声势极为浩大。

除了护卫景帝梓宫的京师巡防营和南北两军以外，在长安的全部王公贵族、朝廷重臣以及各地的诸侯王悉数都跟随着送葬队伍赶奔阳陵，而刘不周则被一群宫卫武士包围着被圈禁在一辆马车上也在送葬的队伍里。

不过这其中却唯独少了四个人，淮南王刘霖萧、淮南郡主刘陵儿、大将军窦婴以及刘陵儿的得力手下郭解。

建章酒舍对面的一栋两层的木质小楼里。

楼上楼下黑压压地藏着不下三百人，这些人全部一身黑色夜行衣，用黑纱蒙住了脸，手里擎着雪亮的长刀，一个个目不转睛地看着站在二楼窗户前的郭解。

今天郭解也是一身黑，他正在聚精会神地透过窗户盯着对面建章酒舍中的动向。

但是等了好半天都不见酒舍中有人出来，郭解越等越心急，他焦躁不安地转过身拿出了一个皮质的酒囊，仰着脖子就灌进了几口酒，然后疑惑地自语道："莫非酒舍中的人有所察觉了不成？怎么到现在还不见有人出来？"

又过了好一会儿，就在郭解等得已经不耐烦的时候，守在窗户边上的一名手下突然紧张起来，他手指着建章酒舍的大门悄声对郭解说道："大人你看，他们出来了！"

郭解赶忙转身面向酒舍注目观看，果然看到奥琪布、百里卿、阿玉奇三人和将近八百余人全副武装地从酒舍的大门里出来，他们先是警觉地四处查看了下，确认没有异常情况后，几个人分别上了马，就带着那八百死士直奔皇城的方向而去。

郭解这才松了一口气，赞不绝口地自语道："郡主果然神机妙算。"

那个手下问道："大人，咱们现在就动手吗？"

郭解淡定地说道："再等等，没有内应的引导，我们擅自闯入酒舍，一旦触发了里面机关埋伏，后果不堪设想。"

手下闻听也是点头称是，这群人仍旧默不作声地在小楼中等候着。

又过了老半天，忽然建章酒舍的大门口走出了一个小侍打扮的人，此人好像闲庭信步似的在酒舍的门口溜达了几圈。

然后看似随意地面向郭解他们所在小楼二层的窗户方向，伸出右手成掌，手心向下，在胸前虚按了一下，然后双手在眼前虚弯，两个手心向内，做了个虚抱球的手势，最后他两手平放在腰际两侧，手心向上，两手同时向着左侧轻轻一划。

此人手中所做的手势是一种古老的手语，叫作"缄齿语"，顾名思义，就是不用说话就可以表达意图的语言，古代情报人员和江湖人物多常用"缄齿语”来规避被外行人或者不相干的人听到彼此之间机密谈话的风险。

这个小侍做出的这一套“缄齿语”的意思就是说：我已安排好，请随我来。

郭解自然是明白小侍做出的“缄齿语”的含义，他向着对面酒舍门口的小侍微微点了下头，就转身对身后的三百黑衣人低声喝道：“动手！”说着就抽出长刀率先第一个下了楼梯，那三百黑衣人全都在郭解的身后跟随着，一众人悄悄地接近了建章酒舍的门口。

那个小侍见他们到了，也不说话，用眼神告诉郭解“跟我来”，就带着郭解等人冲进了建章酒舍。

长乐宫。

因为早就获悉了奥琪布他们营救刘不周的具体方案，所以身在长乐宫的淮南王刘霖萧、大将军窦婴和郡主刘陵儿将三千宿卫亲军做了非常周密的安排。

亲军中的一部分强弓手由淮南王刘霖萧率领，埋伏在皇城东墙内的僻静之处，奥琪布等人进来的时候他们不会出现，但只要奥琪布他们一旦返回，这部分强弓手就会冲出来万箭齐发，截断他们的归路。

另一部分亲军则由大将军窦婴率领，他们分别藏在通往永昌殿沿途的殿宇之内，只等奥琪布他们经过之后就从后面迅速集结形成一个好像口袋一样的巨大包围圈，将奥琪布等人完全裹挟在其中。

再有一部分亲军由郡主刘陵儿率领，这部分亲军被安排藏在永昌殿大门里面和两侧的隐蔽之处，这其中包括强弓手、长矛手和盾牌手。

只要奥琪布他们到达永昌殿，这部分亲军就会突然杀出，先用强弓手延缓敌人的进攻速度，再以盾牌手搭成坚固的盾牌墙阻挡住敌人的攻势，最后用长矛手从盾牌墙的接缝处伺机刺杀敌人。

不得不说，这样的缜密布局就是在整个长乐宫里制造了一个专门针对奥琪布他们的巨型陷阱，对奥琪布三人和那八百死士来说现在的长乐宫就是一座能够一举吞噬掉他们的阿鼻地狱，过不了多久，这里将血流成河。

不过，让刘陵儿他们心急的是，埋伏全都布置好了，可过了快一个多时辰，仍然不见奥琪布等人的影子，刘陵儿赶忙派出了几拨斥候密探到奥琪布他们来的路上去打探消息。

大约过了半个时辰，有斥候密探返回汇报说已经在路上发现了奥琪布等人的踪影，约莫不到半个时辰就会到达皇城的东墙，刘陵儿赶忙派人将消息传达给淮南王刘霖萧和大将军窦婴，并且赶快让亲军们埋伏好，只等奥琪布等人自投罗网了。

阳陵。

与此同时，那支为景帝送葬的队伍早已到达了阳陵。这座自从景帝登基就开始为他修建的陵墓地宫堪称气势宏大，占地足有三万亩之多。

此时未时已过，装有景帝遗体的梓宫已经通过帝陵上方的四脚架安然地放入了帝陵的龙穴之中。

全身素白、披麻戴孝的送葬王公贵族、朝廷重臣以及护卫景帝梓宫的官军全部匍匐在地，向着景帝的陵寝号啕大哭。

哭罢多时，窦太后走到了帝陵边上，她向着身边的内侍使了个眼色，内侍意会，招手让宫卫武士将刘不周拖到了窦太后的身边。

此时的刘不周两只手臂被反绑着，双眼微睁，被四五个宫卫武士架着来到帝陵的边上，两个宫卫武士分别伸出一条腿照着刘不周的双腿的腿弯处同时踹了一脚，刘不周立刻站立不稳“扑通”一声跪倒在地上。

窦太后冷冷地看了一眼跪在脚下的刘不周，然后她面向众人说道：“众卿，大行皇帝驾崩后曾给哀家托梦，让羽林监叶良禽殉葬阳陵，这不仅是大行皇帝未尽的执念，更是叶良禽的无上荣幸，现在，就圆了大行皇帝最后的遗愿！”

在场的几千人全都看向了刘不周，他们等待着窦太后下达最后的懿旨。

而跪在帝陵边上的刘不周此时缓缓地直起了身子，他仰着头看着晴空万里的天空长吁了一口气，也许这是他在人间能够呼吸到的最后一口清新的空气了，然后刘不周狠狠地闭上了眼睛，就像等待最后的死亡判决一样，一副听天由命、此生犹憾的绝望神情。

窦太后看了看在场的众人，然后向架着刘不周的宫卫武士把手一挥，高声喊道：“来呀！”

“在！”众宫卫武士齐声应喝了一声，他们已经做好了准备，随时可以将刘不周推入帝陵。

就在窦太后正要下达最后的懿旨时，奇怪的事情发生了，刚才还晴空万里的天空竟然莫名其妙地开始阴沉了下来，黑沉沉的巨大阴影毫无征兆地翻滚而来。

这时只听见有人惊慌失措地指着天空喊道："快……快看，太……太阳……"

众人寻声向着太阳的方向看去，只见原本高悬在天空、又圆又亮的太阳此时竟然缺了一个角，缺角的部分黑漆漆的一片。

而且这个缺角还正在不断扩大侵蚀着太阳的身体，那蔓延的速度非常迅速。

很快，几乎整个太阳就被吞噬殆尽，竟然彻底消失在了天空中，只有太阳的四圈边缘还微微地闪着虚弱的光晕。

而伴随着太阳的消失，无边的黑暗铺天盖地地席卷了整个天空，就像一个巨型锅盖一下子扣在了天空上。

霎时间，整个天空和大地仿佛黑夜降临了一般，彻底被笼罩在一片诡异的黑暗之中。

五十八　黑暗来袭

就在窦太后宣布将刘不周推入帝陵殉葬的时候，原本晴空万里的大白天却像夜晚降临一样突然一下子漆黑一片，就连天空中的太阳也被吞噬在黑暗中消失不见了。

这下在场的人全都是一片惊呼之声，众人吓得慌乱了起来，场面乱作了一团。

窦太后更是始料未及地面对着无边的黑暗惊慌失措地喊道："这……这究竟是怎么回事？"

就连跪在帝陵边上的刘不周此时都不由自主地站了起来，因为突然落下的黑暗，刘不周的眼睛一时还不能马上适应，他一双诧异的眼睛不停地四处寻找着可能发出一点光亮的地方。

与此同时的长乐宫里。

埋伏在长乐宫里等待奥琪布他们自投罗网的刘陵儿等人不仅没等来奥琪布，却反而等来了这突如其来的无尽黑暗，他们一下子也被搞得完全没了章法。

整个长乐宫群瞬间漆黑得伸手不见五指，即便是近在咫尺的两个人都很难看清楚对方的面貌。

一个亲军头领在黑暗中惊恐地叫道："郡主……郡主，这……如何大白天的突然一片漆黑了呀？"

刘陵儿此刻虽然心中慌乱不已，嘴上却故作镇定地喝道："不要慌……都不要慌……"

但是不管她怎么说，许多的亲军仍然吓得纷纷扔掉了手中的武器，全都跪在地上不停地磕起头来。

建章酒舍里。

和在阳陵的窦太后以及长乐宫的刘陵儿等人的惊慌失措、慌作一团比起来，身在建章酒舍中的郭解和他手下的三百人可就没有这么幸运了。

郭解等人起初在那个小侍的带领之下悄悄地潜入了建章酒舍里。

因为奥琪布他们全部倾巢而出了，酒舍里显得人烟稀少，一开始郭解等人并未受到什么阻拦，他们很顺利地就穿过了掩人耳目的正厅饭堂，从一楼的尽头上了二楼进入了后面的隐蔽所在。

刚一进入后面的小门，那个小侍就谨慎地制止住了他们前行的脚步，然后他自己非常娴熟地按照天干、地支的布局规律性的先偶数后奇数地踩着方砖很安全地走过了楼梯，过去之后他转身让郭解等人也按照自己刚才的走法一脚不差地走下来。

郭解等人知道，这里就已经被设下了机关埋伏，一旦触发就必然会有生命危险，他们哪里敢掉以轻心，都小心翼翼地按照小侍刚才的步法一个个小心翼翼地走了下来，倒也都平安无事。

之后的一路上幸亏有那个小侍带路，郭解等人才毫发无伤地来到后面的一排排雅间面前，郭解紧走了几步跟上前面的小侍问道："那个贱婢缪雨诗现在哪个房间？”

小侍回道：“回大人的话，小人可以保证她并未跟随百里公子他们一同出门，此时一定就在酒舍之中，至于她具体在哪个房间小人确实未能打探出来，不过这几十间雅间的后面有一排密室，小人想她应该就在那里面。”

郭解点点头回道：“好，你现在就带我们直奔后面的密室。”

小侍应诺了一声就带着郭解等人沿着边缘的安全地带一路向着后面密室的方向而去。

就在他们刚刚到达了雅间的通道，且正要穿过这个通道前往后面密室的时候，郭解心里莫名地“咯噔”了一下，直觉告诉他，走到这里似乎有些太过顺利了，他的心里开始不踏实起来，赶忙警觉地看了下四周。

为了打消心中的疑虑，郭解决定先确保了这里一切安全后再向里面走，所以他马上果断地喝止住继续前行的手下。

可就在他的喝止之声刚刚说完，雅间通道对面的尽头忽然出现了一个人，有个手下赶忙指着那个人对郭解说道：“大人，您看！”

郭解赶紧定睛看去，却发现雅间通道尽头的那个人正是他们找寻了多日都没有抓到的贱奴缪雨诗。

郭解不由得大喜过望，立功心切的心情让他一下子就将刚才的警觉给忘到脑后去了，郭解马上向身后的手下喊了一声：“那个贱婢缪雨诗就在前面，给我冲上去将她抓获。”

众手下一见也是兴奋不已，他们应喝了一声就跟在郭解的身后纷纷闯进了狭长的雅间通道里。

刚走了没一会儿，四周的天色就突然一下子黑了下来，大白天的整个建章酒舍里霎时间漆黑一片。

这下可把郭解等人给闹蒙了，都不知道究竟发生了什么？众人顿时一阵骚乱，吓得这些人手中的兵器纷纷“稀里哗啦”地掉落了一地。

而雅间通道尽头的缪雨诗也随着黑暗的降临消失不见了。

一片漆黑之中，郭解一把揪住就在身边的那个小侍慌乱地问道：“这……这天怎么突然黑了呀……究竟发生了什么？”

那小侍更是不知所措地回道："大人……小人……小人也不知道是怎么回事呀？"

正在此时，一个冷冷的声音传了出来："那是因为你们罪孽太深，滥杀无辜，上天都容不得了！"

这个声音刚说完，通道两边的几十间雅间里突然亮起了上百支火把，在如此漆黑的环境中这些火把将整个建章酒舍照得通亮无比。

郭解的众手下又是一阵惊恐的慌乱，郭解借着火把的亮光定睛一看，只见原本站在雅间通道尽头的樛雨诗不见了，却反而出现了另外一个人，此人正是建章酒舍的主人百里卿。

百里卿此刻一身白衣，语气平淡却摄人心魄地说道："郭大侠，你不打声招呼就擅闯到我的地盘来，可是不太礼貌啊！"

"我……我亲眼见到你们离开的呀？可……怎么会……"郭解大为不解地问道。

百里卿耸了耸肩回道："出是出去了，只不过散了个步，绕了一圈又回来了，等着欢迎你们呢！"

"你们没有去闯长乐宫？"郭解诧异地问道。

百里卿不禁一阵大笑后说道："当然没有，有谁会愚蠢到冒着逼宫造反的死罪跑到皇城里去讨没趣吗？"

郭解不明就里地问道："你们不是计划要闯宫救出叶良禽吗？"

百里卿冷笑了几声，手指着那个已经吓得哆嗦成一团的带路小侍说道："我早就知道你是潜伏在酒舍里的卧底了，之所以不去揭穿你，就是为了让你将我们演给你看的计划传送出去，否则怎么能引来郭大侠这条不大不小的鱼上钩呢？！"

"我们上当啦！"郭解顿时幡然醒悟，他意识到这次不是自己这边给百里卿他们布下了陷阱，反而是百里卿彻底将他们耍弄了一番。他马上大吼了一声，就提着长刀向着身后的手下喊道："快撤！"

虽然郭解的反应已经算是够快的了，但仍旧还是晚了一步。

他的话音刚落，就见到从通道两边的雅间里如潮水一般地冲出几百个手持长刀长剑的死士将郭解和那三百手下挤在了狭小的通道之中，他们不由分说抡起刀剑就是一番砍杀。

因为刚才突然一下天黑，就已经把郭解的这帮人吓得不轻，很多人的兵器都失手掉在了地上，再加上不知从何处出现了这么多身手不凡的亡命之徒两边夹击不要命地一顿乱砍，郭解的这些手下们早就失魂落魄，丧失了战意，直被杀得人仰马翻，场面惨不忍睹。

见到大势已去，郭解情急之下奋力砍倒了几个死士，向着众手下喊道："快，冲出去！"然后就带头向着来时的路往回跑。

他们刚刚跑到那个来时的楼梯口，就隐约看到楼梯处站着一个人，这个人两只手上分别戴着一只用百炼钢制成的"虎啸"，正向着郭解他们冷笑着，此人正是阿玉奇。

郭解一见，就知道已经腹背受敌了，他把心一横，也不停顿就举着长刀迎着阿玉奇扑了上去。

而阿玉奇却并不搭理郭解，他反而纵身一跃，让过了郭解落到了他身后的那帮跟他逃出来的手下群中，只见他将双臂摆动起来，"虎啸"上那十把雪亮的锋刃瞬间就划开了十几个人的喉咙。

而此时，刚才砍杀他们的那几百死士也追了上来，两边前后夹击，形成了一个包围圈，郭解的手下又是死伤无数。

危难之际郭解实在顾不上自己这些手下的死活了，他狼狈不堪地带着几十个从包围圈里拼了命冲出来的手下一路冲到了建章酒舍的大门口。

眼看着就要逃出生天了，谁知道奥琪布竟然带着几百死士堵在大门口，这下彻底封住了郭解等人的逃生之路。

奥琪布说起话来可不似中原人那般引经据典、拐弯抹角的，从小长在草原游牧部族的她说什么话都是直来直去的，心里怎么想的嘴上就怎么说。

奥琪布一张俏丽的脸上冷若冰霜，就见她语气淡漠地向着郭解说道："郭解，今日你就休想活着离开建章酒舍了，把命留下来吧！"

五十九　天狗吞日

就在郭解等人在建章酒舍里面拼死挣扎的同时，阳陵那边已经乱成了一锅粥。

在场的所有人全部诚惶诚恐地匍匐在地上向着黑漆漆的天空不停地磕头祷告。

人群中，现在只有两个人还站着，一个是惊慌失措的窦太后，另一个则是刘不周。

此时，黑暗之中，众臣群里新任的太史令突然颤抖着声音嘶喊道："太后，太后，这……这是'天狗吞日'之象，是上天发怒了呀！"

"天狗吞日"之象，其实就是现代人所说的日全食，是太阳光被月亮全部遮住，太阳光线无法照射到地球，导致天地短暂黑暗的一种天文现象。

以现代人的认知倒是不会感到惊奇，但是作为两千多年前的古人们，那时候的人笃信天意，发生了"天狗吞日"之象那可是个非常非常不得了的大事，是最为不吉利的天生异象了。

窦太后听到"天狗吞日"之象这个词，当时就被惊得慌了神，她深知"天狗吞日"之象是最为不祥之兆，这时她突然想起大方士李少君，是他为景帝卜算的这个下葬的吉日吉时，可怎么会出现"天狗吞日"之象这样邪门的天象了呢？

"先生，李少君先生在哪里？"想到这里，窦太后在一片黑暗之中喊着李少君，并极力四下寻找着他的影子。

"太后，老朽在这里。"其实李少君就跪在窦太后的身边不远处，听到窦太后呼唤他，他赶忙回应道。

面对这样始料未及的突变，窦太后也不顾什么太后的威仪了，她气急败坏地质问道："先生为大行皇帝卜算的吉日吉时为何会出现'天狗吞日'之象这等凶兆？先生可要给哀家说清楚！"

李少君赶忙回道："回太后，在下的卜算绝不会有错，今日未时是大吉之象，除非是有在下未料之事发生，而这突如其来的'天狗吞日'之象是上天的警示，必是上天震怒，发下天谴所致！"

窦太后怒道："我大汉天下国力强盛，万民富足，何来的上天震怒？"

“上天洞察万物，若不是人间的君王有过失，断不会出此大凶之象的。”李少君回道。

窦太后说道：“哀家不明白，这……这能有何过失？”

李少君回道：“太后，五日前我为大行皇帝卜算下葬吉日吉时之时，听太后说有位忠臣伤重还仍要执意来为大行皇帝送葬，在下为之感动，还赠予两盒灵药以保该人的性命，太后可还记得此事？”

窦太后回道：“确有此事！”

李少君说道：“可今日看来却根本不是如此，太后您千不该万不该，不应该隐瞒在下要在下葬当日用活人殉葬啊，这是逆天的大不敬之事，必然遭受天谴啊！”

窦太后虽然心虚，但嘴上还得强撑着，她怒目指着下面的帝陵说道：“让叶良禽殉葬是大行皇帝的遗愿，更是他叶良禽作为臣子忠于大行皇帝的本分，干上天何事？”

李少君见窦太后根本听不进他的话，大喊了一声道：“太后，君王不明、涂炭杀生，这是有违天意的逆行啊，必会影响我大汉天下的寿数啊太后，请太后三思啊！”

“简直一派胡言！”窦太后愤怒地厉声骂道。

其实窦太后心里明白，哪里有什么景帝托梦？让刘不周殉葬完全是她使的一个把戏罢了，但是事到临头她也只能硬着头皮把这个谎言继续下去了，否则她太后威严就会荡然无存了。

想到这里，窦太后义正言辞地说道：“大行皇帝是天子，上天之子，天子的遗愿就是上天之意，只有圆了大行皇帝的执念才能令上天满意，让天地恢复如初！”

“太后……天意不可违啊，太后……”李少君嗓子带着哭腔向窦太后喊道。

窦太后根本不再理会李少君的哭号，她固执地向着帝陵边上那几个架着刘不周的宫卫武士大喊了一声道：“将叶良禽给哀家推进帝陵，为大行皇帝殉葬！”

建章酒舍门口。

浑身伤痕累累的郭解终于在手下的拼死保护之下冲破了奥琪布的劫杀，只带走了仅剩下来的七八个人狼狈不堪地冲出了酒舍。

此时天地依旧是混沌一片，黑暗无边，郭解也顾不得看天了，就带着残兵败将没了命似的向着皇城长乐宫的方向逃去。

百里卿、奥琪布和阿玉奇等人站在酒舍的门口并未继续追赶，百里卿看着郭解一瘸一拐的背影渐渐隐没在了黑暗中不禁一阵冷笑道："便宜了这个杂碎，让他暂时捡回了一条狗命！"

奥琪布转头果断地对百里卿和阿玉奇说道："咱们走！"

说着，三个人就带着一众手下绕到另外一条路上直奔东北方向而去。

长乐宫内外。

此刻事态严重到刘陵儿等人已经无法再约束得住那些宿卫亲军了，不管她怎么卖力地阻止众军士稍安勿躁，也都不起任何作用，亲军们仍旧不停地哭号着跪在地上向着黑漆漆的天空磕着头祷告着。

就在这时，淮南王刘霖萧隐隐地看到长乐宫外的土路上有几个模糊的身影正在向着这边逐渐靠拢过来。

刘霖萧马上警觉地提醒刘陵儿和大将军窦婴："快看，可能是百里卿那帮贼人到了！"

刘陵儿此时已经慌得没了章法，只有大将军窦婴还稍微镇定一些，他赶忙不由分说地呵斥跪在地上的那帮亲军迅速埋伏起来，然后抽出长剑拽着刘霖萧和刘陵儿躲到了宫门后面，他探出半个脑袋来注目地观察着那些过来的黑影。

不一会儿，这帮黑影就已经来到了皇城的宫门口，他们刚要冲进皇城，冷不防躲在门内的大将军窦婴一把长剑就刺翻了其中一个刚进门的黑影。

正待窦婴准备抡起长剑刺杀另外一个黑影的时候，那个黑影却惊恐地大叫着："大将军且慢动手……我……我是郭解啊。"

这时候窦婴、刘霖萧和刘陵儿才真正看清，闯进皇城门的正是从建章酒舍大败而回的郭解和那七八个手下。

“郭解，怎么会是你？”郡主刘陵儿大为不解地问郭解，然后她又看了看郭解身后的那七八个跟斗败公鸡似的手下紧跟着问道，“就这么几个人回来了吗？那贱婢缪雨诗有没有抓回来？”

“郡主，我们中了百里卿他们的圈套，上了他们的当了。”说着，郭解就将在建章酒舍中的惨烈遭遇一五一十地向刘陵儿几人说了一遍。

听完郭解的叙述，刘霖萧几人都不约而同地陷入了沉默。

“不好！”而此时郡主刘陵儿却仿佛醒悟了过来，她突然大叫了一声，然后对刘霖萧和窦婴说道，“我们不要再在这里空守着了，马上赶去阳陵！”

刘霖萧急促地问道：“女儿，你想到了什么？”

“恐怕我等中了调虎离山之计了，路上再说吧，现在赶紧走，不然就来不及了。”刘陵儿说着就飞身上马，刘霖萧、窦婴和郭解三人也迅速上马，带着一众亲军直向阳陵飞奔而去。

阳陵。

窦太后在阳陵不听大方士李少君的极力劝阻，执意要将刘不周推下帝陵殉葬。

那几个架着刘不周的宫卫武士虽然也是惶恐不已，但他们怎敢不听从窦太后的懿旨，就马上齐声应诺了一声，就要转身去推刘不周。

就在此时，人群中的一个官员突然恐惧地睁大了眼睛，指着站在帝陵边上的刘不周语气颤抖地喊道：“快……快看叶良禽！”

包括窦太后在内的众人都不约而同地看向了刘不周，这一看不要紧，所有人都被惊得目瞪口呆。

原来此时的刘不周，从头上到脚下竟然通身散发出幽蓝色的耀眼光芒，在被无尽黑暗笼罩的天地之间显得尤为扎眼。

六十　天神

黑暗之中，浑身冒着团团幽蓝色光芒的刘不周就犹如鬼神再世一般伫立在一片昏暗之中，显得诡异而又神秘莫测。

在场的众人什么时候见到过如此奇异的景象，都纷纷指着刘不周不知所措的惊呼不已。

大方士李少君见状，吓得赶忙向前跪爬了几步就冲着刘不周虔诚不已地磕头喊道："帝君在上……凡人罪过……凡人罪过啊……"

窦太后虽然也是惊愕不已，但她对李少君如此举动仍是不明就里，就慌乱地问道："先生为何拜那叶良禽？"

"太后，这……这是伏羲大帝下凡附身了！"李少君诚惶诚恐地向窦太后说道。

伏羲大帝，中国古代人人供奉的大神，他是三皇五帝中的三皇之一，在中国古代神话体系中伏羲大帝被称为创世神，是福佑江山社稷的神明，所以更加受到皇家帝王的重视。

窦太后闻听，也是惊得目瞪口呆。

刚才那位喊出"天狗吞日"的新任太史令说道："禀太后，史籍确实曾有记载，当年周厉王暴虐成性、奢侈专横，百姓们纷纷公开议论和指责他的过失，而这周厉王却不加反省，反而对那些向他提意见的人大开杀戒，许多仗义执言的人惨遭屠戮，这个时候伏羲大帝就曾以蓝火之身下凡附体在他的儿子姬静身上，向他发出警示，但是周厉王却根本听不进去，最后被奋起反抗的民众活活打死了！"

此时太子刘彻赶忙向窦太后说道："皇祖母容禀，因为自商周以来，活人殉葬之风不绝，白白涂炭了许多生灵，到了我朝，我太祖高皇帝有好生之德，深恶殉葬之残忍，生前就曾有过意愿，我大汉未来的历代帝后下葬时都不要再以活人殉葬，所以高、惠、文等历代先皇下葬时都没有再进行活人殉葬了。"

大方士李少君说道："太后，伏羲大帝下凡附体必是受了上天的指派来给太后传示天意，那'天狗吞日'之象就是上天的警示，虽然这一次大行皇帝有遗愿，想必大行皇帝看到了这一切也应该可以放下执念了。如若太后仍是执迷不悟，执意坚持殉葬叶良禽，恐对我大汉天下江山稳固不利呀！"

太子刘彻紧跟着说道："是啊，皇祖母，皇孙恳请皇祖母以我大汉社稷为重，取消殉葬叶良禽吧！"

刘彻的话音刚落，就见到在场的包括王公贵族、朝廷重臣在内，以及护卫景帝梓宫的军兵们都跪着集体转向窦太后不停地山呼道："请太后取消殉葬吧！请太后取消殉葬吧！"

这数千人山呼海啸的声势犹如滔天巨浪一般声震四野，响彻在阳陵所在的空旷环形山谷之间。

此时窦太后真恨当时不应该答应刘陵儿、刘霖萧和窦婴他们去长乐宫埋伏的计划，现在自己身边连个能帮自己说话的人都没有，面对这么多人的反对之声，她着实有些孤掌难鸣。

不过即便是刘陵儿他们在自己的身边，先是"天狗吞日"之象的大凶之兆，后是伏羲大帝附体下凡警示世人，她窦太后也不敢再一意孤行地坚持要刘不周殉葬了，和保佑大汉江山千秋永固比起来，小小的一个刘不周现在死不死已经显得尤为无足轻重了。

想到这里，窦太后暗自咬了咬牙，然后面向众人大声说道："既然如此，哀家也只得顺应天意了，想必大行皇帝在天之灵也会原谅哀家的，哀家现在正式宣布，取消殉葬叶良禽！"

此时刘彻赶忙说道："皇孙恳请皇祖母再下一道懿旨，我大汉自大行皇帝起始，以后历代帝后均严令禁止活人殉葬吧，以安天下万民之心！"

随后众人也纷纷向窦太后奏请道："恳请太后下旨吧！"

面对这么多人的集体奏请，窦太后不得已忍下了这口气，只得再次张口大声说道："好，哀家就再下一道懿旨，在我大汉天下内，从即日起无论帝后、王公贵族、士绅豪族从此彻底废除活人殉葬的制度！"

刘彻马上带头跪地高喊道："皇祖母圣明！太后圣明！"其余众人都跟随着大声山呼起来！

自此之后，从西汉开始，中国历史上的历朝历代都效仿西汉彻底废除了用活人殉葬的残忍制度。

说来也真是邪乎，窦太后的这句话刚刚说完，只见到刚才还隐没入了一片黑暗之中的太阳竟然逐渐的一点点地闪现了出来，最终恢复成了原来的面貌，光芒四射地高高悬挂在了天空之上。

而刚才还黑漆漆伸手不见五指的混沌天地也因此亮了起来，没有一会儿的工夫就再一次晴空万里了。

所有人都看向了刘不周，发现他身上的幽蓝色光芒竟然也彻底地不见了。

在场的众人又是一阵惊呼，随即从惊呼转变成了一片兴高采烈的欢呼之声。

这一次包括窦太后在内的几乎所有人都坚定地相信是窦太后的决定最终感动了上天，才让大汉帝国躲过了一场大劫难，窦太后心里也是一阵后怕，庆幸自己刚才及时做出了正确的决定。

但是，在那一片欢呼声中，却只有一个人的脸上一丝笑容都没有，此人并不是窦太后，而是王皇后。她冷冷地盯着站在帝陵边上的刘不周，眼神里露出了疑惑和怀疑的神情，眼前发生的这一切，不禁让她恍如又看到了当年刘不周出生时天生异象的一幕，虽然时隔十几年，却怎么看都和当年有着惊人的相似，这不得不让她对刘不周的真实身份产生了怀疑。

而太子刘彻却没有注意到王皇后的异样表情，刘不周又成功躲过一劫，这让刘彻无比的高兴，他和南宫公主两个人差点没兴奋地流出眼泪来。

刘彻见机会成熟了，赶紧吩咐宫卫武士道："快，快将叶大人的绑绳解开，扶进我的辇车休息。"

而窦太后也没有横加阻拦，默认了刘彻的这个决定。

医官淳于意赶忙跟着几个宫卫武士上前将刘不周的绑绳松开，淳于意也是兴奋得有些语无伦次了，他一边给刘不周解绑绳一边对刘不周说着："真是虚惊一场！虚惊一场啊！"

而刘不周却低垂着双眼，紧闭着嘴唇，任凭几人给他松着绑，脸上一点表情也没有。

从被押往阳陵的路上，一直到现在，刘不周自始至终没有说一句话，好像这一切都与他无关似的，他就像个置身于事外的灵魂一般冷眼看完了这场惊心动魄的大戏。

就在淳于意等人要将刘不周搀上刘彻的辇车之时，刘陵儿、淮南王刘霖萧、大将军窦婴以及郭解带着人赶到了，刘陵儿不顾一切地拼了命似的冲到刘不周的身前一把将他拦住，然后大喊了一声："叶良禽，你不能走！"

窦婴对身边的宿卫亲军一声令下："给我围了！"话音一落，那三千宿卫亲军"呼啦"一下子就将刘不周围在了当中。

刘陵儿等人的赶到，让窦太后总算是看到娘家人，但是她更加气恼刚才自己被众臣逼迫的经历，恼恨刘陵儿她们为什么不早点过来，窦太后没好气地训斥道："郡主，你又要做什么？"

"皇祖母，我们都被这叶良禽给骗了，损兵折将啊！"刘陵儿愤恨地回道。

说着，刘陵儿就将刚才她们那边所发生的一切跟窦太后讲述了一遍，然后她说道："皇祖母，绝不能放这个叶良禽走！"

此时刘不周微微地睁开了眼睛看了看气急败坏的刘陵儿，轻笑了一下说道："郡主，在下没有一刻不在你等的掌控之中，你说的这些与在下何干啊？"

太子刘彻也紧跟着说道："是啊郡主，我们这么多人在场可以证明叶大人从未离开过我等的视线！"

"我不管，这都是障眼法而已。"刘陵儿声嘶力竭地怒道。

此时刘彻一眼看到了那三千宿卫亲军，突然板起了脸面向刘陵儿和大将军窦婴指着那些亲军质问道："你们没有太尉府和卫将军府的调兵印绶就胆敢私自调动军队，这该如何解释？"

"这是我大将军府的宿卫亲军，不受太尉府和卫将军府的节制！"大将军窦婴不屑地道。

刘彻冷笑一声道："按照汉律，亲军只能用于保护府邸安全，不得调作他用，违者可按谋逆罪论处，大将军不知道吗？"

"我……"窦婴被刘彻说得无言以对，转而强词夺理地道，"他们只是跟随我来为大行皇帝送葬的，并无他用啊！"

刘彻点点头道："那即是如此，就请大将军带领你的宿卫亲军退下吧，此事用不着如此兴师动众，你的宿卫亲军更无权牵涉此事！"

窦婴一时无言以对，悻悻地冲宿卫亲军们挥了挥手，让他们全部都退了下去。

"这……"刘陵儿一见干脆"扑通"跪倒在窦太后的脚下央告道，"皇祖母，您老人家可要给孙女做主啊！"

还没等窦太后做出反应，突然众臣群中有个人惊恐地指着帝陵的上方原本用于垂放景帝梓宫的四脚架喊道："快看，上面有个人！"

众人赶忙抬头向四脚架的顶端看去，果然，四脚架的最上面赫然吊着一个人。

崭新时代

六十一　密信

这下又一次将在场的人吓得不轻，因为所有人都清晰地记得在“天狗吞日”之象出现前是明明看到四角架上空无一物的，却不知为何天空复亮之后竟然多出了个人来？

卫将军公孙贺赶忙下令军兵爬上四脚架将那个被吊之人解了下来。

当军兵们将这个人抬到众人眼前的时候，所有人一看到此人又都不觉惊呼了起来，原来这个突然出现在四脚架上的人竟然是被奥琪布他们劫走的波才。

只见他还是穿着在诏狱时的那套破旧的罪衣，昏昏沉沉地耷拉着脑袋好像还没睡醒似的。

窦太后看到波才的那一刻就不由自主地转头看向了身后的王皇后，而此时王皇后的表情和窦太后一样的惊愕不已。两个女人四目相对地相互看着对方，谁都没从对方的眼神里找到自己想要的答案。

就在窦太后为此大为疑惑之时，太子刘彻跪地向窦太后说道：“启禀皇祖母，波才失而复得，这是上天对您刚才审时度势的正确决定的褒奖之意，请皇祖母就不要再犹豫了，倘若我等再出尔反尔必会再次触怒上天，后果不堪设想啊！”

大方士李少君也赶忙向窦太后说道：“太后，大行皇帝的陵寝尚未盖棺。”然后他看了看天色后又继续说道，“现在吉时很快就要过去了，请太后尽快下旨盖棺吧，免得错过了吉时！”

此时窦太后不由得长叹了一声，刚要张口，脚下的郡主刘陵儿赶紧抱住窦太后的腿一脸委屈地哭诉道：“皇祖母……”

“好啦，还不给哀家退下，你还嫌麻烦不够多吗？”窦太后气急败坏地指着刘陵儿怒声呵斥道。

窦太后一发怒，吓得刘陵儿也不敢再多说什么了，只得唯唯诺诺地起身退到了窦太后的身后。

窦太后站在帝陵的上面看了看群臣，又看了看帝陵，终于大声吩咐道：“盖棺！”

随着窦太后的一声喊，葬有景帝梓宫的阳陵终于封土盖棺了，这场声势浩大却又麻烦丛生的下葬仪式也就此告一段落了……

刘不周坐在太子刘彻的辇车上被随后赶到的奥琪布等人接回了建章酒舍治伤休养。

因为刘不周的回来，建章酒舍里一扫前段时间的沉闷和压抑，所有人的脸上都绽放出了发自内心的笑容。

奥琪布、百里卿、阿玉奇、樛雨诗全都围着刘不周，奥琪布好像生怕刘不周再被从她身边夺走似的，一步都不肯离开刘不周半步。

太子刘彻和南宫公主因故没能前来，倒是巡城司马卫青姗姗来迟了。

刘不周一见到卫青进来了，不顾自己仍未痊愈的伤势赶忙从榻上下来就恭恭敬敬地倒身下拜说道："卫兄，多谢卫兄的救命之恩啊！"

卫青赶忙双手将刘不周搀扶起来，并让他赶紧躺回到了床榻上，然后说道："叶兄弟，这叫什么话？和你当年为我舍命比起来，我在这个计划中的这点付出算得了什么！"

樛雨诗在旁边听得一头雾水，她不解地问道："计划？什么计划？怎么这里面还有卫大人的事吗？你们都把我说糊涂了！"

百里卿笑着说道："樛姑娘，这件事一直没有跟你吐露实情，只因为此事关系重大，更是牵扯到叶大哥能否成功脱险，所以不曾对你言明，不要见怪啊。"

奥琪布说道："若是没有卫大人，恐怕就不会有这个计划了……"

随后刘不周、百里卿和奥琪布就向樛雨诗讲述了这件事的来龙去脉……

原来，郡主刘陵儿到永昌殿向刘不周索要樛雨诗不成，恼羞成怒地说漏了窦太后要拿刘不周为景帝殉葬的阴谋。

说者无心听者有意，刘不周的确没有想到窦太后会想出如此毒辣的招数来要整死自己。

起初刘不周绞尽脑汁也没有想出什么好的办法来破解此劫。

就在他万念俱灰的时候，那一天天空中出现的"荧惑守心"之象让刘不周突然产生了一个大胆的计划……

因为医官们给他治伤的时候会用矾石磨粉来为他已经化脓的伤口把干，刘不周就趁着医官们不注意偷偷地用矾石粉化在清水中，然后用毛笔蘸着矾石粉的水在他经常用的那块白色手帕上写下了这个计划。

而矾石有一个特性，就是字上的水分一干，这些用蘸着矾石粉的水写出来的字就会消失，所以那些一直跟在刘不周身边的医官和内侍们都没有发现手帕上的字。

但是永昌殿的守卫太过严密，刘不周连大门都出不去，所以接下来最大的难题就是如何将这块手帕送出去让奥琪布等人看到。

卫青那一次跟随着送饭的内侍们找到了刘不周所在的永昌殿，所以刘不周在卫青再次躲在永昌殿不远处窥探里面动向的时候假装故意逃跑，冲出永昌殿大门，他的真实目的绝非真的想就此逃走，而是要引起在外面偷窥的卫青的注意，从而将手帕送到卫青的手里。

后来刘不周在与众宫卫武士撕扯的过程中故意将手帕脱手，这块手帕才最终落到了卫青的手中。

虽然当时卫青没明白刘不周眼神和摇头的含义，但事后终于想明白了那个眼神、那个摇头以及那句“既然还是要我死，何必要治我”组合起来的含义，那是刘不周告诉他有人要害他，不要贸然来救我，手帕里有答案。

卫青赶紧马不停蹄地将手帕送到了建章酒舍，交到了奥琪布和百里卿的手中。

奥琪布并不懂得这块手帕里的秘密，但是百里卿却是深谙此道的高手，他将手帕浸透了清水之后，矾石粉写出来的字再遇到水后又再次闪现，刘不周在手帕上写下的密信就赫然浮现在手帕之上了。

用矾石写密书、密信是古代谍报人员特有的传递机密情报的手段，在科技技术非常落后的古代，这个方法是非常行之有效的，历史上的许多著名事件都是谍报人员用这种方法将有价值的情报秘密传送出去的，从而改变了历史的进程。

最经典的例子就是战国时，秦国宣太后芈八子和儿子嬴稷被排挤去了燕国为人质，秦武王暴死后，秦王之位空缺，正是宣太后留在秦都的内线用矾石粉写成密信，骗过了秦国边防守将的盘查，将消息及时地送到芈八子的手中，母女俩这才赶在其他王子还没来得及做出反应之前第一时间赶回秦国率先夺取了王位。

缪雨诗听到这里，脸上仍旧写满了疑惑，她大为不解地问道："但是我还是不明白，既然叶大哥被软禁在永昌殿，不能离开半步，他是如何得知卫大人就在永昌殿外的呢？"

百里卿不无得意地回道："雨诗妹妹问得好，看来你听得非常仔细，之所以叶大哥能够获悉卫大人就在永昌殿外，那是因为当时在叶大哥的身边有一个人告诉了他！"

六十二　至交

缪雨诗闻言就更为不解了，她问道："这人是谁？"

百里卿神秘兮兮地回道："他就是叶大哥身边的那个医官淳于意。"

原来这个医官淳于意原本是百里卿早就安插在皇城里的一个卧底，其目的本来只是打探皇城内后宫中的一些消息，当初并未想到会在刘不周遭遇此劫时派上用场。

这一次淳于意被派去为刘不周治伤，淳于意知道外面的百里卿等人一定急于想知道刘不周在长乐宫中的情况，所以他一直想将刘不周这边的情况传送出去让百里卿知道，但怎奈窦太后发下懿旨，严令所有为刘不周治伤的医官和服侍他的内侍都不得离开皇城。

而淳于意在宫中又没有一个可以信赖的人帮助他将消息送出去，正在他苦于没有办法的时候，在一次刚为刘不周做完治疗离开永昌殿时，淳于意无意间发现了隐藏在大树后面的卫青，此后他就开始特别关注卫青的动向，发现卫青几乎每天都会来永昌殿附近徘徊，所以就将此事告知了刘不周。

这才让刘不周想出了假意逃跑，实则将密信送出给卫青的计划。

缪雨诗这才明白这其中的奥秘，随后她又问道："那叶大哥的密信中写了些什么？”

百里卿就将刘不周送出的这封密信中的内容告诉了樛雨诗……

刘不周在这封密信中告诉他们，窦太后要拿他给景帝殉葬，众人一看顿时大惊失色，果然那窦太后没安着好心，竟然会使出如此决绝的办法来要刘不周死。

而刘不周同时也告诉他们，他曾读到过一本叫作《竹书纪年》的古籍，书中详细记录了商、周、春秋时期所有出现过的“天狗吞日”之象，也就是现代人所知的日全食，而且书中还特别记载了几乎每次“天狗吞日”之象出现之前通常当地都会有“荧惑守心”的天象出现，所以那天他看到天空出现了“荧惑守心”之象后就猜测都城长安不久将会迎来一次“天狗吞日”之象。

刘不周正是依此才做出了这个大胆的计划，其实在他的心里也并非有十足的把握，但是无论他的这个推测准确与否，在当时那样紧迫之际这已经是他能够想出的唯一的办法了，所以别无选择，只有赌上一把了。

刘不周在密信中让奥琪布和百里卿他们按照他的计划行事，才有可能让他躲过此劫。

樛雨诗听后，不可置信地说道：“这个计划的核心是那个‘天狗吞日’之象，至于此天象能否出现，以及何时出现，其实叶大哥也是没有把握的，就算真如叶大哥所预料的，不久将出现‘天狗吞日’之象，可是大行皇帝的下葬吉日是由那个大方士李少君来卜算的，此人与叶大哥素不相识，他怎么就能刚好卜算出大行皇帝在‘天狗吞日’之象发生之日下葬呢？这也太冒险了吧！”

百里卿看了一眼身边的阿玉奇，然后煞有介事地回道：“因为这位大方士李少君其实是叶大哥的师傅剧孟大师的至交！”

原来刘不周在密信中特意告诉百里卿此事的成败就在大方士李少君了。

这位李少君不仅是大汉帝国中名声最为显赫的方士，占卜星象、奇门遁甲、五行八卦、炼丹修仙无一不精，更重要的是他还是刘不周的师傅剧孟大师的多年至交，想当年七国之乱时二人就已是生死之交，曾携手共破叛军。

所以百里卿让阿玉奇带着刘不周的这封密信快马去见剧孟大师，在得知了刘不周身陷不测的消息后，剧孟大师马上出面请出了大方士李少君来帮忙，面对老友的恳请，李少君怎能不同意。

经过他的占卜，证实了刘不周的推测是对的，都城长安确实在不久之后将会出现一次“天狗吞日”之象，这的确是一个千载难逢的好机会。

然而接下来最严峻的问题就是如何让窦太后义无反顾地决定让李少君来为景帝下葬卜算吉日。

这就体现出刘不周的心思缜密了，他最初认为李少君是最为合适的人选，除了上述天下闻名和剧孟至交这两个原因之外，还有一个非常关键的因素就是李少君的确曾经在汉文帝时卜算出如果由景帝继位必会引来同室操戈之乱，当然这并非因为李少君是窦太后一派的人，而仅仅是因为基于他的占卜结果而已。

但是窦太后和刘霖萧他们可未必这样想，一切能让他们打击王皇后和太子刘彻的机遇，他们都不会错过的。

所以刘不周马上意识到，这个前尘往事却可以成为他加以利用的引擎。

窦太后和淮南王刘霖萧的心思天下人皆知，所以就有了太子刘彻和南宫公主兄妹二人在未央宫外的那一次关于担忧由大方士李少君来为景帝卜算下葬吉日的谈话。

如果是由刘彻、南宫或者王皇后来推荐李少君的话，那么窦太后必定是不会同意的，所以刘彻和南宫就特意为淮南王刘霖萧演了一出戏，故意引导藏在暗处偷听的刘霖萧认为请来李少君是对他这方有利的，同时还会压制刘彻这边的运势，让他心甘情愿地主动向窦太后举荐了李少君。

刘彻实在太了解他这位皇祖母的心思和性格了，所以刘彻在刘霖萧推举李少君的时候假意极力地阻拦，这样就更坚定了窦太后选用李少君的决心。

而此时的大方士李少君已经按照既定的计划来到了刘霖萧的淮南封

国，就是在等待刘霖萧主动上钩来邀请他。

经过这样一番精心的安排和设计，窦太后和刘霖萧果然中了计，李少君就顺顺利利地被刘霖萧请到了都城长安。

这之后李少君当着窦太后等人的面煞有介事地一番卜算，他最终定下的景帝下葬吉日其实就是他早就事先推算好的出现“天狗吞日”之象的日期。

樛雨诗听到这里才恍然大悟，她不由得向刘不周投来倾慕的目光：“叶大哥果真是神机妙算。”

躺在榻上的刘不周不禁苦笑了一声回道：“说真的，当时窦太后将我押到帝陵边上的时候，我看着万里无云的天空，一点要出现天生异象的征兆都没有，我真以为这把赌输了呢。若真是如此，现在的我恐怕早就在那与世隔绝的帝陵里面窒息而死了！”

奥琪布心疼地握住刘不周的手，眼睛里满含着怜爱之情地看着刘不周。

樛雨诗见刘不周惆怅了起来，赶忙说道：“叶大哥可别这么说，那一贯嚣张跋扈的窦太后不也被叶大哥的这一计给彻底地打败了吗？”

刘不周摇了摇头回道：“樛妹妹你想得太简单了，此事哪里有这样容易就过去的？”

“叶大哥此话怎讲？”樛雨诗疑惑地问道。

刘不周回道：“那窦太后、刘霖萧和刘陵儿等人可不是等闲之辈，单单凭这些我还是没有完全的把握，所以才要再给他们设一个连环局中局！”

六十三　鬼火

樛雨诗不明白刘不周所说的连环局中局是什么意思，就问道：“什么是连环局中局呀？”

刘不周就将实情告诉了樛雨诗……

早在刘陵儿到永昌殿向刘不周索要樛雨诗的时候，刘不周深知这位郡主自命不凡的性格，所以他并没有直接否认刘陵儿认为樛雨诗就在建章酒舍的判断，却还故意用话激她，让刘陵儿恼羞成怒，认为刘不周不相信她敢去建章酒舍抓捕樛雨诗。

这反而激起了刘陵儿的好胜之心，在刘陵儿让郭解有意将景帝下葬日期的消息散布出去后，百里卿和奥琪布就知道刘陵儿这是要给他们设个圈套将他们一网打尽。

然而刘陵儿不知道的是，百里卿他们早就从刘不周送来的密信中得知了景帝下葬当日刘不周要被同时押往阳陵给景帝殉葬，那天他是不会在长乐宫永昌殿里的，所以百里卿等人绝不可能上了刘陵儿的当。

不过，因为深知窦太后身边的刘陵儿、刘霖萧、窦婴等人绝不是好对付的，如果“天狗吞日”之象出现的时候这几个人都在窦太后的身边，他们必然会极力阻止窦太后听从大方士李少君以及众臣的劝阻放过刘不周，这样势必会影响阳陵那边的行动。

最好的办法就是在下葬当日将刘陵儿等人从窦太后的身边调开，所以，百里卿他们就将计就计，假意谋划了一个要趁着景帝下葬那天去长乐宫闯宫救刘不周的计划，利用那个被刘陵儿安插在建章酒舍的小侍让刘陵儿等人获悉了百里卿他们的这个计划。

不出百里卿所料，刘陵儿因为急于抓到樛雨诗寻找金漆书信的下落，又被刘不周事先用了激将法，她果然中了计。

刘陵儿等四人在景帝下葬那天就没有跟随窦太后一同前往阳陵，而是在长乐宫设伏等待百里卿等人上钩，又因为刘陵儿判断百里卿等人带人来闯宫救人，建章酒舍必然空虚，所以又派郭解带人闯进建章酒舍去抓捕樛雨诗。

在景帝下葬那天，百里卿等人故意给郭解做出了个好像带人直奔长乐宫而去的样子，实际上他们只是绕了一圈就从建章酒舍的对外密道又悄悄地潜回了酒舍里，并且设下了三重埋伏就等着郭解上钩。

这才有了郭解在建章酒舍突遇埋伏、被杀得丢盔卸甲、仓皇逃窜的一幕。

而刘陵儿、淮南王刘霖萧、大将军窦婴则苦苦地在长乐宫等了很久，最终不仅没等来奥琪布等人，还遭遇了“天狗吞日”之象的惊恐，最后才在逃回来的郭解口中得知了被耍的实情。

虽然刘陵儿幡然醒悟，带人迅速赶去阳陵，但是却已为时已晚，孤立无援的窦太后早已在众臣的集体劝进之下，不得已最终宣布了取消殉葬刘不周的决定。

樛雨诗听后不禁长吁了一口气说道："的确是环环相扣，哪个环节一旦出现了失误就会导致全盘功亏一篑。"

刘不周点点头回道："是啊，不过即便如此，窦太后不还是差一点就顶着宁可触犯天意的风险也要执意将我殉葬了！"

樛雨诗兴奋地说道："不错，要不是伏羲大帝附身到了叶大哥的身上，那窦太后还要做最后的挣扎呢！"

刘不周听后不禁一阵大笑，这一笑又牵动着他的伤口剧痛不已。刘不周赶忙停住了笑，然后回道："什么伏羲大帝附身啊，世上怎么会有这么巧的事呢？"

说着，刘不周就将此事的谜底告诉了樛雨诗……

刘不周事先考虑到虽然窦太后忌惮"天狗吞日"之象，但是为了自己的太后之尊和个人颜面，很有可能不会那么容易就范，所以他就不得不上演了一出苦肉计。

之前他在永昌殿假意不配合治疗，拒绝医官们给他治伤，然后又和淳于意上演了一出打翻药碗、失足掉到地上导致伤口复裂的苦情戏。

伤口复裂导致伤情加重，可能会有生命危险，这个刘不周自然明白的，不过为了将这一计划做到滴水不漏，他也只能再次以身犯险了。

其实经过这一出之后，刘不周的确是已经到了生死攸关、奄奄一息的边缘了。他的伤口一复裂，伤势就越发的严重了，伤口化瘀丝毫没有愈合的迹象，任凭医官们如何补救都不见什么好转。

这之后淳于意就趁着大方士李少君为景帝卜算下葬吉日的时候故意当着李少君的面向窦太后奏报刘不周伤情加剧、恐活不了几天的情况。

因为事先就说了让刘不周给景帝殉葬是景帝给窦太后托梦所致，窦太后自然是不能让刘不周在殉葬前死掉的，否则她无法向满朝文武、天下臣民交代。

所以李少君恰到好处地献了两味药出来，说可保刘不周不死，窦太后在情急之下自然是不会怀疑李少君此举有什么其他的企图，反而会把李少君看作是及时雨。

而李少君给淳于意的两味药，那黑盒的是内服的，叫作安身续命丹，的确是可以加快伤口愈合、强身健体的灵丹妙药。

而那红盒的用于外敷的火烈丸，其实根本就不是什么药，而是用火石粉制成的，火石粉就是现代人所知道的磷粉。

众所周知，磷粉在夜晚会发出幽蓝色的光芒，很多人走夜路路过坟地的时候经常会遭遇到鬼火，其实鬼火就是坟地里骨骸中所含的磷遇空气所发出的磷火。

作为常年炼制长生不老丹药的大方士李少君来说，他更是知道火石粉的在夜晚会发光，所以才将火石粉制成所谓的火烈丸交给了淳于意。

如果是换成别的医官，恐怕马上就会认出这火烈丸是用火石粉所制，而且对于治疗伤口没有一点作用，但是正因为淳于意是百里卿安插在皇城里的卧底，所以此药交到他的手中，他当然明白李少君要他做何用处。

因为李少君特意交代了这火烈丸只能在下葬当日的白天给刘不周外敷于全身，窦太后就误以为此药是为了保证刘不周不至于因路途颠簸而死在路上，所以并未怀疑。

在景帝下葬的当天早晨，淳于意将火烈丸用水化开，将刘不周的全身上下涂了个遍，这才跟随送葬队伍前往了阳陵。

等到“天狗吞日”之象出现，天空和大地犹如黑夜一般黑漆漆的一片，涂在刘不周身上的火烈丸，也就是磷粉就一点点逐渐地发出了光，这才导致刘不周通身上下发出了幽蓝色的光芒。

而李少君则假意说这是伏羲大帝下凡附体了，窦太后果然信以为真，彻底相信了“天狗吞日”之象和伏羲大帝附体是上天的警示，这才不敢再执意让刘不周殉葬，最终下懿旨赦免了刘不周。

“原来是这样。”缪雨诗这才明白，但她随即又疑惑地问道，“那最后关头出现的波才又是怎么回事？”

百里卿笑着看向了卫青说道：“那就得问问卫大人了！”

六十四　崭新时代

波才的最后出现其实是刘不周设计的这个连环局中局的最后一环。

他考虑到刘陵儿等人在得知了被骗之后一定会火速赶到阳陵去阻挠窦太后的决定，本来做出取消拿刘不周殉葬的决定就是窦太后在迫不得已的情况下做出的，如果刘陵儿及时赶到，这么一闹，很有可能会导致窦太后摇摆不定，改变原有的决定。

所以奥琪布让卫青将波才事先搞晕，然后藏在卫青的巡城士兵辎重车里，跟着送葬队伍一起运到了阳陵。

在“天狗吞日”之象出现的时候，整个阳陵笼罩在一片黑暗之中，就在大方士李少君、太子刘彻和窦太后博弈的当口，卫青就趁着四下里一片黑暗，神不知鬼不觉地将波才捆住，然后吊到了帝陵上方的四脚架顶端。

等到“天狗吞日”之象结束，天色大亮的时候，起初众人的目光全都集中在窦太后和刘不周的身上，也没人在意四脚架上有什么。

但当刘陵儿出现，执意阻拦放走刘不周的时候，才有大臣无意间发现了被吊在四脚架上的波才。

因为没人知道这波才是怎么被吊在那里的，所以完全有理由相信这是上天的安排。

窦太后在经过“天狗吞日”之象和伏羲大帝附体这两次之后就已经对上天示警深信不疑了，虽然之后有刘陵儿的搅局，窦太后当时也的确有一些心理上的浮动，但当她再看到失而复得的波才时，窦太后的心理防线就彻底被击破了，经此三次神秘事件之后她实在不敢再与上天对着干了，就不顾刘陵儿劝阻，释放了刘不周。

当然，此举刘不周还有另外一层考虑，他知道波才被劫走，窦太后一定会将怀疑的目标指向王皇后，而太子刘彻继位登基在即，窦太后必然会拿波才来要挟王皇后，极有可能对刘彻的称帝之路不利。

当初劫走波才的目的，也只是为了跟王皇后做交易，救刘不周一命，后来在刘不周即将被枭首弃市的时候，王皇后果然出面澄清了他的嫌疑，还了他的清白，此事已了，这个波才再留着也没什么用了。

所以刘不周才以这样的方式将波才还了回去，这样的话既洗清了王皇后劫走波才的嫌疑，又免除了窦太后借着波才被劫一事阻挠刘彻顺利登基的麻烦。

一切终于真相大白了，过程虽然危险万分，但布衣草民刘不周最终运用计谋，在一群患难与共的挚友们的帮助下又一次从那些身居高位、手握生杀大权、权倾天下的权贵们手中成功脱险，死中得活。

命运就是这么充满戏剧性，时隔十几年刘不周最终还是回到了他出生的地方，大汉帝国的都城长安。

他以一介草民的身份误打误撞地闯进了汉帝国的中枢，不可避地被卷入了血雨腥风的宫廷和政治斗争之中，这也许就叫作宿命吧……

就在刘不周回到建章酒舍养伤的同时，大汉帝国却正在翻开一页崭新的篇章……

公元前一百四十一年的初冬，巍峨的未央宫内。

身着华服的文武百官们满满地跪倒了一地。

而大殿中央，高高的御座之上的刘彻头上戴着一顶玉质十二旒的冕冠，上身穿着一件绘有精美龙凤朱雀的玄色冕服，下身着了一条朱红色下裳正在接受文武百官的朝贺。

在景帝下葬之后，刘彻正式继位称帝，成了帝国的新皇帝，他就是大汉帝国的第七任皇帝，史称汉武帝。

如今站在未央宫大殿高高的台阶之上的，并不是当年被景帝寄予厚望、一出生就万众瞩目的太子世子刘不周，而是那个在默默无闻中问世的皇十子刘彻，原本应该由刘不周去享受的作为大汉帝国最高统治者的威严与荣耀，现在却落到了刘彻的头上。

虽然刘彻的母后王娡处心积虑几十年就是为了最终将刘彻推上这个至

高无上的宝座，不过刘彻从此就要担负起一个巨大的责任，年轻的他已经接管一个庞大的帝国。

此时的大汉帝国已经与帝国初建的时代不可同日而语了，在汉初以来六代皇帝六十余年的苦心经营下，帝国从最初的百废待兴已变成了现在的富庶而繁华，国富民强，渐入正轨。

刘彻曾经不止一次地在心里暗自憧憬过，有朝一日他继位称帝了，他立誓要完成先祖未尽的梦想，他要塑造一个民族的灵魂，更要开创一个威加海内的新局面。

在时隔十几年之后，当年儿时的一对小玩伴，刘不周和刘彻在各自经历了截然不同的人生之后，又再一次相聚在了一起。

只不过刘不周因为在六岁时被公孙贺追杀失足跌下悬崖，头部被撞，导致失去记忆，早已记不得自己究竟是谁，更忘记了当年的往事和血海深仇。

而刘彻也早就认不出这位当年和自己一起在皇城里抓蟋蟀的小伙伴了。

刘不周，汉景帝初期的皇太子刘荣的嫡长子，汉景帝长孙，刚一出生就引发了天生异象，举国震动，被景帝视为帝国未来的旷世之君，尊崇有加。

与他同一天出生的刘彻，汉景帝的第十子，因为其母王娡当时并不受景帝宠幸，他的出生也没有引起多少轰动，被刘不周的光环所掩盖。

这两个同年同月同日出生在同一个帝王家族中的男孩，原本一个前途光明，一个未来渺茫，却因为汉帝国宫廷里的政治斗争彻底改变了二人后来的命运。

本来前途光明的刘不周幼年时却家破人亡、父母双亡、沦为乱臣贼子、流放发配途中全家被灭门，小小年纪的他在山林中被豹子养大，像野兽一样过着茹毛饮血的生活，后流落匈奴为奴，又掉入黄水中导致全身骨骼筋脉尽断，受尽了常人无法想象的磨难，却也练就了一身高超的本事和过人的心智。

而原本未来渺茫的刘彻却在其母王皇后的极力谋划之下最终成了帝国

的新君主。

但是年轻的刘彻此时并未意识到，眼前这个富庶的帝国却并不是他心中的理想国，甚至未必尽在他的掌握之中，在表面的繁华之下隐藏的却是暗流涌动、危机四伏，帝国和刘彻的未来前途未卜。

摆在他前进之路上的不光只有意气风发的未来和昂扬向上的豪情，甚至可以说是荆棘遍布。

虎视眈眈极力维护窦家权势的窦太皇太后和大将军窦婴、野心不泯觊觎皇位的淮南王刘霖萧和郡主刘陵儿、自视甚高娇纵任性的陈皇后……后宫和朝堂之上你死我活的斗争一刻也从未停止过，年轻的刘彻有没有能力和手腕摆平这一切，真正实现心中的抱负呢？

而刘不周因备受刘彻青睐，又不由自主地成了这些人的眼中钉、肉中刺，欲除之而后快。

那发生在刘不周身上，貌似将刘彻和一干权贵全部牵涉其中的十几年前的两起惊天大案——栗夫人巫蛊案和废太子谋反案的真相究竟如何？是冤案还是真的罪有应得？为何至今迷雾重重，无人敢碰触？

匈奴公主奥琪布和刘不周这对青梅竹马却又情路未卜的欢喜人儿能否真正走到一起？

那位让刘不周始终忘不掉的卫子夫，她究竟在哪里？刘不周能否再遇到她？

乔装改扮潜入汉帝国的匈奴将军弥加尔又如何将奥琪布成功带回草原？

景帝虽然入土为安了，难道真如伍邵所说，他就是因胸痹之症突发驾崩的吗？

还有那被囚禁在公孙贺花园假山石中的人他究竟是谁？

而那封被刘陵儿等人竞相争抢的金漆书信究竟写了什么？

被捆在猪圈整日与猪为伍的疯女人星儿身上又隐藏着什么秘密？

更令人谈虎色变、人心惶惶地潜伏在大汉朝堂和后宫之内的探丸郎杀手究竟是谁？他们的目的又是什么？

……

这些种种的谜团和悬而未决的未解迷局，被编织成了一张剪不清理还乱的大网，个中人物的命运更加的扑朔迷离……

但不管怎么说，一个崭新的时代终于到来了……

（未完待续）